人民日报70年
文艺评论选

人民日报社文艺部 / 编

人民日报出版社

图书在版编目（CIP）数据

人民日报 70 年文艺评论选 / 人民日报社文艺部编 .
-- 北京：人民日报出版社，2018.6
ISBN 978-7-5115-5455-0

Ⅰ . ①人… Ⅱ . ①人… Ⅲ . ①文艺评论－中国－文集 Ⅳ . ① I206-53

中国版本图书馆 CIP 数据核字（2018）第 095260 号

书　　名：	人民日报 70 年文艺评论选
编　　者：	人民日报社文艺部
出 版 人：	董　伟
责任编辑：	陈　红　黄慧琳
封面设计：	主语设计
出版发行：	人民日报出版社
社　　址：	北京金台西路 2 号
邮政编码：	100733
发行热线：	（010）65369527　65369509　65369512　65369846
邮购热线：	（010）65369530　65363527
编辑热线：	（010）65369844
网　　址：	www.peopledailypress.com
经　　销：	新华书店
印　　刷：	北京中科印刷有限公司
开　　本：	710mm×1000mm　1/16
字　　数：	511 千字
印　　张：	30.25
版　　次：	2018 年 6 月第 1 版　2018 年 8 月第 3 次印刷
书　　号：	ISBN 978-7-5115-5455-0
定　　价：	80.00 元

总　序

人民日报社社长　李宝善

"人民日报 70 年作品精选"和读者见面了。

今天的新闻就是明天的历史。人民日报 70 年来的作品，记录的是我们国家和民族从站起来、富起来到强起来的辉煌历程。诞生于战争烽烟中的人民日报，始终以积极宣传党的主张、呈现社会的变化、报道中国正在发生的变革为己任。这套作品精选集，就是从《人民日报》创刊以来的无数优秀作品中遴选出来的代表作。

铁肩担道义，妙手著文章。70 年来，无论是顺境还是逆境，一代代人民日报人担当使命、秉笔直书，为党的新闻工作奉献了青春和热血；一篇篇脍炙人口的精品力作，见证了我们党初心不改、矢志不渝，团结带领人民实现中华民族伟大复兴的历史担当。捧读这套精选集，就是在回顾我们党和国家走过的复兴之路。在这条艰辛而光荣的道路上，每一个重大节点，都能听到人民日报的声音。这其中，有要论、理论、评论文章的黄钟大吕，有消息、通讯等作品的时代足音，有散文、报告文学等文章的清雅之声。这些作品汇集起来，共同组成了 70 年国史报史的恢宏交响。

党的十八大以来的人民日报，站在了新的历史起点。2016 年 2 月 19 日，习近平总书记到人民日报社考察，并在党的新闻舆论工作座谈会上发表重要讲话，强调要高举旗帜、引领导向，围绕中心、服务大局，团结人民、鼓舞士气,成风化人、凝心聚力,澄清谬误、明辨是非,联接中外、沟通世界。这一要求,正是党的十八大以来人民日报各类作品的创作方向。

近年来,人民日报进一步优化整体布局、集中优势资源,更好履行政治家办报的时代使命。面对新时代的要求,人民日报努力提升观点生产能力、议题设置能力、集成报道能力、话语创新能力,力争做到报道流程平台化、报道内容定制化、报道方式故事化、报道数据可视化;着力在思想内涵上做加法、在文章篇幅上做减法、在传播效果上做乘法、在思维定式上做除法,使新闻报道快起来、活起来、亮起来,让评论理论新起来、精起来、实起来。

翻开今天的《人民日报》,从评论到理论,从通讯到消息,从散文到报告文学,编辑记者们努力转作风改文风,采写编辑了大量有思想、有温度、有品质的作品,"沾泥土""带露珠""冒热气"的文章。大家于微末中寻真章、在朴素处见真情,贴近广阔的社会生活,让改变悄然发生,使温暖自然传递。而现实生活所发生的积极变化,正是对这个职业最崇高的奖赏。

70年风雷激荡一纸书,人民日报走过了不平凡的历程。70年来的每一寸光阴,都被记录在每天出版的报纸中,体现在每一篇新闻作品里。从河北平山县里庄村简陋的印刷排字架,到现代化的电子阅报栏,再到移动终端上收放自如的最新应用软件,时代在变,技术在变,传播形态也在不断改变,不变的是在党言党、为党立言的历史使命,是围绕大局、服务人民的党报精神。这一精神和追求,已经并将继续通过题材各异的优秀作品呈现给广大读者。

前　言

当好引导文艺舆论的旗手

人民日报社副总编辑　张首映

"文艺是时代前进的号角，最能代表一个时代的风貌，最能引领一个时代的风气。"70年来，人民日报文艺评论始终在场，把握时代大局，传达党的声音，引领文艺方向；关注文艺百家，团结学术名家，集合批评大家；观时代之潮，答时代之问，汇时代之思。

拂去时间的尘埃，翻开泛黄的报纸，一行行熟悉的标题跃入眼帘，一个个响亮的名字如雷贯耳。让人感叹：70年人民日报文艺评论串起来的，犹如一部当代中国文艺思潮史！顺着那些醒目的"路标"，重温70年中国文艺思想现场，感受风起云涌、意气风发、壮志豪迈。

一

高度重视文艺及其评论，源于中国几千年来的文化传统。古代中国极为看重文艺教化功能，认为文艺关乎人伦秩序乃至天下治乱，汉代《毛诗序》认为"正得失，动天地，感鬼神，莫近于诗"；《毛诗序》本身即可视为诗文评，更不必说《文心雕龙》《文赋》《古画品录》《诗品》《沧浪诗话》等理论批评名著层出不穷、蔚为大观。

近代以来，"天朝上国"困于危局，仁人志士由摹制器物转而反思制度、启蒙国民，梁启超提出："今日欲改良群治，必自小说界革命始！"鲁迅认为：要改造国人的精神世界，首推文艺。以大众文艺重新锻造国民性，改变中华民族积贫积弱任人宰割的命运，是近现代中国知识分子的自觉担当，文艺评论，正是他们造就新文艺的一柄利器。

接受马克思主义的中国共产党人，把文艺批评与中国革命建设事业更为直接、更加有机地联系在一起。毛泽东同志《在延安文艺座谈会上的讲话》提出"要使文艺很好地成为整个革命机器的一个组成部分，作为团结人民、教育人民、打击敌人、消灭敌人的有力的武器，帮助人民同心同德地和敌人作斗争"，他将文艺评论作为"文艺界的主要的斗争方法之一"；邓小平同志认为"一切社会主义的和爱国的文艺工作者，一切维护祖国统一的文艺工作者，都要更好地互相帮助、互相学习，把全部精力，集中于文艺的创作、研究或评论"；江泽民同志提出"积极开展文艺评论，大胆进行文艺理论和文艺评论的创新，为我国文艺事业的健康发展提供正确引导"；胡锦涛同志提出"要高度重视文艺理论研究，加强文艺评论队伍和阵地建设，支持开展积极健康的文艺批评"。

党的十八大以来，习近平同志提出"文艺批评是文艺创作的一面镜子、一剂良药，是引导创作、多出精品、提高审美、引领风尚的重要力量"，以此推动产生更多有筋骨、有道德、有温度的文艺作品，"弘扬中国精神、凝聚中国力量，鼓舞全国各族人民朝气蓬勃迈向未来"。

中国共产党鲜明主张：以批评引导促进文艺，以文艺实现移风易俗、唤醒民众进而推动人民解放事业和民族复兴大业，文艺批评因此在中国共产党治国理政的宝典里留下浓墨重彩的一章。70年来，我国革命、建设、改革的各个历史阶段对文艺和文艺批评的重视一以贯之、从未松懈。

作为党中央机关报的重要组成部分，人民日报文艺评论时刻牢记使命，70年如一日，宣传贯彻党的文艺精神，介入时代文艺思潮，把握正确文艺方向，作为党领导中国文艺事业的重要手段，对中国特色社会主义文艺的发展繁荣起着重要的特殊作用，被人称为中国文坛的风向标、导航仪。

二

《人民日报》不仅是历史的见证者，更是历史的参与者。翻开这部史册，70年文艺思潮与国家命运、时代精神、人民生活紧紧缠绕、同频共振，由此可清晰地分为三个历史阶段。

第一阶段是创刊之日至改革开放前，这一阶段文艺工作重点可概括为文艺思想内容的社会主义改造、传统文艺形式的现代改造以及外来文艺形式的民族化改造等。中国文艺在曲折中探索前进，社会主义文艺格局在此阶段初步奠定，激荡着中国人民"站起来"的时代强音。

第二阶段是改革开放至21世纪初，改革大潮席卷中国大地，在解放思想、实事求是的时代氛围中，文学艺术迎来蓬勃发展的春天；在社会主义市场经济条件下，文化生产要素开始自由流动，文艺创作与人民、与社会的关系更加紧密，在艺术形态和思想内容上不断改进，为"富起来"的时代不断鼓与呼。

第三阶段是新世纪以来尤其是十八大以来，随着中国日益走近世界舞台中心，得益于媒介技术进步与普及，社会文化创造活力显著提高，增强文化自信、讲好中国故事、弘扬中国精神、攀登文艺高峰等成为文艺创作关键词，为"强起来"提供思想动力成为新时代文艺工作的主题；有高原缺高峰现象仍然突出，正确处理社会效益同经济效益关系、探索新文艺形态的科学管理方式等成为文艺发展新课题。

伴随这三个阶段，人民日报文艺评论始终发挥引领作用。自《人民日报》1948年创刊伊始只有四块版的年代，文艺评论就出现在报端。70年风云际会，中国文艺在曲折中探索前进。无论是十七年时期的创作高潮、改革开放后的朝气蓬勃，还是党的十八大以来的气象一新，无论是"文革"时期的徘徊不前、市场大潮冲击下的迷茫困扰，还是自媒体时代的泥沙俱下，文艺评论始终在场，救偏补弊、引领方向；面对文艺现场，众声喧哗，它切中关键、一锤定音；对于萎靡不前，它直陈时弊、振聋发聩。

翻检这部历史，名师辈出、力作不断。郭沫若、茅盾、周扬、夏衍、陈荒煤、王朝闻、朱光潜、王蒙等一大批大家名师激扬文字、启人深思。他们一方面紧紧把握文艺创作与时代精神的互动关系，一方面始终致力于揭示文艺发展与文化创造的自身规律。1956年《从"一出戏救活了一个剧种"谈起》极大推动传统艺术"百花齐放，推陈出新"；1977年茅盾《贯彻"双百"方针，砸碎精神枷锁》预示新时期文艺的新生与希望；2017年王蒙《旧邦维新的文化自信》将"文化自信"置入五千年文明来路中深刻辩证……当我们翻开文艺历史的册页，熠熠闪光的，正是这些充满真知灼见的理论批评力作，它们以端正的取向、中肯的笔触、睿智的洞见醍醐灌顶、超越时空。

70年来，回答文艺发展的时代课题，人民日报文艺评论当仁不让。针对戏曲现代化、文艺民族性、文艺真实性、创造文艺高峰等时代课题进行深入探讨；面对朦胧诗、先锋小说、网络文学等新生事物做出实事求是、经得起历史检验的科学判断；围绕促进革命样板戏、长篇小说、报告文学、影视剧创作进行切中肯綮、极富创见的评论建言。这些文章掷地有声，持续推动创作、掀起思潮，也因此创造历史，成为70年来中国精神的独特写照。

三

今天有人会说，文艺评论的社会功能不比往日：越是革命时期，文艺评论的战斗性越强，发挥的作用越是重要；越是和平建设时期，文艺评论就越是云淡风轻、无须多劳。这是一种误解。

文艺最接近大众，其社会关注度更高，影响更为深入持久。特别是在大众媒介频繁迭代、快速普及的今天，人们全天候、浸入式地处于文艺的影响之中，日用而不觉，文艺作品在无形中塑造着人们的世界观、人生观、价值观和审美趣味的功能前所未有地凸显。可以说，在互联网时代，文艺评论的重要性不是减弱了，而是更为紧迫、更为突出。

党的十八大以来，中国特色社会主义进入新时代。2014年10月，习近平同志主持召开文艺工作座谈会并发表重要讲话；2016年11月，习近平同志出席中国文联十大、中国作协九大开幕式并发表重要讲话。这两个重要讲话深刻阐述了当代文艺的重要作用和重大使命，针对事关文艺繁荣发展一系列带有根本性、方向性的重大问题提出了重要论断，对在新的时代条件下做好文艺工作做出了全面部署；总结了文化艺术发展的诸多规律，指出了文艺从高原走向高峰的必要性和可能性，对当今文化艺术发展路径做出了匡正和厘清，是当代马克思主义文艺理论的最新成果。

与此同时，文化建设面临新形势，文艺创作也遭遇新挑战。文化市场日益繁荣，文化需求更加强劲，但优质文化产品、文艺精品佳作供给不足，文艺领域"有高原缺高峰"的问题仍然紧迫；机械化生产、快餐式消费现象大量存在，媚俗低俗作品大行其道；一些文艺创作者文化自信不足、精神境界不高，导致文艺作品主旋律不够响亮、正能量不够强劲。面对文艺发展现状，习近平同志要求：要以马克思主义文艺理论为指导，继承创新中国古代文艺批评理论优秀遗产，批判借鉴现代西方文艺理论，打磨好批评这把"利器"，把好文艺批评的方向盘，运用历史的、人民的、艺术的、美学的观点评判和鉴赏作品，在艺术质量和水平上敢于实事求是，对各种不良文艺作品、现象、思潮敢于表明态度，在大是大非问题上敢于表明立场，倡导说真话、讲道理，营造开展文艺批评的良好氛围。

翻检这一阶段的《人民日报》会发现，文化自信、中国精神、文艺高峰成为文艺评论的高频词汇。面对新人新作不断涌现、新媒介新形态层出不穷、新现象新问题此起彼伏的文艺创作局面，人民日报文艺评论充分发挥中央文艺阵地的引领作用：贯彻精神，结合当前文艺建设实际，多角度多侧面阐释习近平同志关于文化发展和文艺工作的重要讲话精神；关注思潮，把脉文艺创作趋势，洞察文坛思潮走向，激浊扬清，救偏补弊；回应热点，解读热点现象，评介热门作品，揭示创作规律，引导创作实践。2017年以来，文艺评论版开设新栏目，更加强化选题的现实针对性和问题意识，提出大题、约请大家、汇聚大思、彰显大气，解答突出的文艺理论与实践课题，努力以多样选题、多元视角、高远立意，把握文艺创作正确方向，推动文艺繁荣发展。

70年忽焉而过，70年只争朝夕。今天，我们比历史上任何时期都更接近中华民族伟大复兴的目标，而实现中华民族伟大复兴需要中华文化繁荣兴盛。作为党中央机关报的文艺阵地，今天的人民日报文艺评论正努力突破自我，迎接互联网时代挑战，把握媒体融合机遇，以更新视野、以新时代应有格局重塑文艺评论事业，将时刻牢记使命，紧跟时代要求，深入宣传贯彻习近平文艺思想，把党中央机关报的定位和文艺规律、新闻规律统一起来，贡献智慧，响亮发声，更好发挥文艺引领作用，推动建设新时代文艺高峰，助力中华民族伟大复兴！

2018年5月26日

目录

Contents

总序	李宝善	001
前言：当好引导文艺舆论的旗手	张首映	003
读《邪不压正》后的感想与建议	韩北生	001
学习鲁迅与自我改造	茅 盾	003
诗的词汇	臧克家	005
克服"一般化"的倾向不能从形式出发	王朝闻	009
我国伟大的建筑传统与遗产	梁思成	014
毛泽东同志《在延安文艺座谈会上的讲话》发表十周年	周 扬	024
克服文艺创作的落后状况	夏 衍	034
关于发展少数民族文艺工作的几个问题	钟 洛	039
五年来我国文学创作的发展方向	冯雪峰	043
论《红楼梦》的社会背景和历史意义	邓 拓	049
从"一出戏救活了一个剧种"谈起	人民日报社论	064
美学怎样才能既是唯物的又是辩证的		
——评蔡仪同志的美学观点	朱光潜	066
贯彻"百花齐放、百家争鸣"，反对教条主义和小资产阶级思想	茅 盾	074
学习关汉卿，并超过关汉卿	郭沫若	078

运用传统技巧刻画现代人物		
——从《梁秋燕》谈到现代戏的表演	梅兰芳	081
关于戏曲舞台艺术的一些探索	阿 甲	084
可贵的收获——谈我国美术电影中的民族风格	华君武	092
文学要跑在时代的前头	巴 金	095
谈谈生活和创作的态度	柳 青	103
谈艺术实践中的苦功	李可染	106
中国画系的人物、山水、花鸟三科应该分科学习	潘天寿	114
一元复始　万象更新	盖叫天	117
音乐民族化与发展社会主义的民族的新音乐	李焕之	129
试评京剧《沙家浜》的改编	郭汉城	137
贯彻"双百"方针，砸碎精神枷锁	茅 盾	143
要放手搞电影创作	袁文殊	146
按照生活的本来面目描写生活	杜书瀛	150
发扬相声的现实主义传统	侯宝林　薛宝琨　汪景寿　李万鹏	153
电视文艺和新时期文艺的发展		
——对文艺事业远景规划的一项建议	戚 方	157
文艺为人民服务、为社会主义服务	人民日报社论	162
是一个扯不清的问题吗？	王 蒙	166
建立具有中国民族特点的马克思主义文艺理论	郭绍虞	170
关于政治和文艺的关系	周 扬	173
生活·创作·责任	贺友直	177
人间要好诗	林默涵	180
作家要做改革的促进派	冯 牧	183
通俗文学需要提高	滕 云	186
戏剧危言	陈白尘	190
从所谓电影危机说起——试论电影与电视片的关系	荒 煤	194
1985：影坛耕耘初纪——为"金鸡奖"看片备忘	钟惦棐	199
深情于他那方小小的"邮票"——莫言小说漫评	朱向前	202
关于我国社会主义文学的发展方向刍议	姚雪垠	206

探索、创新及其他	毕　胜	214
真正创造者不愿浇铸艺术样板——魏明伦剧作意义及其他	余秋雨	217
社会问题报告文学面临的困境	谢　泳	221
现实主义的重新认识	刘纲纪	225
1988：中国影坛的两个热门话题 　　——"娱乐片"与"主旋律"之我见	仲呈祥	230
"先锋小说"的意义	吴秉杰	234
评"朦胧诗"的扩大化	吴奔星	238
马克思主义指导和文艺繁荣	李　准	243
关于中国电影的主旋律	滕进贤	248
市场经济与文化传统	张岱年	253
"回到自身"与活力之源——对当前文学发展的一点思考	雷　达	255
关于传统文化中的道德观念——看电视连续剧《三国演义》	冯其庸	259
建立具有中国特色的文艺理论	蒋孔阳	263
提倡写大事、大情、大理——兼谈文学与政治	梁　衡	266
"五四"文化革命的评价问题	陈　涌	270
尊重文艺规律　加强引导管理	云　德	276
让主流评论发出最强音	苏叔阳	281
帖学复苏　碑学从容——关于20世纪书法艺术的回顾与展望	黄　惇	284
文学应该回归到哪里？	缪俊杰	287
电影应发出更加真实的声音	张宏森	291
在与时俱进中发展当代美学	曾繁仁	295
评委当回避到底	剑　武	298
以创意产业推动文化创新	厉无畏	301
重建"公共性"，文学方能走出窘境	李云雷	306
戏剧院团改制的困惑与前景	傅　谨	310
中国电视，多点正能量	向　兵	314
传统村落的困境与出路——兼谈传统村落类文化遗产	冯骥才	317
文艺作品切忌过度解读	李　舫	324
大片十年：中国电影美学得失	王一川	327

小时代和大时代	刘琼 332
报纸副刊：价值引领与文化担当	刘玉琴 335
地方戏曲当自强自立	刘厚生 339
文学不能"虚无"历史	张江 陈众议 朝戈金 党圣元 陆建德 342
要善于引导，也要宽容一点——网络文学一议	马识途 347
网络文学：文学自觉和文化自觉	李敬泽 350

学习习近平同志在文艺工作座谈会上的重要讲话专版
　　　　　　　　　　　铁凝　徐沛东　陈彦　姜昆　358

如何讲述当代中国大故事	陈晓明 365
如何完成中国故事的精神	谢有顺 369
现实主义精神助推文艺高峰	丁振海 373
明星婚礼，别办成消费"封神榜"	任艺萍 378
提倡"文学生活"研究	温儒敏 380
一个中国作家的开放与自信——就从翻译谈起	阿来 384
让文化自信之光照亮复兴之路	杜飞进 388

在美的意蕴中感知中国——写意精神作为中国油画内核
　　　　　　　　　　　徐里　詹建俊　邵大箴　靳尚谊　薛永年　393

元气淋漓障犹湿——中国绘画中的美学情怀与现实观照
　　　　　　　　　　　梁永琳　吴悦石　王明明　张晓凌　399

旧邦维新的文化自信	王蒙 404
求真　求是　求正——寄语中华文化之学	饶宗颐 413
高举旗帜　砥砺前行　创造中国特色社会主义文艺新篇章	铁凝 416
开辟新时代文艺之路	张江 422
充分认识习近平文艺思想的重大意义	董学文 427
从经济学视角看文化自信	林毅夫 432
明清戏曲高峰的启示——从汤显祖的"意趣神色"论谈起	黄天骥 435
中国电影如何"由大到强"	尹鸿 441
"淘"传统，让你光芒四射	裴艳玲 447
科学梦召唤　想象力归来——迈入新时代的中国科幻	韩松 450
山水画：中国人自然情怀的图像表达	牛克诚 454

深化美育的时代意义 ·· 吴　昊　459

艺术当追求提高境界 ·· 张世英　462

后记 ··· 467

读《邪不压正》后的感想与建议

韩北生

《邪不压正》是一篇极好的小说，由于作品的现实教育意义很大，所以它的感染力也极强。这篇作品不论从政治上艺术上都是相当成熟的，它把解放区近三四年来的农民翻身运动绘出了一幅极生动的图画，从而体现了党的政策在运动中怎样发生了偏差，又怎样得到了纠正。假若使农民懂得了这个故事以后，会使他们从内心感到共产党的政策并不是今天改了，明天变了，过去的错误是由于干部的政策思想不明确与经验缺乏，在运动中被一些坏分子钻了空子，以致造成很大偏差，连中贫农也被斗了一些。这个问题在农村中虽已进行了纠偏，但因缺乏生动的教育，在农民思想中只是一笼统地认为过去做错了，今天改对了。因之对党的政策是否不久还会改变，在他们的思想中得不出肯定的结论，甚至在某些干部思想中也认为是党的政策改变了才进行纠偏，并不能认识到今天正是坚持了政策而进行纠偏的。小说在这一点上交代得非常清楚。每一个农民只要把运动的过程仔细回想一下，便能在自己村中找出谁是元孩、小昌、小旦、小宝，这样便会把小说中的道理很快变为实际。我想这个故事对农民的教育比十次百次宣传动员要大得多，对今后生产情绪亦将有很大裨益。

小说中所提到的问题很多：支部书记元孩不能坚持原则，做了群众的尾巴，坏干部小昌蜕化忘本欺压群众，投机分子小旦到处钻空子，中农聚财的摇摆与恐惧，群众对整党的拥护，感到真正有了说理的地方，这一些绝不能仅当作历史的叙述，而是对于今天农村的整党有积极的教育作用。

小说中充溢着农民朴实而纯洁的感情，小宝、软英、安发、老拐、二姨等都是农村中活生生的典型人物，他们对待问题的朴实而纯洁的精神是值得我们学习的。由于故事的生动，语言的丰富与洗练，读起来有声有色，好像身临其境地也参加了他们的各种活动。作品的优点太多了，只有在阅读中各人去体味吧。

最后关于小宝的党籍问题没有点明，虽然在群众中已有了评论，如果在工作团组长的结语中从侧面再提一下，对于读者来说更会增加不少愉快。

这虽是一篇绝好的作品，文字也非常通俗，篇幅也非常紧凑，但是对于不识字的广大群众及一般区村干部来说，仍是不易接受的。对于有阅读能力，但不爱好文艺的同志也容易放过去，这将是一个遗憾，或者也可以说是工作上的损失。

为了弥补这个损失，我建议将这篇小说改编成剧本、大鼓词或连环图画小册子，使解放区广大群众及文化较低的干部普遍能享受这篇出色的作品，从而达到教育与宣传的目的。

（1948年12月21日）

学习鲁迅与自我改造

茅 盾

曾经不止一处、一时，听到不同的人说：有不少青年能够看懂鲁迅的小说，却看不懂他的杂文。说这样的话的人们中间也有仍然是青年的，那就常常会拖一句道："可是，大家又认为在鲁迅的作品中，杂文占的地位极重要，看不懂他的杂文，就等于不能懂得大半个鲁迅！"

不光是青年，有些中年人也同抱此感——不过他们看上去觉得有点不易懂的是鲁迅杂文中那些牵涉当时文坛上思想斗争的部分。因而就有这样一种意见：鲁迅的杂文的若干部分（尤其是后期的），最好能加以说明。

要明白鲁迅思想的发展，不能不研究他的杂文；而要善于学习鲁迅，则对于他的思想发展的过程有一个彻底的了解，当然是好的，甚至是必要的。这一点，现在差不多已成为一致的认识，特别是因为有了不善于学习鲁迅而在思想上犯了重大错误这样的事情。

对于鲁迅思想的发展做了透彻精深的研究的，不能不推瞿秋白氏为第一人。在《鲁迅杂感选集》的序言中，他运用马列主义的观点分析了鲁迅思想发展中起着决定作用的要素，指出鲁迅之后"进化论进到阶级论，从绅士阶级的逆子贰臣进到无产阶级和劳动群众的真正的友人以至于战士，他是经历了辛亥革命以前直到现在的四分之一世纪的战斗，从痛苦的经验和深刻的观察之中带着宝贵的革命传统到新的阵营里来的"。

瞿秋白指出："鲁迅在五四前的思想，进化论和个性主义还是他的基本，固然这种个性主义是一般的知识分子的资产阶级性的幻想，然而在当时的中国……客观上还有相当的革命意义。"瞿秋白更着重地指出鲁迅早期的作品，"因为它至少还能够反映社会真相的方面，暗示改革所应当注意的方向"，故仍不失为革命文学，"而同时，这些早期的革命作家，反映着封建宗法社会崩溃的过程，时常不是立刻就能够离开个性主义——怀疑群众的倾向的。他们看得见群众——农民小私有者群众的自私、盲目、迷信、自欺,甚至驯服的奴隶性,可是,往往看不见这种群众的革命可能性,看不见他们的笨拙的守旧口号背后隐藏着的革命价值。鲁迅的一些杂感里面,往往有这一类的缺点,引起他对革命失败的一些失望和悲观"。

很明白,这样深刻正确的批评,并不损害鲁迅的价值,而相反,适足以见鲁迅之伟大。但是在鲁迅逝世以后若干年中,瞿秋白的这些精辟的议论不幸被忽略了,最极端的看法,则只认鲁迅思想有发展而不认它的发展曾经通过了怎样苦痛的自我批判的过程,因而也就不能认识到鲁迅前期思想在他本人思想的发展上是一种包袱,我们所应学习的,正是鲁迅自己怎样放下这包袱,而不应当拾取鲁迅所放下的这个包袱而扬扬自满,以为学到了鲁迅的精神了。

不必讳言,近十年来,有过一些青年从鲁迅的前期思想中得到了启蒙,却可惜能入而不能出,终于在思想上犯了重大的时代错误。更有人则在鲁迅的前期思想中拈取二三论点,便自诩为独得其秘,发为议论,以自误误人。

这样的学习上的错误,虽然不宜视为普遍的现象,但其严重性,实在也不容忽略。为要向鲁迅学习得更好,我们就有研究、分析、了解鲁迅思想发展过程之必要。瞿秋白所做过的工作,我们应当继续做下去。个人见闻孤陋,只读过少数的研究鲁迅思想的论文,觉得能够发扬瞿秋白的观点的,似乎还不多。可是我要特别向读者介绍胡绳的《鲁迅思想发展的道路》(见于《大众文艺丛刊批评论文选集》),和冯雪峰的《关于鲁迅和俄罗斯文学关系的研究》(《小说月刊》三卷一期)。尤其是前者,对于青年有很大的帮助。

要善于学习鲁迅,必先明白鲁迅思想发展的道路;鲁迅的思想和作品中,可供我们学习者甚多,但在今天,知识分子特别需要自我改造之时,鲁迅所经历的从进化论到阶级论、从个性主义到集体主义的过程,尤其值得我们注意学习。我们是在新时代,政治上的领导和思想上的领导,都是鼓励我们自我改造的,这与鲁迅当年不同,我们比鲁迅幸运得多。要不虚负这幸运才好。

(1949年10月19日)

诗的词汇

臧克家

最近读了好几篇关于词汇的讨论文章,这是由于江华先生发表在《文艺报》七期上题名为"要努力驱逐使人糊涂的词汇"一文引起的。他从剖解诗句开始,我就在诗的范围内写下一点我对于这个问题的感想。

关于诗的遣词用字问题——也就是诗的语言问题,可以说是一个很古老的问题了。它的产生,几乎可以说与诗的产生是同时的。诗的原始是歌,歌是民间产物,借着口头歌唱流传、广播,所以它的创造者——劳苦大众,是用了自己的日常语言赋予它以生命的。等到民歌发展成诗,也就是说,统治阶级的文人把它剽窃过来,掠夺过来,成为自己玩物抒情的工具以后,它不但在内容上变了质,在形式上,在词汇语言上,好似象征着阶级对立一样,文字语言也就矛盾了起来。用口语产生的民歌和用文字雕琢成的诗,就各走起各的路来。这种分裂的情形是很普遍的,但是因为语言文字的悬殊再加上其他的条件,这分裂,在中国也就表现得特别严重和尖锐。

诗,同一切别的文艺部门一样,它是依据于许多条件沿着自己的道路向前发展的。但是,因为它脱离开人民大众的实际生活,内容方面就日渐枯萎起来,结果,往往是徒然剩下了一副可怜的皮囊。只有当它表现广大人民的痛苦和愿望,形式语句接近他们的时候,它的生命才是旺盛的,它的价值才是高贵的,杜甫、白居易的作品就是例子。

诗,握在少数高高在上的人手里,越来越变成词句的玩弄,于是,在西洋有过所谓"诗字"的说法,在中国也一味考究推敲,讲求"典雅",已经是二十世纪了,作旧诗的人们,还用"风帆"去代替轮船,用"漏"去代替钟表。总之,把诗的词句高贵化、诗化,以至于僵化而后甘心。当大力者站起来随着时代潮流把诗写得崭新的时候,往往受到非难,惠特曼和玛雅可夫斯基就遭遇过这种非难。

新诗和旧诗当然不同。可是,一开始,新诗对于语言的问题就像它对于它的作者、它的使命、它的读者对象等问题一样,并没有打出一面鲜明的旗帜指示着努力的方向。"新诗"比旧诗"新"的地方,就在于它用了"半文不白"和"蓝青官话"的"白话"抒发了"半新不旧"的"知识分子"的思想情感。新诗虽说打倒了旧诗,但旧诗却把自己的残语剩句留下来做了个纪念。后来,外国诗的形式又被搬运过来,造成很大的影响,于是,新诗,这个诞生不久的婴儿,它口中的喁喁竟夹杂着旧诗里旧得发臭了的"残阳""衰柳";英国的、法国的、美国的……一些语汇和句法!

抗战是一个关口。在以前,由于国难的严重,反动政府的腐败,诗人们开始注视了这伟大的现实,用诗歌去诅咒黑暗,反抗压迫,可是,他们所用以表现的词汇并不能够使大众懂,写诗的人自己也并没有明确地意识到这一点。抗战开始了,诗人们的生活天地扩大了,诗歌和群众联系的问题发生了,诗歌朗诵运动展开了。诗的形式和词汇也跟着现实向前跨了一步。艾青的《火把》《他死在第二次》,田间的《给战斗者》《他也要做人》等所以能够发生很大的影响,不是没有理由的。但是这一步跨得并不太大,诗人并没有从小资产阶级一步跨到无产阶级立场上去。诗也没有一下子冲破知识分子的圈子,扩大到工农兵群众中去。诗的语汇虽然是比较新鲜活泼了,比较可以上口了,但它还多半是知识分子气的、书本子气的,老百姓听不大懂也不大有兴趣去听的。一直到了一九四二年"延安文艺座谈会"这才决定了诗的命运和前途。诗人这才自觉地去深入生活,用战斗去锻炼自己、改造自己,这才自觉地去学习民歌,去写墙头诗,去从民众的口语里学着提炼自己的诗句。我们读了李季怎么写《王贵与李香香》的自白,就可以知道他的成功和影响是怎么造成的。在当日的国统区,我们也产生了"山歌"和一些方言诗。这是一件大事情。一个诗人抛弃他用惯的形式、词汇、句法,重新建立一个民歌体,这是需要创造上的勇气的。多数写诗的朋友,就是直到今天,也还没有把一些知识分子的、陈腐的、诗的词汇从自己的诗篇里完全逐出去。我说的这个今天,就是农民们有了自己新的民歌、解放战士们有了自己的枪杆诗、工人们有了自己快板的今天;我说的今天,也就是群众要求诗人们用他们听得懂的诗句为他们歌唱的今天,也就是文字和语言,诗和歌一步步扣紧了的今天。

在这样一个情势之下,许多诗篇里,尚遗留着如江华先生所指出以及未能一一指出的许多这样的语汇。这表示着,过时的东西是怎样顽强,如同腐败的贝壳附着在海滨的石子上成为化石一样。这并不是诗人们有意要它，而是它在无意中溜进来的。走熟了的路子，一举步就是，用惯的词汇，不招手它也来。有时，就是自己竭力想避免，也往往避不开，免不掉，心里的词汇像筹码一样，抽来抽去就是有数的这些根。

语汇问题，我们不能把它仅当作一个技巧问题来看，来求得解决。这是一个文字语言如何统一的问题，这是诗歌如何去联系广大群众的问题，这也是诗人本身思想感情的改造问题。如同残留在我们诗篇里的僵化语汇一类，我们身上也同样残留着小资产阶级的思想和感觉。如果我们对事物的感觉，我们的思想方法是小资产阶级性的，那么，表现这感觉、思想的语汇就不可能是大众化的，无产阶级的。阶级不同，思想感觉也就不同，作为这些表现的语言、词汇也就不会一样。在阶级的社会里，人是有阶级性的，语言也是如此。想摆脱掉这些旧语句、旧词汇的牵连，就得首先摆脱掉那些旧感觉、旧思想的残余。如果诗人站在原来的立脚点上，以画符驱鬼的方术去驱逐这些"使人糊涂的词汇"，再"努力"也是白搭的。对于一个知识分子的诗人，语言学习的过程也就是自我改造、阶级转化的过程。不是这样的话，你就是把人民的口语记录下千万句，代替了旧的语汇用在你的诗篇里，也不过是把从活生生的大树上折下来的枝条接在一棵枯干上而已。诗里的语句、词汇是诗人的感情使它们活起来的。思想感情还没有达到崭新、强烈、群众化的程度，那么他的词汇也就决不可能是新鲜的、有力的、富于感染性的。

半年来，因为终天看稿子，也就有机缘读了大量的诗。每一个伟大事件一到，就有许许多多歌颂的诗歌产生出来。这是很好的，很令人兴奋的。但是一读多了，就自然会发生一个感觉：有许多诗，不但意思差不多，就是词汇也有不少是雷同的。伟大的新时代激发了、产生了大批诗人，在诗人们大量生产之下，诗篇就容易给人一个"泛滥"的感觉。在内容上讲，由于感受、思索得不够深刻、具体，所以难免显得热烘烘的、空洞洞的。因为同样是革命的知识分子，对于同样事件也就发生了相差不远的情感上的反应，所以在表现上，也就采用了很多差不离的语句和词汇。

我们拿工农兵写的或唱出来的关于同样事件的快板、鼓词，或是顺口溜，情形就两样了。他们是凭了切身的、具体的、血肉关联的感觉写出或唱出了他们的欢欣和鼓舞。他们的句法、词汇，是民族的，是和口语一致的。当然，他们的作品并不是已经具有多么高的艺术价值，他们的语言、词汇还是相当粗糙、简单，也有许多雷同。但是，这种词汇却是活的，是从生命树上活枝鲜叶摘下来的，就是有的雷同，也和知识分子诗人们的彼此雷同是不同的。

　　归根结底说起来，诗的词汇问题就是诗人感觉、表现的问题。新词汇——大众的、口语的——的获得，必须以知识分子的思想改造为前提。单单从词汇本身想解决词汇的问题，我以为，那不是不可能就是不彻底的。

（1950年1月29日）

克服"一般化"的倾向不能从形式出发

王朝闻

美术工作者在抗美援朝的宣传工作上十分努力,产生了很多作品,其中有一些是很好的。但也有些作品存在着"一般化"的缺点。因为形象不新鲜,不能发挥有力的说服和感动读者的作用。如何克服所谓"一般化"倾向就成了迫切需要解决的问题。不解决这个问题,就不能充实和发展新美术,使它更能胜任战斗的任务。但是,如果对于形成"一般化"的根本原因缺乏正确了解,而只在形式上的追究,仍然不能从"一般化"的困境中解脱出来。

"一般化"倾向通过一定的形式而表现,可是形成"一般化"倾向的主要原因不在艺术的形式而在于内容。不重视如何表现内容而追求形式的新奇,不仅不能正确处理形式与内容的关系,而且必然又要堕入另一种"一般化"的境地。某些"形式第一"的倾向已经出现,虽不普遍,但我们不能让它在克服"一般化"倾向时获得增长的机会。

究竟什么是形成"一般化"倾向的原因呢?

有人认为:由于某些作者只在抗美援朝的政治任务上找题材,同时又套用了别人曾经一再用过的形式。这种说法是不正确的。

只要抗美援朝的战斗任务还没有完成,为抗美援朝做宣传的美术就不能中止。我们不能因为反对"一般化"就连神圣的战斗任务也反掉。而且,到底是有关抗美援朝的客观实际中没有新鲜活泼的形象呢,还是由于作者没有和这些形象接触或自己感觉不到它们的新鲜意义?问题是很明白的。抗美援朝的斗争在不断发展,不断变化。前方和后方,各种人物有各种任务,也有各种不同的表现。真正严肃和努力的作者,能够从不断发展、不断变化的历史进程中,根据不同环境和不同人物的具体情况,有分析、有研究地选择和创造形象,那么,"一般化"的倾向是可以而且一定能够避免的。如果作者对于千变万化的客观实际认识不足,缺少接触,也缺少研究,只凭空洞的概念,拼凑一些所谓"形象"的符号来翻译"抗美援朝"四个字,一般化的毛病就无法避免。一般化的作品,可以说是不现实的,因为千变万化的现实本身绝不一般化。如果没有在创作的准备工作中形成具有独特意义的主题和形象,因而也就不能在表现时达到准确而又生动的要求,作品中生动活泼的形象失去了可靠的根据。因为不是从实际出发而从概念出发,不仅不得不套用陈旧了的形式,而且作者自己也不能客观地检查这一形式是否得当——因为他已经失掉了可靠的标尺。

所谓独创性,并不是什么神秘的东西。它不过是形式与内容的紧密结合和完全统一的具体表现而已。准确地表现了新鲜的内容,其作品也就取得了独创性和新鲜感。如果失掉了客观实际这一可靠的依据,任何独创性都无从谈及。如果只在形式上掉花枪,那不是现实主义所要求的独创性。我们不是唯内容论者,不仅不反对提高形式的独创性,而且十分看重这独创性。不是以为有了内容就有了一切,给概念化倾向建立防身所。但我们所要求的是如何准确地也就是生动地表达具体内容的形式,而不是任何其他的形式。任何形式,如果不是服从于表现一定的具有新鲜意义的主题和形象,那么,这种形式就必然失去现实主义所要求的独创性。

我在抗美援朝美术展览会中曾经看到了天津棉纺二厂的工人同志及师大女附中和部分小学生的以抗美援朝为题材的作品。虽然他们美术技巧修养不高,却产生了并不"一般化"的创作。一幅画里,纺织工人们正在积极从事生产,题着"一座布机一尊炮,一个锭子一杆枪"的文字,构图和形象并不新奇,但它给予观众的印象是新鲜的。观众能够体会作者不仅是理论上承认抗美援朝的重要,而且是从切身的感受提出了应该如何抗美援朝的号召。一套连环画,取材于历史——在东北的日本帝国主义者如何压迫人民。据说作者是亲身接触过这些材料的东北人。这一套作品虽然不是直接描写美帝在朝鲜的罪恶,却能给予观众非反对美帝不可的思想上的启发。一个少年儿童队员,朴素地甚至稚拙地描写出他们如何在制作慰问袋,也充满着人民对于援朝战士的高度热情,没有流于"一般化"的老套。这些作品虽然不能以为是很成功的作品,但是,能够避免"一般化"的基本原因,实在可以从中得到解释。

我们可以承认:套用别人用旧了的形式,确是一种实际情况。但这只是一种现象,而不是形成"一般化"的根本原因。不得不套用陈旧了的和新的内容不调协的形式,那仍然是作者对于现实接触不多和缺乏研究的。

形成一般化的原因，常常是创作态度不严肃，不考虑如何才能使作品在宣传上产生有力的作用。但是，所谓态度不严肃，不只是指他在执笔时的潦草，而主要是没有认真做好准备工作。即使是煞费苦心地修改着草稿的同志，也仍然不能创造出生动活泼的形象，那就不是执笔时的潦草不潦草的问题。正如语言贫乏，惯用陈词滥调的某些鼓词那样，并不是完全由于作者写作时的懒惰，甚至偏爱陈词滥调，存心不寻求如何准确地刻画形象的语言。如果作者胸中真有明确的意象，他对于贫乏的语言定会感到不满，从而要追求十分准确，因而就会具有特殊性和新鲜感的语言的。即使是执笔态度比较潦草的作者，由于新的内容向他提出了新的要求，也不致永远不能发现语言与内容的矛盾，永远偏爱自己习惯了的陈词滥调的。由此可见：套用陈旧的形式，不追求新的表现方法，主要由于作者并没有获得具有新鲜意义的主题，没有新鲜的内容向他提出特殊的形式。

我们知道，"最后的晚餐"这个空泛的题目不等于就是达·芬奇或其他文艺复兴时期诸画家的"最后的晚餐"的主题，也不等于耶稣及其门徒的形象。由于达·芬奇和基尔兰达约、拉斐尔、丁托莱托、萨托等人各具不同的生活经验和不同的看法以及创作时不同的着重点，在处理这一大题目时，就形成了各不相同的构图和人物的动作、姿态、表情。尽管都是着重表现着耶稣，却都有各不相同的耶稣的形象。风格显得比较别人很不一般化的达·芬奇，他的这幅画所以比其他画家的成功，主要的不在于技巧的卓越，而在于他能够更现实地处理着他的主题（虽然他具有卓越的技巧）。再，我们看看有关歌颂伟大的列宁、斯大林的作品，就以盖拉西莫夫所作的油画而论，由于所强调表现的方面不同，都没有因为老是画着列宁、斯大林而形成一般化。苏联漫画家库克雷尼克塞的有名的《华尔街的剪子》（参看《中苏友好》二卷四期插图），是本质地揭发着美帝外交政策和在经济方面英美的矛盾的漫画。代表着英帝国主义者的狮子的沮丧和不安与无可奈何的表情，是明知受了愚弄而又不得不受愚弄者的一种特殊表情，画得异常有新鲜感觉。但这不一般化的形象仅仅由于漫画家高强的表现能力吗？不是的。如果作者没有深入地研究过华盛顿财政谈判的意义及其具体表现，这种独特性就无从获得。同样道理，上述的工人、中学生和小学生，都没有把自己的思索停止在"抗美援朝"四个大字上，而是各有独特的主题和形象的。不论是古今中外的美术家或一般群众，保证作品不流于"一般化"的基本条件，不在形式的探索而在内容的把握。由此可见：为了克服一般化的毛病，除了深入实际、取得直接和间接的生活经验,而且深思熟虑,认真讲究处理方法之外,绝对没有其他更可靠的克服"一般化"的道路。

可能有人认为:这是内容第一的老调,用不着再说。是的,这个道理并不新鲜,但对于把问题引到枝节上去,不适当地强调形式的重要性的作者来说,仍有新鲜意义。只要教育主义的艺术思想与形式主义的艺术作风还没有绝迹,老调仍有新弹的必要。

目前,我们可以看到似乎很讲究形式的独创性,其实独创性十分淡薄的漫画。尽管我们这些漫画作者和堕落的资产阶级现代诸流派的作者在立场观点上有多么显著的区别,但是就其某些作品的形式而论,却给人一种接近现代诸流派作风的印象。初学者让杜鲁门抽着炸弹的烟卷或用弹皮作为他们的住居的,近于谩骂而不能启发仇视、鄙视、蔑视敌人的画法,由于他们缺少漫画为政治服务的经验,读者不至十分苛责。但是,一些久经战斗的而且曾经产生过很多于战斗有益的作品的老作家,也竟然产生了流于接近现代诸流派的作风,却十分值得警惕。

《人民画报》第六期刊载了几幅工细的着色漫画。这几幅画显然花费了作者许多精力。但没有证明同志们的创作态度的严肃。这些漫画中的形象,与人民艺术所要求的"独创性"毫无相同之点。同志们的精力花在什么上面呢?很显然,不是为了如何适当地讽刺敌人和如何才能使读者对被压迫者产生应有的同情,而是在形式本身用功夫。在形式上不适当地强调变形和造型上色彩上的装饰趣味,忽略了这种形式到底能不能明确地表达主题和是否歪曲现实。孤立地片面地因而不正确地讲究着形式的美好,忽略了这些装饰趣味与讽刺或同情的主题有无矛盾。因为强调装饰趣味而造成了脱离实际、和斗争游离的作品,从现实主义的角度看来,实在不算是美好的作风,也不算是美好的形式。没有从如何正确和深刻地反映现实出发,离开了战斗目的,好像很讲究形式,其实是很不讲究形式的。好像在提高形式,其实并没有把形式提高。

装饰是为了加强美感,而不是为了着力地讽刺;如果丑恶的敌人不幸被美化,那就降低了鄙视和蔑视敌人的感情。变形是为了更明确地刻画形象,而不是为了求"怪";应该使人同情的人物变成了怪物,任何积极意义也得不到。这种作品与其说是为了更生动地反映现实,不如说是在玩弄陈旧了的趣味。这种把观众的注意引导到欣赏画面的"味"而不能使读者更深刻地认识现实的非现实主义的创作方法,对于现实的反映是不准确的,由于太接近

"现代诸流派"的作风，因而也就是不新鲜的。这种方法绝不是我们要求的方法，也不是克服"一般化"的道路。

总之，我们必须讲究切合内容的表现形式，但表现形式的独特性决定于具有独特意义的主题。为了克服"一般化"的倾向，除了充分掌握材料和认真研究材料之外，没有最可靠的办法。

毛主席在《改造我们的学习》里，对于改造世界与认识世界的问题，一再指出收搜材料与研究材料的重要。他反对"瞎子摸鱼"，粗枝大叶、夸夸其谈，满足于一知半解的主观主义的思想、方法、态度。一再教导我们：不要从主观愿望出发，而要实事求是，认真研究客观的真实情况。这些指示，对于作为改造世界的美术工作者来说，无例外地是必须尊重而且必须实践的。如果只是在理论上承认而不认真执行，不仅不能真正做好抗美援朝的宣传工作，而且也不能在运动中有效地克服一般化的倾向，提高自己的业务水平。

（1951年1月14日）

我国伟大的建筑传统与遗产

梁思成

世界上最古，最长寿，最有新生力的建筑体系

历史上每一个民族的文化都产生了它自己的建筑，随着这文化而兴盛衰亡。世界上现存的文化中，除去我们的邻邦印度的文化可算是约略同时诞生的弟兄外，中华民族的文化是最古老，最长寿的。我们的建筑也同样是最古老，最长寿的体系。在历史上，其他与中华文化约略同时，或先或后形成的文化，如埃及、巴比伦，稍后一点的古波斯、古希腊，及更晚的古罗马，都已成为历史陈迹。而我们的中华文化则血脉相承，蓬勃地滋长发展，四千余年，一气呵成。到了今天，我们所承继的是一份极丰富的遗产，而我们的新生力量正在发育兴盛。我们在这文化建设高潮的前夕，好好再认识一下这伟大光辉的建筑传统是必要的。

我们自古以来就不断地建造，起初是为了解决我们的住宿、工作、休息与行路所需要的空间，解决风雨寒暑对我们的压迫；便利我们日常生活和生产劳动。但在有了高度文化的时代，建筑便担任了精神上、物质上更多方面的任务。我们祖国的人民是在我们自己所创造出来的建筑环境里生长起来的。我们会有意识地或潜意识地爱我们建筑的传统型类以及它们和我们数千年来生活相结合的社会意义，如我们的街市，民居，村镇，院落，市楼，桥梁，庙宇，寺塔，城垣，钟楼等等都是。我们也会有意识地或直觉地爱我们的建筑客观上的造型艺术价值，如它们的壮丽或它们的朴实，它们的工艺与大胆的结构，或它们的亲切部署与简单的秩序。它们是我们民族经过代代相承，在劳动的实践中和实际使用相结合而成熟，而提高的传统。它是一个伟大民族的工匠和人民在生活实践中集体的创造。

因此，我们家乡的一角城楼，几处院落，一座牌坊，一条街市，一列店铺，以及我们近郊的桥，山前的塔，村中的古坟石碑，村里的短墙与三五茅屋，对于我们都是那么可爱，那么有意义的。它们都曾丰富过我们的生活和思想，成为与我们不可分离的情感的内容。

我们中华民族的人民从古以来就不断地热爱着我们的建筑。历代的文章诗赋和歌谣小说里都不断有精彩的叙述与描写，表示建筑的美丽或它同我们生活的密切。有许多不朽的文学作品更是特地为了颂扬或纪念我们建筑的伟大而作的。

最近在《解放了的中国》的镜头中，就有许多令人肃然起敬，令人骄傲，令人看着就愉快的建筑，那样光辉灿烂地同我国伟大的天然环境结合在一起，代表着我们的历史，我们的艺术，我们祖国光荣的文化。我们热爱我们的祖国，我们就不可能不被它们所激动，所启发，所鼓励。

但我们光是盲目地爱我们的文化传统与遗产，还是不够的。我们还要进一步地认识它。我们的许多伟大的匠工在被压迫的时代里，名字已不被人记着，结构工程也不详于文字记载。我们现在必须搞清楚我们建筑在工程和艺术方面的成就，它的发展，它的优点与成功的原因，来丰富我们对祖国文化的认识。我们更要懂得怎样去重视和爱护我们建筑的优良传统，以促进我们今后承继中国血统的新创造。

我们祖先的穴居

我们伟大的祖先在中华文化初放曙光的时代是"穴居"的。他们利用地形和土质的隔热性能，开出洞穴作为居住的地方。这方法，就在后来文化进步过程中也没有完全舍弃，而且不断地加以改进。从考古学家所发现的周口店山洞，安阳的袋形穴……到今天华北、西北都还普遍的窑洞，都是进步到不同水平的穴居的实例。砖筑的窑洞已是很成熟的建筑工程。

我们的祖先创造了骨架结构法——一个伟大的传统

在地形、地质和气候都比较不适宜于穴居的地方，我们智慧的祖先很早就利用天然材料——主要的是木料，土与石——稍微加工制作，构成了最早的房屋。这种结构的基本原则，至迟在公元前一千四五百年间大概就形成了的，一直到今天还沿用着。《诗经》《易经》都同样提到这样的屋子，它们起了遮蔽风雨的作用。古文字流露出前人对于屋顶像鸟翼开展的状态特别表示满意，以"作庙翼翼""如鸟斯革，如翚斯飞"等句子来形容屋顶的美。一直到后来的"飞甍""飞檐"的说法也都指示着瓦部"翼翼"的印象，使我们有"瞻栋宇而兴慕"之慨。其次，早期文字里提到的很多都是木构部分，大部都是为了承托梁栋和屋顶的结构。

这个骨架结构大致说来就是：先在地上筑土为台；台上安石础，立木柱；柱上安置梁架，梁架和梁架之间以枋将它们牵联，上面架檩，檩上安椽，做成一个骨架，如动物之有骨架一样，以承托上面的重量。在这构架之上，主要的重量是屋顶与瓦檐，有时也加增上层的楼板和栏杆。柱与柱之间则依照实际的需要，安装门窗。屋上部的重量完全由骨架担负，墙壁只作间隔之用。这样使门窗绝对自由，大小有无，都可以灵活处理。所以同样地立这样一个骨架，可以使它四面开敞，做成凉亭之类，也可以垒砌墙壁作为掩蔽周密的仓库之类。而寻常房屋厅堂的门窗墙壁及内部的间隔等，则都可以按其特殊需要而定。

从安阳发掘出来的殷墟坟宫遗址，一直到今天的天安门、太和殿，以及千千万万的庙宇民居农舍，基本上都是用这种骨架结构方法的。因为这样的结构方法能灵活适应于各种用途，所以南至越南，北至黑龙江，西至新疆，东至朝鲜、日本，凡是中华文化所及的地区，在极端不同的气候之下，这种建筑系统都能满足每个地方人民的各种不同的需要。这骨架结构的方法实为中国将来的采用钢架或钢筋混凝土的建筑具备了适当的基础和有利条件。我们知道，欧洲古典系统的建筑是采取垒石制度的。墙的安全限制了窗的面积，窗的宽大会削弱了负重墙的坚固。到了应用钢架和钢筋混凝土时，这个基本矛盾才告统一，开窗的困难才彻底克服了。我们建筑上历来窗的部分与位置同近代所需要的相同，就是因为骨架结构早就有了灵活的条件。

中国建筑制定了自己特有的"文法"

一个民族或文化体系的建筑，如同语言一样，是有它自己的特殊的"文法"与"语汇"的。它们一旦形成，则成为被大家所接受遵守的方法的纲领。在语言中如此，在建筑中也如此。中国建筑的"文法"和"语汇"据不成熟的研究，是经由这样酝酿发展而形成的。

我们的祖先在选择了木料之后逐渐了解木料的特长，创始了骨架结构初步方法——中国系统的"梁架"。在这以后，经验使他们也发现了木料性能上的弱点。那就是当水平的梁枋将重量转移到垂直的立柱时，在交接的地方会发生极强的剪力，那里梁就容易折断。于是他们就使用一种缓冲的结构来纠正这种可以避免的危险。他们用许多斗形木块的"斗"和臂形的短木"拱"，在柱头上重叠而上，愈上一层的拱就愈长，将上面梁枋托住，把它们重量一层层递减地集中到柱头上来。这个梁柱间过渡部分的结构减少了剪力，消除了梁折断的危机。这种斗和拱组合而成的组合物，近代叫作"斗拱"。见于古文字中的，如栌，如栾等等，我们虽不能完全指出它们是斗拱初期的哪一型类，但由描写的专词与句子，和古铜器上图画看来，这种结构组合的方法早就大体成立。所以说是一种"文法"。而斗、拱、梁、枋、椽、檩、楹柱、棂窗等，也就是我们主要的"语汇"了。

至迟在春秋时代，斗拱已很普遍地应用，它不惟可以承托梁枋，而且可以承托出檐，可以增加檐向外挑出的宽度。《孟子》里就有"榱题数尺"之句，意思说檐头出去之远。这种结构同时也成为梁间檐下极美的装饰，由于古文不断地将它描写，看来也是没有问题的。唐以前实物，以汉代石阙，与崖墓上石刻的木构部分为最可靠的研究资料。唐时木建还有保存到今天的，但主要的还要借图画上的形象。可能在唐以前，斗拱本身各部已有标准化的比例尺度，但要到宋代，我们才确实知道斗拱结构各种标准的规定。全座建筑物中无数构成材料的比例尺度就都以一个拱的宽度作度量单位，以它的倍数或分数来计算的。宋时且把每一构材的做法，把天然材料修整加工到什么程度的曲线，榫卯如何衔接等都规格化了，形成类似文法的规矩。至于在实物上运用起来，却是千变万化，少见有两个相同的结构。惊心动魄的例子，如蓟县独乐寺观音阁三层大阁和高二十丈的应州木塔的结构，都是近于一千年的木构，当在下文建筑遗物中叙述。

在这"文法"中各种"语汇"因时代而改变，"文法"亦略更动了，因而决定了各时代的特征。但在基本上，中国建筑同中国语言文字一样，是血脉相承，赓续演变，反映各种影响及所吸取养料，从没有中断过的。

内部斗拱梁架和檐柱上部斗拱组织是中国建筑工程的精华。由观察分析它们的作用和变化，才真真认识我们祖先在掌握材料的性能、结构的功能上有多么伟大的成绩。至于建造简单的民居，劳动人民多会立柱上梁；技术由于规格化的简便更为普遍。梁架和斗拱都是中国建筑所独具的特征，在工匠的术书中将这部分称作"大木作做法"。

中国建筑的"文法"中还包括着关于砖石、墙壁、门窗、油饰、屋瓦等方面。称作"石作做法""小木作做法""彩画作做法"和"瓦作做法"等。

屋顶属于"瓦作做法",它是中国建筑中最显著、最重要,庄严无比美丽无比的一部分。但瓦坡的曲面,翼状翘起的檐角,檐前部的"飞椽",和承托出檐的斗拱,给予中国建筑以特殊风格和无可比拟的杰出姿态的,都是内中木构使然,是我们木工的绝大功绩。因为坡的曲面和檐的曲线,都是由于结构中的"举架法"的逐渐垒进升高而成,不是由于矫揉造作,或歪曲木料而来。盖顶的瓦,每一种都有它的任务,有一些是结构上必需部分而略加处理,便同时成为优美的瓦饰。如瓦脊,脊吻,垂脊,脊兽等。

油饰本是为保护木材而用的。在这方面中国工匠充分地表现出创造性。他们敢于使用各种颜色在梁枋上做妍丽繁复的彩绘,但主要的却用属于青绿系统的"冷色"而以金为点缀,所谓"青绿点金",各种格式。柱和门窗则限制到只用纯色的朱红或黑色的漆料,这样建筑物直接受光面同檐下阴影中彩绘斑斓的梁枋斗拱更多了反衬的作用,加强了檐下的艺术效果。彩画制度充分地表现了我们匠师使用颜色的聪明。

其他门窗即"小木作"部分墙壁台基"石作"部分的做法也一样由于积累的经验有了谨严的规制,也有无穷的变化。如门窗的刻镂,石座的雕饰。各个方面都有特殊的成就。工程上虽也有不可免的缺点,但中国一座建筑物的整体组合,绝无问题的,是高度成功的艺术。

至于建筑物同建筑物间的组合,即对于空间的处理,我们的祖先更是表现了无比的智慧。我们的平面部署是任何其他建筑所不可及的。院落组织是我们在平面上的特征。无论是住宅、官署、寺院、宫庭、商店、作坊,都是由若干主要建筑物,如殿堂、厅舍,加以附属建筑物,如厢耳、廊庑、院门、围墙等周绕联络而成一院,或若干相连的院落。这种庭院,事实上,是将一部分户外空间组织到建筑范围以内。这样便适应了居住者对于阳光、空气、花木的自然要求,供给生活上更多方面的使用,增加了建筑的活泼和功能。一座单座庞大的建筑物将它内中的空间分划使用,无论是如何的周廊复室,建筑物以内同建筑物以外是隔绝的,断然划分的。在外的觉得同内中隔绝,可望而不可即,在内的觉得像被囚禁,欲出而不得出,使生活有某种程度的不自然。直到最近欧美建筑师才注意这个缺点,才强调内外联系打成一片的新观点。我们数千年来则无论贫富,在村镇或城市的房屋没有不是组成院落的。它们很自然地给了我们生活许多的愉快,而我们在习惯中,有时反不会觉察到。一样在一个城市部署方面，我们祖国的空间处理同欧洲系统的不同，主要也是在这种庭院的应用上。今天我们把许多市镇中衙署或寺观前的庭院改成广场是很自然的。公共建筑物前面的院子，就可以成护卫的草地区，也很合乎近代需要。

我们的建筑有着种种优良的传统，我们对于这些要深深理解，向过去虚心学习。我们要巩固我们传统的优点，加以发扬光大，在将来创造中灵活运用，基本保存我们的特征。尤其是在被帝国主义文化侵略数十年之后，我们对文化传统或有些隔膜，今天必须多观摩认识，才会更丰富地体验到、享受到我们祖国文化的特殊的光荣的果实。

千年屹立的木构杰作

几千年来，中华民族的建筑绝大部分是木构的。但因新陈代谢，现在已很难看到唐宋时代完整的建筑群，所见大多是硕果仅存的单座建筑物。

国内现存五百年以上的木构建筑虽还不少；七八百年以上，已经为建筑史家所调查研究过的只有三四十处；千年左右的，除去敦煌石窟的廊檐外，在华北的仅有两处依然完整地健在。我们在这里要首先提到现存木构中最古的一个殿。

五台佛光寺　山西五台山豆村镇佛光寺的大殿是唐末会昌年间毁灭佛法以后，在八五七年重建的。它已是中国现存最古的木构。它依据地形，屹立在靠山坡筑成的高台上。柱头上有雄大的斗拱，在外面挑着屋檐，在内部承托梁架，充分地发挥了中国建筑的特长。它屹立一千一百年，至今完整如初，证明了它的结构工程是如何科学的、合理的，这个建筑如何的珍贵。殿内梁下还有建造时的题字，墙上还保存着一小片原来的壁画，殿内全部三十几尊佛像都是唐末最典型最优秀的作品。在这一座殿中，同时保存着唐代的建筑、书法、绘画、雕塑四种艺术，精华荟萃，实是文物建筑中最重要、最可珍贵的一件国宝。殿内还有两尊精美的泥塑写实肖像，一尊是出资建殿的女施主宁公遇，一尊是当时负责重建佛光寺的愿诚法师，脸部表情富于写实性，且是研究唐末服装的绝好资料。殿阶前有石幢，刻着建殿年月，雕刻也很秀美。

蓟县独乐寺　次于佛光寺最古的木建筑是河北蓟县独乐寺的山门和观音阁。九八四年建造的建筑群，竟还有这门阁相对屹立，至今将近千年了。山门是一座灵巧的单层小建筑，观音阁却是一座庞大的重层（加上两主层间的

"平坐"层,实际上是三层)大阁。阁内立着一尊六丈余高的泥塑十一面观音菩萨立像,是中国最大的泥塑像,是最典型的优秀辽代雕塑。阁是围绕着像建造的。中间留出一个"井",平坐层达到像膝,上层与像胸平,像头上的"花冠"却顶到上面的八角藻井下。为满足这特殊需要,天才的匠师在阁的中心留出这个"井",使像身穿过三层楼;这个阁的结构,上下内外,因此便在不同的地位上,按照不同的结构需要,用了十几种不同的斗拱,结构上表现了高度的"有机性",令后世的建筑师们看见,只有瞠目咋舌的惊欢。全阁雄伟魁梧,重檐坡斜舒展,出檐极远,所呈印象,与国内其他任何楼阁都不相同。

应县木塔 再次要提到的木构杰作就是察哈尔应县佛宫寺的木塔。在桑干河的平原上,离应县县城十几里,就可以望见城内巍峨的木塔。塔建于一〇五六年,至今也将近九百年了。这座八角五层(连平座层事实上是九层)的塔,全部用木材骨架构成,连顶上的铁刹,总高六十六公尺余,整整二十丈。上下内外共用了五十七种不同的斗拱,以适合结构上不同的需要。唐代以前的佛塔很多是木构的,但佛家的香火往往把它们毁灭,所以后来多改用砖石。到了今天,应县木塔竟成了国内唯一的孤例。由这一座孤例中,我们看到了中国匠师使用木材登峰造极的技术水平,值得我们永远地景仰。塔上一块明代的匾额,用"鬼斧神工"四个字赞扬它,我们看了也有同感。

(1951年2月19日)

我们的祖先同样地善用砖石

在木构的建筑实物外,现存的砖工建筑有汉代的石阙和石祠,还有普遍全国的佛塔和不少惊人的石桥,应该做简单介绍的叙述。

汉朝的石阙和石祠阙是古代宫殿、祠庙、陵墓前面甬道两旁分立在左右的两座楼阁形的建筑物。现在保存最好而且最精美的阙莫过于西康雅安的高颐墓阙和四川绵阳的杨府君墓阙。它们虽然都是石造的,却全部模仿木构的形状雕成。汉朝木构的法式,包括下面的平台,阙身的柱子,上面重叠的枋椽,以及出檐的屋顶,都用高度娴熟精确的技术表现出来。它们都是最珍贵的建筑杰作。

山东嘉祥县和肥城县还有若干汉朝坟墓前的"石室",它们虽然都极小极简单,但是还可以看出用柱、用斗和用梁架的表示。

我们从这几种汉朝的遗物中可以看出中国建筑所特有的传统到了汉朝已经完全确立，以后世世代代的劳动人民继续不断地把它发扬光大，以至今日。这些陵墓的建筑物同时也是史学家和艺术家研究汉代丧葬制度和艺术的珍贵参考资料。

嵩山嵩岳寺砖塔佛塔已几乎成了中国风景中一个不可缺少的因素。千余年来，它们给了辛苦勤劳、受尽压迫的广大人民无限的安慰，春秋佳日，人人共赏，争着登临远眺。文学遗产中就有数不清的咏塔的诗。

唐宋盛行的木塔已经只剩一座了，砖石塔却保存得极多。河南嵩山嵩岳寺塔建于五二〇年，是国内最古的砖塔，也是最优秀的一个实例。塔的平面作十二角形，高十五层，这两个数目字在佛塔中是特殊的孤例，因为一般的塔，平面都是四角、六角，或八角形，层数至多仅到十三。这塔在样式的处理上，在一个很高的基座上，是一段高的塔身，再往上是十五层密密重叠的檐。塔身十二角上各砌作一根八角柱，柱础柱头都作莲瓣形。塔身垂直的柱与上面水平的檐层构成不同方向的线路；全塔的轮廓是一道流畅和缓的抛物线形，雄伟而秀丽，是最高艺术造诣的表现。

由全国无数的塔中，我们得到一个结论，就是中国建筑，即使如佛塔这样完全是从印度输入的观念，在物质体形上却基本的是中华民族的产物，只在雕饰细节上表现外来的影响。《后汉书·陶谦传》所叙述的"浮图"（佛塔）是"下为重楼，上叠金盘"。重楼是中国原有的多层建筑物，是塔的本身，金盘只是上面的刹，就是印度的"窣堵坡"。塔的建筑是中华文化接受外来文化影响的绝好的结晶。塔是我们把外来影响同原有的基础接合后发展出来的产物。

赵州桥　中国有成千成万的桥梁，在无数的河流上，便利了广大人民的交通，或者给予多少人精神上的愉悦，有许多桥在中国的历史上有着深刻的意义。长安的灞桥，北京的卢沟桥，就是卓越的例子。但从工程的技术上说，最伟大的应是北方无人不晓的赵州桥。如民间歌剧《小放牛》里的男脚色问女的："赵州桥，什么人修？"绝不是偶然的。它的工程技巧实太惊人了。

这座桥是跨在河北赵县洨水上的。跨长三十七公尺有余（约十二丈二尺），是一个单孔券桥。在中国古代的桥梁中，这是最大的一个弧券。然而它的伟大不仅在跨度之大，而在大券两端，各背着两个小券的做法。这个措置减少了洪水时桥身对水流的阻碍面积，减少了大券上的荷载，是聪明无比的创举。这种做法在欧洲到一九一二年才初次出现，然而隋朝（五八一至六一八年）的匠人李春却在一千三百多年前就建造了这样一道桥。这桥屹立到今天，仍然继续便利着来往的行人和车马。桥上原有唐代的碑文，特别赞扬"隋匠李春""两涯穿四穴"的智巧；桥身小券内面，还有无数宋金元明以来的铭刻，记载着历代人民对它的惊佩。李春两个字是中国工程史中永远不会埋没的名字，每一位桥梁工程师都应向这位一千三百年前伟大的天才工程师看齐！

索桥 铁索桥，竹索桥，这些都是西南各省最熟悉的名称。在工程史中，索桥又是我们的祖先对于人类文化史的一个伟大贡献。铁链是我们的祖先发明的，他们的智慧把一种硬直顽固的天然材料改变成了柔软如意的工具。这个伟大的发明，很早就被应用来联系河流的阻隔，创造了索桥。除了用铁之外，我们还就地取材，用竹索作为索桥的材料。

灌县竹索桥在四川灌县，与著名的水利工程都江堰同样著名，而且在同一地点上的，就是竹索桥。在宽三百二十余公尺的岷江面上，它像一根线那样，把两面的人民联系着，使他们融合成一片。

在激湍的江流中，勇敢智慧的工匠们先立下若干座木架。在江的两岸，各建桥楼一座，楼内满装巨大的石卵。在两楼之间，经过木架上面，并列牵引十条用许多竹篾编成的粗巨的竹索，竹索上面铺板，成为行走的桥面。桥面两旁也用竹索做成栏杆。

西南的索桥多数用铁，而这座索桥却用竹。显而易见，因为它巨大的长度，铁索的重量和数量都成了问题，而竹是当地取不尽，用不竭，而又具有极强的张力的材料；重量又是极轻的。在这一点上，又一次证明了中国工匠善于取材的伟大智慧。

从古就有有计划的城

自从周初封建社会开始，中国的城邑就有了制度。为了防御邻邑封建主的袭击，城邑都有方形的城郭。城内封建主住在前面当中，后面是市场，两旁是老百姓的住宅。对着城门必有一条大街。其余的土地划分为若干方块，叫作"里"，唐以后称"坊"。里也有围墙，四面开门，通到大街或里与里间的小巷上。每里有一名管理员，叫作"里人"。这种有计划的城市，到了隋唐的长安已达到了最高度的发展。

隋唐的长安首次制订了城市的分区计划。城内中央的北部是宫城，皇帝住在里面。宫城之外是皇城，所有的衙署都在里面，就是首都的行政区。皇城之外是都城，每面开三个门，有九条大街南北东西地交织着。大街以外的土地就是一个一个的坊。东西各有两个市场，在大街的交叉处，城之东南隅，还有曲江的风景。这样就把皇宫、行政区、住宅区、商业区、风景区明白地划分规定，而用极好的道路系统把它们系起来，条理井然。有计划地建造城市，我们是历史上最先进的民族。古来"营国筑室"，即都市计划与建筑，素来是相提并论的。

隋唐的长安，洛阳和许多古都市已不存在，但人民中国的首都北京却是经元、明、清三代，总结了都市计划的经验，用心经营出来的卓越的、典型的中国都市。

北京今日城垣的外貌正是辩证的发展的最好例子。北京在部署上最出色的是它的南北中轴线，由南至北长达七公里余。在它的中心立着一座座纪念性的大建筑物。由外城正南的永定门直穿进城，一线引直，通过整一个紫禁城到它北面的钟楼鼓楼，在景山巅上看得最为清楚。世界上没有第二个城市有这样大的气魄，能够如此从容地掌握这样的一种空间概念。更没有第二个国家有这样以巍峨尊贵的纯色黄琉璃瓦顶，朱漆描金的木构建筑物，毫不含糊地连属组合起来的宫殿与宫庭。紫禁城和内中成百座的宫殿是世界绝无仅有的建筑杰作的一个整体。环绕着它的北京的街型区域的分配也是有条不紊的城市的奇异的孤例。当中偏西的宫苑，偏北的平民娱乐的什刹海，禁城北面满是松柏的景山，都是北京的绿色区。在城内有园林的调剂也是不可多得的优良的处理方法。这样的都市不但在全世界里中古时代所没有，即在现代，用最进步的都市计划理论配合，仍然是保持着最有利条件的。

这样一个京城是历代劳动人民血汗的创造，从前一切优美的果实都归统治阶级享受，今天却都回到人民手中来了。我们爱自己的首都，也最骄傲它中间这么珍贵的一份伟大的建筑遗产。

在中国的其他大城市里，完整而调和的，中华民族历代所创造的建筑群，它们的秩序和完整性已被帝国主义的侵入破坏了。保留下来的已都是残破零星，亟待整理的。相形之下北京保存得完整更是极可宝贵。过去在不利的条件下，许多文物遗产都不必要地受到损害。今天的人民已经站起来了，我们保证尽最大的能力来保护我们光荣的祖先所创造出来可珍贵的一切并加以发扬光大。

（1951年2月20日）

毛泽东同志《在延安文艺座谈会上的讲话》发表十周年

周 扬

十年以前，毛泽东同志发表了他的天才著作《在延安文艺座谈会上的讲话》。在这个讲话中，毛泽东同志提出了革命文艺发展的正确方针——文艺必须为工农兵服务的方针。要实现这个方针，一切前进的和革命的文艺工作者必须确立共产主义世界观、人生观，掌握正确的思想方法和创作方法，只有这样才能达到文艺真正和工农群众相结合，和群众的阶级斗争相结合。

毛泽东同志的《在延安文艺座谈会上的讲话》，出色地把马克思主义文艺理论具体地运用到中国环境中并创造性地加以发展，模范地使文艺理论和文艺政策紧密结合。这个著作不但成了中国人民文艺运动的战斗纲领，而且对世界人民的革命文艺运动发生了指导的影响和作用。

在延安文艺座谈会以前，文艺工作上所发生和存在的许多问题，其中心关键何在呢？毛泽东同志解决文艺问题正如他解决中国革命的一切问题一样，有力地抓住了整个链条上的有决定性的环节，他在《讲话》中，开宗明义就提出"我们的文艺是为什么人的？"这样一个根本的、原则的问题。针对我们的大部分是小资产阶级知识分子出身的文艺家，他又进一步尖锐地提出问题：我们的文艺第一是为着工农兵呢，还是第一为着小资产阶级及属于小资产阶级范畴的知识分子呢？毛泽东同志明确地、肯定地答复：第一要为工农兵。由于中国是一个广大的小资产阶级的国家，小资产阶级文艺家在整个文艺战线上是一个重要的力量。"五四"以来的新文艺作品主要就是描写小资产阶级知识分子的，对象也主要是他们。现在提出文艺第一要为工农兵，这就不能不引起中国新文艺的一个根本的历史性的变化，同时也就不能不准备对大批小资产阶级知识分子出身的文艺工作者进行长期的思想改造和思想批判的工作。

毛泽东同志正确地指出了小资产阶级文艺工作者的思想改造的必要性和

长期性。因为小资产阶级文艺家不经过思想改造，就不能正确地表现工农兵，就不能为工农兵服务。小资产阶级知识分子和工农群众结合必须经历一个长期奋斗的过程。

小资产阶级知识分子在中国民主革命中是首先觉悟的成分，他们是曾经在一定历史时期中演过先驱者的光荣角色的。这些知识分子，当他们还没有和工农群众相结合的时候，他们对于旧社会势力的斗争，就只能采取个人方式的反抗。他们中间真正愿意进步的人们曾竭力寻找群众，因为只有和群众结合，他们才有依靠和出路。这些人终于找到了工人阶级，并且毅然地参加了这个历史上最先进的阶级的斗争行列，将自己的命运和这个阶级的命运结合起来，这时候，他们在思想上和艺术上就表现了新的无限的力量。这就是以鲁迅为代表的"五四"以来许多前进文艺家所走过的道路。他们对中国人民事业是有极大贡献的。

小资产阶级知识分子出身的文艺家在和群众结合的过程中，是历尽艰苦的，其中少数人始终没有能够和群众结合而最后被人民抛弃。当知识分子不只是从抽象信仰和理论概念上，而要从实际行动、从日常生活的思想感情上，去和工农群众结合的时候，这个结合并不是那么容易的。小资产阶级知识分子大都有他们个人奋斗的历史，这个历史有时就成为他们前进中的包袱，他们生活上长期地习惯于单独工作或在很小的集团内工作，而在文艺修养上又往往感染以个人主义为中心的资产阶级文艺的影响较深，这一切条件就养成了小资产阶级知识分子特有的个人主义心理和习惯，妨碍他们的前进，妨碍他们和工农群众的结合。小资产阶级知识分子在没有经过认真的思想改造以前，不管口头上如何称赞群众，如何表示愿意接近群众，实际上常常是轻视群众，并且安于脱离群众的状态的。他们充满知识分子的偏见、错觉和幻想；他们总是看个人重于群众；而在他们表现工农群众的时候，不是将工农的形象描写为他们想象中的呆头呆脑的人物，就是描写为完全小资产阶级化了的、狂热的、神经质的人物。在不少文艺工作者中间，这种小资产阶级知识分子的个人主义的恶习是根深蒂固的。这就是毛泽东同志《在延安文艺座谈会上的讲话》中特别针对小资产阶级思想进行了那么尖锐的批判的缘故。

延安文艺座谈会以后，由于经过对小资产阶级的思想改造，我们的文艺和文艺工作者的面貌为之焕然一新，从此就开始了中国新文艺史上的一个新的时代。但是小资产阶级思想改造是长期的，经过十年，我们今天又在全国范围内提出文艺工作者的思想改造，并从去年电影《武训传》批判开始，对文艺上的资产阶级、小资产阶级思想进行了正确的批判。

由于全国胜利之后,我们进入城市,以及在政治上和资产阶级合作,我们周围资产阶级思想的影响增大等原因,加强对资产阶级思想的批判,成为我们文艺工作上更迫切、更严重的任务了。城市中大批没有经过改造的文艺工作者把他们的各种各色小资产阶级、资产阶级思想都带到了革命文艺队伍中来,而一些经过初步思想改造,但保留有较多旧意识的文艺工作者进入城市之后又很容易地接受了资产阶级思想的影响。脱离政治,脱离群众,而沉溺于个人享受的、安逸的生活;轻视革命文艺,轻视延安文艺座谈会以来解放区文艺的成就,轻视民族传统、民间文艺,而醉心于西洋技巧;这些就都是资产阶级思想影响的种种表现。这是资产阶级从精神方面来的诱惑。还有从物质方面来的诱惑。由于在城市,在某些文化商人(出版商、戏院老板等)的奉迎引诱下,就使一些意志薄弱、爱好虚荣的人产生了追求名利的欲望。这些人忘记了文艺是一种教育人民的高尚精神武器,而以粗制滥造的作品去猎取金钱和迎合市场的需要。他们掌握了文化企业,如戏院等,作为单纯营利的手段;错误地把这些企业的经济收入的利益放在对人民教育的事业的利益之上。他们对于完全以营利为目的的私营文化企业,不加以必要的监督和领导,而采取自由放任的方针;甚至在与这些私营文化企业打交道的当中,逐渐沾染上庸俗的商业化的习气。他们只看到旧有艺术(戏曲、连环画等)和旧有观众、读者(主要是小市民)的旧的联系——迁就和迎合观众的落后思想和低级趣味,就是这种联系的手段之一——而没有看到观众的变化。新的观众增加了,旧的观众进步了。旧有艺术经过革新之后,应当努力和新的观众——在城市应当首先是工人阶级——去建立联系,灌输所有观众以前进思想和正当趣味。就在资产阶级的种种思想的和物质的诱惑之下,个人名利的思想在一部分文艺工作者的头脑中间滋长起来,把他们自己和文艺事业一齐引到堕落的道路上去。这一切错误现象经过"三反""五反"的伟大斗争已开始得到纠正。这就不能不使我想起列宁在一九〇五年所提出的关于文学的党性原则的有名定义:"对于社会主义的无产阶级,文学事业不但不能是个人或集团的赚钱的工具,而且一般讲来,它不能是与无产阶级总的事业无关的个人事业。……文学事业应当成为无产阶级总的事业的一部分……"这段话对于我们今天具有特别新鲜的、现实的意义。毛泽东同志的《在延安文艺座谈会上的讲话》的整个精神也就是从这个基本原则出发的。

我们的文艺的队伍是一个在人民政协的共同纲领的政治基础上的,包括了各个不同阶层的文艺家的统一战线，主要的是工人阶级的、共产主义的文艺家和小资产阶级的、即一般革命的民主主义的文艺家的联盟。在我们国家的政治、社会、经济的生活各方面既已产生了具有决定作用的社会主义的因素，我们的以先进思想武装起来的文艺就应努力将这些生活中的新的因素真实地、突出地反映出来，借以用社会主义和共产主义的精神去教育工人、农民及其他劳动群众。革命艺术的新方法——社会主义现实主义应当成为我们创作方法的最高准绳。毛泽东同志在讲话中要求一切革命文艺工作者都"站在无产阶级的和人民大众的立场"，而共产党员作家，就更"要站在党的立场，站在党性和党的政策的立场"。这些要求是无条件地必须遵从的。目前小资产阶级文艺家在文艺队伍中是人数较多的。正如毛泽东同志所指出的，他们比较地倾向于革命，比较地接近于劳动人民。因而，他们也就比较容易地接受工人阶级、共产主义的思想。但是他们的知识分子的个人主义又使他们同样容易地接受资产阶级的思想。因此，对他们加强工人阶级思想的影响和教育，帮助他们克服资产阶级思想以及封建阶级思想的影响，使他们真正地、经过深思熟虑地、自觉地而不是虚伪地、敷衍地、勉强地站在工人阶级立场为工农兵服务，这就是我们文艺工作上一个特别艰苦的重要的任务。

思想改造是以工人阶级的先进思想去克服一切落后思想，这就包含了一个人的整个世界观、人生观的改变，整个思想、情感、心理、习惯、趣味的改变；对于被改造者来说，必然要经过一个相当时间的、剧烈的、痛苦的内心斗争的过程，这个过程时间的长短、痛苦的大小，就要看个人主观上自觉的程度和努力的程度来决定了。那些把思想改造当作"时髦"、当作儿戏，因而把思想改造简单化、庸俗化的人们，是不会懂得这个的。毛泽东同志指出："要彻底解决这个问题，非有十年八年的长时间不可。"但是同时毛泽东同志坚决地、肯定地指出："时间无论怎样长，我们却必须解决它，必须明确地彻底地解决它。"

文艺工作者的改造思想是和他的生活实践、和他的创作实践不能分开的；这就是说，思想改造不能关起门来进行；也不是一定要等到完全思想改造好了以后才进行创作。思想、生活和创作三者必须在文艺工作者本人的劳动和经验的基础上统一起来。而积极地参加群众的实际斗争，则是彻底改造自己思想，将自己的创作和工农群众的生活，和群众的阶级斗争真正结合起来的关键。毛泽东同志对于文艺和社会的关系作了完全严格的唯物主义的说明，他把人民生活看成文学艺术的源泉——并且是唯一的源泉。他说：

"无论是哪一等级的作为观念形态的文艺作品，都是人民生活在人类头脑中的反映和加工的结果，革命的文艺，则是人民生活在革命作家头脑中的反映和加工的结果。人民生活中本来存在着文学艺术的矿藏，这是自然形态的东西，是粗糙的东西，但也是最生动、最丰富、最基本的东西，它们使一切加工形态的文学艺术相形见绌，它们是一切加工形态的文学艺术的取之不尽、用之不竭的唯一的源泉。这是唯一的源泉，因为只能有这样的源泉，此外没有第二个源泉。"

毛泽东同志的这个关于文学艺术和人民生活的正确关系的规定正表现了他的最彻底的唯物主义的美学观。毛泽东同志在他的两部伟大哲学著作《实践论》和《矛盾论》中所展开的关于历史的和辩证的唯物主义的丰富思想，提供了一切站在无产阶级现实主义立场上的文艺工作者以最好的、最有力的理论武装。

但是毛泽东同志并没有因为强调人民生活的第一位的意义就丝毫看轻文艺的重要作用。他说：

"自然形态上的文学艺术（毛泽东这里就是指的人民生活）虽是观念形态上的文学艺术的唯一源泉，虽是较之后者有不可比拟的生动丰富的内容，但是人民还是不满足于前者而要求后者，这是为什么呢？因为虽然两者都是美，但是加工后的文艺却比自然形态上的文艺更有组织性，更有集中性，更典型，更理想，因此就更带普遍性。"

既然人民生活是文学艺术的唯一源泉，文艺工作者就必须投身到这个源泉中去。毛泽东同志向一切革命的和前进的文艺工作者所发出的号召，是值得我们时常温习，永远铭记在心的：

"中国的革命的文学家艺术家，有出息的文学家艺术家，必须到群众中去，必须长期地无条件地全身心地到工农兵群众中去，到火热的斗争中去，到唯一的最广大最丰富的源泉中去，观察、体验、研究、分析一切人、一切阶级、一切群众、一切生动的生活形式和斗争形式，一切自然形态的文学和艺术，然后才有可能进入加工过程即创作过程，这样地把原料与生产，把研究过程与创作过程统一起来。否则你的劳动就没有对象，没有原料或半制品，你就无从加工，你就只能做鲁迅在他的遗嘱里所谆谆嘱咐他的儿子万不可做的那种空头文学家或空头艺术家。"

从《在延安文艺座谈会上的讲话》以来，文艺运动的全部经验证明：我们的文艺工作，当它和群众联系密切的时候，总是显得生气勃勃的，方向明确的，而一旦失去或减弱了这种联系的时候，就立刻变得没有生气，没有方向，以至陷于停滞和瘫痪的状态。同时也就证明：当我们忠实地执行了毛泽东同志所指示的文艺路线的时候，我们就得到成功，而一旦离开了这个路线的时候，我们就遭受失败。十年以来，我们文艺工作上所已经取得的许多重要成就——最近获得苏联斯大林奖金的丁玲的《太阳照在桑干河上》，周立波的《暴风骤雨》，贺敬之、丁毅的歌剧《白毛女》，就是这些成就的一部分——都是和毛泽东同志的文艺方向的领导分不开的。

目前文艺创作远落后于我们的人民的伟大斗争和国家建设的严重现象，其根源就是相当多的文艺工作者相当长时间地脱离实际，脱离群众；从去年北京发动文艺整风以来，这种状况已开始有了好的改变。

文艺的落后现象，主要还不在作品的量的方面，而是在质的方面。文艺表现新的人物、新的生活不够有力；反映人民生活的方面不够宽广；作品缺少应有的感动人、鼓舞人的力量。这就是说，创作上严重地存在着概念化、公式化的倾向。这是一种有害的反现实主义的倾向。这种倾向，如果不加以反对和纠正的话，就会大大地妨碍文艺事业的前进和发展。我们批判了在表现群众的新的生活和新的人物上从资产阶级、小资产阶级思想而来的或者甚至从封建思想而来的各种明显的歪曲，这是完全必要的，今后还必须继续这种批判的工作。但是我们却容忍了一种最普遍大量存在的，而且似乎是"合法"的歪曲——概念化、公式化的倾向。概念化的作品把人民生活中本来非常丰富的、生动活泼的、新鲜的事物写成单调的、乏味的、千篇一律的公式；把本来是有血有肉的，有思想、有性格的，在一定环境下按照自己的意志行动的人写成没有血肉的，无性格、无思想的，完全任凭作者任意摆布的，像木偶似的人物；把本来是复杂的、严重的政治斗争写成简单的儿戏。这一切难道不都是很大的歪曲吗？这样的歪曲难道是可以容许的吗？

概念化、公式化的倾向所以能够"合法"存在，没有受到批评，有时甚至受到鼓励，主要原因就是文艺工作者以及一些文艺工作的领导者错误地了解了文艺服从政治的正确关系和真正意义。我们的文艺必须服从政治，必须以党和政府的政策作为指针，这是确定不移的。毛泽东同志《在延安文艺座谈会上的讲话》中说："艺术既然服从阶级，服从党，当然就要服从阶级与党的政治要求，服从一定革命时期的革命任务，离开了这个，就离开了群众的根本的需要。"因此我们必须反对文艺脱离政治的倾向，这实际上就是使文艺服从资产阶级政治利益的倾向。但是我们也要反对概念化、公式化的作品，反对在服从政治任务这个借口之下一任这种作品的制造和泛滥，因为这样的作品，是不能够达到为政治服务的真正目的的。毛泽东同志说："文艺是从属于政治的，但又反转来给与伟大的影响于政治。"而概念化、公式化的作品是不能发生这种影响的。

究竟什么是一篇文艺作品所能够和应当完成的政治任务呢？文艺的任务是真实地深刻地描写生活，揭露生活中的矛盾，创造各种人物，显示前进人物的力量。只有真实的、生动的人物才能吸引读者观众，打动人们的心灵，使他们接受作品中的思想。毛泽东同志《在延安文艺座谈会上的讲话》中已经正确地指出："革命的文艺应当根据实际生活创造出各种各样的人物，帮助群众推动历史的前进。"因此文艺工作者必须参加到实际生活的一切方面去，深刻地去观察、体验和研究人民的生活。正如列宁所说的，政治是开始在千百万群众所在的地方。离开了群众，还能有什么严重的政治和政策呢？离开了群众生活、群众的阶级斗争的真实描写，还能表现得出什么真正的政治和政策呢？概念化、公式化的作者的失败的根源，就在他们的创作总是从抽象的政治概念出发，而不从实际的人民生活出发。他们不注意人民生活的各方面，特别是不注意工农兵群众生活中的日常事务；在这些日常生活中正产生着人民的新的相互关系、新的情感和品质。我们的许多文艺工作者到工人、农民、士兵群众中去的时候不注意去在一切方面帮助他们解决生活中的各种实际困难，在文化生活上帮助他们提高，而是一伸手就想向他们要东西，找"创作材料"，他们实际上是把自己个人创作的利益看得比群众的利益要高得多，因此他们就不可能在群众中间交上知心朋友，就听不到他们的知心话，这样，他们就永远不可能把政策思想的正确传达和群众日常生活的真实描写有机地结合起来，同时也就永远不可能表现出真实的新的人物的性格。我们的文艺应当培养人民特别是青年一代的新的品质；培养他们对祖国对人民的忠诚热爱、高度的劳动热忱、自我牺牲的英雄气概、远大而高尚的理想。在我们的劳动人民身上，在前线的战斗英雄和工业、农业生产战线上的劳动英雄身上，在许多优秀的共产党员、青年团员和国家机关的工作人员的身上，我们已经看见这种新的品质了。我们的文艺应当表现这些新的人物的新的品质，以作为全体人民的表率。毛泽东同志在《纪念白求恩》的文章中提出了共产主义的人的标准：一个人只要有"毫无自私自利之心的精神""就是一个高尚的人，一个纯粹的人，一个有道德的人，一个脱离了低级趣味的人，一个有益于人民的人"。我们的文艺作品中如果真实地、生动地写出了这样的人物，就能对人们起共产主义教育的作用，也就是最好地完成了政治任务。概念化、公式化的作家不注意写人物，对于他们，人物仅仅是为了解说某项具体政策的需要而存在的，这样，艺术就变成了简单的化装讲演，作品就变成了政策的简单的图解或者甚至政治概念的游戏了。

反现实主义的倾向，在处理历史题材的时候，就表现为反历史主义的倾向。我们的历史人物中，曾有不少反抗内外压迫者的英雄豪杰、仁人志士，只要真实地表现出了他们的反抗、他们的谋略和勇敢，以及他们对于自己的信仰的忠诚，就自然会激发起我们对于旧制度的仇恨，和对人类更美好未来的信心。反历史主义的作者却硬要将古代人物的行动写成合乎现代思想的水平和政策的标准，以便我们去向他们学习政策。这种反历史主义的创作方法也是和对文艺服从政治的庸俗的狭隘的了解有关系的。

概念化、公式化的倾向就这样地歪曲了文艺和政治的正确关系，因而也就妨碍了文艺和广大群众的真正的结合。

毛泽东同志《在延安文艺座谈会上的讲话》中，一方面分析了艺术和政治之间可能存在的矛盾，另一方面却要求两者的统一。他说：

"我们的要求则是政治与艺术的统一，内容和形式的统一……缺乏艺术性的艺术品，无论政治上怎样进步，也是没有力量的。因此我们既反对内容有害的艺术品，也反对只讲内容不讲形式的所谓'标语口号式'的倾向，我们应该进行文艺问题上的两条战线斗争。"

目前文艺工作上仍然应当进行这两条战线的斗争，这就是，一方面反对文艺脱离政治的倾向，另一方面也反对概念化、公式化的倾向。

人民要求既有充实政治内容，又有适当艺术形式的作品，思想性和艺术性统一的作品。这样的作品的形式又必须是大众化的。我们的文艺必须采取群众所喜爱的、便于群众接受的形式。毛泽东同志早在一九三八年党的扩大的六届六中全会的报告里说过："马克思主义必须和我国的具体特点相结合并通过民族形式才能实现……洋八股必须废止，空洞抽象的调头必须少唱，教条主义必须休息，而代之以新鲜活泼的，为中国老百姓所喜闻乐见的中国作风和中国气派。"一九四〇年他在《新民主主义论》里又说："中国文化应有自己的形式，这就是民族形式。"

毛泽东同志《在延安文艺座谈会上的讲话》中关于普及和提高的关系做了最正确、最科学的规定，这是毛泽东同志文艺学说中最有创造性的部分之一。文艺既然第一是为工农兵的，普及的文艺就应当放在第一等重要的地位。

文艺如果不采取群众所喜爱的、便于群众接受的形式，就不可能普及到群众中去，同时自然也就不可能达到文艺的真正提高。每个民族的文艺都应当有表现自己民族特点的民族形式，何况是像中国这样一个有五亿人口的、有大约四千年的悠久文化历史的伟大民族，它的文艺是必须具备自己的民族特有的形式的。因此，我们的文艺的大众化和民族化，具有特别重大的意义。十年以来，我们遵循了毛泽东同志的关于民族形式的指示，开始认真地研究人民的语言，研究民间文艺，就在这个研究工作的基础上，我们开始创造出了一些真正具有"中国作风和中国气派"的作品，这些作品受到了广大工农群众的热烈欢迎。

在形式问题上，语言是有头等重要意义的。毛泽东同志《在延安文艺座谈会上的讲话》中关于"大众化"作了最正确最科学的定义：大众化就是"我们的文艺工作者自己的思想情绪应和工农兵大众的思想情绪打成一片"。接着他又指出："要打成一片，应从学习群众的语言开始。"毛泽东同志在《反对党八股》的有名讲演中特别说明了学习人民语言的重要。他对那些"洋八股、洋教条"的先生，那些口讲大众化而实是小众化的人，那些写起文章来，句法有长到四五十字一句的，其中堆满了鲁迅所说的"谁也看不懂的形容词之类"的作家们给予了多么锋利的无情的批评呵！"洋八股、洋教条"的恶劣倾向在目前文艺工作上还是严重存在的，其主要表现是盲目地崇拜西洋资产阶级艺术，轻视自己民族的艺术传统，轻视民间文艺。这种"洋八股、洋教条"的倾向又是常常和上面所说的"概念化、公式化"的倾向结合的，这就使得我们的许多作品既内容空虚，又语言无味，给我们的艺术带来了最破坏、最有害的结果。另外则有些文艺作家在自己的创作中不适当地任意地采用方言、土语，对人民语言不做加工和提炼的工作，在语言上不下苦功，有些通俗化的文艺作家满足于沿用封建旧文艺中的陈词滥调，而不去努力汲取新鲜活泼的人民语言，也是错误的。我们必须强调提出为保护我们民族语言的纯洁、健康而斗争，文艺家应当站在这个斗争的前列，他们的作品中的语言应当成为国民语言的模范。

我们民族的文学艺术遗产是极端丰富的。毛泽东同志在《新民主主义论》中，关于我们的文化遗产的丰富以及如何整理、继承并批判地发展这些遗产的问题，作了重要的指示。中国民族艺术的遗产和传统，很多至今还活在广大人民中间，它还有极大的强烈的生命力，人民又不断地以自己的新的创作去补充和丰富它们；其中，地方戏曲和民歌，特别值得我们的重视。我们的工人、农民及其他劳动人民喜爱它们。他们之所以喜爱这些艺术，并不只是因为这些形式为他们所熟悉，而且也因为在这些人民的艺术创作中常常突破了封建统治思想的束缚而曲折地表现出了人民的思想、情感和愿望。中国的封建阶级、资产阶级，由于它们阶级的限制，都没有能够充分地正确地来运用和发展这些民间艺术；相反地，把它们歪曲和庸俗化，排斥和轻视它们。因此，这些丰富的民间艺术，就长期地处在被轻视的、被糟踏的，因而得不到发展的可怜的地位。我们必须认真地有计划地来搜集、整理和研究这些广泛地散在民间的艺术遗产和民间艺人的创作，并在新的基础上把它们加以改造和提高。因此，我们必须反对轻视民族艺术传统的错误倾向，反对对待艺术遗产的粗暴态度；同时也要反对不肯革新、不求进步的保守主义的倾向。

毛泽东同志在关于普及和提高的关系问题上，特别指出了文艺专门家和做普及工作的同志之间建立正确关系的必要。他再三叫我们重视工农兵的萌芽状态的文艺，重视群众的墙报，军队和农村中的小剧团，群众的歌唱。当时因为我们还处在农村革命根据地，所以毛泽东同志主要地讲了军队和农村。现在工厂的工人群众文艺有了迅速地蓬勃地发展，应引起我们特别的重视。一切真正愿意为工农兵服务的文艺家都应当注意工人的文艺，在城市群众文艺工作上，更应当坚决地实行第一为工人服务的原则。

今天纪念毛泽东同志《在延安文艺座谈会上的讲话》发表十周年，我们文艺工作者应当：

继续改造思想，继续对文艺上的资产阶级、小资产阶级的错误思想进行批判。

克服文艺创作上的概念化、公式化的倾向，为掌握无产阶级现实主义的方法而斗争。

克服文艺上的盲目崇拜西方资产阶级文化的"洋八股、洋教条"的倾向，为进一步发展文艺上的民族形式而斗争。

让我们所有文艺工作者团结起来，密切地联系群众，刻苦地钻研业务，继续为毛泽东同志所指示的文艺方向而奋斗吧！

（1952年5月26日）

克服文艺创作的落后状况

夏 衍

和我们国家在各方面的辉煌成就对比起来，不必——也不可能讳言，我们的文学艺术工作（特别是戏剧电影的创作），是"当着全体人民的面前而落后了"。解放三年以来我们在文艺上所达到的成就，不仅远不能适应国家和人民的要求，不仅还没有产生更多与更好的足以反映中国人民伟大斗争的作品，而且还存在着严重的思想混乱，还产生过一些错误的、有害的作品。

经过中共中央所发起的《武训传》批判，经过全国规模的群众性的文艺整风学习，应当承认，这一年多的思想改造学习运动在文艺工作者之间已经取得了一定的成绩。严重的思想混乱已经开始澄清，各种错误的非工人阶级思想已经受到了严厉的批判，"文艺工作必须以工人阶级思想为唯一的领导思想"这一原则已经为广大文艺工作者所承认，上百成千的作家、演员、画家、音乐工作者已经投身到人民群众的火热斗争，一九五二年也已经产生了若干可喜的、为人民群众所爱好的作品。但是，在此我们必须清醒地认识，口头上承认和理性上认识"工人阶级思想为唯一的领导思想"仅仅是文艺工作者脱离非工人阶级立场而取得工人阶级立场的一个开端，经过一次学习和参加一次斗争，也还不过是整顿文艺队伍和加强生活锻炼的一个起点。要使各种出身不同、教养不同的文艺工作者真正能做到"由一个阶级变到另一个阶级"，要使他们真正能用工人阶级的思想感情来观察和判断事物，无疑地还需要认真而刻苦地学习、长期而深入地锻炼。

加强思想学习和长期深入生活，是文艺整风学习中提得最多的问题，也是文艺整风后要求得最迫切的问题。从工作检查中认识到这两者的重要，认识到只有掌握了最先进的思想和熟悉了最丰富的生活才能写出优秀的、符合人民要求的作品，这是整风学习的一个重大的收获，因此，广大的文艺工作者在整风之后急迫地要求加强思想学习和深入生活锻炼，完全是正确的、必要的。但是，就是在加强思想学习和深入生活锻炼这两个问题上，我们文艺工作者认识还是不明确，看法还是不一致的。换句话说，就是对于怎样来加强思想学习、怎样来深入生活的具体问题，似乎依然还没有得到明确的解决。也就是说，对于这两个带有基本性质的问题还没有一个统一的认识、明确的方针。

对于加强思想学习这一个问题，还有很多人看得很简单、很肤浅、很狭窄、很片面。有的人以为学习是一个"运动"，运动一过就可以收起，而没有认识到这是每一个从事文艺工作的人必须经常地、持久地、毕生全力以赴的事业。有的人以为要学习的只是"与文艺有关的事情"，国际与国内的政治事件"和我的业务没有关系"，因此就不知不觉地重新回到了脱离政治的老路。当然也有人在学习政治和学习政策之间加了一个等号，以为必须学习的只是和我要写的题材直接有关的若干条文和决定。上海文艺整风学习中所得到的材料，和在整风后举行过一次常识测验证明，很大一部分文艺工作者缺乏马克思列宁主义的基本知识，缺乏对国际国内重大政治问题的关心，缺乏世界和中国的历史知识，缺乏自然科学基本知识，乃至和日常生活有关的、作为一个胜利了的中国人民所必须具备的常识。且不说经常不看报或者不经常看报的"思想上的懒汉"，即使在担负着相当责任的文艺干部之间，即使在经过了文艺整风之后，学习马克思列宁主义，学习政治，认真地关心国家大事和人民生活的空气是稀薄的。早在十二年前毛主席在《改造我们的学习》所指出过的"不注重研究现状，不注重研究历史，不注重马列主义的应用"这三种"极坏的作风"，依然在我们文艺工作者之间存在，甚至还在继续地"带坏"我们的队伍。马林科夫在苏联共产党第十九次代表大会上所作的报告中说："现实主义艺术的力量和意义就在于：它能够而且必须发掘和表现普通人的高尚的精神品质和典型的、正面的特质，创造值得做别人的模范和效仿对象的普通人的明朗的艺术形象。""典型不仅是最常见的事物，而且是最充分、最尖锐地表现一定社会力量的本质的事物。"因此，作为一个文艺工作者，作为一个"人类的灵魂的工程师"，只有用马克思列宁主义的思想来武装了自己，只有掌握了工人阶级的最先进的社会主义共产主义的思想，只有当他对于新生的社会力量和垂死的社会力量之间具有了明确的爱憎、鲜明的拥护与反对的态度，他才能站在思想战线的前列，才能发掘和表现普通人的高尚的精神品质，才能从一切社会现象中去发现今天还不常见而明天就会变成常见的最本质的事物，才能"真实地、历史地、具体地把现实在革命的发展中刻画出来"。不着重研究马克思列宁主义思想，不着重研究马克思列宁主义的运用，不着重学习马克思列宁主义的普遍真理与中国实际相结合的毛泽东思想，不首先培养自己对政治和社会现象的广阔而敏锐的辨别能力，所谓"学习"只不过是装饰和空谈。毛主席说："文艺工作者应该学习文艺创作，这是对的，但是马列主义是一切革命者都应该学习的科学，文艺工作者不能是例外。此外还要学习社会，就是要研究社会上的各个阶级，它的相互关系和个别状况，它们的面貌和它们的心理。只有把这些弄清楚了，我们的文艺才能有丰富的内容和正确的方向。"在今天来看，这样的学习是文艺工作者在政治学习中的"补课"，不抓紧时机用正确的态度来补强这一最基本的环节，我们的文艺工作就不可能改善，不可能向前，就不可能赶上飞跃前进的现实。

其次是深入生活的问题。文艺工作者经过了整风学习，痛切地感觉到自己和劳动人民之间的距离，懂得了文艺工作者与劳动人民结合的重要，因此而迫切地要求下乡下厂去锻炼生活，改造自己，从人民群众的生活海洋中去汲取创作的材料。毫无疑问，这认识是正确的，这决心是可贵的。可是，下乡下厂之前我们应该有怎样的精神准备，我们应该以怎样的思想感情去接近劳动人民，怎样去观察、体会、研究和分析劳动人民的生活和斗争，我们之间就缺少一个明确的认识和方针。有的人认为下乡下厂是决心改造自己的"表示"。有的人把生活锻炼和创作割裂开来，片面地认为下乡下厂的目的只是"思想改造"。也有人相反地认为下乡下厂的目的只是搜集创作材料，以一种"客观"的、对人民群众的现实生活无动于衷的态度去浏览观察，以致把主要的力量集注在某些生产技术上的细微末节。总起来说，就是下乡下厂的目的性不够明确。

为什么下乡下厂的目的性不够明确？除去后面要讲的文艺工作领导方面的缺点之外，归根结底还是一个思想问题、立场问题，和对社会主义的现实主义创作方法的理解问题。没有最先进的社会主义的思想，就不能真正了解生活发展的规律，没有明确的工人阶级的立场，对人物和事件就不能有分明的爱憎；而一个下乡下厂的文艺工作者假如不能正确地了解生活发展的规律，假如对人物和事件没有明确的爱憎，那就不可能和群众打成一片，不可能深入群众生活，不可能用自己的思想感情去贴近群众的思想感情。要接近，要建立感情，就先得去了解。怎样去了解？靠拿着笔记本子去访问，听总结报告，看材料记录，查生产数字，是不能发掘到他们的精神品质和典型特征的。站在我们前面的是具有各种不同思想感情、具有各种不同生活习惯、具有各种不同出身经历的活生生的人物，而不是可以用试管和天平去测定的物质，因此，要发掘和表现他们的高尚的精神品质和典型的正面的特质，首先就必须了解包括语言、习惯、历史、思想、感情在内的他们的生活。我们要写的是有人物、有性格、有矛盾、有斗争的文艺作品，而不是单单说明一个事件经过的工作报告。我们要达到的目的是发掘和表现普通人的高尚的精神品质和典型的、正面的特质，而创造出值得做人模范和效仿对象的普通人的明朗的艺术形象。因此，文艺工作者的职责和任务是在参加他们的生活，认识、思考、熟悉和热爱他们的生活，使自己与他们的斗争生活呼吸相通，利害一致，详细占有合乎生活发展规律的材料，然后加以艺术地概括和强调，而创造出一种足以使人信服和易于使人感染的艺术的力量。不着重写人物，不从生活出发，从概念出发，那么即使写出了"作品"，即使没有政策上的错误，充其极也不过是"概念加举例"式的"平庸乏味的灰色的作品"而已。

除了上述的问题之外，还有一个很使作家们感到困惑，而实际上却是大大地阻碍了作家们用正确的创作方法来从事写作的问题。这就是直到今天为止，在文艺工作的领导方面和批评工作者之间，也还有很多人机械地理解了文艺作品的政治任务，而要求每一种文艺形式和每一个文艺作品都来配合当前各个方面的实际工作，要求它们能够迅速地反映当时当地的每一个具体政策的问题。这些人把可以"迅速配合当前政治任务"的某些文艺形式（如漫画、杂文、街头诗……）和长篇小说、戏剧、电影剧本等混同起来，把艺术为政治服务这个原则方针简单地——也是庸俗地解释为"各种文艺作品都只能是当前中心政治任务的宣传工具"。于是他们就指定主题，指定题材，指定故事，要求作家在一定的短促时期之内写成小说、戏剧，乃至电影。有些地方的文艺领导方面在一个政治运动还没有展开之前就要求作家迅速地写出反映这个运动的作品。另一些地方的文艺工作领导方面对参加"土地改革"的文艺作家提出要求，要他们把所有有关土地改革的政策都包括在作品之内。文艺工作领导方面和批评工作者们这种要求和鼓励，不能不影响到作家的思想和创作方法，这就实际上助长了上面说过的下厂下乡之后不着重研究人物而着重研究事件，不着重研究英雄人物的精神品质而着重研究他们的工作方法技术，不着重研究在特定环境之下的人与人的关系、思想感情的变化，而着重研究政策条文的具体执行……这一些偏向。文艺作品有别于政治论文，小说戏剧电影不应该看作"政策读本"。文艺作品要写人，要写真实的人，文艺作品要写生活，要写真实的生活；因此文艺工作者必须深刻地研究生活，正确地反映现实，这样才能创造出正面的艺术形象，用这种具有强大说服力和感染力的、使人油然而生爱慕与效仿之心的英雄形象，来鼓舞人民，教育人民，来培养人民的高尚道德、优美情操，来提高人民的精神品质；而这样，也正是对人民进行了深刻的政治教育，让人民认识新的今天，让人民把新的今天与旧的昨天比较，而心甘情愿地和昨天诀别。这是文艺的任务，这是文艺工作与别的宣传工作不同的特点。毛主席指示过我们说："有出息的文学家艺术家，必须到群众中去，必须长期地无条件地全身心地到工农兵群众中去，到火热的斗争中去，到唯一的最广大最丰富的源泉中去，观察、体验、研究、分析一切人，一切阶级，一切群众，一切生动的生活形式和斗争形式，一切自然形态的文学和艺术，然后才有可能进入加工过程即创作过程，这样地把原料与生产、把研究过程与创作过程统一起来。"又说："……文艺就把这种日常的现象组织起来，集中起来，典型化，造成文学作品或艺术作品，就能使人民群众惊醒起来，感奋起来，推动人民群众走向团结和斗争，实行改造自己的环境。"由此可知，不提倡深入生活，不反映生活的复杂、多样与矛盾，粗暴地想把概念和技术贯注到作品里面，或者牵强地让主人公喊出几句政策口号，是决不能创作出为人民所喜爱而又能教育人民的作品的。

由于我们国家的飞跃进步，中国人民的思想和文化水平已经大大地提高了，人民热烈地要求着更好与更多的文艺作品，而他们的要求，正如高尔基所说，是"非常严峻的"；"他们不把文艺看作别的东西，而只看作拥护他们或者反对他们的一种武器"。人民对我们的要求愈严格，我们的责任愈重大。如何克服文艺工作的落后状况，如何来创造无愧于人民的作品，我们的努力方向是确定了的。让我们更认真地学习马克思列宁主义，更深入地参加人民群众的斗争，更刻苦地钻研艺术业务，产生出具有高度思想性和艺术性的作品，来回答党、毛主席，和人民群众对我们的关注吧。

（1953年2月25日）

关于发展少数民族文艺工作的几个问题

钟　洛

每一个在少数民族地区从事文化艺术工作的人，都会叙述一些亲身经历过的情景：少数民族的群众围住歌舞团员或放映队员不散，拥抱他们，感谢他们；人们翻山越岭，从百十里外带着干粮来看电影。"毛主席派人来演戏了！"这件事本身就是温暖，就是力量，人们看到本民族的子弟能上台演戏，比什么都感动。内蒙古有一个放映队去牧区，老乡们看到四个队员全是蒙古族的，流着泪说："想不到我们也会使机器了！"……

这一类动人的故事说不完。少数民族的文化艺术事业，就在各族人民如此热烈的支持下，一年比一年发展。内蒙古自治区成立以来的七年中，电影队、电影院的数目，和刚解放时相比，已经扩大了六倍；内蒙古人民出版社从一九四八年到去年年底，出版了四十一种蒙文文艺书籍，今年一年内计划出版三十五种；新疆省现在已有十二个专业和四十多个半专业的艺术团体，各族文艺干部一千六百多人；新疆省从一九五〇年到一九五三年，放映了近四百部影片，使从来没有看过电影的人都看到了电影；西康电影教育工作队两年间在藏族自治区和凉山彝族自治区等地放映了四百多场；桂西僮族自治区仅宜山专区就有二十一个文工团队，在一个月内就演出三百多场，观众四十多万人。电影、戏剧、歌舞、书报、幻灯、展览会……各种内容各种形式的文艺活动，已经日益成为各族人民文化生活中不可缺少的部分了。

要进一步发展少数民族文化艺术工作，我认为应该注意下述几个问题。

少数民族文化艺术工作的发展，不能脱离各民族自己的独特的艺术传统。祖国各民族都有自己的丰富的艺术遗产。由于各民族长期遭受帝国主义、封建势力和国民党大汉族主义的压迫，在文化艺术上受尽了摧残，从人民的口头上和琴弦上去探索艺术遗产，是一件十分艰巨的工作。新疆省在一九五一年搜集了一千多首民歌，一九五二年在南疆，半年内又搜集了两千多首;而被称为"维吾尔音乐之母"的"十二木卡姆"大曲的录音、记谱和整理,更是一件极有意义的事情;内蒙古的蒙汉族文艺工作者,对蒙古民族的民歌、民间故事、谚语和舞蹈素材的搜集,做了不少工作,已经出版了《东蒙民歌选集》、《爬山歌选》、叙事长诗《嘎达梅林》和蒙文的《谚语》;云南省文艺工作者记录整理了彝族美丽的长诗《阿诗玛》。这些工作,为本地区文艺工作者学习民族艺术遗产以发展新的民族文艺提供了宝贵的材料,并且使这部分遗产从部分地区扩大成为全民族共同的艺术财富。

内蒙古锡林郭勒盟著名的民间艺人松代告诉我:内蒙古地区普遍流传的口头文学,光是歌谣,就有抒情歌、颂歌、喜歌、对唱、"好来宝"、谚语、谜语等,都是各有特色,但现在会唱的人已经不多。他说:"有些歌子,现在只有些五六十岁以上的人才会唱了。"从松代所说的材料看,在内蒙古,除民歌和谚语外,其他都还没有着手整理。即使民歌和谚语的整理也还只是开始。我们的搜集和整理工作还需要更有计划、有领导地进行。首先需要有专人和专门机构。西康藏族自治区在一年前就成立了吸收民间艺人参加的艺术研究会,进行对藏族民族歌舞的搜集和研究工作,这是完全必要的。

各民族的艺术遗产正如我们所有的文化遗产一样,有精华也有糟粕。因此,对待各民族的艺术遗产,同样应该遵循"百花齐放、推陈出新"的方针,按照各民族的特点,在不同的民族艺术遗产的土壤上,培植不同的艺术的花朵。这是一个十分细致的工作,要坚决摒弃任何主观的、粗暴的做法,也要反对那种庸俗的"猎奇"心理。中央民族学院民族文工团在贵州苗族地区工作时,就曾因为没有认真研究苗族歌舞的特点和当地的实际情况,离开了苗族人民所喜爱的民族歌舞形式,结果,演出得不到苗族人民的喜好;后来,他们在西康藏族地区,经过踏实地了解和学习,将民族舞蹈《丰收》在原有的基础上进行整理,在音乐和舞蹈上都保存了原有的风格,就受到了群众的欢迎。

在民族艺术传统的基础上生根和发展,并不拒绝和排斥吸收其他民族文艺的优秀的东西。恰恰相反,这是为发展新的民族文化艺术所必需的。我们要提倡各民族之间更多的文化艺术的交流。对少数民族的文化艺术工作者来说,学习汉民族的先进的文化艺术,对本民族文艺工作的发展是极其需要的。

民族文化艺术团体(歌舞团、话剧团、电影队、文工队等)是党向各族人民传播精神食粮的有力工具,因此,民族文化艺术团体不能离开民族的土壤。对于这些团体的最起码的要求,是立足于民族地区,和少数民族人民共呼吸，同生活，保持千丝万缕的联系。在民族聚居地区，这个问题还不突出，但"西南地区的民族文艺团体大多数（除康定和昌都外）都停留在汉族占主要人口的城市内，大都还没有接触过兄弟民族人民的生活。虽然西南民族学院和贵州民族学院的文工团（队）与兄弟民族有经常地接触，但也多限于在民族学院内部，而在兄弟民族地区长期生活和学习的时间还太少，因而对兄弟民族生活和民族文艺的体会、发掘还是不够深的"。（吴晓邦：《在西南兄弟民族文艺工作中的体会》，《西南文艺》一九五四年四月号）自然，民族杂居的西南地区不同于像内蒙古那样的便利，但如果我们的艺术团体经常地飘浮在上面，就像断绝了滋养的花朵，除掉逐渐枯萎以外，还会有什么别的前途呢？

要使民族地区的文化艺术团体在民族地区生下根，在文化艺术活动的内容和方式方法上，必须适应民族地区的特点。在内容上，需要大量的表现各民族新生活的文学艺术创作，特别是通俗的文艺作品，需要保存和发扬各民族绚烂多彩的音乐舞蹈；在活动方式方法上，也不能单纯是大型的剧场演出。譬如说，在幅员广阔、人口分散的内蒙古地区，人们不满足于一年一度那达慕大会上的文艺活动，这就需要以小型多样的分散活动为主，如果有六七个人或更少些的小型流动的组织，以歌舞演唱为主，带上幻灯、展览图片、画报等，一辆大车，就可以深入牧区，深入蒙古包。同样，像西南山地，交通阻塞，也需要化整为零，分散演出。按照内蒙古自治区几个盟组织文化服务队的经验，这是切合实际也受群众欢迎的。

我们的文化艺术团体还要同时负担带动群众业余艺术活动的任务，开展各族人民在工厂、农村、牧区和学校中的文艺活动，在这种紧密联系下，专业的民族艺术团体会得到源源不尽的新鲜的滋养。

要使少数民族地区的文化艺术生下根，关键在于培养水平更高的民族文化艺术干部。

首先，要十分关心少数民族的作家和艺术家的生长。近年来，出现了一些优秀的文学艺术作品，这些作品在内容上突破了解放初期单纯叙述翻身喜悦的范围，描绘了各民族的新的生活和新的人物，展示了各民族前进的道路。在形式上，也更多地运用了为各少数民族人民所喜闻乐见的民族形式。这些作者，大都是长期生活在少数民族地区，他们熟悉本民族人民的心理和风习，他们感受了本民族地区人民生活中的新的、前进的力量，因而他们的作品就比较成功。我们也出现了一批为群众所欢迎的少数民族的演员、歌唱家和画家。这些都是可喜的现象,少数民族地区的文化艺术团体,应该把不断地提高民族作家和艺术家们的创作能力和表演能力,看作自己重要的职责。

也要鼓励各少数民族的作家用本民族的文字进行创作并给以出版的机会。把少数民族的作品译成汉文,介绍到汉族地区来,也是一件极重要的工作。

其次,要逐步地扩大各地区文化艺术部门和民族艺术团体内民族干部的成员。少数民族的文化艺术干部,是开展少数民族文艺工作的纽带。他们既可以反映本民族的意见和要求,又可以把新的东西传达给本民族。现在不少地区的文化艺术部门和民族艺术团体内民族干部占的比例是很少的。西南民族学院文工队里,只有藏族二人,彝族二人,回族六人,维吾尔族三人;四川省藏族自治区歌舞团七十个团员中,藏族只有五人。这种情况,在开始时自然是难免的,需要逐渐改进。在内蒙古民族歌舞剧团,有百分之八十是蒙古族干部;锡林郭勒盟的文化服务队全部是蒙古族干部。新疆的省文工团和喀什、伊犁、阿克苏等地的文工团中,少数民族艺术干部也都占大多数。这就在一定程度上保证了艺术团体的民族色彩。同时,要大力培养各民族文化艺术的领导干部,使他们能逐渐负担起发展各民族文化艺术的重责。

在各民族中,还有相当大的数量的民间艺人,其中有不少是为群众所敬爱的优秀艺人。这是民族文化艺术部门扩大民族干部的重要来源之一。内蒙古民族歌舞剧团,就吸收了一些优秀的民间艺人。新疆省仅在南疆一地,就已发现了三百多位民间艺人。内蒙古和新疆都曾运用开代表会议或是办训练班的方式,训练民间艺人,帮助他们提高政治认识和艺术修养,这是很重要的工作。哈萨克族著名的民间诗人司马古勒这样描述过自己的心情:"以前我好比一股堵塞的泉水,如果没有人挖掘它,就再不会流了。党和政府对我的关怀,等于挖开了这股泉水,现在已经流起来了。"我们的责任,正是挖开各民族中间的源源不绝的泉水,让千万条细流汇成江河,灌溉着如花似锦的各民族文艺。

少数民族文化艺术工作是全国文化艺术工作的一个不可分离的部分,也是党在领导民族工作中的一个重要的战线。这方面工作的发展,对祖国文化艺术事业的繁荣和各少数民族地区的进一步建设,都是有极重要的意义的。

(1954年8月22日)

五年来我国文学创作的发展方向

冯雪峰

我国人民革命的历史性胜利和中华人民共和国成立以来国家在政治、经济、文化、军事等方面的成就，推动了我们的文学进入新的发展阶段。文学作品的读者，和解放前比较，现在是千百倍地扩大了。广大人民以日益增长的热忱注意着文学，对作家的要求和期待一天比一天地迫切。党和政府很关心文学和艺术的创造事业，既向文学和艺术工作者指出了战斗的任务和创造的方向，又尽可能地给作家和艺术家的工作以精神上和物质上的帮助。最重要的，是实际生活的全面的伟大变革，使作家们的创造源泉无限地扩大了。在建设社会主义社会的总的任务之下，我们社会的阶级斗争和新与旧的矛盾冲突正在空前广阔地、深刻地展开着，而工人阶级和一切劳动人民的创造热潮也日益高涨起来。这不仅给我们文学以新的历史任务，而且激发了作家们的高度创造热情。

我们文学的发展虽然直到今天还很落后于我们国家其他许多方面的发展，但就其本身说，已经有了显著的进步。在中华人民共和国成立后的最初两三年中，我们的创作界是显得不活跃的。当时发表的某些作品，对于新时代还只能作浮光掠影的反映。它们虽然描写了生活的新的现象和新的斗争，但不能比较深刻地传达出新的斗争的内容和精神。在当时有些歌颂人民的胜利或歌颂新的时代的作品，其中抽象的概念、空洞的思想和陈旧的调子，往往超过了对于生活的新鲜而真实的感受。大多数作家面对着新的伟大的现实，一时还不能对它有比较全面和比较深刻的掌握。

从那时候起，大多数作家都陆续参加了土地改革、抗美援朝，以及"三反""五反"等伟大运动。有些作家，在这三四年中一直在农村或工厂中担任了一定的实际工作。另一方面从一九五一年批判电影《武训传》的错误开始，一直到最近，我们曾经进行了几次全国作家都参加的关于反对资产阶级思想、关于国内和国际的政治形势、关于国家建设的总任务和总路线以及关于社会主义的现实主义创作原则等的大规模的学习运动。实际的成果已经可以证明：作家深入人民群众中去并参加群众的斗争——像毛泽东同志曾经许多次劝告过我们的——是克服文学和现实的隔离的根本办法。同时，研究政治，研究国家建设的总任务和总路线，反对资产阶级的思想影响，正确地了解社会主义的现实主义创作原则，也都是最必要的。最近两年来，我们作家掌握现实的能力显然在增长着。这两年中发表的作品，大概地说来，正在逐渐地显示出新的面貌和新的精神。

五年中我们在文学创造上的一些成就，都是从我们克服和现实的隔离的努力中得来的。由于我们的这种努力还很不够，我们的成就也就不能令人满意。但因为我们努力在接近和深入实际生活，所以我们已取得的一些成就将不仅说明过去的工作，而且对于今后我们文学的发展也将有重要的意义。我们的文学将会由作家们的这种正确的努力而逐渐地在肥沃的土地上壮大起来。因此，如果从我们作家努力的方向上来评价我们在这五年中的一些成就，那就更切合我们文学发展的实际情况。

现代中国文学和农民的关系向来是很密切的，例如现代中国文学的开山祖鲁迅所创造的一些被压迫劳动人民的辉煌的艺术形象，其中主要的就是农民。在一九四二年对于我们文学和艺术有历史意义的延安文艺座谈会之后，到全国解放时之间，由于我们作家和人民群众的革命斗争的结合大大地推进了一步，我们产生了一些具有新的精神的作品，而其中大多数所描写的也都是在党领导下为自身解放而斗争的农民群众。例如丁玲的《太阳照在桑干河上》、赵树理的中篇和短篇小说、周立波的《暴风骤雨》、贺敬之和丁毅的《白毛女》、李季的《王贵与李香香》、欧阳山的《高干大》、柳青的《种谷记》等。而在现实主义的成就上，《太阳照在桑干河上》是这些作品中的代表作。

全国大陆解放后所开始的土地改革以及土地改革完成后所开始的农业生产合作化运动，是这五年中反映了农村中阶级斗争和新与旧斗争的两个伟大运动。在这五年中，我们继续产生了一些描写在土地改革斗争中的农民群众的作品；这些作品都不怎样出色，但当作在解放后我们的创作和实际生活的一种联系来看，当作这些作品的作者们走近新的现实的第一步来看，仍然都是有意义的。最近两年来，正在进入社会主义改造的伟大斗争中的农民群众，已经开始在我们的作品中逐渐地出现。例如康濯、骆宾基、马烽、李准、吉学沛等人的一些短篇小说，安波的剧本《春风吹到诺敏河》等，是对于这种新的主题的尝试。这些作品虽然成就还不大，但农民群众在社会主义改造的最初阶段中的斗争和新的精神已经得到一些反映。描写这一方面生活的，还有几部中篇和长篇小说不久即可以脱稿。

在这五年中，还产生了一些描写农民群众在解放战争时期和抗日战争时期的斗争的作品，其中如柳青的长篇小说《铜墙铁壁》，是较为优秀的一部，它描写在解放战争时期老根据地人民支援战争的故事，在现实主义上是有成就的。陈登科的中篇小说《活人塘》和《淮河边上的儿女》，孙犁的《风云初记》等，也是有比较充实的内容的作品。我们也产生了一些反映农村中在解放后从婚姻制度的改革和家庭生活的变化上所表现出来的新与旧的斗争的作品，如马烽、秦兆阳、石果、王安友等人的一些短篇小说，孙芋的独幕剧《妇女代表》等。

其次，在这五年的作品中，描写中国人民解放军在抗日战争和国内革命战争中的战斗历史的作品占了很大的比重。这些作品的作者们都曾经在各时期和各战场参加过他们所描写的战斗；他们在战斗中的感受以及战士们和参加战斗的普通人民群众的革命英雄主义的精神，就不能不激发着他们的创作欲。而且人民革命战争联系着我国的实际生活的各方面，同时中国人民在解放自己的斗争中所发扬的革命英雄主义的精神也最具有鼓舞和教育的力量。这些作品中较为优秀的有刘白羽的中篇小说《火光在前》、胡朋和胡可等人合作的剧本《在战斗里成长》、马加的中篇小说《开不败的花朵》、李尔重的中篇小说《领导》、徐光耀的中篇小说《平原烈火》、陈其通的剧本《万水千山》、谢雪畴的中篇小说《团指挥员》、杜鹏程的长篇小说《保卫延安》等。《保卫延安》不仅是我们描写人民革命战争的作品的代表作，而且是可以代表我们这五年中所达到的现实主义的成就的一部出色的作品。从它的根本精神上说，也从它的有独创性的艺术描写上说，是一部具有英雄史诗的精神的作品。

在一九五〇年开始的抗美援朝斗争中，全国人民团结一致为祖国安全和世界和平而奋斗，我国人民的爱国主义和国际主义的精神都发扬到非常的高度。在朝鲜和英雄的朝鲜人民军并肩作战的中国人民志愿军的伟大行动，尤其鼓舞着我国人民为建设新中国和反对帝国主义侵略的战斗精神。就在这种鼓舞之下，我们有许多作家曾先后到了朝鲜前线，他们先后写了许多具有鼓舞力量的艺术性的通讯报道和散文（小说家刘白羽、巴金、杨朔、路翎、黄谷柳、白朗、菡子，诗人魏巍、田间，剧作家宋之的、黄钢等，都是这种报道和散文的作者）。这些作品在我们这五年中的文学成绩上是有重要地位的。

同时我们也产生了一些描写中国人民志愿军的斗争以及朝中人民团结友爱的小说和剧本，其中较可注意的，如中篇小说有杨朔的《三千里江山》、陆柱国的《上甘岭》、海默的《突破临津江》等；短篇小说有里加的《临津江边》、寒风的《射手》、晴霓的《蟾江冰波》、巴金的《黄文元同志》以及其他作家的作品；剧本有黄悌的《钢铁运输兵》、胡可的《战线南移》等。歌颂中国人民志愿军和歌颂朝鲜人民以及歌颂保卫和平的斗争的诗歌中，也有一些较好的作品。

我国目前实际生活的最重要的方面——伟大工人阶级为着社会主义工业化的斗争和创造，对于我们文学是一个完全新的领域。在这五年中，反映工人群众的斗争和创造的作品是比较的少，其中较可注意的有杜印等合作的剧本《在新事物的面前》、白朗的中篇小说《为了幸福的明天》、李庆升等合作的剧本《四十年的愿望》、夏衍的剧本《考验》、雷加的长篇小说《春天到了鸭绿江》等。我国实际生活的最重要的方面在我们文学上还只有这么单薄的反映，这是我们最不能满意的，因此也是我们要以最大的努力来克服我们的落后的一个主要的方面。现在参加工业建设工作和接近工人群众的作家已经逐渐多起来，我们希望不久之后描写工人群众的创造和斗争的作品也会多起来。

在这五年中，我们出现了一些有造就前途的新作家，在上文所举例的许多作品中有些就是出于新作家之手。同时一些老作家，在这五年中也都有新的作品发表，例如巴金发表了上文已经提到过的关于中国人民志愿军的短篇小说和通讯报道，老舍发表了剧本《龙须沟》等，曹禺最近发表了剧本《明朗的天》，叶圣陶在发表了一些散文之后最近也有短篇小说发表。这些作品都具有新的精神，足以说明他们接近实际生活的努力和他们思想上的发展。

特别值得提到的，是我国许多少数民族从解放后在文学艺术上已开始有创造活动，并且开始出现了新的作家——如玛拉沁夫（短篇小说《科尔沁草原的人们》等的作者）、朋斯克（中篇小说《金色兴安岭》的作者）等。在解放前，我国许多少数民族，在反动统治的压迫和歧视之下，过着文化十分落后的生活，有些还没有自己的文字；解放后，跟着物质生活的改善和政治地位的提高，文化和艺术上的活动也开始有空前的开展。没有文字的民族，有的已经在政府的帮助之下创造了自己的文字。在文学上，现在是一方面在从事原有的口头文学的记录和整理，一方面从事新的创造。

在儿童文学方面，中国作家协会曾帮助中国人民保卫儿童全国委员会进行关于四年来儿童文艺创作的评奖工作，奖励了一些比较优秀的作品。但总的来说，我们在这五年中的成就是很小的。作家们现在才仅仅开始注意到这方面的工作。

十分显然，我们的成就离我们人民所希望的是太远了。为了我们文学的成长，最根本的是继续加强我们作家和实际生活的联系。这个问题不仅在过去长期存在，在今后也将是长期存在的。可以说，我们全体作家对于我国当前深广而复杂的实际生活，都还体验和通晓得太少。只有继续努力深入人民群众中去，参加社会主义建设的各方面的工作和活动，熟悉我们社会的各方面，并加强我们的斗争精神，才能够提高我们掌握现实的能力，提高我们文学的创造性。同时，我们大多数作家的文化修养和艺术表现能力也是很不够的。因此，必须尽力提高我们的文化和思想修养，同时向中国和外国的古典文学学习，尤其是向苏联文学学习，这也是一个根本问题。

我们作家身上还有未被完全克服的非无产阶级的思想意识，这无疑是影响我们文学健康发展的阻碍物之一。因为非无产阶级思想，主要是资产阶级思想，既妨碍作家深入实际生活，也妨碍他们正确地掌握现实；这样，也就妨碍我们文学的革命斗争性的提高，使我们不能以文学的战斗精神为社会主义建设的斗争服务。在现在，资产阶级思想，主要是表现在脱离政治的倾向和个人主义的思想观点上面。某些作品很缺少斗争性，不能启发读者去认识生活中的深刻尖锐的阶级斗争和新与旧的斗争，同时读者也感觉不到作者的政治热情或战斗的意向。有的作家，未能改变自己原有的个人主义的生活观点，因而对于人民群众的新的精神和面貌——正在向着集体主义发展的、要把个人的利益和社会利益结合起来的这种新的最本质的生活现象，就不能有深刻的、从本质上的认识。毫无疑问，反对资产阶级思想倾向，是我们不能放松的重要斗争之一。在我们文学和艺术界，从一九五一年批判《武训传》影片的错误以来，对于资产阶级思想倾向的批判和斗争是相当剧烈的；但文艺界的资产阶级思想倾向不仅是文艺工作者自身的旧思想残余，而且也是国内外还存在的资产阶级及其思想意识对于我们的侵蚀作用的表现，这就需要我们进行长期的思想斗争。

各种各样的公式主义的错误，在我们也是一个严重的问题，因为这也是妨碍我们文学的健康发展和斗争性的提高的。无论怎样的公式主义，都是妨碍作家对于生活的深刻的、有创见的认识的；而且，无论怎样的公式主义，都会使作家失去把实际生活的复杂、具体而生动的内容概括到作品中来的能力。因此公式主义的作品，总是感动力和教育意义都是极少，甚至完全没有的。各种公式主义倾向的发生，主要是由于作家对于实际生活的隔膜，同时也由于作家受了某些脱离了实际内容的概念或某些偏狭的经验的束缚。因此，我们觉得，深入实际生活并在实际生活的体验中提高思想的能力，是克服公式主义错误的根本办法。

五年来我们工作的方向是正确的，是符合党和政府的指示以及人民的要求的；现在和今后的问题，是必须加倍努力克服现在存在的落后状况，使我们的文学在我国社会主义的伟大建设中起更大的作用。

（1954年10月1日）

论《红楼梦》的社会背景和历史意义

邓 拓

中国十八世纪批判的现实主义的伟大作品——《红楼梦》鲜明地反映了当时的社会背景,具有巨大的历史意义。只有胡适派的资产阶级唯心论者,才故意抽掉它的社会背景,歪曲它的历史意义,而把它说成为"忏悔情孽"而作的。

马克思主义的文艺观点,与任何资产阶级的唯心主义的文艺观点根本不同。高尔基在《年青的文学和它的任务》一文中说过:"马克思承认在巴尔扎克的作品里面学习了很多东西。依据左拉的小说,我们可以研究整个的时代。"

我们从《红楼梦》里面,同样看出了当时中国的社会经济状况和它的发展脉络;从这里我们应该正确地认识它的社会背景和历史意义。

本文打算从《红楼梦》这部作品所描述的事实中关于当时社会经济生活的若干主要线索,联系到一些重要的历史材料,就它的社会背景和历史意义作正面的说明。

一

《红楼梦》这部作品所反映的社会历史背景是清代的康熙、雍正、乾隆三朝,主要的是十八世纪的上半期。

这个时期的中国社会是什么样子的呢?概括地说,当时的中国是处在封建社会开始分解、从封建经济体系内部生长起来的资本主义经济因素正在萌芽的时期。虽然,作为当时占支配地位的决定着社会性质的还是封建经济,因而当时的社会还是封建社会,但是,这个时期的封建社会毕竟不同于以前的任何时期。它已经产生了新的因素,其标志是:在封建经济内部生长着新的生产力和生产关系的萌芽,代表着资本主义关系萌芽状态的新兴的市民社会力量有了发展；同封建主义思想意识相对立的市民思想明显地抬头了。这就表明了当时的社会，除了农民和地主的主要矛盾以外，还存在着代表资本主义关系萌芽状态的新兴市民社会力量和封建统治的矛盾，而在这个矛盾中，还夹杂着民族矛盾和封建统治阶级内部矛盾的复杂内容。

由于《红楼梦》是反映当时那样错综复杂的社会背景的一部伟大作品，它就不但揭露了当时的贵族官僚大地主阶级的腐败、虚伪、残酷、暴虐和深刻的社会矛盾——包括主要矛盾和次要矛盾、阶级之间的矛盾和阶级内部的矛盾，而且反映了当时新生的社会经济关系的萌芽和新兴的市民社会力量追求民主和个性解放的生活而又找不到出路的痛苦。

本来，清代以前的封建土地关系已日益向两极发展，虽然在农民大起义中部分解决了土地关系上的尖锐矛盾，但是在清代新的历史条件下，这个矛盾又继续迅速发展。顾炎武《日知录》记载的"有田者什一，为人佃作者什九"的现象正在逐渐严重化。明代统治者早已实行了"计亩征银"的一条鞭的赋税制度，货币地租逐渐发展，农产商品化趋势已经日益显著；国内市场扩大，全国有三十几个城市的商业和手工业都相当发达，出现了许多自由商人和独立手工业者；除官办的手工工场以外，还出现了带着资本主义萌芽性质的工场手工业；同外国的贸易往来也开始增多，以黄宗羲、顾炎武等人为代表的新生的市民思想正在传播。特别是在东南地区，这种市民经济和市民思想已经开始成为一个新兴的社会力量。

清朝封建统治者对于明代已有相当萌芽的资本主义经济因素和市民社会势力的发展，曾极力加以抑制和摧残。但是，客观的历史发展并不符合于清朝封建统治者的主观愿望，新兴的社会力量是消灭不了的。相反，由于清统治者依靠和纵容八旗贵族和大官僚大地主阶级，给以种种特权去兼并土地、垄断商业和手工业、进行高利贷剥削的结果，却引起了清代农村土地更加集中，农村中失去土地的人口大量游离出来，社会的阶级分化更加剧烈；高利贷和商业资本更加活跃，农产商品化的过程进一步加快，手工业更多地为市场而生产；国内市场日益扩大，国外贸易也比以前活跃；城市工商业进一步发达起来。在这种条件之下，代表资本主义关系萌芽状态的新兴的市民社会力量就进一步发展了。

马克思、恩格斯在《共产党宣言》中说："从中世纪的农奴中间产生了初期城市的自由居民；从这个市民等级中间发育了最初的资产阶级分子。"清代康熙、雍正、乾隆三朝正是这种情形。当时的市民社会中有城市的手工业者、工场手工业主人、中小商人，以及住在城市的一部分经营地主和破产的贵族地主，还有代表市民思想的追求民主和个性解放的知识分子。这个新兴的社会力量当时虽然还没有摆脱封建的束缚，但是它从经济上到思想上都表现了与封建主义相对抗的许多特点。

还值得注意的是，当时清统治者不断地对汉族人民及其他民族进行屠杀和战争，一方面消耗了大量的兵力、财力，加深了民族矛盾和阶级矛盾；另一方面也进一步扩大了国内外的市场，为商品经济的发展创造了有利的条件，使封建经济的自给自足的基础日渐动摇起来。

毛泽东同志在《中国革命和中国共产党》一书中指出："中国封建社会内的商品经济的发展，已经孕育着资本主义的萌芽，如果没有外国资本主义的影响，中国也将缓慢地发展到资本主义社会。"我们分析清代康熙、雍正、乾隆期间的历史材料，也可以进一步认识毛泽东同志的正确论断。

当然，谁也不能否认，当时带着资本主义性质的新兴的市民经济，还没有充分成熟的发展条件，而当它刚刚萌芽的时候，外国资本主义的势力已经逐步侵入了中国，阻碍中国新的工商业的正常发展。后来外国的资本主义发展成为帝国主义，以资本输出代替商品输出，并且用战争的手段打开了封建的中国，就使中国沦于半殖民地半封建的被奴役地位。但是，这并不能引出一个错误的判断说：当初的资本主义因素既然还没有充分成熟的发展条件，就不可能产生反映它的文学艺术作品。事实并不是这样。

马克思在《政治经济学批判》的导论中教导我们："关于艺术，谁都知道，它的某些繁荣时代，并不是与社会的一般发展相适应的，因而也不是与那可以说构成社会组织骨干的社会物质基础相适应的。"因此，马克思认为希腊人的艺术"在我们面前所显示的魅力，是与它生长于其上的未发展的社会阶段不相矛盾的，相反，它正是这个未成熟的社会关系的反映"。

《红楼梦》应该被认为是代表十八世纪上半期的中国未成熟的资本主义关系的市民文学的作品，其理由就在这里。

二

《红楼梦》开卷第一回就描写一个中小地主甄士隐的家庭遭遇一场火灾，他"与妻子商议，且到田庄上去住。偏值近年水旱不收，盗贼蜂起，官兵剿捕，田庄上又难以安身。只得将田地都折变了，携了妻子与两个丫鬟投他岳丈家去"。后来"竟渐渐的露出那下世的光景来"。这是当时封建社会的土地占有关系的变化和在这个基础上所产生的新的社会矛盾的一个具体写照。

中小地主和自耕农丧失土地、大地主激烈兼并土地的血腥记录和农民的反抗事迹，充满了十八世纪的清代历史，这是人所共知的。

清代初年的圈地运动，曾经占去了大量肥沃的土地。当时有二十五万顷的圈地，八旗壮丁每人占地达三十六亩。刘继庄在《广阳杂记》中写道："圈地每人六赏，一赏六亩，共地三十六亩。如家有壮丁二人，该地七十亩，人多者照数加增。"但是到了乾隆年间，新的土地兼并的风浪很快袭来，不仅汉族农民纷纷失地，而且据《皇朝文献通考》的记载，就连八旗壮丁圈占的土地也"大半典卖"了。《皇朝经世文编》中载有乾隆十三年杨锡绂的奏疏说："近日田之归于富户者大约十之五六。"这就证明当时土地兼并是多么剧烈的了。兼并的结果是土地大量集中到少数大地主手里。清代全国耕地面积在康熙二十四年为六〇七八四三〇顷，雍正二年为六八三七九一四顷，乾隆十八年为七〇八一一四二顷；而大地主阶级兼并的土地数目却很惊人。据昭梿所作《啸亭续录》记载，直隶怀柔的一家姓郝的大地主就占有了"膏腴万顷"；皇帝出巡，借宿在他的家里，"进奉上方水陆珍错百余品"，一日耗费十几万两银子。还有"宛平查氏、盛氏富亦相仿"。一家大地主就占了一百万亩土地，那么，照上述全国耕地六百万顷或七百万顷来计算，如果有六百个或七百个这样的大地主就把全国的耕地都占完了。在这种情况下，农民和地主阶级的矛盾继续尖锐化是必然的。明末农民大起义被镇压了多年以后，零星的农民骚动又继续发生。最著名的如乾隆三十九年山东临清的"王伦之乱"，攻破阳谷、堂邑等县城，就是证明。《红楼梦》的作者所谓"盗贼蜂起"完全是事实。不过，这个时期农民对地主阶级的斗争，还没有马上爆发成为全面的起义。

历史已经证明，清代的所谓"康乾盛世，嘉道守文"的整个时期，即是封建经济发展到烂熟的时期，也是它的内在矛盾和外部矛盾开始充分暴露的时期。这种情形就如同《红楼梦》第二回中作者借一个古董商人冷子兴的嘴里说出的荣宁二府外强中干的情形一样，"如今外面的架子虽未甚倒，内囊却也尽上来了"。

但是，这些大地主阶级却好比"百足之虫，死而不僵"。在《红楼梦》第十六回中，贾琏的乳母赵嬷嬷说："咱们贾府正在姑苏、扬州一带监造海船，修理海塘；只预备接驾一次，把银子花的像淌海水似的。"凤姐忙接道：

"我们王府里也预备过一次。"赵嬷嬷又说:"如今还有在江南的甄家,嗳哟,好世派,独他们家接驾四次。要不是我亲眼看见,告诉谁也不信的。别讲银子成了粪土,凭是世上有的,没有不是堆山积海的。"他们的这么多银钱财产是从何而来的呢?

显然,当时地主阶级的大量银钱财产的来源,除了进行高利贷剥削和经营工商业赚来的以外,主要的还是从农民身上进行残酷榨取得来的。《红楼梦》第五十三回写出宁国府交给乌进孝掌管的就有八九个庄子,荣国府交给乌进孝的弟弟掌管的也有八处庄地,还有东省的屯地不算。老管家周瑞曾对贾珍说:"奴才在这里经管地租庄子,银钱收入,每年也有三五十万往来。"这还只是他们对农民剥削的一个方面而已。

从这里我们还可以看到:当时的地租已有不少是采用货币地租的形式的。乌进孝交给贾珍的租子,主要的是二千五百两银子,其次是一千担常用米,其余是山珍野味。当时江南地区货币地租已经相当流行。如《松江府志》载,乾隆元年尚书杨名时奏称:"娄县知县王士瑾请将毕姓田产,每岁租银一千三百余两供廪食之需。"这类记载散见在许多文献中,可以证明有许多私人的田产,每年是收租银而不是收租谷的。货币地租的流行,同田赋征收中的银粮比例的变化也是一致的。按《皇朝文献通考》所载,顺治十八年的田赋中,银赋为二一五六七〇〇六两,粮米为六四七九四六五石;而乾隆十一年的田赋中,银赋增至二九六一一二〇一两,粮米则为八四〇六四二二石。银赋是把农产品出卖换得货币来完纳的。银赋的增加不但说明了货币地租的逐渐流行,而且说明了农产商品化的程度提高了。

随着农产商品化的趋势而来的是棉花、烟叶等商品作物种植的加多。例如,棉花在明代就已在长江流域普遍种植,清代更为发达。康熙有御制木棉赋,赞扬种棉的利益;乾隆年间直隶总督方观承编绘木棉图说十六条,说明棉花的播种和染织的全部过程,刻石竖立在保定,于是以滹沱河流域为中心,在北方也普遍推广植棉了。又如烟叶的种植,这时候也比以前更多。王士祯在《香祖笔记》里说:"今世公卿士大夫无不嗜烟草者。……初漳人自海外携来,莆田亦种之,反多于吕宋。今处处有之,不独闽矣。"我们不必去讨论烟叶传入中国的途径,但要说明这种商品化作物日渐普遍的趋势,甚至引起了封建统治者的不安。雍正五年有一道上谕说:"烟叶一种,于人生日用毫无裨益。……小民较量锱铢,但顾目前,而不为久远之计。故当图利之时,若令其舍多取寡,弃重就轻,必非情之所愿也。地方官遽然绳之以法,则势有所难行。"农产商品化的趋势已经不是法令所能够阻挡的,这不是很明显的吗?

　　种植棉花和烟叶的,当然不是完全为了自己的消费,而是为了出卖。这就可见那时候的商品作物已经相当发达了。那时候的经营地主,首先也是种植商品作物的。明季顾起元的《客座赘语》所记载的金陵"城西一带最宜于蔬圃,近市而易于获利"的情形,在清代更加普遍。雍正五年的上谕中就曾谴责那些致富之家"舍本逐末,弃膏腴之沃壤,而变为果木之场;废饔餐之恒产,以幸图赢余之利"。种植大批果木的目的,当然是市场的需要。市场上需要什么,他们就生产什么,这是毫不奇怪的。这时候农村中的雇工,也随着商品化的农业经济的发达而同时增多。康熙年间编修的《古今图书集成》记载着许多农村雇工的情况。如《扬州府部·汇考》中写道:"无田之农受田于人为佃户,无力受田者为雇工,多自食其力。""力任播获,年可获中人资,为地佣。"《苏州府部·汇考》中又写道:"吴农治田力穑。……雇工以襄其事,以岁计曰长工,以月计曰忙工。"虽然农业中的雇佣劳动也是很早就有的,可是这个时候却更加发展了。这只有在经营地主和富农经济产生的条件下才是可能的。《红楼梦》第五十六回中描写探春兴利除弊,决定把大观园出产的笋、菜、鱼、虾、香草、花儿和稻子都包给能知园圃的老妈妈,一年可得四百银子的利息。这简直就是大经营地主的算盘了。第七十九回里写的"桂花夏家""单有几十顷地种着桂花"也是一例。

　　这些大地主和高利贷、商业资本还结了不解之缘。请看《红楼梦》的第四回,那位葫芦庙的小沙弥出身的门子就说出了金陵的贾、史、王、薛四大家的关系,是"联络有亲,一损俱损,一荣俱荣的"。贾赦、贾敬等是世袭的封建贵族大官僚大地主不必说了。薛宝钗的哥哥,那个仗势欺人、抢走香菱、打死冯渊的薛蟠,不正是"家中有百万之富,现领着内帑钱粮,采办杂料"的"皇商"吗?薛姨妈不是还有好几处当铺吗?贾府被抄的时候不是查出两箱房地契文、一箱放债的借票吗?这些已够说明:他们不但是封建大官僚,而且又是兼并大量土地的大地主,又是大高利贷者和大商人。

　　当时的官僚、地主、高利贷者和商人相结合的例证,在史籍中是不胜枚举的。例如,《东华录》载,康熙二十八年御史许三礼参劾尚书徐乾学"发本银十万交盐商于扬州贸易;在大蒋家胡同开当铺放债;在无锡一处即买田一万顷"。《东华续录》引乾隆九年大学士鄂尔泰的奏疏,其中说道:"查京城内外官民大小当铺共六七百座。"前面所举《啸亭续录》中还引述高士奇的"亲家陈元帅,伙计李开芳,开张绸号,寄顿各处贿银,资本约至四十余万。

又于本乡平湖县置田千顷，大兴土木，修整花园，杭州西溪广置园宅。苏、松、淮扬王鸿绪等与之合伙生理，又不下百余万"。以高士奇之流的新官僚而拥有田地千顷，商铺资金数百万，这在当时并不稀奇。

因为清代统治者是代表大地主阶级的，它并不愿意妨碍大地主阶级兼并土地，倒反愿意让商业高利贷资本同封建土地制度相结合。据《东华录》引乾隆年间的一道上谕说："山西等处富户，赴豫举放利债，借此准折地亩；贫民已经失业，虽遇丰稔之年亦无凭借。"乾隆朝中的一位刑部左侍郎钱维城上疏也说："豪商大贾挟其金钱，买贱卖贵，子母相权，岁或入数万金。富者以数百万计，以一家而有数千百万家之产，则以一家而致数千百万家失业也。"

这个结果是什么呢？这就是：一方面地主阶级利用商业高利贷资本趁机加紧剥削农民，积累财富，并且把一部分财富投到城市工商业中去；另一方面农村土地更加集中到少数地主手里，大批农民失地流亡，大批地流向城市，成为城市中的雇佣劳动者。

三

城市和工商业的发达，是封建农村中吐出大批劳动力和商品生产扩大的必然结果。现在我们就要来考察这一方面的情况，特别是城市手工业和工场手工业发展的情况，以便判断当时资本主义经济因素的萌芽究竟达到了什么程度。在这一方面，曹雪芹的家庭就是很有价值的研究材料的一个来源。

《红楼梦》的作者曹雪芹的家庭，从他的曾祖曹玺、祖父曹寅到他的伯父曹颙、父亲曹頫，世袭了江宁织造，历时六十年，有时还兼任苏州织造和两淮盐政。通过这个历史的线索，我们可以看到当时的清统治者怎样经营官办的工商业，它和民间的独立手工业者、手工作坊、工场手工业以及自由商人之间有哪些联系和矛盾。

故宫的《文献丛编》中有曹寅在康熙四十七年六月的一封奏折，其中说到江宁织造府的"神帛、官诰两机房，自顺治二年间，案经内院臣洪承畴经定，除丝颜等料照时采买外，其一应匠作工价，因开织之初惟期撙节，所定工价甚寡，较之缎匹、倭缎仅十之二三。此各匠虽有工价名目，实皆民间各户雇觅应工。迄今六十余年，历任织臣无可动钱粮，惟一循旧例。若竟行革除，则穷匠星散谋食，不能束腹以待钦工。……臣等原议诰帛二项人匠约计三百七十名，岁需银二千七百两，即可赡活群工"。

这就说明：第一，官办的织造业自设机房，经常有几百个工人为它做工；第二，官办的机房往往向民间派定手工业工人按时应工；第三，官定的工价很低，不足以维持手工业工人的生活；第四，民间的许多手工业户随时都能够雇到自己所需要的许多工匠；第五，民间穷苦的手工业工匠平时是星散谋食的。

这些工匠是完全依靠出卖劳动力为生的手工工人。《古今图书集成·考工典·织工部·纪事》中记载苏州织工的情形说："郡城之东皆习机业。织文曰缎，方空曰纱。工匠各有专能。匠有常主，计日受值；有他故则唤无主之匠代之，曰唤找。无主者黎明立桥以待。缎工立花桥，纱工立广化寺桥；以车纺丝者曰车匠，立濂溪坊。什百为群，延颈而望，如流民相聚，粥后散归。若机房工作减，此辈衣食无所矣。每桥有行头分遣，今织造府禁革，以其左右为利也。"

这又说明：第一，当时的手工业已有相当细密的分工，手工业工人各有专能；第二，计日受值的雇佣制度已经流行；第三，雇主和雇工之间虽有经常的相对固定的关系，但已经是属于自由的契约关系了；第四，出卖劳动力的劳动市场已经以较大的规模出现，并且行头从中剥削很厉害，可以"左右为利"；第五，清代织造府所以要禁止这种行头的剥削，只是因为官办工业和民间工业有矛盾，如果取消了行头，就更便于织造府的机房直接招工。

从官办的织造工业来说，它直接控制着一部分手工业作坊主人、小手工业者和商人。如康熙五十一年巡抚郎廷极请以曹寅之子继任江宁织造的奏折中说："今有江宁省会士民周文贞等，机户经纪王聘等，经纬行车户项子宁等，缎纱等项匠役蒋子宁等，丝行王楷如等，机户张恭生等，浙江杭嘉湖丝商邵鸣皋等，纷纷在奴才公馆环绕，具呈称颂曹寅善政多端。"这许多机户、匠役、丝行、丝商等当然都是受织造府直接和间接控制的。但是，他们实际上是经常和织造府发生矛盾的。织造府"限制机户不得逾百张，张纳税五十金，织造批准纳税给文凭，然后敢织"，而机户则要求"减免额税"。这一类矛盾是日益明显地存在的。

但更重要的是，当时除了官办织造工业以外，民间的织造业也相当发达。这种民营的手工业是市民经济的重要基础。据陈作霖《凤麓小志》载，"金陵机业聚于城之西南隅。开机之家，总会计处谓之账房，机户领机谓之代料，织成送缎，主人校其良楛，谓之雠货。小机户无甚资本，往往恃账房为生。各机户复将丝发交染坊染色，然后收回，织成缎匹，再售与绸缎业。四者层层相因，休戚相关。清乾隆迄今，通城缎机以三万计。纱绸绒绫不在此数。织机之工俗呼机包子。"

所谓"机户"一般地是指雇佣手工业工人的工场手工业的主人,"小机户"就是作坊主人,"机包子"就是独立手工业者,他们都直接和间接受着账房和绸缎业商人的层层剥削。当时的所谓"账房"就是商业资本家控制手工业生产和运销过程的组织形式。他们供给手工业生产者以原料及生产工具,收买成品。这种制度是比较完备的商人雇主制。当时民间织造业的数量很大。陈作霖说这一座南京城里从乾隆以来就有三万架缎机,其他还不计算。这个数字也许是过高的估计,但它毕竟说明了在乾隆的时候,南京的民间机织业的发展,已经很有可观的了。特别值得我们注意的是当时的那些机包子等独立手工业者和机户等又跟账房、绸缎业商人经常有矛盾。他们的关系不是"层层相因、休戚相关",而是层层剥削、互相对立的。

由于城市中官办的和民营的两种手工业的影响,当时许多城市附近农村的家庭手工业也比以前更加发达。康熙三十四年九月苏州织造李煦的奏折中写道:"采办青蓝布三十万匹……此项布匹出在上海一县,民间于秋成之后,家家纺织,赖此营生。……三月奉部文发买,临期急迫,必需牙行经纪四散收买,所以价贵。"《古今图书集成·松江府部·汇考》中记载:"乡村纺织,尤尚精敏,农暇之时,所出布匹日以万计。……绫布二物,衣被天下,虽苏杭不及也。"从这些记载里,我们不难想见那时候的农村家庭手工业是多么发达的了。并且,上述松江府的记载中还写道:"里媪晨抱纱入市,易木棉以归,明旦复抱纱以出,无顷刻闲;织者率日成一匹,有通宵不寐者,衣食全赖于此。"我们可以看出,这种家庭手工业并不是为了自己的消费,而是为了广大的市场而生产的。

当然,人们都还知道,中国城市工商业有很久的历史,手工业工场也早已出现了。从汉代说起,据《前汉书·食货志》所载,当时不但"举天下盐铁,作官府",而且有东织室、西织室,设置"令丞",还有"甄官令丞"督造琉璃。后来两晋、南北朝和隋朝都有各种官办的手工工场。唐、宋、元的官办手工业的发达,几乎使全国的手工业者都变成了官府的"工奴",使民间的手工业几乎无法立足。在那些年代里,手工业的雇佣劳动同样已经产生,宋代城市还有相当数量的"土木杂作"等出现。但是,在那些年代里,在主要的工业部门中,作为新工业发展的阶梯的、为广大市场而生产的民营的工场手工业,却没有地位,手工业的雇佣劳动市场也很狭小。只是到了明代,城市的商业和民营的工场手工业及农村的手工业才逐渐发达起来,特别是在东南地区比较发达。清入关之初,这些工商业曾受了相当的打击,一度低落。但是,因为社会经济已经具备了一定的发展条件，这些工商业不久就恢复和进一步发展起来。

我们从清代康熙、雍正、乾隆年间的许多城市的面貌上，首先就可以看到它比以往任何时候都更加繁盛。就以当时的金陵来说，这座城市显然已经成了当时江南工商业的中心城市。它不但保存了明代的铜铁坊、皮市、履鞋坊、帘箔市、伞市、木器街、木匠营、弓箭坊、织锦坊、颜料坊、毡匠坊等等，还增加了珠宝廊、书坊等新的市肆。《续板桥杂记》中说："乾隆之世，利涉武定二桥之间，茶寮酒肆东西林立。"当时商贾水陆交通直达金陵的有十几路。这是金陵的情形。再举武昌的情形来看，据《古今图书集成·武昌府部·汇考》所载，当时"商贾之牙侩，丝帛之廛肆，鱼米之市魁，肥其妻子，雄视里闬；下至百家技艺、土木食工，以及俳优侏儒，趋利于阛阓者，未尝不趾相错而踵相接也"。如果说，这些都是南方的情形，那么，再举同书关于宣化府城的记载来看："市中贾店鳞比，各有名称，如云南京罗缎铺、苏杭罗缎铺、潞州绸铺、泽州帕铺、临清布帛铺、绒线铺、杂货铺、各行交易铺沿长四五里许，贾皆争居之。"可见当时许多城市的工商业都很发达。

而且，清代康熙以后城市工商业的发展，引起社会风习的变化，也更加显著地表明了它比唐、宋、元、明各朝代还要深刻得多。康熙年间编修《古今图书集成》的封建老爷们，叙述了武昌等城市百工商贾发达的情形之后，就不胜慨叹地写道："土俗民风经百余年而未变，迨故明万历之季，风气浸薄。……今则贵贱无分，少长失序。"此等腐儒的叹息，在当时许多文字中本来也很平常，但它却证明了一个重要的变化。这就是：明代万历以前的社会经济状况反映到社会风习方面，基本上没有多大变化；万历以后变了，因为城市工商业发达了；而清代康熙年间又有了进一步的变化，因为新兴的代表资本主义关系萌芽状态的市民社会力量进一步发展了，这当然会使封建老爷们看不下去的。

这种工商业发达的情形，在当时究竟是不是相当普遍的呢？当时其他地区的城市和其他工商业的全面情形究竟是怎样的呢？这些问题应该在这里得到简要的回答。许多历史的材料说明：在康熙、雍正、乾隆年间，无论建筑业、采矿业、制盐业、陶瓷业、纺织业、制茶业、印刷业等在许多地区都十分发达，分工也很细密。如乾隆年间的建筑业在各处都有，其中分工的种类名目很多，有大木作、南木作、石作、瓦作、搭彩作、搭材作、土作、油作、裱作，等等。

在采矿业方面，清统治者曾一度严令禁止，但后来也逐渐开放了。据《清史稿》所载，康熙年间山西应县、陕西临潼、山东莱阳各处银矿已经开采。

雍正年间广东总督鄂尔达奏称："粤东山多田少,而矿产最繁,土民习于攻采,矿峒所在,千百为群,往往聚众私掘。"广东的采铁和冶铁工业发达的情形在鄂尔达的奏疏中记述得还很多。比如他描写"铁炉不下五六十座,煤山、木山开挖亦多,佣工者不下数万人",可见是很发达的。乾隆年间陆续准许山东博山等地煤矿以及贵州思安、陕西哈拉山、甘肃扎马图等地金矿和银矿、两广和云南各地的铜、铁、铅矿,尽行开采。云南的铜矿历史很久,规模也很大。它在康熙、雍正的时候是"由官给工本"开采的,起初每年产铜只八九十万斤,乾隆的时候虽然仍由官府"放本收铜",却并不干涉生产过程,各矿厂可以独立经营,因此每年产铜增至一千二三百万斤,矿区也扩大许多倍。《清史稿》载乾隆时"大厂矿丁六七万,次亦万余,近则土民,远及黔粤,仰食矿利者奔走相属"。再看阮元《云南通志稿·食货志》的材料,云南铜矿在康熙年间常有十七八处在开采;雍正二年至乾隆八年常有二十余处在开采;乾隆九年以后常有三十余处在开采;乾隆三十七年有四十六处在开采。王崧《厂矿采炼篇》记述各处的"商贾负贩,百工众技,不远数千里,蜂屯蚁聚,以备厂民之用。而优伶戏剧,奇邪淫巧,莫不闻风景附"。可见连某些边远的矿区也逐渐变成新兴的工商业小城市了。

  清代的制盐业在两淮、两浙、两广、福建、山东、长芦、四川等著名的产盐区同样是扩大生产的,盐利也是最大的。许多盐场又经过了裁并,就日益集中,每个大的盐场往往都有几千上万的盐民或"灶户";许多盐场或盐井互相毗连,使产盐区的集镇也更加繁盛了。这些盐区不但是制盐的工业区,而且又是盐商集中的商业区。当时两淮等地的盐商获利最大,康熙、乾隆屡次到南方巡游,强迫盐商捐输的款项,动辄几百万两。即便是在边远的云南,当时盐井的数目也比以前增多,雍正年间由八大井、四十多小井增加到二十大井、九十多小井,乾隆年间又新开了两大井。刘继庄在《广阳杂记》中说:"云南琅井在昆州,白盐井在姚州,黑盐井在楚雄,皆在万山中最下处溪河之中。环溪数千家,皆灶户也。每担咸水税若干。"各地盐业的发达可以概见。至于历史悠久的江西景德镇的瓷业,在明代就已经扩大了规模,到了清代康熙、雍正、乾隆的时候更进一步发展了,制作的技术也更加提高,分工协作的组织比以往也更加细密。在那里不但有大规模的官窑,而且有许多私窑。从那里出产的瓷器行销各地,因此景德镇更加成为"商贾云集"的地方了。据唐英的《陶冶图说》所载,当时"景德一镇……终岁烟火相望,工匠人夫不下数十万,靡不借瓷以生"。这些大部分都是私窑,而在御窑,则只有"工匠役夫三百余人",即便还有其他工人,也多不到哪里去了。

　　各个地区的这许多官办工商业和民营工商业之间的矛盾同样是很尖锐的,斗争不断地爆发。因为清统治者对民间工商业的压迫日益加紧,激起了新兴的市民社会力量的反抗。他们进行斗争的方式更加复杂。他们有的利用统治阶级的矛盾,发动罢市。这是新兴的市民社会力量进行斗争的独特形式。如康熙五十一年二月十八、十九两日,江宁、镇江、扬州的商民举行罢市,拒绝新任督抚到任,要求减轻税额。有的组织武装走私。如康熙年间山东、河南的"流棍",往往"率党"一二百人,兴贩私盐,横行白昼,在泰州沈家渡等地杀死缉私官兵。有的率众反对抬高米价。如乾隆十三年春夏之交,米价骤涨,苏州有"市井贩夫顾尧年者倡言平抑米价,和者纷如蚁聚,势愈汹涌"。这一类事实只有在代表资本主义关系萌芽状态的新兴市民社会力量进一步发展的条件下才可以理解。

　　康熙年间有一个反满的秘密组织"三合会"出现,乾隆年间又有另一个反满的秘密组织"哥老会"出现。这些秘密组织跟城市的行帮组织有密切关系,跟海外的华侨商人和苦力也有密切关系。就城市的行帮来说,康熙、雍正、乾隆年间有许多城市的行会的内部关系,比起从前的行会大有不同。如康熙十七年汉口米粮业的帮规中写道:"吾人若无团结集议之所,则无以整顿行规,且意见各殊,斗斛参差……何以昭公溥而永保信用?"并规定"缴入帮费银十五两""公所之常费收取悉照账簿""有破坏帮规者,即开会议罚"。这种行会章程显然带着新的色彩。

　　还值得注意的是,当时和城市工商业的发展相随而来的外国资本主义商品的输入,对于清廷闭关的封建经济的侵蚀和瓦解的作用,也在日益加深。

　　自从康熙二十三年开设江、浙、闽、粤四处海关,二十八年同帝俄签订《尼布楚条约》,雍正五年又订立《恰克图条约》以后,东南沿海四个关口,北方陆路一个关口,输入的外国资本主义商品不断增加。康熙五十九年专门为了经营对外国商人的贸易而设立了广州十三行,它们和明代的三十六行的性质很不相同,应该说这时候买办资本也开始萌芽了。

　　看《红楼梦》的人都记得,《红楼梦》中有许多外国的货物,如洋漆、洋布、洋呢、金表、挂钟、西洋金自行船、玻璃灯、西洋珐琅、洋烟、西洋葡萄酒、波斯玩器、暹罗茶叶、止头痛的药膏"依弗哪"以及冯紫英夸称为"鲛绡帐"等十四种洋货都是。王熙凤夸耀"凡有外国人来都是我们家养活,粤、闽、滇、浙所有的洋船货物,都是我们家的"。薛宝琴自称"八岁跟父亲到西海买洋货"。随着外国资本主义商品而俱来的，是外国的传教士来到中国的比明朝的时候更为增多。康熙皇帝曾任用了许多传教士为钦天监，当教授，到内地勘测；那些传教士在中国内地增设教堂，吸收教徒，买土地，做生意。这些对于当时的社会经济和思想倾向同样发生了相当的影响。

四

由于当时从城市工商业的基础上兴起的代表资本主义关系萌芽状态的市民社会力量进一步的发展，清封建统治者就遇到了过去所没有遇到的新兴社会力量跟它相对立。这种对立关系已经超出了封建社会中农民和地主对立的范畴，而带有新的社会意义。因此，有些人仅仅看到清代的农民斗争对于封建统治的冲击，而忽视或抹杀了新兴的市民社会力量对于封建统治的冲击作用，那是不符合历史事实的。农民斗争是整个封建社会的各个历史时期都有的，而新兴的市民社会力量却是在特定的历史条件下发生和发展起来的作为封建制度的对立物。这完全是新生的事物，怎么能够抹杀呢？

在清代的康熙、雍正、乾隆三朝，正是由于这种新兴的市民社会力量和商品经济的发展，由于封建农村的阶级分化和农民的离村，由于西洋资本主义势力开始逐渐侵入，这才给了中国封建统治阶级以多方面的威胁。而在当时一部分经营官办的工商业的贵族官僚和地主阶级中，也逐渐地产生了思想上和政治上倾向于自由主义的分子，这也是很自然的。

曹雪芹就是属于贵族官僚家庭出身而受了新兴的市民思想影响的一个典型的人物。人们都看到了《红楼梦》具有强烈的反对封建、追求个性解放的思想，但更重要的是要分析：曹雪芹究竟是站在什么立场上来反封建的呢？应该说他基本上是站在新兴的市民立场上来反封建的。必须从这一点来分析，才能更清楚地认识《红楼梦》的历史意义。

人们大概都不否认，《红楼梦》里的许多正面人物，是代表着那些没落的封建贵族官僚地主的家庭中向往自由生活的一群青年人。他们一方面对于日趋腐败的封建制度发出了动人的控诉和强烈的反抗呼声，揭穿了以贾政、贾母、王夫人、薛姨妈等为代表的行为伪善、实则残酷不仁的封建家庭统治者的面目；另一方面也无情地揭露以贾珍、贾琏、凤姐、薛蟠等为代表的唯利是图、肆意暴虐的当权派的丑恶。作者的思想就是要反对这两方面戕贼个性自由的封建恶势力，而追求着符合于个性解放的目的的新的社会生活和家庭生活。

除了在许多文章中已经反复被引用的例子以外，我们现在再来看看几个例子。从婚姻自由的问题上说，尤三姐对着贾珍、贾琏那一班人最尖锐地表示："必得我拣个素日可心如意的人才跟他。要凭你们拣择，虽是有钱有势的，我心里进不去，白过了这一世了！"在反对人对人压迫的问题上，春燕传述宝玉的话说："这屋里的人，无论家里外头的，一应我们这些人，都要回明太太，全放出去与本人父母自便。"对于一切向封建统治阶级的庙堂里爬去的人，作者借宝玉的口狠狠地骂道："说了半天并没个明心见性之谈，不过说些什么文章经济，又说什么为忠为孝，这样人可不是个禄蠹么？"作者在这部作品中处处痛骂封建的道德、功名、利禄和等级制度，痛骂那些虚伪的封建社会的忠臣孝子，痛骂那些凌辱别人的个性自由的残暴行为。

作者的这种思想倾向，显然是受了当时反映着萌芽状态中的资本主义关系的发生和发展的新兴市民思想的影响。人们晓得，清初顺治、康熙年间的黄宗羲、顾炎武、王夫之、唐铸万、刘继庄等人都曾提倡个性自由和民主的思想，对于当时的思想界影响很大。曹雪芹在《红楼梦》里所表现的基本思想，和这几位思想家的言论有许多相近之处。例如，顾炎武在《日知录》中谈论了"伯夷伊尹之不同于孔子"，曹雪芹也借宝玉的口里说"尧舜不强巢许，武周不强夷齐"。唐铸万在《潜书·大命篇》中说："天地之道故平，平则万物各得其所。及其不平也，此厚则彼薄，此乐则彼忧。……人之生也无不同也，今若此不平甚矣。"曹雪芹同样借宝玉的口里发出"不平则鸣""世法平等"的一类呼声。刘继庄在《广阳杂记》中说："圣人六经之教，原本人情，而后之儒者，乃不能因其势而利导之，百计禁止遏抑，务以成周之刍狗，茅塞人心，是何异壅川使之不流，无怪其决裂溃败也。"曹雪芹也借宝玉的口说道："除了'明明德'以外就没书了，都是前人自己混编纂出来的。"刘继庄还提倡看小说和看戏，认为这是"性天中之诗与乐也，书与春秋也，易与礼也"。曹雪芹在《红楼梦》里也提倡看《西厢记》《牡丹亭》等小说，看《醉打山门》等戏曲。这些思想的产生和在一定程度上的彼此共鸣，难道可以说是完全出于偶然的吗？

还应该提到的是，曹雪芹毕竟是汉人，他的祖上虽然入了旗籍，在清统治者民族歧视和压迫的政策之下，这位充满着个性自由思想和人道主义的作家，是不能无所感触的。《红楼梦》写成之后，清宗室弘旿评称："《红楼梦》非传世小说，余闻之久矣，终不欲一见，恐其中有碍语也。"弘旿所说的"碍语"，有人加以种种不同的解释，其实最主要的应该是以下两方面的意思：一则是清代康熙、雍正、乾隆三朝对汉人大兴文字之狱，前后有十七起之多，并且到处收集成千成万的"违碍书籍",这当然会使弘旿对于曹雪芹的作品存着顾虑;二则是雍正以来清统治者内部的矛盾复杂化,阿其那、塞思黑的案子牵涉很广,曹家被抄与此不无关系,这同样使弘旿有所顾虑。但是,《红楼梦》并不因为当时的清宗室怕它有碍语而不得传世,相反的,它是不胫而走和深入人心的伟大作品。

显然,《红楼梦》是描写了整个时代的。这个意义并不因为它带有自传的性质而减弱。有不少伟大的作品也是自传性的,谁能否认它的价值呢?但是,《红楼梦》又毕竟不是家谱式的自传,而是刻画了一个时期社会的典型面貌的。

高尔基在《俄国文学史》序言中说:"把每个人看作是时代、民族、阶级的产物,我们当然应该从同样角度去看作家;可是要承认作家是一个比别人更饱和着经验——人生的知识,而且由于经验的堆积,具有着把自己的印象装饰在形象里面的本领的人。"这样的作家所写出的作品,由于作家的"经验愈广大——它里面的主观的、个人的地位就愈狭小,一般的意义就愈灿烂地呈现出来,艺术家的社会形象就愈鲜明地显示出来;作家愈坚决地摈斥他的个性——他就愈容易抛弃他的渺小的、无足轻重的东西,他从周围世界所接受的重要的客观的东西就愈深刻地广大地展示出来"。我们也应该从这个角度来评价《红楼梦》和它的作者曹雪芹。

从这个角度来评价《红楼梦》和曹雪芹,我们自然也不能不看到这部作品和它的作者的思想是有弱点的。由于作者出身于一个封建贵族的大家庭,他所处的社会环境限制了他的世界观,给它蒙上了虚无主义和宿命论的色彩。他对于封建制度的罪恶虽有强烈的憎恨,却找不到出路。高尔基在《苏联的文学》一文中有一段话也适用于曹雪芹。高尔基说:"批判的现实主义是作为'多余的人'的个人创作而产生的。这些人不能为生活而斗争,在生活中找不到自己的地位,而且或多或少明确地意识到个人存在的无目的,于是把这种无目的只是了解为社会生活的一切现象以及一切历史的过程的无意义。"

《红楼梦》描写的历史悲剧所留给读者的消极方面的影响,其根源就在这里。然而,这决不是作者的过错,这同样是反映了十八世纪上半期的中国代表资本主义关系萌芽状态的新兴市民社会力量的脆弱性和它的历史命运啊!

(1955年1月9日)

从"一出戏救活了一个剧种"谈起

人民日报社论

"一出戏救活了一个剧种",这句话是戏剧界一些同志有感于昆曲《十五贯》在首都演出后的情况而发的。本来,一个剧种的兴亡衰替,决不应该决定于一出戏,然而《十五贯》的演出,竟然使这句话有了根据,这就看出我们的戏曲工作中确实存在着问题了。

昆曲《十五贯》的丰富的人民性、相当高的思想性和艺术性,是我国戏曲艺术中的优异的成就。正如周恩来总理昨天在昆曲《十五贯》座谈会上所指出的:《十五贯》不仅使古典的昆曲艺术放出新的光彩,而且说明了历史剧同样可以很好地起现实的教育作用,使人们更加重视民族艺术的优良传统,为进一步贯彻执行'百花齐放、推陈出新'的方针,树立了良好的榜样。"

但是,在这以前,我们也曾经听到过这样一些论调:某一个地方剧种没有什么发展前途;某一个地方剧种只好让它自生自灭。诸如此类的意见,如果是出自一般观众之口,那也还只是少数人的兴趣口味和知识不足的问题,可是,这样的意见,却也曾经出自一些对领导戏曲工作负有责任的人之口,这就不能不令人感到奇怪了。

对于昆曲,就确实有过这种论调,似乎除了向它学习一些舞蹈身段或表演的基本技术训练之外,就没有什么"新"可"出"了。在持这些论调的人的心目中,昆曲的命运是注定了要被湮没的。因为活跃在"红毡毹上"的时代,自然早过去了,典雅的唱词,也只有少数人才能欣赏。可是,下这样的判断的时候,他们有没有对这个剧种做过深入的、细致的调查研究呢?有没有到昆曲的传统剧目中去即使是略作涉猎呢?更重要的是,有没有同昆曲的艺人们商量过并且倾听他们的意见、同他们一起动手来进行本剧种的改革工作呢?

我们看到的,是为数不少的现代的过于执们的"察言观色"和"揣摩猜测"。他们只凭少数人的兴趣和口味,只凭主观臆测和一些若干年前的印象,就轻易地做出决定,并且把这当作发展、扶植某一地方剧种的依据和方针。结果,三言两语,就信笔一挥,这一挥不打紧,一个具有悠久历史的剧种在解放后就被压抑了好几年。

浙江省昆苏剧团轰动上海、轰动北京,"满城争说十五贯"的盛况,不仅给了现代的过于执们一个响亮的回答,也向这几年来的戏曲改革工作、向领导戏曲改革工作的文化主管部门,提出了严重的问题:在"百花齐放"的时候,是不是还有不少的花被冷落了,没有能灿烂地开放?在扶植和发展了不少地方剧种的时候,是不是同时也压抑和埋没了一些地方剧种?

自然,任何人决不会抹杀这几年来戏曲改革工作的成就。可是,昆曲《十五贯》的出现,却为我们的戏曲改革工作做了一次检验。据说,全国的地方剧种和艺人至今还没有完全精确的统计和调查,这中间,蕴藏着多少的艺术珍宝,亟待我们去发掘啊!那么,那些对于我们还很生疏的剧种的命运,也就十分令人牵挂了。希望每一个还没有受到重视的剧种,今后不再要等到来北京演上一出戏以后,才能"救活"。

(1956年5月18日)

美学怎样才能既是唯物的又是辩证的
——评蔡仪同志的美学观点

朱光潜

黄药眠同志批判我的美学观点的文章——《论食利者的美学》——是在我自己批判的文章之后发表的。在发表之前,他曾经把在北京师范大学科学讨论会上所提出的论文——也就是后来在《文艺报》发表的那篇——给我看过。我通过《文艺报》编辑康濯同志表示我基本上接受他的批评,并且提出了一些意见。我指出他对于"移情""忘我""灵感"等问题的看法和我过去的看法没有多大分别,指出在他的美学里"联想"占了很重要的地位,似乎用"形象的联想"代替了"形象的直觉",并且表示我觉得他对于"美在心或在物"、美与美感的关系以及形象思维与抽象思维的分别和关系等问题没有说得很清楚,希望他进一步在这些问题上多给我一些帮助。但是黄药眠同志对于我提的意见和问题根本没有理睬,把在北京师范大学提出的论文几乎原封不动地发表在《文艺报》。因此,我对于黄药眠同志自己的美学观点所存在的一些问题没有得到解决。当时我还觉得他的美学观点基本上是唯物的,尽管有些迹象(如上文所提的)使我有些怀疑。这就说明了我对于唯心主义美学的判别力还是很差的。

现在读到蔡仪同志的《评"论食利者的美学"》一篇文章,我觉得我过去对黄药眠同志的美学观点的问题得到了一些解决。蔡仪同志用很谨严周密的分析,指出了黄药眠同志要用唯物主义的原则来解决美学问题的主观意图和他的主观唯心主义的基本论点之间是有矛盾的。就蔡仪同志对于黄药眠同志的批评来说,我基本上是同意的;就蔡仪同志在批评之中所表现出的他自己的美学观点来说,我觉得还有些问题尚待进一步地探讨。由于他自己的美学观点还有问题,他对于黄药眠强调主观作用的一方面的批评也有些过偏。他这篇文章是很富于启发性的,使我进一步认识到美学的困难:在美学上划清唯心与唯物的界限已经不是一件容易事,即使唯心与唯物的界限果然划清了，也还不等于说就已解决了美学问题。比如说，蔡仪同志的美学观点无疑的是企图走唯物方向的，但是我不认为他的说法解决了美学的基本问题。我想趁这个机会很简单扼要地说明我对于他的说法所感到的困难，趁便也提出我的一点试探性地解决困难的办法，希望可以引起进一步的建设性的讨论。

蔡仪同志的基本观点可以从全文，特别是从下列两段话里看出：

"我并不否认人有借物抒情的心理及事实，但是既然否认物本身的特点，那么被人用以抒情的物的形象，从抒情的主体来说，他所见的形象基本是自己的情趣的幻影，从客观的物来说，他所见的形象基本上不是真正的物的形象。所谓'情人眼里出西施'，这'西施'就并不是真正的西施。所以一片自然风景决不是'一种心境'。同样，梅花的形象也不是什么人的性格的象征。'物的形象'是不依赖于鉴赏的人而存在的，物的形象的美也是不依赖于鉴赏的人而存在的……"

"自然我们也承认人之所以认为某一对象的美，是和他的生活经验、当时的心境及他的思想倾向等有关系。但是对象的美如果没有它本身的原因，只是决定于人的主观，所谓'美学评价'，也没有客观的标准，只有主观的根据，那么美的评价也就只能因人的主观而异，既无是非之分，也无正误之别。……实质上也就是对美的完全否定，是美学上的虚无主义。"

我们可以把蔡仪同志的美学观点归纳成为三个要点：

（一）美与美感是对立的；美是客观存在，在于客观事物本身的法则，是第一性的，美感是主观认识，是第二性的；美可以引起美感，但是美感不能影响美，物的形象的美是不依赖于鉴赏的人而存在的。

（二）美的理想、生活经验、心境、思想倾向等都是主观的，对于人之所以认为某一对象的美有关系，这就是说，与美感有关，与美无关。人可以借物的形象来抒情，但是这种形象是人自己情趣（按情趣是由美的理想生活经验、思想倾向等产生的）的幻影，不是真正的物的形象。物的形象是不依赖于鉴赏的人而存在的。

（三）承认事物的美有它本身的原因，美的评价才有客观的标准，才有是非之分。

必须承认，这个看法比我过去的"纯粹的主观唯心论"和黄药眠的"不纯粹的主观唯心论"都较接近于真理，因为它企图把马克思列宁主义的反映论作为美学的基础，走唯物的路向。但是也必须指出，这个看法离真理究竟还很远，因为蔡仪同志只抓住了"存在决定意识"一点，没有足够地重视"意识也可以影响存在"，没有足够地估计世界观、阶级意识等对于审美与艺术创造的作用，没有足够地体会马克思在《政治经济学批判》里把"美感的"（在一般释对本中作"艺术的"）形式和法律、政治、宗教等并列为社会意识形态时所暗示的一个真理：美感和艺术不仅是自然现象，而有它的社会性，所以它的活动不同于自然科学的活动。因此，蔡仪同志在企图运用马克思列宁主义的过程中有时不免是片面的、机械的、教条的，虽然是谨守唯物的路向，却不是辩证的。

蔡仪同志的美学观点的毛病究竟在哪里呢？

首先他没有认清美感的对象，没有在"物"与"物的形象"之中见出分别，没有认出美感的对象是"物的形象"而不是"物"本身。"物的形象"是"物"在人的既定的主观条件（如意识形态、情趣等）的影响下反映于人的意识的结果，所以只是一种知识形式。在这个反映的关系上，物是第一性的，物的形象是第二性的。但是这"物的形象"在形式之中就成了认识的对象，就其为对象来说，它也可以叫作"物"，不过这个"物"（姑简称物乙）不同于原来产生形象的那个"物"（姑简称物甲），物甲只是自然物，物乙是自然物的客观条件加上人的主观条件的影响而产生的，所以已经不纯是自然物，而是夹杂着人的主观成分的物，换句话说，已经是社会的物了。美感的对象不是自然物而是作为物的形象的社会的物。美学所研究的也只是这个社会的物如何产生、具有什么性质和价值、发生什么作用；至于自然物（社会现象在未成为艺术形象时，也可以看作自然物）则是科学的对象。依据这个看法，美感的或艺术的反映形式与一般知识或科学的反映形式，艺术地掌握世界与科学地掌握世界，举例来说，认识"花是美的"与认识"花是红的"，这中间有一个本质的分别：科学在反映外物界的过程中，主观条件不起什么作用，或是只起很小的作用，它基本上是客观的；美感在反映外物界的过程中，主观条件却起很大的甚至是决定性的作用，它是主观与客观的统一、自然性与社会性的统一。举例来说，时代、民族、社会形态、阶级，以及文化修养的差别不大能影响一个人对于"花是红的"的认识，却很能影响一个人对于"花是美的"的认识。拉丁文有句成语说，"谈到趣味（指的是审美力）无争辩"，在审美方面的个别差异是必须承认的，其所以有差异，就因为它里面夹杂有种种主观的成分，不像自然物那么单纯是客观的。

蔡仪同志的基本毛病就在没有足够地重视这里所说的分别，把自然"物"和经过美感反映之后的"物的形象"混为一事，从"物不依赖于认识的人而存在"一个正确的原则推演到"物的形象不依赖于鉴赏的人而存在"一个错误的结论。因此，他把艺术地掌握世界与科学地掌握世界，把认识"花是美的"与认识"花是红的"，看成毫无分别。美只是自然物的一个属性，犹如红是花的一个属性一样，完全是客观的，与主观成分毫无关系。这样一来，他剥夺了美的主观性，也就剥夺了美的社会性。（注：蔡仪同志过去认为"美"这个"物的属性"就是事物的"常态"，后来他似乎放弃了"常态"说，也不大谈"物的属性"了。但是从他这篇文章看来，他的基本主张并没有变更。美既只在物，它不能是物的本体，就只能是物的属性。）

假如黄药眠的毛病是如蔡仪所说的，"文字上说艺术的美主要的是在于它能够真实地反映出客观事物的本质和规律，理论实质上认为艺术的形象根本是主观的思想、感情、理想的表现"，蔡仪同志自己的毛病就恰好翻了一个跟头，文字上承认思想、感情、世界观、阶级意识等主观成分对于美感的作用，理论实质却把这些主观成分一笔勾销了。谈到这些主观成分的作用时，他一则说"自然我们也承认"，再则说"我并不否认"，三则说"这是毫无问题的"，话就到此为止，没有做进一步地分析，足见他对这些主观成分并不重视，而从他的理论实质看来，他也不能重视这些。他既然认为"物的形象是不依赖于鉴赏的人而存在的，物的形象的美也是不依赖于鉴赏的人而存在的"，而思想、感情、世界观、阶级意识等主观成分正是"鉴赏的人"那方面的事，当然的结论就是"物的形象"和"物的形象的美"也就都不依赖于什么思想、感情、世界观、阶级意识等主观的东西了。换句话说，美纯粹是客观存在，美学对于美的问题也就可以像自然科学对于物的属性和规律的问题一样，纯粹地根据客观现象来解决，用不着把思想、感情、世界观、阶级意识那一类主观的东西拉进来。还不仅此，人在这些主观的条件影响之下在外物界所见到的形象，依蔡仪同志说，"是自己情趣的幻影"，"基本上不是真正的物的形象"。这里所谓"情趣"我想可以说就是生活经验和思想倾向（世界观、阶级意识）所产生的。那么，依蔡仪同志的逻辑推论下去，为着免除"幻影"，为着看到"真正的物的形象"，就须把生活经验和思想倾向（世界观、阶级意识）之类东西一齐抛开，因为依据世界观和阶级意识等所见到的物的形象一律是"幻影"，不是"真正的物的形象"。这就不但要推翻"文艺反映阶级意识"的原则，也就要推翻"文艺反映现实"的现实主义的基本原则了。从此可见，蔡仪由于片面地、机械地、教条地运用马克思列宁主义，而结果是要走到反马克思列宁主义的道路上去的。

现在我们可以进一步分析蔡仪同志对于美的看法。美究竟是什么？蔡仪同志回答说：它是"不依赖于鉴赏的人而存在的"。这鉴赏的"人"，据马克思说，就是"社会关系的总和"，所以蔡仪这句话的意思就等于说，美不依赖于社会关系而存在，美是可以超时代、民族、社会形态、阶级、文化修养等而存在的。说得更具体一点，一件美的事物对于时代、民族、社会形态、阶级、文化修养不同的无数人可能产生无数不同性质和程度的美的评价或美感，据蔡仪同志的理论推下去，美感不能影响美，美感尽管是千变万化的，而美却是一成不变的，永远是客观存在的。这就无异于说，这无数不同的人都没有见到那美的全体，至多每人只能见到它的一丝一毫，这种理论实质上是什么呢？就其把美这个客观存在看作不是人所能完全认识的对象来说，它是把康德式的不可知论应用到美学里面来；就其把美看作脱离无数人的美感而超然独立的一种绝对概念来说，它基本上就是柏拉图式的客观唯心论。从此可见，蔡仪同志由于片面地、机械地、教条地运用马克思列宁主义，而结果是要走到唯心主义的道路上去的。

问题的关键在于美与美感的关系。美是引起美感的，这个事实大概没有人会否认。美感能否影响美呢？蔡仪同志的答案是否定的。我知道这是个危险地带，弄得不好就会落到唯心主义的泥淖里去。一谈到主观与客观的关系时，人们对于主观的东西总是掩鼻而过之，大概也是存着这种戒心。但是主观作用的存在也还是一个客观的事实。我总觉得美感不能影响美的说法有些不圆满。第一，美感受时代、民族、社会形态、阶级、文化修养的影响而千变万化，美却一成不变，不受这些因素的影响。这种看法如上段所分析的，会导致主观唯心论与不可知论。其次，美感的对象既是物的形象，而物的形象如上文所分析的，是主观与客观的统一，一方面由物的客观条件决定，一方面也受人的主观条件的影响，现在却说这物的形象的美纯粹是客观的，丝毫没有主观的成分，好像儿子是父母两人生的，只许遗传下父或母一方面的性格。第三，马克思主义教导我们说，存在决定意识，而意识也可以影响存在，现在却说在美感范围内，只有存在决定意识，没有意识影响存在，这也像有些奇怪。总之，这是个难问题，却也是个极端重要的问题，解决这个问题应该是今后建立新美学的努力方向之一，现在还不是下最后结论的时候。我现在的想法是倾向于承认美感能影响美的。美感怎样影响美呢？这里我们须回到上文所分析的"物"（物甲）与"物的形象"（物乙）的分别。物甲是自然存在的、纯粹客观的，它具有某些条件可以产生美的形象（物乙）。这物乙之所以产生，却不单靠物甲的客观条件，还须加上人的主观条件的影响，所以是主观与客观的统一。人的主观意识不能影响物甲的客观存在，犹如认识到红色的意识不能影响红色的存在。这是确凿不可移的。蔡仪同志的理论根据就在此。但是我们已经分析过，美感的对象并不是这个物甲而是物乙。所以目前的问题不是美感能否影响物甲而是它能否影响物乙。物乙本来有一半是由主观条件造成的，所谓美感能影响物乙，正是说主观条件可以影响物乙。同一物甲在不同的人的主观条件之下可以产生不同形式的物乙，这就说明了不同的人在美感能力上可以影响到物乙的形式，可以使物甲的客观条件之中某些起作用，某些不起作用，某些起80%的作用，某些只起20%的作用。美是对于物乙的评价，也可以说就是物乙的属性。美感能影响物乙的形成，就是在这个意义上，我们说美感能影响美。我之所以作如此想法，是由于体会马克思在《经济学—哲学手稿》里论美感的发展时所说的一句话而得到的启发。这句话是："最美的音乐对于不能欣赏音乐的耳就没有意义，就不是对象。"我想马克思这里所说的"不是对象"并不是要取消最美的音乐（物甲）的存在，而只是说这最美的音乐（物甲）对于不能欣赏音乐的耳（主观条件的差异）不能产生美的形象（物乙）。也就是说，由于不能欣赏音乐的耳的主观条件（美感能力）不够，最美的音乐之所以能产生美的形象的客观条件不能发生作用，就不能产生美的形象（物乙），此外，我从马克思的这段话里还体会到美感发展与美的发展的关系。美感是一种社会的现象，它是要随着社会发展而发展的，在美感力日渐精锐化的过程中，事物的美不但在范围上而且在程度上都日渐丰富和提高起来。任何一门艺术的历史都可以证明这个道理。姑拿音乐为例，从原始人的敲棒击缶到现代的交响乐，音乐的美是日渐在发展着。这音乐美的发展一方面固然由于物质条件和技巧的发展，一方面也由于音乐的耳（审美力）日渐在发展，对于音乐日渐提出更高的要求，同时也日渐依据改进了的客观条件，创造出更高的形象。这就是说，在历史过程中，美感能影响美。

我之所以提到美感与美的发展问题，不仅要说明美感能影响美，还要以此为据，进一步讨论蔡仪同志所提出的美的客观标准问题。依蔡仪同志的理论，承认事物的美有它的本身原因，美的评价才有客观的标准，才有是非之分。我对于这个看法有几点意见。第一，他之所谓"美"，如上文所分析，是一个绝对概念，不是任何人凭借美感所能完全达到的，这就是说，它是一个未知数，未知数是不能作为尺度来衡量事物的。其次，如果这个纯粹是客观的美是可以分析为若干美的客观法则的,那么,蔡仪同志应该记得,从古希腊以来,人们就一直在寻求这种美的客观法则,最显著的尝试是近代所谓"实验美学"(例如对"黄金段"的试验)以及现在在美国流行的所谓"美感测量"。这种尝试是注定要失败的,因为它忽视了美感是夹杂许多主观成分的社会现象,单从客观方面做"实验""测量"是不能得到圆满结果的。在方法上它是形而上学的,不是统观全面的。纵使这种"实验"和"测量"能得到一些零碎的片面的客观法则,如果以为凭这些法则就可以审美或是创造艺术,那就只能说是形式主义。这番话并非否定美的客观法则,只是说,这种客观法则不是单从物的属性上可以找到的,同时也要顾到人的主观方面的作用。第三,最后的也是最重要的一点,蔡仪同志不但把美看成一种绝对概念,而且也把审美的标准看作一种绝对标准。依他的理论,美是超于"欣赏的人",超于时代、民族、社会形态、阶级以及文化修养而独立存在的,所以它不但是纯粹客观的,而且也是绝对的。这个看法有两个涵义。第一,美不变,只是美感在变。第二,把这"美"的客观法则作为绝对标准来衡量千变万化的美感,看它们是否符合这客观法则而判定其"是非"与"正误"。这个标准应该适用于原始人、现代人、中国人、希腊人、剥削阶级和被剥削阶级,等等。应该指出,这种看法是违反上文所提到的发展原则的。问题不在蔡仪同志承认美感可发展,而在他否认美可随美感发展而发展。有此否认,美就成为历史上长途赛跑的终点指标,原始人跑了一段就停下来了,他们距离美还非常远,随着社会发展,人们跑得愈近于美,也许终究有一天,人们美感发展到了顶点了,于是就达到这美的终点指标。发展的观点就不容许有这么一个美的终点指标,发展的观点要求不但美感有进展,而且美也有进展,有无穷的进展;因此,发展的观点就不容许美有一个亘古长存、有放皆准的标准。当然,我们要承认现实主义的基本原则:艺术须反映现实。不过这里所说的"现实"应该包括自然物的客观情况与审美人的主观情况两方面。这两种情况都随着社会发展而发展着。所以"艺术反映现实"这个基本原则的现实内容也是随着社会发展而发展的,说一部艺术作品忠于现实,也只能是指忠于一定历史条件下的现实。我们不能根据对于社会主义时代现实的认识,去衡量奴隶社会时代艺术家们是否忠于这个社会主义时代的现实,而判定他们的作品美与不美。这样做,就是反历史主义。不同历史条件下的人民对于美往往有不同的要求,有不同的标准,此以为美的彼或以为不美。如果某一历史条件下的人民发现一件事物达到了他们的美的要求,符合了他们的美的标准，他们就说这事物美，我想这是理所当然的，他们应该有这种权利。如果依蔡仪同志的理论，说他们的美感还没有达到美的绝对标准，美就要成为神话中夸父所追的太阳了。依发展的观点看，不但美感是发展的，美是发展的，美的标准也是发展的。这三者的发展是互相连带的。蔡仪同志的美学却是反发展观点的。

  我对蔡仪同志的意见大致如此。有些问题还要另做专题讨论，这里只能约略涉及。我没有读到他的专门陈述自己美学观点的近著，只凭他这次批评黄药眠同志的文章所表现的美学观点做推论，可能对于蔡仪同志有误解的地方。我极希望他能早日把他这些年来辛勤研究的结果写出较详明的著作来。我这篇文章的积极意义还不在对蔡仪同志的批评，而在批判了自己过去唯心美学思想之后，对于建立新的美学观点所做的初步尝试。我虚心地静待批评和讨论。

（1956 年 12 月 25 日）

贯彻"百花齐放、百家争鸣",
反对教条主义和小资产阶级思想

茅 盾

　　大约八个月前,党中央提出了"百花齐放、百家争鸣"的方针。八个月的时间,对于这样一种继往开来、规模远大、取精用宏、生气勃勃的学术、文艺活动说来,实在还是太短,不应该要求它已经会获得茂盛灿烂的果实。然而,尽管在这样短促的时间内,不但已经出现了万象竞新的局面,而且也已经有了值得称道的第一批收获。有害于学术研究和文艺创作的教条主义和宗派主义得到进一步的克服。

　　自然,事情不会像有些人所想象那样轻而易举、通顺无阻。"放"和"鸣"还是未见大畅,而在反对教条主义的过程中,右倾思想也出现了。这就是不加分析地抹杀过去的成就,这就是懈怠乃至厌恶马列主义的学习,这就是强调了文艺的特殊性,并在文艺特殊性的借口下削弱文艺的思想性,乃至怀疑工农兵方向、怀疑马克思主义世界观对于创作的思想指导作用。

　　在文学创作中,出现了"为恋爱而写恋爱"的乃至色情气味相当浓重的作品,也出现了顾影自怜、欣赏"身边琐事"、几乎没有任何思想性的作品。

　　也出现过这样的怪论:文艺作品的公式化、概念化之根源,在于工农兵方向云云。

　　这些错误的思想,我们所不喜欢的"莠草",以及有害的"毒草",都是小资产阶级思想的反映。小资产阶级既是客观的存在,它的思想意识一定要顽强地表现出来。我们不应视而不见,亦不必惊慌失措。我们的文艺活动,基本上是健康的,向前发展着的。

　　但是,右倾思想既已或多或少地见于文艺各部门,自然要引起普遍的注意乃至忧虑。抱着忧虑甚至惊惶心情的人们恐怕不少。陈其通等四位同志的《我们对目前文艺工作的几点意见》是有相当广泛的代表性的。我衷心地赞扬他们的保卫工农兵方向、保卫社会主义文化、向小资产阶级思想进行思想斗争的耿耿赤忱。可是他们的文章是缺乏说服力的，批评方法是教条主义的，其结果不但不能对小资产阶级思想做有效的斗争，而且给读者以"百花齐放、百家争鸣"原来是弊多利少的印象，给广大的、在"百花齐放、百家争鸣"方针下鼓舞活跃的知识分子一瓢冷水。

陈其通等四位同志没有把艺术事业中积极的社会主义因素和落后的小资产阶级因素两者力量的对比，做出正确的估计。他们看到去年6月以来的"百花"中放出了"莠草"或"毒草"，"百家"中鸣出了"怪论""糊涂论"，就不加分析地说，"文学艺术的战斗性减弱了，时代的面貌模糊了，时代的声音低沉了，社会主义建设的光辉在文学艺术这面镜子里光彩暗淡了"，这是不符合事实的。

陈其通等四位同志的文章中提到了文艺工作中的一些重要问题，如题材方面的"家务事、儿女情"，如公式化概念化的问题，如戏剧传统剧目的挖掘与整理的问题，以及对于社会现实主义的讨论，等等。但是令人遗憾，四位同志的文章把这些问题简单化了，没有全面分析这些问题的内容，而轻易地否定了和他们意见不合的议论：这是不能说服人的。这样的批评方法不能不说是教条主义的。他们认为今天有些同志对于社会主义现实主义所提出的意见是"怀疑论、取消论，是小资产阶级艺术思想的产物"——这一论断，也是使人难以同意的。

陈其通等四位同志反对小资产阶级艺术思想。我极端拥护他们这一个主张，而且我以为这应当是我们在文艺思想战线上的一个重要的课题。但我们进行这一思想斗争时，要小心提防回到教条主义的老调，要同时大力反对教条主义；简单地采取禁止"放"和"鸣"的方法，不能解决问题。小资产阶级思想的肃清，是长期的、复杂而细致的工作，我们的批评态度应当是从团结的愿望出发，通过批评和斗争，在新的基础上达到新的团结；我们的工作方法应当是让大家来"放"，来"鸣"，开展自由讨论，从讨论中加强马列主义的思想教育。我们应当鼓励和帮助文艺工作者深入生活、投入斗争，参加社会主义建设，把思想改造得更好。

现在又有这样的议论：生活经验是一个作家最重要的本钱，而写真实，则是作品的"灵魂"。看来这话并不错。可是，这样的议论的背后却还有一个"理论"，即认为学习马列主义是无关重要的，认为作家的思想改造是不需要的。换言之，亦即认为马克思主义世界观不是作家所必要的。这样的所谓理论，是错误的。因为一个作家当其还没有马克思主义世界观的时候、脑子实在另有一种世界观（资产阶级思想乃至掺杂着封建思想的非无产阶级的世界观），而当他观照生活、艺术实践的时候，这原来有的世界观就在起"指导"作用。这不是很危险吗？

我以为马克思主义世界观是我们从事创作的人所必须获得的。我们希望人人都有这法宝。但是我们也要说清楚，这件事如果不在作家自愿的基础上，通过学习和生活实践，再加上集体的细致而耐心的帮助，就不能做好。如果我们今天就要求我们的作家都应当先具有马克思主义世界观而后写作，那就是不切实际，要求过高。并且一个作家如果（即使出于至诚）先来估量一下自己的世界观够不够马克思主义水平，然后下笔写作，那他将不是自信自欺，就会踌躇彷徨。马克思主义世界观不是一种学科，不是读完若干册书，能够说一套，就算毕了业的。一个作家怎样才能够算是具有了马克思主义世界观？要看他是不是能够对社会现实看得远，看得深，抓住关键问题，把握到社会发展的本质。而他是否具有这个本领，也只有从他的作品来衡量。因此，作家自己努力的方法，是不断地学习，不断地体验生活、参加斗争，不断地写作。帮助作家的方法，是对他的作品进行科学的批评。另一方面，一个批评家是不是掌握了马克思主义文艺理论，也只有从他的批评文章来衡量。批评家自己努力的方法，除了学习和写作，也应当有广泛的生活知识。帮助批评家的方法是对他的文章进行批评之批评。不要怕"放"出不好的东西来，而要及时进行与人为善的细致深刻的科学的批评；不要怕"鸣"出不入耳的声音，而要进行批评之批评，展开自由讨论。

无论是对作品的批评，或者是对批评的批评，无益而有害的，永远是教条主义的批评。

反对教条主义，同时要反对右倾思想：这是两条战线的斗争。这是长期的、细致的工作；不能以为一次运动就能够解决问题，而要随时随地，见一点就做一点。但是也应当有全面的长期的规划。个人意见，以为还是应当三方面并进，这就是加强学习马列主义，有计划地进行艺术实践，有计划地体验生活——向人民学习，向社会学习。这三方面的工作，我们有过不少经验，有成就，也有缺点。最大的缺点，我以为是形式主义（有些而不是大部分的学习和体验生活）、教条主义（主要是学习方面）、一般化（布置学习的方法和布置作家下去生活的方法）。现在应当大家来动脑筋，总结经验，改进方法。要改进我们的学习方法和工作方法，应当深深地体会毛主席在最高国务会议扩大会议的《正确地处理人民内部矛盾的问题》讲话的精神。我以为我们不但要认真学习《讲话》的关于"百花齐放、百家争鸣"的部分,也应当好好地认真地学习《讲话》的全部,这样,对于克服我们的教条主义、官僚主义和宗派主义的错误,才会有很大的帮助。

(1957 年 3 月 18 日)

学习关汉卿,并超过关汉卿

郭沫若

今天我们纪念我国伟大剧作家关汉卿,全世界爱好和平的人士也都或先或后地在为他举行纪念。我们纪念他,是因为在七百年前他的戏剧创作,对于进步的人类文化做出了巨大贡献。

关汉卿是我国十三世纪的一位民间戏剧家。他也是拿着艺术武器向封建社会猛攻的杰出的战士。

关汉卿的时代,蒙古、女真和汉族的统治阶级,在中国境内连续不断地进行了几十年的战争,在战火中,原有高度发达的封建经济遭到严重破坏,人民流离死亡,或者被俘为奴隶。关汉卿在他的名剧《拜月亭》中就对统治者们的战伐,做了深刻的谴责。他通过女主人公王瑞兰的控诉,用"龙斗鱼伤"来概括了当时人民的反抗情绪。

关汉卿的时代,中国处在奴隶主贵族统治下,特权阶级横行,贪官污吏作恶,人民不仅受着最残酷的剥削,甚至丧失了最基本的各项人权。在那个社会中,没有公理、没有正义。因此,激起了广大人民群众的反抗,反对封建统治阶级的红巾军旗帜,插遍了中国的山头。正是在这个时候,关汉卿用着杂剧这种艺术形式作武器,勇敢地、无情地抨击着罪恶的统治阶级。上至皇帝和皇亲国戚,下至地主恶霸,只要是欺压善良的,都是他抨击的对象。但关汉卿的目光,没有停滞于某些恶人身上,他深刻的观察力,使他在作品中触及十三世纪社会生活中的许多根本性的问题。他在许多剧本中,实质上反对了封建制度的各个方面。横暴的家长制度和惨无人道的娼妓制度,就是他经常攻击的目标,关汉卿在他有名的悲剧《窦娥冤》中,猛烈地谴责了王法不能保护善良和正义,官吏只是贪赃枉法的糊涂虫,连封建社会最尊奉的天地神祇,也被蒙冤的年轻寡妇窦娥斥为没有眼睛。关汉卿反对封建罪恶统治的彻底性和猛烈程度,在古典作家中是少见的。

关汉卿是一位有民主主义精神的伟大战士。这不仅表现在他对封建制度的抨击上面，更表现在他的作品里所同情、所歌颂的都是被压迫的地位低微的人物，特别是受着重重压迫的妇女。例如，婢女、乳娘、妓女、再嫁的寡妇，更是他剧作中重要的正面人物，有时还被写成英雄人物。他尽情地歌颂着这些被统治阶级歧视的小人物的机智、勇敢、善良、泼辣、顽强的品格。不问斗争是多么复杂、艰辛，不问封建压迫多么强大，关汉卿总是描写出这些不幸者的乐观和信心，总是让他们在最后获得胜利。在出色的喜剧《救风尘》《望江亭》中，他令人信服地描写了这些被压迫的妇女，竟然翻手掌握了恶霸们的命运。他对受苦受难的不幸者有无限的同情，相信他们一定能够寻求到美好的出路。人道主义和乐观主义精神，在关汉卿身上是统一的。现实主义和浪漫主义精神，在关汉卿作品中也是统一的。

在那黑暗的时代，法律明文规定，妄撰词曲，犯上恶言，是要被判杀头或流放的。但是，为了同情被压迫人民，关汉卿却保持了艺术家的高贵的良心，毫无畏惧地把笔锋插入了封建统治者的胸膛中去。

杂剧是我国最有深远影响的早期戏剧形式。这种受人民喜爱的民间艺术经过了关汉卿和他的书会朋友们如杨显之等一批进步剧作家的渲染提高，在我国戏剧史乃至文学史中便占有了光辉灿烂的一页。在当时，从事这项艺术工作的人，是被歧视的，他们的名字竟"不得和名士并列"。但关汉卿和他的书会朋友们，却宁肯为人民服务，以毕生精力从事民间艺术活动，关汉卿的不朽剧作，大都是在他的书会朋友们互相讨论修改下写出来的。今天我们在这里纪念关汉卿，应当说，同时也是在纪念七百年前以关汉卿为首的一批进步戏剧家。

在过去，关汉卿的成就是被低贬的。例如，明代的皇族戏剧批评家朱权就说他是"可上可下之材"。关汉卿的剧本在旧社会中，很少有上演机会，他写了六十六个剧本，只保存下来十八部原本。但人民永远不会忘记像关汉卿这样做人民的灵魂、人民的心脏、人民的喉舌、人民的手足，为人民做斗争、为人民寻求美满生活道路的艺术大师和他所做出的贡献的。新中国成立以后，人民掌握了自己的命运，做了国家的主人，以前只为少数专家用作案头供奉的关汉卿的现存作品，不仅在舞台上十分活跃，而且有好几个剧本经过改编后已拍成电影。今天晚上，中国至少有一百种不同的戏剧形式，一千五百个职业剧团，都在同时上演关汉卿的剧本，这是亘古未有的盛况。再就关于关汉卿的研究方面来说，从去年5月到今年5月的一年中，我国报刊上所发表的研究关汉卿的论文数量，不仅超过了解放前四十年的总数，而且超过了七百年来的总数。这样的事实证明，在人民当家做主的我国，对于富有人民性的、进步的艺术遗产是在不遗余力地加以保护和发扬的。

关汉卿的创作是人类艺术史上不可企及的一个高峰。其所以不可企及，是因为他所处的那个时代已经一去不复返了，而他却尽善地把那个时代反映了出来，铸造了一群旧时代的纪念碑。关汉卿的不可企及也就如莎士比亚的不可企及一样，而他却又更早几百年。我们以有关汉卿这样的戏剧家而骄傲，但关汉卿所创造的精神财富是不应当专为中国人民所有的。关汉卿不但是中国的关汉卿，而是全人类的关汉卿。我们非常高兴，全世界爱好和平的各国朋友们都在纪念他，并把他最宝贵的艺术介绍给世界人民。我们非常高兴，我国戏剧大师关汉卿的劳动创造已经逐步成为世界进步人类共同的精神财富了。

我国目前正处在全国人民为建设社会主义大跃进的时代，我们纪念关汉卿，就应该学习他那种为人民服务的精神，爱人民之所爱，憎人民之所憎，和人民紧密联系，为实践建设社会主义的总路线而顽强战斗。目前的国际形势又是怎样呢？大家都知道，全世界的人民要求和平共处，立即禁止大量毁灭性的武器，而以美帝国主义为首的侵略势力，却正在千方百计地策划新战争，他们要奴役人类，用原子弹、氢弹来进行讹诈。但我们相信，帝国主义者是在自己挖掘自己的坟墓，人民的力量是不可战胜的，历史发展的车轮是谁也不能使它逆转的。请看帝国主义集团的美、英、法等国不是早在严重的经济危机之下拼命挣扎吗？当我们在这里纪念着关汉卿的时候，重量一千三百二十七公斤的苏联第三颗人造卫星，悠悠然、日日夜夜地在天上运行，这意味着什么？意味着社会主义制度的无比的优越性。人民的生产力和创造力，在社会主义制度下得到大解放，一切事业都在以超音速的速度飞跃前进。和平的力量是必然战胜战争的！

让我们学习关汉卿，并超过关汉卿；为了人类的幸福，为了世界的持久和平，让我们在各个岗位上，全心全意地发挥高度的积极性和创造性，永远地跃进，大跃进！

（1958年6月28日）

运用传统技巧刻画现代人物

——从《梁秋燕》谈到现代戏的表演

梅兰芳

陕西省戏曲赴京演出团给我们带来一出好的现代戏：《梁秋燕》。《梁秋燕》虽是描写过去农村中婚姻问题的新旧思想斗争的作品，但是几年来一直受到观众的欢迎。我在西安就听说这是出好戏。这次在北京看到它，确是名不虚传。梁秋燕反对父亲包办婚姻的斗争，虽和同类型题材的戏曲，有些共同点。但是，这出戏却迷人得很！郿鄠唱腔本来就很动听，再加上演员们纯熟自如的表演，就感到既耐看又受听了。

李瑞芳演梁秋燕，任永华演刘春生，他们在第一场"情投意合"中，就非常真实地表现出这一对彼此相爱的农村青年那种朴素纯真的情谊，这种纯朴爱情的动人描写，有力地反衬出封建包办婚姻的不合理，说明梁秋燕争取婚姻自由的正义性。李瑞芳的唱腔不仅很美，而且给人一种健康饱满的感觉。吴德锦演的梁老大，非常深刻地把这个保守固执、有着封建思想的老农塑造了出来，他在许多地方都很自然地从演唱中揭示出梁老大的固执和内心矛盾。他的逐渐转变，也都很真实而且合情合理。剧中对梁老大的描写具有善意的讽刺，而对侯下山的描写，则是一种揭露和批判，没有从皮相上去丑化他，活生生地画出这个农村中的二流子的面貌，特别是他的唱腔和表演，既保持了丑角的特点，而且没有从形式上去夸张，他每句唱的收尾都有恰到好处的夸张性的装饰音，他的这种创造，为演现代戏的反面人物提供了一个线索。王玉娴扮演的张菊莲，也是从出场时几个动作里把一个青年寡妇的性格突现了出来，她爱着梁小成却又躲躲闪闪，封建势力对她的压力，她的身世、内心矛盾，从这里就可以看得很清楚了。

《梁秋燕》是陕西戏曲中现代戏的一出好戏，无疑它将长时期地活在舞台上，成为保留剧目。《梁秋燕》是经过不断修改加工的，我们许多优秀传统剧目也正是经过多少年来的不断锤炼才达到今天的水平。我们对待现代戏一定要从剧本、表演、唱腔、舞台美术等方面，丰富再丰富，加工再加工，才能不断提高，成为现代戏的"传统"剧目，《梁秋燕》就是这样站住脚了的。我们决不能使现代戏演一个丢一个，一定要使它在不断积累中保留下来。《梁秋燕》由于演了几年，演员演来已经驾轻就熟了。同时，可以看出，舞台上的这些人物对我们来讲，非常熟悉，我们似乎在什么地方见过他们，这就说明剧作者和演员们的表演，都是有着坚实的生活依据的。

我们必须创造出无愧于今天伟大的英雄时代的现代戏，在舞台上塑造出我们同时代的英雄形象，使现代的罗盛教、黄继光、张秋香……和古代的赵云、黄忠、穆桂英、文天祥……并列在舞台上，永远鼓励我们。

最近，我看了一些现代戏，我有这样一些不太成熟的想法。我觉得，创造现代人物形象，也必须继承传统。继承传统，我认为不要狭隘地仅仅想到只是运用传统的演唱技巧，而且，还要深刻地理会传统戏曲的戏本创作方法、描写技巧，直到表演、唱腔、程式等，要运用中国戏曲独特的表现手法来创造现代的人物。我们一方面要从原有的传统技巧中，吸取那些可以运用的东西，加以发展和变化，用在现代戏里的人物身上。另一方面，我们可以从现实生活中提炼、加工，根据传统技巧的表现原则来创造适合于现代人物的新唱腔、新格式、新手段，例如为了在舞台上塑造工农兵的英雄形象，我们难道不可以根据生活中拿枪的动作，来提炼设计一套程式吗？我们难道不可以根据生活中炼钢的动作，来提炼设计一套程式吗？如果说，我们有了这些新程式，那么扮演解放军、炼钢工人的演员，不是可以在这套程式中，根据人物性格、环境、情节，来设计许多新身段吗？回过头来，我们看一看有些现代戏里的人物，给人的印象不深，形象不鲜明，除了剧本描写的原因外，恐怕演员在这些戏中，没有很好地运用传统技巧或是创造出新的身段是一个因素。《梁秋燕》里的梁老大、侯下山、张菊莲、梁秋燕……之所以令人印象难忘，他们身上是有新的身段动作的创造的。例如梁老大，他常常头一扭地表示自己的不满或是懊丧，很能说明他的固执；又如侯下山的唱腔，结合他那种猥琐的手势，把这个二流子的狡猾心境，真切地表现了出来；张菊莲则是从出场后行路的身段中，表现了她爱梁小成而又有所闪避的心情，很切合这个青年寡妇的身份。豫剧《朝阳沟》《刘胡兰》，湖南花鼓戏《三里湾》，京戏《白云红旗》……都有过同样的创造，给人印象深刻，获得了成功。在生活里，每个人往往有他自己的"习惯动作"，为什么我们不能在戏剧人物身上（他本来就是经过剧作者的提炼、夸张、概括、集中了的），也设计一下他的"习惯动作"以至于身段呢!

　　运用原有的传统技巧,来刻画现代人物也极重要。例如京戏《白毛女》,杨白劳被黄世仁一脚踢倒时,演员用了抢背的身段,很能表现人物当时的情景;又如豫剧《袁天成革命》,能不够被袁天成大声叫回来时,她走到下场门那里,一个"鹞子翻身"就回到袁天成面前,这个身段很能说明能不够出乎意外的惊诧神情。这些对传统技巧的运用,都很有助于人物形象的刻画。在这方面,目前戏曲界已经取得了一些成就。但若是为了搬用传统技巧,而不顾人物性格、环境,就会走上为运用而运用、生搬硬凑的形式主义道路,这是很值得留意的。关于继承传统创造现代人物,当然,除了表演艺术之外,戏曲音乐与身段动作有极其密切联系,过去我所排演的时装戏,音乐问题是始终没有很好解决的。现在,现代戏的演出,音乐问题有了某些创造,但是,它仍然有待于我们进一步发展创造,以适应新的反映现代生活的要求。从某种意义上说来,它比之表演艺术更为复杂。其他如服装设计、舞台美术等方面的问题,也还有待进一步地探讨,此处都不阐述了。

(1958 年 12 月 10 日)

关于戏曲舞台艺术的一些探索

阿甲

戏曲是我国宝贵的文化财富之一,它所以为群众喜闻乐见,不仅仅因为它传统久,主要是在于它含有积极的因素,这些积极因素表现了中国劳动人民反对封建压迫的民主精神,反对民族侵略的爱国主义精神,以及那种富贵不能淫、贫贱不能移、威武不能屈的道德精神。

中国戏曲历史悠久,它是封建社会所产生的艺术,但是舞台艺术的对象既是广大群众,就不可能不在一定程度上反映劳动人民的思想感情。当然,在任何时代中,统治阶级的思想都是统治者的思想。戏曲也必然受到封建统治阶级的影响。这在一部分剧目中,那些宣传封建思想以及色情恐怖等表演的糟粕部分,表现得很明显,这是必须加以反对的。可是由于剥削阶级和被剥削阶级的矛盾,劳动人民不得不为自己的利害关系,诉说自己的愿望,抒发自己的感情,表达自己的观点,有的时候哪怕是不自觉的。他们从反映自身周围的生活矛盾,一直到探讨和揭露统治者政治生活的矛盾;他们勇敢地控诉强暴,揭发奸邪,伸张正义,维护善良,有慷慨的笑骂,有明智的辩论,有辛辣的讽刺,有幽默的解嘲,真是嬉笑怒骂,皆成文章。中国劳动人民性格的主要特征,反映在戏曲中的,总是以乐观主义的精神来鼓励他们的斗志,挣脱他们的悲剧命运的。不少剧目中表现了人民追求自由幸福的理想,坚持仗义执言的斗志,颂扬舍己为人的美德;对压迫者不共戴天,对被压迫者拔剑相助。像这种渴望自由、热爱祖国的强烈的感情,本质上都是人民的生活思想曲折而集中地表现。

在承继传统文化艺术的同时,自然应该正确地估计到封建统治阶级思想观点的影响,这就需要我们来分析批判。我们必须清除戏曲舞台上的歪曲形象和反动思想。长期以来,那些寄生阶级为了满足于低级趣味的消遣作嚎、戏谑寻欢,已经弄脏了人民的遗产,因而,必须剔除糟粕,汲取精华,将这蒙了尘垢的珍宝刮垢磨光，使它放出珠光宝彩，为社会主义服务。

一

艺术不是生活的复制，艺术表现生活所使用的物质材料，尽管条件再好，也不能复制出森罗万象的现实生活的。中国戏曲在表现上，往往用以虚拟实、以简略繁、以神传真、以少胜多的手法来解决这个矛盾。它所表现的舞台真实，和话剧不同。话剧和戏曲在舞台艺术的创作原则上是有共同性的，都要求集中、洗练、夸张、单纯，而手法则各有巧妙不同。比如话剧舞台的真实，既在规定情境之中，无论是环境和生活，都必须合乎现实生活的逻辑。舞台上如布置的是内景，就不能同时又是外景，人的活动和景有严格的制约关系。角色的动作和舞台调度，不管有多么巧妙的艺术处理，但严格要求遵守生活的规律，要像生活里一样生活在角色里，行动在虚构的规定情境里。戏曲舞台的真实，有它自己的解释，戏曲的特定环境，虽也靠一定程度的舞台装置来表现，但主要的特征是依靠演员的表演。它是在特殊的舞台逻辑中表现生活的逻辑的，当你掌握了舞台空间、时间的自由时，真让你游目骋怀，仰观宇宙之大，俯察品类之盛，极视听之娱。在这小小舞台，七八人可以是千军万马，三五步可以是涉水登山。为什么要用这种手法呢？其目的是更自由地去表现生活斗争中巨大的事件和激情，以教育人民自己。艺术的表现方法和风格是可以多种多样的，可以各显神通。中国戏曲在世界戏剧艺术中作为一个流派而散发自己的光辉。它是中国劳动人民高度的创造力的表现。有人这样说，中国戏曲的舞台艺术，好像不是按照客观生活法则创造的。我的看法不同。不要以为角色在舞台上，走一个圆场百十里，唱一段慢板五更天，就以为这种创作方法是唯心主义的。我觉得艺术如何把握现实生活，重要的在于如何客观地去认识它。至于表现，则各有自己的特殊手段。不然，艺术的特点就没有了。当然，由于艺术手段的特长和限制，表现共同的生活对象时也应有自己的角度的。

戏曲和话剧，对表现同一题材同一主题，戏剧冲突如何安排，都有自己的窍门。有些情节在话剧很难演戏，在戏曲则可大显身手。艺术和生活这个矛盾之所以能统一，也有赖于我们的艺术想象和审美经验。对艺术的真实，用孤立的感觉去琢磨是不行的，舞台上那些形形色色的东西，我们虽然把它当作生活的真实去感觉它，但这种感觉是带有一种信号作用的。不管舞台上的玩意儿在外貌上多么逼真，我们感受时总是带些想象的。否则，当着观众一面的舞台，为什么空在那里，就叫你无法解释。

舞台艺术的真实，只能是假定性的。在这一点上，话剧和戏曲舞台都是一样，所区别的只是假定的形式、程度、手法不同而已。不能说只有有实物形象的舞台才是真实的，虚拟的形象就一定是不真实的。舞台的真实，如果不是产生于感觉的联系那是不可设想的。譬如说：我们对布景上的山，我们只能以视觉和视觉的联想去感觉它的真，不能以触觉去感觉它的真；对道具里的花，也只能以视觉和视觉联想去感觉它的香，不能以嗅觉去感觉它的香。中国画家常谓"绘花绘其馨，绘水绘其声"；这个"馨"和"声"的获得，当然首先是客观的作品画得成功，但是，如果没有鉴赏者审美的感觉那也是得不到的。人们有了联想和推理的能力，就可以不必在画纸上洒香水而得芝兰之香，不必在舞台上灌冷气而得风雪之寒。据马克思的解释，"色彩的大理石都不能在绘画和雕塑领域之外具有生理形体的属性"。可见，雕塑中人体的肌肉感，是艺术家赋予的，不是大理石赋予的。对它，只能看，不能动手摸，一摸就寒心。其所以一摸就假，这是说明视觉器官的限制；其所以一看就真，这是说明视觉器官和其余感觉器官综合活动的作用。足见鉴赏者对那座硬邦邦的大理石塑像，而能引起一种肌肉的柔和、温润、弹性、活力的美感的，不只是靠人们视觉的力量，也要靠想象和思维的力量的。人对艺术的感受，是一种复杂的思维活动，有形象的联想，有逻辑的判断。由于这个原因，艺术反映现实，就可以不必和盘托出，可以窥一斑而知全豹，望腾云而感神龙；可以写意，可以传神，可以变形，可以变色。于是苏东坡就有权利既可以用朱笔画竹，也可以用墨笔画竹；齐白石画虾子游泳，可以画水，也可以不画水；国画家对同一枝牡丹，既可用勾勒法，也可用没骨法；对同一种风景，既可用焦点透视，也可用散点透视；如果只准从物理的眼睛出发，不准用想象的眼睛出发，那么，故宫收藏的长卷画《清明上河图》和《万里江山图》就不可能产生。当然这种艺术特征不一定是中国传统艺术所独有，但是在中国传统艺术里取得了多方面的丰富的发展。这一方面值得我们去研究，看哪一些是可以承继的。那种只能对生活模仿的艺术也只能低于生活，只能是暗淡无光的生活摄影。在戏曲艺术里，一条木桨，可以表演惊涛骇浪；几根鞭子，可以表演万马奔腾。这些表演，固然要高度的技巧，但不是为了炫耀技巧，而是利用有限的舞台空间，表现无限的生活图景。古人题襄阳图诗云：图书空咫尺，千里意悠悠。中国的戏曲舞台，就有"尺幅千里"之感。

二

理解中国戏曲表演,从研究戏曲舞台的空间和时间的特殊规律入手很有帮助。这种比较自由的空间和时间的舞台处理,决定舞台以分场的形式,基本上不是分幕的形式。分幕和分场的基本区别在于:分幕的特点是在有限制的舞台领域,根据艺术家(包括作者、导演、演员和音乐、美术家等)为角色创造的具体环境具体情况下,能按照角色的生活逻辑去行动。扮演者,是依据现实生活的形式来创作的,所以只能服从特定的舞台条件所创造的生活环境的限制。分场的特点在于对这个角色的规定情境,主要地不是由舞台布置来帮助表现,而是由演员的表演来表现;因此,它就比较不受舞台领域(空间、时间)的限制,而是可以自由地创造这种戏剧的情境。因此,分幕分场,并不以落幕与否为区分,而是以表演的方法来区分。

分场(上下场)的形式和舞台空间、时间的自由处理是无法分开的,和表演上虚拟手法是无法分开的。只要舞台空间、时间的关系主要地不是由表演而是由实景把它固定了,那戏曲一系列的表演手法都要受到一定程度的破坏。戏曲这种特殊的舞台处理,在长期的实践中形成了自己一套比较完整的规律;这些规律都可以用对立统一的法则来解释它。例如:

(一)自由和谨严——戏曲舞台空间、时间的变化,它是表明规定情境的变化。这种变化,在戏曲表演上是靠演员的具体动作来揭示它;否则,所谓空间、时间的自由都是抽象的、不可捉摸的。这里,演员的身段工架(应该是包括心理的形体动作)越是谨严,那所表现出的生活和生活环境的变化就越能使人理解、可信,也就证明这个演员掌握舞台空间、时间的关系更能自由。比如说:扮演《秋江》中老艄翁和扮演陈妙常的两个演员在表演时,如果虚拟动作的结构不严密、姿势不准确,就表现不出秋江的风险和那只小船随波逐浪的情景,也就表现不出那个老艄翁和陈妙常两人不同的处境和心情。举凡忽而登山涉水,忽而驰骋疆场,忽而在黑夜搏斗,忽而在风雪跟跄,似这种高度控制了舞台空间时间的自由所表现出的生活情境的变化,如果演员的舞台动作掌握得不谨严,那是办不到的。戏曲演员对形体训练十分严格,如何有联系地运用手、眼、身、法、步技术是戏曲演员最基本的技术。动作的谨严,不只是指技法、结构的问题,而必须要求生活和艺术两者真实的合理,这就离不开体验。舞台生活合理,技法谨严,那就得心应手,无不自如。正如清朝沈宗骞论画说:"纯熟之极,无事思虑而出之自然,而后可敛之为尺幅，放之为目幛，纵则为狂逸，收则为谨细，不求如是而自无不如是。"王概也说："惟先渠度森严，而后超神尽变，有法之极，归于无法。"这和戏曲舞台上谨严和自由的关系乃是一个道理。

（二）联系和独立——联系和独立的关系，对理解戏曲的表演有很大的启发。没有联系中的独立，舞台上就不会有鲜明的造型。比如舞台上表现打仗，无论是两人对打、三人交锋，总是既有呼应又有独立的姿态的。多至八股挡、十股挡（群打场面），如果没有相对的独立的表演，也就不可能进行有联系的集体表演。请看盖叫天的身段动作，既像一根线那样贯串，又有许多点把它区别、顿断。当他表现一位英雄人物在感情激荡时，从头上的罗帽、嘴上的髯口、腰间的大带、手中的马鞭，同时都飞舞起来，使你看不出从何处起，何处落，找不到一点空隙。可是，它不是叫你看得眼花缭乱，而是甩髯口、踢大带、挺罗帽、刷马鞭，都交代得清清楚楚，而且每一样都看到不同的特技。综起来给你留下那个婀娜而又刚健的英雄形象。老艺人很讲究出场、亮相、蹲势、换式等，这是说联系中的独立；又讲究呼应顾盼、宾主相从、全台一棵菜等，这是讲独立中的联系。舞台动作上，他们最忌硬山搁檩，这是反对没有联系的独立，忌一顺边溜，这是反对没有独立的联系。再如，若看左面，先从右面指去，若看下面，先从上面着眼；动而有静，乱而有定，这都是戏曲舞台上联系和独立的法则。

（三）省略和集中——中国画在布局上讲究疏密、聚散、详略繁简、浓淡虚实的法则，戏曲表演特别讲究这点。它不是繁琐地处处去要求合理，寻找生活的逻辑，而是让出路来腾出手来好解决重要的戏剧冲突。如《空城计》的三探、探报的时间观念、敌人进兵的具体情况，都不去详求，只说司马大兵离西城四十余里。一句话，而是把戏集中在表现孔明对敌情正确判断后，必须当机立断而又束手无策的激情之上。又如《群英会》的打盖，周瑜和孔明对坐喝酒，这些地方力求省略，不求真实（戏曲舞台请客从来不吃菜的，只说一声酒宴摆下），而是把戏集中在周瑜对孔明怀着仇杀的心理但又只能克制的内心斗争。又如，十万人打仗，几个过场而已，只当作一种事件的交代；而高冲在阵地马失前蹄，扮演者却在舞台大做功夫，表现这位英雄如何在惊险中克服困难并奋勇追杀敌人的英雄气概。又如宋江寻书，当他找见了招文袋，搜寻不见，突将袋底翻转，两眼死死盯住，似乎要看到布缝里去，这种突出心理形象的艺术创作，比生活何止夸张十倍；可是舞台上写信或做文章，虽是洋洋千言，却不到半分时间。对场子的结构也是如此，有些场子很大，但情节简单，表现人物的心理矛盾，渲染很浓；有些场子很小，但交代事件很多，只是轻描淡写，带过就算。

（四）实具和虚拟——虚拟动作，是戏曲表演的重要特点，它和舞台空间、时间的特殊处理不能分开，但是，虚拟不是无条件的，往往要一定的实具帮助表演。张飞胯下之骓可虚，而手中之枪不可虚；孙玉姣绣花时穿针引线可虚，而拾玉镯的玉镯不可虚；战场环境可虚，而两将交锋时你一刀我一枪不可虚；室内的门、窗和楼台阶梯可虚，而桌椅不可虚。也有很特殊的例子，看柳腔《玩会跳船》，一个书生逛累了，在路旁搬一块石头，这是用虚拟动作表演的；这还不算，他还撩起衣衫，跷起一腿坐在虚拟的石头之上打盹。这个动作很好看，虚拟的程度算是彻底的了，可是此生之足仍不能离开台面，可见绝对的虚拟是没有的。虚拟和实具的互相关系，不必机械去规定，要看具体的手法再研究。如果实具成为虚拟必要条件时就非用不可。木桨、马鞭等实具，离开人的表演没有什么意思，也不能真正代表什么；当它一结合表演，立刻就出现激流行舟、骏马奔腾的形势，实具和虚拟不是对立的。因此想到戏曲如何有机地用好布景，不是不能解决的问题。

戏曲表演丰富多彩，这里只是在摸索一些基本规律，其实，这些规律不是戏曲艺术所独有，可是戏曲艺术对它表现得最突出。这些特殊规律，是中国人民传统的审美思想在舞台艺术上的概括的反映，创造这种精练和谐的样式，是为了更集中地表现生活的斗争。

三

这里，应该特别谈谈戏曲表演上一个最重要的问题，即戏曲舞台的体验方法的问题，也是戏曲表演艺术现实主义和浪漫主义相结合的问题。

音乐家、美术家、雕塑家，在体验生活后创作时，是用自己的特殊材料表现出来的，如音符、颜色、石膏等，唯有演员体验生活创作时，自己的身体就是材料，又是作品；它将创作者、材料、作品三者集合于一体。因此，在体验时心理和形体是一致的，一系列的心理感受过程和一系列的技巧体现过程也应是一致的；体验和表现就无法分开。中国戏曲的表现形式，是把中国人的生活方式，用传统的审美方法，通过舞台来表现的一种艺术形式。论体验，就有它自己的方法，这种体验方法是和前面所说的舞台规律相制约的。

过去，戏曲演员对生活的观察和体验，范围极广，不限于人的言行活动。

举凡妩媚潇洒的画中人物，刚健婀娜的雕刻塑像，以至鸢飞鱼跃、虎啸龙腾的姿态，都要观察，摹拟其形，摄取其神。把这种东西糅成一种特殊的技术，运用在自己的形体，这就是戏曲舞台"身段工架"的基础。老艺人盖叫天，甚至在袅袅香烟的盘旋中，去理解舞蹈动作的气势。这并不是脱离生活，而是留心观察各种现象，以丰富自己的形象构思。这一方面也可供我们参考。

先把演员基本的身段工架训练好，甚至要把基本的表情形式和语言形式训练好，然后再深入角色的体验（在以前观察事物时也是有体验的，不一定是对具体角色的体验），再从角色的个性去融化这些东西，这是中国戏曲表演艺术特殊的体验方法。它是这样的：先接受前人从广泛生活体验中所形成的技术，到创作时，再从自己的具体的体验去消化它、批判它又丰富它。有些人有别的见解，认为只要有演员的热情，沉潜于角色之中，就能诞生出戏曲舞台的角色来，认为只要有了合乎生活逻辑的行动，就能有合乎戏曲舞台逻辑的行动。比较强调体验，而较少研究表现（话剧舞台艺术，有体验派和表现派的争论），这当然也是一种方法，不过我个人认为，戏曲舞台的情感，绝不等于生活的情感，它是生活情感经过彩色渲染、音乐弹奏过的东西，它是生活情感的诗化。一个戏曲演员，如果他的情感还没有转化成为一种技术时，那他一上台去，情感越是丰富，洋相就越要出足。试想，在戏曲舞台，正在锣鼓齐鸣、载歌载舞之际，其中忽有一个演员，因真实的体验生活，大泄其痛哭流涕的情感，那还不是大出洋相？这说明，戏曲舞台的情感，必须有精巧的设计，必须有表现的性质，只限于生活的体验的水平是不够的。但生活体验总是源泉，有再好的技术设计，如无深刻体验不过是傀儡式的灵巧而已。

其实，任何剧种的舞台艺术，按其本性来说，所谓体验和表现，无法绝对分开。角色，必须靠演员的思想、情感，去分析它，体会它，所谓"设身处地，将心比心"，这就不可能没有体验；演员，只是在假定的生活环境、虚构的事件中活动，所谓"假戏真做"，这就不可能没有表现。当然，把它当作一种科学的创作方法来研究，将两者予以区别，这是有意义的。那么，戏曲舞台的创作情况究竟是怎样的呢？我认为是这样：戏曲演员，应具有这样两种材料，一种是自己的情感，这是铸造角色的燃料；一种是基本的舞台技术（唱、做、念、打的基本功夫），这是铸造角色的钢材；演员，在规定情境的洪炉中，燃烧自己的热情，将这些钢材熔解在角色之中。这就是戏曲表演艺术特殊的体验方法和性质。戏曲演员不掌握技术，单靠生活激情的奔放那是不行的。应当经常训练自己的感觉器官，训练成乐器那样，然后始能利用自己的激情，奏出角色的心曲。运用戏曲技术和深入生活体验，其中是有矛盾的，矛盾表现在：体验要靠技术给以形式但又要突破这种形式，技术要靠体验给以内容但又要约束这种内容。这种矛盾运动，就使戏曲艺术强烈的表现和深刻的体验达到统一、鲜明的形式感和真实感达到统一。戏曲体验的特殊方法还在于动作的贯串线这一理解上。比如话剧，只要它允许上台的东西（指道具、布景等，自然包括动作）都要求合理；这种合理，必须是合乎现实生活形式的生活逻辑的，虽然是经过舞台处理的。戏曲的体验则有区别，它是按照自己的特殊规律去合理的，一个圆场数十里，八个龙套十万兵，就不可能按照现实生活的贯串动作去合理。

我们研究戏曲艺术的特殊规律和它的体验方法，目的是在新的条件下发展它，使能更好地反映历史的生活现实和今天的生活现实，而不是墨守成规，故步自封。既是民族形式，如果只善于反映历史生活（还仅仅是封建社会的），不善于反映今天的生活，这是不合逻辑的。可是，我们要学习戏曲艺术的特点，偏偏这种特点和表现今天的生活又是有矛盾的。在戏曲表演艺术上越是有丰富宝藏的大剧种和今天的生活越是有距离，如何取其精华弃其糟粕，使能为反映社会主义的生活起积极作用，这个任务一定要很好完成它。马克思主义的美学原则不是离开生活去审美的。因此，在戏曲表现当前生活时，传统形式的特点也必然有改变，任何艺术形式的特殊性，它是既决定于特殊的艺术手段更决定于生活的。这样说并不等于对承继传统允许有任何轻视的态度，我们的看法，从来认为旧形式和新内容有制约关系的。接受传统形式，首先是从具体生活出发，是生活的特点决定艺术的特点，同时也必须承认每种艺术形式又总是限制在自己的特殊手段去反映生活的。不理解这个关系，也就不能正确地去理解承继传统、发展传统的关系。发展戏曲形式应该向话剧和其他兄弟艺术好好学习，它当然要变，要革新，一味保守是错误的，但又总是要区别于其他舞台艺术而独特地存在着。

在党的"百花齐放，推陈出新"的方针指导下，中国戏曲事业的发展，处于历史最繁荣的时代，特别是新生力量，前途无量。苗头已经露出来了，我们的百花园中，正开放出奇异的、为任何历史时代所不能媲美的绚烂夺目的鲜花。

（1959年12月9日）

可贵的收获
——谈我国美术电影中的民族风格

华君武

十二年以前,那还是在解放战争时期,中国大陆还没有全部解放,可是在党的领导下,在东北兴山县一个美工人员少、技术设备条件都非常差的摄影棚里,新中国第一部动画片和第一部木偶片出生了。如果观众们把十二年来的片子作个比较的话,谁都会承认我们所取得的巨大的、高速度的成就。这个成就不仅在于它的数量和艺术质量上的飞跃发展,而最主要的是我们的动画片、木偶片、剪纸片从它的诞生就具有非常明确的,对儿童进行社会主义、共产主义教育的目的性。每一本美术片不只是引起我们可爱的孩子们的笑声、赞美声和惊叹声,而且是他们在课堂外边的一本好的教科书,告诉他们应当做和不应当做什么。美术片是革命的儿童教育中一个极有力的武器,值得我们从事儿童教育、儿童文学和美术工作者们的极大重视和关心。

在上述的成就中,我想特别来谈谈我国美术电影的民族风格问题。看过这些电影的人谁都会感到,这是中国的动画片、木偶片和剪纸片。十二年来,中国有了自己民族风格的美术片,这不能不使人兴奋、自豪?动画片是外国传来的,解放前美国的动画片充塞中国大城市市场几十年之久,他们的"米老鼠""大灰狼"在旧中国儿童的小脑袋里跳跃了几十年之久。在那个时代,即使是像万籁鸣兄弟一样有志于创造中国的动画的艺术家,又何尝得到什么发展?而这种发展只有在工人阶级掌握政权以后才能真正得到。这次美术电影制作展览会所陈列的资料,就是很好的说明。

从我们的许多美术片中,可以看到很多剧本的内容是取材于我们那些具有教育意义的民间故事和神话。这从1955年的木偶片《神笔》《东郭先生》和1956年的《骄傲的将军》就已经看出。从这以后的木偶片《胖嫂回娘家》《火焰山》《雕龙记》《一只鞋》,动画片《木头姑娘》《一幅僮锦》,剪纸片《渔童》,就使得我们的美术片的这种风格更加鲜明了。如果有人认为只要在题材内容上采用了一些民族和民间故事，或者画着一些穿古代服装的人物，就具有了民族风格，这当然是不对的。按照这种意见，那又如何来创造既具有新的现实内容而又富于民族风格的美术片？在这一点上，我们的动画艺术家们做了很好的尝试。我们从1959年所制作的动画片中，就看到了以我国人民用冲天干劲向自然灾害做斗争为内容的《壁画里的故事》。它运用了"大跃进"中农民的壁画，巧妙地表现出了我们人民的斗志昂扬、气吞山河的精神状态。这种新内容的动画片，它反映了今天的现实生活，同样也具有鲜明的民族风格。很多观众十分喜欢这部作品。

美术片是电影艺术作品，但它同时又是美术作品。因而在它的画面上和人物的造型上也同样可以看出这种努力。许多动画片的画面好像一幅优美的青绿山水，连动画里边的一花一木，也都是从中国传统的花鸟画中吸取了许多优美的东西。这种探索在《一幅僮锦》中我以为表现得比较明显。在人物的造型上，如果在某些动画、木偶片中，尤其是早期的某些动画片中，还不可避免地有些外来影响而显得幼稚和一般，那么在《猪八戒吃西瓜》里那位抻着大肚、宽袍大袖的猪八戒，《渔童》里像中国传统年画里的和合二仙似的渔童形象，《壁画里的故事》中的几个农村孩子，《小鲤鱼跳龙门》中，那位架着老花眼镜、拄着齐白石式的拐杖的鲤鱼奶奶，一直到许多小动物的造型，都具有地地道道的中国味道。它们的一举一动、一言一笑都是我们人民所习惯和喜欢的。

剪纸、皮影、窗花，这是中国固有的民间艺术，现在参加了美术电影的行列，是一件值得大书特书的事情。由于它们是我们民族所特有的一种艺术形式，因而剪纸片一开始就具有强烈的民族风味，这种新的美术电影形式丰富了社会主义国家的美术电影，也使中国美术电影独树一帜。美术电影艺术家在党和毛泽东文艺思想的指引下，这种可贵的努力和创造在世界的美术电影里成为一朵新的蓓蕾。

在肯定成绩的同时，也还应该指出一些值得注意的问题，例如一部片子里的色彩调子如何使它具有更调和、更统一的中国韵味；在剧本的结构上如何能够是"动画的"；在音乐上如何能使它有更鲜明的民族特色；在木偶片的人物造型和动作上如何能更多地吸收我国传统木偶艺术的优点；在语言的运用上如何使儿童更加喜爱易懂，而摆脱某些陈旧的语调。这些也还需要我们的作家、艺术家们来关心和帮助的。我认为目前这种关心和帮助还显得不足。

看了这些动画、木偶、剪纸片后，因为它们大都是短小精悍的短片，由于我们和儿童们的喜爱，总是感到太短了。人们不知道，就是在这短短的片子中，只要动画里的孙悟空翻一个筋斗，只要木偶片里的小马良一动手，我们的美术电影厂的许多艺术家就不知道要画多少张画，要动多少次手。他们一天到晚埋头苦干，用他们的巧手为我们千千万万的儿童、成人制作出这些精美的食粮。想到这里，我就禁不住要向他们致敬。我相信他们在党的领导下，将会取得更伟大的成绩。

（1960年2月18日）

文学要跑在时代的前头

巴 金

在中国作家协会第二次理事会扩大会议（1956年）上我曾作过简短的发言，谈一些个人的感受。我谈到新中国作家的莫大幸福的时候，说过这样的话："我们生活在多么伟大的时代里，多么可爱的国土上，多么勤劳、勇敢的人民中间，在我们周围有着充实、多彩的生活；在我们前面展开更光辉、更美丽的远景。我们有取之不尽的丰富题材，我们有千百万爱护创作的热心读者。我们的作品在广大的群众中间起作用，我们自己在写作过程中也受到教育。我们跟着时代前进，时代推动我们前进，我们的作品也有可能推动时代前进。……我们正在做着我们的前辈作家所梦想不到的光荣事业……"整整四年过去了。今天，我觉得我有了更多的勇气和更大的信心。这不是因为我个人在这四年中有什么值得提说的成绩，恰恰相反，我并未好好地尽了作家的职责。然而连我也看得很清楚，这四年中间在我们祖国发生了多少惊天动地的变化，出现了多少移山倒海的奇迹。尤其是1958年以来总路线、"大跃进"、人民公社这三大法宝使我们祖国以一天等于二十年的高速度向前飞奔，使我们热浪滚滚的沸腾生活放射万丈红光。共产主义的光芒照亮了六亿五千万人民的前程。中国工人阶级技术革新和技术革命的高潮在六十年代的第一个春天汇成了一片红旗的海洋。同时在我们社会主义的文学花园中也出现了百花齐放、万紫千红的繁荣景象。我们的文学事业也呈现出大跃进、大发展的新局面。历史上从未有过的轰轰烈烈的群众创作运动吸引了千千万万的人；大量的，有民族风格、民族气魄，思想性和艺术性都很高的新民歌创造了一代的诗风，鼓舞着全国人民齐步前进。像《红旗谱》《创业史》等群众喜爱的优秀作品接连地出版，态度鲜明、风格崭新的短篇小说大量地出现，使广大的读者受到了鼓舞和教育。更值得高兴的是不少有才能的工农出身的作者带着蓬勃的朝气和健康的感情加入了我们的队伍，给我们社会主义的文学事业注入了新的健康的血液。毫无例外,在有火热斗争的地方就有激动人心的诗篇。许多先进工作者刚刚放下生产工具,就拿起生花的诗笔。不少工农业战线上辉煌的成就和生动的事迹很快地就反映在文学作品中而传遍全国。表现惊心动魄的革命斗争和人民英雄的崇高品质与英勇气概的作品也已成为中国青年所不可缺少的精神食粮。我见过汽车驾驶员在停车的时候专心阅读《林海雪原》;在遥远的红河自治州我还听见年轻人热心地谈论《山乡巨变》和《青春之歌》;在个旧单身工人的宿舍里我看到了《百炼成钢》;在西湖湖滨垂柳下石凳上一个年轻干部读着《红日》度过他的星期天。我们文学作品中所塑造的有着新的道德观的英雄人物常常是广大读者的忠实朋友和前进榜样。而且我还可以这样说,新中国的文学已经不只是全国人民热爱的事业,而且是全体进步人类的事业了。我们不少作家经常接到国外读者的热情信函。我们作品中出现的新人新事也鼓舞了国外读者斗争的勇气。我们的作品所产生的积极作用一天天地在扩大。我们的事业一天天地在繁荣。在我们的宽广的阳关大道上,高举着毛泽东思想的旗帜前进的作家队伍不断地在发展,在壮大。这是多么壮丽的景象,这是多么光辉的前途!

我在这里首先描绘美丽的景象,无非说明我们作家的责任多么重大。既然人民需要我们,我们就应当全心全意地为人民服务,就应当写出更多更好的作品来满足广大读者的需要。我们必须严肃地对待这个问题。读者从来不会嫌好作品太多。好作品越多,产生的积极作用也越大。何况我们有六亿五千万人民!今天全国人民不分男女老幼都献出全部力量来建设我们的祖国,我们这些所谓灵魂工程师更不应该落在后面。作家跟普通劳动者一样,只有在不断的实践与持续的劳动中得到锻炼。我们必须投到紧张的劳动中去,用劳动的成果来为社会主义的大厦添上一砖一瓦。我们必须不停地写,不断地练,练好我们的笔,赶上向前飞奔的时代,捉住时时刻刻大批涌现的先进事迹,把它们迅速地反映在我们的新作品里面。我们也要争取在文学事业中创造出惊人的奇迹。

我知道同志们不会责备我在这里片面地强调追求数量,因为快和多是完全可以同好结合起来的。而且首先就得批评我自己,我写得少又写得差。我们的生活是那样丰富多彩,斗争是那样激烈尖锐,意气风发的英雄人物成群结队地产生,他们的面貌非常丰满,事迹本身就十分动人。一个星期革一个命,奇迹一般地完全改变了一个工厂的面目。这样的生活就是完美的艺术品!当然,这是对那些肯到群众中去、愿意参加火热斗争的作家说的。只有在他们的心跟群众的心贴在一起、自己和群众共思想同感情之后，他们才懂得热爱我们生活中一切闪着共产主义光芒的东西，用极大的热情把它及时地、充分地表现出来。他们才能够精力充沛、才华焕发地描写新的事物，而且用他们优秀的作品来帮助新事物尽早地取得胜利。至于那些满脑子资产阶级思想在作怪、对新事物熟视无睹的人，那些盲目崇拜古人和外国人、捧起几本十九世纪的名著凭吊旧生活的人，他们是看不到新事物的光辉的。至于那些贩卖修正主义货色，甘心为帝国主义、资本主义服务的人，在他们的眼里我们的气象万千的新生活当然会变成了"漆黑一团"，因为在我们生活里是没有他们的前途的。他们别有用意地叫嚷"写真实"，要求所谓"创作自由"，也无非想用他们的笔歪曲我们的现实来反对社会主义。这种阴谋诡计当然骗不了人们雪亮的眼睛。但是那些搞阴谋诡计、用种种手段向社会主义和人民文学事业进攻的人，也不会一遭痛击就缴械投降。所以几年来在文艺战线上进行的两条道路的斗争，对所有的作家来说，都有重大的意义。我自己就受到了深刻的教育。这些思想斗争使我的眼睛睁大了，使我更深刻地认识到改造世界观的迫切需要。没有正确的世界观就不能掌握新的创作方法来表现新的人、新的生活与新的道德，就认不清什么是现实生活中的主流，就会把现象和本质混在一起，甚至于连新生力量和腐朽力量也区别不出来。现在大概不会有公然表示不愿意接受马克思列宁主义世界观的中国作家了。可是要用它来观察、体验、研究、分析生活，却不是容易的事，首先就得把自己脑子里那许多资产阶级思想完全去掉。我的脑子里就有不少那样的东西，虽然我不断地在跟它们做斗争，但是今后我还得做更大的努力。

我生在官僚地主的封建家庭里，在那个要闷死人的专制环境中整整生活了十八九年，才有机会跨出那一道包铁皮的门槛。可是后来我又钻进了小资产阶级知识分子的小圈子里面。我开始写小说的时候，我就嚷着要突围出去，要改变生活方式。成都那个封建家庭早垮了，我在上海那个小资产阶级的圈子也并非铜墙铁壁，可是我自己一直没有勇气和决心。从这里也看得出过去的生活在我的身上日积月累地留下了许多东西。还有，我年轻时候很爱读小说，古今中外的小说，好的坏的我都读过不少，我不加选择地阅读它们，并非为了学习，只是因为我从小就爱听故事。我并不想向它们学习什么，我当时也无非想满足自己的好奇心。可是结果我得到了不少的东西，因为这是各取所需，而且是不知不觉中吸取来的。那些小说的作者要不是封建文人，至少也是资产阶级的作家。我也曾隐约地感觉到这两种人在我的脑子里打过架，不到多久封建文人就给赶跑了。我自己呢，我并没有打过防疫针，可以想到有多少病菌钻进了我的身上，而我又把它们带到我的文章里面。其实我不能把责任完全推给书本和作者，而且也不能说我没有从那些小说得过一点益处。我也曾从一些优秀的作品里得到了启发和鼓舞，使我更有勇气追求光明，憎恨黑暗。我自己还不止一次地讲过，我如果不曾读过那许多小说，那么我 1927 年 3、4 月一个人在巴黎有话要说、有感情需要宣泄、有爱憎必须倾吐的时候，我也不会用小说的形式写下自己的思想、感情来。但是在我自己写的许多小说中就可以找到我从别处传染来的各种各样的病菌。不用说，还有更多的发霉、发黑的东西是从我的生活里来的。虽然我并不想把任何病菌或渣滓放进我的作品里面，而且我本人也受不了它们，可是它们自己却钻到我的书里面来了。我这种说法并非卖弄玄虚，把创作说成神秘。我有过这样一种体会：作家常常在自己的作品里面生活，因此他无法在作品里装假。一个作家要不在作品里暴露自己的思想是不可能的。作家常常不由己地把自己喜欢的事情和自己习惯的想法写在小说里面；作家也常常让作品中的人物替自己讲话。而我们有些封建文人却走得更远，更远：他们把自己写成能文能武、十全十美的主人公，自己在生活中想望过而做不到的事都要在小说里做到。这种靠写小说过瘾的作家，我早已忘记了他们的名字，我在这里也只是借用他们的例子来说明我的意见：作家有在作品中表现自己的习惯。我常常在一些作品中看到作者本人，同样，别人也会在我的小说中看到过去的我。在我那些小说中我不曾给读者指出明确的道路，就因为我自己当时并没有找到这样的出路。我自己也常常想过，为什么十九世纪欧洲许多批判的现实主义作家写了那么一大堆病史，而不肯开一张药方呢？为什么他们空有一腔悲愤，看不惯坏人得志，受不了乌烟瘴气，却只能到处散布淡淡的哀愁、无名的烦恼和悲观、绝望的情调呢？原来他们自己就没有找到出路，也不知道治病的药方。他们白白耗费了巨大的精力，付出了艰苦的劳动，却只做了生活的旁观者。

以上这些例子不过说明：我们今天的作家如果不认真地、坚持地改造自己，就很难不把那些错误的、有害的东西带到作品里去。有人写正面人物总要加一些缺点，可能因为作者自己欣赏有缺点的人；有人把英雄模范写得十分苍白，毫无光彩，可能因为作者心目中的英雄是另一类人。这些作家并不一定想在作品中暴露自己，然而他们下笔的时候却无法掩藏自己的思想感情和立场观点。所以道德品质恶劣、思想落后的人，即使有很高的才能，也写不出振奋人心、鼓舞人们前进的作品；要写好新人新事，自己就得热爱新人新事。作家自己没有共产主义的思想，也就不可能以共产主义的精神教育人民。真正热爱我们今天社会的作家绝不会写出诬蔑新社会的小说。据说居然有人读了一些揭露资本主义社会阴暗面的好作品，就认为要提高技巧必须大写阴暗面，他在新社会里找不到阴暗面，就把一些个别的缺点故意放大，甚或索性捏造事实，编写阴暗面。这种人其实别有用心，挂羊头卖狗肉，甘愿和修正主义者走一条路，因为热爱新社会的人在我们光芒四射的生活里看到的是阳光普照大地的雄伟景象，听到的是光明战胜黑暗的壮丽凯歌。这些找寻阴暗的人存心在作品里说假话，可是他们却想不到会向读者老老实实地暴露了自己的灵魂。他们也不断地嚷着"写真实"，也以为自己写了真实。他们真的写了真实吗？不，他们是用阴暗的眼光看光明的新社会。难道中国人民三年来震惊世界的持续"大跃进"不是真实吗？中国工人阶级以共产主义的风格和真正忘我的劳动迅速地改变了我们祖国的面貌，难道这不就是真实吗？中国人民志愿军和朝鲜人民军并肩作战把美国侵略军队打得落花流水，难道这不就是真实吗？美帝国主义豢养的走狗李承晚被南朝鲜人民赶下台夹起尾巴偷偷逃走。日本人民的严正讨伐和英勇斗争打得卖国集团的头子岸信介坐卧不安，不得不辞职滚蛋，吓得美帝国主义不得不撤走一部分间谍飞机。艾森豪威尔的强盗面目已经完全揭穿，在世界人民面前大出丑，他一出行就尝到了菲律宾的石头和日本的闭门羹。再加上台湾海峡的隆隆炮声和冲绳岛十万群众的包围，吓得他垂头丧气，只好厚起脸皮滚回去。难道这不就是真实吗？帝国主义、资本主义穷途末路，社会主义、共产主义旭日东升；旧制度奄奄一息，新社会光芒万丈，这才是最大的、真正的真实。要写真实，就得写这个。几只苍蝇和几堆垃圾，倒用不着先生们多花心思。要是真有苍蝇飞过，一个"红领巾"也会马上拿起苍蝇拍把它打死。至于垃圾，不但昨天的垃圾堆会变成今天美丽的花园，而且连垃圾、连污水、废料现在也要为社会主义服务创造财富了。哪有身为作家的人还死死地抱住过去的垃圾大做文章？

可是资产阶级的作家和修正主义者偏偏因为我们没有写苍蝇和垃圾，就诬蔑我们"没有创作自由"。其实这正是我们可以引以为骄傲的地方。我们不写苍蝇和垃圾，这是因为我们感到自己对读者负有重大的责任，我们的作品是战斗的武器和教育的工具。在新中国和在苏联以及其他兄弟国家一样，作家们享有最大的创作自由。我们可以自由选择题材，自由采取表现的形式，我们可以到任何地方深入生活，参加火热的斗争。我们就只缺少一种"自由"，那就是造谣说谎的"自由"。我们的文学是社会主义事业的一部分。作家的劳动经常受到党和人民的关怀与重视。我们作家进行创作的时候，不但不曾受到任何干涉，相反还得到了说不尽的鼓励与帮助。我们不论到工厂、到农村、到部队、到工地、到山区、到海岛，我们到处都受到热烈的欢迎，人们待我们像待亲人一样。我们并不是生活的旁观者，我们参加了自己所描写的生活。我们有机会和我们作品的主人公一起工作，一同欢笑，接触如火如荼的斗争生活，经历激动人心的生动场面，我们用自己的作品为祖国社会主义建设事业服务，给共产主义的萌芽浇一点水，还可以看见它们在读者中间开花结果……这些自由都是资本主义国家的作家们所没有的，而且是他们所得不到的。这才是真正的创作自由。可是某些资本主义国家的作家却反而大言不惭地到处夸耀他们的"创作自由"。我还记得有一位到过美国的外国女作家在我们面前大吹她的"创作自由"。她的所谓"自由"在什么地方呢？其实我也多少了解她那里的情况。在她的国家和在美国一样，作家的作品不过是掌握在出版公司老板手里的商品罢了。能够给老板赚钱的就是好作品。在美国大出版公司的老板们可以用协商分赃的办法和资本主义的经营方式使一本书在出版以前就成为一版几十万册的畅销书。不像在我们这里，书的印数是根据读者的需要来决定的。无怪乎在资本主义的国家里诲淫诲盗的小说充斥市场。用色情的陶醉来腐蚀、戕害年青的心灵；钻牛角尖、讲假话、玩弄文字游戏的作品到处皆是，使读者们彷徨迷路，悲观绝望。我们可以自豪地说：社会主义的创作自由跟资本主义的创作自由的确是不同的，这是光明与黑暗、善与恶、美与丑的差别！

我从前在旧社会中写小说的时候，并不曾享受过什么创作自由。我脱离群众，一个人拿起笔关上门写作。自己说是"孤独奋斗"，其实"孤独"，倒是真话，说"奋斗"就应当打若干折扣。然而即使是这样，国民党的图书杂志审查老爷也不肯放松我。我不得不常常在作品里使用曲笔转弯抹角地说话，免得给发表我的文章的刊物招来麻烦。甚至在抗战前一年我在短篇小说《窗下》里写到在上海的日本浪人，就不能用"日本"两个字。抗战前两年我在日本写过一篇《东京狱中一日记》寄回上海，检查老爷干脆把它抽去。这篇散文始终没有能发表，后来我把它改成《一个人在屋子里做的噩梦》，才能在短篇集中印了出来。这是因为日本浪人不许我们讲他们的坏话，国民党又害怕我们讲日本浪人的坏话……在那些时候，我虽然一直不曾放下笔，但是我没有科学的头脑，没有革命的实践，又没有正确的世界观，离开了人民，我空有一个年轻人的正义感和一支热情的笔，我在生活里没有找到出路，在创作里当然也找不到出路。我一心追求光明，可是在旧社会中却只看见一片黑暗。我的第一部小说的第一章就是《无边的黑暗中一个灵魂的呻吟》。我的第一本短篇集序言的第一句就是"每夜每夜在我的耳边响着一片哭声"。我在解放前所写的最后一本长篇小说的后记里还有这样的话，"今天天气的确冷得可怕，我手边的日报上就有全天在零度以下，两天来收路尸一百多具的大字标题"。我很想在作品里给正直的普通人安排一个幸福的结局，然而在漆黑一团的旧社会里单靠自己一双手和一个正直性格孤军"奋斗"、独善其身的人要摆脱悲惨的厄运，有多大的困难！读者们不断地寄来诉苦的信，希望我给他们一些帮助。可是我始终不能给他们指出一条明确的路。我的作品反而给人们带来更多的苦恼。我最近重读从1928到1948这二十年中间我的作品，我惊奇自己怎么会写出那么多的灾祸和痛苦，我受不了过去许多作家的那种悲观绝望的结尾。可是想不到在我自己的作品中也会有那么多忧郁、痛苦的调子！

其实在我们那一辈的作家中间我还是比较幸运的一个。有的人不得不永远丢开了笔，有的人贫病交加，刚到中年就悲惨地死去。我却见到了新社会的光明，而且有机会用我那管写惯了痛苦与灾祸的秃笔来描写人民的胜利和欢乐。虽然这些年中间我写得非常少，但是我总算写下了一点新的感情，我在全国人民普遍的幸福中间找到了自己的幸福。我永远忘记不了那一天：1949年10月1日我和不少的同志在北京天安门城楼上听见毛主席庄严地宣告中华人民共和国成立，望着广场上数不清的兴奋地挥动着的手和看不尽的迎风招展的红旗，听见春雷一样的热烈的欢呼。那个时候，我真觉得好像我这颗心就要从口腔跳出来一样。只有长期受苦的人，只有长期享受不到自由的作家，才了解我这种感情。我第一次这么清楚地看到了中国人民光辉灿烂、如花似火的锦绣前程！那一天接连六个小时欢呼"毛主席万岁"的声音，和毛主席响亮而亲切的回答"同志们万岁！"至今还在我的耳边，它们一直在鼓舞我前进！

我想，用不着我再往下叙述那些人人都经历过的翻天覆地的变化。它们已经反映在同志们的许多优秀出色的作品里面了。这些篇幅有长有短、风格多种多样的作品将作为我们伟大时代的光辉记录而流传下去。自然，我们今天的现实比这些作品更光辉、更激动人心，而且跑得更快、更远；现实生活中的英雄人物比作家笔下的主人公更丰满、更有光彩，而且闪耀着更多的共产主义的光芒。但是没有理由说，我们的文学赶不上时代，相反地我们的文学将来一定要跑在时代的前头。我们的作家都有攀高峰的雄心大志。新中国的作家要攀登文学的高峰，这是一定办得到的。要这样才配得上六亿五千万站起来了的中国人民的雄伟气魄。既然我们的运动健将已经登上了世界第一高峰，为什么我们文艺战士就不能把五星红旗插在世界无产阶级文学的峰顶！

我们有毛泽东思想的武装，我们有党的正确领导和热情关怀，我们跟着六亿五千万人民一同前进，还有什么困难不能够克服，什么奇迹不可以创造，什么事业不可以完成！让我们更紧密地团结起来，树起最大的雄心，鼓足冲天的干劲，更高地举起毛泽东文艺思想的旗帜奋勇前进。

（1960年8月8日）

谈谈生活和创作的态度

柳　青

如果可以这样比喻的话，那么历史如同一条河流。它可能有很长的一段，是风平浪静的；可能有一段是急湍的，还有一段充满了惊涛骇浪。我们刚刚航行过的这几年生活的巨流，说它一天等于二十年，一点也不过分。1953年，第一个五年计划的第一年，党提出了社会主义过渡时期总路线。我们开第二次文代会的时候，整个国家不是正处在试办农业生产合作社的阶段吗？现在，时间只过了不到七年，我们来开第三次文代会了，全世界都知道中国社会发生了什么变化。只要你承认长江和黄河欢乐地奔腾着，承认五岭山脉严肃地屹立在中国土地上，那么，人民公社是和长江、黄河、五岭山脉一同存在的。它将与高山和长河一样万古长青，万古长流。

马克思列宁主义的理论和毛泽东著作的精神力量，鼓舞着我们的几亿农民，在短短几年里，就把一个几千年的落后、分散的社会，以自觉自愿、争先恐后的心情，从根底上改造了。现在我们是全国一条心，持续"大跃进"。技术革新和技术革命的运动，已经深入到生产小队的食堂里去了。曾经是动不动就烧香叩头的庄稼人，现在是敢想、敢说、敢做的公社社员。他们不仅在政治上解放了，经济上解放了，而且在思想上也解放了。这是人民精神面貌的大变化。每一个家庭，每一个男女劳动者，都在起着这种变化。

时代赋予现代中国的革命作家这样光荣的任务——描写新社会的诞生和新人的成长。这是一个并不轻松的任务。必须严格地遵循毛主席的指示，全身心地长期地投入人民生活的洪流，我们创作中所遇到的思想上和艺术上的一系列问题，才有可能经过刻苦钻研，逐步地得到解决。

接受什么政治思想的指导和接受什么阶级意识的影响，永远是每个作家最根本的一面。如果不是首先从这一面看，而是首先从艺术技巧的一面看，那对无论什么时代的作家，都不能够正确对待。逃避思想改造的人们，总是向托尔斯泰和巴尔扎克求援。但是这两个文学历史上的人物，并不能援助他们。对于我们来说，思想意识的改造是首要的，不学习马克思列宁主义和毛泽东著作，和普通劳动者没有感情，任何文学天才，都不会写出人民今天所需要的作品。因此，如果某一个作家在创作上获得了某种成绩，这首先是毛泽东文艺思想的胜利。过高地估计个人艺术才能的作用，是一种资产阶级文艺思想的表现。

对于作家来说，最重要的事情是对党的无限忠诚，对工农兵文艺方向的坚定性。只有这样，你在毛主席所指引的道路上前进的时候，才能充满自信和坚定。自信和坚定是革命家的精神品质：相信自己从事正义的人民事业，相信自己采取了正确的路线，相信世界上没有不可克服的困难，相信人民的事业始终是从一个胜利走向另一个胜利——这就是革命自信心和革命坚定性的思想基础。从1905年列宁的《党的组织和党的文学》发表以来，半个世纪过去了；从1942年毛主席的《在延安文艺座谈会上的讲话》发表以来，也过了十八年了。无产阶级文学在打击资产阶级统治和鼓舞人民的解放斗争中，得到了伟大的胜利。但是描写中国的社会主义建设，还是一项刚开头的工作，需要我们大家支出大量的心血，来摸索新的政治思想内容怎样和艺术结合得更好。没有自信和坚定，对资产阶级文艺思想和修正主义文艺思想哪怕还有一点点界限不清，你在党的文学道路上，就不能向前走去。和革命的群众在一起，劳动人民移山倒海的伟大气概，每天给你精神上注射革命自信心和革命坚定性。艺术上的成败优劣，因素是非常复杂的。方向正确而在实践中遇到挫折，是一切创造性劳动难免的事情。在创作的苦闷中，应该这样想："我不管在艺术创造上怎样困难，但我要始终和人民在一起，永远做一个积极的革命者。"要重视文学技巧，但不要把文学技巧神秘化。借鉴是需要的。但当你有了丰富的生活阅历的时候，前人对你才有更大的启发作用。而"创造性"这个词汇，则是和唯物辩证法的"一切事物都是发展的"这个法则相联系的。只有一心一意听毛主席的话，踏踏实实研究社会，研究人，"解剖麻雀"，一手拿着望远镜，一手拿着显微镜，才能找到创造性地解决表现技巧问题的正路。只要你不从个人的角度考虑，时刻记着这是党和人民的事业，任何国内外不正确的理论和不负责的空谈，都不能利用你前进中的困难把你诱出轨道！

自信和坚定同自满和骄傲的界限，是不容许混淆的。在我们的社会主义社会里，自满和骄傲与我们社会事业和社会生活的集体性极不调和。谦虚谨慎不仅对我们的事业有利,同时也是自己珍重自己。对于作家来说,自满必然发生停滞,骄傲必然脱离群众。我们写了书,不应当是党和人民共有的精神财富吗?有时候,你在房子里写作,觉得自己是出了不少力气,但你跑到人山人海的水利工地一看,就觉得你做的那点工作,比起党和人民伟大的集体事业,算得了什么呢?没有这些伟大的事业,你又写什么呢?

我想谈一谈革命作家的责任感的问题。三年前,我和一个西欧的资产阶级作家谈过话。他说,他只写他看到的,不管正确不正确。他只想写得越感动人越好,至于他的读者里头,有人看过他的作品以后自杀了,他不负责任。他说这反而证明他写得"成功"。请看!这是多么令人发呕的资产阶级腐朽透顶的文艺思想!我们革命作家写作时,永远不要忘记认真地考虑三个问题——我看见的是什么?我看得正确吗?我写出来对人民有利没有利?一个革命作家,在这三点上经常检查自己,就不仅可以把自己和资产阶级作家和修正主义分子严格地区别开来,而且可以用创作实践来打击修正主义。做实际工作的同志,在决定采取一种措施以前,要考虑到这种措施的效果,难道我们写文章可以不考虑文章发表以后的影响吗?我们要努力观察得更深刻,表现得更准确,使我们的作品对人民的教育意义更大一些。

(1960年8月10日)

谈艺术实践中的苦功

李可染

在我年轻的时候,有个时期想学拉胡琴。一位同乡带我去见胡琴圣手孙佐臣老先生。我恭恭敬敬向他求教,老人家说:"学艺第一要路子正,第二要能用苦功;话极平常,可是世上学艺的人成千上万,能有几人真正把路子走正了,把功夫练到家了的……"那位同乡告诉我说,孙老先生早年练功时,在数九寒天,把两手插在雪堆里,等到冻得僵硬麻木,才拿出胡琴来练,不到手指灵活、手心出汗,不肯收功,看他左手食指尖上一条深可到骨的弦沟可以想见他当年练功的情况。最后那位同乡感叹地说:"世人只知孙老先生的演奏,金声玉振,动人心魄,却很少人知道这感人的琴音是怎么来的!"

此后数十年来,我为了探求学习艺术的门径,曾不断在各地拜师访友,因而结识了不少在艺术上成就很高的老前辈。他们的艺术和言行都曾给我以深刻的启发教育。使我体会到:他们的成就虽各有不同,成就的条件也非止一端,但内中却有共同不可缺少的一条,就是他们为了实现自己的理想,提高艺术的表现力,没有一个不是在艺术实践中继承了传统中苦学苦练的精神的。

我很荣幸能为齐白石先生磨墨理纸有十年之久。他早年在农村做木匠时,夜间燃点松柴作灯,用账簿纸作画,一部残破的《芥子园画谱》就摹写到数十篇之多。后来为了加强艺术修养,在家宅四周种花种树,养虫养鸟,接触自然界美好景物有数十年之久。后来又五次出游,走遍了半个中国。因之他又是一个生活经验极为丰富的人。齐白石先生的独具风格壮丽感人的艺术的形成,是后来很晚的事。假若谁能把他一生作品发展过程做一番深入仔细的考察,定会惊叹他是走着一条怎样困难重重漫长波折的路。尤其在他几次改变作风(按他自己的话叫"变法")时,他为此又具有多么坚强的毅力,付出多少辛勤的劳动。白石先生为了坚持作画功夫不间断,平生一直过着简单朴素的生活。一些人人不能缺少的玩赏娱乐嗜好,等等,在他都是很少有的。记得京剧界老前辈尚和玉老先生曾和我说过这样的话，他说他们学艺的人为了给别人以最大的快乐和满足，自己有很多玩乐的事都舍弃了。我看白石先生的生活确也是如此。他在九十岁以后，每天平均还至少画五张画，多时至八九幅，除了生病，从不间断。九十五岁以后，精神陡然衰退，经常神志不清，有时连自己的名字也不会写了，然而在这种情况下，仍然不断地作画。九十六、九十七两年（也是他临终前最后两年）还为我们留下极其精彩的作品。白石老人的画笔，可以说一直到死才放下来的。他早年曾刻"天道酬勤"的印章以自勉。临终前给我最后一幅手迹是"精于勤"三个字。他另外还有一块印章："痴思长绳系日"，可知他当年用功的勤奋。晚年有题画诗云："老把精神苦抛却，功夫深浅心自明。"算来白石老人足足有七八十年的磨炼苦功，他的功夫还能不深、艺术上的成就还能不到家吗？

  黄宾虹先生晚年为了表现祖国山川的浑厚华滋，多么辛勤不倦地在墨法上用了大功夫。他把传统的破墨积墨法，反复试探，穷追到底。一张画能画七八遍至十数遍。结果使画面葱葱郁郁、气象蓬勃，丰厚之极，而又不失于空灵。一扫明清部分文人画单薄雕疏之风，提高了山水画的表现力，为我们留下极为可贵的遗产。黄先生为了实现理想，一生坚持磨炼、百折不挠的精神，实与白石老人一样。在他近九十岁的高龄患了严重的内障眼疾。已是伸手不辨五指，可是仍然坚持作画不息。因此这时作品的题字错乱模糊、不易辨识。有的把两三个字重叠写在一处，一张画画了正反两面。在黄先生逝世前一年的夏天，我到杭州去看他，一天晚上他在灯下一口气就勾了八张山水的轮廓。前辈老师用功之勤苦，实在非我等后辈可及。

  1954年的夏天，我有幸得与京剧界老前辈盖叫天先生相识。在七八天的接近谈话中，给我以毕生难忘的印象。我们都知道盖老在他的舞台生活中，曾一次折断了臂，又一次摔断了腿，这折臂断腿对一个武剧演员来说当是何等严重的挫折。然而这对具有惊人意志力的盖老并未因此就阻止了他艺术生命的前进。他生平以"学到老"为座右铭，在艺术实践上六十年如一日勤学苦练的事迹已成为艺术后学的楷模。盖老说："要把练功看得重如泰山。偷懒取巧永远不会在艺术上有什么成就。"这些话出自他的口里，使人感到字字沉重，不能忘记。一天我同他在西湖边上一家茶馆里吃茶。盖老盘坐着腿，把长衫盖在膝盖上。当时我有点奇怪，问他为什么要这样坐时，他把长衫掀开，原来他把一只脚插在八仙桌的横掌里。他在吃茶谈话之间，还在做伸筋拔骨的腿功呢。盖老家里墙上挂着墨龙画屏，桌上摆着瓷塑罗汉，他说龙的矫健变化、罗汉的典型架势，都是他揣摩身段动作的蓝本。他平时看见庙前石狮子会联想亮相的顾盼呼应，看到香炉里的香烟飘动，会悟到舞蹈的舒展自然。甚至看到自然界的一草一木，都会联想到舞台上的章法布局，等等。他对客观任何事物似乎都能与他的艺术联系起来，都能对他起着滋养作用。真是念兹在兹、不舍昼夜；使我深深感到他是以他整个的生命力来获得艺术的成长。后来有人称颂他演出的《十字坡》《三岔口》等剧为"杰作惊天"，岂是偶然！

我常把我们现在的美术、创作方法、学习方法、学习态度等和我们的前辈或古人相比。我们现在的美术工作在党的大力关怀和培养下，无论在思想锻炼方面、深入生活方面及学习传统方面，种种条件都比以前任何时代来得优越。十年来新中国的美术，由于不断地革新发展，已出现一个生气勃勃崭新的面貌，使人预感它将毫无疑问地要超出我们以前任何一个时代。但在这发展过程中，是不是还有什么缺点呢？我觉得还是有的：整个来说，我们作品水平还赶不上时代的要求。比较突出一点的，我们有些作品虽然有着很好的思想内容，但由于意匠手段不高，表现力的不足，这些好的思想内容还不能充分有力地表现出来。甚至有的作品，它仅仅告诉人家这是什么那是什么，而缺少艺术上所不可少的感染力和魅惑力。为什么有这样的缺点呢？原因当然也非止一端，其中比较重要的一点，是我们在艺术修养上，所付的代价还远远不够。我们青年的一代在基本功锻炼上还不够踏实；成年的美术工作者也缺少那种坚毅持久经常不断的磨炼功夫。我们在研究传统的学习方法和前辈经验时，这是在艺术修养中一个不可轻视的环节，如不加以注意，将会大大减低我们的美术向高峰发展的速度。

我们青年一代，有些人在对基本功的学习上有些地方有不切实际的急于求成的情绪，步调也有些零乱而虚浮，在认识上常常把基本练习为创作服务这句话作表面机械的理解。认为基本功既是为创作服务，那就要处处立竿见影，处处直接使用。恨不得早上学了一点，下午就能应用。不能马上应用，就认为它无用。因而学习时不能耐住心按着一定的规律程序进行，而是急来抱佛脚地用一点要一点，零敲碎取，以致吸收面十分窄狭。也有人鉴于过去有人基本功没有很好与创作结合，也就因噎废食地主张艺术上一切能力都可直接在创作中去学习，不必过多地单独地去练什么基本功。实则这些看法是还不大明白基本功的作用是什么。基本功是从十分繁复的艺术修炼的全过程中，抽出其中有关正确反映客观真实的最根本、最困难、最带关键性的规律部分，给以重点集中地锻炼。这是在艺术创作前基本能力的大储备，也是一种严肃吃重的攻坚战。只有这些最根本的规律被掌握被攻破了，以后在创作上一些具体问题也就比较容易解决了。它既是创作的基础，可知并不就是创作。它与创作的联系，主要是内部根本规律上的联系，外表上可以并不相同。因此它为创作服务，有时不在表面，而在内部。不仅在眼前，更重要的还在将来。比如：戏曲演员练武功要练伸筋拔骨腰腿上的功夫，但练腰腿的基本动作往往与戏台上表演动作并不相同，可是这腰腿上的功夫却是使一切复杂武打舞蹈动作稳准、有力、灵活、敏捷的基本关键。一个没有在腰腿基本功上真正下过苦功的演员，他的武打舞蹈动作就一定不能达到高度的水平。再如中国画家把书法练习作为锻炼笔法的基本功。字和画在表面上看来并不相同，但用笔的肯定有力，刚、柔、虚、实、使、转、运、行等基本规律却是一样。画家掌握了这些，就大大有助创作的表现力。由此可知我们对基本功与创作的关系，不能仅从表面上去理解，也不能仅从眼前作用去理解。基本功所以可贵，就在于它是有关艺术表现的基本规律关键，掌握了它就为将来创作储备了有利条件。基本功是从丰富的艺术经验中总结出来的。它是历代天才艺人长期在艺术实践中寻规律找窍门的结果。因此应该说它是文化传统中很宝贵的一部分。

　　在艺术学习中，基本功够不够、踏实不踏实，大大关系将来艺术的成长。因此有人把它比作树的根、建筑的基。根不深如何能长成参天的大树，基不固如何能盖数十层的高楼？所以前辈艺人称赞某某人的艺术高强，往往要归功于"底子厚"或"根基结实"。基本功的练习第一必须有正确的方向方法作指导，必须从严肃的规矩和一定的程序入手。以画画来说，基本功主要的就是强制约束自己的脑、眼、手，合乎客观真实规律的锻炼。当脑、眼、手还不能吻合时，就要强制它，约束它。用什么约束？用客观规律约束。艺术要求越高，规律也就越多越严，因而强制约束也就越多越严。久而久之，脑、眼、手与客观真实规律日渐趋于吻合一致了，于是也就建立了正确反映客观事物的表现力。开始时的规律约束，造成以后表现上的自由。开始时受的约束越严，以后的自由也就越大。在步骤上一定要按照程序步步深入，不能错乱躐等。假若一开始就怕规律、怕约束，不按一定程序，想轻轻松松随随便便去进行，就一定练不好基本功。第二，基本功既是一种攻坚战，就必须有苦学苦练坚毅不拔的精神。必须踏踏实实，一点不容许蹈虚取巧。否则这结实的基础是不容易树立起来的。为什么说基本功是攻坚战呢？因为艺术创作本来就是一种比较繁难的工作。而在这一阶段中，又必须解决一系列的根本关键问题。所谓万事开头难，虽然基本功要有由浅入深的程序，但总的说来，这时的工作不是太轻易的。困难就必须以不怕难来对付。所以练基本功不唯不能逃避困难，有时反而要挑选在最困难最不利的条件下去进行。如戏曲界把一年中最冷最热的三九、三伏，为主要练功时间，等等。所以人们常把基本功也叫作苦功。假若在练基本功时，怕吃苦，想避难就易，不敢与困难做斗争，那是万万不成的。我们就见过有人早年在基本功学习上由于方法不正确，或是避难就易、进行得不踏实，日后在作品上发生了毛病，或是艺术成长受到层层限制，甚至停滞不能发展。及至认识到这个根源，就要花费数倍于前的精力时间做修补工作。有的甚至到老都还没有做好。我们从旧社会来的艺术工作者这样的教训是很不少的，现在青年艺术工作者应该视为前车之鉴。由此可知基本功对艺术工作者来说，是何等重要。在正确的思想指导下，下定决心不避艰苦按照规律踏踏实实练好基本功看来似慢，总的说来实是最快。抱着急躁情绪或侥幸取巧的心理，不重视基本功的锻炼，实是认识上的浅见，将来必定要吃大亏。

艺术是一种思想工作。艺术工作者的思想不正确，如若没有树立起无产阶级辩证唯物主义的世界观，就不能正确地认识生活、反映生活，当然也就不能使艺术起着推动社会的作用。同时艺术本身又是一种专门的学问，有它完整的理论知识。艺术工作者在这方面如若认识不足，或有错误，也会使艺术走向不正的道路。正确的思想知识对艺术工作者来说，永远是个先决条件。它永远指导着艺术工作者的行动。所以任何时候都不应当忽视思想锻炼和理论知识的追求。但是仅仅有了正确的思想知识，还不能说就已成了艺术家。艺术家还必须有了足以表现他思想认识的技能，才能完成具体感人的作品。否则他脑子里想得再好，手上或身上表现不出来，这就如有了充足的电流，却遇上了绝缘体，就不会发生任何作用。由此可知艺术家头脑里的思想知识，并不就等于手上身上的表现能力。知不等于能。这就如一个人在一本书上得到了如何锻炼大力士的知识，然而这个人却不就已成为大力士。大力士是在一定知识的指导下一斤一两练成的。我在学习中常常感觉到：美术工作者的头脑离手看来不远，实际上真像隔着万重关山。要把头脑里想到的事，在手上笔下完美地表现出来，达到所谓"得心应手"，决不是一件轻而易举的事。没有经过长期反复锻炼，是万万做不到的。这一点如不给以足够的认识是不对的。所以一个艺术工作者的修养，理论和实践，脑子和手，始终要结合进行。不仅要勤学,同时还要苦练。现在有些人的艺术学习,就有锻炼不足的现象。不少的年轻的艺术工作者,如饥如渴似的寻师访友,恨不得马上就把前辈艺人的诀窍都学得来。这应当说是很好的愿望。可是有些人却放松诀窍中一个最重要的诀窍,就是前辈们那种百折不挠苦练的功夫。拳术上有一句很精辟的话:"拳练千遍,其理自见。"实际学艺术也是一样,不在这练字上下功夫,不仅艺术不能快速成长,就连这些在别人或书本上得来的知识,也不能在实践中得到证实和发展。因而也是死的、空洞的、模糊的。

  艺术这门学问追求起来无尽无休。艺术工作者为了达到高度感人力量,不仅在早期要踏踏实实练好基本功,以后还要结合着创作要求终生不息地逐步加以磨炼提高。我们常听前辈艺人批评不成熟的艺术叫"火候不到",实实在在地说,艺术这件事"火候不到",思想感情就表现不出来。因之也就很难产生真正感人的力量。徐悲鸿先生在世的时候,曾经同我谈过这样的话,他说他平生很喜爱荷花,可是从来不敢去画它;假若真正要画的话,就需要买十刀二十刀纸,把这些纸都画完了,他就可以真正地画荷花了。我觉得这是发人深思的经验之谈。假如有人认为美术工作者,只要有了思想、生活,和一点写实的技巧,就可以如探囊取物似的把一切都画好了,那就是把艺术创作这件事看得太简单了。艺术是从生活里来的,艺术工作者不能深入生活,他就不可能创造出真正的艺术。可是生活却不就是艺术。生活对艺术工作者来说,它永远是原料而不是成品。生活的矿石不经过千锤百炼如何能成为纯钢?而且艺术既是一种创造性的工作,艺术工作者任何一个新的意图差不多都要经过一段艰难的历程才得实现。有时一个较大的理想(如白石老人衰年变法;宾虹先生追求深厚的作风,和我们现在企图发展传统技法反映新的时代等),那就更需像科学实验发明似的,突破重重困难,经过多次失败,才能逐渐实现。我们新的时代艺术的天地比以前任何时代都要广阔得多,我们要表现前人未曾表现过的东西,要创造我们新的时代作风,我们如若不能正视这种情况,忽视艺术创造的艰难,忽视实践上的经常钻研磨炼功夫,认为只要脑子一想到,手上就能马上办到,那就不合艺术发展的实际。其结果一定是把一些带着渣滓粗糙的原料当作成品,因而作品的思想内容也就不能充分表达,实际上是降低了艺术的作用。由此可知我们在艺术修养的全过程中,为了获得正确反映客观真实的能力,为了把思想生活磨炼提高成为感人的作品,从最初的基本功一直到后来的创作,都不能放松实践上的功夫。历代艺人总是谆谆告诫后学,要"曲子不离口,丝弦不离手",这不是无因的。

可是我们回过头来看看自己，在这一点上实是很不够的。我们不是有很多美术工作者经常一月半月甚至经年累月不动笔吗？真是所谓一日曝之，十日寒之。这样长久下去，能完成时代所赋予的重大使命吗？我看我们必须在思想认识上，具体措施上，解决这一问题，改变这一现状。

历代天才艺术家在长期辛勤劳动中，不仅为我们创造了辉煌可贵的艺术作品，同时也在理论上为我们找到了艺术发展规律和学习的门径。说我国有辉煌可贵的艺术传统，这决不是一句空洞夸大之词。试看一些有成就的戏曲演员在表演中，一些惊人吃重繁难的唱、做、念、打，对他都已是举重若轻，像已没有什么负担，所以才能那样全神贯注在人物刻画和剧情的发扬中，因而产生感人的力量。再看高明的戏曲琴手，在演奏几十出甚至百十出复杂而不同的曲调中，他们从容不迫，眼不着曲谱，一切全记在心，并可临机变化，层出不穷，而曲调、音色、感情与唱腔、剧情，水乳交融，丝丝入扣，激动人心。再看卓越的前辈画家：他们在创作时，眼不看实物，有的甚至连草稿都不看，就是那样"白纸对青天"任意挥洒，仿佛宇宙万事万物都可自由自在地在手底成长，真是做到了"胸罗丘壑""造化在手"。过去我曾陪一位外国画家去访问齐白石老人。老人当面画了一幅水墨虾子送他。这位外国画家看后感动地说："以十几分钟的时间完成这样的杰作，平生还是第一次看见……"一些有成就的艺术家所以能达到这一境地，这与我们传统艺术十分重视基本功、重视长期的实践磨炼这一重要环节是分不开的。过去严格的规律约束和千锤百炼，造成以后表现力的强大和创作上的自由。老人十数分钟的挥写，实际上是他数十年的心血结晶。中国的艺术家常把艺术的最高境界叫作"化境"。什么是"化境"呢？那就是艺术家的思想、生活，通过反复的意匠加工、长期的锤炼糅合，因而成为浑然一体，这样的作品处处是生活的真实，处处又是作者思想感情的化身。艺术家的表现手段到了这个境地，就能最充分地传达他的思想感情，就能最完美地反映生活，就能点石成金，化腐朽为神奇。这样的艺术使人一见动心，甚至刻骨铭心，终生难忘，具有一种不容置辩的潜移默化之功。如杜甫称赞李白的诗篇："笔落惊风雨，诗成泣鬼神！"艺术到了这样的境界，它还能不发生最大的感人力量吗？

我们伟大的时代向今天的艺术工作者提出了以前任何时代所不能比拟的光彩高大的要求。为了完成这一光荣的使命，我们艺术工作者必须下定决心，不避艰苦，一方面深入生活锻炼思想，一方面深入学习优良传统，提高表现力。要正确反映我们新的时代，而不加紧锻炼思想树立无产阶级的世界观那是不可能的，要提高发展艺术表现力，而不踏踏实实接受传统上一些好的经验而空谈创造那也是不能想象的。像传统上和一些老前辈在艺术实践上勤学苦练的精神，对我们今天来说仍然甚为珍贵有用，我们必须视为一个重要环节，继承下来，并根据今天的要求，加以发展光大。我想我们今天的艺术在党的光辉照耀下，在我们新社会种种优越条件下，只要大家能献出自己最大的力量，就一定能更加完美地完成时代所赋予的伟大使命，一定能登上艺术的高峰！

（1961年4月26日）

中国画系的人物、山水、花鸟三科应该分科学习

潘天寿

中国画系的人物、山水、花鸟三科应分科学习。从中国绘画的发展来看，在唐代以前，人物画已很兴盛，艺术的水准，也达到很高的程度，形成了人物画的独立系统。初唐以后，山水画、花鸟画也大为发展，简直有与人物画并驾争先之势，自成山水、花鸟画的独立体系；计算它的时间，也有一千二百年以上。

学术的成就愈精尖，分科也自然愈繁密、愈细致。既然在我们传统的绘画上，早有着人物、山水、花鸟三个独立的大系统，并且都受广大群众喜爱。今天我们要把它发展起来，就得各自造就画人物、山水、花鸟的专门人才。造就专门人才，就得在中国画系中分科培养。因为，这三科的源流远有着四五千年历史，成就极为精深，所以能在世界绘画大系统上东方系统中占有极其重要的地位。这绝不是很简短的时间、很粗率的训练，就能打定各科的坚实基础，是无可讳言的。也就是说：三科的学习基础在技术方法上各有它的特点与要求，各有它不同的组织、布置，等等。例如，以形象的要求说：人物科对人物形象的要求与山水科对山水树石形象的要求，以及花鸟科对花鸟虫鱼的形象要求，完全不同。山水科对树石形象的要求与花鸟科对花鸟虫鱼形象的要求，又完全不同；熟练了人物形象，不等于熟练了山水树石花鸟虫鱼的形象。也就是说专业某一科就必须熟练某一科所必要的形象技术，才能不用对象、随意构思、画成作品。这是中国画创作时必须具有的条件。

现将三科分开练习、分开教学的优点，列举如下：

（1）可使学习的青年，对于三画科随自己的爱好做自由的选择。

（2）学习的青年选定某一科以后，有个专一的目标，不至杂乱。

（3）在专一的目标下，根据轻重缓急，可以有条不紊地进行有关的辅助教学。例如人物画专业，往往需要山水为背景，首先应当排有适当的山水课；

有时候也以花鸟为穿插，因此，也需要适当地排一些花鸟课。山水画专业，往往以人物为背景，应当排有适当的人物课；有时候也以花鸟为点缀，因此，也需要适当地排些花鸟课。花鸟画专业，往往以山石流水等为背景，应当排有适当的山水课；有时候，也与人物有关联，所以，也需要适当地排些人物课。总之，以某专业为主体，某科为副体，某科为次副体，都应十分明白与清楚；既重专业，也不失辅助科的先后轻重的关联。偏向于"无所不能"，但无一专长，是不妥当的。

此外，各科、各课程在教学的时间上，应该有计划地做适当的安排。

例如，三科的专业基础课，低年级临摹与写生的比例：人物科，写生应多于临摹；花鸟科，临摹与写生可以参半；山水科，临摹可多于写生。很多艺术院校，校舍附近没有真山真水可以写生，又不能将真山水搬进教室来教学，而且长江以南的真山水，因天气温暖，除寒冬外，满山满谷都是草木蓬勃，见不到山土山石，找不到轮廓皴法，所以低年级学生对真山水的写生，往往感到困难。因此，在先写些盆景中的树石以外，可多临摹古今人画稿以为基础。同时，安排较集中的时间，到山水名胜区域，做真山水的写生练习。高年级的临摹与写生的比例，也应随三科情况的不同，而有所异样，才能符合党所教导我们的实事求是的原则。

（4）在进行教学上，为了便于根据具体科目施教，例如花鸟科对于形象准确的训练，在重视千花万卉的认真写生以外，特别需要重视禽鸟虫鱼形象的写生与动态的变化。所以，花鸟画科必须多购置花鸟虫鱼的标本，最好还有花鸟虫鱼的小动物园，为花鸟画科学生写生和观察之用，这样才能得到禽鸟虫鱼动静游息的自然状态和姿致。

中国的绘画，不论人物、山水、花鸟、墨戏画等，到了创作的时候，必须力求排除描绘对象对创作者的束缚。这既是传统绘画的创作特点，也是东方绘画的创作特点。例如唐玄宗"忽思蜀道嘉陵江山水，遂假吴生驿驷，令往写貌，及回日，帝问其状，奏曰：'臣无粉本，并记在心。'后宣令于大同殿图之，嘉陵江三百里山水，一日而毕"。这是吴道子对嘉陵江三百里山水的写生办法，也是顾闳中画《韩熙载夜宴图》的办法。就是说：中国画的写生，达到高度技巧的时候，完全是用记忆来写生。用记忆来写生，必须对对象或临摹的画本有纯熟默写的训练，才能周详地抓住对象与临本上的形神、动态、气势等；在创作落笔时，也就能随心所欲地创作出来。这是学习中国画的重要一关。三科的默写训练，特别要以人物、动物为重，山水花卉次之；

它的训练比例,应该有所高低,不能一律。这一方面的教学工作是十分细致的,必须遵循多方的经验,脚踏实地去履行,才能使后一代的学习者得到更多的收获。

中国的人物画,到唐代以后,渐见衰退,今天,我们必须加以振兴,用它来更好地为人民服务。因此,中国画系的人物科,也必须分科独立,不被他科牵掣;使它的基础训练时间及教学上的安排等,更有利于人物画学生的培养。在招新生时,可增加一些名额,以符合当前需要。至于增加的人数,可以结合各院校情况,由大家来研究。然而,三科的学生不论名额多寡,必须达到可能的精尖标准,而无废品,这是最要紧的。例如农村人民公社的生产,江浙的农村人民公社,大多以生产水稻为主,但也不可能不种地瓜、六谷,既种地瓜、六谷,虽种的地亩少些,也不能不精耕细作,下足肥料,以达到地瓜、六谷的丰收,这是应该的。中国画的人物、山水、花鸟三科,在历史发展的过程中,古代以人物画发达,近代以山水画、花鸟画发达,三科都为广大人民群众所欣赏爱好,有同等的意义与价值,不应有主副科之分。

中国画有着优秀的传统,为了今后更进一步的繁荣和发展,我们应该精益求精,努力完成自己应尽的责任。

(1961年9月28日)

一元复始　万象更新

盖叫天

求艺术有句古话："只有状元徒弟，没有状元师傅。"此话怎讲？照我浅淡的理解，艺术来自生活，反过来又反映生活，影响生活，而生活不但纷纭复杂，气象万千，并且变化无穷，前进不息。这就要求艺术也必须是万紫千红，丰富多彩，并且繁荣滋长，永无止境。既是如此，自然只有状元徒弟，没有状元师傅了。

当然，这不是说，向师傅学就不重要了，又有一句古话："不受名师指点，枉受苦劳。"师傅是打前头走过来的，有很多宝贵的经验，虚心求教于师，就可少走一些弯路，给自己打下求艺的基础。但是，师傅领进门，成艺在自身。师傅教你百个千个身段，你都会了，可是，运用起来，却不结合生活，变化不开，岂不是会了如同不会一样。因此，不但要向师傅学，更要向生活学，从生活当中吸取新鲜的养料，来开通自己的脑筋，来提高自己的表演能力，这也正是好中求好，精益求精，是努力攀登艺术高峰的一条必由之路。

一、艺术来自生活

以上说的，权当一个引子，为的是引出以下的话头：戏曲表演艺术自然是反映生活的，因此，一出戏演得好不好，该打几分，首先就看演得真不真，合不合乎生活。比方表演剧中人进人家的门，不有这样的演法？演员一出上场门，和观众一照面，就冷孤丁地直冲台前走，走到台前中口，一转身，一抬腿，就表示进了门，粗看起来，没有演错，但和生活一对照，却不真，一座房子有四道墙，有四个犄角，你一不拐弯，二不抹角，怎么就到了门口，要么打墙上穿过来的。我们学戏时听老先生说的是另一种演法：演员一出场，和观众一照面，然后走到台前右犄角，再一侧身拐弯，表示拐过墙角，再抬头一看,这拐过弯的另一道墙上有没有门,有门,走对了。再走到台前中口,表示到了门外,然后转身抬腿进门。这样演和上面那样演相差倒也不太大,但观众看起来就会觉得更恰当,为什么?因为观众是熟悉生活的,你演得逼真,和观众对上劲了。再如表演开门,拉门闩时别抓死了,一抓死,岂不把门闩抓断了;拔门闩时别拔过了头,拔过了头,岂不把门闩拔脱了;开门时身子该向后闪一闪,不闪,岂不叫鼻子也给门撞肿了。可见,和生活对照起来,动作是真是假,很有讲究。因此,演员必须熟悉生活,哪怕对一些日常生活现象,也不能放过,要用心琢磨,细心体验。演石秀探庄,石秀须担柴担,倘若连担子也没上过肩,甭说倒担就许倒不像,而且担起来看不出个轻重,准给观众全挑出假来,只有自己真正劳动过,才知道担子一上肩,五十斤是五十斤的样子,八十斤是八十斤的样子,这就千学不如一见,千见不如自己体验一遍。

二、戏,本来是假的,但要演得逼真

但这样是否说:任何表演都要和生活一模一样?真是如此,就省事了,演员只要善于模仿生活也就行了。但真是这样,生活就是戏,戏就是生活,人们从戏里面找不到比现实生活更新更美、更能引人入胜发人深思的诗情画境,戏剧这门艺术也就该取消了。和生活对照,戏,本来是假的,何必怕假,但要假里透真,不过,这个真并非要求和生活一模一样,而是真中有假,假中有真。常言道:"两三人千军万马,五六步万水千山。"舞台上就要这样表现,人们也从来没说这样表现是不真实的。倘若要求完全合乎生活的样儿,骑马行船,就得真马真船上台,真马一上台,单开口一声嘶叫,准把整出戏给搅乱了。真船一上台,甭说台子上那么几丈见方,搁上一条船,戏就甭演了,而且台上又没有水,又怎能开船呢?以前我在上海看过有人演《打渔杀家》,真搁上了一条假船,并且是一条跑海用的番头船,船头上圈了两个大眼睛,样子很威风,还搭上一块跳板,但是船高水低,站在岸上的李俊老担着心思,不敢上船,萧恩在船上也不敢从容地踏着跳板来接李俊上船,两人试了几试,一探一退,把个跳板也弄得滑掉了,好不容易再搁好跳板,两人互相搀扶着勉强上了船,一上船,这位李俊还来了一个因人上船,船身不免一沉一浮,人也跟着一仰一俯的身段,可是台上没有水,光见人动船不动,逗得台下哄堂大笑,一个很合适的身段倒成了怪相了。这可是一味求真,结果反而弄假了。不光身段，就是有关角色的故事情节，也不能按照生活当中必然发生的过程原封不动地搬上舞台。作为小说，倒还可以原原本本有头有尾地叙述一番；作为戏剧，却只能择要取精，点到为止。例如演杨家将，头一场杨老令公也许还是个小孩，下一场就许带上了"黑三"，再一场就许换上了"白满"，两三个钟头的戏就能把他一生的历史演完，若是完全按照生活的样儿来演，一天不断，也得演上几十年，成吗？

三、假里透真，合情合理

可见，舞台的真实不能用生活的尺寸去量，众所周知，舞台的真实乃是要合乎生活中的人情和事理，合情合理，这就真了。唱戏要勾得起观众的兴趣，倘使平平淡淡，一道汤，这样的戏还是甭演的好。人们劳累了一整天，很想到戏园子来歇歇脑筋，解解疲乏，好好休息会儿，准备明天能更好地工作，但一看戏比不看还累，这就是演员没有尽到唱戏的责任，所以要千方百计讲究艺术技巧和手法，不可依样画葫芦，把人们业已熟稔的生活搬到舞台上还原，不新鲜，走了味。但运用任何艺术手法和技巧，都必须合情合理，令人信服。否则，观众看了，脑子里会打架，老怀疑对不对。把观众原来打算要看戏的脑筋给搅乱了，这样的戏，手法再多，技巧再高，也同样勾不起观众的兴趣。举个例子，演《坐楼杀惜》，宋江一清早打乌龙院出来，走不了几步，发觉招文袋丢了，顿时心急如焚，赶紧回到阎惜姣的房中，翻褥掀被，东寻西找，越来越找不着，越找不着越发急，宋江抖袖，又搓掌，急得满头大汗，这时，场面也配合急急风的锣鼓点子，气氛显得很紧张，把台下勾得屏声息气，全神注视着剧情的发展。可是宋江急了一阵子，找了一阵子，还是没找着，心里倒渐渐定落下来了。胡子也不吹了，袖子也不抖了，他只是慢慢地坐下来，细细地想一想："怎么弄的，丢在哪儿？先把头绪清理一下，别瞎着急。"尽管他脸上还挂着着急的样子，但由于他这样心一定，台上气氛也显得缓和下来，锣鼓节奏也配合着改成了慢的。可是，台下并没有松气，倒觉得宋江这时的沉着比刚才的着急越来越精彩，因而更有兴趣地等待着宋江下一步要怎么办。这种由急到缓、由快到慢的表演程序就是艺术手法，比急急风一味急到底更有力量。因为这样安排，剧情的发展就不是直线上升，而是有波有澜，有起有伏，先是一阵急急风把台下的注意力骤然引起，等到观众对急急风快感到厌倦了，立即变化一下，给观众换一换口味，这样就恰当地把观众快要涣散的注意力勾回来了。这样一紧一松（并非松弛的松），有阳有阴，就一直把观众的精神抓得牢牢的。但更重要的是：这种艺术手法，正是从宋江的性格中找出来的，并且是合乎生活中的道理的。要是宋江一味忙乱慌急，搓手顿足，六神无主，进而索性不顾一切，大发雷霆，一鼓作气把阎惜姣杀死，这就把宋江演粗了，不像及时雨了。但是，如果不先来一阵急急风，不把宋江发觉失落招文袋后一时手足无措、焦急万分的神态刻画得淋漓尽致，而是不瘟不火，急又不急，尽指望阎惜姣把袋子交出来，这又不合这样的情况，宋江丢失招文袋，干系重大，这有关梁山泊好汉和宋江自己生命的安危，宋江岂能不急？但宋江谁也没看到过，他丢失招文袋时究竟是怎样一种神态，且是不得而知，能说这种由急到缓的表演方法就真适用于当时宋江的情况吗？这里面就有生活的道理了。不只因为宋江是大家心目中早已熟悉的英雄，由于《水浒传》的描写、民间说唱家的传播，大家对宋江该是怎样一种性格已有了谱了。而且人们可以从自己的生活经历中鉴别出来，怎样的表演才是合情合理的。不是吗？人们丢了一支钢笔或者一块表，总不免要急一急，但不见得会急得如宋江那个样子，要是丢了机密文件呢？可就有点相仿了。也很可能急得搔头抓耳，东寻西找，但找来找去找不着，这时，只要是个神智清楚、敢于担当责任的人，也自然会像宋江那样把心定下来，不如冷静地回想一下，怎么会丢的？可能丢在哪儿？把头绪理一理，弄清楚了来龙去脉，再按线索去找。生活之中既然可能有这样类似的情况，根据这个道理，纵然谁也没有见过宋江，人们自然会相信台上宋江的举止是合乎情理，是真实的。演戏路子不一，各有巧妙不同，巧在哪里？妙在何处？巧在手法高明，弄假成真，妙在合情合理，令人信服。

四、深入角色，深入生活

这个合情合理乃是一，一者，基础也。练功有练功的基础，创造角色有创造角色的基础。基础一定要打好，所谓根不正，苗必歪，幼不学，老何为！正如写字要练好正楷，再学草字，草字才会写得好看。头一步走错了，二一步三一步准错；头一步走对了，基础有了，万丈高楼从地起，打一出发，顺序而进，自然会得到成功。然则怎样才能打好基础呢？既然合情合理乃是创造角色的基础，因此，演员不但要熟悉人物和生活的外表，更要钻到角色的灵魂中去，生活的核心里去，努力揣摩和钻研。早先，科班老先生给学员讲戏,往往有一定的顺序,先不忙着教身段。"种地要榜,读书要讲,搞艺术要想。"先要学员静坐听讲,听什么呢?听老师讲故事。比方说《宋江杀惜》,先提宋江的家世;教《长坂坡》,得打赵云出世说起;学《薛刚反唐》,要打他扛木头的火头军爷爷开头。像说书似的,有头有尾,有声有色,全盘描绘一番。学员听完了故事,不但了解了剧情,而且对故事里的人物(戏中的角色)有了浓厚的兴趣。人物的出身、遭遇、作为,也弄明白了。这时,老师便进一步要你好好地动动脑子,默一默,想一想,分析分析人物的个性、思想、品局。比方说,赵子龙浑身是胆,但他胆大心细,既有作为,又不鲁莽,从来没打过败仗。这一分析,老师说:对了,有了谱了,但还不够,你不是学过周瑜、吕布的戏吗?刚好连赵云三个都是武生(周瑜也有小生应功的)应功,都是穿白靠的,又都是三国时的名将,然而这三个角色主要不同之点在哪里呢?老师这一提:是呀!人物的影子已经印上脑子了。但还有点模糊,灵魂深处,还没摸着,非得再绞绞脑汁不可,这样一而再再而三地琢磨比较,人物逐渐明朗了,虽然他们三个人外表相仿,但周瑜骄、吕布贱,赵云却是不骄不馁、敢作敢当的好男儿。三个相近似的人物之间,原来有着很大的不同,这叫同中有异,异中有同,同中得异,方显异彩。人总是那个样子,有眉有目,会说话,会思想,会工作,但"一娘生九子,连娘十个性"。从来就没有两个人从内心到外表是完全一个样子的。表演人物不但要表出他们不同之处,更要表出同中的异处来。否则便成了混浊难分鲢和鲤,成了千人一面了。不过,要水清方见两般鱼,也并非一蹴即成,所谓画虎画皮难画骨,知人知面不知心。知心是一个艰苦的过程,像剥笋子一样,非把所有的外壳剥完,不会露出笋心来。既然从来没有两个人完全相像的,也就没有一定的方法,更没有现成的一劳永逸的方法。上面提到的只是老师如何想方设法引导学员把自己化到角色里面去,这是创造角色的一条正路。倘若不是穷根追底,苦苦探求,又怎能接触生活深处,度情知心?所以知心先要自己下苦心,从没有办法中想出办法来;一次找不着,二次再找,找多了,经验多了,角色的灵魂也就找着了。不光度情知心,要下苦心,究事明理,也是这样。路愈走愈远,理愈钻愈明。生活现象是复杂的,生活的道理也就不单调,为何同是人,此人是这般举动,别人又是那般举动,都有一定的道理。必须明察秋毫,仔细分辨。倘若走马看花,浮云探月,就可能指鹿为马,似是而非。表演一个简单的身段,送茶,按理来说,将茶盏递到客人手中也就行了,但仔细一研究,人物的举止品局不同,就得分个性,丫环送茶,拘泥于封建礼节,男女授受不亲,要斜身藏脸,表示羞涩(但不一定真羞涩)。孩童送茶,天真亲热,但不懂礼貌,把茶杯直凑到客人嘴边去。再进一步考察一下,丫环送茶给常来常往的女客人也表示羞涩,那就不对了。过去科班学戏,上戏馆下戏馆,路上走着,老师也管着你,不叫你闲着,要你留神观察来来往往的人是何等模样、何种神情,为何如此这般,回来弟兄们凑合捉摸和摹仿。为何老师这样注意训练学员随时留神生活里的形形色色?就是要从小培养起度情知心、究事明理的习惯。同时也是教导学员向生活学习,明白做人的道理。常言道:"不知冷暖,不识好歹。"好歹不分,私下品局不正,生活的道理都不懂,就谈不上把戏中的生活演对了。话得说回来,那会儿世道不同,穷人一辈子受苦受难,被人瞧不起的所谓戏子,不要说向生活学习,连自己也被生活的担子折磨得半死不活,哪有心思真正地从生活当中去找出艺术?所以在旧社会里学艺,尽管老师会开门引路,自己也有斗争性,进步仍是非常缓慢的;现在可不同了,有了党的领导。只有党才真正爱惜艺术,给我们指出了光明的道路。要为工农兵服务,要向生活学习,而且为我们深入生活、提高艺术修养,创造了多么好的条件,因此百花盛开,蓓蕾怒放。艺坛盛况,远非解放前所可相比。但也要警惕:就怕生活好了,条件好了,自己一放松,懒散下来,能将就的将就,能讨巧的讨巧,不是真正地钻到生活的核心里去苦心钻研,扎根打底,步步提高,而是只知其一,不知其二,一瓶不满,半瓶晃荡。这样,艺术就得不到长进,更辜负了党的培养,那就太可惜了。这似乎是废话,但我想:多说说这样的废话,也会有好处的,对吗?

深入角色,深入生活,把基础打好,这只是头一步,怎样表演,还要揆情度理,合而归一,这个一是什么?就是把真(基础,包括功底、生活、思想)和美(艺术,包括文学、艺术和舞台的美术)糅合起来,一气贯通,浑为一体。这个一正是打前面那个一生出来的,一脉相通,合情合理,但又不完全是前面那个一,虽是一元复始,却是万象更新。因此,有了这个一,不但真了,而且美了。

五、知一归一得一

既然扯到一,索性再啰唆几句。说得广泛一点,一切都得打一开始,有了一,才有二,才有三,才有一切。不管画幅图画也好,写本小说也好,打个剧本也好,终归要打一开始(即使开始不一定是成功的)。比方打剧本吧,头一个剧本没有写好，丢在字纸篓里了，而后又写了十个、百个剧本，最后一个写好了，成功了。但最后一个是打哪儿来的？不正是打那个丢在字纸篓里没用的头一个剧本上来的。也就是说：没有开始的努力，又怎么有后来的成功。失败为成功之母，所以头一个剧本尽管没有写好，却是宝贝，因为打头一个剧本上可以找出你最初写剧本的契机，可以找出失败的经验来，契机未失，经验有了，就可写好了。其次，一切固然要打一开始，但这一切又要合而归一。因为一生二，二生三……生到后来，终归要生出一个新的一来，比方生到一万吧，这一万不就是一个新的一？正如头一个剧本没有写好，写到后来，写好了。这写好了的终归是个剧本。又如一座高楼是一块块砖砌起来的，一件衣服是从一根根的线缝起来的。一切事物莫不都是这样打一开始，而后又合而归一，这才成为一切事物。这是一个通理，明白了，心明目明，一通百通，否则正如前辈们说的一句戏话：一通不通，黑咕隆咚。练功学戏莫不都合得上这个理，比方学枪把子吧，得打头一招学起，学会了千招万招，这是由少到多，这个头一招很要紧，没有头一招，学不会千万招，这个千招万招也要紧，没有千招万招，光会一招，算得了什么枪法？但有了千招万招，多是多了，派用场时，难道把千招万招全使上？即使全使上，甭说容易乱作一堆，摆弄不开，倘若老是这千招万招，仍然单调得很，又算得了什么高明的枪法，因此，还要由多到少，要学会化，化多招为一招，化多招为这一套或那一套。这化出来的一招或这一套，或那一套，不但清爽不乱，而且包含了千招万招的功夫，包含了千招万招的方法。因此，单这一招就能显示出枪法的高明了。能够由多到少，也就能要少就少，要多就多，要什么枪法，有什么枪法，派什么用场，化什么枪法，随心所欲，变化无穷。赵子龙单枪匹马，大战长坂坡，七进七出，杀得曹兵人仰马翻。要是扮赵子龙的演员没有千招万招的功夫，光会一招，进也是这一招，出也是这一招，早就给曹兵打败了。要是会了千招万招，不会变化，七进七出老是这同样的千招万招，甭说早就给曹兵找出破绽了，而且把台下也看腻了。招数这么多，乱作一堆，一点精彩也没有了。所以要会由多到少，要什么？化什么？迎战是迎战的枪法，冲杀是冲杀的枪法，上场是上场的枪法，下场是下场的枪法，随机应变，运用自如，这才能表现出赵子龙神出鬼没不可抵挡，并且时时顾着怀里的阿斗不叫他受伤的枪法来。没有本事，派不了用场，学了本事，烂在肚子里，不会创造，也是枉然。所以既要打一出发，由少到多，否则就会茫无所知，无从着手，又要由多到少，合而归一，否则就会安排不开，一无所获。也就是说：先要知一，再经过归一，才能得一。

六、借假演真

现在回过头来谈谈表演吧，只要有了基础，找着了一，怎样表演，也就是说，怎样归一，方法会有多种多样，在乎自己打一出发，努力去找。例如，拿设计身段来说，倘以合不合乎生活的样儿作为真假的标准，有些身段就非假不可，非假不真，非假不美。《三岔口》任堂惠上旅榻安眠的睡态是屈肘托头，半抬上身，同时面部和全身都面向观众，这是仿照卧虎式的睡相，真这样睡，累得慌，怎能入睡？但舞台上却用得着，不只是合乎舞台的美术，让观众清楚地看到任堂惠睡时，仍然露出那小心提防和英武不可侵犯的神情，更重要的是借用卧虎式这种威严大方的睡相来表现任堂惠这个睡时的英雄形象。这就叫借假演真。要是剧中人也和人们平常睡觉一样，四脚撩天，床上一摊，闭眼打呼，真是真了，可是姿态不美，而且把任堂惠的精神面貌都给睡跑了。上面说过：同中有异，异中有同，人们日常的行动举止，从外表上看大体上差不多，仅仅把外表搬上舞台，站就是站，坐就是坐，表现不出人们站坐时的不同神态，就反而不真实了。在这种情况下，就不如采取画家写意的手法，突破生活的样子，创造能表现出同中之异的特殊身段来。这就比单纯模仿生活要妥当要高明了。为何戏曲表演往往借用飞禽走兽和生活景象中各种美妙的姿势来丰富舞蹈动作，正是要吸取诸如龙行虎步猫蹲狗闪、鹰展翅、风搅雪、风摆荷叶、杨柳摆腰等具有的特点，引人注目的姿势，来表现人物的神态，来美化身段。这方面，前辈艺术家为我们提供了许多宝贵的经验，开拓了广阔的道路。因此，我们尽可不必拘泥于生活的样儿，大胆脱俗。要力求神似，而不强求形似。当然，脱俗不能脱理，倘若以假乱真，就会假了，原来美的也成了不美的了。另外，要能脱俗，首先还是要多看、多学、多练、多得。只有眼界开了，学识深了，见闻广了，才能信手拈来，运用自如。假若抱残守缺，演来演去，老是那么几下子，莫说脱俗，连老底子也要给台下看穿了。原来就是那么几下子，呒看头。我自己也很喜欢向万物学习，四面八方寻找新的材料，运用在艺术上。《七擒孟获》里我用上了外国舞蹈动作，一出攻城的武戏里用上了撑竿跳高。只要合情合理，挖空心思，也不使表演落俗，必须让观众能看到新鲜的艺术，老觉得好看，这样标新立异，对自己来说，既是学习，也是提高。这出攻城的戏是这样表演的，台上安上两丈多高的城墙布景，城下八个盾牌兵，盾牌兵后面又有八个拿枪的兵，这后面八个又分成左面四个、右面四个。攻城的将领手执大纛，立于其中，当四击头一响，士兵们大喊攻呀！拿枪的八个兵一拥而上，翻着筋斗过去，蹬到盾牌兵的身上，再纵身上城，表示士兵们乘着云梯登城，而立于其中的将领则用手上的大纛杆往台板一拄，借旗杆的力量将身子凌空撑起，而后用拿顶的姿势落到城头上，把守城敌兵杀死，挥手招城下的兵将入城，这个撑竿凌空而起的身段，老师没有教过，打哪儿来的？就是向撑竿跳高学来的。这个撑竿跳高用来表示剧中人本领高强，奋身上城。既脱俗又合适，借用一下，又有何妨？总之，要平时留心观察寻找才有所体会，才能学起来一大片，用起来一条线。

七、半真半假

但这样是否说，不能模仿生活，方法也只有一种：借假演真，不，并非如此。有些身段根据人物剧情的需要，又非仿真（仿生活的样儿）不可，不仿真就假了。例如开门关门上船下船之类，虽是虚拟，但要逼真，演得愈逼真，愈有说服力，并且也透出了演员仿真的美巧。（从这一点来说，也未尝不是一种脱俗，因为，有些生活的样儿，在舞台上难以表现得真实，你却能惟妙惟肖情景逼真地表演出来，这就不一般了。）但要注意的是：一、仿真也要讲究舞台的美，为何花旦开门要斜身绕步？为的好看。这个身段要是搁在生活里头倒许成了怪相了。所以仿真，只能逼真，不可全真，也不能全真。（因为，戏，本来就是假的。例如开门，舞台上就没有门，又怎能真开门？）二、怎样仿真，不只是由生活的样儿来决定，主要应由角色的思想性格和故事情节来决定。例如同是开门，孙玉姣开门拾镯，喜悦之中挂着羞涩，门儿开得轻一点；阎惜姣开门迎张三郎，喜悦之中挂着妖佻，门儿开得急一点。不能为了开门而开门，千人一面。同是划桨行船，《秋江》里的划船不同于《打渔杀家》里的划船，动作一般，就成了"一道汤"了。所以，同是仿真，该删的则删，该改的则改，不能生吞活剥。三、再进一步考究一下，怎样仿真，不但要由角色和剧情出发，还要照顾到舞台的标准。例如，看书写字，不免要低点头儿，这是生活，但在舞台上看书，你也低头，真是真了，可是不美，因为你看书是做给观众看的，你心里得有观众；要把头抬起来，让观众看清你看书的表情。但这样，美是美了，又脱离了生活。不真，怎么办？

眼睛还得向下倾视书本（而且眼皮还要抬起，眼皮也跟着眼珠一下倾，就仍把眼珠也掩盖住了，观众还是看不见你的眼神，唱戏就是要斟酌这些细小地方）。抬头是假，看书是真，半真半假，真也真了，美也美了。舞台上一个眼神一个动作都得让观众看清楚，而舞台只有一面是朝观众，台下四面八方上下左右却都有观众，这就有了舞台的标准，或者说，舞台上一举一动往往有一定的规矩，不能乱来。例如《宝莲灯》里刘彦昌坐在当中，他的右厢是秋儿，左厢是夫人和沉香，刘彦昌伸手一指秋儿对夫人说："夫人！你的儿子在那厢呢！"这个身段是踩着生活的路子做的，是仿真，但这一指有一指的规矩，先得把右手放在左胸前，而不是放在右胸前，这是一；再一反腕，这是二；还得打胸前拐一拐，这是三；再伸向秋儿，这是四。一个动作，四个过程，为何有这么多过程？为的是容易引起观众的注意，从左到右画一个弧形伸出去，让幅度大一些，幅度一大，台下四面八方的观众都可以看明白刘彦昌在干什么。所以，尽管有些个身段非仿真不可，但生活有生活的尺寸，舞台有舞台的标准，两者不可混淆。踩着生活的尺寸，合着舞台的标准，这就叫半真半假，真假结合。武松的亮相也是按照这个半真半假的道理设计的，这样比真的低起头来打虎要传神要美了。

当然，还要交代一下：不但仿真，舞台上任何身段都必须讲究舞台的标准，不管"一戳一站、一动一转、一走一看、一扭一转、一抬一闪、一坐一观，都要照顾到四面八方，要叫人人爱看"。这也是学习舞蹈身段的基本功夫，为何演员一上台，有的显得大方，有的显得小气，有的压得住台，有的压不住台，往往与具备这种基本功夫的深浅是有很大关系的。

八、就真演真

还有，在舞台上也并非每一个角色自始至终都得拉腔作调，手舞足蹈，有时必要按照生活当中的在什么场合，人们有什么思想，就有什么表情的样儿来表现角色的内心活动。记得当年我改编《拿谢虎》，把采花淫贼改为草莽英雄，在设计谢虎别家这一场身段时，颇费周折。因为谢虎虽是个绿林英雄，但已隐居田园，并且谨遵师命，不与天霸为难，而黄天霸不但出卖绿林英雄，而且一心要拿谢虎，在一次偶遇之中，又把谢虎无辜的儿子杀死，这岂不令谢虎痛恨已极；这种痛恨之情，真是到了言语举动难以形容的地步。那么采用什么花俏的身段好呢？吹胡子瞪眼吗？来几圈甩发吗？或者跌一跌屁股坐子吗？这些似乎都浮浅了一些，都不合乎谢虎那种不得不如此的性格。想来想去，觉得用任何花俏的身段都不适宜，倒不如就按照和谢虎一般的草莽英雄经受同样遭遇之后可能产生的真实表情来表现，才显得真实。于是我就采用了闹中生定的方法，一听家人报告孩儿被天霸杀死，顿时如闷雷轰顶、万箭穿心，不禁目瞪口呆，肝肠欲裂，而后渐渐拿定主意，一不做，二不休，毁家灭产，寻天霸报仇雪恨。就是如此，没有什么特殊的身段。这样，似乎比甩发子跌毛，或者红脸瞪眼，大喊"天呀！"要更能体现谢虎当时的感情，符合他的英雄品局。闹中生定，在生活中可以见到。例如乐极生悲，悲极发笑，怒极反而沉默，恨极形同发呆……诸如此类，谢虎当时的感情就是如此。表演起来，要就真演真，发于内，形于外，出于自然，形成自然的身段，不能假装假做。但就真演真，并不省力。既要深深体会角色的感情，做到内外合一，任其自然，不可矫揉造作，但也要靠脸部有着深厚的基础功夫，才能把复杂的内心活动，通过眼神眉宇之间，如实地有层次地表达出来。怒恨气愤、喜笑欢乐、忧闷悲思、乐极生悲、恨极发呆等，要分得开，分得真。倘若怒也是瞪眼，恨也是瞪眼；喜也是哈哈哈，笑也是哈哈哈；忧也是皱眉，悲也是皱眉，那就会似是而非了。当然，这种闹中生定的方法，是否真正适合《谢虎别家》那一场，还值得研究。钟越敲越响，艺术越来越精。应该不断钻研，不断改进。我只是想借此说明，角色有各样的角色，感情有不同的感情，表现方法不能拘泥一格。就拿台上要不要实物来说吧，一般地说来，实物实景上台，反而妨碍表演，但也不尽然，谢虎掏镖打黄天霸，没有真镖，虚晃一镖，必然大为减色，而且假了。早年我豢养了两只老鹰，天天训练这两只鹰和我对剑搏斗，练得有点谱了，因我生了病，家里人没有好好照料它们，一只气走了，另一只也让我三哥卖掉了。本来我想把和鹰搏斗搬上舞台，表演一个民族义士夜入皇宫行刺，皇宫里养着的两只老鹰从屋上飞下来和民族义士搏斗。显然，要是训练得百无一失，真鹰上台，必定很有看头了。

九、脱俗创新，大有可为

综上所述，设计身段，仿真也行，半真半假也行，夸张也行，实物上台也行，乃至别开生面、花样翻新也行，只要是打一出发，并且是为了合而归一，便都行。不是吗？打一点出发，横写也是一，直写也是一，弯弯曲曲拉直来也是一。一笔不离,包天括地也是一,打一出发,方法不一,结果都能达到一。戏曲舞台的奥妙也就在此。唱、做、念、打,样样俱全,既有规矩,又无拘束,各种方法,兼容并纳,可是表演起来却是一个圆的,天衣无缝,完美无缺,浑为一体,合情合理,这就给演员千变万化,脱俗创新,开拓了多么广阔的天地。小小的舞台上,正是大有可为,演员尽可不必墨守成规,作茧自缚。也只有努力创造变化,艺术才能发展提高。当然,万变不能离其宗(这宗也就是一)。从戏曲原有的章法出发,任凭你怎样千变万化,还是要回到原有的章法上来;戏曲就是戏曲,不是其他。例如,角色提袖一挡,说上几句词儿,就许表过了一场,这种以简就繁的表现手法,真是聪明的前辈艺术家的心血结晶,早已为人们所理解、所习惯。所以要细心体会,才可大胆创造。为此,必须在原有的传统基础上出发,创造发展,回过来又丰富提高原有的传统。这才是正确的做法。

以上说的,全是管见,作为抛砖引玉,希望大家批评指正。

(1962年1月4日)

音乐民族化与发展社会主义的民族的新音乐

李焕之

为什么这样难"化"?

多少年来我们经常讨论着音乐民族化的问题,这是音乐界一直迫切需要解决,而总是"化"不好,"化"不彻底,"化"得不巩固的。音乐之所以要民族化,毫无疑问是因为我们音乐工作者历来深受西洋音乐的影响,在工作中时常表现出不但不能鲜明地、准确地、生动地反映我们民族的新面貌,有时甚至用洋作风、洋派头、洋感情来"化"掉我们民族的东西,使得我们的工作和我们这个伟大的新的时代是不够相称的。

为什么这样难"化"?

有人说:民族化要有个过程,不能求之过急。

如果回顾一下革命音乐发展的三十多年中,有几个关键性的转折点是值得我们更深去体会而从中汲取经验的。

从救亡运动进入抗战时期,音乐工作深入广大的农村。这时音乐的民族形式有了迅速的发展,冼星海的《生产大合唱》与《黄河大合唱》可以说是这个时期优秀的革命音乐的代表作,他把战斗化的歌曲形式与民间音乐的生动活泼的特色有机地融成一体。

到了一九四二年,毛主席的《在延安文艺座谈会上的讲话》发表以后,音乐工作在这一次深刻的思想革命中得到了飞跃的发展,秧歌活动促进了革命音乐的进一步群众化和民族化。这是一次文艺工作的革命性的变革,对以后音乐工作的进展,影响是非常深远的。可以说直到抗战胜利,进入了解放战争的整个时期,革命音乐的民族特点是非常鲜明的。在歌曲音乐之外,民族的新歌剧也成长起来了,民族乐队和西洋管弦乐队都在逐步建立而有所发展，民族风格的演唱艺术也继秧歌活动所取得的成就而更普遍地被重视。

但在革命的音乐队伍中，音乐工作者多半是来自城市的青年知识分子，他们或多或少地受到西洋音乐的影响，而且在感情深处是喜爱西洋音乐的，其中特别是一些曾经专门学过音乐的人更是如此。虽然在参加革命以后，在党的教导下，经受过革命斗争的锻炼，也经过了思想上、政治上的整风运动，但由于西洋音乐的教育所带来的资产阶级的美学观常常是根深蒂固的，一有合适的时机和气候，它就蠢动起来，总是高一阵低一阵地成为革命音乐前进的障碍。在战争的年代里，音乐工作者比较接近生活、接近群众，因而在群众火热的斗争中，民族化的过程也就显得快一些，"化"得也有效果一些。

新中国成立以来，我们在音乐民族化这个课题上，可以说是不间断地进行过许多讨论、研究和实践。在理论上的争论不能说不尖锐，而在艺术实践上也不能说建树不力。民族化的工作是有不少成绩的，但问题仍然一大堆，做法上也有着明显的、重要的分歧。从许多情况看来，我们在不断克服洋教条影响的同时，而在某些方面崇洋思想仍有所滋长，有所发展，甚至在某些领域内占有优势。

一切优秀的外来音乐，当然要吸收，也是应该吸收的。但是，它必须在创造和发展社会主义的、民族的新音乐的基础上来吸收，使外来音乐经过改造，变为自己的血肉，而不是把民族的音乐融化到外来音乐中去。有不少音乐工作者是一心想把民族化的工作做得更有成效些，但常常由于立足点或出发点不对头，或者是没有找到正确的方法和道路，因而没能在根本性的问题上有力地提供解决的途径和经验。原因当然很多，但归根结底在于：在和平的日子里，我们的音乐工作者同生活逐渐疏远了，同群众逐渐疏远了。

到了一九五八年，由于音乐工作者上山下乡，深入群众，参加劳动，进行了思想革命，而促使音乐工作的各个领域都表现出强烈的战斗化、群众化的革命精神与作风，音乐民族化的过程显然是加速了。特别是在广大劳动群众的业余音乐活动中，他们创造出充满革命精神的生气勃勃的社会主义时代的民族新形式，这是一个动力，它促进专业音乐工作者用革命精神来从事音乐民族化的实践。当时在音乐教育的改革上、在音乐创作与表演各个方面，都出现了敢想敢说敢做的新风气，产生了不少对西洋音乐进行革新的尝试与创造。可是这些应该肯定和发扬的新风气与新做法没有很好地巩固住并坚持下来，许多曾经开始被改革的西洋音乐的一套规格和清规戒律，又被原封不动地搬回来。有些表演单位曾经尝试着突破洋唱法的框框，使之演唱中国现代歌曲或民间歌曲时具有鲜明的民族特色，但又由于强调合唱艺术的特殊规律，不仅没有再前进一步，反而更洋起来了。

从革命音乐发展的历史经验看来，音乐民族化固然要有个过程，但过程进展的快慢，成效的高低、大小都无不决定于音乐工作者与群众结合、与革命结合的程度。虽然在民族化的过程中，有许多属于科学实验的课题，必须经过多次的实践、认识，再实践、再认识的过程，才能从失败的和成功的经验中找到正确的解决途径，所以用求之过急的态度来对待民族化是不对的，但如果用"不能求之过急"来作为挡箭牌，实质上是任由西洋资产阶级的美学思想来左右我们，或者一味用西洋音乐的思维原则、逻辑方法来解决创造和发展社会主义的民族的新音乐的一切问题，这就使音乐民族化的过程无限度地拖延下去，其结果是以西洋来化民族了。

根本问题在于与群众结合

如果我们从更高的、更广阔的要求来看音乐民族化的问题，并且从音乐民族化所包含的政治意义来作为解决问题的立足点，那么，根本问题是音乐工作者如何更好更紧密地和群众结合。也就是音乐工作如何更好地贯彻群众路线，更鲜明、更准确、更生动地反映我们这个时代，表现人民群众新的思想面貌，并以社会主义的思想感情来教育人民，教育青年一代。

我国无产阶级革命音乐的兴起和发展，就是在反对崇洋思想、反对学院主义的斗争中成长起来的。洋土之争，是我国音乐界历来的中心事件之一，它反映了在发展民族新音乐的进程中的两条道路的斗争，也就是在意识形态上阶级斗争的一种表现。尤其在二十世纪六十年代的今天，全世界被压迫民族的争取独立解放的斗争是如此波澜壮阔地发展着，西方资本主义世界想用它们的文化输出来奴役被压迫民族的时代应该结束了。帝国主义正在唱着抹杀民族传统的调调，企图践踏被压迫民族的独立自主的意志，妄想把全世界人民大众的命运掌握在一小撮反动分子的手里。和这种反动逆流针锋相对，我们重新旗帜鲜明地提出了革命化、民族化、群众化，这是一个具有伟大革命意义的号召。在音乐上我们主张标时代之新、立民族之异，是为了要创造一种新的民族音乐文化，它是属于这个民族、这个国家最广大的人民群众所享有，而不是只属于少数人所占有的。要打破资产阶级的框框，少数人的美学观点是绝对不能代替广大群众的喜爱的。因此，音乐的民族化和群众化从来都是不可分割地成为革命音乐的鲜明的标志。它们相辅相成，而群众化则更是一个基本的要求。

我们讨论民族化和民族形式问题时，常常离开了广大的基本群众对音乐的要求，而容易满足于在某些音乐舞台上掌声雷动的效果，就以为是群众满意了、通过了、批准了。至于来自最基本、最广大的工农兵群众及其干部中对音乐工作的意见，我们则很少听到，甚至不愿听到。这种状况只不过说明了我们不少音乐工作者很不了解广大群众对音乐的要求，却关起门来大谈音乐的民族化。要改变这种状况只有从群众化方面切切实实地下点功夫。毛主席早就教导过我们说："现在许多人在提倡民族化、科学化、大众化了，这很好。但是'化'者，彻头彻尾彻里彻外之谓也；有些人则连'少许'还没有实行，却在那里提倡'化'呢！"（《反对党八股》）这一段话在今天对我们音乐工作者来说，仍然是多么一针见血的批评啊！

有人把民族化、群众化的要求，只当作简单化的同义语，这显然是一种瞧不起广大工农群众的资产阶级的观点，或者像我国资产阶级民主革命初期，某些资产阶级的学者为了文化上的启蒙工作而拿些"低标准"的文艺作品给人民大众一样。作为无产阶级革命的艺术家，我们提倡艺术上的民族化、群众化，决不是资产阶级眼中的简单化；相反地我们认为民族化、群众化的艺术是高标准的艺术。我们在艺术形式和风格上主张有民族特点而又平易近人，和我们在艺术的思想内容上要求深刻、高尚而丰富动人，不仅不相排斥，而且是达到了艺术性和思想性的高度的统一。

音乐的群众化要求音乐工作者必须深入生活，和群众结合，使我们在思想感情上工农兵群众化，懂得群众的需要，理解人民在社会主义革命和建设中生长起来的新的思想、新的品质，并且同群众建立起生死相关、甘苦与共的感情，这样才能在音乐艺术中作为人民群众的代言人。要"化"得彻底，最难的常常在艺术爱好和美学趣味上。不少音乐工作者下乡深入生活时，也能做到和群众同生活、同劳动，打成一片，也能学习民间音乐，但在艺术爱好和美学思想的深处，却依然故我。也有不少音乐工作者认为：群众的音乐欣赏兴趣也是可以改变的，今天他们听不来西洋音乐，或者听不来"民族化少一些"的作品，是因为群众还不习惯，随着时间的推移，他们也会慢慢地喜欢。因而有一部分人就觉得：我们是比较擅长西洋音乐的，就应该发挥我们之所长去为群众服务。至于如何进一步使西洋音乐的技巧和工具民族化并根据群众化的要求来改造我们的艺术趣味，却是不重视、忽视甚至于无动于衷,其结果必然脱离群众、脱离实际、孤芳自赏,而成了"政治—马克思列宁主义、艺术—资产阶级"的二元论者。群众的欣赏兴趣和习惯当然是可以变的,但只能是沿着社会主义的民族的新音乐这个方向变,决不是离开这个方向变。

有人说艺术思想与美学趣味是音乐工作者的"第二天性"。这里所谓的"天性",不外有这样两个含义:其一是指非无产阶级思想感情的另一种表现;其二是指"江山易改、本性难移",这种思想感情是难以改造的。这种说法是恰到好处地揭开了音乐民族化为什么这样难化之谜。如果我们下定决心,深入生活和群众相结合,彻底改造这个第二天性,那么,我们将在音乐民族化的进程上加快脚步,创造出无愧于我们这个伟大时代的成绩来。

批判地借鉴和吸收西洋音乐

在群众化的问题上如果解决得有效些,那么在这一个关键性的问题之后,还有一连串的事情要做。这就是如何批判地吸收西洋音乐文化作为发展我国社会主义的民族的新音乐的借鉴。借鉴和吸收西洋音乐中有益的经验,使它民族化,看来这是一个比较复杂的事情,但却是革命音乐实践的一个重要部分。

列宁同志教导我们要"用人类创造的全部知识财富来丰富自己的头脑",我们革命的音乐工作者从来都认为学习西洋音乐是必要的,我们要善于把西洋音乐文化的优秀成果学到手、学精、学好。但是有人却说:学习西洋音乐首先要学到手、学好、学精,然后才谈民族化。而且认为音乐表演艺术的民族化和创作不能一样,在创作上可以是借鉴,而在表演艺术上却应该是整套地移植过来。

我们如何理解"学到手"?看来还有不少糊涂观念。我想"学到手"应该包含如下的一些环节:要把西洋音乐中的什么学到手?如何才能学到手?要不要在学到手的过程中逐步民族化?

我们学习西洋音乐的目的,不外乎两个方面:其一是给我国人民介绍一些优秀的外国音乐作品与表演艺术,以丰富我们的文化生活;其二是利用西洋音乐的艺术经验与科学、技术的成就来为我国的社会主义建设服务。不论是前者或后者,都必须是按照我国社会主义建设的需要,用批判的态度加以审查,然后介绍给我国广大的听众;同时,在吸取和借鉴西洋音乐的经验时,必须用新的思想、新的观点予以改造，才能使之适合无产阶级文化艺术的要求。所以，尽管在音乐的各个方面，品种非常多样，工作的分工和专业也各有不同的特点，但学习西洋音乐的基本态度只能有一个：那就是用批判的态度加以审查或加以改造。

我们有不少人容易为西洋音乐的"现代技巧"所迷惑，而丝毫没有警惕到西洋音乐所反映出来的西欧十八、十九世纪的资本主义社会中的各种生活情趣、精神状态、感情气质等对我们所起的潜移默化的作用，如果不是用批判的态度加以审查，那么在参考它们的艺术经验、利用其技术成就时，就不能按照我们艺术创造的需要，按照民族化、群众化的要求，来加以改造，相反地会有被化掉的危险。

学习西洋音乐如何学好、学精，不是照本宣科就万事大吉了的；西欧的音乐教育体制，从来都在随着社会制度的变革而发展着，不同的阶级都按照自己的利益以它"阶级的批判"眼光来使音乐教育为自己的阶级利益服务。我国建国以来在音乐教育上所取得的成绩，是解放前国民党政府开办的音乐教育所望尘莫及、不可同日而语的。这正体现出在社会主义制度下的音乐教育有着无可比拟的优越性。解放以来，我们在音乐教育体制上的不断改革，正是努力按照马克思列宁主义的美学思想，按照党和毛主席的文艺方向、方针和政策，来对待极其芜杂的西洋音乐文化遗产，如果不是用批判的态度加以审查并加以改造，我们就不可能体现出文艺为工农兵服务、为社会主义建设服务的方向。

认真、深入地学习民族音乐，使之推陈出新

音乐工作者要是不懂得群众，就不懂得音乐民族化该如何"化"，往何处"化"。同样的，要是不懂得民族传统的音乐艺术，也一样"化"不出民族风格、民族特点来。

我们不少音乐工作者受到资产阶级崇洋思想的影响，无形中在学习西洋和学习民族两者之间较量起来，总觉得学习洋的吃得开、神气、技巧"高超"，而学习民族的好像低人一头，这种自卑心理是非常要不得的。我们有必要提倡一种新风气：作为新中国的音乐工作者，首先要懂得民族音乐。

曾经有些音乐演出团体，规定每一个西洋管弦乐队的演奏员都必须学会一种同类的中国乐器，这种措施也许在方式上太机械了些，但对于培养演奏

西洋乐器的人去熟悉民族乐器的演奏技巧、风格是有帮助的，并且可以有更多机会去熟悉民族器乐音乐，从而对民族音乐有所了解。后来可能因为这样会分散演员对专业技巧的钻研而没有坚持下去。也有不少合唱团，他们是用西洋唱法训练的，为了让演唱者熟悉民间风格的演唱而规定演员必须学习指定的民歌、曲艺或戏曲，这种做法同样也是有很大好处的，但据说有不少合唱队员不太愿意唱民歌，认为唱民歌和西洋唱法有矛盾，会妨碍专业技巧的提高，也就没有很经常地坚持下来。

从这两种例子看来，学西洋音乐的人都只会强调专业技巧的提高而不愿意分出一部分时间和精力来熟悉一下民族音乐。很明显地，如果每个演员都非常重视民族化，深感自己在艺术上民族感情和气质太缺乏，因而热切地追求、探索艺术表现上如何更具鲜明的民族特点，毫无疑问，学习民族音乐就自然而然地成为迫不及待的专业课题了。

在作曲者当中，好像情况有所不同，因为他是音乐创作的第一道工序，他如果要求自己写出来的曲调有民族特点，那就必须学习民族的、群众的音乐语言，所以一个作曲者完全不学一点民间音乐是没有的。但这只是一种表面现象，因为实际上真正对民间音乐非常热爱、对民族音乐的知识经常钻研，以至废寝忘餐、无时或已，这样的作曲者恐怕是为数不多的。创作本身就是一个最真诚的表白，种瓜得瓜、种豆得豆，谁真正下功夫钻研民族音乐、学习群众的音乐语言，谁就能在创作上结出具有鲜明民族特色的劳动果实来。如果我们每一个音乐工作者都能扪心自问，冷静地思考一下，我们不难得出这样一个结论：事不宜迟，快下决心，刻苦学习民族音乐。

如果说，每一个音乐工作者都必须具备比较丰富的音乐修养、比较广阔的音乐基础知识，同时又要有水平较高的专业技巧，那么首先，不论是什么专业，都毫无例外地应该把民族音乐概论、民族音乐欣赏、民族音乐历史等课目作为人人必修科。本来，这些课目是音乐学生在音乐院校时就已经修毕了的。可是目前的状况并非如此，在校的音乐学生尚未能获得这方面应有的和足够的培养，而在职的音乐工作者更是先天不足，看来都得补课才行。

我们民族的音乐遗产浩如烟海，品种之丰富多样、曲调之生动深刻、结构体裁之自成规律，那是有目共睹的。所不足的，是技术条件发展得慢，科学总结未成体系，和声复调只露初苗……也许还能列举其他局限，但作为不同的专业技巧、艺术的思维原则来钻研，是大有可为的。哪怕是对于以演奏西洋乐器或擅长西洋唱法为专业的，也必须扩大专业范围，吸取民族传统的表演艺术的精华以丰富、补充西洋表演艺术与技巧之不足，从而把西洋音乐的某种表演形式或工具，予以利用、发展、改造和创新，使之成为新的民族形式的表演艺术。

学习民族音乐，不能脱离生活、脱离群众、脱离实际。只有深入生活、和群众相结合、密切联系实际，才能学到最生动活泼、最富有艺术生命的活的民族音乐。人民群众总是最善于根据他们生活的要求来创造新的民族形式，创造新的音乐语言。音乐工作者必须重视群众的创造才能，虚心向群众学习。这是学习的深厚基础。当然，在这个基础之上还要辅以其他的学习方式、方法，如通过间接的方式、书面材料、唱片和录音、观摩交流和历史知识等，这样就组成比较完全的民族音乐的知识积累了。

学习民族音乐的目的，除了保留一部分优秀的曲目，有步骤地介绍给广大人民群众，以逐步丰富我们的音乐文化生活之外，很大一部分工作是推陈出新，古为今用。如何让我们祖先的智慧与劳动成果成为我们建设社会主义的文化财富，是一个有意义的巨大工程。取其精华、去其糟粕，批判地吸收其中有益的东西，这是一个基本态度。

让我们大家都行动起来，在深入生活、和群众相结合的基础上，掀起一个认真地、深入地学习民族音乐的热潮。为了音乐的民族化和群众化化得更切实、化得更彻底，必须坚决清除资产阶级崇洋思想的影响，把无产阶级革命音乐的旗帜更高地举起！

（1964 年 3 月 29 日）

试评京剧《沙家浜》的改编

郭汉城

最近北京京剧团演出了《沙家浜》，引起了首都观众热烈的反应，取得了很大的成功。这个戏是在京剧《芦荡火种》的基础上，又吸收了沪剧本的优点加工提高的。京剧团同志们的这次改编，是在有关领导同志的直接关怀和帮助下，以毛主席的思想为指导，取得了改编的成功，提高了剧目的思想性和艺术性。

京剧《芦荡火种》原来也是一个比较优秀的剧目，它歌颂了阿庆嫂和新四军战士们的革命英雄主义精神；同时也暴露了国民党反动派勾结日本帝国主义、出卖祖国、残害人民的丑恶面目，揭示出民族战争实质上就是阶级斗争这样一个真理，具有一定的思想意义。但这个戏在主题思想上也存在着相当的局限性，主要表现在两个方面：第一，剧本过分地强调了阿庆嫂地下斗争的作用，依靠智斗消灭敌人，解决战斗，而没有强调武装斗争的作用，因而不符合历史真实；第二，在描写阿庆嫂与敌人的智斗中，主要表现她在与敌人周旋应付中的机智，没有把她的斗争，明确地提到利用敌人的矛盾以打击敌人的策略思想的高度。这使这个戏在反映历史的真实程度和主题思想的深度上，受到了一定的限制。

根据原本存在的问题，《沙家浜》改编的任务：必须端正武装斗争和地下斗争的关系。改编者首先加强了新四军战士们在这场斗争中的作用，把以阿庆嫂智斗取胜的结尾，改为新四军战士们在伤愈后配合大部队的进军，并与阿庆嫂的地下斗争相呼应，以武装战斗消灭敌人的结尾，突出了武装斗争的重要性。同时也加强了对阿庆嫂的刻画，把她的斗争放到利用敌人内部矛盾的坚实可靠的基础上。这样，剧本突出了武装斗争的重要性，并把地下斗争与武装斗争结合起来，扭转了原本的缺陷。这个变动十分重要，因为它更正确地体现了毛主席的战略思想和策略思想。毛主席运用马克思列宁主义的学说，总结了革命斗争实践的经验，形成了必须以武装斗争夺取政权、取得革命胜利的重要的战略思想，他常常教导我们："革命的中心任务和最高形式是武装夺取政权，是战争解决问题。这个马克思列宁主义的革命原则是普遍地对的，不论在中国在外国，一概都是对的。""在中国，离开了武装斗争，就没有无产阶级的地位，就没有人民的地位，就没有共产党的地位，就没有革命的胜利。"因此要求"每个共产党员都应懂得这个真理：'枪杆子里面出政权'"。他在反复阐明武装斗争和革命军队的重要性的同时，也指出除了战争和军队这种主要的斗争形式和组织形式之外，其他的斗争和组织也很重要，但都是为了直接或间接地配合战争的。作为在战争中直接配合武装斗争的地下斗争，必须利用敌人内部矛盾，分化敌人，孤立敌人，削弱敌人的力量，以造成最后在战斗中消灭敌人的有利条件。

《沙家浜》的改编，正因为以毛主席的军事思想作为指导，主题思想就得到了大大的深化和提高，使它更真实、深刻地反映了历史，并具有了强烈的现实教育意义。从反映历史方面看，抗日民族战争是中国共产党领导的伟大的人民战争。这场战争的支柱是人民的武装——八路军、新四军。战争的目的是要驱逐日本帝国主义，建立一个新中国。它的主要敌人是日本侵略军，同时，对那些处处压制人民抗战，处心积虑地要消灭八路军、新四军的国民党反动派，有时也被迫不得不向他们的进攻进行武装反击。面对这种情况，没有武装斗争，没有一支强大的人民军队，根本不可能从日本帝国主义铁蹄蹂躏下解放国土和人民、打击国民党反动派反共反人民的罪行、建立和保持广大敌后抗日根据地及建立人民民主政权。特别当国民党反动派由消极观战到勾结日本帝国主义，共同进攻八路军、新四军的时候，人民的希望、新中国的诞生，都寄托在坚决抗战的八路军、新四军身上。所以一部描写这场战争的作品，只有表现出武装斗争的重要性和人民军队的伟大作用，才能揭示出时代生活的本质和历史发展的趋向，从而具有深刻的思想意义。从现实的角度来看，今天在全世界范围内进行着剧烈而尖锐的阶级斗争，亚、非、拉美人民反对以美国为首的帝国主义、新老殖民主义的革命战争如火如荼、方兴未艾地发展着，全世界面临着一个大好的革命形势。而帝国主义正在做垂死的挣扎，为帝国主义效劳的现代修正主义，用虚伪的"和平"言辞欺骗人民，妄图熄灭阶级斗争和人民革命战争的火焰，以挽救资本主义死亡的命运。但革命战争的火焰是扑不灭的，旧世界必定要被革命战争改造，正如毛主席说的："帝国主义时代的阶级斗争的经验告诉我们：工人阶级和劳动群众，只有用枪杆子的力量才能战胜武装的资产阶级和地主；在这个意义上，我们可以说，整个世界只有用枪杆子才可能改造。"今天正是用革命战争改造整个世界的时代，一出体现了毛主席伟大军事思想、歌颂革命战争、歌颂人民军队、歌颂运用一切斗争形式打击反革命势力的革命历史戏，无疑对人民是具有重大的教育意义和鼓舞作用的。

按照这样一个新的主题思想的要求，就必须塑造好新四军战士和阿庆嫂的英雄形象，特别是新四军战士和指导员郭建光的形象。新四军是一支在党和毛主席思想教导下和在革命斗争的烈火中锻炼出来的军队，在他们的身上，必须体现出对革命事业忠心耿耿、与人民群众血肉相关，并且有丰富的军事经验和顽强英勇战斗精神的优秀品质，才能完成新的主题思想所要求的任务。原本描写郭建光与沙家浜群众的亲密关系，和在芦苇荡雨打风吹、日晒水淹、缺衣乏食的艰苦环境中，与战士们同甘共苦、坚持斗争等方面，都是很好的。但因为全剧以描写阿庆嫂的地下斗争一条线为主，新四军伤员这一条线相对地减弱了，而且与整个戏剧冲突结合得不够紧密，缺乏具体的戏剧冲突。所以，他们的戏虽不少，人物形象总感觉不够鲜明生动。《沙家浜》的改编，除了加强战士们的描写以外，在原本已有的基础上，更突出地刻画了郭建光作为一个军事指挥员的优秀品质和才能。这主要表现在两个方面：第一，在敌人封锁芦荡、切断了与阿庆嫂的联络，情况不明，粮食断绝，伤员们病势加重，并且产生了某些急躁情绪的危险和困难情况下，他沉着坚定，细心判断情况，抓紧一切机会，及时鼓励和教育战士们克服急躁冒险情绪，把斗争坚持下去，相信党和沙家浜的群众一定会来帮助他们。这样，他的沉着冷静、临危不乱、相信党、相信群众、在任何不利情况下都不动摇胜利信心的优秀品质，和作为一个指挥员应有的丰富的军事经验，就突出来了。改编者为了细腻、深刻地刻画他的心理活动和精神面貌，给予了大段的唱腔，这也有助于使这个英雄形象具体、深刻、丰富起来。

对于郭建光和新四军战士加强刻画的第二个方面，也是涉及剧本主题思想改变的关键性的一个方面，是删去原剧新四军化装为厨师、轿夫、吹鼓手等打入匪伪军司令部消灭敌人的结尾，改为新四军伤员伤愈以后，配合新四军大部队的进军，以武装战斗全部消灭敌人，取得最后胜利的结尾。在新添的《奔袭》《越墙》《聚歼》几个战斗场面中，充分发挥了京剧翻、腾、搏、击的武功，表现出战士们矫健灵活、英勇善战的英武姿态，同时也衬托出郭建光周密果断的指挥才能。经过这样改动以后，改变了新四军战士在斗争中的从属地位，并且由于他们在戏剧冲突中的行动性加强了，新四军战士们的英雄群像，有了正面表现的机会，特别是郭建光性格中的主动精神得到了充分的发挥，大大有助于这个英雄形象的树立。删去原剧的结尾，对阿庆嫂的智斗自然要有所削弱，但就戏的全局来看，智斗和武装斗争得到了结合，斗争的两个方面、两条线，配搭得更加匀称，结合得更加紧密，因而整个结构也就更加完整了。而更重要的，当然还在于全剧主题思想的端正、深化和真实地反映历史和强烈的现实教育意义得到了有机地融合。所以这个改动，不是简单的场子的增删，而是一个创造性的根本变化。

阿庆嫂是一个党的地下工作者，担负着在敌伪的"扫荡"和搜捕中掩护十八个新四军伤病员、保证他们的安全的任务。她所处的环境十分险恶，这不仅由于敌我力量悬殊，而且面对的敌人又十分凶恶狡猾，偶一失慎或稍露锋芒，都会暴露自己的身份，使这一场斗争归于失败。这些困难条件，决定她只有与敌人斗智，而且只有找寻敌人的弱点来打击敌人，才能化不利条件为有利条件，取得斗争的胜利。敌人的弱点是有的，那就是伪军司令胡传魁和参谋长刁德一之间存在着利害的矛盾。改编者依据敌人内部的这种矛盾关系，把阿庆嫂放在有意地运用策略斗争的主动地位，删除了原本一些过分显露锋芒的描写，使她的斗争的胜利，不是靠她个人的聪明机智，而是正确地运用策略斗争的结果。

阿庆嫂利用敌人的矛盾和胡传魁、刁德一的斗争，集中在《智斗》《授计》《审沙》三场戏中。《智斗》一场是双方交锋的第一个回合，胡、刁暗中与日本人谈妥条件，带着搜捕新四军伤病员的任务，刚刚进驻到沙家浜，双方即处于互不摸底的情况之中。阿庆嫂机智地利用曾经救过胡传魁性命的关系，转弯抹角地摸清了对方与日军勾结的情况，并且马上抓住了刁、胡对自己看法不同的矛盾，作为向敌人斗争的手段。在这场戏中，改编者巧妙地把原剧同场阿庆嫂和刁德一相互猜度的二人"背供"唱，改为三人"背供"唱；刁德一怀疑阿庆嫂的身份，胡传魁对刁德一的疑神疑鬼、不顾自己的面子心怀不满，而阿庆嫂一面揣度刁德一的鬼心思，一面决定用胡传魁作为自己的"挡风墙"，来对付更狡猾阴险的敌人。这样，在这场小试锋芒的"遭遇战"中，阿庆嫂性格中的主动斗争精神，马上显露出来，她是在观察、判断、寻找敌人的弱点，而不是消极被动地应付，同时给以后的戏剧冲突奠定了基础。

斗争的第一个回合以后，刁德一扣住船只，封锁芦荡，切断与村中的联系，企图把伤员们困死、饿死。阿庆嫂必须得到地下党组织的指示，使伤员们安全转移。所以《授计》一场，矛盾的焦点集中在如何从敌人严密监视的情况下取得上级指示上面。京剧原本写县委委员陈天民假扮医生来到沙家浜，阿庆嫂用贿赂刘副官的办法，完成了任务。但这样处理有一定的缺点，因为刘副官是刁德一特地派来监视阿庆嫂的，做得太明显了，容易引起敌人的警觉，是一种比较危险的办法。在《沙家浜》中，改成阿庆嫂仍然利用刁、胡之间的矛盾，造成进行工作的有利地位：

阿庆嫂：哦！是这么回事：这孩子有病，正好这位大夫路过这儿，我多了一句嘴，让这位大夫给孩子看看。刘副官说，胡司令这点面子是肯给的，就是怕刁参谋长知道了，要让司令为难。他这么一说，吓得我也不敢来求您啦！

胡传魁：刁参谋长放个屁也是香的？拿着鸡毛当令箭！

阿庆嫂：其实，也没刘副官什么事，我是怕真要是参谋长较起真儿来，我觉得怪对不住司令的，那么，就叫这位大夫……

胡传魁：看！

这样处理的好处是比较隐蔽，不露声色，危险性小。阿庆嫂斗争得主动，在心中有底的前提下，随机应变，即景生情。从剧本上说，戏剧冲突是以前的继续，并且仍然在几个主要人物之间进行，避免了中断或散漫的感觉。

《审沙》一场是阿庆嫂与敌人较量的最后一个回合，也是最严重的一个回合。因为敌人明着审问沙奶奶，实际是借审沙观察阿庆嫂的举止神色，矛头是针对着她的。更不利的是，胡传魁也开始对她有了怀疑。看起来这一场斗争敌人是处在主动有利的地位，而阿庆嫂则处在相当困难和被动的地位。但她把刁德一要她劝沙奶奶、要她对枪毙沙奶奶发表意见、要她护送沙奶奶回家等试探阴谋巧妙地对付过去以后，开始了主动的进攻。阿庆嫂假装因为路上与沙奶奶打架重回敌人司令部，狡猾的刁德一马上向她进攻："阿庆嫂，你多心了吧？"她乘机给他一个反击："哼，我要是多心啊，就不在多心人跟前管闲事了！"这与其说是对刁的回答，不如说是说给胡传魁听的。这一击果然打中要害，胡的怀疑完全消失，反而觉得刁德一的疑神疑鬼是发"神经病"。阿庆嫂借着主动灵活的战术，使敌人的矛盾无法弥合，刁德一的阴谋诡计终于最后宣告破产。

经过这三个回合的斗争，胜利的局面基本奠定，阿庆嫂的形象也鲜明地树立起来：她对党、对革命忠心耿耿，在任何困难环境下，不畏惧，不退缩，不急躁，不莽撞，积极地进行斗争，创造有利条件，并且善于根据具体情况，主动灵活地进行斗争，争取革命事业的胜利。这个形象的完成，作为剧本主题的重要组成部分的策略斗争思想,也形象地体现出来,并与全剧歌颂武装斗争的战略思想,密切地、有机地结合起来了。

《沙家浜》的改编,还有许多成功的地方,如为了突出英雄人物,增写了一些对敌斗争的群众,有助于渲染革命斗争的气势,表现出阿庆嫂、新四军战士的斗争不是孤立的,同时暴露了敌人残杀人民的凶暴本性等。这里不一一细说。总之,这个戏的改编是成功的,它的成功,主要是改编者运用毛主席的思想,更正确、更深刻地认识历史和现实,把主题思想建立在更高、更坚实的基础上,从而体现了时代的革命精神,并使艺术描写的真实性、完整性也提高了。

当然,一个好的剧本,还需要在不断演出的实践中,吸收广大观众的意见,千锤百炼。《沙家浜》编剧的同志们也认为,这个修改后的剧本,还要在今后继续加工修改。我们深信,经过反复实践和不断锤炼,一定还会百尺竿头,更进一步。

(1965年3月18日)

贯彻"双百"方针，砸碎精神枷锁

茅 盾

人民日报编辑部这个座谈会非常及时，非常必要。教育界的同志们已经开过这样的座谈会，愤怒声讨"四人帮"炮制的"两个估计"。文艺工作者，乃至广大读者，受"四人帮"的"文艺黑线专政"论以及由此而来的资产阶级文化专制主义的毒害，也是极其深重的。我们也迫切需要揭发和批判"四人帮"炮制"文艺黑线专政"论的罪恶阴谋，彻底批判"四人帮"在文艺理论上的反革命修正主义的本质，肃清其流毒。

"四人帮"为了他们篡党夺权的需要，大肆污蔑新中国建立以来的文艺战线，称之为"黑线专政"，这是狂妄地否定毛主席的革命文艺路线在十七年中的主导地位，狂妄地否定"文化大革命"前十七年文艺领域中所取得的辉煌成果。这十七年中，就长篇小说而言，就有《暴风骤雨》《创业史》《青春之歌》《林海雪原》《红岩》等，至于短篇小说、诗歌、话剧、歌剧、电影、音乐、美术、舞蹈、曲艺，那就名目更多，这里就不一一列举了。"四人帮"将许多香花统统打入冷宫，却把他们为了篡党夺权而炮制的"帮"文艺毒草，强加于广大读者和观众，怎能不天怒人怨，人人侧目！这是事实，"四人帮"这罪恶，是赖不了的。

"四人帮"荒谬绝伦地鼓吹什么"三突出""三陪衬"等创作原则，强加于广大的文艺工作者。这一套"三字经"完全违反马克思主义文艺理论的最起码的原则，是十足的唯心主义、形而上学。"四人帮"猖狂横行，帽子乱飞，棍子乱打，这套"三字经"成为文艺工作者的精神枷锁，真是动辄得咎。这些惨痛教训，我们永远不会忘记。

粉碎"四人帮"，文艺得解放。但"四人帮"的流毒，不容低估。当前任务是，运用马列主义、毛泽东思想这战不无胜的思想武器，坚决推倒"四人帮"炮制的"文艺黑线专政"论，进一步肃清"四人帮"在文艺界的种种流毒，同时也必须为广大的观众和读者提供更多更好的精神食粮。

而要完成这些任务，首先要坚持贯彻百花齐放、百家争鸣。换言之，也就是要做到题材的多样化，以及体裁和风格方面的多样化。

我们当然要把重大题材作为文艺创作的主要、或至少是首要对象。同时我们也不应该因此而忽视重大题材以外的生活现象。两者兼顾，才是百花齐放。

所谓重大题材，属于民主革命阶段的，如一九二七年大革命、两次国内革命战争、抗日战争、抗美援朝战争等，这是一个方面；又一个方面是我国社会主义革命和社会主义建设中的大事件，特别是粉碎了"四人帮"以后抓纲治国的种种宏伟图景，就是全国人民为了实现四个现代化，革命加拼命所取得的丰硕成果，也是世界人民所翘首盼望的中国的新的大跃进。

所谓重大题材以外的生活现象，就是我国社会主义革命与社会主义建设的排山倒海、一泻千里的大潮流中迸跃而出的浪花。它只是小浪花，然而它又是与大潮流俱生与大潮流共进的小浪花。打个比喻，重大题材的作品好比百花园里的参天松柏，而重大题材以外的作品好比是百花园里绕阶沿砌的映山红。光有松柏，这百花园未免单调；正如光有映山红未免单调一样。

重大题材的作品，需要作家付出长期而辛勤的劳动：从长期的生活经验中拣取最有典型性的人与事，赋以艺术的形象。重大题材以外的作品，也需要作家付出并不比较少些的但可能时间短些的辛勤的劳动。但无论写哪一种，作者都必须能够对社会现实做出深刻而全面的分析，透过表象，认识其本质，也就是作家必须先用马列主义、毛泽东思想武装自己的头脑。

题材的多种多样，会引发多种多样的体裁，也会引发多种多样的风格。而一个具有多方面生活经验、富于创造性的作家，有可能运用各种题材，驱遣各种体裁，并且也具有个人独特的风格。盛世出奇才。在粉碎"四人帮"强加的精神枷锁以后，我们的百花园里必将出现万紫千红的景象。而这正是"双百"方针得到贯彻的必然结果。

"四人帮"的又一荒谬理论，便是关于作品中的人物描写的脸谱式的创作方法。按照他们的说法，作品中的英雄人物（主角、正面人物）必须是高、大、全的。也就是说，这个英雄人物，必须是始终正确、高出于一切陪衬人物（这些陪衬人物也是作品中的正面人物）之上，比所有这些陪衬人物都伟大。换言之，即这个英雄人物不能犯错误，甚至也不能有片刻的犹疑不决。否则，就损伤了这个英雄形象。这是十足违反马克思主义的认识论的。人的正确思想从何而来？是在阶级斗争、生产斗争和科学实验三大革命运动中，通过实践而逐渐获得的。人的实践，没有止境，因而人对客观事物的认识也没有止境。"四人帮"所要写的高、大，已经是给公式化、概念化大开绿灯；更要全，那就只能画脸谱，不是人物性格的描写。

再就作品的教育意义讲，公式化、概念化的人物不能使读者喜爱，更不用说受感动。而在斗争的风波中从认识不全面而后逐步克服思想上的片面性，终至于正确，这样人物性格的发展，就很有教育意义。

同样的，"四人帮"的"脸谱主义"，对作品中的反面人物，那就滥用得更加出奇了。反面人物不仅面目灰溜溜，甚至衣服也是灰色的，以致他一出场，连小孩都立刻知道这是个坏蛋。这不是在教育读者怎样辨别好人或坏人，而是在腐蚀读者本来还有的辨别能力。

繁荣创作，必须贯彻百花齐放、百家争鸣。而批判"文艺黑线专政"论，进一步从理论上肃清"四人帮"在各方面的流毒，彻底粉碎他们强加于文艺工作者乃至广大读者的精神枷锁，则是实现百花齐放、百家争鸣的首先必要的步骤。与此同时，供应广大读者以优秀作品，则又是粉碎精神枷锁、肃清"四人帮"流毒的必要而且有效的保证。

一年来，优秀作品已经出现了，而且一定会更多地出现。评论家的任务是为香花鸣锣喝道，当然也要对它们加以分析。评论家们的百家争鸣，必将有助于作家们提高其思想和艺术水平，百尺竿头更进一步，力攀高峰。

我热烈地祝愿，我国的文艺将尽其反映伟大时代又从而推动时代前进的崇高使命！

（1977年11月25日）

要放手搞电影创作

袁文殊

自从《人民日报》开展"电影为什么上不去?"的讨论以来,许多同志发表了很多很好的意见,使广大读者和我个人了解了许多情况,得到许多教益。《人民日报》这种关心电影事业的做法,许多电影工作者和广大观众都由衷地感到高兴。当然,不可能一切问题都可以就此得到解决。新事物层出不穷,在前进中不断出现新问题,届时又需要继续讨论。而且理论上的探讨还需要经过实践的检验才能得到证实。粉碎"四人帮"之后,电影战线也和全国其他各条战线一样取得了一定的成绩,电影工作者做了许多工作。到目前为止,遭受林彪、"四人帮"破坏的电影生产,秩序虽已开始恢复,电影创作也逐渐有所好转,但是,我们的影片质量和数量还不能满足广大观众的要求,如何把电影迅速搞上去,还需要我们做艰苦的努力。我认为,当前电影工作要解决的主要问题,就是要继续批判林彪、"四人帮"的极"左"路线,认真贯彻"双百"方针,放手搞好电影创作。这里仅就这些问题,谈谈自己粗浅的看法。

是右倾思想还是极"左"思潮?

当前,阻碍电影事业进一步发展的主要障碍,究竟是右倾思想还是极"左"思潮?这是需要首先做出正确判断的。最近文艺界出现一种论调,认为当前的电影创作思想中存在着"右"的思想影响,其表现:一是创作革命领袖的作品时,没有按照他们的地位顺序来进行,而强调"写熟悉的",其实质是反对文艺为工农兵服务的方向;二是认为提倡艺术民主,批评"长官意志",其实质上是夺权。如此等等。我以为所谓文艺创作要按照领袖人物的地位顺序来进行,完全是一种无稽之谈。领袖人物的政治地位怎么能同文艺创作的顺序等同起来呢？文艺创作必须根据作家所掌握和熟悉的材料来进行，这是一种常识。文艺领导部门尽管可以号召作家去掌握和熟悉应该掌握和熟悉的材料，但是决不能限制他一定要先写哪个，后写哪个。让作家写他熟悉的东西是完全符合创作规律的。怎么能说这是反对文艺为工农兵服务的方向，造成创作思想混乱的原因呢？如果一定要先写这个，后写那个，这岂不是又在设置禁区？这样提问题，貌似"革命"，实质上却是对文艺创作的一种禁锢。

至于说写文章提倡艺术民主，批评"长官意志"就是"夺权"，更是荒谬的，这是一种乱扣帽子的坏作风。毛主席在提出"百花齐放、百家争鸣"方针的时候，明确说道：艺术和科学中的是非问题，应当通过艺术界和科学界的自由讨论去解决，通过艺术和科学的实践去解决，而不应当采取简单的方法去解决。为了判断正确的东西和错误的东西，常常需要有考验的时间，列宁（对不起，我又把"顺序"颠倒了）对这个问题也说得很明确："无可争论，文学事业最不能作机械的平均、划一、少数服从多数。无可争论，在这个事业中，绝对必须保证有个人创造性和个人爱好的广阔天地……可是这一切只证明，无产阶级的党的事业的文学部分，不能同无产阶级的党的事业的其他部分刻板地等同起来。"为什么写点文章谈艺术民主就成了"夺权"呢？难道列宁和毛主席的这些科学的论断也不适用了吗？反对"长官意志"，同样不能认为是什么"夺权"。有的同志错误地把"长官意志"和党的领导等同起来，一听到有人提出反对"长官意志"就以为是反对党的领导，这纯粹是误解。第一，这里说的"长官意志"是带引号的，不能认为就是领导意志，更不能认为就是指党的领导；第二，这里反对的"长官意志"，是指那种脱离实际，不讲民主，思想僵化或半僵化、只会瞎指挥的人而说的，类似这种情况的人为什么不可以反对呢？

还有一种说法："现在有些领导文学创作的同志，是在俄罗斯和欧洲十八世纪文学的染缸里染过的，他们反对毛主席在延安文艺座谈会上的讲话，也反对鲁迅"，等等。这种把十八世纪、十九世纪的俄罗斯和欧洲文艺一笔抹杀、连批判地借鉴也不要的观点，完全是从林彪和江青搞的《纪要》里抄袭来的。过去我们批判"文艺黑线专政"论的时候，有的同志就说过文艺黑线专政虽然没有，文艺黑线还是有的。如此说来，既然还有文艺黑线，当然也就还有黑线人物，因此也就难怪有些同志手里还是拿着从林彪、江青的帽子工厂棍子工厂里贩卖来的货色，时刻准备着，注视着，一有机会就把帽子扣将过来,把棍子打将过来。这是不能不警惕的。

从以上种种情况来看,对当前的形势应该作何估计,这是一个严肃的问题。我以为,目前电影创作工作中并不是根本没有"右"的思想影响,但不是主要的。造成创作思想混乱的原因,主要的是来自极"左"思潮,这是明摆着的事实。除非我们不准备贯彻毛主席的"双百"方针,要不然就必须继续批判极"左"思潮。这不能等闲视之。

是真"放"还是假"放"?

林彪、"四人帮"横行时期,江青一再叫嚷:"我要保留批评权。"乍听起来,这句话冠冕堂皇,但意思很明白,棍子还要紧紧地拿在手里,只要看见哪些影片不顺眼,就给它们一棍子,同时给扣上一顶大帽子。对影片《创业》和《海霞》大动干戈,就是众所周知的例子。"四人帮"垮台了,但是他们的流毒很深,这又是不能不提防的。我们不少同志身上还自觉或不自觉地存在着"四人帮"的流毒,对电影创作,还不敢放手。到处还是惊弓之鸟,岂能出现莺歌燕舞的场面?这就是所谓创作人员心有余悸的原因。因此也就要靠我们共同来做好一系列的工作。由于长期的封建统治,加上林彪、"四人帮"一伙的迫害,党的知识分子政策长期没有得到贯彻,知识分子的脆弱性是可以理解的。当然我也并不认为我国所有的知识分子都那么脆弱,在历史上大义凛然、刚正不阿的人物比比皆是。即使在当代,在林彪、"四人帮"横行时期,我们就看到张志新这样的人物。虽然她不是一个电影工作者,但她是一个知识分子的光辉榜样。电影创作是要靠电影界的领导和电影创作人员团结一致、共同努力才能搞出成果来的。就目前的情况来说,在电影界,知识分子的思想还不够活跃,控制太死,棍子太多,对创作的繁荣是极大的妨碍。毛主席早就告诉我们,毒草是客观存在,因为怕出毒草就不敢放手,这是一种故步自封的办法,同"双百"方针的精神是水火不相容的。实践证明,在电影创作的领导工作中,社会的方式要比行政的方式有利得多,采取社会方式来讨论作品,首先可以消除创作人员的顾虑,对作品或作者可以有批评和反批评的机会,即使作品最后被否定,创作人员也不感到有什么压力。相反,如果采取行政审查的方式,创作人员往往就只能记录领导者的指示,很难有平等讨论的机会。所以要繁荣电影创作,必须认真贯彻"双百"方针。要真"放",不要假"放"!因为"双百"方针"是在承认社会主义社会仍然存在着各种矛盾的基础上提出来的，是在国家需要迅速发展经济和文化的迫切要求上提出来的。百花齐放、百家争鸣的方针，是促进艺术发展和科学进步的方针，是促进我国的社会主义文化繁荣的方针。艺术上不同的形式和风格可以自由发展，科学上不同的学派可以自由争论。利用行政力量，强制推行一种风格、一种学派，禁止另一种风格、另一种学派，我们认为会有害于艺术和科学的发展"。毛主席的这段话是用不着多解释就可以明白的，也是当前必须坚决贯彻的。没有"双百"方针的贯彻，电影要搞上去是困难的，要繁荣也是不可能的。

领导思想要更解放一点

我这里提出的领导问题同林彪、"四人帮"时期的领导问题有着本质上的区别。现在要考虑的是如何适应新形势下的新的领导方式问题。我们从事的社会主义现代化建设，是在我们革命运动史上比任何一次都更深刻、更伟大的运动，而人民对电影艺术也比过去任何时候都更加关切。半个多世纪以前，列宁就曾经说过，在一切艺术中，电影对于我们是最重要的。现在的事实证明，列宁的预见是完全正确的。我们的影片，仅在国内一年的观众就以百亿人次计算，这是世界上任何国家也无法相比的。可见，我们搞好一部影片将起多大的作用！但是不可讳言，我们对三十年来的电影领导工作的经验教训，还没有进行认真地系统地总结，对电影如何为四个现代化服务，也还没有做深入地探讨，比如，如何提高影片的艺术和技术质量，以满足广大观众的要求；如何改革体制，以适应目前形势的发展；如何培养和壮大电影队伍，以赶上我们事业的需要。我们的电影工业，无论机械制造或胶片生产都还十分年轻。总之，电影事业的各个环节都有待我们努力去探索。而要解决这些问题，首先是领导上必须解放思想，发扬民主，破除迷信，实事求是，按照艺术规律和经济规律办事，把一切积极因素调动起来，造成一种生动活泼的局面。有的同志说，目前创作人员有四怕：一怕领导缺"钙"（意思是某些基层领导同志怕负责任，有了问题不是往上推就是往下卸）；二怕领导说外行话（如说："编剧只要政治挂帅，一个星期就可以写一个剧本出来。"）；三怕领导变相打棍子（不点名地批评或给穿小鞋）；四怕领导不放手，提出这样那样的框框来束缚创作人员的手脚。所有这些，都是值得我们认真注意和切实改进的。

（1979年8月27日）

按照生活的本来面目描写生活

杜书瀛

俄国现实主义短篇小说大师契诃夫和一位叫作基塞列娃的女作家发生了一场争论。这位女作家认为,艺术家不应该只写"粪堆",而应该使读者相信在"粪堆"里可以找到"珍珠"。针对这种观点,契诃夫说:

"文学所以叫作艺术,就是因为它按生活的本来面目描写生活。它的任务是无条件的、直率的真实。把文学的职能缩小成为搜罗'珍珠'之类的专门工作,那是致命打击,如同您叫列维丹画一棵树,却又吩咐他不要画上肮脏的树皮和正在发黄的树叶一样。我同意'珍珠'是好东西,不过要知道,文学家不是糖果贩子,不是化妆专家,不是给人消愁解闷的;他是一个负着责任的人,受自己的责任感和良心的约束;他既然套上了轭索,就不应该说自己不够强壮;不管他觉着怎样难受,他还是得克服自己的嫌恶,用生活中的污秽来玷污自己的想象。"

这段话说得何等好呵!诚然,"粪堆"是令人厌恶,"珍珠"是讨人喜爱的。但是,在契诃夫所生活的那个时代,无奈竟有那么多的"粪堆"和"污秽",这如何是好?如果硬要在"粪堆"和"污秽"中搜罗"珍珠",那只好放弃作家的崇高职责,违背艺术良心,去做一个"糖果贩子"和"化妆专家"。这是契诃夫所不肯为、也不屑为的。作为一个严肃的现实主义艺术家,契诃夫还是忍受那"粪堆"的臭味,克服自己的嫌恶,不惜"用生活中的污秽来玷污自己的想象",从而创作了《变色龙》《普里希别叶夫中士》《第六病室》《套中人》等不朽作品。

不幸,契诃夫当年所反对的那种要作家做"糖果贩子"和"化妆专家"的主张,却被今天某些同志继承和发展了。当然,我们的现实和契诃夫所处的时代完全不同了,社会制度已经发生了根本的变化,生活中的"珍珠"越来越多。但是,正如列宁所说,当旧社会灭亡的时候,它的尸体是不能装入棺材埋入地下的,它还在我们中间腐烂、发臭,毒化我们的空气。我们的生活中还存在着"粪堆"。林彪、"四人帮"一伙横行十年不是给我们的党和国家造成了灾难性的后果吗?令人憎恶的官僚主义、特殊化、无政府主义等不是还在障碍着四化前进的步伐吗?我们的文学怎能在这些丑恶面前无动于衷呢?可是,有的同志却要我们在这些"粪堆""污秽"面前闭上眼睛。如果有人如实描写了林彪、"四人帮"给社会造成的严重创伤——外伤、特别是内伤,无情鞭挞了这帮丑类的罪恶,或者如实写出了我们社会中的某些缺点,引起疗救的注意,那么,他们马上会厉声呵斥道:"伤痕文学!""伤感主义!""暴露社会主义阴暗面!""缺德!""善于在阴湿的血污中闻腥的动物!"在他们看来,文学只能做一件事:"歌德。"当然,按照事情的本来面目,"歌"无产阶级和人民大众之"功","赞"社会主义事业之"美","颂"老一辈无产阶级革命家之"德",不但是应该的,而且是必须的,我们向来是这样主张的。但是,歌颂不能背离现实,不能违背生活的真实,去作阿谀奉承、溢美不实之词。老实说,我们不同意这些同志的意见,倒不在于他们主张"歌德",而是在于他们教人说些骗人的假话。如果有人真的按照这种理论的指导,昧着良心去描写和歌颂那种无差别境界的良辰美景,那就只能是欺世媚俗的"糖果贩子"和"化妆专家"。

因此,我主张作家们不要去理会"缺德"之类的恫吓,也不要惧怕"强调'写熟悉的'就是反对工农兵方向"之类的威胁,也不要听那所谓必须按照"顺序"宣传领袖的"高论",而是首先努力做一个脚踏实地的"写实"派,做一个无产阶级的严格的不让步的积极干预生活的现实主义者,拿出真正的艺术家的勇气,深刻地反映出我们时代的生活真实。至于是"歌德"还是"缺德",是真"缺德"还是假"缺德",不是靠哪个理论家的主观裁判,而是靠千百万群众的实践检验。如果你写出的东西被实践证明符合客观真理,而有人硬是要骂"缺德",也只好由他骂去;如果不符合客观真理,而有人硬是给加上"歌德"的桂冠,又有什么光彩呢?德之有无,系乎真假,千秋功罪,群众评说。

我们所主张的这种无产阶级的严格的积极干预生活的现实主义,是中外文艺史上一切优秀的现实主义传统的继承和发展。它的基本特点是:既不欺世,也不媚俗,既不粉饰,也不诽谤,既不为"歌德"的美言所诱惑,也不为"缺德"的恫吓所动摇,不妥协,不让步,按照无产阶级党性和高度的艺术责任感,把彻底的唯物主义精神贯彻到底,按照生活的本来面目,真实地反映生活，我们所需要的是真实！真实！真实！

　　我们希冀于作家的，就是做一个坚持唯物论的反映论的艺术家，把自己的双脚结结实实放在现实的土地上，如果地上有粪堆和污秽，也不要怕弄脏了自己的脚。

（1979年12月3日）

发扬相声的现实主义传统

侯宝林　薛宝琨　汪景寿　李万鹏

新中国成立三十年来，相声艺术取得很大成就。旧社会被人们瞧不起的、难入文学艺术之林的相声，解放后成了广大人民喜闻乐见的艺术形式。为了发展相声艺术，需要对相声艺术的传统、特点和规律，进行深入地研究和探讨。在这里，我们想谈谈关于相声艺术的几个问题的看法，以期促进对相声艺术的研究。

讽刺是相声艺术的传统。且不说流传下来的几百段传统作品，讽刺的特色反映着相声艺术的历史行程，成为相声发展的主流；就是孕育相声艺术形式的古代"俳优"、唐代"参军"、宋代"杂剧"以及民间笑话等，无一不是以讽刺见长的。可以说，相声的艺术生命来自讽刺！

当然，相声在旧社会主要流传在市民阶层，每为下层劳动群众、城市贫民等所喜爱，因而带有不少庸俗、低级的小市民情趣。特别是解放前夕，相声被国民党反动派糟蹋得不成样子，不少作品充斥着黄色、下流的低级趣味，甚至连一般市民都不屑一顾，嗤之为"下三烂"。

但是，这些旧时代的污秽并不能淹没作为相声主流的讽刺锋芒。因为人民是永远不甘屈服的，不管黑暗势力多么强大，人民的反抗情绪总是要通过各种曲折的形式表达出来。于是，在现实生活的土壤里，相声就像被踩在泥沟里的小草一样，经过曲折的变形，仍然顽强地生长着。例如传统作品《字象》，借助"一字、一象、一升、一降"的语言文字游戏，讽刺了巡按、典史等贪官污吏的昏庸和贪婪。《揣骨相》则大胆揭露反动军阀是"贼骨头""贱骨头""反骨头"。《牙粉袋》讽刺日本侵略时期物价飞涨，面粉袋只有牙粉袋一样的大小。而《改行》《关公战秦琼》等则以嬉笑怒骂的方式，嘲讽了"天之骄子"的皇帝，鞭笞了作威作福的达官贵人。在旧社会，讽刺是劳动人民战斗的武器，讽刺的传统就是相声艺术的现实主义传统。

新中国的成立，为相声艺术开辟了广阔的天地，也给相声创作提出了崭新的课题。其中之一就是讽刺和歌颂的关系问题。从旧社会流传下来的以讽刺为特长的相声艺术能否歌颂呢？讽刺还要不要？讽刺和歌颂的关系怎样解决？这一系列问题都摆到了人们面前。

解放后出现的相声作品，有许多是歌颂性的。有些作品在鞭挞反动统治阶级丑恶的同时，也赞扬劳动人民的机智、勇敢。以欢悦的情绪和轻快的节奏讴歌社会主义制度的《社会主义好》，歌颂福建前线民兵英雄的《英雄小八路》，表彰公社社员的《女队长》《公社鸭郎》，以及深刻反映新旧社会变化的《昨天》，都是时代生活的颂歌。特别是相声《昨天》，以强烈对比的手法，把"今天"和"昨天"结合起来，通过酣畅的笑声，既揭露了苦难的"昨天"，又赞颂了幸福的"今天"，还鼓舞着人们迎接更美好的"明天"。这种热情歌颂新生活的尝试，为相声艺术的现实主义传统注入了新的血液。

然而，对新生活的赞美并不等于对旧垃圾的清除。相声歌颂功能的增强并不意味着对讽刺传统的否定。因为社会主义新中国是在旧中国的土壤上建立起来的，还存在着形形色色的污泥浊水。因此，作为劳动人民的艺术武器，相声在获得新生以后就非常自然地加入了清除旧垃圾的战斗行列，讽刺再也不是人民在重压之下曲折地发泄其愤懑的手段，而是群众自觉地和过去告别的战斗武器。从此相声的讽刺传统掀开了新的一页，涌现了《婚姻与迷信》《夜行记》《住医院》《妙手成患》《砍白菜》《飞油壶》《离婚前奏曲》等深受群众欢迎的作品。无论讽刺的自觉性、准确性和深刻性，都比传统相声有了极大的提高。何迟同志的《买猴儿》《开会迷》《统一病》的出现，使相声的讽刺传统更加发扬光大。《买猴儿》塑造了工作上"马马虎虎"、生活上"大大咧咧"、作风上"嘻嘻哈哈"的"马大哈"典型形象，尖锐地抨击了雇佣观点的残余，严肃地指出了虽然当时还处在萌芽状态，但是不可轻视的一种思想倾向。《开会迷》辛辣地嘲笑了官僚主义者脱离实际、夸夸其谈的工作作风。《统一病》大胆地揭示了那种由于不懂经济而把一切都"统死"的错误倾向。这些作品既是严肃的、尖锐的，又是热情的、善意的。它们饱含着人民对生活更热烈的追求，对理想更美好的憧憬。它们像放大镜那样，把旧世界留下的痈疽毒瘤戳破给人们看，催人发笑，引人深思。

遗憾的是，一九五七年以后，政治生活的正常局面渐渐被破坏了。真话不敢说，缺点不敢讲，对官僚主义等不正之风的批评被诬为"攻击党的领导"，对生活里落后现象的揭露被斥为"丑化社会主义"，于是诸如《买猴儿》

《开会迷》《统一病》等一批反映群众心声、切中时弊的好相声，统统被打成"毒草"，并且株连作者和演员，戴上"右派"帽子。从此，讽刺艺术被列为"禁区"，人们一提讽刺就噤若寒蝉，视为畏途。

此后，随着频繁的政治运动和文艺战线上批判所谓"修正主义"的不断升级，相声艺术通向生活的大门渐渐关闭了，揭露矛盾的言路日益堵塞了。讽刺既不能要，那么就只好在狭小的圈子里搜索所谓的"光明面"。而在"五风"泛滥的日子里，假话、大话、空话是被当作"光明面"吹得天花乱坠的，于是，像《幸会嫦娥》《赶跑龙王》之类的作品便杂沓而生。相声再也不成其为相声，而变为浮泛的空喊、"政治的对话"。就这样，由于背离了现实主义道路，不仅扼杀了相声的讽刺传统，也堵塞了相声歌颂的道路。讽刺的急剧衰落和歌颂的畸形发展，这自然是对相声现实主义传统的反动。

六十年代初期，曲艺界曾就相声的目的和手段问题进行过一次讨论，比较一致地肯定了相声的讽刺性能，指出讽刺是相声的艺术特长，"但不排斥歌颂，也兼有介绍知识、娱悦观众等性能"。由于种种原因，这些积极的、正确的主张既不可能扭转当时盛行的"左"的倾向，也就无法扳回相声艺术的现实主义传统。

笑，本来既是相声的目的，也是相声的手段；为无产阶级政治服务的目的应该采取笑的艺术手段，而笑对相声艺术本身也可以说是目的。然而，长期以来，政治和艺术的关系常常处理得不恰当，而对政治的理解又是十分狭隘、片面的。起初，把"政治"跟一时一地的运动等同起来，为"政治"服务成了政策图解。所谓"说中心，唱中心，演中心"的口号更助长了相声脱离生活的倾向。"文化大革命"期间，这种倾向达到了登峰造极的地步。"政治"成了野心家的阴谋；篡党夺权的丑类被当成"反潮流的英雄"狂加吹捧；老一辈无产阶级革命家则被横加种种罪名乱施挞伐。只要翻看一下"四人帮"时期的某些相声，便不难发现，在那里光明与黑暗、真理与谬误、真善美与假恶丑完全被颠倒了，因此不论歌颂还是讽刺，都成为阿谀和谩骂、献媚和诽谤的手段，这实在是艺术的堕落！

粉碎"四人帮"，相声有如咆哮的江河，以不可阻挡之势冲破桎梏和禁区，冲向生活的前列，呈现了空前的繁荣。几乎就在"四人帮"被粉碎的同时，《帽子工厂》《舞台风雷》《特殊生活》《闹而优则仕》等相声便在群众中风传着，表达了人民对胜利的喜悦，对这伙人类蟊贼的鄙视。不久，以"内部讽刺"为特色的相声作品也开始显示威力，像《如此照相》《霸王别姬》

等从不同角度揭示了形成"四人帮"悲剧的历史和社会原因,切中时弊,发人深思,引起强烈的共鸣。而像《不正之风》《媳妇往哪儿娶》《教训》等作品,则又深入生活的潜流,夸张地向人们显示不应忽视的种种问题。特别是长期以来难以解决的讽刺和歌颂的关系,也因现实主义传统的发扬而得到了较好的处理。

粉碎"四人帮"以来,相声正以旺盛的艺术生命力走向繁荣。人们需要开怀地笑、尽情地笑、酣畅地笑,在笑声中和"昨天"告别,在笑声中走向未来。可以预期:相声艺术的现实主义道路无比广阔,相声艺术将以新颖的风姿立于文学艺术之林!

(1980年1月2日)

电视文艺和新时期文艺的发展
——对文艺事业远景规划的一项建议

戚　方

我们在回顾文艺发展的历史时，往往对科学技术的发展给予文艺事业的影响估计不足。我们在展望文艺发展的趋势和远景时，也往往容易把这个重要的客观因素排除在视野之外。国外的有识之士，大声疾呼地指出：人类正处于"视听技术大革命"之中，处在"一个影像占优势的文化的起点"。他们把以电影，特别是电视为代表的文化阶段，称为"影像文化"。我们在考虑文艺的发展，规划文艺发展的远景时，如果不考虑到科学技术发展带来的新情况、新问题，我们将会落在历史发展的后面，会吃大亏，这是毋庸置疑的。

近代科学技术的发展，不但进一步增加了文艺传播和交流的有力手段，而且大大扩展了各种文艺自身的表现能力，甚至因此而产生了新的艺术形式和品种。我国文艺界十大协会中包括的摄影和电影这两个品种，就是光学、感光化学和其他科学技术综合发展的产物。奇妙的电影的诞生，从无声到有声，从黑白到彩色，带来了文艺传播手段和文艺形式的一场真正的革命。它是人类智慧所创造的一个奇迹。在不到一个世纪的时间内，它飞速发展，成了群众性最强、影响最大，并且具有最广泛的国际性的一个艺术门类。它把戏剧、小说、音乐、舞蹈等的表现形式的长处融于一身，又打破了这些艺术门类所难以避免的种种表现上的局限，给艺术领域打开了一个广阔的、别开生面的新天地。老舍在他的早期小说《有声电影》中，曾生动地描述过人们刚刚接触这个新奇而生疏的艺术时所表现出来的惊异心情。在电影的鼎盛时期，它获得了任何别的艺术门类所无法与之竞争的优越地位。所有别的艺术门类，几乎无例外地都借助于电影来获得自己的新的表现力（如小说、文学传记、长诗改编的故事片、戏剧艺术片、舞蹈片、音乐片、武打片等），而电影也在从各种古老艺术吸取营养中发展起来，不断扩大自己的表现能力和范围。人类艺术宝库中最优秀的作品,特别是小说和戏剧,几乎很少例外,都通过电影加以再创造,在银幕上重新表现出来。人类历史上的伟大历史事件和历史人物,被一一真实地再现在银幕上。我们许多人,往往是通过银幕上的艺术形象,了解历史、了解世界、了解革命的光荣传统。电影是各国文化交流数量最大、最频繁的一种艺术,并且获得了"盒子大使"的称号。总之,电影的出现,改变了整个世界文艺的结构,改变了艺术的传播和欣赏方式,丰富了人们的精神世界。

但是,随着科技的飞速发展,特别是电子信息技术的高度发展,风靡一时的电影,却遇到了科学技术的新产儿——电视的强有力的挑战。世界上第一个电视台一九二六年开始发射,四五十年代开始大发展,不到半个世纪就以其不可抗拒的优越性,有力地冲击着整个文艺的结构和格局,改变着文艺传播和欣赏的方式。现在,在先进的工业国家,电视机已高度普及,从而引起了电视与电影的激烈竞争。像我国这样经济不太发达的国家,电视机拥有量也已达三四百万台。目前虽主要集中于城市,但农村生产队甚至农户也越来越多地开始看上电视了。如果现有电视机每部平均每天有五人收看,那么在同一个时候看电视的观众就可达一千五百万——二千万人,每年达六七十亿人次。即使在这样低的水平上,它所拥有的观众,也远远超过所有剧场的观众数目,并且不断把越来越多的电影院观众争取到电视机旁。

电视,首先是一种无比优越的传播媒介。它把电影院、剧院、音乐厅、留声机、收音机、录音机,甚至书报杂志、文艺展览等诉诸听觉和视觉的文艺的全部或部分职能统统担负了起来,成为超越一切传播工具的最理想的媒介。拥有一部电视机就拥有了一个小电影院、小剧场、小音乐厅、小画廊、小展览厅;电影、戏剧、音乐、舞蹈、曲艺、美术,甚至小说、诗歌就都可以欣赏到了。在我国的农村,如果每个文化馆拥有一部电视机(附有录像带放映设备),它就会成为农村的名副其实的文化活动中心:教育中心科学普及中心、文艺欣赏娱乐中心。这对加速我国的四化建设、改变不良社会风气、加强对青少年的道德思想教育、培养社会主义新人、提高整个民族的文化水平,将会产生积极的作用。现在,在美国和其他资本主义国家,出现了电影和电视在商业上的竞争,有人提出了电视要取代电影院、剧院的预测。看来,这在相当长一个时期内还不会成为事实。但是,无可争辩的事实是,越来越多的人,已经或将要更多地主要通过电视来领略和欣赏大部分艺术成果。在我国,电视的普及已经不是一种可能性,而是正在成为现实。

因此，我们在考虑各种艺术的观众和听众时，现在已经不能，将来更不能仅仅盯住电影院、剧场上座率的统计数字了。换句话说，我们宣传群众、教育群众的文艺已经有了更为完善有效的理想武器了。我们文艺工作者、文艺团体在自己的创作实践中，面对的已经不只是电影院、剧场的观众，而是数量大得无比的无线电广播的听众，特别是电视观众了。文艺为人民服务、为社会主义服务，一个相当大的比重，是要或将要通过电视这个更加有力的媒介来实现了。这是一个多么巨大的变化！

电视的发展和普及，不仅改变了文艺的传播方式，使文艺的传播不可限量地扩大了范围，而且也不可避免地要改变着文艺的表现形式和方法，产生了并继续产生着新的艺术形式和品种。电视剧、电视片、电视小说等的出现和大规模的发展，就是最好的明证。在一些先进的资本主义国家，正在出现电视片大发展，电影院停业，电影制片厂倒闭、收缩或转为制作电视片的趋势。许多电影导演、演员、编剧，转入拍摄电视片或拍摄供电视播送的电影片。连台本的系列电视片、"电视小说"，成了吸引大量观众的"热门"。据报道，"电视小说"在葡萄牙观众中引起轰动：一部巴西的电视小说《星辰》，在葡萄牙电视台连续播演了九个月，打破了葡萄牙电视台的最高收视率，在这个国家的日常生活中"引起了一场小小的变革"。在八点三十分的时候，在全国"生活差不多完全停滞了"，如果谁在此时打扰了一个人，这会被认为"太不识时务了"。这种轰动的状况，在许多国家都曾出现过。

我国的电视已经在做拍摄电视片的尝试，并且产生了少数受到观众欢迎的电视片，如《有这样一个青年》等。不过，应当承认，总的水平还很不高，数量那就更少了。但是，毫无疑问，电视文艺特别是电视剧、电视片是文艺发展中一种最年轻的富有无限生命力的新鲜事物，它日益形成一种新的独立的艺术门类。它必将产生自己的理论，也必将产生出自己的大导演、大演员、大编剧，并且产生出伟大的传世之作。我们的文艺工作者，应充当开拓者，在这个崭新的文艺园地里努力探索，积极创造，大显身手。问题在于，到目前为止，作为一种艺术品种，它还没有被我们的艺术界正式承认，在我们国家的文艺事业发展规划中，也还没有正式给它以一席地位，它还没有得到应有的重视和支持。我们最好的演员、导演、编剧，还没有人转入电视片的创作。我们的制片厂，也没有把制作电视片列为自己的创作任务之一。而他们所创作的电影片，却出于经济上的考虑，要到很晚才允许在电视上播放。日本已经在把我国的古典名著《水浒传》《西游记》改编成百部的连续播放的电视片。可是产生这些伟大作品的我国，却还没有这方面的计划和设想，更不要说实际的行动了。京剧和地方戏曲过去曾有演连台本的传统，这很可能是它们在电视上赢得更多观众的一种有效形式。这类问题，需要我们加以认真研究。

看来，我们在研究文艺事业的发展和规模、确定具体的政策和方针、组织文艺创作的时候，已经不能再无视电视这个客观存在着的新因素了！资本主义国家电影业和电视业在商业上的竞争，在我们国家不但应当加以避免，而且应使之协调发展，互相合作，互相促进，相得益彰。我们应当有正确的政策和方针，恰当地处理这两者之间的关系。我们可以不可以考虑组织专业作家、导演、演员，从事电视片的创作？我们的制片厂可以不可以部分地担负起电视片的制作业务？我们国家可以不可以拿出一定的经费提供方便条件支持电视片的发展？我们的电影学院，可以不可以担负起培养从事电视文艺的专门人才的任务（在外国，许多电影学院早已改为电影电视学院了）？在电视日益普及的情况下，按照原来的老观念，不加分析地提出扩建剧院、电影院的庞大规划，未必是适宜的。这不是说不要修建，而是说应当考虑到存在着电视这个新的因素和特点。在外国，由于电视的发展，电影院向小型发展，用录像磁带代替电影胶片的"影院"大量发展，这种情况值得我们注意。我们的文化行政部门，似乎应当有专门机构从事电视文艺的研究、规划和领导。

我们的电视文艺，应当是整个社会主义文艺的窗口，它应当真正反映我们这个具有古老文化遗产的社会主义国家的文艺水平，应当反映出文艺百花齐放、百家争鸣的繁荣景象，而不能用低劣的"艺术品"去降低人民的欣赏水平，迎合某种寻求精神刺激的低级趣味。但是，群众对现在的电视文艺节目是不满足的。我们的文艺领导部门、文艺团体、文艺工作者，都有责任为办好电视文艺，向它提供优秀的、高水平的、健康的、积极的精神产品。我们期望，通过各方面的共同努力，把电视文艺的水平大大提高一步，并使它不断地丰富和发展起来。

在适当的时机，召开电视文艺的专门会议，研究这方面的有关方针和政策、制定发展的规划和措施，看来是必要而适宜的。这不只是电视台的事，也不只是广播部门的事，更是文化部门和广大文艺工作者分内的事。

电视的发展还刚刚开始，方兴未艾。随着科学技术的迅猛发展，还会给电视带来更大的改革。如卫星直接转播、磁带插盒、塑料录像盘（视盘）的发展，使国外电视节目更多地被国内拥有电视机的人直接接收到，或者像唱片和录音带一样通过各种渠道带到国内来。我们的文化政策光盯着影院、剧场的节目单已经远远不够了。科学技术的发展，已经使文艺的传播打破了国界的限制，并且正在不断克服着语言上的障碍。我们的文艺将更多地通过电视这一传播媒介进入世界，外国的文艺也将更多地通过电视从空中直接进入我国。这是一种可喜的进步，但也给我们的工作带来了新的问题。我们应当根据这些新情况及时研究相应的对策，我们要发挥电视的积极作用，又要避免一些反动和消极的文艺的渗透。其中的关键，还是要不断提高我们电视文艺节目的质量，使之在电视文艺的国际交流中，处于竞争和竞赛的有利地位。

今后二十年，是祖国为实现四化而奋斗的二十年，也将是文艺繁荣的二十年，同时也必将是电视大发展、大普及的二十年。电视的发展，为文艺的繁荣提供了最有效的武器。目前，我们对这个武器的重要意义还认识不足，我们还不善于利用这个武器。现在是到了改变这种状况的时候了。我们应当根据这一新形势，来规划文艺事业的发展远景。这就是我不揣冒昧写这篇文章的目的。

（1980年6月18日）

文艺为人民服务、为社会主义服务

人民日报社论

最近,党中央提出,我们的文艺工作总的口号应当是:文艺为人民服务、为社会主义服务。这个口号是在文艺界贯彻党的十一届三中全会方针,解放思想,拨乱反正,总结革命文艺运动历史经验的基础上提出来的,为我国社会主义新时期的文艺工作指出了正确的方向。我国各民族广大的文艺工作者,应当在这个统一的方向下,进一步团结起来,为繁荣社会主义的文艺事业而共同努力。

早在20世纪初,列宁就指出,无产阶级文艺应当"为千千万万劳动人民"服务。1942年,毛泽东同志在著名的《在延安文艺座谈会上的讲话》中指出,我们的文艺是"为着人民大众"的,第一是为工人,第二是为农民,第三是为人民武装,第四是为城市小资产阶级劳动群众和知识分子,"这四种人,就是中华民族的最大部分,就是最广大的人民大众"。中华人民共和国成立以来,我们党多次强调指出,文艺要努力为一切拥护和参加社会主义革命和建设的广大人民群众服务,要努力促进社会主义革命和建设的伟大事业。1962年5月,本报在《为最广大的人民群众服务》这篇社论中,曾经专门就这个问题作过论述。林彪、江青、康生一伙炮制所谓"黑八论"问题,其中一个"全民文艺论",就是以这篇社论作为主要"罪证"。他们强加给这篇社论的种种罪名,应该同所谓"文艺黑线专政"论和"黑八论"一道,予以彻底推倒。我们的文艺是整个无产阶级解放事业的重要组成部分。无产阶级只有解放全人类,才能最后解放自己,它代表了占人口绝大多数的广大人民群众的利益,没有任何偏狭的利益。为人民服务,这是一切革命工作的唯一宗旨。社会主义是现阶段人民利益的根本所在。人民的物质和文化生活的提高,依赖于社会物质生产和精神生产的不断发展,依赖于社会主义制度的巩固和逐步完善。离开了为人民服务、为社会主义服务,文艺工作难道还有其他的目的吗？没有，这是我们唯一的目的。

为人民服务，就是为除一小撮敌对分子外的全体人民群众，包括广大的工人、农民、士兵、知识分子、干部和一切拥护社会主义、热爱祖国的人服务，首先是为工农兵服务。为社会主义服务，就是为社会主义的经济、政治、军事、文化等各项事业的根本需要服务，在今天，就是为社会主义现代化建设的伟大事业服务。我们的文艺要培养社会主义新人，促进社会主义社会的进一步完善和发展，提高人民的社会主义觉悟和共产主义的道德风尚，满足人民日益增长的越来越多样化的文化需要，帮助人们认识和克服社会主义现代化进程中的障碍，抵制和克服封建阶级、资产阶级、小资产阶级思想的种种影响，振奋人们的斗志，鼓舞人们同心同德地投身于社会主义现代化的伟大事业。我们提倡文艺真实地、具体地反映当前这场社会主义现代化建设的客观进程，以及由此引起的人们的生活和思想的深刻变革。我们鼓励描绘党所领导的各个时期的革命斗争，也支持作家们描写其他各种历史题材和现实题材，塑造各种各样的艺术形象。我们主张在立足于现实的基础上广泛继承和吸收历史上人类文化的一切优秀成果，鼓励一切有利于人民群众、有利于社会主义事业、有利于人民审美需要的艺术探索。这是我们坚定不移的方向，又是一条无比广阔的道路。

过去，相当长时期我们曾经提出"文艺为政治服务"的口号。这个口号反映了文艺的一项十分重要的使命，在历史上起过积极作用。在这个口号下，无产阶级的革命文艺密切配合了长期的革命斗争和社会主义建设，产生了不少优秀的文艺作品，发挥了教育人民、打击敌人的战斗作用。但是不能不看到，这个口号曾经被不适当地夸大并绝对化了。由于有的人有时候把文艺与政治的关系简单化、庸俗化，由于在实际工作中要求作家无条件地去为某一项具体的政治运动、政治任务和政治口号服务，势必导致文艺内容、题材的单一化和艺术表现上的概念化、公式化，导致一些领导人利用组织手段不恰当地对文艺创作横加干涉，妨害文艺积极地、充分地发挥它的社会作用。为政治服务诚然是文艺的一项重要职责，但并不是它的唯一职责。文艺既然是人类社会生活的反映，它当然就要反映经济、政治、军事、文化以及其他各个生活领域；文艺既然要对生活产生反作用，它当然就会影响到经济、政治、军事、文化以及其他各个生活领域。把为政治服务作为文艺工作的总口号，作为文艺的唯一任务，要求一切文艺作品都要反映一定的政治斗争，都要配合一定的政治任务，这显然是不合适的。马克思说："物质生活的生产方式，制约着整个社会生活、政治生活和精神生活的过程。"归根结底，作为上层建筑的政治也是一种手段，它也是为一定的经济基础服务的。把为政治服务作为文艺工作的最终目的，这显然也是不合适的。林彪、"四人帮"别有用心地利用了"为政治服务"这个口号，把文艺紧紧地绑在他们的反革命政治战车上，造成了极其严重的恶果。这个历史教训，是很深刻的。作为学术问题，如何科学地解释文艺与政治的关系，人们完全可以自由展开讨论。作为政策，党要求文艺事业不要脱离政治，坚持正确的政治方向，但并不要求一切文艺作品只能反映一定的政治斗争，只能为一定的政治斗争服务。为人民服务、为社会主义服务，这个口号概括了文艺工作的总任务和根本目的，它包括了为政治服务，但比孤立地提为政治服务更全面、更科学。它不仅能更完整地反映社会主义时代对文艺的历史要求，而且更符合文艺规律。我们希望各级党委严格地执行党的统一的文艺方针政策，坚定不移地贯彻文艺为人民服务、为社会主义服务这个方向。

既然我们的文艺是为人民服务、为社会主义服务的，那么毫无疑义，文艺工作者应当投身到社会主义现代化事业的伟大洪流中去，力求用马克思主义的科学世界观，用工人阶级的思想感情和审美观点，描写最广大人民群众的生活、斗争和理想，反映最广大人民群众的根本利益，永远紧密地和自己时代的群众相结合，做他们忠实的代言人。过去、现在和将来，这都是摆在文艺工作者面前的最重要的任务。作家应当写自己所熟悉的，但是，不断发展的生活潮流，总是扩大着他们的艺术视野，向他们提出熟悉新生活、跟上时代前进步伐的要求。文艺的题材是无比广阔的，但是作家不论写什么，都要熟悉自己的服务对象，永远扎根于群众之中。正像邓小平同志代表党中央和国务院在第四次全国文代会上所指出的："人民是文艺工作者的母亲。一切进步文艺工作者的艺术生命，就在于他们同人民之间的血肉联系。""自觉地在人民的生活中汲取素材、主题、情节、语言、诗情和画意，用人民创造历史的奋发精神来哺育自己，这就是我们社会主义文艺事业兴旺发达的根本道路。"我们希望文艺工作者们努力深入生活，努力学习马列主义、毛泽东思想，努力扩大知识面，努力钻研艺术技巧，做一个具有扎实的生活根基、较高的思想水平和艺术技巧的社会主义文艺家。我们希望文艺家树立全心全意为人民服务的思想，在改造客观世界的同时，不断改造自己的世界观，增强社会责任感，力戒粗制滥造，努力提高创作的思想和艺术质量。恩格斯说："有的人往往以为（自己的）一切东西对工人来说都是足够好的。他们竟不知道马克思认为自己的最好的东西对工人来说也还不够好,他认为给工人提供不是最好的东西,那就是犯罪!……"我们多么需要学习马克思的这种精神,对自己提出更高的要求,精益求精,用思想和艺术质量最好的东西,去满足人民群众的文化需要。

为保证文学艺术沿着正确方向不断繁荣起来,一定要坚定不移地、始终不渝贯彻执行"百花齐放、百家争鸣"的方针。我们的目标是创造和发展社会主义的新文艺,我们的方法是走群众路线,在人民内部充分发扬民主。艺术上的不同风格和流派可以自由发展,学术上的不同见解和学派可以自由争论。艺术和学术方面的是非,不能简单地靠行政命令来解决,只能通过自由竞赛和自由争论,靠实践的反复检验来解决。我们要在党的正确领导和文艺为人民服务、为社会主义服务方向的指引下,通过"双百"方针的贯彻执行,促进文艺工作者在开拓社会主义文艺新领域、攀登社会主义文艺新高峰上勇于探索,勇于创新。我们要不断地排除各种干扰,把"双百"方针长期地坚持下去,切实保障人民内部的政治民主和艺术民主权利,通过生动活泼的竞赛和争论,发展正确和先进的东西,克服谬误和落后的东西,以不断扩大社会主义的文艺阵地,巩固和发展马克思主义在思想文化领域的优势地位。对于古代的和外国的文艺,我们要采取马克思主义的批判继承态度,继续坚持"古为今用""洋为中用""推陈出新"的方针,吸收和利用一切有益的东西,抛弃和否定一切无用或有害的东西,以利于社会主义新文艺的发展。

三年多来,我们的文艺已经迈出矫健的步伐,取得巨大的成绩,赢得广大人民群众的热烈赞扬。我们要继续解放思想,总结经验,发扬成绩,克服缺点,继续前进。只要我们坚定不移地贯彻为人民服务、为社会主义服务的方向,不折不扣地执行"百花齐放、百家争鸣"的方针,我们的文艺一定能够取得更大的繁荣。

(1980年7月26日)

是一个扯不清的问题吗?

王 蒙

一

一个具有正常思维能力的成年人,对于一般的对象,都具有辨别真伪的能力。只有婴儿才分不清橡皮奶头和母亲的乳房,只有像某件文物或某种科学假说那样的对象,才需要专门的测定。婴儿长大了自然会抛弃橡皮奶头,而有了专门仪器、科学的测定方法和专门人才,某种文物或假说的真伪最终也会是清楚明白的。由此可见,真实与否的问题,本不是一个深奥难解、玄妙莫测的问题。

文学的情况比较复杂一些。它不但不排斥,而且要求想象、幻想、夸张和虚构。但即使如此,具有正常思维能力的成年人仍然能判断一部作品是否真实。没有人指责《西游记》或者《安徒生童话集》不真实;同样,一般人不会承认电影剧本《春苗》与《决裂》真实,虽然后二者并不乏真实的细节。在电影院和剧场里,剧本与表演以至布景道具的任何失真,都会引起观众的骚动——摇头或者讪笑。这说明,尽管道理不一定讲得清楚,读者和观众对于判断文学艺术作品的真实性,还是有自己的一杆秤的。

但是,在文艺理论战线,真实、真实性的问题,却成了一个旷日持久地进行争论而让人莫衷一是的深奥问题。这一方面是因为文艺的真实性的问题,不像例如新闻或者自然科学理论的真实性的问题那样明确;另一方面,则是因为我们的讨论往往受"风"的影响,往往随"风"转。

多年来,我们常常在一组组并非互相排斥的概念中兜圈子,根据"风"向,时而强调其中的一个方面,时而贬低其中的另一个方面。文学的真实性与倾向性、题材的多样化与提倡写重大题材、写各种各样的人物与写无产阶级的英雄人物、艺术性与思想性……看吧,什么时候大家齐声强调前者,什么时候又转而强调后者,那是"一通百通",牵一发而全身动,整齐划一,不会错的。

这种讨论有时候甚至使人联想起类似吃饭与喝水问题之争。有时候我们强调吃饭,连篇累牍地论述不吃饭就不能生存的唯物主义原理;有时候我们又振振有词地发问:难道不喝水光吃饭能行吗?人们对于水的要求不是更迫切、更须臾不可离开吗?

愿我们的文艺论争及早从这种"车轱辘"话中获得解脱。

二

文学的真实性的问题,归根结底是一个艺术说服力的问题。一部作品要感人、吸引人、教育人,首先要使人信服。如果读者不信服,不在明知其假(虚构)的同时能做到信以为真,如果读者只知其假,只知其伪,那么不管你的作品有多么好的用心,多么好的装潢,也是不会在读者心目中留下印象的。

但是,令人信以为真,这并不是一部作品的价值的全部。尽管都是真实的,仍然有开阔与狭小、恢宏与偏激、深邃与肤浅、健康与病态、崇高与卑下、细密与粗糙……之别。所以,我们不应该把真实当作文学作品的一个唯一的、无所不包的评判尺度。我们常常在说一个作品不好的时候,就说它不真实,其实这种指责是难以令人信服的。例如对于小说《调动》,我们尽可以指责它不崇高、不深刻、不健康、不美好,却不能说它不真实。值得提一句的是,在为《调动》的不好的倾向而忧虑、而愤怒的时候,我们千万不要忘了同样正气凛然地去与《调动》所反映的现实生活中存在的那些丑恶现象做斗争。哪怕《调动》是片面地、浅陋地反映了真实也好。总不能在作品上面拿起放大镜而在生活面前闭上眼睛。

文学需要真实,又不仅需要真实。文学还需要崇高的信念、深沉的思索、大胆的想象;文学还需要激情,需要是非心与同情心;文学还需要鲜明生动的形象、精湛完美的艺术形式。人需要吃饭,又不仅需要吃饭。人还需要喝水、穿衣、住房子、行路,人还需要音乐、歌曲、电影、小说……所有这些,都是常识范围内的事。任何时候,我们都不要违反常识,主观随意地强调其中的一面,并希图用这一面去包容、去消化,最终是去否定另一面或另几面。我们的文学创作有许多新经验需要总结,我们的文学研究和理论有那么多新课题需要探讨，我们不能几十年如一日地总是在真实性与倾向性、歌颂与暴露……这一类问题上进行马拉松式的、令人沮丧的讨论。这一类问题如果不受"风"的干扰，如果不矫情地去做违心之论或者故意哗众取宠，本来是不难解决的。

三

当然，文学的真实性的问题自有其复杂的方面，上文的意思并不是企图轻浮地一笔抹杀这个问题。这个问题的复杂性与其说是在于什么倾向性、鼓舞力量、社会效果方面，不如说是在于文学反映生活的主观性方面。因为，谈到倾向性、教育作用与社会效果，对于一个真正的爱祖国、拥护社会主义的现代化、拥护安定团结的、具有高度的公民责任感的作家来说，并不存在任何困难。同时，广大读者与作者对于可能有的少数人借口倾向性等抹杀真实性、把文学创作拉回到粉饰生活乃至伪造生活的死胡同里去的企图，也有足够的敏感和警惕。

至于文学的主观性，说的是文学反映生活的特殊性。文学作为生活的反映，与科学不同，它总是充满了作者的主观色彩，总是带有鲜明的作者的个人的印记。而且，文学所反映的生活，既包括客观世界，也包括人们的特别是作者的主观世界。不管怎样标榜"如实反映""按照生活的本来面貌反映"，仍然是作者用独具的眼来观察、独具的心来感受、独具的笔触来表现的。同样，不管作者怎样标榜其"天马行空""纯粹自我""超现实"，其作品仍然是现实的一个曲曲折折的反映，因为作者本身，作者这个"我"，就是生活在现实中的。人们的理想、愿望、激情、想象、梦幻……都是生活中确有的，都可能是真诚的，而对于主观世界，真诚的东西就是真实的。没有自然、没有物质世界就没有生活，而没有人的主观精神活动，也同样没有文学所要反映的生活。因为文学与天文学、地质学不同，后者的对象是人的精神之外的独立存在，而前者的对象，恰恰是人、人的生活自身。

我们在探讨文学的真实性的时候，还应该注意各种文学流派。自然主义、现实主义、古典主义、印象派、象征派、超现实主义……各有各的对于真实性的理解，各有各的反映生活的路子。从广义上来说，我们是坚持文学要反映生活的现实主义精神的，但是，我们绝不能望文生义地、轻率地否定其他流派和风格。我很怀疑各种流派是否壁垒森严到了势不两立的地步。我们的读者在喜爱巴尔扎克的《人间喜剧》的同时，也十分喜欢阅读雨果的《悲惨世界》。王尔德号称"唯美主义"，从字义上说，"唯美"简直是空虚"反动"，然而他的童话《快乐的王子》，反映了那样沉重而又痛苦的真实、社会生活的真实。个中奥妙，很值得探讨。

粉碎"四人帮"以来，人们痛感到谎言文学、主题先行文学与样板模式文学的可恶。三年来文学创作的最大特点是恢复了现实主义的传统，愈来愈真实地反映着我们的波澜壮阔的生活。我们党的文学恢复了生命力，恢复了信誉，赢得了前所未有的广泛的读者。这是党拨乱反正的一个伟大胜利，是我国文学事业的一个新的突破、新的发展。

当然，任何事物的发展都是不平衡的，近年来在出现了一些好作品的同时也出现了一些比较平庸的和少数有缺陷乃至严重缺陷的作品。我们可以探讨这些作品的得失，可以有批评、有讨论、有引导，但是，历史的经验应该记取，我们决不应该以任何冠冕堂皇的借口要求作家放弃真实地、深刻地、有力地反映生活的权利和义务。我们再不能任意贬低对于文学作品的真实性的要求。

同时，文学发展的客观进程也向我们提出了新的课题：在恢复了真实地反映生活的传统以后，我们不能满足于表面的和外在的生活的记录，我们需要有更多的艺术想象、更多的艺术探索、更强烈的艺术个性、更多样的艺术手法。我们要忠于真实，我们还要敢于和善于突破那表面的和外在的真实的硬壳，我们要更加大胆、更加巧妙地去创造一个艺术的世界、精神的境界，为新长征路上的创业者提供越来越多、越来越新鲜、营养丰富而美味可口的精神食粮，以提高和扩展读者的眼界、趣味、欣赏水平和情操，以感染、慰藉、净化、强化和震撼读者的灵魂，培养更多的社会主义的新人。

（1980年8月27日）

建立具有中国民族特点的马克思主义文艺理论

郭绍虞

近年来,我国古代文艺理论的研究已经取得进展,但是还有许多工作要做,我们的工作应该有一个明确的目标,我以为,这个目标就是建立具有中国民族特点的马克思主义文艺理论。

我是较早从事中国古代文论的研究,而较迟才认识这个目标的。五四时期,我就开始研究中国古代文学了。我当时的想法,是要写一部中国文学史。后来在收集材料的过程中,发现有许多文艺理论的材料没有引起大家重视,我也就把注意力集中到这个方面而写起中国文学批评史来了。新中国成立以后,我有机会学习马克思主义,逐步认识到理论和实践的关系。我们研究中国文学批评史,不是为研究而研究,而应该是有利于推动社会主义新文艺的发展。我们的新文艺既然是具有民族形式的社会主义内容的文艺,则我们的文艺理论也必须是具有中国民族特点的马克思主义的文艺理论。这个建立具有中国民族特点的马克思主义文艺理论的任务,是时代赋予我们的,是社会主义新文艺向我们提出来的,我们应该义不容辞地去实现这个目标。

我们要建立具有中国民族特点的马克思主义文艺理论,需要做许多艰苦的努力。其中一个重要工作,就是要用马克思主义观点去分析研究中国古代文艺理论遗产。我们的祖先在几千年文艺实践中,积累了极为丰富的文艺经验和理论。这些理论在历史上曾经翻转来对文艺实践产生过巨大的影响,至今仍然是我们进行文艺批评、指导文艺运动的重要借鉴。如我们评价一首诗,总是习以为常地首先看它的意境、寄托和韵味如何。评价一篇散文,则注意它的文气、风骨、格调。分析小说戏剧,也习惯于运用白描手法、一以当十、形神兼备这些概念来评价。而在整个文艺发展中,我们也惯于以通变来说明继承与革新,以情景交融来说明主观和客观的关系,以比兴来说明形象思维的特点,等等。这些理论概念和术语,包含着各个国家共通的文艺规律,也包含着本民族特有的文艺经验。它们是最容易为大家所接受，也最容易给予我们的文艺以影响的。我们要发展中国作风中国气派的文艺，就离不开这些具有中国作风中国气派的理论。但是，应该看到，上述这些概念和理论，往往是言人人殊，各有各的理解，而且是糟粕精华混淆在一起的。这就亟须我们用马克思主义观点去分析研究，去粗取精，把符合文艺发展规律的东西肯定下来，给予科学地阐释，使它们进一步对新文艺运动发挥影响。也就是实现列宁所说的"使过去的经验和现在的经验之间经常发生相互作用"。

我们要建立具有中国民族特点的马克思主义文艺理论，还应该扩大我们的研究领域，更多地发现材料，整理材料。过去，由于正统观念的影响，我们研究批评史，往往是较多地注意文论、诗论，而较少注意小说、戏曲的理论；较多注意上古、中古的理论，而较少注意近代的理论；较多注意汉民族的理论，而较少注意兄弟民族的理论。这种情况，近年来已有所改变，它表现为专门研究小说、戏剧理论和近代文论的同志增多了，兄弟民族的文艺理论也有所发现。但是，总的说来，这方面的工作还做得不够，还需要有人去进一步从事这方面的研究。除了理论研究本身以外，我们还需要从古代文艺作品和文艺实践中去发现理论、总结理论。古代文艺理论是古人研究过去的作品、文艺实践总结出来的经验。然而，由于时代的限制和思想的限制，古代理论家并不是对所有的历史经验都认识到了，也并非所有的总结都是正确的。我们不能不加分析地肯定一切，也不能不加分析地否定一切。这就需要我们根据过去的文艺实践来检验古代文论的正确与否，也需要从文艺的历史实践中有所发现，来进一步丰富我们的古代文论。除此以外，我们还需要从其他古代学术著作中来发现文艺见解。我们还应该从多方面去开拓古代文艺理论研究的领域，把我们理论遗产的珍贵品发掘出来，搜集起来，对它们进行科学的研究，以丰富世界和人类文艺理论的宝库。

我们建立具有中国民族特点的马克思主义文艺理论，还要特别注意理论联系实际。马克思主义的一个重要特点，就是科学性和实践性的统一。它不只是科学地说明世界，而且要能动地改造世界。我们的传统的文艺理论，在经过科学整理之后，也应该具有这样的特点，才能称之为马克思主义的。我们提倡联系实际、"古为今用"，当然不是搞影射史学，歪曲历史事实来服从主观需要。而是要用马克思主义的方法，分析研究传统的理论，根据新文艺发展中的问题来吸取历史经验。文学批评与语言、文学发展的规律有着明显的轨迹可循，这就需要我们用马克思主义的方法来对它们进行科学地考察。

为了使古代文论具有实践性的品质，需要做许多细致的工作，需要历史地具体地研究问题。以当前文艺界正在讨论的文艺与政治的关系为例，大家对这个问题就有不同的看法。有的认为文艺应该从属于政治并为政治服务。有的则认为这种提法是片面的、不科学的。那么，这种理论是否正确是否允当，则既可以用现代的文艺经验来考察，也可以用文艺的历史经验来检验。在我国批评史上，是有着强调文艺为政治服务的理论传统的。我们过去总是把这种为政治服务的理论与为现实服务等同起来而一概加以肯定。现在看来，则还需要分析其具体内容并联系它们在实践中的影响来加以考察，才能评价其是非得失，为解决现在的文艺论争问题提供历史借鉴。又如我们将要着重讨论古典文学中的现实主义问题。这也不只是一个理论问题，而是有着实践意义的。在"文化大革命"前，我们也就这个问题展开过讨论。大家也写了文章，还出版了论文集。那次讨论是有成果的，但也存在着片面性，许多文章都是从恩格斯那个著名的现实主义定义出发，来分析中国的现实主义究竟是古已有之，还是产生于唐、宋，还是成熟于明、清，而对于文艺实践的需要是注意不够的。我们今天再来讨论这个问题，则是因为林彪、"四人帮"推行了十年的"瞒"和"骗"的阴谋文艺之后，需要我们唤起现实主义精神来补弊救偏，需要我们总结中国文学中的现实主义特点和现实主义文学发展的历史经验，来发展社会主义时代的现实主义文学。

我们中国古代文艺理论内容丰富，但除了部分专著外，大都散见于书信序跋，包含于其他学术著作之中。我们的古代理论家人数众多，除了少数几个人的著作自成体系外，又大都采用评点或即兴的文艺评论方法。我们的古代文论是在长期的封建社会里形成的，其中有精华，也有糟粕。这就要求我们用科学的态度去对材料进行细致地发掘和整理，用正确的方法去对理论进行认真地分析和研究，然后才能使它们构成一个完整的体系。这个工作是十分艰巨也是十分光荣的，真是任重而道远。但是巨大的目标产生巨大的力量。让我们用勇往直前不畏艰苦的精神去进行工作，为建立具有中国民族特点的马克思主义文艺理论而努力奋斗。

（1980年11月5日）

关于政治和文艺的关系

周 扬

在社会主义社会中，无产阶级专政的条件下，文艺和政治到底是什么关系？如何正确处理这个关系？这确实是关系到我们的文学艺术事业发展的重大问题。邓小平同志最近说：我们不继续提文艺从属于政治这样的口号，但并不是说文艺可以脱离政治。文艺和政治的关系是如此密切，要脱离也脱离不了的。但决不能把这种关系，简单地说成只是一种从属的关系。文学又是要写人的命运的。但人的"命运"是什么呢？有一次，拿破仑跟歌德谈到悲剧的问题，他说古代"命运"这一概念现在要由"政治"来代替，他的意思是说，现代支配人们命运的东西主要就是政治。他这个话讲得很深刻。但也不能由此就说人的命运，完全是由政治来决定的。文艺也不能说是完全从属于政治。回顾三十年代以来，我国革命文艺从来服务于革命的政治，革命文艺运动就是整个革命运动的一个有机部分。这是我们文艺的光荣传统，尽管我们在处理文艺和政治关系的问题有过一些"左"的偏差。特别是全国解放以后，无产阶级取得了全国政权，文艺成了广大人民精神生活、文化生活的不可缺少的部分，它的作用又是多方面的，而且是长远的、潜移默化的。文艺从属于政治、文艺为政治服务的口号决不能穷尽整个文艺的广泛范围和多种作用，容易把文艺简单地纳入经常变化的政治和政策框框，在文艺和政治的关系上表现狭隘功利主义和实用主义的倾向，导致政治对文艺的粗暴干涉。毛泽东同志说，文艺是社会生活在作家头脑中的反映，革命文艺是人民生活在革命作家头脑中的反映，这是一个科学的论断。这里所说的生活，是指整个社会生活，包括物质生活、精神生活和政治生活在内，而不只是政治生活。马克思说："物质生活的生产方式，制约着整个社会生活、政治生活和精神生活的过程。"这就是历史唯物主义的基本定义。这就是说，制约整个社会生活的是物质生产力和生产关系。文艺作为一种意识形态，它从属于经济基础，往往要通过政治作为中介，因为政治是经济的集中表现。但推动文学艺术发展的最后动力还是经济基础。政治是上层建筑，文艺也是上层建筑，最后决定它们的发展的还是经济基础。马克思、恩格斯强调宣传经济基础在社会历史发展中的决定作用，这个历史唯物主义的真理，是社会科学上前所未有的一个大革命，它是与剩余价值学说同等重要的科学发现。但为了宣传这个真理，就不免过多地强调了经济基础的决定作用，以致有人就把这种作用当作唯一的了。似乎只有经济起决定作用，其他因素都不起重要作用了。恩格斯晚年就为此做了自我批评，说他和马克思两人都因为强调经济因素的决定作用，而忽视了其他因素的作用，忽视了经济基础和上层建筑之间的相互作用，忽视了各种上层建筑之间的相互关系，以及每一上层建筑特别是意识形态的上层建筑在其历史发展中的相对独立性。马克思因为看到别人甚至他的门徒们把历史唯物主义的原理简单化、庸俗化了，就声称自己不是马克思主义者。他没有打棍子，只是幽默地说：我只知道我不是马克思主义者。这就可见经济基础和上层建筑之间，以及各种上层建筑主要是政治上层建筑和意识形态的上层建筑之间的关系是极其错综复杂的，而不是简单的、直线的。虽然意识形态对经济基础的依赖关系要通过的中间环节往往是政治，因此马克思、恩格斯都十分重视政治对文学艺术的巨大影响，但他们都从来没有讲过艺术要从属于政治。艺术不但要受政治的影响，也要受宗教、哲学、道德等其他意识形态的影响。各种上层建筑之间的关系是密切联系的、互相影响的。各种意识形态同时又都各有其相对的独立性。当然，不是绝对的独立性，因为它们归根结底最后还是被经济基础决定的。但是过去唯心主义的历史观把这种相对的独立性看成绝对的，认为文艺本身的历史，是一个不依赖于经济和政治因素的独立发展的过程。好像它的背后并不存在什么经济、政治的背景，这当然是错误的。现在我们在否定文艺发展的绝对独立性的同时，连它的相对独立性也否定掉了，这同样也是不对的。

因此，如果否定了包括文艺在内的意识形态对经济基础的相对独立性，否定了包括文艺和政治在内的上层建筑各个部分之间的相互影响，否定了文艺除接受政治的影响之外，还接受其他意识形态的影响，否定了除政治作用于文艺之外，文艺也反作用于政治，总之，把上层建筑同经济基础之间以及上层建筑各种因素之间的本来是极其错综复杂的关系过于简单化、庸俗化，这就不是真正的唯物主义，而是走向了它的反面。林彪、"四人帮"在其长期反动宣传中，一方面叫嚣反对什么"唯生产力论"，否定物质生产力和经济基础的决定作用，从根本上破坏了历史唯物主义，另一方面又叫嚣什么"政治可以冲击一切"，把政治的作用提到吓人的高度，以企图颠覆无产阶级专政，摧毁一切革命的意识形态的上层建筑。他们造成的损害是难以估量的。

从历史上看，文艺和政治的关系从来是比较复杂的。例如，我国封建社会时代，封建主义的思想是统治的思想；文艺不能不受这种思想的支配，但并不等于文艺一定要从属于封建统治集团的政治路线。它更多的是受封建宗法道德等儒家学说的影响。

从三十年代左翼文学运动以来，我们的文学艺术一直是和革命的政治有着密切而不可分的关系。左翼就是个政治概念。我们的文艺就是革命的无产阶级的文艺。既然长期以来，我们都提文艺为革命的政治服务的口号，而且这个口号也确实起了革命的作用，为什么现在不要再这样提了呢？是不是过去提错了呢？有些口号过去提过，后来不再那样提了，并不等于过去错了。过去的某些口号曾起过很好的作用，同时也发生过副作用，现在情况变化了，又有了过去的经验，不再重复以前的口号，换一个更好一些的、更适合于今天情况的口号有什么不可以呢？口号是随形势的变化而更替的，而且总是带有一定的局限性。我们不要把任何口号凝固化、神圣化。我们对任何事物都要有分析。

就是讲为政治服务吧，也要分清是什么政治，是革命的政治还是反革命的政治。林彪、"四人帮"的反革命政治，你也为他们服务吗？就是为革命的政治服务，也要看这政治是正确还是错误。你能为错误路线、为官僚主义的政治服务吗？我们所讲的政治，主要是指总的阶段性的政治任务和政治路线，而不是指个别的具体的政策和工作任务。我们的革命文艺不应违背我们党的总的政治路线，但也不能要求它一定要配合当前的具体政策和工作任务。根据各种艺术类型和表现手段的不同，文艺与政治的关系，有的比较直接、密切，有的则比较间接、疏远，比如山水画、风景画、抒情歌曲、舞蹈等。我们提文艺要为人民服务、为社会主义服务，这不比单提为政治服务更适合、更广阔吗？社会主义的涵义不只包括政治，还包括经济和文化。第四次文代会提出，我们的文艺要培养社会主义新人，促进社会主义社会的进一步完善和发展，提高人民的精神境界，满足人民日益增长的文化需要，这不就是文艺为人民服务、为社会主义服务的主要内容吗？

再顺便谈谈文艺"干预生活"这个口号。所谓"干预生活"，主要就是要揭露生活中的阴暗面，干预当前的政治问题。假如说文艺为政治服务，是把文艺置于从属的地位，而"干预生活"，则反过来，把政治置于从属的地位。这两种情况都属于如何正确处理政治和文艺两者关系的问题。文艺可以干预政治生活，但也不能把文艺凌驾于政治之上。文艺的职能本来是反映生活，影响生活，推动历史前进，因此在很大程度上也就是影响政治，对政治起促进或促退的作用。现在人们讲文艺干预生活，通常只是指那些揭露生活的阴暗面、描写社会的消极现象、可以有助于克服那些现象的作品，而对那些描写人民生活中先进事物、对推动历史前进起了积极作用的作品，却不叫干预生活。这和这个口号的来源，以及这类文学所产生的实际效果是有关系的。这个口号好像是五十年代苏联一位作家提出来的。在斯大林时期文艺创作中有"无冲突论"的倾向，只写光明面，不写阴暗面。有一个作家叫奥维奇金，他到农村去实际考察了，他看到的不是像一些作品所描写的那样，一片光明。于是他提出这么一个口号，叫作"干预生活"。这个作家后来到中国来过，我1954年在莫斯科也和他交谈过。多少是在他这个主张的影响之下，在中国也出现了"干预生活"的口号。那么可不可以干预生活呢？当然可以。只是我希望这个口号不要把文艺创作引到专门揭露阴暗面的方向去。

现在似乎有这样一种看法，好像只有这样干预生活的作品才是现实主义的，否则就不是现实主义的或不够现实主义的。这种看法就片面了。文艺既然是反映生活、影响生活、推动历史前进的，从广义的意义上讲，都是干预生活的。写革命战争、写土地改革、写地下斗争、写抗日战争、写解放战争的许多作品在人民中起了那么大的作用，难道还不算干预了生活，推动了生活的前进吗？一个作家应该多方面地表现生活，他可以侧重某一方面，但不能说只有侧重揭露生活中的消极现象才算是干预生活，才是现实主义的，否则就不算干预生活，因而就不是或不够现实主义的了。这样来理解干预生活未免太带片面性、阴暗性了，也许这个口号本身就多少带有这种片面性的毛病。作家眼界要广阔，题材要多样，取材要广，选材要严，挖掘要深。我们提倡题材应当广泛，要多样，在题材问题上不要加以限制，不要设禁令，下禁令。列宁说过，作家写什么，怎么写，有他的自由。但是我们是共产党人，对文艺事业也不能袖手旁观，我们要加以指引。

（1981年3月25日）

生活·创作·责任

贺友直

在这次全国连环画评奖中,我的连环画《白光》得了奖。作品能得奖,当然表示它有一定的可取之处。但我也听到了直率的评论,说它不如连环画《山乡巨变》下功夫。这样的评论,很值得引起我的思考。为什么《白光》不如《山乡巨变》呢?这"功夫"指的又是什么呢?我想,问题的关键在于对生活的熟悉。

《山乡巨变》说的是五十年代农民由个体经济转变到集体经济的故事。我从童年到青年,有相当长的一段时间生活在浙东的农村里,1958年又在上海郊区下放劳动。我离开旧社会农村的时间不久,又经历了新社会农村由合作社到人民公社的转变,有这么个生活基础,所以,对于从旧到新的转变过程中的农民思想感情就比较能够体会和理解。也就是说,对于作品中某些人物的思想容貌、心理情绪比较容易捉摸掌握。有时几位同道聚在一起,总会夸奖我在这个作品中对亭面糊的刻画是如何如何的生动,对刘雨生的描绘是如何如何的细腻。我自己也有这种体会,凡是对捉摸得住、刻画比较成功的形象,谈论起来也会绘声绘色、头头是道。而现在对于《白光》中的陈士成,即使作品已经画成并出版了,但是这个人物对我来说真像周身罩了一层白光似的,看不准,摸不透,即使这个人物在每幅画上的形象是具体的,但是要我说清楚每一具体形象的含意,就远不如对亭面糊和刘雨生了。当然,我不是在虚伪地自责,《白光》中的某些形象及意境气氛的描绘,还是有些可取之处的。现在,我之所以拿这两个作品作比较谈谈体会,确是由一位同志的评论所引起的警觉:创作,它的功夫主要来自对生活的认识,而功夫,也应着力运用于对生活的描绘上。这也是作品之所以优劣成败的主要原因。

解放以来的十七年里,连环画作者对于下去生活是相当自觉的。现在仍然如此。画现实题材的,带着任务下去生活;画古典题材的,也不辞辛劳地到历史涉及的地区寻找遗留的痕迹。出版社的领导也是鼓励支持作者下去生活的。但是现在下去生活确实也存在一定的阻力。阻力各种各样,这里我仅就出版的原因所产生的阻力谈些看法。现在连环画的出版,在一定程度上受销数的影响。说以古、外题材编绘的连环画读者爱看,而以现实题材(主要指以描写工农业生活为主题的)编绘的连环画,书店往往订数很低,这样必然影响出版社在编绘现实题材连环画上比例就占得很小了。现实题材少,下去生活的要求也随之而少。出于这样一个原因,下去生活之所以不如过去那样的热烈活跃,其责任在谁呢?我认为不能单方面地责怪作者。对于出版现实题材的连环画,应该有个全面的分析和正确的认识。读者的兴趣是多样的,我们向读者介绍知识和提供养料的内容也应该是广泛而丰富的。因之这就决定了连环画题材必须多样化,既不能片面追求销数,更不应该排斥古代和外国。当然,读者的选择和爱好是最现实和无情的,他们爱看什么或不爱看什么,谁也无法强制。但是总不能得出这样的结论:读者不爱看现实题材的连环画。当然,谁也没有公开地提出过这种结论,但也不用讳言,这种看法往往在具体问题上起着实际的作用。我认为,我们的广大读者生活在当今的社会里,他们理应最关心最热爱自己所处时代的生活。从这一点说,读者怎么会不爱看现实题材的连环画呢?当然,我们也不用讳言,由于美术创作长期受到"左"的干扰,以致出版了一些内容概念虚假的连环画,但是我们也应该肯定,自新中国成立以来是出过不少优秀的以现实生活为题材的连环画,读者对它们还是非常喜爱的。所以,我认为问题的关键不在于读者喜不喜爱现实题材的连环画,而是在于我们肯不肯花力气出好现实题材的连环画。我想,只要肯下功夫,扎扎实实地出几本好的现实题材的连环画,是能够把读者的兴趣引导过来,把现实题材连环画的信誉恢复过来的。现实题材的连环画创作繁荣了,作者下去生活当然也普遍了。反过来,有了生活,现实题材的连环画的思想性和艺术性的水平也就会相应提高。

我还认为,重视现实题材连环画的创作和出版,不仅是个出书比重的问题,而且是连环画作者应负的时代责任问题。这个认识,我是从敦煌壁画的启发中得来的。敦煌壁画,是宣扬佛教思想的,它经历了几个朝代,反映了各个时期的艺术风貌。它不论对宗教内容或社会生活的描写,都真实地记录了当时社会的文化精神和生活现象。它是我们民族的艺术珍宝,也是我们后人了解那些时代生活的形象依据。但是,它在当时也不过是向群众进行宗教宣传的"通俗读物"。虽是通俗读物,然而到今天却成了艺术珍宝,其原因除了历史所产生的价值外,恐怕最主要的是由于它忠实地记录了生活。所以,我从中又体会到一点:凡是普及的东西,往往是最具有生命力的。因为它来自生活,又受生活的检验。我们连环画也是最普及的东西,一年要出版好几亿册,要在广大读者中流传;对青少年智力的开发,对人们精神文明的提高,影响和作用是很大的。运用连环画来反映当今时代的精神风貌,是一种教育人民很好的工具,也是让后人了解现在社会的宝贵资料。所以,从这一点说,我们从事连环画工作的不必自视低人一等,而是应该担起责任,做一个忠实的时代记录员,为人民服务,为社会主义服务,为后代积累优秀的精神财富而努力。

(1981年4月8日)

人间要好诗

林默涵

除夕的时钟响过十二下,新的一年就展现在眼前了。我们应当怎样除旧布新,响应党的伟大号召,在各条战线上开创社会主义现代化建设的新局面呢?这是摆在我们每一个人面前的问题。

前年岁末,胡耀邦同志会见全国故事片创作会议代表时送给大家一副对子:"坚持两分法,更上一层楼。"这两句话不但适用于电影界,也适用于整个文艺界;不但适用于文艺界,也适用于各条战线。这两句话完全符合辩证法。不坚持两分法,就不能更上一层楼;要更上一层楼,就必须坚持两分法。坚持两分法,就是说既要肯定成绩,又要看到不足和缺点。不肯定成绩,就会失去信心;无视不足和缺点,就会躺在成绩上自满自足。无论哪一种情绪,都会障碍我们更上一层楼,开创新局面,夺取新胜利。

文艺战线如何开创新局面?这是许多人关心的问题。首先还是要采用两分法来看待我们的工作,然后才能有针对性地改进我们的工作,打开新的局面。粉碎"四人帮"后,文艺园地逐渐恢复生机,文艺创作和文艺事业都有很大发展,成绩是主要的。但也存在不足和缺点,就是质量高的作品相对说比较少;事业管理和体制上存在许多问题,亟须改革;文艺队伍需要更加精锐和坚强。所以,文艺工作开创新局面,主要不是增加数量,不是要把剧团、电影制片厂、艺术院校和文艺刊物等翻两番,也不是要把作品的数量翻两番,而是要着重提高创作的思想艺术质量,提高文艺事业的管理水平,提高文艺队伍的思想觉悟和业务能力。如果说,经济建设方面要把不断提高经济效益作为前提,那么,在文艺方面更应该把提高质量放在首要地位。一部优秀作品抵得上许多部平庸的作品,一部好影片胜过许多部平庸的影片,它们所产生的积极效果就远不止翻两番了。"天意君须会,人间要好诗。""天意",在今天就是人民的意愿。人民群众渴望好影片、好节目,而厌恶那些脱离生活、胡编瞎凑、粗制滥造、庸俗灰暗的影片和节目。广泛的群众舆论表明这是个事实。

当然，一定的数量也是必要的，因为没有数量就没有质量。我们还缺乏许多必要的文化设施，应当逐步增加，文化工作的物质条件也应当逐步改善。但创造文艺作品是一种精神生产，主要不是追求数量，而是提高质量。

最近有同志提倡多写长篇小说，这当然是良好的愿望。长篇小说容量较大，可以更广阔地反映生活。但是关键还是要写得好。巴尔扎克一生写过很多长篇小说，可是他早年仿照传奇小说和神怪小说而写的几十部长篇，并没有什么影响，在文学史上不占什么地位。后来，他另辟蹊径，创作了深刻地描绘当时社会生活的宏伟的多卷集小说《人间喜剧》，这才成为法国社会的镜子，成为反映那个时代的现实主义史诗。而表现了一定的时代特征的优秀短篇，例如都德的《最后一课》、莫泊桑的《项链》、鲁迅的《一件小事》、魏巍的《谁是最可爱的人》，同样为世人所传诵，同样具有震撼人心的力量。一个作家究竟写长篇还是写中篇或短篇，是由他所掌握的生活素材决定的，有的素材要用长篇才能表现，有的素材只能写成中篇或短篇。像《红楼梦》那样的丰富纷繁的生活内容，不可能用短篇来表现。而《阿Q正传》，尽管有些人希望作者再往下写，不赞成"对阿Q之收局太匆促"，作者风趣地说，如果当时不是《晨报》副刊的编者离开北京的话，也许他会要求让阿Q多活几个星期的吧。其实，《阿Q正传》写成这样一个篇幅，已经足够，在人物塑造和主题思想的表现方面都已经完成任务，勉强拖长，多写几桩阿Q的"行状"，不过是画蛇添足，没有必要了。鲁迅说过，他"宁可将可作小说的材料缩成速写，决不将速写材料拉成小说"。当然，他也决不会把只能写成中篇或短篇的材料拉成长篇。艺术贵精练，并且要求完整。歌德甚至规劝青年诗人不要急于写大部头的诗，理由是："写小题材的优点正在于你只需描绘你所熟悉的事物。至于写大部头的诗，情况却不同。那就不免要把各个部分都按计划编织成为一个完整体，而且还要描绘得惟妙惟肖。可是在青年时代对事物的认识不免片面，而大部头作品却要有多方面的广博知识，人们就在这一点上要跌跤。"这是一个伟大诗人的恳切的经验之谈。我们看到一些青年作者动不动要写大部头甚至多部头的长篇巨制，而拿出来的成品却往往捉襟见肘，一部比一部弱，缺乏艺术的完整性，恐怕正是犯了歌德所指出的毛病。有了丰富的生活，又有了能够驾驭大题材的艺术本领和创作经验，才能写出完美的巨著来。

我们面临着伟大的历史任务：把我们的祖国建设成具有高度物质文明和高度精神文明的社会主义强国，并进而实现共产主义理想。我们文艺工作者的职责就是要拿出大量高水平的思想性和艺术性相结合的作品来，使人们树立信心，鼓舞人民群众为创造美好的未来而奋斗。目前有些文艺作品质量不高，担负不起这个光荣的使命，这可能有多方面的原因，但主要的是由于我们的生活不足和知识不够。群众指责我们的某些作品"不真实""虚假""索然无味"，有些历史题材作品不符合历史事实。比如有部电视片竟让东汉时代的人读线装书（东汉时期虽然已经会造纸，而刻版印刷却到隋朝才发明，线装书更是后来才有）。这说明我们文艺工作者加强学习和深入生活是何等重要。耀邦同志号召干部要读大约两亿字的书，假定一册书二十万字，约计是一千册书。作为从事思想工作的文艺工作者应该比一般干部读得更多一些才好。我自惭读书太少，知识贫乏，现在年纪老了，许多方面还得从头补课。另外一种必须读的"书"，就是生活。这本无限生动无限丰富的"书"，每一个人只要去读它，都会有所发现，有所收获，而搞文艺的人更必须认真、刻苦、永不休止、勤勤恳恳、老老实实地去阅读它、认识它、研究它、思考它，因为生活是文艺创作的唯一源泉，一切用文字、线条、色彩、音符写成的书，都是发源于它，由它派生的。只有这样，才能创作出更多的好作品来，适应广大人民对我们的希望和要求。

（1983 年 1 月 9 日）

作家要做改革的促进派

冯 牧

有的作品使人笑，有的作品使人哭；有的作品使人愉悦，使人产生对生活的爱；有的作品使人产生激愤之情，召唤人们去同那些黑暗的、不合理的现象进行战斗；也有的作品使人思考，帮助我们更好地认识生活。从某种意义上说，使人思考、帮助我们更好地认识生活的作品，所起到的作用可能会超过那些使人哭和笑的作品。

文学的作用是多方面的，有审美作用，有教育作用，有认识作用，等等。长篇小说《改革者》，就是一部充满生活朝气、发人深思、帮助人们更好地认识正在进行变革的现实生活的作品。它充满了作者发自内心的对我们的时代、我们的事业、我们的国家的未来发展的强烈关注和责任感。如果说，这部小说有别的作品所不及的长处的话，那么这就是它的一个长处。正是在这个意义上，我觉得《改革者》是一部应当加以推荐的作品，是一部显示了我们当前文学创作新趋向的作品。

最近，文艺界许多同志都正在议论这个问题：党中央号召全党、全国人民努力开创新局面，文艺创作怎样才能适应这个新形势？怎样才能更好地开创出一个崭新的局面？应当看到，一些有才华的作家，在过去的六年当中，用他们的笔、他们的作品，为我们的文学事业做出了积极的贡献。要使文学事业向前推进一步，提高文艺创作的质量，使其能够适应党和亿万人民的要求，我们当前应该主要解决什么问题：是形式问题还是内容问题？是生活问题还是技巧问题？是思想感情问题还是艺术手法问题？我认为：一个有志向的作家，如果对于古今中外的艺术珍品，不愿意认真学习，对于世界上出现的各种流派的艺术手法、形式、技巧，采取断然拒绝的态度，不愿意从中汲取有益的东西，是不可能有很大成就的。但是，从我国文学创作的现状而言，我认为首先要解决的矛盾，还是作家对当前现实生活中出现的新思想、新趋向、新人物的感情和态度问题，是如何提高对生活的认识，如何加强对于一个作家来讲必不可少的生活积累以及如何不断开辟作家的生活视野的问题。如果不是首先着重解决这些问题，而是背向现实，面向内心，一味盲目地去追求其他东西，就会本末倒置，即使是很有才华的作家，也会在自己的作品中，逐渐出现思想贫乏、生活枯槁、捉襟见肘的现象。

我们需要踏踏实实、真正来自生活、对我们的生活有真情实感和深刻理解的作品。这种作品，不是《水浒传》里洪教头的绣花拳，不是只注意形式上的精雕细刻，只对外国的各种流派的艺术技巧进行盲目模仿的艺术赝品，而是能够迅速地、敏锐地抓住我们生活中的矛盾，准确地反映我们生活的某些本质，对推动和促进现实生活起到良好作用的作品。现在很多作者都在进行这种努力，并且已经做出了可喜的成绩。新近出现的中篇小说《高山下的花环》《燕儿窝之夜》，以及长篇小说《改革者》等，都属于这一类作品。我对这一类作品表示支持，它们的主要倾向是应当加以肯定的，尽管在艺术上各自都还有着这样和那样的不足。

文学史上有一个著名的例子。1905年，高尔基的《母亲》出版之后，出现了两种完全不同的评价。作为当时理论界的领袖人物，被称作马克思主义文艺理论家的普列汉诺夫，他认为这部作品在艺术上很粗糙，不过是把一些政治主张通过主要人物的嘴表达了出来，因而采取了否定的态度。列宁却是热情地、无保留地支持《母亲》这部作品，称它是"一部适合时宜的书"。这个例子，对我们今天仍有启发意义。我在这里引用这个例子，并非想把我们的一些可能还不是无懈可击的作品同高尔基的作品相比拟，而是想借此引起我们一些思考。

我们不赞成"题材决定"论，也不赞成"题材无差别"论。题材是有差别的。但是，决定一部作品的水平高低，却又不仅仅是题材，还在于作家在掌握题材、塑造艺术形象当中开掘的主题思想的深刻程度，在于它通过艺术手段塑造的人物成功与否。对于艺术容量比较大的长篇小说，更要看作家是否成功地写出了所反映的时代的典型环境、典型人物和典型的生活细节。《改革者》在艺术上还不能说是很完美的，作者的艺术表现能力还赶不上他对生活的认识能力的高度。这些，都有待作者在今后的创作实践中继续努力，逐步提高。但是，这部作品没有回避矛盾，没有简单地理解政策，没有公式化的缺点。作者是在占有了大量生活素材之后，根据他对生活的比较广阔的理解进行创作的。作品所展现的现实生活的画面，所写的那些盘根错节、错综复杂的矛盾，相当生动可信。小说里的一些重要人物，也都是放在尖锐的矛盾冲突中进行塑造的。其中有几个人物，写得较为深刻，很能够引人深思。例如，省委书记陈春柱，就并不是一个高大全式的人物，写得合情合理，有血有肉，具有丰富而又复杂的精神世界。另一个写得较好的人物是市委书记魏振国，作品没有丑化他，没有漫画化，写出了一定的深度。还有个人物钮根宝，也是写得成功的，从这个人物身上，读者可以思考很多问题。陈颖这个人，虽然还不够完整，她的思想前后变化的逻辑性描述得还不够完善，但这个人物还是可信的。使人感到不足的是：作品里的主要人物之一市委副书记徐枫，却还不够丰满。这可能和作品的艺术结构有关，他的英雄行为大多是作者通过别人的嘴从侧面告诉读者的，不是通过本人的行动和生动的细节塑造出来的，这就使人觉得缺乏深度和厚度。还有个沈平，有点落套。尽管在这个作品里，他也许是个不可缺少的人物，但人物的来龙去脉，有点不够自然。这部作品的结尾也处理得很好，许多矛盾都提了出来，能否解决还埋下了伏笔，这就有了些余味，使人有进一步思考的余地。

  有人说：这部小说很像报告文学。我在开始读时，也有这个印象。后来想想，为什么就不能有很像报告文学的小说呢！《铁流》就是这类艺术形式的作品。只要是艺术地、真实地反映了生活，又对我们的生活起到了好的作用，就应当承认它，支持它的存在和发展。也许还会有人指责这部作品由作者直接叙述和讲道理的地方多了一点。但，所有这些，都不影响它成为一部好的作品，不影响它给我们的文学创作增添了新的东西。要求一部作品十全十美是不可能的。像《改革者》这种反映我们当前正在进行的经济改革中的重大矛盾，又具有一定思想深度和较为准确的分寸感的作品，现在还很缺乏，唯其缺乏，也就更显得宝贵。

  时代在发展，在前进，我们的作家应该跟上时代前进的步伐，对正在进行的蓬蓬勃勃的斗争生活，不断加深认识，加深理解，并且努力把这些新的趋向、新的思想、新的人物，化为艺术形象表现在作品里，又反过来教育人民，帮助人们更好地认识生活，做改革的促进派。这是时代赋予我们的历史使命，是文学工作者对社会应尽的职责。长篇小说《改革者》，在这方面做出了可贵的探索，提供了有益的经验。我们赞成、支持这部作品，正是希望在我们社会主义新时期的文艺百花园中，有更多这类作品出现。我们也相信，一定还会有更多、更好、具有更高水平的这类作品出现，从而使我们的文学和时代的需要、和现实生活结合得更为紧密。

（1983年1月19日）

通俗文学需要提高

滕 云

近年出现了一股通俗文学"热"——通俗小报、通俗文学刊物如青草漫地,一般文学刊物也开始在为通俗文学作品腾出一定的篇幅了。

通俗文学的崛起有历史的、社会的背景和多种多样的原因。我对这股新潮不持否定态度。当然,潮流之中,鱼龙混杂,沙泥夹裹,也不宜一概肯定。无论如何,为了通俗文学的健康发展,为了使通俗文学真正成为社会主义文学之一翼,现在是提出通俗文学需要提高这一问题的时候了。

一、关于通俗文学的普及与提高。

通俗文学是大众化的文学,它也有提高的任务吗?我想是有的。通俗文学也有高低之分、文野之分、粗细之分、雅俗之分。高级的、文学性强的、精细的通俗文学,仍然是大众的,能够向大众普及的,但它同时是提高了的。例子远的不举,就我国当代文学范围来说,老舍的作品、赵树理的作品,就都是的。在当前的通俗文学创作中,略近于提高一类的作品是有的,但堪为代表的似乎不多。大量的作品,恐怕还不能归于提高了的通俗文学一类。

同属通俗文学作品,优劣差别可以很大乃至极大。笼统置评,不分良莠,只看"通俗"就增值,或只看"通俗"就贬值,都不恰当。更普遍的倾向,是把"通俗"与"低级"联系起来,这几乎已成为一种习惯观念。通俗文学不是不可分的一团一块,它是可分的,有高低之分的。认识这种区分,对通俗文学作者选择自己的坐标不无意义——作者们是甘居于低、野、粗、俗一流呢,还是争取列入高、文、细、雅之格呢?

二、关于变通俗文学之"三旧"为"三新"。

当前有相当多的通俗文学作品,存在题材比较旧、立意比较旧、写法比较旧的问题。

我们的通俗文学，理应区别于旧时代的和外来的通俗文学，理应具有我国新时期通俗文学自己的面貌。为此，"三旧"需变"三新"。

题材要出新。我们可以写但不能老写旧人物，老发掘旧题材。为什么非得好几位作者同时抢着写某一大侠、某一女谍呢（早有积累的作者自当别论）？通俗文学的天地十分广阔，尽可自由开拓。但我以为题材的出新、开拓不当偏于搜奇猎异，应更多地向着新的人物和当代生活开拓、发掘。通俗文学不是讲古、讲旧的文学，不是讲鬼讲怪，超乎自然、超乎现实人生的文学，也不是专讲秘事逸闻而与时代生活的中心、与现实生活的进程脱节的文学。通俗文学在努力反映时代、开掘现实社会性题材上，与一般文学应无二致。现在许多通俗文学作品缺乏现实性，或现实性不鲜明，给人以与时代现实隔一层之感，甚至有隔世之感，这是应该改变的。

立意要出新。立意的新旧，与题材的新旧有关系，但不是一回事。旧题材可以有新立意，新题材也可能因立意旧而出不了新。题材出新重要，立意出新也重要，甚至更重要。时下不少通俗文学作品，作者的目标似乎就止于以耸人听闻的标题、离奇曲折有刺激性和趣味性的故事情节招徕读者，内容无新意更无深意，纵然炫异斗奇，不免仍落陈规旧套。立意新，立意高，方显新时期通俗文学特色。我们的通俗文学，既是能给予读者以健康的趣味性、娱乐性的文学，但又不仅仅局限于此，它还属于将人提高的文学。对现实生活做出通俗文学式的艺术概括，这应该是新时期通俗文学立意的新高度。在这样的高度上立意，我们的通俗文学就能区别于一切旧式的和外来的通俗文学，不必求新而自新。

写法要出新。目前通俗文学作品写法上陈陈相因的现象也相当普遍。这些作者或者蹈袭旧时代的和外来的通俗文学的格局、程式，或者是当代流行样式的转相仿效。传统通俗文学的遗产需要批判继承，外来通俗文学的艺术表现形式、技巧也需要借鉴吸收，但如果把它们当作自缚的茧子和模式，那就没有创造没有发展了。新时期通俗文学，在艺术经验、艺术技巧、艺术表现力上也应有新的创造、新的发展，为通俗文学的艺术库藏增加积累。

三、关于通俗文学的审美价值观。

有些同志说，通俗文学的审美价值依存于故事性和传奇性，因而属于审美的较低层次、初级阶段。这种看法不无道理。确实，大量通俗文学作品是不能唤起读者深层的审美意识审美情致的。但，是否一切通俗文学作品都属于低级的审美对象呢？不尽然。《三国》《水浒》这样的古典通俗小说，老舍、赵树理等现代作家的作品，就不能说只是初级审美活动的对象，而不是高级审美活动的对象。否认通俗文学的审美特殊性不对，否认通俗文学与一般文学有审美共同性也不对。

艺术生命的久暂问题，也关系到通俗文学的审美价值观。多数通俗文学作品，只具有一次性的阅读价值，给人以短暂的休息与消遣的价值。有人认为这是无价值。有人则认为这恰恰是它的价值，因为从生活节奏变得紧张、快速的现代观点看，一种"瞬息即变"或"瞬息即逝"的文化的产生和存在，是必然的，因而通俗文学作品给人以片刻的精神调剂的价值不应否定。这些不同看法，都可以讨论。我想，完全贬斥某些通俗文学作品的"片刻"欣赏价值，未免狭隘；但通俗文学从整体看，却不应当满足于只向人们提供片刻欣赏价值；作为文学的一支，也还应当提出争取长远的审美价值的问题。我们的古典通俗小说名著，不是在悠久的历史行程中拥有一代又一代的读者吗？

为了创造通俗文学作品的恒久的审美价值，我以为有一个关键，即我们的作者要认识到，通俗文学既然是文学，那么它就也是"人学"，也要以写人为中心。恐怕现在意识到通俗文学也是"人学"的作者极少，自觉地以写人、塑造人物形象为中心的通俗文学作品极少。绝大多数通俗文学作品，作者的全副心力只放在写故事上，不放在写人上。这正是通俗文学作品之所以分出高低、文野、粗细、雅俗的最主要的标志。金圣叹评《水浒》说："别一部书，看过一遍即休，独有《水浒传》，只是看不厌，无非为他把一百八个人性格，都写出来。"这个见解是深刻的。通俗文学作品要争取长久的艺术生命力和审美价值，症结就在写不写人，就在写不写人的性格，创造出人物典型。

四、关于通俗的文学与严肃的创作。

真正的通俗文学作品，对于读者，不管其是否自觉，实际上是一种寓教于乐的信息源。有见识有追求的作者，固然不以说教者自命，但他却会把通俗文学的写作，作为一种严肃的文学创造事业，一种创造精神财富的事业。目前相当一部分通俗作品质量水平不高，首先就因为这些作品的作者对自己的写作，要求本来就不高，而且，对整个通俗文学的要求也不高。通俗文学的生产者先就对自己的事业自我降格，还怎么能有高质量高水平的通俗文学？要提高通俗文学，作者先得自我提高：提高写作的严肃性、责任感，摒弃粗制滥造的态度和作风；提高自己的思想水平、文学水平、知识水平。

通俗文学之"通"不简单，事理不通达，事物不通晓，内容不通畅，表现不通顺，不可谓之"通"；通俗文学之"俗"也不简单，"下所习曰俗"，"俗人所欲"谓之"俗"。所以,通俗文学之"通俗",既包括贯通古今事理,也包括洞晓世事人情——特别是洞晓"俗人"即人民群众之所习与所欲,还包括将事理、世情表达得让"俗人"明白晓畅。这就要求通俗文学的作者,要有一定的思想、文学、知识素养。

我国通俗文学的发展,现在到了转折的时候。提高的问题突出了,这关系通俗文学的命运。提高则大道坦荡,否则它的路子会越走越窄。我们自然寄热望于前者。

(1985年3月11日)

戏剧危言

陈白尘

在党中央直接关怀下召开的中国作家协会第四次会员代表大会，为文艺大繁荣打开了新局面，文艺工作者兴高采烈，一派欢腾！作为一个戏剧工作者，在欢欣之余，却不免有向隅之叹。因为戏剧事业能否乘此东风而同趋繁荣，则未可必！——我这不谐和音也许是令人扫兴的，但心所谓危，不得不言。

一

粉碎"四人帮"以后，戏剧曾一度大为繁荣。党的十一届三中全会以后，更是新人辈出，佳作纷呈，无论戏曲、话剧都复兴在望了。但曾几何时，繁荣的势头锐减。电影、电视等的发展，夺去部分观众，这是客观的一面。而剧团机构庞大，人浮于事；演员老化，后继无人；剧本难产，新戏难以为继；演出费用浩大，不演新戏不赔本，演出徒增烦恼。铁饭碗既在，大锅饭可吃，又何必多此一举？更何况一段时间里风波时起，有的地方无形棍子与隐形帽子齐飞，剧团编剧每多搁笔！于是少数剧种虽可维持小康局面，而更多剧团的上座率江河日下！例如话剧，以素称繁荣之区的东北三省为例，据统计，近三年来观众逐年下降，如以1980年为一百，1984年下降到三十，即失去观众70%。其他地区更可想见了。有的新戏排演数月，而上演仅及三场！至于首善之区的北京话剧舞台，尚可维持小康局面，但好的创作渐少，多靠外国戏剧名著以撑持局面。向国外借鉴自不可少，但喧宾夺主，总非中国话剧的光彩！……如此种种，硬说戏剧事业也在繁荣而不承认已在衰落之中，岂可得乎？

戏剧领导部门对此也并非无动于衷，也颇思振作，有的还很重视。若干省（区）市每年都有会演、调演一类盛举，以图振兴。但为参加会演，"临时抱佛脚"而赶写赶排的戏，很少是经过观众考验的佳作。此类会演，往往是兴师动众、劳民伤财，结果戏剧佳作并未出现。近年有些省市也有鉴于此了，于是改弦更张，专为戏剧剧本设置巨额奖金，相信"重赏之下，必有勇夫"。这自然是好的。剧本剧本，是一剧之本，剧本创作不繁荣，何来演出的大繁荣？作为剧作者，我也为之欢欣鼓舞。但效果究竟如何？尚未敢必！因为剧作者虽吃人间烟火食，但戏剧佳作之出，对于剧作者来说，他第一需要的并非黄金，而是创作自由！

二

胡启立同志代表中央书记处在作协四次大会上所作《祝词》中提出创作自由。但创作自由绝不是唾手可得、随意可取的事物，戏剧作者要获得这种自由，不知还要付出多大的代价！

小说创作与戏剧创作情况不同。小说只求通过编辑之手，便可问世，目前大中小型文学刊物不下数百种，中青年作家已有应接不暇之苦了。剧本生产的难度则大得多了。论发表，绝大多数文学刊物都摒戏剧作品于文学之外。论出版，则文学出版社除外国古典戏剧名著外，国产者难于跻身其间。唯一的戏剧出版社，每年出版的戏剧剧本也屈指可数。剩下的可以发表剧作的刊物只有一个《剧本》月刊，但要兼顾各个剧种，颇有粥少僧多之叹。各省市戏剧刊物，大都要"带电作业"，即兼谈电影电视才能生存，戏剧已成陪客，且以新"秀"照片、名人逸事、私生活趣闻才能招徕读者，舞台剧本只是姑备一格而已。自然，剧本的生命在于舞台，但剧作者在剧院、剧团的处境又如何呢？绝少发言权。荒谬的"领导出思想、群众出生活、作者出技巧"的所谓"三结合"创作方式并未进历史博物馆。配合当前政治和政策的要求，还是经常出现。稿子七改八改，四平八稳，勉强成戏了，于是公演。没有观众吗？指令包场；没有评论吗？自有奉命捧场者在。于是"演出成功"之声愈高，而观众胃口愈倒！这是戏剧界自毁声誉。稍有自尊心的剧作者自然不甘随俗，恳求自由创作，这自然未尝不可。但防范之心顿起，于是处处把关，层层"试演"。在如此情况下，不少剧作者改行了：或写小说，或写电影、电视剧本，于是"水土流失"严重，剧作者锐减！好剧本愈益难产，欲求戏剧事业不日趋衰落，岂可得乎？

自然也有不甘改行、死抱住戏剧不放的剧作者在。他们敢走荆棘之路，这就是北京话剧舞台上新剧作者还能半分天下之故。

然而中国的传统戏曲和有八十年战斗历史的话剧，从此就衰落了吗？有着五千年历史、十亿人口的泱泱大国，而且是在社会主义的新中国，正面临着实现四个现代化、建设现代化物质文明和精神文明的新时代，这一非电影电视所能替代的戏剧艺术，说它从此衰落甚至消亡，我不之信！但挽救之道、振兴之路，端在于改革。

三

戏剧团体、戏剧艺术都需要改革，这呼声已久，改革之风也吹遍全国。如今城市经济改革已密锣紧鼓，而戏剧改革成果如何？要说真话，还是"西望长安"——不见"佳"的。

机构臃肿、人浮于事、吃大锅饭，依然是许多剧团、剧院的痼疾，不改革是不行的。成效如何？有个顺口溜为证："落实政策回来一批老的，退休顶替进来一批小的，后门挤进来一批惹不了的，上头压下一批推不了的！"院长、团长即使勇于改革，他能大刀阔斧地砍伐吗？更何况年近或年过六十者，乌纱难保，谁又愿冒此风险？

分队承包，是改革之一法。下文如何呢？没有交代。但内行人是心中有数的。而由此产生的人事纠纷日多，不团结的现象加甚，尚属余事。

巡回演出，倒是争取观众、开阔财源之道。而且名演员交换"防地"，更为观众所欢迎。但也只能收效于一时，难作长久之计，而且交通运输费用高昂，器材损失严重，得不偿失者有之。近闻京剧名演员关肃霜同志率队去四川演出数月，轰动一时，盈利达七万元。但回到云南只存纯利七千元，而长期演出，疲劳不堪，休整一番，几个月的辛苦白搭了！名角如此，其他可知。

谁都承认，戏剧改革的目的，在于出好戏、出人才。但以上举例，只能以名角号召，新人从何而出？演出也只能以"拿手好戏"应场，新的好戏又从何产生？

近闻有种高论说："戏剧演出是卖票的，因此它是商品！商品就该以营利为目的。"戏剧演出有赖于剧场，但全国剧团、剧院几乎都没有自己的剧场，剧场宁愿演出三场电影，不愿接受戏剧演出一场；演剧票价由物价管制机构控制，青菜萝卜可以自由提价，戏剧票价却不得浮动！演出费用日增，演剧收入锐减。戏剧已处于这种境地，还要它"以营利为目的"，这合理吗！

我们党在三十年代国民党统治区，对文艺有过成功的领导。国民党十年文化"围剿"，却在国统区里"剿"出一支左翼文艺大军来！四十年代国民党以法西斯文化专制主义企图扼杀进步文化与进步戏剧。但在我党南方局领导下，特别是在周恩来同志指导下，夺取了国统区全部戏剧阵地，为中国话剧造成其黄金时代！新中国成立以后，恩来同志对话剧、电影以至每一剧种都关怀备至，在五十年代又为中国戏剧、电影造成全面繁荣局面！但五十年代后期，文艺界"左"的倾向日益抬头，1962年春的广州会议虽然激发起戏剧工作者新的希望，而"大写十三年"的阴风吹来，接着十年动乱，戏剧界遂成为文艺界重灾区中的重灾区！党的十一届三中全会前后，一切剧种得以复苏，戏剧的繁荣指日可期了。可是由于种种原因，这种好的形势没有能持续地发展下去。这是很值得回顾一番的。

处今日而言戏剧改革，必先以周恩来同志为楷模，改善和加强戏剧的领导。

戏剧领导部门要根本肃清三十多年来"左"的条条框框，视戏剧事业为自己耕耘的园地，视戏剧艺术家为国家的财富，改防范为关心，改管理为扶植，甘心做戏剧事业的后勤部门，则戏剧工作者能不倾心向党，视领导为父兄、为手足吗？上下一条心，始可以言改革。

其次，领导部门要为戏剧团体改革排除各种障碍，与人事部门、财政部门、物价管理部门、运输部门以及演出公司等进行协商，综合治理，才能为戏剧改革开阔道路。一个剧团对此是无能为力的。

再其次，是剧团的体制改革。这要按不同剧种、不同剧团，分别对待。不搞一刀切。该贴的贴，该养的养，该赚的赚，该并的并，该停的停，使剧团各得其所，人人心情舒畅，始可以求戏剧事业的繁荣、戏剧艺术的提高。同时，要大力发展业余戏剧组织，扩大戏剧后备军，培养新的观众；改革戏剧教育，培养新的人才，为戏剧队伍输送新的血液。

最后，也是最主要的，是要为剧作者创作自由创造物质与精神条件，改善他们的生活，提高他们的政治地位。自然，某些剧作者也要解放思想，自我"松绑"，刻苦学习，深入生活，深入人民心灵，善于借鉴，勇于创新，则新的佳作也自然不断涌现！

能如此，则戏剧事业的大繁荣庶几有望了！

（1985年4月15日）

从所谓电影危机说起
——试论电影与电视片的关系

荒 煤

今年春天,许多长期参加电影剧本创作的作家与编剧,在作家协会第四次代表大会之后,都高兴地宣称,电影将迎接黄金时代的到来。不料最近一个时期,到处发出一片忧虑之声。前不久,《中国青年报》甚至根据十个城市电影观众人次大幅度下降的情况发表文章,做出"电视胜、电影败"的结论。其实,有些地方以大量放映香港、国外电视系列片取胜,冲击电影市场,是一个可悲的现象,也是真正值得忧虑的问题。

现在也的确有一种议论,认为电影已面临危机。这个问题应该认真地加以研究和思考,如果缺乏远见,根据一时短暂的现象,骤然做出简单的论断或采取简单的措施,就很可能出现危机,不仅会形成电影的危机,也必将是电视的危机,这绝不是危言耸听。

不能否认,近几年来,电影观众特别是城市中的逐年有较大幅度下降,但原因是多方面的。

首先要看到,近几年来经济形势的变化,实行开放政策,电视事业的迅速发展,国际文化体育交流活动的增加,大量文艺书刊的出版,广大青年自学的热潮,以及年青一代审美观念、趣味的变化,文化生活的丰富,电影已经不可能像过去一样成为群众、特别是青年一代最主要的欣赏与娱乐的对象。就国际电影市场一般情况来看,电影最主要的观众还是青年。因此,文化生活的丰富,尤其是电视的普及,如果电影艺术质量不高,缺少吸引力,电影观众相应有所下降,这是一个正常的现象。世界各国电影市场都受到电视的冲击,这是国际上普遍的现象。

另一方面又必须看到,我国电视事业的迅速发展,没有及时总结经验,由于种种原因和条件不足,尽管也能拍摄出如《今夜有暴风雪》《四世同堂》等优秀电视片,但一时还不可能制作大量较好或优秀的节目满足广大群众的需要。一些电视台为了吸引观众，就依赖进口许多艺术趣味不高、没有什么思想内容的香港与国外电视剧。特别是在国家还没有能力大量供应录像带的条件下，一些地方听任各种录像队进行营业，大量放映低级庸俗甚至下流黄色的录像；与此同时，所谓以通俗文学为名的许多不健康的书刊发行、所谓流行歌曲的泛滥，都十分严重地冲击了电影市场。从长远来看，这些问题如果再不及时解决，不仅是对电影事业的冲击，实际上也冲击了电视事业的正常发展，也冲击了整个社会主义的文化阵地。

再一个方面，电影企业在探索改革过程中，各制片厂要自负盈亏，为了追求经济效益，提倡"承包"而忽视质量；有些创作人员也为了迎合观众、争取票房价值而一窝蜂地拍摄所谓娱乐片、商业片（我个人认为在我国提出所谓"商业片"这个名称是不恰当的），因而出现了一些粗制滥造、质量较低的影片。今年武打片、惊险片、侦破片数量较多，质量不高，比较深刻真实反映当代生活题材的影片很少，就是鲜明的例子。尽管如此，最近一个时期以来，就我个人已经看到的，也还产生了一批较好的影片，如《相思女子客店》《青春祭》《良家妇女》《代理市长》《男性公民》《野山》《少年犯》《流亡大学》《太阳》《日出》等。

所以，电影观众人次的下降，有的是正常的现象，有的是不正常的现象，而造成不正常的现象的因素也是多方面的。

归根到底，单从电影本身来讲，是一个不断提高质量的问题。但我个人认为，从体制、从管理、从整个文化事业的发展来看，今天对电影电视这两方面事业的领导、管理和体制存在的矛盾，应该进行认真地研究与讨论了。

我的意见，简单说，就是电影电视片都是最现代化、随着科技的不断发展还在不断发展和更新的视听艺术，具有最广泛的社会影响，最富有艺术感染力，最便于普及、特别为青年一代所热爱的艺术。就我国现在的条件下，每天电视电影观众大概有三亿。电影和电视片实际是视听艺术一对姊妹艺术，在生产管理、技术设备、创作的特性和规律、创作队伍的培训上都大同小异，不论采取何种方式都必须加强统一领导，综合平衡，全面规划，改善管理与经营，互相协调、合作，互相促进，共同发展。这是许多电影电视发达国家的共同经验。

有人断言电视片一定要取代电影。这是无稽之谈。

电影发展的历史虽然还不过是八十多年，从开始作为一种新奇的"杂耍"吸引广大观众，从黑白默片发展为有声彩色片，从窄银幕发展到宽银幕、立体电影、立体声电影、全景、穹景银幕等多种多样形式的电影；而且随着科技的发展还会有所创造和发明；电影已经成长为有自己独特艺术生命和广泛国际影响的艺术，竟然很快就会被电视取代，这看法太悲观了。

我国十亿人口，拥有电视机总数才将近五千万台。1984年故事片生产达历史上最高水平也只有一百四十多部。全国电影观众人次仍在二百亿左右。有些优秀的影片，在一年之内可以获得上亿的观众。

美国电影电视都很发达，两亿多人口平均每一百人拥有七十七台电视机，但九大制片公司每年仍生产故事片一百五十部左右。还有一些独立制片公司生产近百部影片。

苏联也是两亿多人口，电视事业也很发达，现在也有近八千万台电视机。近几年来生产故事片每年仍在一百五十部左右，1984年苏联生产故事片一百四十部、电影观众仍达四十亿人次。

日本一亿一千多万人口，电视机近三千万台。仅几家大电影制片公司年产故事片一百多部。法国五千多万人口，也年产故事片一百几十部。

当然，西方世界和日本的电影为了争夺市场，拍摄了大量反映性和暴力的影片。美国近几年电影利润不断上升，则主要是拍摄科幻片，如《星球大战》《外星人》，现在又发展到科幻惊险片，当然，近年来美国也摄制了一些比较严肃的影片。从内容来讲，自然不能和我国情况相提并论，但这足以说明，尽管电视事业发展较大，但是只要电影能够发挥自己的特长，制作优秀的影片，仍然会有广大的观众。

而且，事实证明，国际市场上许多优秀的或为群众所欢迎的影片，也往往是电视台愿意转播或重播的节目。美国几十年来所拍摄的大量影片，不仅仍然是由电视系统播放的一个重要来源，还大量供应国外电视系统。

今年4月我在美国访问一家HBO有线电视台，每天二十四小时除少数自制电视片、体育新闻、音乐晚会外，主要播放各类影片。但有两个特点，与一般商业电台不同，保证影片完整映出，不插播广告；其次，考虑到家庭成员不同需要，争取成年人员的观众，分别时间设专栏节目，放映各种不同类型的影片；还有《经典片集锦》《外国影片观赏》专栏，专映本国与各国著名影片；但不播放性和暴力影片。因此这个电台受到广大家庭欢迎，每月只付收播费美金十元（美国一场电影票一般为五六美元，即相当于两张电影票价），安装该公司特制的接收器，即可收看。这等于开设了几千万个小家庭影院，大大扩大了电影的影响。

从以上事实来看，尽管电视事业发展必然给电影事业带来很大的冲击，但并不能取代电影。而且就现在国际情况来看，日益证明，电影电视片的生产已经更加趋向统一经营和管理。

我在美国参观两个大制片公司：环球公司拥有三十八个摄影棚，华纳—哥伦比亚公司拥有三十六个摄影棚，都拥有最新的设备，各种道具，大至宫廷所用重达八百磅的水晶挂灯，小至六寸已经发黄的一张照片，各种不同时代的汽车、道具、服装，应有尽有。但是，这两大制片公司每年都只生产故事片十五部左右，但生产电视片两千到三千小时，相当于二三百部故事片的产量，要占全国三大电视系统播放黄金时刻（晚六时至十一时）三分之一左右的节目，而且为了保证质量，有许多电视片是用胶片拍摄的。

我前两年在意大利、法国、日本也看到，电视系统都只拥有小量的拍摄设备，自己只拍摄很少的节目，大部分节目是由电影制片厂以及私人独立制片所提供的。这种做法，充分发挥了电影制片厂的生产潜力，而且可以吸引经验丰富的创作人员拍摄质量较高的电视片。同时，许多有才能的青年艺术家，经过电视拍摄的锻炼，又给电影界不断补充新生力量。

由此可见，要提高电影电视的质量，必须充分调动这两方面的一切积极因素，克服现在体制上分割形成的种种矛盾。例如，我国每年拍摄了许多优秀新闻片、科教片，这些影片对建设两个文明都是十分有益的，却得不到电视台播放的机会。制片厂是企业单位，拍摄电视片，电视系统低价收购，造成亏损，不愿拍摄电视片。如上影拍摄了《上海屋檐下》和《长夜行》等较好的电视片，缺少经费，都不得不求助于某些单位的所谓"赞助"——实际上是做点广告；北影拥有第一流的拍摄电视片的设备，去年却只拍摄了七部电视片。电影厂要自负盈亏，一方面对于投资大、拍摄周期长的军事题材和革命历史题材不易投产；另一方面又要和电视片竞争，不得不大量拍摄一些所谓的娱乐片和商业片。倘若进口外国影片，也着重于商业化，那么，这种恶性循环的结果，最后也必然导致拥有最广大观众的电视片与电影艺术不断地降低质量，败坏广大群众的艺术趣味和艺术素养，不能符合时代的需要，甚至脱离时代。

一个十亿人口的社会主义大国，电影电视每天拥有三亿左右的观众，必须多方面满足广大群众日益丰富的文化生活的需要。要持续不断地提高质量，力求题材、风格、样式的多样化，在主题开拓的深度，内容更富有哲理性，艺术表现的创新、探索这些方面都不断地有所前进；要制作更多思想艺术性都较高的作品来反映四化建设中沸腾的生活，并且摄制一些有意义、艺术趣味较高、健康的娱乐性作品。否则，不论是电影或电视，谁胜谁败，实际上是两败俱伤，都会面临真正的危机了。

总之，从长远来看，电影与电视片应该互相协调、合作，互相竞赛，共同发展。如果主要依赖进口节目，国产片又以迎合观众为重，而忽视质量，这种所谓竞争，实质上是对整个文化事业的冲击，是不利于我国社会主义精神文明建设的。当然，这不是说，电影电视艺术不能进口国外的节目，又要恢复过去长期封闭的政策；也不是说，仍旧恢复过去那种简单化的做法，忽视题材、风格、样式的多样化，忽视电影电视的群众性与娱乐性，忽视艺术的特征和质量去图解政策，进行政治地说教。这同样也不利于社会主义精神文明的建设，不能调动文艺界的一切积极因素，为创造具有中国特色的社会主义文化做出贡献。

党的十一届三中全会以来，我国电影电视事业都有了蓬勃发展，也创造了许多优秀的作品，受到广大群众的欢迎，证明我们电影电视界的确有不少有才能的艺术家。问题在于随着经济形势的发展，文化事业在进行改革还缺乏经验，迈的步子不大，具体措施跟不上，还远远不能适应新时期文化建设的需要。创作实践、理论、评论工作中也有些问题、情况、经验没有及时加以研究和总结，不能迅速推动电影电视的发展。我个人认为，如何正确解决电影电视的关系问题，是一个关系到电影和电视能否齐头并进、共同提高、共同发展的关键。而这对姊妹艺术，每天要影响到三亿左右观众的文化生活、文化素养、思想境界与精神境界，特别对青少年的影响较大，不能不引起社会舆论的强烈反应。因此，我提出这些个人的感受和意见，希望引起各界的注意和讨论，来推动电影电视事业的共同发展。邓小平同志在这次全国党代表会议上的讲话，强调了要加强精神文明建设，还特别指出："思想文化教育卫生部门，都要以社会效益为一切活动的唯一准则，它们所属的企业也要以社会效益为最高准则。"我想，现在是时候了，电影与电视问题，应该根据这个唯一的、最高准则来共同讨论了。

现在要讨论的不是什么电影危机问题，而是如何积极提高、繁荣、发展电影电视片姊妹艺术的问题。应该根据新的形势新的情况，建立新的机构，采用新的方式，来统一领导、加强管理。不改变现状，听任发展下去，对电影、电视片都是危机。

（1985年11月11日）

1985：影坛耕耘初纪

——为"金鸡奖"看片备忘

钟惦棐

通过 1986 年"金鸡奖"评选前的看片活动，在我眼前总不时出现些橙黄色的光斑。有的已为人注意，有的似还没有。

《野山》《迷人的乐队》《咱们的退伍兵》，是已经被人注意的。日本的青年影评家曾对我们提过这样的问题："你们国家的农民占人口的绝大多数，却很少看见你们的农村片！"应该说，农村片还是有的，但熠熠然而呼之欲出、在希望中能看出农村原貌的却不多。《野山》在这方面留下它的光斑，与其说这光斑是由于它描写了农村，毋宁说是它着意思考了农村，并把它置于美学追求的较高层次。

农村需要各种类型的影片：中国农村之作为电影文化现象被认识，和农村自身需要通俗易懂的文化，应该是两件事。《迷人的乐队》和《咱们的退伍兵》之引起关注，我更多是从后一需求上去理解的。在这方面，赵焕章是个热心人，在他的农村影片系列中，浸透着他对中国农村的热爱。和《迷人的乐队》一样，在喜剧和轻喜剧这个层次上做文章，对我们不是多了，而是少了，予以提倡，是必要的。

人们对《黑炮事件》的评价至今不一。这可以留待以后去研究。但我注意到它的"赵书信性格"。这是一种被扭曲了的性格。作为中国的知识分子，很可能大家都有份儿，"逆来顺受"被看成一种生活的耐力，否则便走不到尽头。这种性格在《天云山传奇》中的罗群身上出现过，在《牧马人》中的许灵均身上也出现过。这次是借编剧、导演和演员之力，创造了一个可称为"赵书信性格"的当代知识分子典型性格。如果说罗群和许灵均都出于某种压力的结果，那么，赵书信却不属于此类"冤假错案"之列，而是通过他本人的自我调节来实现的。他似乎解脱了自己，人生嘛，"不如意事常八九"啊！因此也就无是无非，浑浑噩噩。"赵书信性格"是悲剧型的，无助于我们民族的腾飞。列宁一再斥责旧俄时期的"奥勃洛莫夫性格",那么,把"赵书信性格"作为认识对象,把他作为一面镜子,从我们灵魂中的阴湿处挤出去,就已经成为必要了!

此外我还注意到天山电影制片厂的《钱这东西》。因为我看过这个厂早期的影片,政治色彩是很浓的,而形式与内地大同小异,没有发挥他们自己的特点。广春兰的《不当演员的姑娘》,开始出现喜剧人物,但它仍是建立在十年悲剧的基础上的。《钱这东西》却大大发挥出乐观和幽默,内容与形式浑然一体,妙趣横生地把小生产者们的自私和短见,置于诙谐的笑谑之中。

笑声是会心的、高贵的,而又是极富于匠心的。

《峡江疑影》为武功片另辟蹊径,甩掉了和尚道士而进入庄严的历史题材。循着影片的这条路子探索武功片,走出山门,它的发展将是可喜的。

《古越轶事》终于着意于"古",这光斑应被我们看在眼里。盖今之多数古装片,并没有把"古"作为历史的和美学的对象去思考,而着意于华丽和排场,甚至有意于流露出现代意识以示自己并不后人。于是今不今,古不古,杂乱纷呈。"古"是"今"的祖宗,如果两千年前就已经和我们差不多甚至一样,区别只在于服装样式、发型和头饰,他的后代们还有什么值得骄傲的?所谓历史知识,岂不仍是个零!电影在风貌、气质、神态上愈接近原貌,其历史价值和美学价值就愈高。《古越轶事》为古装片带来颇堪注意的信息,但主旨不明,越王的雪耻决心和对越女的爱情以及王妃的醋意互相掺和,令人不解创作者的用心,而越女的服装破坏了彼一时代的总体感,表明导演意识还没有决心在这方面开出一条坚实的路。

表演成就的突破,出现了刘子枫(赵书信)、岳红(桂兰)、王馥荔(翠喜)和辛明(灰灰)等有才华的演员。刘子枫已如上述,在完成"赵书信性格"方面可谓别具匠心。因为他的创造是编剧和导演所不可取代的。影片结束之前,观众为他的"黑炮事件"长出了一口气,而他丝毫不因此轻松,原因在于他本来就没有因此沉重。他看见身边的孩子们玩得很认真、很快活、很有意思,但也只是很认真、很快活、很有意思而已……他可以这样看下去,也可以不看下去。一会儿,他走了,如此而已。戏在行云流水之中进行,看来他没有什么着力处,但这也正是他的着力处!岳红的成就在于她跳出了"有美人兮"的三界之外。我几次寻找她在一个单独镜头中的两个跨步,后来找到了,是在养柞蚕赶鸟时出现的,边跑边扔石头边吆喝,既为单独的一个镜头,当然不是"于无意中得之",但也正是出于有意而又如此自然、活脱,无刀斧痕迹之可言，也就更加珍贵。小处如此，大处可知。她和辛明、徐守莉（秋绒）显然是把泥土气作为一种新的美学追求。导演颜学恕眼里的农村，和黄健中眼里的农村，大不一样，虽然都是农村。前者从生活中去发现美，后者把美纳入自己的框架之中。

  王馥荔的翠喜（《日出》），其可贵处在于她把自己的创作道路拓展开来，纵横驰骋，不仅把美当作美的范畴，而且把"丑"也纳入美的范畴。她成功了，而且对新一代的演员具有很大的启迪。她从《张铁匠的罗曼史》已经开始扩展自己的表演领域，至《咱们的牛百岁》而加深，至《日出》而自如，进展如此之快，也算得影坛中一名骁勇之士。只消想一想，她在《金光大道》中扮演的吕瑞芬，从吕瑞芬到翠喜，宛如从淙淙的小溪流向污染已久的黑水河！不横下一条"我不怕丑"的决心，我们就难于在充满泥泞的创作道路上阔步前进。热情的艺术家是很多的，严谨的艺术家就比较少；并我而表现的艺术家是很多的，忘我的艺术家就不多见。欣赏者对这点大都看得很清楚，因而对王馥荔的表演意识及其成就，尽都怀着由衷的喜悦。从我批评王馥荔在《天云山传奇》中扮演的宋薇起，正应了日本电影制片人对我开的一句玩笑："呵！影评家对我们是很可怕的！"但翠喜却使我们间的龃龉在实践中消融……

（1986 年 7 月 21 日）

深情于他那方小小的"邮票"
——莫言小说漫评

朱向前

自从美国作家威廉·福克纳突然发现——"我的像邮票那样大小的故乡本土是值得好好描写的"之后,他便一头扎在那儿深耕细作,终于奉献出了一个庞大的"约克纳帕塔法"小说系列,从而取得了超越本土乃至超越美国的世界性文学成就。于今,我们借用"邮票"说来研讨莫言的小说创作,丝毫无意将他们相提并论,仅仅也是因为发现——

"文学创作,不管你是哪个民族的作家……只要是真正的文学,毕竟会在某一点上相撞,会有某种共通的东西。"(莫言语)——事实刚好如此:1981年迄今(主要是1985年以来),莫言发表的《红高粱》等十二部中篇和《秋千架》等二十余个短篇共近百万字的作品,基本上都是以他的家乡社会作为背景,用心来摹写北中国农村的风俗民情、人心世态的(只有《雨中的河》《苍蝇·门牙》等少数几个反映军营生活的作品例外)。或者可以这样说,莫言也正是立足于他的故乡本土,用他的笔和心在有意无意地探寻、设计、营造着属于他自己的那方小小的"邮票"。

因此,当莫言正在今天的文坛被人注目之时,我们着眼于他的"邮票"意识的萌蘖过程,进而探测一下他的创作发展流向,恐怕不会是毫无意义的。

莫言给他笔下那块"邮票"大小的故乡本土命名叫"高密东北乡"(有时也叫"马桑镇")。虽然这个称谓在他的作品中正式出现已是较晚的事,但他的创作之根,实际上早已命定般地扎进了那块文学的丰腴之地。因为正是在齐鲁大地上那样一个既有丰厚的文化历史,又有贫乏的物质现实的小小乡村里,不仅埋葬了他祖祖辈辈无数个辛酸的梦想,而且揭开了他自己沉重坚忍的人生帷幕——他的脉管里流淌着北方农民的血液,他的眼面前展开父老乡亲的世相,而那"洸洋血海般的红高粱"以及种种自然景观,便构成了他的文化摇篮(就"非典籍文化"而言)——这一切,都宿命般地决定了他日后小说创作的取向。

但且慢：莫言并非从来就具有本土观念的作家。从他的处女作到《透明的红萝卜》问世之前的几年之中，他曾断断续续地发表过十余部小说，题材选择变动不定——既以书信体描写军人妻子对亲人的绵长思念（《春夜雨霏霏》），也用新颖目光逡巡他刚涉足不久的军营世界（《岛上的风》）等，虽略略具备他后来作品的某些优长（如擅于人物尤其是女性的心理刻画、情感抒泻等），但并没有在整体上预示出他与众不同的题材取向和写作才华。值得一提的倒是有1983年的两个短篇——而那都是写他所熟知的故土——《售棉大路》通过农家姑娘杜秋妹在排队售棉的一天中所遇见的凡人小事，流溢出蕴含在作者心底的农村生活的深厚储藏；而《民间音乐》则以艺术氛围的空灵缥缈博得老作家孙犁的青睐，认为"有点艺术至上的味道"。然而，乡村生活的厚实与艺术意境的空灵——尽管此后渐次构成了莫言小说的鲜明特色——但在此时，却只是不经意地泄露与逸出。

1985年春天，《透明的红萝卜》带着浓郁的泥土气息和迷蒙的童话色彩脱颖而出，莫言惊喜地发现了自己——发现了他那块"邮票"大小的故土上有写不完的人和事，发现了他那以奇异感觉为标志的独特艺术个性。他一发而不可收了，近二十年高粱、地瓜、玉米饼子在肚子里酿就的酸甜苦辣哗哗地如"秋水"流淌，满脑子奇形怪状红黄绿蓝的"球状闪电"一个接一个地迸然"爆炸"——它们或者以"童年视角"观照荒谬年代里农村的愚昧落后和农民的麻木自戕（如《枯河》等），字里行间洋溢着作者"哀其不幸，怒其不争"的复杂沉重的心绪；或者以当代意识捕捉古老土地进入现代文明时所撞击出的星星燧火（尤好从婚姻伦理角度切入，如《球状闪电》等），有热切的呼唤、有滞重的太息，也有谜一般的悬案和困惑。然而，不论前者还是后者，都表现出了作家对中国农民命运那种感同身受的亲知和刻骨铭心的真情——舍此而不能抒写得这般淋漓尽致，哀婉动人。

在这样一种基础上，莫言充分施展才情，张扬个性。就譬如他那特殊的艺术感觉，往往用直观方法赋予天地万物以生命，捕捉瞬间的殊异状态，加以联想生发和通感，将一个充满声、色、香、味、形的活生生宇宙和盘托出，使人如闻如见，可触可摸。哪怕是一点最微小的感触，也描绘出一个有声有色的艺术情境。这不仅使作家获得了既节省素材又反映深刻的高产高质的创作效应，还大大丰富了读者对外部世界和人类自身的感知方式与审美情趣——现实世界和感觉世界的有机融合，使莫言创作呈现出一种"写意现实主义"风貌。

客观地说，1985年是莫言找到自己的一年，因而也是急于表现与宣泄的一年；同时，1985年又是莫言继续寻找自己的一年，因而又是左冲右突摸索前行的一年。他在这一年里留下的足印，既充分展示了才力，也无遗暴露了缺憾，只是宽容和尚新的艺术气氛使人们原谅了后者，爱其一点，不计其余（譬如他有时沉溺在良好的艺术"感觉"中不能自拔，而使得"感觉"重复，甚或泛滥；又譬如他有时过于追求形式，尽管把《爆炸》这类小说写得才华四溢，却有些"曲高和寡"；再譬如他有时的借鉴过于生涩，留下了某些摹仿的痕迹等，均未受到更多的诘难，即是例证）。难能可贵的是，莫言并未因此飘飘然或昏昏然，仍在冷静执着地探寻一条更加中国化的、更加属于自己的艺术道路。也正在此时，他的立足故土的"邮票"意识悄然萌发——《秋千架》首先打出了"高密东北乡"的旗号，而《秋水》则写了这个村庄的繁衍史，里面的爷爷和奶奶就是"高密东北乡"的亚当和夏娃，《秋水》就是"高密东北乡"的"创世纪"——莫言，在咂摸着下一个真正的"好球"。

果然，今年三月，莫言从"高密东北乡"的历史深处捧出一束沉甸甸的"红高粱"，立时就赢得了文学界更高的热情，和社会上更大的兴趣——我们或可解释为莫言小说技巧的渐趋圆熟，或可目之为莫言对历史题材的创新突破等，但在我看来，《红高粱》对莫言小说创作的发展而言，无疑标志着他的"邮票"构想的初步成功。一、当莫言将他泛散多变的目光渐渐凝聚稳定在故土的内结构上时，实质上已表明他对中国农民命运更为深刻地思考与把捉，他已从昔日理想失落的怅惘中，从现今变革艰难的迷茫中超越出来，他沿着时间上溯，顺着祖辈的血脉寻根究源，追近了民族精神的底蕴，他深情召唤"游魂"的复活和"人种"的回归，为今天民族性格的建造提供了一种参照。这样，虽然他扫描的视域由今而昔，由大到小，但由于有了当代意识和审美理想的光照，便获得了一种超越历史、超越现实的穿透力，一种由点到面、由小到大的辐射力。它的表相与内涵，呈现出双向逆反流向。二、在横向移植与纵向继承的天平上，莫言不断给后者加码，他更加尊重民族的审美心理与情趣了，对民族的审美接受"图式"，既继承又扬弃，努力把握在"图式"的边缘进行突破。《红高粱》实际上就是一个传奇故事、风俗民情与现代技巧的三结合产儿，本质上仍不失中国气派和民族风神。三、《红高粱》系列初步展现出一种小型史诗规模，由《高粱酒》《高粱殡》等五部中篇组成，在高密东北乡的方寸之地拉开历史风云和人物命运长卷（据我所知,莫言的下一个重要节目,就是他的高密东北乡的系列长篇)。史诗意识的苏醒,正是莫言的"邮票"构想的显著标志。

因此,《红高粱》系列更加有力地向人们昭示:莫言的小说资秉与潜质,在同龄人作家群中显得出类拔萃,因此,我们对他更加厚爱(决不是苛刻),我们甚至宁愿把他的某些特点看作缺点。譬如他的艺术感觉很敏锐,但仅仅凭借乃至满足于这种局部的甚或是微观的、经验化的甚或是表象的"小感觉"来组构他的作品建筑群,恐怕更多的只是漾散出一种才子气,而不是真正的大家气。我们更强调一种包容思想、哲学、历史和人类意识的宏观感觉。正是从这样的高度来检测,莫言部分作品的内蕴和力度还稍嫌不足。我们还注意到,当他企图在《狗道》中表达一种对战争和人的宏大哲学思考时,明显地泄露出捉襟见肘和力不从心的窘迫。以至有人隐隐地担忧:小说怪才莫言能否超越"莫言模式"?何况,一方小小的"邮票",容易限制作者的艺术视角,如果没有内涵的不断深化、扩展,这方邮票的艺术设计和营造,更易于落入某种窠臼。

于此,我们想到——当新时期文学头十年璀璨的结尾和第二个十年辉煌的开端联袂而来之时,一种清醒的反思氤氲丝缕而起:头十年我们开创了当代文学空前的繁荣格局,但却未能产生大家;第二个十年势将急迫呼唤和亟待产生大家。然而,当今文坛的中坚(主要是中青年作家),由于历史的原因,他们中外文学的全面准备比起五四时期那一批大师来,无疑有较大的落差,因而还少有鲁迅的哲人眼光、茅盾的史诗气魄、老舍舒展从容的风度、巴金开阔酣畅的笔墨……尤其经过了十年或几年的跋涉和喷吐之后,他们都感到了程度不同的疲惫和"内虚",以至在历史的临界点上徘徊不前——他们将共同面临的严峻考验是,能否甘于寂寞以潜心修炼(包括思想、生活与艺术),呕心沥血以涵容万象。这关系到他们能否不断超越自己,关系到当代中国文学能否再次起飞——而对于莫言,则决定他苦心孤诣设计营造的那方小小的"邮票"能否真正具有深广的超越意义——当然,我们所说的超越,决不仅仅是超越"高密",也不是超越华北,而是超越——中国。

(1986年12月8日)

关于我国社会主义文学的发展方向刍议

姚雪垠

自从党的十一届三中全会以来,我国新时期的文学出现了空前繁荣的景象,表现在三个方面:一是涌现了大批中青年文学新人,其中有一些是较有才能的作家;二是每年有数量很多的作品发表或出版,其中有不少比较好的作品;三是文学刊物的数量非常多,为五四以后半个世纪所梦想不到。

然而,我们在肯定这种繁荣现象的时候,不应该忽略了近年文学创作界和理论界出现的消极面,表现为两个方面:一是有一些人愈来愈背离了建设我国社会主义所必须维护和遵循的四项基本原则;二是有一些人抛开了五四以后革命文学的光辉传统。这两个方面是密切联系,不能分开的。三是有一些人背离了马克思主义的文艺理论(包括毛泽东文艺思想)原则,锐意向西方各种现代文艺思潮膜拜,盲目引进、鼓吹和学习,名之曰大胆开拓和勇于探索。四是由于我们有关文艺领导部门对中青年作家放松了思想教育,放松了应有的严格要求,不提倡正当的批评风气,于是十年内乱后社会上出现的不正之风也影响到作家队伍。单从文学创作和文艺理论说,近几年出现了两次偏离了社会主义道路的浪潮,分别论述如下:

第一个浪潮是所谓"通俗文学"热。在1942年的《在延安文艺座谈会上的讲话》中,毛泽东同志特别讲到了文艺的普及和提高问题。解放以后,我们继承了苏区和解放区文艺运动的经验,对于通俗文学一直是重视的。但是近几年的所谓"通俗文学"浪潮却是另一种性质。它是以赚钱为目的,以庸俗低级的内容和趣味,也就是以淫秽、凶杀、武斗、迷信、离奇荒诞的故事腐蚀群众,与严肃的文学争夺读者,挖社会主义精神文明的墙脚,名之曰为群众服务。这一股浪潮是封建文化糟粕的沉渣泛起与香港一部分消极文化沉瀣一气。然而有人竟然写文章大加鼓吹,说五四以来的革命传统不行了,"通俗文学"重新开辟了当代中国文学的新道路。实际上,不管从内容说,从艺术说，近几年流行的所谓"通俗文学"热和"传奇文学"热，对五四新文学传统说，是暂时出现的一股逆流。

第二种浪潮是所谓新"崛起"的各种现代文艺新理论和创作道路。在理论方面或公然或隐晦地否定马克思主义和毛泽东文艺思想的指导作用，否定五四以来的革命文学传统，甚至抱着民族虚无主义的态度否定我国三千多年古典文学的光辉传统，反而不顾中国社会的具体条件，热衷于向西方资产阶级的各种现代流派学习，甚至于连西方已不再时新的糟粕，也视若珍宝，企望以此来代替我国的革命文学传统，改变我国的社会主义文学道路。

在这些新"崛起"的同志看来，只需要个人的创作自由，不要社会主义道路上的创作自由。他们不讲深入生活，反映现实，两个服务，而大讲超越现实，超越阶级，超越社会，超越时代，超越自我，或者提倡淡化主题，同现实拉开距离。不提倡写革命的英雄主义和爱国主义，也不提倡健康的人生观和高尚的理想，而提倡写孤独感和失落感。这里所反映的世界观和文艺思想是同社会主义精神格格不入的，所以由这样一些同志所掀起的新浪潮，不承认深入生活是文艺创作的唯一源泉，不承认现实主义创作方法的重要意义。

我决不是说社会主义现实主义是唯一的文学创作方法，但是如果作家要正确地、深刻地反映生活（包括历史生活），塑造典型人物，社会主义现实主义就是最根本的创作方法，掌握了这一根本方法，然后再吸收一切有用的创作方法。离开了以社会主义现实主义为基础，跟着西洋现代任何流派走，创作决不会有重大成就。可是有一些同志，对社会主义现实主义不再提了，认为过时了，甚至有的同志竟然将恩格斯的"典型环境中的典型人物"这一关于写人物的美学原则说成是机械的环境决定论，予以否定。由于不再强调深入生活和反映现实，否定了五四以来的革命文学传统，不再谈文学的社会效益，加上一部分作家不肯在思想和理论修养上下功夫，对自己做较高要求，于是在被庸俗的通俗文学一派称为"正统文学"中，一些不该有的现象出现了。我试举以下几个现象做例子，请大家予以深思：

第一个现象是赤裸裸地描写性生活、性心理的作品愈来愈多了。连男女中学生的性心理也成为文学的时髦题材。原来，在三十和四十年代，我们的进步作家和理论工作者，他们从事文学活动不是为着金钱，不是为着迎合读者中的庸俗趣味，而是为着反帝反封建斗争，即中国的新民主主义革命。当时的进步作家，没有人讲什么超越现实，讲什么淡化主题。作家们在国民党制造的白色恐怖中，以笔作武器进行斗争，宁肯遭受国民党的迫害、逮捕、监禁，甚至杀害，坚定地战斗，总是保持着铮铮铁骨，志节不移。在抗日战争中，进步作家们都是救亡战士，以他们的作品唤起群众，鼓舞斗志。当时的作家虽然成就有大小不同，但是被称为"人类灵魂的工程师"，应该说当之无愧。如今有些通俗文学作者，以庸俗低级的趣味麻醉读者；有些原是写严肃作品的作家，在资产阶级自由化空气中经不起考验，转而赤裸裸写性心理和性行为，腐蚀青少年读者的心灵。试问，这些同志，对青少年的思想品格教育负责了吗？

在去年下半年，许多人曾经预测今年是性文学年，许多刊物竞相组织稿子。由于党中央及时做出反对资产阶级自由化的重要决定和措施，将这一股歪风邪气压下去了。五四以后的几十年间，不但革命文学阵营内部的作家们没有人赤裸裸地写性生活、性心理，连新月派、第三种人，甚至鸳鸯蝴蝶派，与我们不同道路的文学阵营的作家们也不写。二十年代末到三十年代初，有一位研究弗洛伊德心理学的博士名叫张竞生，写了一本《性史》，大大出名，随即被国民党政府查禁了。但今天写性文学的作家，处身在建设社会主义的伟大时代，有的是共产党员作家，而热衷于为他发表小说的报刊和出版社都是在党的领导之下。这种现象难道不应该引起我们深思吗？

第二个现象是脱离生活、违背生活随意编造。文学作品应该深刻地反映生活，这是社会主义文学必须遵循的创作原则。对于写生活，中国古典文学和现代文学，都积累了丰富而宝贵的经验，这些创作经验中也包括了许多外国杰出作家的经验。可是我们当代有些作者不重视、不学习这些经验，偏要盲目地移植和摹仿西方某些作品的写法，于是，随意编造的作品多起来了，甚至有的作品把古代人、现代人、外国人、中国人乱七八糟地混到一起，既不能反映现代生活，也不能反映历史生活，既不能反映中国生活，也不能反映外国生活，是既无艺术性又无思想性的十八扯，河南话叫作"胡闹台"。我们正在进行法制教育，而有的作品却在反封建、反官僚主义的理由下，为谋害他人生命者开脱罪责。对这样的作品，我们有些报刊乐于介绍和吹捧，这反映出我们一些同志的头脑中，社会主义文学的观念十分淡漠了。

第三个现象是丧失群众观点，背离了大众方向。最近几年，一部分诗人写出来的诗使读者读不懂了，理论家写出的理论文章使人读起来如堕五里雾中，最奇怪的是，小说也令人看不懂了，甚至连断句标点也不用了。单以小说的语言问题说，我不妨谈一点历史常识。我国的近代小说，起源于宋、元说话人的口头小说，他们使用的底本叫作"话本"。到了元明之际，产生了两大长篇杰作，即白话的《水浒传》和用通俗文言写成的《三国演义》。明代中叶出现了《西游记》和《金瓶梅》两部长篇杰作，而后者使用了更为大量的群众口语。晚明出现了数量很多的白话短篇小说，继承宋、元"话本"而完全发展成熟，其中有一些是光辉的不朽之作。到了清代，出现了许多白话长篇，而《红楼梦》被视为世界古典小说的一座高峰。从宋元"话本"到清代的长篇白话小说，以及清末民初的白话小报涌起，可以看出来两个道理：一是小说起源于人民的口头文学，还要回到人民中间；二是五四前将近一千年白话文学的发展，为五四文学革命提供了雄厚的历史基础。

五四新文学革命之初，从封建文化阵营中站出来的著名的古文家林琴南，反对文学革命，认为白话是"引车卖浆者流"的语言，不能登大雅之堂。随后又有学衡派反对白话文学，认为文学只应归少数有较高文化修养的人享受，与大众无干。当然，白话文学是具有强大生命力的、不可抗拒的历史潮流，林琴南和学衡派很容易地被打退了。

然而当时的中国是一个半封建半殖民地国家，白话文学运动不但受到封建文化势力的干扰，也受到殖民地文化势力的干扰。白话文体的欧化倾向很快地严重起来，破坏了祖国语言的纯洁性，也脱离了一般群众，当时被贬称为"欧化文"或"新文言"。随着新民主主义革命斗争的深入发展，随着抗日救国的新形势的出现，从国民党反动阵营中提出来尊孔、读经、恢复文言的口号和活动，而革命阵营则于1933年发动了大众语问题和简化汉字的讨论，同时提出了大众语文学问题。鲁迅和瞿秋白都参加并领导了这一运动。这是中国现代文学史上的一件大事，影响深远。这一运动也体现了文学是发动、团结和教育广大革命群众，打退反动势力进攻的重要武器。但是由于作家的生活限制，在大众语问题讨论后的数年中，只有极少的作家能够提炼大众的口语创作小说。延安整风之后，大批作家开始同解放区和游击区的革命群众打成一片，或者新作者从群众中涌现，于是文学语言普遍地发生变化，用朴素生动的群众口语写作成为新的主流。作家在语言问题上负有两种不可推卸的责任，一是使文学面向人民大众，二是纯洁和提高祖国的民族语言。特别是，中国是一个地域辽阔、方言复杂的国家，用普通话统一全国语言，是全国教育界和文化界必须担负的历史任务。作家既不能置身事外，更不应背道而行。

以上是我顺便谈到的历史常识，我们怎么能够想到，五四新文学革命以后经过近70年，到了建设社会主义时代，竟然会出了一些作家将自己看成少数精神贵族的反常现象？是进步呢还是大大地倒退？

文艺界因受了资产阶级自由化思潮的影响，问题很多，我今天不一一列举。现在大家必须认真考虑的是，我们发展文学的方向道路是什么？我个人认为，必须考虑的有以下几点：

第一，中国当代文学的方向道路必须和我们的伟大祖国的发展道路相一致，而不能与之背离，不能有第二条路。我们要建设的是一个有中国特色的社会主义国家，我们要发展的文学也必须是有中国特色的社会主义文学。我很赞成在文学创作和理论上的开拓精神和探索精神，但必须是在有中国特色的社会主义的道路上进行开拓和探索。我们都熟知一个朴素的道理：社会的经济基础决定意识形态，而意识形态反过来影响（或作用于）经济基础。因此，我们要发展的新时期中国文学必须是社会主义的，必须与中国的社会主义建设事业相适应，必须能够起积极作用、促进作用，而不能起消极作用，更不能挖社会主义精神文明建设的墙脚。

第二，指导我们发展社会主义文学的哲学是马克思列宁主义和毛泽东思想，指导我们进行创作的理论是同我们的哲学一致的。五四以来的数十年实践经验证明：好作家应该有好的思想，革命作家应该首先是革命的人。今后，为着加速经济建设，我国必须更加向外国开放；为着保证社会主义的航向，必须坚持四项基本原则，高举马克思主义的旗帜，理直气壮地同不利于建设社会主义精神文明的各种思想流派和文艺思潮做斗争。我深切希望全国文艺界，尤其是中青年作家们，没有掌握马克思主义的同志要加强学习，曾经学过的要重新再学习，同时，改造我们的学风和不健康"士风"。大家都做当之无愧的灵魂工程师！

第三，中国当代文学的创作方法应该以社会主义现实主义为主导。确立了这一主导性的创作方法之后，其他流派的创作方法，凡是有积极意义的都可吸收。我们对外国文学决不是闭关自守的，但必须立足于中国的土壤，并且以社会主义现实主义为主体，这两条基本原则不能有丝毫动摇。所谓全方位地引进和学习才是开放，全是谬说。过去，是我们自己用庸俗社会学和简单化的教条主义糟蹋了社会主义现实主义，现在我们要在唯物主义反映论的指导下发展生动活泼的社会主义现实主义创作方法。鲁迅所开创的战斗的现实主义道路不但没有过时，而且在今后的复杂的思想斗争中会越发显出它的强大的生命力。为着区别于古典现实主义和批判现实主义，我认为还是用社会主义现实主义的名称为好，涵义比较准确。

第四，中国当代文学必须是面向大众和属于大众的。生活在社会主义社会中的任何作家，不论成就大小，都不应该目无群众，背离群众，自认为是高踞群众之上的精神贵族。作家不应该为任何自私的目的而写作，也不应该只为周围的极少数人的捧场而写作。文学作品在语言方面的大众化，思想感情的进步性，必须兼顾。为社会主义服务和为人民服务是一致的，是一个问题的两个方面。文学的面向大众就是文学的普及功能。普及与提高的关系是辩证的，而不是截然互相脱离的。"所以，我们的提高，是在普及基础上的提高；我们的普及，是在提高指导下的普及。"（毛泽东《在延安文艺座谈会上的讲话》）根据古代和现代文学史的经验，有些文学名著，既是思想性和艺术性很高的作品，也是最受广大群众喜爱的作品，差不多泯灭了普及与提高的截然界限。尤其是处于在"延座讲话"时尚未出现的当代文明的条件下，一部分思想性和艺术性都很高的小说，通过广播和改编为各种文艺形式，得到持久性的空前普及，远远不是那一类格调不高的所谓的"通俗文学"的作品可以相比。近几年曾经暂时泛滥的所谓"通俗文学"，只是一时重新泛起的封建文化的腐朽沉渣和香港的消极文化的合流，完全背离了社会主义文学的大众方向。

第五，要提倡社会主义文学的中国气派。我们不管是进行新民主主义革命或建设社会主义的物质文明和精神文明，都必须将马克思主义的基本原理，结合本国的社会条件和历史条件，走我国自己的革命和建设道路。文学是精神文明的一个重要组成部分，发展我国的社会主义文学，当然也必须以马克思主义的基本原理为指导，立足于中国的社会条件和历史条件。我们之所以重视学习毛泽东文艺思想，是因为毛泽东同志将马克思主义的普遍真理运用到中国的革命文艺运动的实践中去，也就是毛泽东同志以马克思主义为指导，考察了"五四"以后新文学运动的实际经验，结合当时延安和解放区出现的带有普遍性的文艺创作问题，产生了他的毛泽东文艺思想，这是马克思主义文艺理论的中国化，也是一次重要发展。早在1938年，毛泽东同志在《中国共产党在民族战争中的地位》的报告中就提出来共产党人有一个重要任务是"学习我们的历史遗产"。他在报告中说："马克思主义必须和我国的具体特点相结合并通过一定的民族形式才能实现。"这是指马克思主义思想理论的中国化而言的，所以他的立论根据是："我们这个民族有数千年的历史，有它的特点，有它的许多珍贵品。对于这些，我们还是小学生。今天的中国是历史的中国的一个发展；我们是马克思主义的历史主义者，我们不应当割断历史。从孔子到孙中山，我们应当给以总结，承继这一份珍贵的遗产。"也就是在这篇报告中，他提出来"洋八股必须废止，空洞抽象的调头必须少唱，教条主义必须休息，而代之以新鲜活泼的、为中国老百姓所喜闻乐见的中国作风和中国气派"。到了1940年1月，毛泽东同志在《新民主主义论》中，对文化问题明确地指出来："中国文化应有自己的形式，这就是民族形式。"毛泽东同志对新民主主义文化下了一个定义，就是"民族的科学的大众的文化"。

远在三十年代中期，在上海的左翼文艺阵营为着探讨文艺的大众方向提出来旧文艺形式的利用问题，即当时所说的"旧瓶装新酒"的问题。这是民族形式问题讨论的滥觞。到了毛泽东同志的《中国共产党在民族战争中的地位》和《新民主主义论》相继发表之后，引起了进步文化和文艺界的极度重视，于是国统区的大后方掀起来民族形式问题的热烈讨论，继续了差不多三年之久。从讨论的结果看，理论的成就不高，但从新文学的发展看，提出来这样的问题，曾经产生了深远影响。理论收获之所以不高，主要原因是参加讨论者有的根本缺乏文学创作的实践经验，有的对中国古典文学的丰富遗产缺乏研究，而更多的同志不能正确地对待"民族气派"一词的丰富涵义，机械地理解文学的形式问题。当时我所认识的参加讨论的重要人员，有的同志提出来抛弃五四新文学传统，另外从继承民间文学开始，实际上他并不了解中国古代的和现代的文学发展历史；有的同志认为作家只要拥抱生活，深刻地反映现实，就能够完成民族形式，实际上是取消了关于民族形式问题（实质上是中国气派问题）的探讨和追求。

抗战期间关于民族形式问题的讨论，虽然在理论上的成就不高，但是它打开了文艺界许多作家的思路，从此以后，在创作实践中探索民族形式的大有人在，获得了不同程度的成就。但是什么是文学上的中国气派，如何追求中国气派，是一个比较复杂而深刻的理论问题，我今天不能详谈。

当前为着发展具有中国特色的社会主义文学，我重新提出来"中国气派"的问题，请大家重视和讨论。中国是一个社会主义国家，这性质不能改变。中国有10亿人口，有数千年的文化，有三千多年光辉灿烂的古典文学传统，有以鲁迅为奠基人的五四新文学传统，有以马克思主义的普遍真理同中国新文学运动的实际经验相结合的文艺理论，即我们应该在坚持中继续发展的毛泽东文艺思想。这就是我国的特殊"国情"和具体条件，也是发展我国社会主义文学的深厚土壤。只有带有中国气派的社会主义文学，在国内才能够做到为人民"喜闻乐见",在国际上才能够大放异彩。近几年我国文艺理论界和创作界少数同志盲目地向西洋现代流派学习所造成的混乱现象,必须终止,不应该让"全盘西化"论首先在文艺领域打开缺口,占据滩头阵地。我呼吁:要赶快端正我们的社会文艺的发展方向,端正我们的文风,端正我们的学风,端正我们的"士风"!

(1987年4月30日)

探索、创新及其他

毕 胜

文艺创作是一种复杂的审美活动,是对生活和人生的艺术把握和再现,需要作者才情独具,慧眼独识。古今中外,大凡优秀的作品都浸透着作家深邃独见的思想之光,作家以超拔的艺术勇气,对社会历史和人情世态进行艺术地概括和表现。故此,有人说,"创作就是创造",艺术是才情和智慧的竞技。

新时期以来,作家对社会生活的开掘和认识不断深化。随着思想的逐步解放,文艺经历了一个可喜的发展过程。艺术日益走向开放、走向自觉、走向成熟,涌现了一大批锐意进取的作品,形成了蔚为壮观的繁荣景象。而引起读者强烈反响的作品,毫无例外地都是在思想和艺术方面有新的突破和创造,以其思想的深刻性和震撼力,以及对生活的新的审美发现,吸引着读者。

创造、求新作为文艺发展的活力,是不容置疑的艺术法则,为历代大师们所认同。鲁迅说:"没有冲破一切传统思想和手法的闯将,中国是不会有真的新文艺的。"他称赞《红楼梦》打破了传统的写法。别林斯基说:"在真正的艺术作品里,一切形象都是新鲜的,具有独创性的,其中没有哪一个形象重复着另一个形象,每一个形象都凭它所特有的生命而生活着。"中国古代文论中所谓"若无新变,不能代雄",也是这个道理。这是因为文学作品是精神产品,切忌重复和雷同,不能搞系列化和标准件。作家对生活的选择,素材和题材可以相同或相似,但作品的思想题旨和人物形象则应是绰约多姿、各呈异彩的。面对着"满眼生机转化钧,天工人巧日争新"的丰富多彩的社会生活,作家要不断探求和发挥新鲜活泼的艺术表现力。

创新和探索在一定意义上是时代精神的要求。改革开放就要打破陈规旧习,勇于创造,建立具有中国特色的社会主义现代化事业。文学创作要适应这个形势,作家就要有创新意识,敢为人先。创新,是以一种海纳百川的气魄融会兼蓄,对各种艺术流派、风格和表现手法择优为用,取精用宏地探索。

只有超越了封闭的、狭小浅近的艺术视野，有一种宏阔的、开放的艺术眼光，才可能有大家风范，才能够向更高的艺术峰峦迈进。

作为创作者主体来说，强化创新意识和探求精神是十分重要的，它是激活作家艺术创造力、调动作家积极性的重要因素。作为欣赏者（包括评论者和读者），对于艺术上的探索和创新，也应该有开放的眼光和宽阔的胸怀。有时，这更为重要。

这种宽阔的胸怀，首先表现为对文艺成绩要有客观认识。比如，新时期文学尽管有不尽人意的欠缺和不足，但它对变革年代的生活及时深刻地表现，塑造生动感人的艺术形象，对人生世态进行深入地开掘和剖析；文艺经历了由单一到多样发展变化的过程，形成了千姿百态的景观，成为人们认识历史、了解生活、了解人生的艺术参照；它既是过去优秀的文艺传统的继承，又有新的探索和创新。这是不能抹杀的。如果完全否定了这样的成就，看不到文艺园地由荒芜变生机，看不到作家们付出的创造性劳动，就不利于调动积极性、争取社会主义文艺事业的更大成绩。诚然，对于探索和创新过程中出现的一些失误，比如一些脱离群众的倾向、商业气息以及少数人对性描写的热衷等，进行批评和引导是十分必要的。但需要弄清楚，从整个文艺的宏观来看，这毕竟是支流，不能掩盖新时期十年文艺的煌煌功绩。如果由此来否定文艺创新和探索的必要性，更不是实事求是的态度。

另一方面，是要审慎地分析、批评和评价复杂的文艺现象。文艺创作是复杂的精神劳动，文艺作品不宜用简单标尺来衡量、测算。用行政的手段、僵化凝固的思想，动不动给作品的思想和艺术画线、定性，不利于作品的探索和创新，不利于作家自由心境的确立和培养。比如吸收外国现代派表现手法，同中国读者接受能力和审美趣味相吻合，创造一种中国现时大众都能理解认同的作品，不能因为借鉴了某些国外的创作手法就视为洪水猛兽。马克思、恩格斯设想的随着各民族的交流形成的一种世界的文学，是摒弃狭隘、封闭的思想的。文艺的探求、创新，只有在作家主体意识的高扬和自由心态下才能够实现。精神产品不同于物质产品，主要在于它没有严格的尺度来进行生产前的设计工作，而只有创作主体吸收和浸润了时代精神的神韵气脉，同自己的艺术素养发生碰撞，找到了契合点，才能通过作品表现出来。试想，在创作意识萌生时，没有一种自觉的心理情绪和艺术氛围，不就束缚了艺术灵气的生发吗？

这里特别值得注意的是，不应把文学创作非文学化，或等同于社会学。

所谓非文学化，就是把文艺作品同一些政治的、伦理的、社会的意识等同起来。从作品中认识社会和人生，表现一定的社会政治内容，不等于文学是政治的宣言和教科书。文艺作为"引导国民精神的前途的灯火"（鲁迅语），它要注重社会效果，要讲政治标准，但还要具有某种独特性的审美标准，对那些符合"四化"总目标，而艺术上有追求探索、又被大众接受的，就应该从美学的角度认可。

创新和探索是为了社会主义文学的更大发展。一切对社会主义文艺事业的繁荣、对中华民族文艺走向世界有迫切感和责任心的作家，殷殷于此，耿耿在怀。开放、改革的历史年代为文艺家创造和探索提供了大显身手的舞台，文艺家应该无愧于这个伟大的时代！

（1987年6月23日）

真正创造者不愿浇铸艺术样板

——魏明伦剧作意义及其他

余秋雨

一个有成就的艺术家常常陷入这样一种困境：人们总是根据他已发表的一二部作品来评判他，而事实上这一二部作品只反映了他的某些片面，远没有熔铸他的整体人格。于是，艺术家焦灼起来了，他急急地写"创作体会"为自己辩护，补充一些作品本身并不存在的意蕴，甚至还对作品做一些修改和校正……如所周知，这一切，常常是弄巧成拙，成为蛇足之举。

只有这样的艺术家才会从根本上摆脱这种可悲的命运：他们一旦上阵就不愿停步，以迅捷的速度、火一般的创作激情，喷射出一连串的作品，构建出了一个大致上的自我完整。他几乎不用做什么自我辩护，他的越来越多的新作品本身就可洗刷多种不公平的评判。全部艺术史都证明，创作状态最佳的艺术家，最容易获得公正的社会品评。

为此，我们似乎有理由劝说大量有才华的中青年艺术家，不要过多地留意于身边的人事纠纷、文坛角逐，不要过分地醉心于对已发表作品的宣讲和游说，而应该马不停蹄地继续投入创作，像世界上许多艺术大家一样，使自己的艺术生命呈现为一种滚滚滔滔不息的巨流。

魏明伦给我的喜悦与激动，首先是他的创作状态。他在今天中国戏剧界的意义，首先也是他的创作状态，或者套用一个体育界的术语，是他的竞技状态。他诡秘地一次又一次地拉开剧场的帷幕，像变戏法的奇人故意要让我们吃惊，硬是交付给我们满目华彩、满耳繁弦，而且时时更换，不断翻新。

魏明伦的剧作既有历史题材，又有现代题材；既有改编，又有创作；既有平实的传统手法，又有大胆的怪诞处理；既能以情感称胜，又可以哲理见长；既有重于现代社会的批判眼光，又有偏于历史经验的回溯思考……

一切真正的艺术创造者都有着富有的内涵，而这种内涵中又必然沉淀着理性素养，其中包括着经过他个性选择的艺术理论。然而，这种"内在的理论"，已与他的生命融为一体，已变成一种本能的自控能力，显而易见，这种隐潜的理论正是艺术理论最为深刻的呈现方式。当艺术理论变成一种外在的强制手段、变成一种异己的警戒、变成一种与艺术家的自由心态相对立的律令，就会扼杀真正的艺术创造。无疑，魏明伦是有理论素养的，但从他的创作状态看，他拥有的是一种处于自控状态的内在理论。他在重重叠叠的理论规范前取得了很大自由。

这不仅表现在他对某些戏剧规范的娴熟运用，而且还表现在他对另一些戏剧规范的大胆突破。看得出来，他并不像有些剧作家那样，过于沉溺于自己已经娴熟的部位，而总是觊觎着自己未必娴熟的陌生天地，力求多占据一个空间。他在题材、主旨、手法、格调上的大幅度转换，每次都包含着跳向陌生地的勇敢。与未跳跃前的娴熟部位相比，新占据的陌生地或许显得生涩、粗糙，但是，拒绝这种生涩和粗糙，就是拒绝开拓和前进。

争论最多的《潘金莲》是魏明伦对自己所未知的一个世界的开拓。有人说它不像传统川剧，也不像其他传统戏曲，同时又不像西方的荒诞戏剧。对此，魏明伦本人不会不知道，但他同时又知道，太像哪一方了，就不再是对未知的开拓。

远不能说它是无瑕可击的精品。但是，几乎没有人否定它是戏，而多数观众也大体认可它是川剧，不管演到哪里，不管如何批评，台下总有赶不散的观众，闭幕时总有长时间的掌声。作为一种开拓，这样已算成功的了。

《潘金莲》公案的焦点在于：这是否就是川剧革新的方向？

为什么我们对艺术的思考竟是如此简陋：一旦立足，即是方向，非是即非，绝无通融余地？

这种简陋的思考，起始于我们长期养成的习惯。任何一种艺术，似乎都有一种标准模式；一部作品成功，因为它贴近了标准模式；一部作品失败，因为它离异了标准模式。因此，删削婆娑的丫杈，拉直弯曲的枝干，剩下一种基本一致的格局。个体等于整体，成功等于样板，样板等于方向，结果构成一种全盘雷同的大一统。

一切真正的创造者都是不愿意浇铸样板的。可以断言，如果魏明伦心存一丝"为川剧勾勒方向"的意念，就决计不会去写《潘金莲》这样的戏。《潘金莲》的调皮劲头本身，就是对标准化、样板化的叛逆。如果《潘金莲》成了川剧的唯一方向，那就是对《潘金莲》最可怕的葬送。

川剧革新的第一步，是让川剧走向繁荣，让它尽可能多地呈现出多种可行性。既然它的步履有点艰难了，那就设法把它的路开得宽一点；既然在单股道上显得有点滞塞了，那就疏通一下，让它在多股道上行进吧。原先走惯了单股道的人，看到一条新路的出现，以为要改弦易辙了，这显然是误解。我们不想以此代彼，而是想以多代一。只有多种选择，才能导致最佳选择。

川剧是如此，其他戏曲剧种也是如此。

戏剧领域的"开流"，以争取观众为前提。这是戏剧实验与其他实验很不相同的地方。

魏明伦的戏，不管评论界褒贬如何，总的说来都很叫座，这正是他的一系列实验基本取得成功的重要前提。如果说，他的开拓精神应该被偏向于传统的创作者进一步理解，那么，他在这一方面的功力则应该被目前许多偏向于创新的年轻创作者进一步理解。

就戏剧而言，任何创新，都表现为从新的角度对观众的征服。从这个意义上说，戏剧创新是不太自由的，它常常构成与观众原有欣赏习惯的"拉锯战"。对于观众的欣赏习惯，有的需要改变，有的需要照顾，而改变常常要以照顾为代价。魏明伦除了较好地保存和维护了川剧的唱腔、曲调等基本呈现方式外，还熟练地拥有铺排戏剧性情节和戏剧性情境的技巧，使每部作品力求有"戏"。观众一开始可以不习惯他所贯注的意念和基调，但戏剧性情节和情境所造成的强烈期待像是伸出了两只强有力的手，把他们紧紧地拉住了，挣也挣不开。《巴山秀才》以让人喘不过气来的紧迫情节毫不放松地吸附着观众，直至情节终了观众才发现已接受了艺术家的悲愤批判；《岁岁重阳》从一开头就渲染了沙漠般的心理土壤与焦渴的爱情之花互不相容的灼人情境，剧作家再从容不迫地对这种情境不断加温，直至引逗出每个观众心头对封建余风的怨怒之火，烧成一片；即便是特别离谱的《潘金莲》，它的怪诞处理一直依附着一个戏剧性极强的历史故事，使得老观众能获得观赏的便利，新观众能拥有思索的基点。明眼人甚至还能进一步指出，剧中那些怪诞的组合，也是力求戏剧性效果的，因此即使这些部位也不乏情趣。

由此，我们可以看到魏明伦在宏观天地中的地位了。在川剧领域，他是一个放达的形象；在整个戏剧领域，他基本上还是一个坚守传统戏剧性范畴的稳妥的改革者。

这样，他有可能受到两方面的嘲弄。川剧界会嘲弄他的肆野，而戏剧界更为新进的一代则会嘲弄他的谨慎。让他返回传统的呼吁，与让他进一步把握西方荒诞精神的呼吁，响起于一时。

其实，对一个多元的世界来说，他理应获得两方面的宽容。传统的戏剧家应该理解，连魏明伦这样的改革也不允许，我们便会失去一个走得更远的创新者们的世界；新兴的戏剧家也应该理解，连魏明伦这样的改革也受到鄙夷，我们更无法与一个庞大的传统戏剧的实体对话。

辽阔的中国戏剧界，应该有魏明伦式的中介天地。

我觉得，纵观魏明伦的剧作，在许多魅力后面，约略还能寻找出一点浮躁的影子。

就他的每一部作品而言，大多都达到了当时当地的高水平，但把这些作品连贯起来，就会觉得还缺少一种更内在的联系，即在艺术理想和艺术形式的体现上还缺少连续性的层累，还缺少那种直逼高峰的堆垒。横向开掘较多，而递进式的深入较少。他似乎主要凭着一腔热情、一派直感纵横剧坛，还缺少一种作为大家断不可少的宏谋远图。他更像一个自由自在、随处行侠的草泽英雄，较少在运筹帷幄之间对自己的事业做更宏伟的整体设计。

魏明伦在剧作上有一个鲜明的中心母题，那便是在道德与情感的关系问题上来反封建。这个题旨当然是迫切而又带有极大的普遍性的，但反封建要反得真正出色，就需要拥有一种正面的、与艺术家的生命相伴随的伦理力量，并且还需赋予这种伦理力量以一种升华形式，使之升腾为一种审美意绪。魏明伦的剧作，从总体而言是破有余而立不足。急急地批斥，愤怒地鞭笞，但要叩问其何所本，则约略可寻，而不够坚实。魏明伦的剧作中也不乏机智和幽默，但基本上是技巧性、手段性的，还没有上升为一种足可归结全剧的整体心态。这就要求剧作家在更高的层次上重新获得传统川剧的从容、嘲弄、机智、幽默、泼辣。到了这时，浮躁就被许多静定厚实的东西代替，直接感受于现实的心理躁动，便会获得审美净化而发挥更广泛的效能。

（1988年3月22日）

社会问题报告文学面临的困境

谢 泳

按照流行的说法，人们把1985年下半年以后出现的报告文学称为"社会问题报告文学"。但什么是"社会问题报告文学"呢？好像又没有一个确切的含义。所以，"社会问题报告文学"只是一种大体上描述了这一时期报告文学发展特征的一种说法。它主要指的是以钱钢的《唐山大地震》、苏晓康的《阴阳大裂变》和赵瑜的《中国的要害》等为代表的一些报告文学作品。这些报告文学的突出表现是超越了以往单一的描述一人、一事的创作模式，而采用了一种全方面、多角度地观察问题的方式。在这些报告文学作品中，没有突出的人物，也没有相对集中的事件，作家采用的是选择众多对表述某一问题具有代表性的事例和人物，从各个角度印证作家在创作之前就已深思熟虑的对某一问题的见解和解决方式。在这类报告文学中，作家们多数选择与日常生活或者与普通人联系紧密的事件进行文化学、社会学、社会心理学等多方面的思考，所以这类报告文学又都不免带有"学术性"的倾向，即作家在报告文学作品中有意识地强化作品的文献价值，或在调查中发现了新材料和在已有材料的引证中得出了新结论。由于这样的特征，所以这类报告文学的接受层面一般是这样的：第一，由于报告文学作家选择的创作题材多数与普通人的日常生活联系紧密，所以一般群众从关心自身利益的角度欣赏这些报告文学；第二，由于这类作品在调查过程中接触了相当丰富的感性材料，所以也为一般相关领域的专业社会科学工作者接受；第三，由于这类报告文学的选题基本上都具有行业性质，所以其反响最强烈的还是直接与报告文学的选题对象处在同一位置的人们。比如，赵瑜《中国的要害》反映中国的公路建设问题，主要的兴奋点在交通系统。张桦的《京华建筑沉思录》反映建筑问题，真正引起共鸣的是建筑行业，同样道理，苏晓康反映教师生活的《神圣忧思录》也在中学教师中反响最大。从整体上把握，这类报告文学由于着眼于对社会问题的宏观把握，所以具有较强的理性色彩，它吸引读者的根本原因在于报告文学作家能够将生活的真实情况详细地告诉读者，而且态度比较客观。另外一个原因是这类报告文学观察社会问题时视野比较开阔，能够从社会学、文化学、人类学以及多方面入手，应用现代社会科学的研究成果，来评价社会问题，而且一般都具有反思和批判的眼光，因而带有较强的启蒙色彩。上述特征决定了这批报告文学具有较强的思想性和反封建的批判精神。但是由于过分追求报告的容量和思辨性，文学性相对减弱了，如何处理这一对矛盾，的确是使报告文学作家感到困惑的。新时期报告文学发展的10年历程表明，将"报告"和"文学"完美地结合起来只是一种理想的追求，在创作实践中基本上存在两种情况：一是文学性强报告性弱而呈现"小说化"的报告文学，二是报告性强文学性弱呈现"学术化"的报告文学。1985年之前，报告文学的创作倾向以"小说化"为主潮；这之后，"学术化"的报告文学领了风骚，但由于文学性的丧失，报告文学在今后的发展中将呈现一种什么样的状态呢？以我的理解，恐怕还是"报告性强"的报告文学更具有吸引力。因为这类报告文学相对说来更接近于报告文学的本来意义，正如巴克在论述基希的报告文学创作时说的："报告文学必须是现实主义的。"

近三年来报告文学发展的总体特征大致如上所述。无可否认的事实是，由于这批报告文学作家具有较强的使命感和责任感，在这一段时间内，报告文学相对于小说、诗歌等文学形式，更多地受到了读者的欢迎，这三年来报告文学的创作形成了新时期报告文学的第二个繁荣期，但是这一时期社会问题报告文学的创作也的确出现了许多值得注意的问题，概括地说有以下几点：

一、选题的相似性。在三年多的时间内，由于这类报告文学受到读者的欢迎，所以有相当多的报告文学作家在创作中产生了不谋而合的现象，这种创作中的相似性已开始使读者产生失望情绪。我这里所谓的相似性，不等于相同，更不是模仿，而是指报告文学作家思维方式的雷同。苏晓康《阴阳大裂变》之后，以婚姻、爱情、大龄青年等问题的报告文学一时泛滥成灾。而其他题材领域此类现象也非常之多。赵瑜的《强国梦》和尹卫星的《中国体育界》几乎同时问世；张桦的《京华建筑沉思录》和苏晓康的《最后的古都》接踵而至；唐敏的《人工流产》之后，尚有瘦马的《人工大流产》出现，由于篇幅关系，我不能一一举例，反正在相当多的敏感问题上我都曾读到过两篇以上的作品。这类现象，在近期的报告文学创作中绝非个别，虽然这些作品并非完全相同，但在创作方式、思考重心和价值取向上无疑具有相似性，如果是互相模仿乃至抄袭都不可怕，可怕的是不谋而合，不谋而合至少反映了创造力的贫乏。

二、议论的空泛性。近期报告文学的创作中大量出现了有关各种社会问题的议论。这一特征使这类作品获得了政治色彩。但是由于报告文学作家的素养关系，在相当一批报告文学中大量空泛的议论将本来客观的事实使读者产生的联想破坏了。有些报告文学作家过于自信，有"政治癖"，将读者抛在了一边而夸夸其谈。其实细心的读者都会发现，那些议论不是来自罗马俱乐部的报告，就是托夫勒的《第三次浪潮》或者相关的学术著作。近来《世界经济导报》上的议论也开始被报告文学作家重复引证，不能不引起人们的怀疑，这些报告文学作家究竟是在报告别人，还是在炫耀自己？

三、引证资料的轻率性。由于报告文学的"学术化"倾向，致使相当多的报告文学作家在作品中大段地引证相关学科的经典论述和原始材料，以体现作品的学术性，结果不仅由于繁琐的引证大大减弱了作品的可读性，而且由于在引证有关专业学科的资料时态度不够慎重而大量出现常识性的错误。有些报告文学作家表现得过于勇敢，在缺乏必要的素养前提下，贸然闯入自己本来陌生的领域，而后随意发挥自己的见解以显其深刻，结果闹出许多笑话。这里有些报告文学作家实际上误解了自己的优势。由于当代中国报告文学的兴盛客观上得之于新闻体制的局限，这就决定了当代的报告文学更接近于文学化的新闻报道，报告文学作家很大程度上扮演的是作家型的记者角色。这就决定了报告文学作家不可能随意对专业性很强的领域进行盲目地闯荡，而更适宜于对一些专业性不是过于强的社会问题和政治问题发表看法。

四、采访意识的淡漠性。社会问题报告文学兴起以后，一个新闻记者和报告文学作家应有的采访意识淡漠了。我们太懒、太急功近利了，我们喜欢从资料入手，乐于从已见诸报端的文章中引证和获取材料，我们善于发挥自己处理材料的综合能力，而将本来应有的实地考察和采访精神丧失了，这不能不说是记者素养的退化。

苏晓康、钱钢、赵瑜等新一代报告文学作家，作为"社会问题报告文学"的开拓者，对新时期报告文学的发展产生过很大影响。这一点从他们作品的题目就可以看出：钱钢的《唐山大地震》、苏晓康的《洪荒启示录》和赵瑜的《中国的要害》。后来出现的相当一批报告文学的题目都袭用了"大""中国""启示录"以及由此而生的一些转化，可以看出这一时期报告文学创作的基本思路，并由此形成了模式，而模式的形成也意味着这类报告文学创作正酝酿新的突破。当然这并不意味着社会问题已经写完,而是说由于模式化的形成而迫使作家选择新的题材领域和寻求新的表现形式。所以今后报告文学的创作趋向很可能会是向历史事件的回归,但是这些历史事件的选择必须是和当代中国现实有紧密联系的,对于已经过去的历史事件进行深刻的文化反思和重新评价将是报告文学作家的兴趣中心。

(1988年9月6日)

现实主义的重新认识

刘纲纪

近10年来,中国当代文艺受到了西方现代主义的冲击,其强烈的程度可以说前所未见。现代主义的强大冲击波把我们一向所提倡的现实主义冲到了一边,而当这股冲击波渐趋缓弱时,现实主义又重新受到关注。也许,在中国当代文艺中,现实主义与现代主义将是两大互相激荡的潮流?我认为,用现实主义去否定现代主义,或反过来用现代主义否定现实主义都是行不通的、不对的。问题只在如何从当代世界和中国的现实出发去科学地规定两者各自的实质和作用,使之得到健康的发展。在目前,当现代主义进入对自身的反省的时候,重提现实主义并深入开展对它的研究,正是一个适当的时机。但这并不是要由此而否定现代主义,或将它归结为现实主义,而是要使在前一段时间受到忽视以致否定的现实主义得到应有的重视和肯定。

那么,什么是现实主义?应当如何界定它?当代的现实主义应当或可能具有怎样的特点?

在界定现实主义的时候,我认为首先要把现实主义和文艺的真实性这两个概念区分开来。现实主义的文艺当然是具有真实性的,但其他不属于现实主义的文艺,包括现代主义的文艺也同样可以达到真实性,有时还是很深刻的真实性。如果把现实主义和文艺的真实性混为一谈,那就会抹杀各个文艺流派的区别,最后把各种不同流派的文艺统统都纳入现实主义的框子之中。这显然是一种不利于文艺发展的简单化的想法。我同意这样一种看法:对现实主义应加以明确地界定,它不是无边的、可以囊括任何一种文艺流派的。现实主义应致力于确立自身特有的品格,这样它才能最大限度地发挥自己的优越性,卓然成为诸文艺流派中一个不可取代的重要的流派,而不致使自己消融于其他流派之中。

通观一下文艺史,我以为下述几点可能是现实主义的最本质的特征。第一，现实主义充分肯定作为主体的人及其所生活的周围世界是客观实在的东西。尽管对这种客观实在性的理解不一定就是建立在我们通常所说的唯物论的基础之上，但肯定这种客观实在性却是一切现实主义者共有的特征。相反，如西方现代主义诸流派则经常认为主体及其所生活的世界都是一种虚幻不实的东西。第二，现实主义力求按照世界的本来面目，而不是按照主观的愿望、情感、幻想去说明世界。这当然不是说每一个现实主义者都能完全地做到这一点，也不是说现实主义同艺术家主观的愿望、情感、幻想不能相容，而是说现实主义的艺术家始终把外部世界的本来面目放在第一位。他清醒地意识到他的主观的愿望、情感、幻想与客观实在的外部世界的差别，不以他的愿望、情感、幻想去代替对世界的本来面目的说明（艺术方式的说明）。第三，现实主义表现了人类理性认识的强大力量，对现实采取高度冷静、清醒的态度是现实主义的重要特色。第四，现实主义决不等于如实地复写现实，也决不取消和否定艺术家的主体性，而是要以现实主义的要求去激发、高扬艺术家的主体性。那就是要艺术家以高度冷静清醒的态度突入生活本质的最深处去，对形形色色的大千世界做出入木三分地解剖。现实主义艺术家的主体性最为清楚地表现了不为一切外在表面现象所迷惑欺骗的理性认识的强大力量。

现实主义有它自身发展的历史过程。不少关于文艺史或文艺理论的书认为现实主义自古已有，并把文艺史的发展归结为现实主义与反现实主义的斗争，我认为是不符合实际的简单化的看法。实际上，对现实主义的追求虽然在古代已可看到，但这种现实主义还不具备我们上述的那些本质特征，而只是包含在古典主义中的一个因素。不论在西方或中国，古典主义的一大特征是追求一种理想化的和谐（对此黑格尔做过甚为深刻的说明），而排斥对现实本来面目的不加任何理想化的呈现。虽然它也可以很真实地描写出某种社会生活，但总要罩上一层理想的面纱，或从对某种理想境界的追求出发去观照、摄取、塑造现实。真正意义上的现实主义我以为是西方文艺复兴以来资本主义社会的产物。资本主义的产生发展，一方面打破了自古以来受人尊崇的种种幻想，使人以前所未见的清醒的、现实的态度去对待自己和周围世界，另一方面又促进了科学的迅速发展，极大地提高了人的理性认识的力量。这两者都有力地作用于文艺的发展，使和古典主义不同的真正意义上的现实主义得以诞生。就中国而言，现实主义的诞生是在明代中叶以后，即资本主义萌芽出现以后。在此之前，中国的文艺包含有现实主义，但在根本上是古典主义的。而且在此之后产生的现实主义（明清小说是其代表）也仍然带有十分浓厚的古典主义色彩,并且经常是浪漫化了的。

现实主义既然有其发展的历史,那么为了区别不同时代、不同倾向的现实主义,在"现实主义"这个词的前面加上某些修饰语,我认为是合理的。这种修饰语包含两个方面,一是标明时代,二是标明思想倾向、世界观,而后者又是更为重要的。就西方而言,我认为现实主义大体上可以划分为:从文艺复兴开始的、资本主义萌芽生长发展时期的人文主义的现实主义,这时的现实主义仍带有相当浓厚的古典主义色彩,可以莎士比亚为代表;资产阶级革命准备时期的启蒙主义的现实主义,可以英国出现的现实主义作家菲尔丁等人为代表;资产阶级革命胜利之后的,虽然还保留着启蒙主义精神,同时又深受19世纪实证主义思潮影响的现实主义,这可以巴尔扎克为代表。19世纪是现实主义达于高度成熟、取得了典型形态的时期。在这一时期,又出现了马克思、恩格斯所倡导的,代表着无产阶级要求的现实主义。这是现实主义的一个重大变化。由于特定历史条件的要求,马克思、恩格斯以及列宁在文艺上最为重视的是现实主义。他们围绕这一问题发表的种种见解,虽然在今天看来需要继续加以研究和发展,但无疑是对现实主义理论的重大贡献。总起来看,文艺史上出现了现实主义的各种不同类型,这是需要分别加以深入研究的。就当代而言,还有所谓"魔幻现实主义"等名目。但任何一种现实主义的流派(现实主义本身包含多种流派,绝非单一的),如果确属于现实主义,我认为它是会具有上面所说的诸特征的。

多年以来,我们所提倡的现实主义是以马克思主义世界观为指导的现实主义,或又称为社会主义的现实主义。这样的一种提法我认为并不是必须加以彻底否定的,问题只在于:第一,不应以这种提法去排斥其他非现实主义的流派,认为社会主义文艺所能容许的流派就只是现实主义一派。或者为了避免这种情况的发生而主张现实主义是开放的,把一切实际上与现实主义不同的流派都包容到现实主义之中来。在我看来,我们应当如实地承认现实主义只是各种流派中的一个流派。我们可以要求一切流派都应当真实地揭示生活的本质,但不应要求一切流派都必须是现实主义的。所谓生活的本质的真实是十分复杂的,包含着不同领域、不同侧面、不同层次的真实,而每一流派都可以自身特殊的方式和途径去达到它所能达到的真实。如果某一流派已完全不能达到真实,那么它自然会被历史淘汰。因此,我们既高度重视现实主义,同时也要重视其他同样可以达到真实的、不属于现实主义的流派。要看到生活的本质的真实只有通过各种各样的流派才能得到充分的、丰富的、深刻地展现。其次,虽然不能说我们过去所说的现实主义的作品统统是不真实的、没有价值的(这是一种非历史的偏颇之论),但同时又必须看到我们过去对现实主义的理解和实践的确存在着严重的问题。其中最主要的就是违背了现实主义是按照生活的本来面目去表现生活这一根本特征,不愿像鲁迅所说的那样,敢于直面哪怕是惨淡的人生,而用种种主观的幻想、错误的以至虚假的革命词句去强行改变现实的本来面目,直至陷入也是鲁迅所指出的"瞒和骗"的深渊。这样的"现实主义"恰恰是彻底的反现实主义,它的影响直到今天也并未完全肃清。一种脱离现实的理想主义、伦理主义、乌托邦主义在今天也仍然有所表现。最后,社会主义现实主义对生活的认识和表现当然是以社会主义的实现为理想目标的,但必须看到社会主义的产生、发展、完善是一个极为漫长复杂的历史过程。我们既要坚持社会主义思想,同时又要毫不可惜地抛弃一切简单化的、错误的空想,毫不自欺地去观察社会主义思想在现实生活中的产生、成长和表现。既不抹杀它的存在,同时又要精确地写出它在当前历史阶段上实际能够达到的水准,而不加以任何脱离实际的理想化。特别是要看到封建愚昧落后的思想在我们今天还有广泛的影响这样一个事实。面对这个事实,中国需要一个以马克思主义为指导的新的启蒙运动。这个启蒙运动是"五四"启蒙运动的继续和发展。因此,在文艺上,我们不但需要社会主义的现实主义,同时还需要启蒙主义的现实主义。西方文艺史上的启蒙主义的现实主义对我们今天还有不可忽视的重要意义,"五四"新文艺中以鲁迅为代表的、坚决反封建的、战斗的启蒙主义现实主义,亟待我们今天的文学艺术家大力地加以发扬。我们今天的启蒙主义的现实主义应当在新的历史条件下,最大限度地发挥对一切封建愚昧落后思想的揭露、分析、批判的强大作用,高扬科学、民主和人道的思想。

现实主义是以拥有高度冷静清醒的理性的分析批判精神而著称的。如果说现代主义偏向于对某种形而上的宇宙人生哲理的追求和体验,那么现实主义则偏向于形而下的、对现实人生的实证的分析和解剖。在我国进向现代化的艰难复杂的历程中,我们十分需要一种高度冷静清醒的科学精神,这正是现实主义所具有的精神。现实主义从它产生的时候开始,就同近代科学、理性的精神的发展分不开。从我们今天的文艺来说,现实主义担负着引导广大群众深入观察、认识思考中国当代现实的重大任务。这是历史所提出的迫切任务,因此在中国当代文艺中,现实主义的重新繁荣是必然的。

但这种现实主义既然是当代条件下的现实主义,它不可避免地会具有和历史上的现实主义不同的特点。要而言之，这种现实主义将把18世纪至19世纪科学的、理性的精神和20世纪以来对人作为个体感性存在的意义与价值的追求结合起来。它不会抛弃科学的理性的精神，但它又不会像18世纪、19世纪的现实主义那样，把个体的感性存在看作由某种永恒普遍的理性先验地决定的东西。它将立足于对个体感性存在的充分肯定的基础之上去发扬科学、理性的精神。巴尔扎克的那种认为人就像植物一样为生存环境所决定的现实主义，将代之以高扬个体感性存在的现实主义。个体将不再被表现为处处由群体、环境所决定的东西，而是能动地去创造自身的存在的主体，但又不是现代主义所追求的那种超现实的、神秘虚无的主体，而仍然是生存于客观世界中的现实的主体。此外，历来就同科学认识的发展不可分离的现实主义，无疑将吸取现代科学的种种成果，站在与巴尔扎克等人的时代不同的新的历史基地之上，去发挥现实主义特有的理性认识的力量，描绘出当代世界的新图景，并创造出各种现实主义的新手法。

（1989年1月17日）

1988：中国影坛的两个热门话题
——"娱乐片"与"主旋律"之我见

仲呈祥

新年伊始，回顾和检视1988年的中国影坛，人们自然会论及那一直"热"到如今的两个热门话题：一是所谓"娱乐片"问题，一是"主旋律"问题。这两极，在整整一年的电影创作实践及其相对应的理论批评上，引起了活跃而有益的讨论。

面对着当今计划经济向商品经济转型的变革大潮，中国电影于1988年突出地提出了加强故事片的观赏性、娱乐性的课题，并在这一年中一下子创作生产出了主要属于武打片、惊险片、歌舞片等类型的旨在强化娱乐功能的影片达80余部，占全年故事片总产量的60%以上。中国影坛从未有过的这种电影文化现象的产生，是一种历史的必然。应当看到，一方面，较长时期来，在"文艺从属于政治"和"文艺为政治服务"原则的影响下，包括电影在内的整个文艺创作，都存在着片面夸大文艺的教化、认识功能而贬低乃至无视娱乐功能的倾向，需要切实匡正；另一方面，伴随着改革的深化，又由于诸种复杂的原因使电影市场日趋萎缩，给电影作为一种企业带来了经济的压力，也需要吸引观众，增加票房价值，逐步适应正在形成的以商品形式向人们提供精神产品和娱乐服务的文化市场环境，求得电影艺术自身的进一步繁荣和发展。

但是，毋庸讳言，也许由于我们对拍摄娱乐性强的影片还缺乏足够的艺术经验积累和理论批评准备，对与这类影片关系密切的某些类型片种特定的审美规范和电影语言模式都还不够娴熟，因此，去年大量的旨在强化娱乐功能的影片，除《摇滚青年》《顽主》《疯狂的代价》等屈指可数的几部具有较好的艺术水平外，多数质量平庸，甚至还有少数或粗制滥造，或思想内涵上发生了某种失误和倾斜。只消一览片名，便见"杀"声震天、"血"流成河、"险"情丛生、"女"字满目……更不用说影片在内容上，即在形象设计、人物关系、行为因果、故事情节上往往彼此雷同，似曾相识，缺少艺术家独特而新鲜的审美发现了。好像只有一窝蜂地抢拍武打、惊险、情杀、歌舞等少数几种能集中表现某些感官刺激场面的类型片种，才能强化影片的娱乐功能；好像每片无论表现主题、人物、情节是否需要，都势必一窝蜂地把镜头对准那些超豪华的灯红酒绿的舞厅、酒吧等实在属于超前消费的娱乐场所，以及狂吃滥饮、胡搂乱抱、无端裸露之类，才会有娱乐性。难怪有文章纷纷发出了对这类影片中新的单一化、公式化、概念化苗头是否又在形成，电影艺术家的主体意识是否又在弱化，电影创作的文化品位和审美素质是否有所降格的种种担忧。这启示我们冷静地科学地思考一些原则问题。

我以为，首先，是关于"娱乐片"这一概念的科学性问题。所谓"娱乐片"显然是按影片自身的属性、观众作为接受主体的属性及其所处的文化环境的属性等多种复杂因素所共同制约的社会功能为逻辑起点，来进行抽象划类的。既如此，按照这种抽象的逻辑去推理，是否还应有与之相应的"教化片""认识片"和"审美片"呢？影片的社会功能，不可能是如此了了分明、如此单一的。无论是侧重于哪一种社会功能的影片，哪怕是娱乐性极强的影片，只要它作为一种文化形态，汇入中国当代文化建设的总体格局，参与到各种文化的交融、整合、流变的历史进程中去，其社会功能就必然是多方面的。人为地割裂了各种社会功能之间的内在联系，在创作实践上，势必始料未及地导致从过去的单向强调重教化轻娱乐而走向新的单向强调重娱乐而轻教化的极端，导致以为电影这种大众传播媒介的社会功能就仅在娱乐和只有"娱乐片"才有娱乐性的误解。事实上，这种后果已经和正在局部发生。

其次，是关于社会主义电影艺术的政治方向一致性与内容、形式、风格流派多样性的统一问题。有文章认为，所谓"娱乐片"的目的就是单一的娱乐，切忌要求它同时去负载什么思想内涵和认识功能。窃以为不然。如前所述，在我看来，所谓"娱乐片"，其社会功能不可能仅止于娱乐。更何况，作为社会主义的电影文化建设，其政治方向的一致性决定了它无论如何强化娱乐功能，无论如何丰富多样，它都应当是积极、健康、向上的。所以，把加强影片的娱乐性理解为可以取消艺术的社会意义和社会责任，可以容许迎合低级庸俗的审美趣味甚至粗制滥造、思想倾斜的劣品，是不对的。而且，加强娱乐性也是各种类型片种都应有的题中之义，不仅武功片、惊险片、歌舞片可以具有较强的娱乐性，故事片中其他各种样式的类型片种，在加强娱乐性上都大有可为。

再次，还有一个关于如何认识和处理适应与提高大众审美鉴赏习惯的问题。大众审美鉴赏的习惯，即大众在民族文化传统和鉴赏活动中长期积淀形成的一种集体无意识，确实是存在的。根本无视这种习惯的存在，是一种不足为取的"沙龙艺术观"。但是，那种认为加强娱乐性就要一切顺应大众审美鉴赏习惯的主张，恐怕在客观上正助长了某些迎合市趣的"娱乐片"的问世。应当清醒地看到，我们今天所处的现实社会环境、文化条件，我们现存的舆论力量、价值观念，都还有着某些与现代化不相适应的东西。我们这个民族的精神素质、文化品格、文明水平乃至鉴赏习惯，都亟待提高。如果一味消极地去顺应传统的鉴赏习惯，那就难免会强化其中的落后因素，使电影文化的建设陷入一种内在的悖论，不利于社会主义精神文明的建设。所以，应当积极地去适应大众的审美鉴赏习惯，即为了提高大众的文化修养和审美趣味而去适应，适应是为了提高。明乎此，才可望创作出更多的思想艺术质量和娱乐性均属上乘的优秀影片。

与所谓"娱乐片"相对应的另一热门话题，是关于强化社会主义电影创作的"主旋律"强音。如果说，"娱乐片"热点侧重于强调电影的娱乐功能，那么，"主旋律"热点则侧重于强调电影的认识功能。在我看来，任何时代、任何社会，其社会生活内涵的各个方面总有主次之分，反映和表现社会生活的文学艺术潮流也就必然有主次之分，主与次是相比较而存在的。在今天，社会主义现代化建设和全面改革就是社会生活的主导方面，文学艺术反映和表现这个主导方面，就形成了主潮。所谓主潮，不仅是一个"量"的概念，更重要的是一个"质"的概念。只有那种在"质"上代表着那个时代的时代精神、那个社会的人民呼声的创作意识，并标志着那个时代、那个社会文学艺术发展的历史流向和最新水平的创作思潮，才堪称主潮。严格说来，"主旋律"的内涵恐怕指的就是主潮的旋律。所以，它的意义不应仅止于题材和作品的层面，更重要的是，它的意义在于指一种自觉地体现时代精神和人民呼声的创作意识和创作精神，一种消融于艺术家创作主体的整个艺术思维过程中的自觉的内驱力。在这种创作精神和内驱力下创作出来的一切有利于现代化建设和全面改革的优秀之作，一切有利于激发人们奋发图强、开拓创新、积极进取的优秀之作和一切有利于陶冶人们道德情操的优秀之作，都应当视为"主旋律"创作。从这个意义上说，优秀的"娱乐片"创作，也完全可能汇入"主旋律"。这样来理解和界定"主旋律"，我以为较为科学、较为符合实际，也更有利于"主旋律"创作自身的多样化繁荣。

但是，现在流行着一种仅止于题材和作品层面的对"主旋律"的狭隘理解，妨碍着"主旋律"创作的多样化发展。这种理解认为，只有少数正面描写改革生活、为改革家立传的作品，才叫"主旋律"。人们往往根据某几部影片因观赏性不强而观众不多的事实，发出"主旋律"难以奏响的诘难。这种狭隘理解，无异于画地为牢，禁锢了"主旋律"创作的思维天地，影响了"主旋律"创作的百花齐放。实际上，几年来"主旋律"创作实践，本身就反驳了上述诘难。处在新旧交替的伟大历史变革中的中国人民，需要强大的意志凝聚力和精神推动力。他们不仅欢迎像《T省的84·85年》这样的正面讴歌改革的优秀之作，也欢迎像《野山》那样的细腻刻画在改革背景下普通人们价值观念更新嬗变的优秀之作；他们不仅需要像《血，总是热的》这样的鞭笞改革的外在阻力的力作，也需要像《老井》那样的解剖改革者努力实现自身观念变革的力作；他们不仅需要像《共和国不会忘记》这样的为当代改革家立传的大气磅礴之作，也需要像《巍巍昆仑》那样的在历史与现实的契合上激发人们开拓进取的恢宏之作……总之，"主旋律"电影创作的主题正在日趋深化，题材正在日趋拓展，风格正在日趋多样，路子越走越宽，其生命力是旺盛的。

当然，我们在匡正那种对"主旋律"的狭隘理解时，也不要又走到"泛化"理解的极端，即把什么作品都说成"主旋律"创作。那样理解，就实际上淡化乃至取消了主与次之分，也就实际上淡化乃至取消了我们对"主旋律"创作的提倡。我以为，只要我们坚持马克思主义的辩证分析，真正防止了非此即彼的片面化、简单化思维方式，那么，1988年中国影坛的两个热点，一定会在新的一年里"汇热"到社会主义电影文化的建设洪流中去。

（1989年1月31日）

"先锋小说"的意义

吴秉杰

近些年出现的一批所谓"先锋小说",可以说是"淄渑并泛,朱紫相夺,喧议竞起"。从马原开始的转换,到孙甘露、格非、余华、苏童等形成的一股先锋潮头,没有"宣言"与各种张扬,没有各种理论的概括,在孤冷而寂寞的途中不知不觉地登上了令人瞩目的前台。他们似乎还把批评界甩开了整整一圈,使今日的讨论也成为蠡测发展中的文学态势的一种"补课"行为。

我觉得,我们自然应该看到他们的创作在当前小说格局内的某种变化及发展的意义,可另一方面,新时期小说发展到近年所面临的阻滞也集中地在这一"新潮"中体现出来。这是一批不能结出果实的花朵。

在1987年、1988年的"先锋小说"中,若是想寻找作品中凝结着的历史意识、忏悔意识、文化意识、伦理意识、自然意识等,那么多半会感到失望。它们提供某种精神的现象,又竭力回避精神的价值,这一矛盾从一开始便决定了他们创作中一些特定的势头,即抽象、模糊、虚幻与不确定的形态。在他们的作品中,对于"人"的生存的处境与命运有一些新的表现,不过它集中反映的是人的被动、盲目、虚幻、混乱乃至荒诞的存在的一面,这便有了"世事如烟""访问梦境""死亡叙述""难逃劫数""请女人猜谜"这样一些小说的标题。这当然是对于理性主义人性观的一种反拨与补充。与这一变化相联系,新的先锋小说也使艺术表现的领域进一步有所扩展。这并不是在过去题材划分的意义上而言,不是那种时间分界、社会分层、人物活动分类的表现,而是在艺术贯通的"人性"的意义上来说的。"性"与"死亡"是他们作品的两大主题或者说内容的基质,在这两堵囚禁着又激发着人的高墙之间,同时展开了一幅幅四处奔突的心灵的图像。其结果,常是意外地推出了一批与疏离而又混乱的生活相对应的、朦胧乃至变态的心理标本。然而,由于"先锋小说"这种对"人性"的表现已完全脱离了社会的、历史的限定,这又是一批不能结出果实的花朵。

从语言叙述的角度，我们还可以看到它们在小说发展中的另一层变化的意义。由于这批先锋小说也是伴随着"文化实验""叙述革命"的呼声而兴起的，它们也以自己特有的方式促成了小说在叙事方式、结构手段、语言表述上的更加丰富。而这些"技巧"实际上也是不能与作品意味简单分离的：叙述的无中心、零散化对应着生活的随机性、无秩序；人物的"真假难辨"、生活与幻象不分对应着现实感的丧失及目标的茫然。

"先锋小说"确实是对我们以往小说的悖逆与否定，它彻底地抛弃了我们以往在被动地面对历史时暗中企盼着的"救世主"概念，然而它也付出了沉重的代价。某种价值观的陈旧在他们的作品中转化为价值观的虚无；拒绝原有的价值体系后，便只为自己留下了一片精神的荒原。它的艺术"发展"是与它的根本弱点紧紧结合在一起的。

具体作品的阅读感受既区分，也往往勾连起我们的一些体会。例如，苏童一些表达自己童年心理记忆的小说《乘滑轮车远去》《伤心的舞蹈》等大致都清新可读，有迹可循。它回溯往事，时间在悄静无痕中流逝，留下一丝淡淡的寂寞，还发人联想。然而它总是没有精神的归宿，"悲喜千般同幻梦"。即便如《你好，养蜂人》虽意在寻觅，基调却不离空虚。余华创作的《世事如烟》《死亡叙述》《难逃劫数》等借用雷达的话，是"死神时时窥伺着生者"。不仅如此，死亡与暴戾不可追索，毫无理性可言。因此，它并不使人产生曲畅旁通、探奥索隐之趣，除了命运的捉弄、生存的荒诞，剩下的依然还是空虚。读格非的作品，它为我们筑起了一个迷宫般混沌的世界。这一世界最大的特点便在于我们"不得入内"。而制造这一效果的根本方式，又在于我们倘若一定要进入这一世界，那么我们又会发现它实际上一无所有。这形成了像《褐色鸟群》《青黄》这样复杂、扑朔迷离的叙述的结果。而孙甘露的一系列创作，多数是为我们提供一个梦与幻觉的艺术天地，提供一些精神的"流亡者""放逐者""梦游者"的艺术形象。它固然与上述作品一样有着一些最一般的喻义，但既然切断了生活的"根"，完全虚幻的人生又怎么可能象征真实的人生？

从某种意义上说，"先锋小说"倒更近于诗。但除了某些片段之外，以零散意念支撑起来的叙事过程毕竟不能像诗那样获得不断新鲜的感觉刺激。相反，由于艺术形象的社会性或历史性内容的削弱，它们倒是造成了艺术传达及与读者沟通的困难。"先锋小说"留给人印象颇深的还有，它们经常把自己的写作过程写到小说中去，以造成生活与虚构不分。

把自己（作者或叙事人）的生活与感受直接渗入人物的活动与心理之中，造成作者与人物不分。当"先锋小说"以作者的意念随时支配笔下人物的命运时，人物的独立性、真实性与内在统一的逻辑性便越来越削弱。叙述的任意转换使故事松散与不断分解，这是它们的"故事"与"真实的虚构"的传统小说故事根本不同的地方。其上述叙述处理却并不是要在辨别真伪的意义上打破幻觉，恰是要突出笔下世界的虚幻性、无序性。它提供虚幻的人生与虚幻的艺术世界，这一世界不可理喻、人生难以把握、文化与伦理判断纯属多余，正因为如此，它们又有些像叙事游戏。

叙事游戏表现为语言的杂糅、颠倒、暧昧与场景的任意配置、叠合、转换，在时间与空间两个方面尽量打破确定性的界限。小说中的空间表现为围绕叙事线索所集合起来的一定的社会生活面及其相互关系，时间则转化为生活的演变或历史的运动。尽管以往有许多探索小说也淡化社会历史色彩，以求把今朝与往昔置于一时一处，实现更宏大的概括，但我们仍能捕捉到一定时空的涵义。真正消融时间与空间的规范，而把历史、社会的确定性意味尽情破坏，又把主观感觉、情绪推向极限，只能是"幻象"。在"幻象"基础上的叙事游戏，尽管在语言的杂糅中也不乏机智与想象、幽默与反讽，但由于无所倚托，毕竟难以形成真正打动人心的力量。

当前，"先锋小说"是对于现有小说艺术规范最大的破坏。它们有故事，却有意破坏故事蕴蓄的意义或意思；它们注重语言变化，但又忽略最广大的语境。

传统美学规范使小说的结构过程成为一个意义化的过程，而在这些小说中由于叙述的随意性，意义不断被分割、零散化，失去指向性对象，终于导致整体上的无意义与无价值。这些小说是平面化的，并没有什么深层的寄托，意浮而文散。这里所述当然不可能囊括先锋作家所有的创作。因为代表先锋小说转折期的马原叙述的故事中，仍有些与众不同或读来有兴味的创作。而随后如余华的《现实一种》、格非的《大年》、苏童的《罂粟之家》等一部分作品，或是在令人心悸的沉郁气氛中，或是在谜一般令人难以捉摸的神秘感中，把人性的因素掺杂于历史及现实的探视之中，在叙述方式与艺术底蕴上也完全可说是一种探索的收获。不过，就多数作品的基本走向来说，我觉得先锋小说却是体现了上述艺术品格与精神风貌。

文体的弱点反映着主体的弱点。"先锋小说"是在另一个方向上把新时期小说价值观薄弱的一面推向到了极致。从伤痕文学、反思文学开始，我们的创作都是把主体视为历史被动的产物，一条政治路线决定着十亿人的命运。随着改革的进展，在社会转型期与剧变的大潮面前，便出现了各种心理的真空与精神的惶惑。传统价值观削弱或被扬弃，而新的价值态度与观念却尚未建立起来，于是相对主义、悲观主义、虚无主义应时而生。"寻根文学"曾恰当地"绕过现实"把目光转向久远的传统，转向历史，而"寻根后"一部分"先锋文学"则把视线转向表现紊乱的感觉与生命的本能，表现一系列非理性的存在。可是，当我们用"生命本能"取代"生命意识"时却并不能取得艺术审美的深化与提升生命的境界，因为文学所要表现的总是本能之上的附加。真正的本能不值得文学加以表现，也无所谓审美的价值。审美意识是在人类文明进化的过程中形成的，其意义便也总是深刻地表现为某种历史的积淀与人性发展的要求。正是因为寻根后先锋小说未能从生活中获取新的、有力的精神意识的支持，它们才表现为价值的虚无。

（1989年4月4日）

评"朦胧诗"的扩大化

吴奔星

80年代初期,当代诗坛出现一些为一般读者认为难懂甚至不懂的新诗,被人斥责为"怪诗"或"朦胧体"诗。关于所谓难懂或不懂的"朦胧"诗,引出一场或贬与或褒的争论:贬之者要将它打翻在地,褒之者要将它捧上天。双方的对立是严峻的。争论的高峰期不过几个月,似乎"贬派"占了上风。适逢1984年下半年到1985年上半年,文艺界反对资产阶级自由化、清除精神污染,双方暂停论辩。但随着改革开放的形势发展,"朦胧"诗为个别外国诗人所提及,从而"褒派"复起,陶醉了某些青年诗人,于1986年纷纷抛出一些比80年代初期的所谓"崛起派"诗人更为难懂的诗作,并且标新立异,出现名目繁多的社团、流派。一时之间,流派蜂起,不下百十来个。他们认为中国人口超过十亿,100多个诗歌流派并不算多。他们竞相亮出旗号,或曰"第三代"、或曰"新生代"、或曰"新诗潮"、或曰"后崛起"、或曰"先锋派",还有什么"非非主义""黄昏主义""莽汉主义"等莫测高深的许多"主义",令人眼花缭乱、记忆模糊。

我丝毫无意重新挑起关于"朦胧诗"或"探索诗"的是是非非的论辩,因而对论争的双方也不拟详加介绍,只是为了行文的方便,略述梗概,难免挂一漏万。

我认为,诗的"怪"也罢,"朦胧"也罢,都可以作为艺术风格看待。从诗的发展看,风格越多,表明诗在发展、在前进。如果风格单一,就很有可能是诗人的艺术个性在开始萎缩、开始凝固。为了诗风的昌盛,我们不应过分纠缠于诗的字面的难懂与不懂上,要看那些难懂或不懂的诗是否有独特的风格。令人担心的是,某些参与争论的同志似乎并未意识到要为社会主义的新诗增多风格,而将全副的精力,放在为所谓"朦胧"诗争取正统的地位上,要把它从80年代初期的"贬义",想方设法转化为"褒义",争取当代诗坛的主流地位，从而对"五四"以来大部分为人喜闻乐见的传统新诗，采取疏离、排斥、不屑一顾的冷漠态度，认为其体格与风格都已"陈旧""陈腐"，到了必须更新的时候了。这种为争取"朦胧"诗的主体地位而流露的排他性，骎骎然有扩大之势。

  首先，是概念的扩大化，把一些青年诗人写的并不朦胧的诗笼而统之地归入"朦胧"诗。如果把所谓"朦胧"诗作为新时期出现的众多"诗风"之一看待，我认为"朦胧"诗是不应毫无分析地加以排斥的，但须把"朦胧"诗的概念弄清楚。记得宋人梅圣俞论诗，诗应"状难写之景，如在目前；含不尽之意，见于言外"。就是说写景诗要把山水花鸟写得栩栩如生，就像呈现在读者的眼前一样。至于抒情诗就不要把感情抒发得太浅露，要让读者体会字里行间所蕴藏的缠绵不尽的情意。这实际把风景诗和抒情诗看成明朗和含蓄两种不同的风格的表现。据此，所谓"朦胧"诗的难懂或不懂是不是"含蓄"看不尽的情意呢？照"贬派"的意见，"朦胧"诗是难懂和不懂的"怪诗"，诗人的创作意图是难于从诗的语言捕捉的。果真这样，便不是"含不尽之意，见于言外"，而只能说是含不尽之意出人"意外"，让读者各凭己意去猜测了。

  我以为，关于"朦胧"诗的反复争论，"褒""贬"两派都没有把概念弄清楚。"褒派"把青年写的一些比较含蓄的诗都当成了"朦胧"诗。即使是"崛起派"的某些诗人也并不朦胧，至于舒婷等人的诗，大多不是朦胧的。真正令人感到朦胧晦涩的，是一些比舒婷等更年轻的诗人的作品。他们写的诗难度越来越大，似乎非如此，不足以区别于略早于他们的"崛起派"而博得"后崛起""先锋派""新生代"等的称号，以示后来居上。实际上他们有一些诗，也并非都是含不尽之意出人意外的"朦胧"诗，只因某些赏析者概念不清，不分青红皂白，一律称之为"朦胧诗"。这样概念一扩大，真是所谓名不正，言不顺，似乎诗的领域无往而非"朦胧"诗了！

  第二，是"朦胧"诗人队伍的扩大化，把本非写"朦胧"诗的诗人扩大为"朦胧"诗人。这样一扩大就导致对中国现代某些代表诗人在评价上的混乱。例如，老诗人艾青不仅没有写过"朦胧"诗，而且是较早起来指出"朦胧"诗的含混不清。可是有一本专门赏析"朦胧"诗的通俗读物，偏偏把艾青的诗收入其中。其意若曰：你反对"朦胧"诗吗？你自己写的就是"朦胧"诗嘛！实际该书所选艾青写于1940年春天的《树》："一棵树，一棵树／彼此孤立地兀立着／风与空气／告诉着它们的距离／／但是在泥土的覆盖下／它们的根伸长着／在看不见的深处／它们把根须纠缠在一起。"诗只是说，树林里的树,从一棵棵的看,虽有距离,但从泥土内部看,它们的根是纠缠在一起的。这只是诗人用以比喻抗战中的中国人民,表面看来像树一样分散,而他们扎根于祖国的泥土上,却是像树根一样团结对敌的。诗意明确得很,扣之以"朦胧诗"的帽子,岂非冤哉枉也?!至于该书把李金发、徐志摩、戴望舒、胡也频、何其芳、卞之琳、冯文炳(废名)、辛笛等人的诗,也都或多或少地收进去凑数,这样一来,本来写"朦胧"诗的只有少数青年人,却被扩大化为包括老中青在内的一支庞大的朦胧诗人队伍。对此,"贬派"固然不同意,"褒派"也未必都满意。"贬派"不同意,是因为这样一来就混淆了一些老诗人的创作道路与艺术个性,将导致研究者的思路混乱,不能对他们做出准确的评价。至于"褒派"未必都满意,是因为"朦胧诗"本是80年代初才出现的,被称为"新的美学原则的崛起"。他们其所以自封为"崛起派",就是由于疏离或摆脱"五四"以来的新诗传统,为异军突起;现在经赏析者的混合编制,便不仅无形中取消了"朦胧"诗赖以区别于"五四"以来新诗的"新的美学原则",而且把"新的美学原则的崛起"提早到20年代初期的李金发的时代去了;做了李金发、戴望舒等人的尾巴,便无新可言了!从而,所谓"新生代""新诗潮""后崛起""后新诗潮""后现代主义"等美名,无不从创作实践到理论建树全部化为乌有!

第三,是时间的扩大化,把出现于80年代并且争论未决的"朦胧"诗,扩大到了现代文学的各个时期。这是上述朦胧诗人队伍的扩大化的必然趋向。但是诗人毕竟是人不是花。花虽然"年年岁岁花相似",而人却"岁岁年年人不同"。赏析"朦胧"诗的同志只知"朦胧诗"难懂,而不知难懂的诗并非都是朦胧诗,把不同时代的难懂的诗笼统地编为"朦胧"诗,而忘了诗人及其诗是受不同时代的社会风气和各自不同的生活经历以及创作道路的影响与制约的。这就明显地抹杀掉了历史的时代特色和诗人的艺术个性。对中国新诗的发生、发展的历史,是何等严重的一次黑白不分与是非混乱!更难容忍的是,有些专著和论文还把"朦胧"诗的时代扩大化到古代,似乎"朦胧"诗是古已有之,一脉相承下来的。不错,屈原的《天问》是难懂的,甚至有些不可理解的,难道可以称之为"朦胧"诗吗?李商隐的《无题》诗也是令人难懂或不懂的,难道可以称之为"朦胧"诗吗?我们说过,出现于80年代的"朦胧"诗,如果真写得合乎情理,如宋朝女诗人朱淑真所说:"朦胧晓色笼春色,便觉春光不一般。""朦胧"之中真正含有魅力。具有"朦胧"的风格,能成为审美对象,那是可以肯定它有不同于一般的"含蓄"的"朦胧"风格的，但是，假如把它的时间扩大到古代，那就未免又增加了一次扩大化，即由于时代的扩大化，捎带地把"朦胧"诗从"朦胧"的风格，扩大化为"朦胧"的诗体了。从现已出版的朦胧诗选和一些辞典看，这种把风格扩大为诗体的做法，似乎已经或将要成为既成事实了。

第四，是空间的扩大。即把 80 年代出现于大陆的朦胧诗，扩大到台港甚至海外，把流行于台港的现代诗，视为朦胧诗，表明朦胧诗已不仅是一种风格，还是一种诗体，不仅大陆有，台湾和香港等地区也都有，把台港的数十位资深诗人包括在内。大陆某些自称"新生代"或"先锋派"青年的诗，曾受过台港诗人的某些影响，但毕竟由于隔绝数十年乃至百余年之久，在诗的构思上、语言运用上，乃至艺术表现上，都有许多明显的差异，赏析者把台港诗人的现代诗也冠以"朦胧诗"之名，未免有些欠妥。

空间的扩大化，不仅仅及于台港，听说有人认为朦胧诗不但大陆有、台港有，外国也有。"朦胧诗"简直将变成一股朦胧的台风，刮遍全球，披靡天下。果真如此，令人叹为观止。

我并非绝对地反对"朦胧诗"，相反，我是一向喜爱"朦胧美"的诗风的。我对于写作"朦胧诗"、赏析"朦胧诗"、出版"朦胧诗"的同志，毫无责难之意。我只是认为"朦胧诗"尚在争议时期、讨论时期，不宜扩大化。我们努力的目标，应该是建立一种区别于一般所谓"含蓄"的"朦胧美"的风格，作为新诗的创新的渠道之一，与其他的风格平起平坐，争取实现社会主义时代的新诗风格的多样性。因此，我要再一次地呼吁："别了'朦胧诗'，挽留'朦胧美'。"即是说，所谓"朦胧诗"不能作为一种诗体去扩大化，但"朦胧美"却可作为 80 年代这个特定的时期所出现的诗风而存在，而推广，但不是"扩大化"到其他时空的诗的领域里去。为此，我建议诗评家或者关心所谓"朦胧诗"的热心人，共同来考辨当代青年诗人的诗作及其诗风：

一、探讨当代"朦胧诗"的"朦胧美"的风格和传统诗的"含蓄美"的风格的根本差异，使"朦胧美"的诗风不致滑向"含蓄美"，而能取得自己独立生存的空间。

二、在摸索到"朦胧美"诗风的独立性后，确定"朦胧诗"只是"朦胧美"的诗风，并非一种诗体，以免和抒情诗、叙事诗、自由诗、格律诗等独立的诗体混为一谈。

三、充分研讨一下 80 年代出现的可能独立存在的"朦胧美"诗风，与"文化大革命"以来的象征派、现代派诗和流行于台港以及西方的现代派诗风，有无"质"的区别？是否只有表面的"形似"而无实质的"神似"？

只有把上面三点弄清楚之后，才可判断80年代中期关于"朦胧诗"的辩论的实质，从而可以提出：是"褒贬"两派继续争辩好呢，还是断然休战，共同为繁荣社会主义的诗歌而努力好？

（1989年10月31日）

马克思主义指导和文艺繁荣

李 准

伴随着各种错误思潮的蔓延,近几年来,马克思主义的指导作为我国文艺创作沿着社会主义方向发展繁荣的重要保证之一,受到了越来越多的质疑和诘难。究竟应当怎样看待马克思主义包括马克思主义文艺思想对我国文艺创作的指导作用?怎样看待作家艺术家学习马克思主义理论的重要性?从某种意义上说,这个早已明确的老问题又成了一个亟待澄清的新问题,需要我们在冷静地思考过去和思考未来时给予认真回答并做出新的说明。

从根本上来讲,我国的文艺事业包括文艺创作要以马克思主义为指导,作家艺术家要学习马克思主义理论,这既是由我们整个国家的性质所决定的,同时也是我国文艺自身发展繁荣的内在需要。文艺是以整个社会生活为表现对象的,革命作家艺术家是"人类灵魂的工程师",而马克思主义正是认识社会生活、塑造美好灵魂的最好的思想指导。因为,马克思主义是有史以来唯一从根本上揭示了自然、社会和思维发展规律的科学思想体系。从世界观和与世界观直接相连的更高层次的方法论意义上说,马克思主义理论是最科学的世界观和方法论。"五四"以后,正是由于成批的革命作家自觉地选择以马克思主义为指导,才揭开了我国现代革命文艺发展史的新篇章。特别是以《在延安文艺座谈会上的讲话》为新起点,解放区文艺在表现"新的人物,新的世界"方面取得了令人耳目一新的进展。同样,新中国成立之后,如果没有全国范围的文艺工作者学习马克思主义的热潮,文艺创作的历史性巨大成就和整个社会主义文艺事业的蓬勃发展都是不可能的。毋庸讳言,从五十年代后期开始的在宣传、运用马克思主义包括马克思主义文艺思想中的"左"的做法确实给文艺创作的发展造成过损害("文革"十年更当别论),但这不能归罪于马克思主义本身,不能成为否定马克思主义指导的理由,恰恰相反,它说明我们应当更加深入、系统地学习马克思主义理论。经过真理标准讨论和党的十一届三中全会的拨乱反正，伴随着众多作家艺术家在新的历史条件下重新学习马克思主义，新时期我国文艺创作连续产生轰动效应，出现了前所未有的开拓和繁荣。而近几年来由于资产阶级自由化思潮的泛滥，马克思主义的指导地位受到严重削弱，结果是文艺创作在继续取得可喜进展的同时出现了严重的滑坡和混乱。这两方面的新的事实都进一步证明了学习马克思主义的重要性。

"文艺创作不同于理论研究，它靠的是作家的独创性，为什么要强调马克思主义理论的指导？"这样地提出问题，显然是把马克思主义的指导和独创性的发挥看成互相妨碍的了，实在是一种误解。是的，文艺创作是一种最独特最复杂的创造性精神劳动。每一次真正的艺术创造，不但凝结着作家艺术家独特的生活体验、知识积累和艺术功力，还渗透着他那特有的人格力量，并受到创作时的生活状况、心理态势和具体环境的制约，是永远不能重复的。没有独创性就没有艺术。然而，马克思主义理论丝毫也不会妨碍这种独创性的追求，相反，它能从最高层次上给独创性的追求以科学的指导和启迪。因为，马克思主义在本质上是批判的和革命的，它不崇拜任何"绝对权威"。马克思主义要求一切从实际出发，强调要努力了解客观事物的一切方面、一切联系和中介，指出认识是思维对客体的永无止境地接近，坚持把实践作为检验真理的唯一标准，明确宣布自己并没有包罗一切、结束真理，而是要在实践中不断开辟认识真理的道路，这样一种思想理论体系本身不就是最彻底的"创造性思维"吗？作为唯一科学的世界观和方法论，它给作家艺术家独创性的发挥指出了最正确的方向和最广阔的天地，它所反对的只是那种假"独创"之名去搞违背客观规律的胡编乱造的做法。恩格斯说："无论对一切理论思维多么轻视，可是没有理论思维，就连两件自然的事实也联系不起来，或者连二者之间存在的联系都无法了解。"事实上，每个作家艺术家的创作总是要以某种思想理论为指导的，区别只在于这种指导是自觉的还是不那么自觉的、是深刻的还是浅薄的、是正确的还是错误的。指导思想上没有真空地带，不是以马克思主义为指导就是以别的思想理论为指导，不是以正确的世界观和方法论为指导就是以错误的世界观和方法论为指导。就拿近年来颇为流行的主张创作只能"跟着感觉走"、要排除一切理性思维的做法来说吧，这本身不也正是用一种非理性主义的哲学理论作指导吗？另外一种鼓吹"文艺创作就是纯生理宣泄"的也颇为时髦的创作主张，实际上不也是在以文化原始主义的理论为指导吗？诸如此类的主张和做法，表面上似乎最重视艺术感觉和独创性，其实却是被错误理论牵着鼻子走，到头来只能把作家艺术家的艺术感觉束缚在偏狭的范围内，乃至把对独创性的追求引入迷途。

"曹雪芹并没有学过马克思主义，不是写出了不朽名著《红楼梦》吗？"提出诸如此类的诘难，如果不是有意偷换命题，那就是因为自身逻辑的混乱把不同范畴的问题搞混淆了。其一，曹雪芹当然不可能学习马克思主义理论，因为那时马克思主义尚未诞生（试问：究竟有谁提出过要求马克思主义诞生之前的作家、艺术家要学习马克思主义呢？）。然而，曹雪芹是个大思想家，并且是站在他那个时代的思想前列的。真正伟大的作家都有这样的追求。列夫·托尔斯泰就明白地说过：一个伟大作家"必须处于他那时代最高的世界观水平"（尽管他自己并没有能够完全地做到这一点）。其二，历史又是不断前进的，一个时代有着一个时代的思想理论的制高点。因此，每个新的时代都会对当代的大作家大艺术家提出比前代更高的新要求。不管是多么有天才的作家艺术家，如果他的思想还停留在曹雪芹当时的水平上，他就不可能成为我们这个时代的第一流大作家，不可能成为当代我国的"曹雪芹"。其三，当代最先进的思想理论体系是马克思主义，其他各种思想理论体系在世界观和方法论上都不能与之相比。当然，不能要求当代我国作家都成为马克思主义者，正如不能要求每一个理论家科学家都必须是马克思主义者一样。在我国社会主义初级阶段，文艺创作的艺术形式和思想内容都应当是多成分、多层次、多样化的。只要不违背四项基本原则，只要是有益于人们身心健康的，各种思想层次、思想高度的作品都应当在我们的文艺百花园中占有应有的位置。即使是还没有达到马克思主义思想高度，甚至还不是自觉地以马克思主义为指导，而是以其他层次的有进步内容的思想为指导，只要创作出在某些方面比较深刻而又有艺术魅力的优秀作品，都应当加以肯定和鼓励。但学习马克思主义对这些作家艺术家绝无坏处，只有好处，能够帮助他们从思想上进入创作的更高境界。进而言之，作为我国文艺主导部分即具有社会主义意识形态性质的社会主义文艺的创作，作为当代我国文艺的主旋律即能够深刻反映社会主义时代生活、时代风貌和时代精神的作品的创作，则必须自觉地坚持以马克思主义为指导。正如邓小平同志所指出的，"我们的社会主义文艺"要"反映人们在各种社会关系中的本质，表现时代前进的要求和历史发展的趋势，并且努力用社会主义思想教育人民，给他们以积极进取、奋发图强的精神"，作家艺术家就要"努力学习马列主义、毛泽东思想"。而这种主导部分的创作,这种主旋律的创作,是制约全局的,是集中体现我国文艺发展的"二为"方向的。所以越是能有更多的作家艺术家深入系统地学习马克思主义,就越是能从全局上为整个文艺事业的进一步繁荣提供有力的思想保证。

诚然,要实现我国文艺的进一步发展繁荣,不仅要加强马克思主义指导,还要从其他各方面做出努力。就一个作家而言,有了最先进的理论指导,还必须积极深入现实生活,深切体验表现对象,使自己的思想感情与改革开放和现代化建设的脉搏一起跳动,并不断提高艺术修养和表现能力,不断寻找新的思想观察点和艺术突破口,才能真正创作出既能表现时代精神又有独特艺术魅力的优秀作品。而这些也正是马列文艺理论、毛泽东文艺思想所要求于作家艺术家的。换言之,学习马克思主义虽不能代替这些方面的努力,却能给这些努力指明道路和提供启示。所谓"何其芳现象""《讲话》后现象"的说法,即说作家艺术家学习马克思主义特别是学习毛泽东文艺思想并投身革命实践的结果,发生了创作倒退的"普遍现象"的说法,是根本站不住脚的。其实,何其芳在创作上后来之所以写得比较少,有的也不那么成功,主要原因是他从原来以较多精力从事创作转变为集中力量从事理论研究和组织领导工作。与此同时,伴随着思想的提高,他告别了对《画梦录》那种创作境界的追求,而对新的表现对象又没有条件去做深入把握和体验,创作起来自然就有些力不从心了。怎么能由此得出学习马克思主义会导致创作倒退的结论呢?况且,作为一个革命文艺家,何其芳后来用理论研究成果和组织领导工作对我国革命文艺发展做出的贡献无疑是超过了他前期用创作所做出的贡献的。至于丁玲,总的说来,她的《太阳照在桑干河上》无论如何是超越了包括《莎菲女士日记》在内的她前期创作的境界和水平的。以艾青、周立波、欧阳山等为代表的何其芳的众多同辈作家在马克思主义指导下跨入创作的新阶段,《讲话》后成长起来的一代又一代作家所取得的新成就,都无可辩驳地证明学习马克思主义的结果只能是创作的前进而不是倒退。在当前的我国文坛,确实出现了某些作家艺术家创作滑坡、倒退的现象,但这不是深入学习马克思主义所造成的,相反,是淡化、背离马克思主义指导的结果。几年前,这些作家艺术家由于努力坚持马克思主义的指导,坚持深入生活的创作道路,创造出一批堪称主旋律的优秀作品,引起了热烈反响,受到了普遍好评;近几年来,他们放弃马克思主义指导转而到西方各种时髦思潮中寻找精神武器,不再深入生活而醉心于"宾馆文学"的道路,尽管想方设法花样翻新，写出的作品却失去了轰动效应，自己也陷入苦恼。这难道不值得人们深长思之吗？对于这些作家艺术家来说，要想重新站在我国文艺创作的前列，在新的形势下重新学习马克思主义和重新深入火热的现实生活是同样重要的。

"太阳每天都是新的。"（赫拉克利特）作为彻底的创造性思维和最大的开放体系，马克思主义无比强大的生命力就在于它不仅是唯一科学的世界观和方法论，而且其全部理论是随着时代的前进而发展的。应当看到，当前马克思主义包括马克思主义文艺理论所遇到的挑战是前所未见的，不仅有资产阶级自由化思潮和其他错误思潮要将其主导地位取而代之的挑战，还有现代科学技术发展的新态势、我国以及全世界文艺实践和社会实践的新发展所提出的要求马克思主义理论回答新问题的积极挑战。特别是我们正在进行的社会主义现代化建设和改革开放的伟大实践，更是史无前例的。如邓小平同志所说，"改革是一场伟大的试验"。在这种新的历史条件下，要有效地维护和加强马克思主义的指导地位，就必须在十年来已有的长足前进的基础上，在深入反对资产阶级自由化并认真澄清被自由化思潮弄乱了的一系列思想理论问题的同时，扎扎实实地从各方面进一步把马克思主义理论本身推向前进。在文艺方面，必须积极立足于新的文艺实践和社会实践，不断地研究新情况，解决新矛盾，并在马克思主义基本原理指导下努力从世界各国文艺和整个文明的新发展中吸取一切有用的东西，包括从现代西方各种哲学、美学、文艺学理论中吸取那些有价值的东西为我所用，不断地为马列文论、毛泽东文艺思想补充新的内容、开拓新的领域、建设新的序列、增添新的吸引力，才能更有效地吸引广大文艺工作者自觉地学习马克思主义文艺思想，更好地发挥马克思主义文艺思想在繁荣创作和发展文艺事业中的指导作用。

（1990年2月6日）

关于中国电影的主旋律

滕进贤

1987年3月,在全国故事影片创作会议上,电影局首次明确提出"突出主旋律,坚持多样化"这一口号。三年多来,围绕这一口号歧见纷呈,莫衷一是。创作上也曾坎坎坷坷、曲曲折折。今天,不管人们怎样理解、怎样评价这一创作口号,事实上,这一口号已被广大电影工作者接受,成为共同遵循的创作原则。摆在我们面前的重要课题是,应该结合艺术实践总结一下围绕这一口号的纷争,给"主旋律"以更为科学的界定,以此来统一中国电影工作者的认识,迎接中国电影事业的进一步繁荣。

一个艺术主张和口号的产生,总是有其社会的和客观的依据。最初提强化主旋律这一主张时,电影界乃至整个文艺界正受到资产阶级自由化思潮的严重影响和商业化大潮的冲击。"票房第一"的口号被认为是不可碰撞不可逾越的铁的规律。于是,中国银幕出现两个热点。一个热点是走向娱乐,出现了娱乐片大潮。有的电影理论家也为之鼓吹,提出"娱乐原则",而且温度越升越高,直到把娱乐片理论推向极端,抛出"唯乐原则",走向排斥教育功能甚至审美功能的以宣泄为目的的纯娱乐。一时间,严肃作品急速萎缩,媚俗之作超速膨胀。面对商业化冲击和娱乐片大潮,另有一部分艺术家认为电影艺术的最高境界是文化品格。电影理论界又不断有人为这股文化热加温,把电影创作的文化走向也推向了极致,使之走向生活的负面,专事反映民族文化中陈腐落后的东西。正是基于此,我们才郑重而热切地提出"突出主旋律"的创作口号,旨在呼唤我们的银幕应弘扬时代精神,表现我国正进行着的伟大的改革;旨在呼唤我们的电影工作者应有强烈的时代使命感与社会责任感。

我们所谓的主旋律,是我们社会主义电影事业的本质体现,也是电影"为人民服务、为社会主义服务"的根本方向的体现。邓小平同志曾经明确指出:"文艺是不可能脱离政治的。任何进步的革命的文艺工作者都不可能不考虑作品的社会影响,不可能不考虑人民的利益、国家的利益、党的利益。"三年前提出"突出主旋律"的创作口号,到近一二年来主旋律影片的大面积丰收,如《开国大典》《巍巍昆仑》《百色起义》《共和国不会忘记》《焦裕禄》《你好,太平洋》《大城市1990》等力作的联翩而出,我们对电影主旋律的认识也有了不断提高和深化。最初,我们主要是在题材这一层面上使用主旋律这一概念的,但从实践中我们就发现,仅仅从具体的题材、作品的意义上强调突出主旋律是不够的,它应当上升为一种创作精神。也就是说,它的意义不应当仅止于或者仅限定在题材和作品的层面上,更重要的是,它的意义在于一种自觉地体现时代精神和人民呼声的创作意识和创作精神,一种消融于艺术家创作主体的整个艺术思维过程、创作过程中的自觉的内驱力,是弥漫在电影艺术家创作实践中的体现着社会责任感、时代使命感的精神力量。具体地说,一切有利于贯彻党的以经济建设为中心、坚持四项基本原则、坚持改革开放的基本路线的优秀之作,一切有利于激发人们奋发图强、克服困难、开拓创新、积极进取的优秀之作都应当视为主旋律作品。这样,我们就得到了一个在更高层次上认识电影主旋律的新的更加全面和科学的认识。如果说,主旋律提出时还旨在对题材的要求,那么现在已成为对作品的内部构成中的思想倾向的要求了;如果说,最初提出突出主旋律,还旨在为了突出和强化某一类重要影片的话,那么目前,已成为对创作人员的创作精神和创作意识的要求了;从而,使"主旋律"由过去的自上而下的任务,化作了现在一种普遍的自觉意识,使这一对创作实践有着切实导向意义的口号更加明确了。

  三年来的电影创作与生产实践证明了"突出主旋律"这一口号提出的必要性。这一口号体现了我们社会主义电影艺术的鲜明的倾向性,即无产阶级的党性原则,体现了党对电影艺术的领导,也体现了电影工作者对社会对人民的责任。因为"突出主旋律"的口号理直气壮地强调电影艺术作品的教化作用,强调电影艺术家要关注、反映火热的正变革着的现实生活,应与时代同步,与人民同心,强调电影作品要用社会主义时代精神教育人民、鼓舞人民、打击敌人,强调塑造好"四有新人",强调中国电影在建设社会主义精神文明战略中的位置,强调中国电影担负着提高全民族文化素质的使命。要"突出主旋律",就要旗帜鲜明地承认电影艺术诸种功能中教育功能的主导作用。同时,我们还承认电影艺术的教育功能、认识功能、审美功能和娱乐功能的不可剥离性和统一性。

　　如果仅仅看到电影的文化商品属性而忽略了精神产品属性，那就势必会在客观上模糊社会主义电影事业的党性原则，淡化电影在建设社会主义精神文明中的作用，也将使中国电影部分地陷入一种恶性循环，产生一种自我否定力量。不是吗？前两年的实践证明：一批低质粗糙的影片，培养出了一批欣赏趣味不高的观众。这一批观众又需要低质粗糙影片。应该说这个报复还在继续惩罚我们的电影事业。我们的一些同志忽视了量与质的关系。须知主体数量总是反映着、体现着主体的质，不可能体现另一种异质。还有一些同志受西方一种时髦社会科学影响，持"重心漂移观念"和"多元稳定观念"。他们认为电影只有摆脱主体中心文化，在多元价值的追求中才能求得稳定。于是，他们追求"人性潜藏点、时空陌生点，世界虚拟点"，一句话，试图使电影创作脱离时代主潮。于是，把标榜自我、表现自我视为创新；把挖掘和透视抽象的人性视为深刻；把酥胸与大腿的袒露视为解放……评论赞誉之声一度不绝于耳，廉价溢美之词曾大面积覆盖一些报刊的版面。这些偏颇乃至错误的观点和理论，既有违于马列主义、毛泽东思想关于文艺与政治、文艺与社会、文艺与生活关系的基本原则，同时，也不符合社会主义时代生活与创作的实际。因此，在他们一些为数不多的电影作品中，往往是"垮掉的一代""愤怒的一代"替代了英雄的一代、改革的一代。相反，工人、农民、战士、知识分子、共产党员、真正意义上的改革家——这些支撑着我们人民共和国命运的脊梁，却消失在他们的艺术视野之外。同时，也由于电影经济确实面临严重困难，使主旋律电影的创作为大多数厂家望而生畏，举步维艰。这种一度反常的正负两极现象、一度失重的创作与倾斜的理论，现在应该认真地反思与匡正了。

　　社会主义电影的主旋律是一种客观存在。它既不是由谁的主观意愿所设置的，也不是由谁随意杜撰的，而是我们这个时代生活中本来就有的。按照马克思主义的哲学观点，任何时代、任何社会，其社会生活内涵的各个方面总有主次之分。所以反映和表现社会生活的文学艺术潮流也就必然有主次之分。而且主与次也总是相比较而存在的。古今中外，概莫能外。美国电影没有"主旋律"之说，然而那种贯穿在、充溢在绝大多数美国影片中的"美国精神"，那种美国的生活方式、行为准则和社会道德，却是咄咄逼人的。至于苏联电影，早在本世纪20年代就出现了以爱森斯坦、普多夫金为代表的"大主题派"即"纪念碑派"；同时也形成了以罗姆为首的"小主题派"即"室内乐派"。回顾我国社会主义文艺的发展历程，毛泽东同志曾经提出："我们的文学艺术都是为人民大众的，首先是为工农兵的，为工农兵而创作，为工农兵所利用。"这也是具体历史时期的主旋律。进入新时期以来，我国的社会政治生活发生了变化，党中央明确提出文艺为人民服务、为社会主义服务，这应作为中国社会主义电影事业主旋律的宗旨，作为出发点和归宿。

实践"突出主旋律"的艺术主张，除了给主旋律以科学的界定外，还要防止对主旋律电影做狭窄或泛化的理解。那种认为只有正面描写改革生活、为改革家立传的电影作品才是主旋律，无异于画地为牢，禁锢了主旋律创作的思维天地，不利于主旋律创作的发展。事实上，我们时代日益丰富的社会生活，已经拓宽了人们对主旋律作品的艺术视野。今天，观众们不仅欢迎《开国大典》那样的激发人们斗志的革命史诗式巨制，也喜爱《共和国不会忘记》那样的为改革家立传的大气磅礴之作，同样也喜欢《龙年警官》《斗鸡》那样的一些散发着亲情、温馨和幽默感的使灵魂得以净化的创作。实践已经证明并将继续证明，社会主义电影的主旋律正在日趋深化，题材正在日趋丰富，风格正在日趋多样，路子越走越宽，其生命力是强大而旺盛的。

"突出主旋律，坚持多样化"是一个完整的不可分割的创作口号。这一口号实质上是电影贯彻"二为"方向和"双百"方针的具体化。强调电影创作的主旋律，就是为了突出电影创作的社会主义方向，而坚持多样化，则是为了促进诸种题材、样式、风格的相互竞争、映衬，促进电影百花园的繁荣兴盛。主旋律是相对于多样化的主旋律，多样化也是相对于主旋律的多样化；主旋律指导多样化，多样化烘托主旋律。没有多样化就没有主旋律，同样没有主旋律也就没有真正意义上的多样化。电影创作主旋律的强化与弘扬，只能会更好地提高和促进多样化的健康发展。我们必须正确处理好主旋律与多样化的关系，正确处理好社会效益与经济效益的关系，正确处理好治理整顿与繁荣电影事业的关系。

电影界当前在贯彻"突出主旋律，坚持多样化"创作口号的时候，应该注意强化主旋律作品的艺术品位和群众性。我们注重主旋律作品，强调教化作用，但要防止陷入题材决定论。我们决不能重蹈马克思和恩格斯早就批评过的"席勒化"倾向，不可把文艺作为时代精神的"单纯号筒"；要力求做到把"革命的政治内容同尽可能完美的艺术形式统一起来"。我们还应注意到主旋律作品本身也有个多样化问题，应充分发挥不同题材、不同角度、不同样式、不同风格的优势。主旋律作品理应具有群众性，应该让严肃、深刻的题旨与重大题材找到群众所喜闻乐见的表现形式,这就是要做到"寓教于乐",做到思想性、艺术性与观赏性的结合与统一。

"突出主旋律,坚持多样化"不是一项权宜之计,而是社会主义电影事业的发展战略,或者说是一项系统工程。只要电影战线上的同志们统一认识,方向一致,团结奋进,各展才情,我们就一定能够开创中国电影事业更加光辉灿烂的未来。

(1991年2月7日)

市场经济与文化传统

张岱年

邓小平同志视察南方的重要谈话和党的十四大报告,开辟了社会主义建设的新局面,使我国改革开放和现代化建设事业进入了一个新阶段。

江泽民同志在十四大报告中说:"我们要继承和发扬中华民族优良的思想文化传统,吸收人类文明发展的一切优秀成果,在生动丰富的社会主义实践中,创造出人类先进的精神文明。"这就是指出,在社会主义市场经济的建设过程中,中国文化的优良传统还是需要继承和发扬的。

中国古代文化建立在自然经济的基础之上。自从70年代末实行改革开放以来,延续了几千年的自然经济已经改变了,商品经济在城乡中都发展起来。传统的文化思想是否还有应该继承发扬的呢?事实上,中国文化的优良传统有其不受自然经济局限的内容,这是必须肯定的。例如"自强不息、厚德载物"的文化传统、坚持民族气节的爱国精神、宣扬以人为本位而反对以神为本位的人文思想,都是值得重视、值得发扬的。

中国封建时代,虽然实行重农抑商的政策,但商品经济也早已有一定程度的发展。汉初政论家晁错说:"商贾大者积贮倍息,小者做列贩卖,操其奇赢,日游都市……今法律贱商人,商人已富贵矣。尊农夫,农夫已贫贱矣。"这说明汉代商业还是相当发展的。到宋明时代,商业有更进一步的发展。在哲学领域,也出现了重视工商的思想。如叶适主张"以国家之力扶持商贾、流通货币"(《习学记言》)。明清之际的黄宗羲肯定"工商皆本"(《明夷待访录》)。不过没有产生像十六世纪西方那样的自由主义思想家而已。

中国古代的商品经济也有一定的优良传统,这就是经商要"货真价实""言不二价",不要谎,不欺骗。往昔的商店中常挂着一个牌子,上写"童叟无欺"。这就是重视"信誉"。这是值得赞扬的。

新中国成立之后,商店都是按值定价,在这方面也继承了过去的优良传统。近几年来，个体商贩大增，有很多个体商店可以"砍价"，这也是大势所趋。近来也有人提出国营商店也应"砍价"，这就让人感到难以理解了。商品可以还价即表示原来要价有谎。过去称之为"要谎"。所谓"漫天要价，就地还钱"，其实这是不诚实的表现。不诚实是不应鼓励的。我认为应发扬"货真价实""言不二价"的优良传统。

一般的印象是认为儒家是轻视商业的，其实古代儒家并非如此。孔门弟子中就有大商人子贡。孔子并未反对子贡从事于"货殖"。孔子周游列国，可能受到子贡的资助。子贡可以说是具有高度学术水平又善于经商的学者。

孟子引阳虎之言曰："为富不仁矣，为仁不富矣。"将仁与富对立起来。事实上，仁与富并非不相容的。孔子论治国之道，主张先"富之"而后"教之"，即认为经济发展是文化教育的必要基础。《管子》所谓"仓廪实则知礼节，衣食足则知荣辱"，已成为人们公认的名言。听说有的日本企业家主张将仁与富结合起来，这是值得注意的。近代以来，有许多经营实业致富的华侨企业家，大量资助祖国的文化教育事业，可以说是既富且仁的典型。在一定意义上，仁与富是相反相悖的，在另一意义上，仁与富也可以是相辅相成的。

仁是精神文明，富是物质文明。我们建设社会主义新中国文化，既要重视物质文明，也要重视精神文明。现在建立了充满生机的社会主义新经济体制，物质文明将大大发展，精神文明也将发展到一个新的境界。中国古称礼仪之邦，但是近几十年来，日常生活中有些不文明的表现令人痛心，如随地吐痰、坐公共汽车不让座等，不但不如西方国家，也违背了本国的良风美俗。随着物质生活的改善，我们期待着精神文明的高度发扬。

（1992年12月13日）

"回到自身"与活力之源
——对当前文学发展的一点思考

雷 达

面对社会主义市场经济条件下的新时代,文学怎样焕发更大的活力,一直是文学界反复思索的问题。我感到,尽管今天的文学不再轰轰烈烈,但它始终在运动中前进着,局部的创新和进展从未间断,可是,就总体而言,文学似未扭转被动状态,文学本身的转变也主要在外力的催动下进行。突出的感觉是:处在转型期的文学,尚未充分意识到并利用转型社会提供的广大舞台和丰富资源,文学的热衷之点与社会的精神需求存在着某种程度的错位,甚至一些重大的时代精神问题和现实矛盾,未能进入作家的视野,文学缺乏积极干预现实影响时代的主动姿态。本来,文学应该具有对物质世界的超越性、超前性。没有强烈精神追求和深刻的价值支撑的文学,不可能是有力量的文学,但现在看来,文学对时代精神生活的关切程度、人文精神的发扬程度,均显得不足。造成这种状态的原因甚为复杂,文学的自我强化过程也是漫长的,但我们仍然不能不深加思索:原先的某些认识有无偏颇,在新的历史条件下增长活力的根本途径何在?

前些年,文学界盛行着一种提法,叫作"回到自身",或"回到文学本身""回归文学家园",至今这提法沿用不衰,仍被重复着,好像无可置疑,其实这是很可怀疑的。"回到自身"的提出是因为曾经丧失了自身,对于无视文学自身规律、把文学当作某种政治宣传的工具和观念的图解的僵化的文学观来说,这种提法具有正本清源的作用,它在维护文学的独立品性、不再沦为附庸物上,功不可没。其实,从一开始对于"回到自身"就存在着不同的理解:一种理解是,回到自身就是回到文学的规律上来,另一种理解则"纯粹"得多,"自身"主要指文体、语言、叙述、方法等形式层面的东西——当然,文学变革大多从形式革新入手,这样理解也没有什么不对。无论何种理解,在当时,这一提法确实含有推动文学发展的积极意义。

然而,"回到自身"的提法,终究不大经得起推敲。首先,问题在于,什么是"文学本身"?文学有没有一个稳定的可以回归的"家"?好像中外文学发展历史上的任何阶段、任何状态,都很难说就是"本身"、就是"家"。一切都是变动不居的。多年来,我们借鉴域外的各种观念方法,我们提出形形色色的口号,做各种各样的试验,据说都是为了"回家",每次好像快赶到了,"家"又漂移了,幻想而已。文学好比飞动的箭,无法将其固置于某一时空状态,它永远处在否定之否定的变形过程中,倘若硬要认定何处是"家",不过是回到牢笼罢了。第二,把文学的目标定位在"回到自身"上,很容易产生隔离效应,只靠自身累积的热量存活,无形中切断了来自生活的新鲜水源和营养,淡化了社会历史的含蕴。第三,把"回到自身"当成终极目标,据说是由目的论回到了本体论,其实是束缚了文学的功能,因为文学要发展,就既需要不断"回归",更需要不断"出走",不"回归"无以保持独立品格,不"出走"则无法发挥它在时代生活中的特殊功能。所谓"出走",就是不断含纳新的时代内容。任何文学变革要形成气候,最终还得看它与新的时代契合的程度。

近年来文学的发展变化,使人们恍然发现,市场经济和它带给当代生活的深刻变化,怎样像一只看不见的手,极大地影响着文学的命运和前景。即使是文学的纯粹论者或总喜欢就文学言文学的人,也强烈意识到,文学完善自身的革新不可能脱离社会进程而单独进行。就拿大多数文化产品、文学作品以不同于往昔的姿态进入市场,其商品属性日趋明显的事实而言,诚然,文学作品具有特殊性,精神性才是它的本质,非一般商品可比,但是,当它们以物化形式进入流通领域,不可能再像以往那样不计工本的时候,它们又确实是商品,市场价值和读者的购买选择毕竟影响着它的现实价值。文学进入了市场,对这一变化的深刻性决不可低估,它使文学的社会功能、内在结构、价值取向、审美形态乃至题材和体裁的热点,均在不知不觉中发生了微妙而深刻的转变,近年来大众通俗文化压倒高雅文化的总趋势,也与这一背景关系密切。

那么,在新的历史条件下,文学该怎样强化自身,有力地发挥它无可替代的功能呢?仅仅满足于"回到自身"显然无法回应时代的要求,它必须而且只能在市场经济背景、时代精神要求、文学自身规律三者的互动关系中,开拓自己的空间和道路。文学不可能不受到市场经济和文化环境的制约,但它又绝非市场之附庸、生活现象之附庸,它理应扬厉自身强烈的主体精神。

这种主体精神不会凭空而来，它只能来自文学与时代的精神联结。我们目前的创作，不能说题材不丰富，也不能说方法和个性不多样，甚至也不能说多么不贴近现实，根本问题还在于对时代的重大精神课题回答不力，缺乏针对性和深刻性。比如，在社会转型的剧变中，从历史给定的价值体系中游离出来的人们，难以摆脱文化失范和价值晕眩的困扰，因而寻求生活的意义和目标，寻求超越物质利益的精神寓所，就变得愈益迫切，这也就给文学提出了精神建构的新使命，可是，文学对此却显得缺乏激情，缺乏理性批判精神，畏于评价，大多满足于现象的描摹。再如，从计划经济走进市场经济风雨中的人们，承受着"社会断乳"带来的风险，对于他们的情感和命运，文学在总体上也还缺乏富有现代意识的把握和富于声色的描绘。我们强调文学与时代的精神联结，并非停留在题材现时性的浅表层面，而是强调创作精神上的当代性，立足于对民族灵魂的发现与重铸、对民族精神历程的思考和揭示。

　　文学作品是作家艰苦精神劳动的产物，作为生活与艺术之间创造性的中介，作家的状态决定着文学的状态，作家的活力决定着文学的活力。整个八十年代，作家们成功地担当了社会心理的代言人和生活意义诠释者的角色，但是，面对今天变得更加复杂和陌生的时代，作家们常感到对原先的角色力不从心，于是出现了人们常说的，由中心到边缘、由上层到底层、由先生到学生的微妙变化。如果这样的概括不算夸张的话，那正好反映了原有平衡的打破和时代对创作主体的新要求。作家和所有的普通人一样，也处在转型时期，也一样经受着文化失重的困扰和价值抉择的困惑，问题在于怎样应对。中国知识分子向来有稳定的价值体系和审美传统，作家自不例外，遇上大转型的时代，最容易出现的反应是，相对脱离物欲膨胀的外部世界，尽可能生活在自己的精神窠臼里，调适自身，以不变应万变。这种态度不失为一种精神坚守，但同时不免与世俗生活隔膜。也许它有利于某种封闭式的思考和写作，但对大多数作家来说，则可造成脱节、失去活力、对生活做不出有力回应的症状。文学要突破，要铸造新的社会形象，只能采取开放、吸纳、"出走"、努力体验新世界的姿态；近年来，一些作家主动地、全身心地深入尚难把握的新旧交织的现实，亲知亲历，充分关怀和体验，已经创作出一批鲜活的新作，已经提供出大量新人物、新感觉、新思路。不过，就当今素材资源的空前丰富性来说，已开发的也许只是极小的部分。

　　在今天，走惯了原先轻车熟路的作家们，倘若不时有失去舞台的感叹，那就说明他已经感到了发现一个新的、更广大的舞台的迫切性。市场经济的发展，不但不会冷落文学，而是比任何时候都更需要文学提供坚实的精神价值和温厚的精神家园，经济增长的背后肯定有精神追求的渴望。在通往新世纪的道路上，我们的任务不仅是表现时代，而且要推动时代前进。

（1995年3月7日）

关于传统文化中的道德观念

——看电视连续剧《三国演义》

冯其庸

长篇电视连续剧《三国演义》已经播放完了。一时之间,从电视片一直到"三国史""三国戏""三国人物""三国演义"小说本身,乃至"三国文物""三国古战场"无一不是大家乐于谈论的话题。其中,关于《三国演义》以及电视剧里反映的忠、孝、节、义等道德观念的问题,也是热门话题之一。

《三国演义》里所反映的道德现象是古代文化中带有普遍性的问题。电视剧《三国演义》的第一集就是《桃园结义》,这里就突出一个"义"字。而且"桃园结义"的故事,是自有《三国演义》小说以来就家喻户晓的,社会影响非常之大。接着下来的就是《十常侍乱政》。这个故事里包含着忠于汉室和背叛汉室的问题,这就是封建社会里最主要的一个政治问题。"忠"也就是封建道德中的最主要的德目。

封建道德的德目很多,并且内涵很复杂,如果要全面展开来谈,决不是现在的篇幅所许可的,所以本文就只谈"忠""义"两个德目。

大家知道,阶级社会里的道德都是有阶级性的,超阶级的道德是不存在的。而且道德的存在,是具体的存在、行为性的存在,而不仅仅是书面文字的存在,因为道德本身就是一种社会行为的规范。正因为如此,所以统治阶级就非常重视道德的宣传和教育,通过这种手段,使被压迫者接受他们的道德要求,把维护统治阶级的道德作为普遍的自己应该实现和服从的道德。所以在封建社会里,普遍地接受统治阶级的忠、孝、节、义的宣传,产生了一批批的忠臣、孝子、义夫、节妇。

大家还知道,阶级社会是阶级对立和对抗的社会,农民起义就是这种对抗的激化。但是封建社会并非经常处于阶级对抗激化的状态,相反却是经常处于稳定或半稳定状态,这里除了统治阶级的政策调剂、政治压力的作用外,道德教育也起了相当的作用。所以阶级社会里的道德，还有它的中间性和模糊性。例如，封建社会里统治阶级所提倡的廉洁这种道德，就带有中间性和模糊性。封建官吏如果廉洁，尽量少贪污、少剥削人民，则有利于社会的稳定，也就有利于封建统治的稳定，所以统治阶级既表彰这种道德，老百姓也欢迎这种道德，所以它就具有一定的中间性、模糊性。但就其阶级实质来说，仍然是有利于统治阶级的稳定和长久统治的，所以它的根本利益，还是服务于统治阶级的。

另外，道德还具有继承性和不可继承性二种性质。封建社会里劳动人民的美德，如勤劳勇敢、孝养父母、对待朋友讲究信义、见义勇为、舍己为人等，当然是可以而且应该继承的，但对于统治阶级提倡的完全为统治阶级利益而牺牲的道德，如"君要臣死，臣不死即为不忠；父要子亡，子不亡即为不孝"等，对劳动人民来说，是完全不可继承的。但历代的统治阶级却一直继承并宣传这种道德。所以道德的继承性和不可继承性，是以它的阶级内涵为依据的，并不是都可继承和都不可继承的。

明白了以上这些道德领域里的复杂情况，就可以进一步地谈具体的道德了。

这里先说"义"。先秦时代的墨子曾说"义"就是"有力以劳人，有财以分人"（《墨子·鲁问》），用现在的话来说，就有点"济困扶危，仗义疏财"的意思。墨子还主张推举农、工出来任事，而且应该"高予之爵，重予之禄，任之以事，断予之令"，"举公义，辟（除）私怨"（《尚贤上》）。墨子出身于劳动人民，他所提出的"义"的内涵是维护劳动人民的利益的，所以他的"义"是属于民间的。孟子的解释，是说"义，人之正路也"（《离娄上》），又说"未有义而后其君者也"（没有讲义的人而不尊重君主的）。很明显孟子所说的"义"，就是要服从君主，这就是他所说的"正路"，由此也可见孟子的"义"，是属于当时的统治阶级的。也由此可见同一个"义"字，墨、孟两家的说法就截然相反。而"桃园结义"的义，显然较多的是民间色彩的"义"，后来在民间的影响也较大。那么我们如何来评价这种"义"呢？我认为应该对它作历史的肯定，尽管在《三国演义》里他们是作为黄巾的对立面出现的，但在《演义》里黄巾只是陪衬的一笔，它主要描写的还是朝政的腐败所引起的军阀割据、民不聊生，然后把"桃园结义"作为他们慷慨救世、建功立业、安邦定国的起点，而最后的结束也是以三个人的各自尽"义"而结束。"桃园结义"的"义"，还只是"义"的一种类型，在历史上"义"的表现是多种多样的，更多的是流行于民间的与"恶"相对抗的、牺牲自己以帮助别人的"侠义"行为。因此，"义"的内涵与自私自利、损人利己是完全不相容的。这种道德行为，直至今天也还是为人民所肯定并不断再加以充实和发展。

至于"忠"，大家都很清楚，封建时代统治阶级提倡"忠"，是要大家"忠"于统治阶级，为统治阶级的利益自觉牺牲。而被压迫人民则相反，"忠"就是要"忠"于人民的事业，例如《水浒传》里的英雄，就是要求全体水浒的英雄豪杰都"忠"于梁山的起义事业。《三国演义》里的"忠"情况更为复杂，对于汉室的政权来说，是要求大家"忠"于这个皇权。但对于魏、蜀、吴来说，是要求各自的臣民都"忠"于自己的分割政权，"忠"于自己。很显然，这两种"忠"都是属于统治阶级的"忠"。

但是这里又有特殊情况，例如诸葛亮的"鞠躬尽瘁，死而后已"的精神，具体来说，他是"忠"于先帝的托孤，"忠"于蜀汉的皇权，但他对待事业的精神，对待刘备（是君臣又是知己）托孤的竭尽心力，也就是说他的道德的行为，又极大地感化着后来的群众，使这种精神在新的条件下用到新的人民的事业上。

前面说过，道德的存在是复杂的存在，从整体来说，在阶级社会里统治阶级的道德与被统治阶级的道德，其内涵是完全对立的。但在每个具体的个人身上，却又显得特别复杂，有的出身于劳动人民的人却沾染了统治阶级的恶德。而有些官僚地主阶级的人物，身上却又存在着劳动人民道德的影响。所以在分析传统文化中的道德现象时，既要注意到道德的阶级属性，而又不能用简单的划阶级成分的办法。

电视连续剧《三国演义》的播出，其积极意义是多方面的。第一，它对当前流行于社会的一些"戏说"热，无疑是一服清凉剂。我国历史上的秦皇汉武、唐宗宋祖以及康熙乾隆，是中国历史的光辉阶段，他们是中国历史和文化发展的代表性人物，把一位在历史评价上应该肯定的皇帝，写得如同儿戏，对中国历史和中国人民有什么光彩呢？对爱国主义教育有什么积极意义呢？电视剧《三国演义》所反映的并不是中国历史的光辉阶段，而是中国历史的变乱时期，但是剧作家、导演、演员却都以谨严的笔墨，依据《三国演义》小说，认真地完成了这一巨著，令人耳目一正。第二，长期以来，特别是自"文革"以来，我们的传统文化的宣传教育都受到了很大的削弱，文化在下降，学术的沉沦，社会的读书空气已经愈来愈淡薄了，《三国演义》电视剧的播出,使久已淡薄的社会文化气息,增加了浓度,但愿这种风气能持久发展。第三,《三国演义》电视剧展现的古人的道德风貌,其中也颇有可以借鉴的,对当前与社会发展不无补益。

仅从以上三点来说,我认为电视剧《三国演义》是一部适时的思想和艺术都是高层次的作品。至于有的观众希望这部片子的艺术性再高一些、人物塑造得更好一些、战争和武打场面处理得更精彩一些等,这是完全可以理解的。"艺无止境",艺术是没有顶峰的!

(1995年4月18日)

建立具有中国特色的文艺理论

蒋孔阳

文艺理论属于文化的范围。文化这东西，有如天上的空气和地下的水，到处流动、传播和渗透，以至无孔不入。中国文化历来都是在与外来文化的冲击和交流中成长和发展起来的。在目前古今巨变、中外交汇的形势下，我国的文艺理论也只能是走古今中外的路。也就是说，一方面现代化，对外开放，接受西方的文艺理论；另一方面，发扬已有的民族传统，建立具有中国特色的文艺理论。

我国传统的文艺理论，源远流长，兴起于春秋战国，奠基于两汉，发展到现在。这当中，曾经二次受到外来文化的冲击：一次是魏晋南北朝的佛教文化。可以说其势汹汹，锐不可当。然而，奇怪的是，当佛教文化以其压倒性的优势传入中原之际，儒道传统的文艺理论，却似乎岿然不动。拿刘勰这位著名的文艺理论大师来说，他处于佛教文化的包围之中，住到佛寺，依托佛僧，精研佛经，并著有《灭惑论》等佛教著作，思想不能不深受佛教的影响。但作为文艺理论家，他的《文心雕龙》，仍然继续在宣传"原道""征圣"的观点，继续在鼓吹"人禀七情，感物斯应"的思想。这不仅说明了中国传统的文艺理论有其强大的生命力，而且在外来文化的冲击下，更为发扬了本民族的特点。

到了明中叶以后，西方以其更为强大的文化优势席卷中国。文艺理论方面，中国古代感悟式的片言只语或灵思妙悟，逐步为西方讲究逻辑分析和综合的理论体系所代替。一些著名的国学大师，如梁启超、王国维、蔡元培等，一个个用西方的美学观点和方法，来研究中国古代的文艺经典著作，并引进了西方大量的文艺理论的名词术语，以致中国传统的一些名词术语，反而不为人知，不为人用。就这样，西方文艺理论基本上改变了中国古代文艺理论的面貌，使之从古代的走向了现代的，从玄学的走向了科学的。如果说，刘飖在佛教文化的冲击中,保存了中国传统的古代文艺理论,并把它发展到一个新的阶段,即儒、道、佛糅合的阶段,那么,近代西方文艺理论的到来,则使我国传统的文艺理论,从内容到形式、从思维的观点到方法,都发生了巨大的转变。对于这一转变,我们应当怎样看呢?我们又将怎样建立具有中国特色的文艺理论呢?这是一个大问题,不是这篇短文所能谈清楚的。此地,只谈几点零星的意见,以供参考。

首先,对"中国特色"不要做狭隘的理解,也不要做固定的理解,而要着眼于是否有利于中华民族的发展。《阿Q正传》是受了西方小说的影响而后写出来的,但既然写出来之后,它反映了中华民族的某种心态,有利于中华民族的改革和革新,因此,我们认为它就表现了中华民族的特色。文化问题,更是如此。西方的文艺理论,如果优越于我们,我们就只能继续接受,向人家学习,而不能排斥或拒绝。文化上排斥或拒绝先进的东西,就等于自甘落后。目前,西方文艺理论,无论在客观精神、分析精神、科学精神等方面,或者在形而上的理论思维方面,都超过我们,这是他们的优势,我们不能因为不是我们的特色而加以排斥。反过来,我们要坚持改革开放的政策,把不是我们的东西吸收进来,加以融化,使之充实到我们的民族特色当中,使之成为我们民族新的内容和新的特色。这样,我们才不会故步自封,我们的特色才会得到不断地发展,日新月异。

其次,对于外来的文化优势,我们要吸收、容纳和消化;对于我国固有的文化优势,我们也不能数典忘祖,视而不见。我们要继承、整理和发扬光大。从文艺理论方面来看,我国古代的文艺理论有数千年的历史,有丰富的遗产,其中许多已经凝聚为我国文艺理论的精华,成为我国古代文艺理论传统的特点。这些特点,即使到了21世纪,仍然将是我们的骄傲。例如重情的特点、重文的特点、重玄的特点,等等都是。所谓重情的特点,包括二层意思:一是重视亲身的感受,像梁启超所说的,笔锋常带感情;二是重视人情世故,重视以礼教风化为中心的人文精神。所谓重文的特点,也包括二层意思:一是重视文采的出众,这与西方文艺理论重视说理的缜密,形成了鲜明的对比。席勒作为一个大诗人,很会写文章。但他一写到理论文章,为了保证论证的严密,有时免不了晦涩难懂。这和中国古代的文艺理论,讲究文采,可说明显不同。二是重视审美精神,讲究言之不文,行之不远。至于重玄的特点,则主要是道家文艺思想的反映,它也包括二层意思:一是讲究哲理;二是讲究言近旨远、寓理于象。嵇康的诗:"目送归鸿,手挥五弦。俯仰自得，游心太玄。"最能说明这种重玄的特点。

中国古代文艺理论的特点，当然不一定就是以上的几点。但就从以上的几点中，我们可以看出：中国古代的文艺理论，自有其自立于世界之林的独特的地方。我们应当加以发扬光大，使之在世界的文艺理论中，放出光彩！

第三，也是最后，我们要建立具有中国特色的文艺理论，还需要进行中西文论的比较研究。中国人的比较研究，我们要重视；外国人的比较研究，我们也要重视。所谓"当局者迷，旁观者清"，外国人对中国古代文艺理论的特色，有时比中国人还要看得清楚，还要准确。例如哈·奥斯本，在他那本《美学与艺术理论》中，就对中西的美学理论，做出了一些很有见解的研究。他说，西方的文艺理论是自然主义的，注意写什么，追求表面的真实，而中国的文艺理论则是非自然主义的，它不重视写什么，而重视作品的本身，以及作品所反映的艺术家的人格。拿画竹来说，西方所重视的是要把竹子画得惟妙惟肖，反映出竹子本身的特点。这样画，画不了几次，竹子就没有什么可画的了。中国画不然。中国画所强调的不是竹子本身，而是它所体现的艺术家的精神以及宇宙的根本原理——道，正因为这样，所以在中国，画竹艺术所强调的，就不是竹子，而是笔墨。笔情墨趣，是中国画十分重要的一个美学原理。竹子有限，笔情墨趣却无限，因此，画家可以无穷无尽地画下去。从这里，奥斯本看到了中国艺术的民族特点，看到了中国古代文艺理论的优势地位。

奥斯本的讲法，可能有点理想化，不一定完全可靠。但它至少说明了，从外国人的眼光中，我们也可以发现一些我国古代文艺理论的民族特点。

文化是多方面的，民族特点也是多方面的。杜甫说："转益多师是汝师。"我们要建立具有中国特色的文艺理论，也应当"转益多师"，从中国，从外国，从古今中外，去接受，去学习，去不断地丰富自己。

（1995年9月16日）

提倡写大事、大情、大理

——兼谈文学与政治

梁 衡

近年编书之风日盛。一编者送来一文选,皇皇三百万言,分作家卷、学者卷、艺术家卷,共八大本。我问:"何不见有政治家卷?"问过之后,我不由得回视书架,但见各种散文集,探头伸脖,挤挤擦擦,立于架上,其分集命名有山水、咏物、品酒、赏花、四季、旅游等,只一个"情"字便又分出爱情、友情、亲情、乡情、师生情等,恨不能把七情六欲、一天二十四小时、天下三百六十景都掰开揉碎,一个颗粒名为一集。"选家"既是一种职业,当然要尽量开出最多最全的名目,标新立异,务求不漏,这也是一种尽职。但是,既然这样全,以人而分,歌者、舞者、学者、画者都可立卷,以题材而分,饮酒赏月,卿卿我我,都可成书,而政治大家之作,惊天动地之事,评人说史之论,反倒见弃,岂不怪哉?如果把文学艺术看作政治的奴仆,每篇文章都要与政治上纲挂线,文学必须为政治服务,当然不对。但是如果文学远离政治,把政治题材排除在写作之外,敬而远之,甚至鄙而远之,也不对。

政治者,天下大事也。大题材、深思想在作品中见少,必定导致文学的衰落。什么事能激励最大多数的人?只有当时当势最大之事,只有万千人利益共存共在之事,众目所注,万念归一,其事成而社会民族喜,其事败而社会民族悲。近百年来,诸如抗日战争胜利、中华人民共和国成立、"四人帮"的覆灭、党的十一届三中全会召开、改革开放、中国确立社会主义市场经济体制、香港回归等,都是社会大事,都是政治,无一不牵动万众,激动人心。

夫人心之动,一则因利,二则因情。利之所在,情必所钟。于一人私利私情之外,更有国家民族的大利大情,即国家利益、民族感情。只有政治大事才能触发一个国家民族所共有的大利大情。君不见延安庆祝抗战胜利的火炬游行、1949年共和国成立庆典上的万众欢呼雷鸣、1976年天安门广场上怒斥"四人帮"的黑纱白花和汪洋诗海、香港回归全球所有华人的普天同庆，这都是共同利益使然，一事所共，一理同心，万民之情自然地集中爆发与流露。文学家艺术家常幻想自己的作品能够使洛阳纸贵、万人空巷，但便是许多部最激动人心的作品加起来，也不如一件涉及国家、民族利益的政治事件牵动人心。作家、艺术家既求作品的轰动效应，那么最有力的办法，就是找一个好的依托、好的坯子，亦即好的题材，借势发力，再赋以文学艺术的魅力，从大事中写人、写情、写思想，升华到美学价值上来，是为真文学、大文学。好风凭借力，登高声自远，何乐而不为呢？文学和政治，谁也代替不了谁，它们有各自的规律。从思想上讲，政治引导文学；从题材上讲，文学含蕴政治。政治为文学之骨、之神，可使作品更坚、更挺，光彩照人，卓立于文章之林；文学为政治之形、之容，可使政治更美丽、更可亲可信。它们是各有互补，不能决然分开的。

但是，目前政治题材和有政治思想深度的作品较少。原因有二：

一是作家对政治的偏见和疏远。由于我们曾有过一段时间搞空头政治，又由于这空头政治曾妨碍了文学艺术的规律，影响了创作的繁荣。更有的作家曾在政治运动中受整，身心有创伤，于是就得出一个错误的结论，政治与文学是对立的，转而从事远离政治的纯文学。确实有些文学离开政治也能生存，也有自身存在的美学价值。许多没有政治内容或政治内容很稀薄的山水诗文、人情人性的诗文不是存在下来了吗？但这并不能得出另一极端的结论：文学排斥政治。既然山水闲情都可入文，生活小事都可入文，政治大事、万民关注的事为什么不可以入文呢？无花之叶为叶，有花之叶岂不更美？如果政治和文学相得益彰、互相尊重，不就是如虎添翼、锦上添花、珠联璧合了吗？事实上在党的十一届三中全会之后，过去一些"左"的做法和"左"的创作思想、创作模式已经得到根本性的改变。但是不能走到另一极端。我们曾经历过"文革"时期什么都讲阶级斗争的"革命文艺"，弄得文学索然无味。但是，如果作品中多是花草闲情，难见大情、大理，也同样平淡无味。如杜甫所言"或看翡翠兰苕上，未掣鲸鱼碧海中"。事实是，每一个百姓都从来没有离开政治，作家也一天没有离开政治。上述谈到的近百年内的几件大事，凡我们年龄所及赶上了的，哪个人没有积极参与，没有报以非常之关切呢？我们现在政治的民主空气比之前几十年是大大进步了，我们应该从余悸和偏见（主要是偏见）中走出来，重新调整一下我们认识中的文学和政治的关系。

二是作家把握政治与文学间转换的功夫尚差。政治固然是激动人心的,开会时激动,游行庆祝时激动,但是照搬到文学上,常常要煞风景。如鲁迅所批评的标语口号式诗歌。正像科普作家要把握科学逻辑思维与文学形象思维间的转换一样,作家也要能把握政治思想与文学审美间的转换,才能达到内容与艺术的统一。这确实是一道难题。它要求作家一要有政治阅历,二要有思想深度,三要有文学技巧。江泽民同志在新时期又提醒我们要讲政治,对作家来说首先要有从政治上看问题的高度。要积极大胆地去写大事。这种政治题材的文章可由政治家来写,也可由作家来写,正如科普作品可由科学家写,也可由作家来写。中国文学有一个好传统,特别是散文,常保存有最重要的政治内容。中国古代的官吏先读书后为士,先为士后为官。他们要先过文章写作关。因此一旦为政,阅历激荡于胸,思想酝酿于心,便常发而为文,言大理,抒大情,是为政治家之文。如古代《过秦论》《出师表》《岳阳楼记》,近代林觉民《与妻书》、梁启超《少年中国说》,现代毛泽东的《为人民服务》《纪念白求恩》《别了,司徒雷登》及陶铸《松树的风格》等许多论文。我们不能要求现在所有的为官为政者都能写一手好文章,但是也不是我们所有的官员都没有一个人能写出好文章。我们不能要求所有的作家都去写政治,但是也不能都去回避政治。至少我们在创作导向上要提倡写大事、大情、大理,写一点有磅礴正气、党心民情的黄钟大吕式的文章。要注意发现一批这样的作者,选一些这类文章,出点选本。我们不少的业余作者,不弄文学也罢,一弄文学,回避大事、大情、大理,而追小情小景,求琐细,求惆怅,求朦胧。已故老作家冯牧先生曾批评说,便是换一块尿布也能写他三千字。对一般作家来说,他们深谙文学规律、文学技巧,但时势所限、环境所限,常缺少政治阅历、缺少经大事临大难的生活,亦乏有国运系心、重责在身的煎熬之感,技有余而情不足,所以大文章就凤毛麟角了。但历史、文学史,就是这样残酷,十年之后,二十年之后,留下的只有凤毛麟角,余皆大都要淹到尘埃里去。

我们现在处在改革开放的新时期。毛泽东同志领导中国共产党建立人民政权,翻天覆地,为中国有史以来之未有,是新中国。邓小平同志开创有中国特色的社会主义,是新时期。新中国开创之初,曾出现过一大批好作品,至今为人乐道。新时期又该有再一轮新作品。凡历史变革时期,不但有大政大业,也必有大文章好文章。恩格斯论文艺复兴,说是一个需要巨人,而且产生了巨人的时代。我们期盼着新人，期盼着好文章、大文章。中国共产党和中国人民过去的革命斗争及现在改革开放的业绩不但要流传千古，它还该转化为文学艺术，让这体现了时代精神的艺术也千古流传。

(1998年7月17日)

"五四"文化革命的评价问题

陈 涌

一

"五四"的文化革命,应该从1915年《青年杂志》(《新青年》前身)的创办算起。在这以前,中国也发生过一次影响巨大的启蒙运动,这就是19世纪末康有为、梁启超、严复他们促进的思想和政治的变革。他们这些人思想上比他们政治上先进。他们把西方民主主义社会革命理论移植到中国来,自己却只是主张改良政制,未能提出中国根本的政治变革和思想变革。后起的以孙中山为代表的革命派,要求推翻君主专制制度,在政治上比康、梁、严他们这些改良派跃进了一大步。但当时的革命派主要专注于革命实践,思想启蒙工作方面没有得到应有的重视,反而落在康、梁、严他们的后面。

思想革命不能代替政治革命,但没有思想革命,政治革命也就没有足够的精神条件。当着必需有一次重大的思想革命为政治革命开辟道路的时候,思想革命便成了革命首先要解决的问题。从1915年9月陈独秀主编的《青年杂志》创刊,大多数发表的文章,都是批判孔子或者实质上是批判孔子的,这被当时的反对者说成"诋孔"。但他们的斗争方向无疑是正确的。

陈独秀当时的影响最大。他以如椽之笔、激切的言辞,直捣孔子封建思想的巢穴,真是如闻其声,如见其人。而且他的文章条理清晰,说理透彻、简要,不但有强烈的战斗性,同时又有学问,有识见,很可以代表"五四"时期那种生气蓬勃的文风。

陈独秀抓住了孔子思想的要害:礼教。"孔教之精华曰礼教,为吾国政治之根本。"他指出礼的核心是三纲,即"君为臣纲,父为子纲,夫为妻纲",它构成一个从家庭到国家进行封建统治的整体。有人提出反驳,说孔子并没有三纲的说法,"三纲"是宋儒伪造用来"诬孔"的,陈独秀根据大量典籍的记载,证明孔子没有直接提三纲,但思想确是来源于孔子。现在回过头来看,还是感到陈独秀的文章说理透彻,是当时批判孔子的好文章,保持着它的文献价值和科学价值。

早在辛亥革命以前,青年鲁迅便和他的弟弟周作人翻译西方现代文学作品,撰写论文,呼唤"精神界战士"在祖国的出现。那时他们还旅居在日本,但他们经过艰辛的努力译印出的西方文学作品却得不到什么知音,"文学运动"失败了。以后是"见过辛亥革命,见过二次革命,见过袁世凯称帝、张勋复辟,看来看去,就看得怀疑起来,于是失望、颓唐得很了"。鲁迅这里所说他见过的,陈独秀也同样见过,他们也都痛切地感到,中国不能再走过去的老路了,而且他们也同样深知中国没有一次根本的思想变革是谈不到深入的政治变革和社会变革的。是陈独秀第一个站出来,在全中国面前树起对过去封建传统思想批判的旗帜,并且进行毫不反顾的斗争。也是他所领导的思想变革,把怀疑、失望、颓唐的鲁迅重新唤起,重新投入炽热的战斗的。

1918年5月,鲁迅在《新青年》发表他的第一篇小说《狂人日记》,说到一个"狂人"看到一部中国的历史书,"每页上都写着'仁义道德'几个字",但又"从字缝里看出来,满本都写着两个字是'吃人'!"。在这里,鲁迅把几千年来以仁义道德为精神支柱的中国历史,都看作吃人的历史,这在当时确实是惊世骇俗的。这很快便引出了吴虞的文章《吃人与礼教》,他的笔锋也是极尖锐的,其实他早已发表过不少批判孔子思想的文章,因此他便被誉为"只手推倒孔家店的老英雄"。当时并未有人提出"打倒孔家店"的口号,但这类思想的确为许多人所认同。"仁义道德吃人""礼教吃人",这是"五四"时期批判孔子思想最激烈的声音。

二

对于作为封建专制制度的思想基础的礼教应当从根本上加以否定,是"五四"文化革命的倡导者们的共识,这里不只是有陈独秀、鲁迅、吴虞,而且还有李大钊、易白沙等人。袁世凯想做皇帝,康有为公然向当时的国会提出要把"尊孔"纳入宪法,这再清楚不过地说明孔子思想和帝制的联系。孔子是尊崇帝制,认为君臣之义是不可移易的。辛亥革命推翻帝制当然是大逆不道的"犯上作乱",而袁世凯称帝以至张勋要复辟,倒是合于圣经贤传的了。事实是称帝复辟必尊孔,因为孔子这块招牌,或者说,这块敲门砖对于敲开帝宫的大门是用得上的,这自然更加深人们对孔子伦理政治思想的仇视。这样,批判孔子也就不只是意识形态的斗争,而且直接成为现实的政治斗争。在这样的历史背景下,在这样的思想政治空气里,"推倒孔家店",或者"打倒孔家店",是不是毫无根据,因而是冤假错案呢?不能这样说。因为孔子的礼教这种伦理政治思想是孔子的根本思想,它和民主主义思想是根本对立的。是不是矫枉过正呢?看来是矫枉过正。因为孔子思想,还不只是直接与封建君主专制相适应的伦理政治思想的。

但如果我们能设身处地考虑一下当时中国的状况,考虑一下几千年来中国人民一直过着痛苦的生活原因是什么,是不是因为有一个压在中国人民头上的封建制度,而维护和巩固封建制度的封建思想的最高代表正是孔子的礼教,他的伦理政治思想。当时《新青年》的文化革命的倡导者们,又都是从旧营垒出来的,他们不但深知封建制度和封建思想给人民带来悲惨的命运,而且他们本身也大都身受其害,他们是带着对旧社会憎恨的感情投入反抗斗争的。我们又怎么能要求当时参加战斗的先辈都是四平八稳、无过无不及的呢?

毛泽东在《湖南农民运动考察报告》中分析了中国大革命时期正在风起云涌的湖南农民反封建的斗争,对于当时被一些人认为"过火"的现象,毛泽东是站在共产党的立场,站在农民方面认为这是应有的"矫枉过正",他的有名的格言就是"矫枉必须过正,不过正不能矫枉"。毛泽东当时用"革命不是绣花,不是请客吃饭,不能那样温良恭俭让"这种生动的又警策的语言说明对革命应有的认识。毛泽东坚定、严正的革命态度,打击了诬蔑农民革命斗争的反动势力,也教育当时有右倾思想的干部,使农民运动能够健康正常地发展。实践证明毛泽东是正确的。

三

其实,从《青年杂志》到《新青年》,在大约到1919年以前这几年,对孔子的批判,火力是猛的但又都是说理的,而且他们的批判主要集中在孔子和君主专制的联系这个问题上,他们都没有全盘否定孔子。《独秀文存》第三卷,保存着陈独秀与他的朋友和读者之间的通信,可以看到,陈独秀和他站在文化革命同一战线的同志,对孔子都不是全盘否定的。

陈独秀曾经自己表白:"本志诋孔,以为宗法社会之道德,不适于现代生活,未尝过此以立论也。"这是符合事实的。不但陈独秀,他的同志,也都认为当务之急,是要把孔子的礼教批倒。陈独秀还说:"即孔教亦非绝无可取之点,惟未可以其伦理学说统一中国人心耳。"足见他并不是否定孔子的一切的。最典型的表现是吴虞,他给陈独秀的信说道:"不佞常谓孔子自是当时之伟人,然欲坚执其学,以笼罩天下后世,阻碍文化之发展,以扬专制之余焰,则不得不攻之者,亦犹是耳,岂好辩哉?"

这信大约是1917年初写的。连这个"只手推倒孔家店的老英雄"也承认孔子是"伟人",可见他虽然把孔家店"推倒",还没有打算让店主"永世不得翻身"。看来,这个店主还有另外的一面,而且也是重要的一面,他和《新青年》的同人还是心里有数的。但在当时的中国,要"推倒"被誉为"圣人""通天教主"的孔子,这些人的处境一定不妙。尽管他们的言论对中国社会造成极大的震动,但并不容易为多数人所理解,至于主张复古尊孔的人对他们恨之入骨,是不言而喻的。真理开始时往往只在少数人手里,首先觉醒的分子容易被孤立。陈独秀和《新青年》的同人被认为是"名教罪人"。

过去几十年中国革命的历史使我们看到,在敌强我弱的形势下,容易出现"左",因为这种形势更加深人们对敌人的仇恨,往往使人发生急躁情绪。对于一个小资产阶级的思想家和革命家来说,这种情绪更是难于避免的。1919年1月15日,陈独秀发表的《〈新青年〉罪案之答辩书》便是这种急躁情绪的反映。

此文一开头便这样说:"本志经过三年,发行已满三十册;所说的都是极平常的话,社会上却大惊小怪,八面非难,那旧人物是不用说的,就是咕咕叫的青年学生,也把《新青年》看作一种邪说,怪物,离经叛道的异端,非圣无法的叛逆。本志同人,实在是惭愧得很;对于吾国革新的希望,不禁抱了无限悲观。"陈独秀认为,当时非难《新青年》的人有两种,一种本心是爱护《新青年》的,但认为言辞太过激烈,害怕《新青年》"在社会上减了信用",这实际上就是劝告《新青年》至少把批判的调子放低一些,但陈独秀还是表示"感谢他们的好意"。

另一种人是反对《新青年》的。陈独秀列举了反对《新青年》所加的罪状以后,宣告"这几条罪案,本社同人当然直认不讳"。便作他的答辩:"要拥护那德先生,便不得不反对孔教、礼法、贞节、旧伦理、旧政治;要拥护那赛先生,便不得不反对旧艺术、旧宗教;要拥护德先生又要拥护赛先生,便不得不反对国粹和旧文学。"在这里，在一种急躁、愤激的情绪下陈独秀已经不只反对礼法、贞节属于"三纲"的伦理政治思想，而且反对整个"孔教"，也就是反对整个孔子的学说了。而且对旧伦理、旧艺术、国粹和旧文学等都不加分析，都在反对之列。

压力越大，处境越困难，反拨的情绪就越高，以至失去了冷静，忘记了自己的初衷。

四

孔子的伦理政治思想，是维护、巩固君主专制的封建思想，和民主主义思想是不相容的。这种思想，越到后来便越成为中国历史发展的严重障碍。"五四"文化革命，首先批判孔子以"礼"为标志，以"三纲"为主要内容的伦理政治思想，实际上也就为以后中国的民主革命在思想上扫清道路，因此是正确的、必要的。但孔子的思想不只是伦理政治思想，他还有哲学思想、教育思想、文艺思想，等等。而且就伦理政治思想来说，也还不是他的伦理思想的全部。如果说，作为封建君主专制制度的孔子的伦理政治思想，是和民主主义敌对的思想，应该彻底批判、彻底葬送，那么对于其他方面的思想，情况便不一样了，需要进行审慎、客观地具体分析。

恩格斯曾经说过这样意思的话：像黑格尔这样影响很大的思想家，你要一脚把他踢开也很容易，但把他踢开不等于把他克服。对于我们中国的孔子，也可以说同样的话。1939年，毛泽东看了当时陈伯达写的文章，就写信给当时党的宣传部长张闻天。在信里，毛泽东就陈伯达所涉及的孔子哲学中的方法论、认识论、道德论问题，都提出了自己的看法。重要的是，正像马克思、恩格斯和列宁用唯物主义观点改造黑格尔的哲学，把他的唯心主义辩证法救活过来一样，毛泽东也用同样的方法救活了孔子一些唯心主义的辩证思想。

毛泽东说："孔子的体系是观念论。……观念论哲学有一个长处，就是强调主观能动性，所以能引起人的注意和拥护。"谈到孔子"名不正则言不顺，言不顺则事不成"这个论题，毛泽东认为，"作为哲学整个纲领来说是观念论，伯达的指出是对的，但如果作为哲学的部分，即作为实践论来说，则是对的，这和'没有正确的理论就没有正确的实践'的意思差不多。如果在'名不正'上面加了一句'实不明则名不正'，而孔子又是真正承认实为根本的话，那孔子就不是观念论了……"

在这里我们看到，毛泽东不是像有些人一样，倒脏水连同小孩一起倒掉，在否定孔子的唯心主义时连同他的辩证法也一起否定，相反，毛泽东看到了孔子这唯心主义思想家的合理因素，用唯物主义观点加以改造，把被孔子颠倒了的名实关系颠倒过来。毛泽东这个做法，特别容易令人想到列宁的《哲学笔记》对黑格尔的做法。在写给张闻天的信里，毛泽东从方法论上肯定了孔子的中庸思想，肯定了他"过犹不及"的论断，并做出自己的解释。毛泽东认为，孔子的中庸思想"肯定事物与概念的一定的质""一定的质包含在一定的量之中""重要的是从事物的量上去找出并确定那一定的质，为之设立界限"。他的大意就是事物的质都有一定的量的规定性。达不到或者超过一定的量，都会发生质的变化。毛泽东把他对孔子的过犹不及的中庸思想的理解，和中国革命实践的经验联系起来，认为"不及"是右倾，"过"则是"左"倾。

孔子的"过犹不及"，或者照朱熹的解释"无过无不及"，作为一般方法论的原则是正确的。但是，在人们的行动实践上，什么是"过"，什么是"不及"，是有阶级标准的。作为封建阶级的思想家，孔子这个原则上正确的中庸思想，自己实际运用的时候却往往受到他的保守思想的干预，往往变成折中、调和的思想。孔子是坚决反对人民反抗压迫剥削的斗争的，认为这是大逆不道的"犯上作乱"，认为这是"过"。一切革命在孔子及其后的儒家看来都是"过"。他们的政治路线是"修身齐家治国平天下"。只有这条路线才是他们的"无过无不及"，这和革命的政党革命的人民的看法恰好相反。

历史现象有些时候是很有戏剧性的，"五四"时期受到猛烈批判的孔子，他的思想原来也有重要的合理的方面，而且正是可以作为总结"五四"时期的文化革命经验的借鉴，批判孔子基本上说是正确的，必要的，但孔子的"过犹不及"这个方法论的原则，正好说明当时批判孔子的偏颇所在。

（1999年4月24日）

尊重文艺规律　加强引导管理

云　德

　　尊重文艺规律，加强引导管理，是文艺领域反复提及而又难以把握的问题。工作中，往往碰到这样两种倾向：一是只强调文艺规律而不喜欢讲引导和管理，在一些同志那里，引导和管理自然地等同于长官意志、横加干涉，使管理者如履薄冰、举步维艰；二是只强调管理而忽视文艺的客观规律，表现为工作方式的简单化和创作过程中的行政命令，极易挫伤作家艺术家的创作积极性，这两个方面的问题都损害着文艺事业的发展进步。正确处理好尊重文艺规律与加强引导和管理之间的关系，对于促进文艺事业的繁荣与健康发展具有十分重要的意义。

　　文艺创作是一种复杂的不可重复的创造性活动，是一种最独特的充分表现创作者个性的精神劳动。文艺作品作为作家艺术家对于社会生活能动的反映和创造，它的虚拟性、典型化的过程，就是艺术家最大限度发挥主体创造性的过程。这一过程最鲜明地体现着艺术家们的主观体验和主体意识，其最佳的劳动成果只有在艺术家心态放松、最富激情的状态下才能充分展现出来。因而，尊重文艺规律、最大限度地为艺术家创造自由宽松的创作环境，是繁荣文艺创作的内在要求。中共中央在《关于进一步做好文艺工作的若干意见》中曾明确指出：要"充分尊重文艺规律，充分尊重文艺家的劳动，在艺术创作上提倡不同形式和风格的自由发展，在艺术理论上提倡不同观点和学派的自由讨论"。这是我们党认真总结文艺工作正反两个方面的经验教训得出的科学结论，是党领导文艺工作的一条重要原则。认真贯彻这一重要原则，就能更好地发挥广大文艺工作者的聪明才智，调动他们的积极性和创造性，推动文艺创作的繁荣。

　　所谓文艺规律，通俗地说来，就是文艺的创作主体和客体、文艺创作过程的各环节和文艺作品构成各部分之间存在的内在的本质联系。比如像文艺受生活制约、艺术表现生活的主动性、艺术的思想倾向性和历史传承性等一般规律，又比如像艺术的审美特征、艺术创作的情感性和形象性、艺术作品的虚拟性和典型化，以及艺术的思维方式、结构方式和分类方式、艺术创作的语言媒介和叙事方法等内在规律，都是我们应该认真恪守的最基本的艺术准则，无论是艺术的管理者还是创作者都应毫无例外地遵循。

就文艺的领导和管理部门而言，尊重文艺规律、尊重文艺家的创造性劳动，就是要求严格按照文艺创作和生产的基本规律来管理文艺，必须绝对保证有个人创造性和个人爱好的广阔天地，有思想和幻想、形式和内容的广阔天地。正如邓小平同志所指出的那样："文艺这种复杂的精神劳动，非常需要文艺家发挥个人的创造性精神。写什么和怎么写，只能由文艺家在艺术实践中去探索和逐步求得解决。""在文艺创作、文艺批评领域的行政命令必须废止。"对于作家艺术家，我们要在政治上多关心，工作上多支持，生活上多帮助，对他们合乎规律的艺术创造活动要给予更多的理解、信任和爱护。要积极创造条件，让作家艺术家从各种有碍于艺术创作的清规戒律中解放出来，从各种有碍于艺术发展的社会羁绊中解脱出来，给他们以精骛八极、心游万仞的思维空间，给他们以最充分最自由的提炼生活素材、确定作品主题、结构艺术框架、选择表现方式等方面的权利，为他们发挥聪明才智、施展艺术才华提供更为广阔的艺术舞台。

尊重文艺规律、倡导艺术民主和创作自由，绝不意味着要放弃必要的引导和管理。文艺作为一种特殊的社会意识形态，是人类社会不可或缺的精神食粮，对于人们的思想道德观念、文化素养和生活追求有着深刻的潜移默化的作用。而社会主义文艺作为社会主义事业的一个重要组成部分，它承担着为人民服务、为社会主义服务的根本任务，肩负着提高全民族思想文化素质、建设社会主义精神文明的神圣使命，没有必要的引导和管理，企求社会主义文艺事业在一种混乱无序的状态下获得长足发展，是难以想象的。

要发挥文艺的积极作用，要完成文艺的根本任务，途径无非两个：一是增强文艺工作者的自律意识；二是加强对文艺工作的引导和管理。

增强自律意识，要求作家艺术家富有强烈的使命感和责任感，时刻以人类灵魂工程师的标准严格要求自己，言行举止都不愧于"社会主义文艺工作者"的光荣称号。在充分发挥主体创造精神的同时，正确处理好小我与大我、个人权益与国家利益、创作自由与社会责任之间的关系，"经常地、自觉地以大局为重"，"要始终不渝地面向广大群众，在艺术上精益求精，力戒粗制滥造，认真严肃地考虑自己作品的社会效果，力求把最好的精神食粮贡献给人民"（邓小平同志语）。

所谓引导和管理，是对文艺工作的一种他律行为，是通过法律、政策、经济、行政和舆论等手段给文艺生产以必要的规范和约束。这实际上也是一种世界惯例。但现在文艺界似乎有一种很强的逆反心理，一讲引导和管理就会被人指责为"左"、不懂艺术规律，不分青红皂白一味否定管理，欲置文艺工作于涣散无序的状态，那就十分错误了。试想，如果我们的文艺创作一味消解主流意识形态，散布对党和国家的不满情绪，充斥着各种与社会格格不入的不和谐声音，势必干扰国家安定团结的大局，阻碍社会发展进步。如果我们的文化市场堆砌着各种搜奇猎异、胡编乱造的低劣出版物，泛滥着色情和暴力，充满了低级趣味，势必会瓦解人们的意志，腐蚀人们的灵魂，影响青少年们的身心健康，人民群众则无法安居乐业。必要的引导和管理目的，就是扶正祛邪、激浊扬清。提倡有益的、允许无害的、抵制低俗的、取缔反动的，确保社会主义文艺事业的健康发展。

正确的引导和管理是科学，既不是用主观随意性代替客观规律，更不是随心所欲的行政命令。居高临下、盛气凌人不行，吹吹拍拍、哥们义气不行，见风使舵、软弱无力同样不行。引导和管理是一项思想性、政策性、学术性很强的工作，管理者不仅需要较高的政治思想素质，需要广阔的学识、宽阔的眼界和坦荡的襟怀，而且还需要高超的领导艺术和能力。

通常所讲的引导和管理，总体上是一种宏观的管理。一是文艺的大政方针的管理。引导文艺工作者学习马克思主义理论和党的方针政策，深入社会现实生活，不断提高作家艺术家的思想艺术水平，树立正确的创作思想，保证社会主义文艺的发展方向。二是文艺事业发展的管理。提出和制定文艺事业的发展规划，确定文艺事业的投资、文艺设施的建设以及加强文艺市场和对外文化交流管理的趋向和规模。三是在宪法和法律允许的范围内，坚持"二为"方向和"双百"方针，建立若干具体的法规制度、工作原则和职业道德规范。在鼓励和支持不同流派、不同方法的艺术探索和创新，鼓励和支持不同风格、不同学术观点竞赛和论争的同时，对那些事关政治方向、政治原则的大是大非问题，旗帜鲜明地表明态度和立场，对损害国家安定、危及国家安全、侵犯他人合法权益的东西，依照法律予以处理。四是采取切实措施，发挥文艺评论和评奖的导向作用。提倡什么，反对什么，通过评论和评奖在文艺界做出适度的引导和示范。

当然，在具体的工作过程中，文艺的主管部门也不可避免地会涉及一些重点作品的创作和一些重大文艺思潮、文艺现象的评价问题，这是极其正常的。文艺的主管部门根据社会需求和文艺创作队伍的实际情况，对一些需要调动集体智慧的综合性文艺项目（如影视、戏剧和大型的音乐、舞蹈等）中的重点作品，组织专题攻关，集中人力、物力和财力，使有限的创作资源得到最佳配置，取得了很好的效果，推出了许多优秀作品，这是不争的事实。但有人抓住这些"集体项目"中的一些不成功的作品，把其中"为了观念而忘掉现实主义的东西，为了席勒而忘掉莎士比亚"的缺失，完全归咎于领导部门，这是很不公正的。因为组织重点创作，从来都不是为作家艺术家规定具体的创作题材、主题和情节，也不代替评论家去评判某些创作现象的是非曲直，从来都反对"席勒式地把个人变成时代精神的传声筒"。工作中的经验教训需要认真总结，工作过程中的简单化和急于求成应当给予批评，但将"集体项目"武断地一笔抹杀，对于促进文艺管理更加符合艺术规律同样是毫无裨益的。

与此相关，文艺领导人员作为从事文艺事业管理的一些特殊读者和观众，他们对艺术问题有着自己的见解，甚至是深刻而又独到的见解，这是自然的。我们的一些文艺工作者也希望领导同志发表意见和看法。意见一致时，问题比较好办；意见相左时，处理起来比较复杂。我想总体上还是要尊重专家意见。在政治思想方面，领导同志是专家，他们这方面的意见须认真对待，虚心接受；在艺术问题上，文艺工作者是专家，对艺术问题领导同志要发扬民主，与艺术家平等交换意见。因为艺术蕴藏十分丰富，须深入分析，反复思索，才能把握真谛，有些问题有时甚至需要长时间的历史检验才能得出正确结论。复杂的艺术问题不能用个人的好恶标准去判断，不宜简单地套用少数服从多数、下级服从上级的办法轻易为艺术下结论，这不利于解决复杂的艺术问题——历史的教训值得汲取。即使领导者的意见完全正确，也要耐心引导，循循善诱，允许文艺家有一个思考和认识的过程。领导人的正确意见只有被创作者心悦诚服地接受，才能变成促进艺术进步的自觉行动。仅就艺术而言，任何正确的思想都需要创作者通过艺术的媒介生动形象地传递出来才能具有鲜活的力量，否则，它只能是一些抽象的意念和教条。

尊重文艺规律与加强引导和管理是一对矛盾的统一体，它们有机地统一于社会主义文艺的实践之中。在社会主义制度下，作家艺术家享有高度的创作自由和艺术民主，这是毫无疑问的。但同时我们也要看到，世上没有绝对的自由。人们生活在一个共同的社会空间，总要遵循共同的法律、道德和伦理规范。离开了这些共同的社会准则，人类社会就无法生存下去。社会生活如此，艺术创作也同样如此。正像列宁所说："生活在社会中却要离开社会而自由，这是不可能的。""自由的文学"，"不是贪欲也不是野心"，"它将不是服务于饱食终日的贵妇人，不是服务于百无聊赖和胖得发愁的'几万上等人'，而是服务于千千万万的劳动人民"。引导和管理就是促进"自由的文学""服务于千千万万的劳动人民"的基本保证。要抑制"贪欲"和"野心"，引导和管理是一种必要的制约，但引导和管理绝不限于约束。在普遍的情况下，引导和管理不仅不是去限制创作，而是尽心竭力地为自由的创作创造条件。领导部门满腔热情地为文艺界的一切成功和进步而欢呼，真心诚意地对艺术创作中一切有益的探索和创新给予切实支持，严肃认真地对那些不良创作倾向给予批评和帮助，扎扎实实地为文艺家办好事办实事、解决他们在创作和生活中遇到的难题，在这里，引导和管理与其说是制约，不如说是服务。

在发展社会主义文艺事业共同的旗帜下，文艺家和管理者的基本目标是一致的。但愿我们的文艺工作者和主管部门的同志之间建立起深厚友谊，成为共同切磋艺术、坦诚相见、推心置腹的朋友，根除一切隔阂，消融一切误会，相互沟通，相互理解，相互信任，相互支持，共同担负起文化建设的历史使命。永远把尊重文艺规律作为引导和管理的基础和前提，努力按照艺术规律办事，努力把科学的思想观念和鲜活的时代精神转化为艺术的思维和创作的激情，调动创作者和管理者两个方面的积极性，使引导和管理真正成为推动文艺繁荣的不可或缺的内在动力。

（1999年7月3日）

让主流评论发出最强音

苏叔阳

文艺的发展史告诉我们,每个时代都有一批代表时代精神和主流时尚的文艺作品,成为时代的镜子;流传下来,又会成为历史的资料,可供后人认识已然消逝的岁月。自然,每个时代都不会只有一种时尚、一种声音、一种思想,必然是诸色杂处、诸音争鸣。然而,经过时间的淘洗,总是有一种精神流传下来、一个声音在岁月中回荡,成为那个特定时代的代表。这便是主流的精神。而主流的文论总是在这批反映时代精神的作品中,在创作实践中前行,总结经验教训,归纳为学理性的原则,又指导创作的前进。

没有反映时代精神的主流文艺作品群体,就不会有每个时代的主流文艺评论,而没有这种文艺评论,也不会有代表时代精神的主流文艺作品群体。二者相辅相成的发展轨迹,可以说就是一个民族主要价值观念、审美观念和道德取向的主体,成为民族的灵魂。

我们多么希望当代文艺评论健康繁荣啊!然而我们不得不承认,当前的文艺评论实践离此尚远,远不是一句"不尽如人意"可以了得的。评论的消沉与单调和"杂音"的喧嚣是当前文艺评论的主要病象。有人曾说:批评对象的缺失,造成批评队伍人才的流失和理论武库的贫血。这说法只对了一半。因为文艺评论的消沉并不仅仅是创作的贫乏而引发,还应该看到文艺评论队伍本身的不足,以至于评论处于失语状态,于是乎杂音四起,一时间似乎成了正统,只要敢扯起哑嗓子喊几声,就成了不可一世的评论大师,竖起旗帜招摇过市。而一些正儿八经的文艺评论倒瑟缩起身子,摆出一副挨打的架势。

为什么此消彼长,正经文化的声音几乎被噪声淹没了呢?原因之一便是文艺评论缺乏坚如磐石的哲学理论基础。一些评论家对自己赖以剖析实际、总结经验、辨别真伪的理论武器都产生疑问,更遑论深刻钻研与精益求精。于是,将真理化为教条,将科学的方法论化为公式,对文艺创作实践的认识当然只能是表面肤浅甚至是言不及义的。马克思主义的灵魂在于具体问题具体分析，而一些号称马克思主义的主流文艺评论却背道而驰，或者只将真理变作符号，或者由马克思主义文论粘贴起来的"文章"，自然不会有好的效果。这和捡拾西方文论的词语，排列成文，乔装评论文章一样，都是种唬人蒙事的行径。

文艺评论的单调、模式化，也是主流文艺评论消沉的重要原因之一。无论对待什么作品，我们的评论都几乎从同一个模子里生发出来，而缺乏那种活泼生动的议论。比如，我们总是议论创作主体，而把接受美学扔在一边。我们似乎忘记了文艺创作的目的之一就是为受众服务，让读者、观众明白创作者的心。于是，那些弄出许多云山雾罩只能证明创作者糊涂的文本的作者，可以毫无羞耻地叫出"霸权话语"，谁不明白他的玩意儿，谁就是低能儿。或者反其意而用之，"我是流氓"，爱怎么说就怎么说，管你们喜欢不喜欢。好像只要无知就掌握了真理。

我们也极少从经济、从社会学的角度评断文本，好像我们的创作者都远离社会。其实，有些作品只要放到实实在在的经济形态中加以考察，就辨得出它的虚妄，特别是那些以写新贵、"大款"与"白领丽人"、肉麻情爱故事的作品，异想天开之处、闭门造车之处，不可胜数。不懂经济、不懂政治、不明社会，几乎是我们当代作者、评论者中相当多数人的通病。

他们对历史明白多少？倘用一张初中历史试卷考试当代文艺工作者，不及格者当不在少数。于是许多作品成了戏弄历史的恶作剧。一部中国历史在某些创作者手中变成帝王男女的折腾史。怪就怪在至今还未见到几篇以正确科学的历史观评论这些作品的文章。有意思的是，只听见历史家在下面叫喊，却未见他们有犀利文章登诸报端。须知，在评论历史题材的文艺作品时，历史家的声音也是主流评论之一，甚至是极为重要的主流评论。

正经的正派的评论家大约还有一种过于宽宏的心态，以为杂音的评论也是评论之一，人家的权利不可剥夺，或者说，那些不正经的东西何惧之有，随它去吧。这是当今沉寂的文艺评论舞台上最为抢眼的"风景线"。抢眼的东西未必都是美丽的。它们的抢眼还在于应该抢眼的光芒正在暗淡。

文艺评论的消沉，还使得创作实践迷惘徘徊、六神无主。既然许多不那么像样子的东西都被鼓吹到神奇玄妙的程度，何必费神劳力去创作像样子的东西？于是，许多意在导引创作的方针原则，都日益成为空对空的口号，许多奖项也日益被架空而失去了魅力。创作上的这种迷离恍惚，与文艺评论的消沉有极大的关系,你不点亮烛照通途的灯火,只让那些萤火虫乱飞,不撞上山岩才怪。

主流文艺评论的消沉与杂音的喧嚣,几乎是二十世纪末期世界文艺的一个通病。世纪末浮丽的世风让躁动成为时髦。而主流的声音却连惊诧带恍惚,一时噤声和嘀嘀咕咕。好像越难听越新潮,时代正走向真善美的反面。唯恐自己落伍者,赶紧脱离主流,趋附另类,甚至异类,急忙忙不断更换时髦的旗帜,以表示自己永远站立潮头。

历史消尽了每个时代的杂音,只录下了那主流澎湃的涛声,今天也一样。别看主流文艺评论处于消沉状态,但它毕竟掌握着真理,那些歪论邪说的呐喊者不过虚张声势。主流的文艺评论与反映这时代精神的作品总会昂扬起来,流传下去。历史就是这样选择的。远的不说,清朝小说、笔记、抄本甚多,但是流传下来的是《红楼梦》《儒林外史》等作品,以及金圣叹和李渔等人的文论,当时曾名噪一时的许多文本都淹没在岁月的波涛中,今天有人爱在废纸堆中寻找当时的"杂音",打扫尘土,再镀金色,也不过是过眼烟云。

让主流文艺评论发出最强音的信心是有的,然而还要好自为之,努力学习,敢于搏斗,勇于开辟道路。像高尔基笔下的丹柯一样,将自己的心掏出来变作灯火,照亮前方。前方是光明的。

(2001年7月21日)

帖学复苏　碑学从容
——关于20世纪书法艺术的回顾与展望

黄　惇

　　书法作为艺术，有其独特的发展规律。各种社会的、政治的、文化的因素对于书法艺术的影响和制约，看似纷繁，但作为历史的产物，必反映于承传和变革两极之间。承传和变革都不是绝对的，承传中寓变革，而变革则是承传的反映。20世纪初，中国书法正处在清末碑派的热潮时期，康有为于1891年刊刻《广艺舟双楫》，扬碑贬帖，其偏激的观点，既是对19世纪清代碑派书法理论的总结，也是清末书法思潮的客观反映。在他的笔下，当时的书坛可以用两句话概括，一是"三尺之童，十室之社，莫不口北碑写魏体"；二是"北碑盛行，帖学渐废，草法则既灭绝"。康氏的理论在当时影响甚大，可以说20世纪前半叶的绝大多数书家均笼罩其中。晚年的康氏对自己曾有反省，称"吾不自量，欲孕南帖、胎北碑、熔汉隶、陶钟鼎，合一炉而冶之，苦无暇日，未之逮也"。他留下的这一遗言，又似乎苦苦折磨着他下一代的追随者，因为这种出于碑学立场的理想目标，是根本无法实现的。

　　十年浩劫中书法艺术遭受严重摧残。当时日本个别书家曾做出"书法艺术发展的历史任务将由日本人去完成"的狂言。然而书法——这一最具中国文化精神的艺术，早已融进中国人的血液之中。近20年来的书法热潮，风起云涌，旷古未有。作为中国优秀的传统艺术，在党的十一届三中全会以后，伴随着中华民族的复兴，在经济复苏、政治宽松的环境下，书法社团、书法展览、书法出版事业、书法史论学术研究、书法教育及对外书法交流均得以超越历史任何时代的发展。

　　20世纪的最后20年，较之20世纪前半叶的书法，发生了深刻的变化，其最显著的现象是碑派的一统天下被彻底打破，书法由于承传对象的多样和视野的突破，形成了风格丰富的格局。80年代以后书坛发展呈现出如下走向：

　　其一，继承清代碑派的一脉，运用碑派的审美观念和积累的技法，深入开掘新出土书法资料的学习，形成许多新的热点，如汉简热、写经体热、楚简热……并且将清代碑派所擅长的主要书法隶书、篆书、北碑加以外延。形变和糅入行草的笔意是其两大特征，使静态美趋向更多的动态美，成为这一时期碑派的时尚。尽管他们所表现出的审美趣向仍以拙、重、大和金石气为主调。

其二，帖派得以重新复苏。由于印刷术的进步发展，过去秘藏于宫廷内府的优秀书法墨迹以精美的印刷品不断问世，于是为数众多的中青年书家直接受益于墨迹，为帖派迅速复兴提供了条件，各种展览会上行草书作品大量涌现，使帖派书法上升到清中叶以来的最高点。这种现象表明，被清人因推崇碑学而割断了的书法发展脉络得以重新连通，使二王系统文人书法重新恢复了历史地位。这对于突破清代碑学观念之笼罩、全面继承书法史留给我们的优秀遗产有着重要的意义。

其三，20世纪初就有不少书家提出碑帖兼融论，这种观点，本是对碑派热潮后的反思，或言碑派高潮后出现颓势时寻求新出路的表现，但在当时帖派衰竭，作为被融合一方，地位水平低下，所以所谓融合表现在创作中也不过是生吞活剥的表面文章。20年来由于帖派书法的迅速提高，使得碑帖兼融的创作模式，出现了真正意义上的发展。

以上书法创作的三种走向，以多样的形式构成当代书法发展的主流，也可以说是20世纪书法发展的主向。碑派书法中出现的形变和动态特征；帖派书法一改历代追踪一两位书家而呈现出全面回归、多姿多态的局面；碑帖兼融努力摒弃生硬拼凑而追求内涵的变化，所有这些发展都反映了承传中所寓现的变革。

尽管20世纪初在西学东渐潮流中，绘画、音乐、教育、学术都早早受到西方的影响，书法领域的东西方文化碰撞却迟至80年代才在中国出现。20多年来因受日本前卫墨像派和西方抽象绘画影响，出现了一些被称为"现代书法"的探索者，他们从观念上而言可谓五花八门，有的主张抛弃传统，有的主张不受日本前卫派影响而走出中国自己现代书法之路，有的提出从传统中开掘现代意识，有的则提出只有破坏书法才能使书法走向现代。由于受西方绘画后现代主义影响，更有提出解构书法原有的要素，甚至主张不用毛笔、不用汉字，而只需注入他们撷取的书法因素就可以搞创作。这些探索虽未成为当代书法的主流，但在近十几年来逐渐被书坛接纳，并在展览中出现。不过，这些探索是否为广大观众所认可，还有许多问题。

这些问题归纳起来，一是如何将现代书法区别于抽象绘画，二是现代书法的发展是否以牺牲传统书法为代价。那些想割裂传统、重起炉灶的观点显然无法获得中国文化的承认。

当今的书坛能同时展示碑、帖两大系统，容纳各种流派，是书法史上从未出现过的崭新阶段，百花齐放的局面来之不易，这既是历史发展的必然规律，也是国家繁荣强盛的必然结果，需要我们倍加呵护。正因此，当代书坛尚有许多值得我们重视的问题，如当今展览会已成为发展书法创作的主渠道，如何既发挥其积极意义，又克服其负面影响——阻止流行风的泛滥，少一点"高大全"，多一些精品意识。又如书法教育看似从幼儿园到高校层次丰富，而实际上十分混乱，如何有序地纳入素质教育的轨道，特别是搞好艺术院校中的书法专业，都亟待我们认真研究。因为高校培养的书法专门人才，将是未来书坛的中坚力量。书法史论研究对于提升整个书坛的文化品位都至关重要，然而一些理论家在运用西方文艺学时，因生搬硬套而造成许多误区，仍然需要我们保持高度警惕。当然，书法艺术是艺术家的个体行为，一切外来因素，都不及艺术家自身提高修养来得直接，书法需要文学、文字学和众多兄弟艺术的滋养，这对于未来一代的青年书家是一个严峻的考验。缺少了这些土壤，承传会变质，变革——创新亦徒有空名。

站在世纪之初，展望未来的书法，我们认为正确处理承传与变革的关系，仍旧是书法界必须重视的课题。20年的书法热潮，正是在承传上全面回归，才出现了我们时代突破清代笼罩的变革，既然清末"帖学渐变"的现象、"文革"时期书法几乎毁灭的现象，我们都已经力挽狂澜，那么还有什么可以使我们担忧电脑时代书法会出现衰退，还有什么可以使我们担忧对外开放会使书法全盘西化呢？我们必须高度重视承传的不仅仅是书法的技法，更应该是滋养书法的文化。没有高品质传统文化内涵补充，就像中国没有了黄河和长江，我们时代的书法就不可能有超越历史的变革和发展。承传可以使我们获取更多的养分，以更充实的底气去创造、去开拓中国书法的未来。

（2001年11月11日）

文学应该回归到哪里？

缪俊杰

新时期以来，理论上的澄清是非、开阔视野，带来了我们文学创作的勃勃生机，呈现出前所未有的繁荣景象。但是，理论上的探讨往往也容易出现从一个极端到另一个极端，用过去传统的说法叫"一种倾向掩盖着另一种倾向"。比如，近年来文艺界流行的所谓"玩文学"和文艺的娱乐化倾向，认为只有彻底反传统才能使文学回归到本体。这在理论上又把人们搞糊涂了。

文学是一项严肃的神圣的事业，许多作家毕生为之奋斗，从来不把它看成是"玩物"。"玩文学"口号的提出，最初也许是针对过去把文学"太当一回事"，甚至把文学提到"兴邦亡国"高度的一种反驳。从世俗的观念来说，人们的生活是多种多样、丰富多彩的，只要不犯法，玩什么都行，我们有什么理由有什么必要劝阻人家"玩文学"呢？但问题是一些有影响的玩家，由此提出了消解社会功能、淡化社会理想、回避社会矛盾、非英雄化等美学主张，并付诸文学实践，"玩"出了不少较有"影响"的作品。有些青年作者仿而效之，这就给文学创作带来许多负面影响。这就不仅有可能使我们的文学越来越"疲软"，越来越与人民群众"疏离"，甚至有可能使文学落伍时代、脱离人民。长此以往成为一个时代难以弥补的遗憾。这也许不是危言耸听。

文学这种"文本"，同其他用语言文字形成的"文本"（如哲学、历史、法律等）功能虽有所不同，但文学对人们的思想、观念，对社会生活的发展和人类的历史进程，毕竟要发生影响，而且是一种非常特殊的影响。我们都很熟悉马克思主义经典作家和历代的文学大师们在这方面说过的许多具有深刻教诲意义的话，毋庸赘述。那么，现代派的大师们又说了些什么呢？就拿当前时尚评论家们经常引为经典的英国现代派大诗人、新批评派领袖托·斯·艾略特的观点来说，他认为诗歌（也包括文学）有两种功能：一种是给人以享受,另一种是影响社会生活。"如果不能给人以享受也不能影响生活,那它就根本不是诗歌。"可见,他在强调美的享受的同时,也还是强调文学"影响生活"的社会性功能的。我们的某些文学玩家们,却抛弃了这一面,过分强调"玩"一面。比如在题材选择上,他们排斥社会生活题材,尤其排斥具有重大社会意义的题材,片面强调"私人化"写作,披露自个儿的"隐私"。这样的作品虽然能取悦一部分读者,甚至具有相当的"卖点",但它的意义毕竟有限。在文学创作题材问题上,我们应该同时反对"题材决定论"和"题材无差别论",全面而辩证地处理题材问题。要鼓励作家更多地去关注人类发展历史进程中、当前社会生活中、人民群众生存环境中,具有重要标志性的事件和生活进程,反映历史前进的轨迹和搏动着的人民大众的脉搏;当然这种反映应该是具体的、生动的、形象的、个性化的、富有美感的,而不是公式化、概念化、抽象化的;作家应该用那些与社会息息相关的作品去给人享受,去影响社会生活前进。小小把"玩"出不了大作品、大作家;只有那些敢于把握时代重大事件和有意义的生活形态,而又善于将其艺术化的作家才能成大气候,只有这样的作品才无愧于时代和人民,才能成为不朽的经典。不信,你可以翻一翻古今中外的文学史。

　　文学要反映生活,就不能回避社会矛盾。有人认为"玩文学"的提出和成为时尚,是因为许多作家觉得,目前社会矛盾比较突出、相当尖锐,因而不敢触及。比如官僚主义、社会腐败、生存环境、弱势群体等,问题不少,虽看在眼里,记在心上,但是觉得不好写。写得深也不是、浅也不是,吃力不讨好。不如回避矛盾,去写些"小小悲欢""杯水风波",这样既不吃力又"讨好"(稿费来得快、来得顺当)。于是,文艺领域特别是电视就出现了许多"把玩"杯水风波的闹剧,"滥情风"充斥荧屏。一般地说,我不反对文学中"小闹剧"的出现。茶余饭后,困倦之时,把它拿来消遣消遣,也不是坏事,有总比没有好。但是如果我们很有才华的大作家、大艺术家,仅仅被那小小的利益驱动,煞费苦心去搞那些"小打小闹",似乎有点儿可惜,有点儿浪费才华。近年来,我们有些作家特别是报告文学作家敢于直面现实,揭露社会矛盾,批判官僚腐败,同时又写出了正义战胜邪恶的伟大的人民的力量,他们的作品受到广大人民群众的欢迎与好评。由此可见,我们的文学不应重蹈"无冲突论"的覆辙,故意回避社会矛盾。我们的作家应该像恩格斯期望的那样,在现实面前显示出"艺术家的勇气"。

　　文学作为一种意识形态,不应该消解先进的社会理想。从文学史上看,任何时代任何国家,理想和信仰都吸引着、召唤着文学家们为之拼搏,为之奋斗。文学家们在理想和信仰中认识生命的价值、开掘人生的意义,成为他们共同的追求。只有充分表现理想的文学,才是完美的文学。"玩文学"不应该把文学推向"非英雄化"的极端。文学艺术题材无限广阔,各种各样的人物都会进入作家的视野,成为作品的主人公。写英雄也是文学本身题中应有之义。有些"玩文学"的作品,把写普通人曲解或误解为专写平庸的人物和生活琐事。塑造正面人物和英雄人物则被贬之为旧模式。有些作品即使出现了英雄人物,不是写得软弱无力,就是用夸大的方式从另一方面加以丑化。西方文艺思潮中曾出现过"反英雄"的现代派思潮,苏联20世纪50年代也出现过"非英雄化"的倾向。这些倾向都不曾为它们的文学带来令人鼓舞的积极效果。我们的文学是在不断总结前人的正反两方面的经验前进的。我们何必又去蹈"非英雄化"文艺思潮的覆辙呢?

  文学不应该过滥地把历史题材引入"戏说"之中。作家的责任是通过自己塑造的艺术形象,把历史和社会生活的本来面目真实地告诉读者。但是有些文学的玩家,特别是在历史题材的创作中,把文学"玩"进了一个新的轨道,那就是所谓"戏说"。当然,对"戏说"要做具体分析。这里面有两种类型:一是主张不写具体历史史实,而是根据民间传说表现历史人物和历史事件,强调作家主体的介入,即作家本人抛开历史本身,用自己的观点重新组接"历史的碎片"。作家笔下的历史是作家心灵中的历史。二是对历史上的重要人物和重要历史事件,用幽默的方式进行"戏说",把真真假假的人和事"一锅烩"。应该说,目前出现的"戏说"性的新编历史文学或电视剧,由于手法的新颖和作品中所呈现的幽默感,确实引起了一些观众的兴趣。人们从对历史人物的塑造中观照现实,也不失为文学的一"景"。但有些"戏说"却值得研究。比如对鲁迅等作家经典名著的改编,通过"戏说",就歪曲了原著的本意。又如对历史上的重要人物、帝王将相的功过是非,不是通过科学的历史主义的重新研究,得出新的评价,而是根据片言只语"戏说"一番,甚至给人"定评"式的结论;有些"戏说"历史的作品,过分强调历史的偶然性、神秘性,不仅有悖历史的真实,还往往导致历史的不可知论和历史的宿命论,这些作品不仅不能给读者以正确的历史知识,反而很容易给读者特别是不熟悉历史的青年读者以误导。合理的想象是必需的,但"戏说"应该慎重。不可滥用"戏说"。

  "玩文学"的口号很时尚,也很有些标榜。至少是标榜"清高""自主",

也标榜自己是真正回归到了文学本体。但我认为,对这个口号以及相关的美学主张需要讨论,对它的内涵和外延弄清楚。我不知道,人们对于这些问题是愈来愈清醒,还是愈来愈糊涂?提出来,也许不是"杞人忧天"!

(2002年9月1日)

电影应发出更加真实的声音

张宏森

这些年,中国电影的创作生产确实呈现出了前所未有的良好势头。2003年以来,我国故事片年产量连续攀升,已经形成了稳定的创作规模,并且开始初步形成多类型、多品种、多样化的电影产品体系。2006年,除了大家都知道的几部商业大片以外,还有《我的长征》《云水谣》《东京审判》《鸡犬不宁》《疯狂的石头》《天狗》《好奇害死猫》以及《生死牛玉儒》《大道如天》《生死托付》《真水无香》等影片,都在主流市场上取得了很好的收益。如《云水谣》已问鼎3000万票房,《东京审判》达到2400万,《大道如天》1200万。同时,至少有20多部中小成本电影在主流市场上分别获得了不低于400万的票房。这表明国产大片和美国大片完全占据主流市场空间的状况正在改变,院线发行放映中的某些既定模式和观念正在发生着强烈的变化。在不断增长的市场需求推动下,2006年全国新增影院82家、银幕366块,全年电影票房达到26亿2千万元,比2005年增长22%,中国电影真是蒸蒸日上。

今天,我们欣慰地面对中国电影欣欣向荣、不断取得突破性发展这样一个基本事实,同时,也忧心忡忡地面对当前中国电影发展所遇到的各种困难和问题。我们更应该认真探讨如何以电影的规律、审美的规律、艺术的规律,繁荣电影创作,从而在建设和谐文化、构建和谐社会中做出积极贡献。

首先,在建设和谐社会与和谐文化的历史进程中,电影必然要更多地担当社会责任和文化使命,义不容辞地在创作中不断强化正面价值的建树。如今摆在我们面前的课题不是要不要建树正面价值,而是怎样建树正面价值,怎样提高我们建树正面价值的能力和水平。在这方面,当前电影创作还存在一些不尽如人意之处。

我们的文化目光、智力优势、审美水准和工艺水平还达不到飞速发展的时代要求,也达不到观众对电影产品多样化发展、高水平发展的要求。电影的进步还没有得到社会的广泛认同，这其中一个根本的问题就是，电影质量亟须得到提高。

这些年一些作品在正面价值的书写上多停留在两个方面。一是直接描写政策，简单图解政策，简化生活，抽象生活；二是有些创作者着重强调以史诗般的重大题材来作为建树正面价值的唯一信道或重要信道，忽略了对当代生活的一般性描述或常规性把握，失去了对生活复杂性、曲折性、艰难性和多样性的认识与理解。以非常单一、非常狭窄甚至非常功利的视角来面对当代生活，致使我们在"纪录生活、表述时代"面前有着这样或者那样的不准确。不少电影用既定的经验面对当代生活中崭新的事实，从而在当代主流生活和当代中国人民的日常经验面前，不少时候失语了、缺席了。如果不认识到这个误区，不认识到在现实主义精神面前所丢失的很多品质，电影想获得观众的普遍认可是有难度的。不久前，温家宝总理在给文艺家们作的报告中，希望大家讲真话，用真情，追求真理。以此考问我们的一些电影，确实我们讲真话的能力在退化，讲真话的勇气和底气欠缺。我们连起码的纪录精神、还原能力都有欠缺，何谈现实主义品格？何谈从现实主义向现代精神的过渡？现实主义的现代化过程就更无从谈起了。面对生活虚假发言，在电影中出现了两种极端：一种是概念化地阐释典型，简单化地表现英模；另一种是从个人偏僻的、边缘的心态出发观察现实，描写生活。这种对当代生活不负责任的虚假阐述，都暴露了对现实生活把握的非本质、非客观、非理性，由此导致的效果和结论也就难免不中肯，不公允。电影应当对时代做出富有责任和富有情感的真实的发言，这是和谐社会对电影提出的起码要求。电影还应拿起战斗和批判的武器，与那些破坏和谐、破坏人类文明的糟粕、落后、愚昧、丑恶进行批判和战斗。

同时，目前不少电影的创作技巧和工艺水平不足以支撑我们对当代社会真情的、富有责任的表达和诉求。在飞速提高的电影产量里，非电影化、非艺术化、非审美化，甚至非技术化、非工艺化的产品充斥其中，以致今天我们不得不再次呼吁提高电影的艺术化、审美化水平，提高电影的技术化和工艺化水平。

第二，当前电影界，不少人关心自己的诉求，关心电影本体胜过了关心他人以及由他人组成的社会秩序和社会形态，这是当前电影创作中应引起高度重视的一个问题。有些也书写他人，但对他人苛刻的多，宽容的少；对他人指责的多，理解的少。有的甚至像鲁迅先生所说的，"不惮以最坏的恶意"

去揣测他人，看待社会。电影还是应该具有更大的悲悯情怀，更大的人道主义精神。同时，我们也应把自己作为社会成员的一分子，作为社会生活的一部分，积极容纳到社会之中。因此，我们呼吁中国电影要更多地"关注现实，关心社会，关爱他人"。这要求电影创作者要更多地走进常规化生活，更多地走进社会公共经验和基本常识之中。不能总是用极端的、边缘的、个人的经验代替集体经验、公共经验和日常社会常识。

近几年，尤其是2006年，我们高兴地看到一些青年导演出现了可喜的变化。他们的作品走出了个人的成长经验和个人的极端化、边缘化视觉，走向了公共经验和大众平面，这些作品得到了社会的肯定，有的还获了国际奖。但公正地说，这些影片不少存在某种局限性，它们对现实、对普通人的关注和发现，应该更扎实、更深厚些。然而目前对这些片子，社会上给予了非常多的过度阐释，有些阐释已经远远超出了作品内容，这种过度阐释、轻率地经典化，或者捧杀或者骂杀的现象，限制了整个电影界的冷静、从容和谨慎，限制了中国电影以更大的胸怀和更端正的态度来面对自己的发展前景。中国电影应该更多地关怀他人以及由他人组成的我们身处其中的社会。电影如果从内在心理上不关怀他人，甚至排斥他人，从表面上说它影响了电影的推广和效益，从深层上说它影响了电影创作者的品格和胸怀。和谐社会是人与人之间构成的和谐，关怀他人就要倾听他人的声音，不能总是我们电影人自说自话。更多地关怀他人就会更多地关注市场，关注受众。

第三，电影要对自己的情怀和立场保持警觉。当前，在中国电影产品庞大的群体中，有一些作品特别是有些初涉影坛的青年作品，开始脱离我们赖以生存的物质基础，脱离社会历史环境，弥漫着一些郁闷、无趣和困惑的表现内容。新一轮的鸳鸯蝴蝶、新一轮的杯水风波又开始呈现在我们的银幕上，且有不断蔓延之势。这应该引起高度警惕。建设和谐社会，我们不能局限在一个狭小的集团或阶层上张目他们的利益、他们的趣味、他们的气息，应该和中国最广大的民众的生活现实相关联。

有的电影作品甚至在献媚大款，在无理性地描述资本的诞生。有很多作品表面看似乎没有问题，写的是一个民营企业家的成功，从一穷二白走向大富大贵，写发家致富的过程，可不加辨析，疏于理性，不在任何思想背景下观照，把资本原始积累合理与不合理的过程一律不加分析地给予献媚与歌颂。一种不自觉的资本憧憬和利益向往渗透其中，使我们的立场发生了飘忽和转移，忘记了世界艺术史上、人类思想史上对资本、对金钱、对原始积累的过程所包含的一切社会历史学内容的批判性分析,思想的辨识能力和价值的判断力出现了盲点。从浅层次上看,这是不会选材;从深层次上看,是立场和情怀的问题。对中国来说,我们最广大的阶层是民众,是有10亿之众的人民,电影的立场和情怀应始终跟大多数人结合在一起,这就是我们所强调的电影的人民性问题。

最后,电影界要维护电影和谐健康、良性发展的大好环境。在一些媒体,在坊间,流传各种指责和诘问,比如最近有媒体采访我时,说电影界在抱怨中国电影产品质量为什么不能迅速提高?是因为有电影审查制度和审查机构在。我请他们举例说明,他们举不出近年来的事例。我就回答他们,在当前,中国电影大环境健康和繁荣的重要标志,是充分发扬法制理念下的艺术民主精神,我们进行电影审查,第一有明文的电影法规,第二有公开透明的程序,第三有艺术民主精神,第四有艺术理性,就用这四条。没有事实依据,一些人就在那儿臆想审查与创作之间存在着紧张的对立关系,树立假想敌。

在创作和评论之间有假想敌存在,同行之间也有假想敌存在。现在电影界会议多、场面多、红地毯多、宴会也多,但是大家真诚交流的不多。互相之间怀有戒备,同行间的猜测不少。电影界中的城府、成见、假想敌势必会影响电影界的凝聚力和团结。创作界与政府管理部门、创作界与发行界、创作界与评论界、创作界同行之间、大片与小片之间等,应该而且必须要消除掉很多莫须有的假想敌。在今天求新求变、日新月异的竞争环境下,如果怀抱着过多的假想敌,进行各种猜测和埋怨,以邻为壑,责任外推,这不利于我们建设和谐的电影环境,也不利于建设和谐的社会主义文化。

(2007年1月11日)

在与时俱进中发展当代美学

曾繁仁

美学与其他的学科一样必须与时俱进。新时期以来,我国社会经济文化发生了巨大而深刻的变化,当代美学的发展也必须与之相适应。

胡锦涛同志在党的十七大报告中指出:"当今世界正在发生广泛而深刻的变化,当代中国正在发生广泛而深刻的变革。"这种深刻变革集中表现为两次紧密相连的社会经济文化转型。第一次转型是1978年十一届三中全会后由"以阶级斗争为纲"到"以经济建设为中心"以及由计划经济到社会主义市场经济的转型;第二次转型为20世纪90年代至今所逐步发生的由工业文明到后工业文明的转型,表现为经济与社会发展模式由纯经济发展、侧重物质层面到全面发展、更重人文层面的转型。第二次转型实际上是对传统现代化的反思与超越,现代与后现代呈现一种交叉进行的态势。从社会生活来说,90年代以后,我国的现代化不仅包括经济物质的内涵,而且包括文化的内涵,包含人的素质的内涵。从而将文化建设与人的素质的提高提到从未有过的高度。从经济生活来说,我国的社会经济的发展不仅需要依靠科技,而且需要依靠自然环境与自然资源。人与自然不是单纯的对立与改造的关系,而且更有依存与基础的关系,我们应着力于建设环境友好型社会。从文化生活来说,当代文化已经从象牙之塔走向生活,走向大众,走向市场,文化产业已经成为社会主导性产业之一。这种社会生活、经济生活与文化生活的巨大变化带来了发展观、自然观与文化观的巨大变化。这些变化必然要影响到人们的美学观,使之发生巨大的变化。

当代马克思主义人学理论适应了当代我国社会发展的现实要求。近300年的国际现代化与我国当代的现代化事实证明,所有的现代化关键是人的现代化,所有的发展关键是人的生存质量的提高。正如十七大报告所说"发展为了人民,发展依靠人民,发展成果由人民共享"。文化建设以新的人格的铸造、新人的培养以及新的生存态度的树立为其指归,这恰是我国当代美学与文艺学建设的重要任务。

首先,这种"以人为本"思想就是对于马克思主义人学理论的继承发展,是将其中国化的具有重要意义的理论成果。马克思主义的以唯物实践论为指导的人学理论,是对传统主客二分的认识本体论哲学形态的超越,也是对于现代西方主观唯心主义哲学的改造与超越。其特点是马克思主义人学理论具有明显的阶级性与实践性。其阶级性表现在马克思主义人学理论以工人阶级与劳动人民的解放为其目标,而其实践性表现在它区别于西方一般哲学的"生活世界"的观念,而将人的解放奠定在"实践世界"的基础之上。其次,符合当代世界哲学与美学的发展趋势。黑格尔逝世后,西方哲学与美学领域就开始了对传统的主客二分思维模式与认识本体论哲学与美学的改造与超越,探索人的诗意地栖居与审美地生存。法国哲学家萨特曾将他的存在主义定位于一种人道主义,其他哲学与美学理论的人学指向也是十分明显的。正是从这个意义上我们认为当代西方哲学与美学就是一种以当代人学为指导的哲学与美学。再次,也符合当代哲学与美学发展的实际。哲学与美学作为人文学科不同于自然科学,也不同于社会科学。它是以"人"与"人性"的探索为其指归的。正是从这个意义上我们说美学与文学就是人学。我国早在50年代就有理论家提出"文学是人学"的重要命题,新中国成立半个多世纪的历史证明,以马克思主义的人学理论为指导,美学与文艺学建设的路就会越走越宽。

从文艺美学来说,正是从美学是人学的立足点出发,将艺术的审美经验作为文艺美学探讨的出发点。因为,文艺与人的最直接的关系就是审美的经验,经验是此时此地的,也是多侧面包含丰富内容的。

我国当代将人的现代化提到决定性的高度,并提出"和谐社会"建设的目标,这就将美学的育人作用提到学科建设的前沿,进一步将美学从书斋拉向现实,从思辨拉向人生,从而使审美的人生观作为当代最重要的人生观之一。并使美学承当起培养学会审美地生存的一代新人的重任,教育青年一代以审美的态度对待社会、他人、自然与自身。这样,和谐社会的构建才能成为现实。

人与自然的关系是人与世界最基本的关系。当代人的自然观的根本改变,从人与自然的对立走向友好,这就必然导致审美观的重大改变。这就是当代生态存在论审美观的提出。包含诗意的栖居、四方游戏、家园意识、场所意识、参与美学与生态审美批评等崭新的美学内涵。但生态观、人文观与审美观三者，只有建筑于生态存在论哲学的基础之上才能够达到统一。因为，只有超越人与世界对立的在世状态，走向与世界的紧密关联，自然才能成为人生在世的有机组成部分，人与自然才能走向友好统一，人也才能走向美好生存。生态存在论审美观也因此成为当代马克思主义人学理论的组成部分。

当然，有关日常生活领域的审美研究，包括大众文化、网络文化与文化产业的审美研究等，也非常重要，且取得了不错的业绩。相信只要这些审美活动在马克思主义人学理论统领下，以当代人的审美地生存为指归，以人的审美经验为桥梁，就能沟通艺术与生活、精英与大众、社会效益与经济效益间的渠道，从而取得更好的研究成果。

（2008年1月24日）

评委当回避到底

剑 武

多少年了，参观全国美术作品展览，对于其中的"评委与特邀作品"，总有一种想看到、又怕看到的感觉。今年，这种感觉尤其强烈。

所以想看到，因为对于老一辈艺术家和评委艺术家近况的关心，老一辈的身体如何？最近有什么新作？评委艺术家的创作如何？最近有什么力作？

所以怕看到，因为特邀的老一辈艺术家越来越少，无论新作还是旧作，都难以见到了。还因为评委艺术家的作品越来越不如人意，曾经卓有成就的他们不愿意，或者拿不出像样的新作来。

对于老一辈，我们只能听天由命。时值耄耋的他们，可以人书俱老，信马由缰，但也可以安享晚年，信手涂抹，甚至不涂抹。对于年富力强的多数评委艺术家则不然，应当有和其他入选艺术家同样的标准与要求。

参观年关前后举行的第十一届全国美术作品展览时，正是一些评委艺术家在自己作品前接受各种媒体采访的当口，有人问我，这些就是评委的作品？就是这些人决定谁的作品入选与否、优秀与否？这些评委的作品是由谁决定参展的？

我听出了其中的嘲讽意味，但无言以答。

毫无疑问，全国美展的评委艺术家绝大多数是靠作品走到今天而誉满天下的。或者说，他们曾经靠作品入选全国美展、登台领奖，靠创作一步一步成为今天的评委。可是，一旦他们当了评委，不再以一刀一枪拼杀时，在全国美展的展厅里悬挂的，多数不是他们的得意之作，也不是他们的认真之作，有些甚至是急就章，是应酬之作。所以如此，就在于没有人要求他们，也没有人选择他们的作品，更没有人拒绝他们的敷衍与随意。应当说，这是一个遗憾。

其实，评委艺术家中的多数人虽然年岁不小，但在美术界还属正当年，他们不时有大型的个人作品展览举行，不时有大大小小的画册问世，其中有旧作，也有新作，而且有新的大幅作品、新的体现实力的作品。只是，因为种种原因，他们没有想到要把重要的作品拿到全国美展中来；没有想到当了评委，也得有重要的作品才能被特邀；没有想到当了评委，还得接受各方各面眼光的审度与挑剔。全国美展的评委在业内备受崇敬，在社会上也是无上荣光的。这种崇敬与荣光，得靠高尚而不褪色的人品与强劲而不委顿的创造力来获得与滋养的，须臾大意不得。对于全国美展都敷衍、都应酬、都漫不经心，我们就可以知道评委艺术家对于这个特邀单元的认识了。

如果不是在美术界，情况又是怎样的呢？

按惯例，在文学、影视和戏剧评奖中，评委不仅不能有作品参评，甚至必须回避一切有可能影响评选结果的活动与项目。在美术界，当期评委不会有作品参加评奖，这方面是回避了，但是不彻底，而有作品参加最后的"优秀作品展"，这是历史遗留问题。但是，既然是问题，总得有一个解决的时候与办法。当初，为了展示全国美术创作的整体概貌，特邀不愿与后辈争风头的老一辈艺术家作品参展是对的；同时，为了保证全国美展的评奖质量，特邀尚有实力、又因为当了评委而放弃参评得奖的优秀艺术家作品参展也是对的。如今，无论是老一辈艺术家，还是这些当了评委的实力派领军人物，都已经、而且容易再办个人展览、师生展览，都已经、而且容易出版大型画册。没有必要又当评委又参展，没有必要回回占上风，事事出风头。

而且，评委艺术家的作品参展、出版还是一种不公平，因为评委中，还有同样有成就的史论家。如果他们也把自己的著作附在全国美展中展出、出版，一定会引人不快，一定得不到允许，一定会贻笑大方的。可是，同样是评委的艺术家却可以堂而皇之地有作品参展出版，岂非咄咄怪事？！

从展览与画册的效果来看，应邀参展出版的评委作品如果不是新的力作，和那些有奇思、下大力、有反响的获奖作品比较，评委的作品除了还是老一套外，真是得不偿失。也许，评委艺术家的这些作品是回报活动的赞助商，所以是应酬之作。可是，殊不知，各位在应酬别人的同时，也应酬了社会与时代。毕竟，这是几年才一回的"全国美术作品展览"！这是被定性为中国美术界最高级别的展览！这是唯一以"中华人民共和国"冠名的美术展览！这是耗费了许多纳税人钱财的展览！

无论是谁，无论是谁的作品，都得从这个高度来要求，标准不能时有时无、忽高忽低。

评委作为美术界的知名人士,也应当更为自律,回避到底。认认真真、尽职尽责地当一回伯乐不是更好吗?!

(2010年1月24日)

以创意产业推动文化创新

厉无畏

党的十七大报告中明确指出，提高自主创新能力，建设创新型国家，是国家发展战略的核心，是提高综合国力的关键。建设创新型国家战略的提出是顺应经济发展规律的要求提出的，而在当前来看更是应对金融危机、转变经济发展方式的关键之举。世界经济发展经验表明：一个国家或地区人均 GDP 达 3000～4000 美元时，就应进入创新驱动发展阶段。目前我国人均 GDP 已达 3700 多美元，在经历了要素驱动和投资驱动的快速发展阶段，也面临着资源、环境的约束；加上国际金融危机的影响，如不加快提高自主创新能力、转变经济发展方式，就会犯严重的战略性错误。

建设创新型国家，城市尤其是中心城市是关键。由于中心城市区域往往是国家实现产业创新和经济增长的核心空间，其科技教育发展水平高，人才资源相对集中，创新环境较好，研发投入能力较强。因此建设创新型国家的任务首先是要把中心城市建设成创新型城市，让中心城市更多地承担起经济创新的角色。可以说建设创新型城市是建设创新型国家的重要载体和核心依托。

建设创新型城市的重要任务就是要构建创新体系，它由政府、企业、产业集群、中介服务体系等多个主体构成。由于创意产业是将文化资本重新组合引入经济系统的新兴产业，其特点就在于把文化、技术、产品（服务）和市场有机地结合起来。创意产业实际上已超越了文化产业的含义，它还推动着各个领域的经济创新，促进了体制创新，提高了人民群众的文化素质和创造力，从而为建设创新型城市奠定良好的基础。

创意产业发展推动城市文化的创新

创意经济已被视为一种全球现象。综观全球，那些国际上有影响的大城市几乎无一例外都是创意产业最集中、最发达的地区,也以富有特色的创意产业而闻名遐迩。国际大都市的地位之所以与创意产业的繁荣有如此紧密的联系,正是因为创意产业极大地促进了城市文化的创新。

创意产业促进了城市文化内容的创新。创意产业是将新的创意注入了传统文化之中,让传统文化得以继承和发展。同时,发展创意产业既能够吸收各种先进文化,实现创新,又让本土文化不被中断而得以张扬。对城市文化内容的创新是着眼于现实意义的继承性创新。在文化内容创新过程中,无论是吸收和弘扬中国传统文化,还是借鉴其他民族优秀文化成分,通过对其现实价值的积极挖掘,都可以很好地为城市文化的发展建设服务,满足城市居民生活的实际需要。

创意产业促进了文化形式的创新。创意产业借助于技术的进步,将文化产品和服务以越来越多的形式呈现在城市居民面前,促进了城市文化形式的创新。文化创意和科技创新结合在一起,为市民提供了前所未有的新的文化形式体验。创意产业的发展促进了传统艺术方式的升级换代,如传统唱片升级为MP3,传统出版业拓展为网络出版和电子书,传统舞台美术与多媒体技术的结合大大增强了视觉效果,以文化创意为内容的数字技术新产品层出不穷,基于数字化的各种发明也使人目不暇接。

创意产业促进了文化载体的创新。传统的文化载体,多为单纯的文化产品,如书籍、电影、电视、艺术品等。创意产业的发展,特别是创意产业向传统制造业的渗透,使文化载体的范围大大拓展了,在创意经济时代,可以不夸张地说,任何一个蕴含着创意的商品和服务都是文化的载体。创意产业是通过观念、感情和品位的传达,赋予传统意义的商品某种独特的"象征意义",提升其文化附加值,从而使传统的商品转变成了承载文化的载体。可以说各行各业的产品和服务都能成为一定文化的载体,并因此而提升其价值。

创意产业促进了传播手段的创新。技术的发展不仅为文化创意提供了更丰富的表现形式,同时也提供了更多的传播手段。创意产业与新技术结合在一起,促进了文化传播手段的创新。创意产业采用现代高新科技的成果,大力推进了文化交流和传播手段的升级换代,改造了传统文化生产经营和传播模式,例如借助广播、电视、手机和网络来推介创意产品。

发展创意产业可有效地促进产业创新

强调创意和创新,强调把文化、技术、产品(服务)和市场有机结合起来,不仅能为人们提供文化含量较高的产品和服务,满足人们的精神需求,从而有效刺激内需,形成新的消费市场,另一方面它还可以与其他产业融合发展,促进产业创新和结构优化。实际上,各行各业都可借助创意产业的发展,或应用其成果,更新产品和服务的设计与策划,开辟新的"蓝海战略""品牌战略"和"营销战略"。

传统产业可以通过文化创意的融入,附加更多的文化内涵,开辟"蓝海战略",实现差异化竞争,或塑造有特色的品牌,从而提升竞争力。

在产品设计中融入文化创意,如以色彩调节人们的心情、以结构满足人体的舒适感或操作的方便、以独特的造型给人们以丰富的想象,从而实现产品的价值创新。

在营销中融入文化创意,引起消费者的文化认同,产生共鸣,或好奇心,从而有助于拓展市场。不仅精心策划的广告、会展有助于促销,优秀文艺作品也可能帮助扩大市场,比如电影《非诚勿扰》的热播极大地促进了杭州西溪湿地和日本北海道的旅游。

传统产业都可以利用创意产业的思维逻辑和发展模式来改造自身的发展模式,实现产业的创新。如创意旅游、创意农业都是用创意产业的思维方式和发展模式,整合相关的资源,融合文化创意创新相关产品和服务,锻造产业链和构建起完善的价值实现系统,实现了传统产业的创新。

发展创意产业促进了体制创新

创意产业的发展大体上有两个方向,即文化的产业化和产业的文化化,前者是把文化创意变成商品,后者是在传统产业中融入文化,使之增值,或者说把商品做成文化。

文化产业化是以文化为资本,运用市场化手段或工业化手段,对文化产品进行生产、加工、流通、分配、消费的过程,最大限度地满足人的精神文化需求。在过去相当长一个时期内,我国一直把文化仅仅当作公益事业来运作,混淆了文化事业与文化产业的关系,既没有采取合理的市场化战略,也没有引进竞争机制,文化产业的市场化程度很低。正是创意产业的发展,促使文化体制进行改革，促进文化体制的创新，从而使传统的文化资源通过市场的运作和商业的包装获得了新的生命，同时也使文化产业获得了新的增长点。通过发展创意产业，我们努力建设一个健康的文化市场秩序，妥善解决文化产业发展中遇到的体制性难题，并通过文化产业化的运作，把丰富的文化资源变成一种竞争力，变成一种综合国力。

此外，由于创意产业的高度融合性和渗透性，一方面促进了不同行业、部门间的联合，比如在深圳成立了文体旅游局、绍兴成立了文化体育局等，推进了政府管理体制的创新；另一方面，随着文化创意产业的勃兴，应运而生的各类非营利性组织也打破了城市原有文化产业组织的格局，出现了多元并进的繁荣态势。此外，创意产业的发展需要金融的支持，也促进了风险投资基金、创业投资基金和知识产权交易的发展。

目前，我国各城市在发展文化产业方面都制定了各自的方针。上海走"集约化经营，规模化发展，集中力量办大事"之路；北京提倡"民营国营同台竞争，多元主体优势互补"；广州的路子是"坚持市场导向，凸显产业属性"；深圳的路子是"文化资源和企业资本结合，可持续发展和制度创新互动"。创意产业的发展促进了文化体制的创新，发展了先进的生产经营方式、完备的法律体系，推动了对不同民族文化资源的吸收创新，使得艺术想象力和创造力、创造精神和探索精神得以发展。

发展创意产业有助于提高人民的文化素质和创造力

现代创意产业的发展已经超越单一的经济发展层面，正逐渐深入通过解放人的创造力塑造新阶层和解放文化生产力更新社会的发展阶段。有关创意产业与社会发展实现良性互动的研究表明，创意产业"最重要的地方在于在普通大众中鼓励知识的增长和创造性参与"，创意产业与一般物质性有形产业在发展模式和路径上存在着差异，其价值的创造依赖于创意阶层的崛起，其价值的实现有赖于消费者的认同，这两者都与人这个具有社会属性的群体密切相关，因此创意产业的发展和人本身的发展密切相关。

首先是大众创意的激发力。创意产业鼓励普通大众参与创造。创意社群利用便捷的沟通网络，聚合了各个阶层的民众，给每个有创新力的人提供发挥才能、创造财富的机会，并造就了创意阶层的形成。事实上创意产业不仅是精英文化，也是大众文化的天地。创意不是大师的专利，如网络影视的发展,人人都可当编剧、导演和演员。在琥珀网和土豆网上可以看到许多来自草根的作品如《牛人歪传》《我们没有隐私》等,都很受网民的喜爱。从胡戈的"馒头频道"到钱峰的"牵手网",还可以看到这些年轻人如何通过发挥才能去创造财富。在企业里当普通的员工在创意产业发展的潜移默化下也都可以发挥想象力为产品的设计改进提供创意。

其次是社会价值观的引领和先进文化的张扬与普及,使广大受众在消费中不断提高自身的文化素质,并有利于社会主义核心价值体系的建设。不仅优秀的文化产品潜移默化地影响着人们的思想观念、价值判断和道德情操,张扬和普及了文化知识,而且五彩缤纷富含创意的各类产品,也将激发人们的创新意识和提供创意启发,并有利于在全社会树立以改革创新为核心的时代精神。人民群众文化素质的提高,也就为创新型城市建设奠定了坚实良好的基础。

(2010 年 9 月 17 日)

重建"公共性",文学方能走出窘境

李云雷

现代以来,中国文学承担了社会公共议题的设置,发挥了促成舆论交锋从而达成社会共识的功能。这种"公共性"使文学获得了广泛的社会意义。而20世纪90年代以来,文学"公共性"的衰减与文学"边缘化"的窘境构成了恶性循环,使文学应有的思想文化功能变得相当微弱。要改变文学的"颓势",必须让文学重新走入民众的生活,并成为他们精神世界的一部分。

对当下文学状况,人们似乎都有这样的共识:文学读者在逐渐流失,文学期刊的发行量大幅减少,作家大多远离重大的社会现实问题,开始关注私人领域,因而文学在思想文化与社会领域的重要性愈益降低。重新思考文学"公共性"的重建问题,促进文学发挥应有的社会功能,成为振兴中国文学的当务之急。

文学的负载轻了
文学自身也就变轻了

我们应该如何看待文学"边缘化"这一现象?从当前的文化格局来看,既有文学的外部因素,也有文学的内部因素。20世纪90年代以来,影视、网络和游戏等新媒体、新兴娱乐方式的迅速发展,吸引了更多的青年,主要以纸媒为传播媒介的文学相对来说处于弱势,而在文学内部,通俗文学、类型文学的出现,伴随着市场化的进程,也以"畅销书"的方式占据了文学的主要市场份额,我们通常所说的严肃意义上的"文学"则处于边缘的位置。

除此以外,文学的边缘化也有源于其自身的发展逻辑。20世纪80年代中期以来,除了社会文化的诸多外在因素外,中国文学开始"向内转",在作品中注重表现个体的内心世界,而忽略了与外部世界的关联;注重语言、形式、技巧的探索，而忽略了文学作品与社会生活的关系；注重文学的"独立性"，而忽略了文学与其他思想文化领域的关系。同时在文学的生产—流通—接受方式上，也越来越倾向于"精英化"，也即文学创作并不考虑读者，而仅限于小圈子内部的交流。同样，文学的出版、定价、发行等机制，作家新人的培养，也只是为了小部分读者或仅限于文学从业者。这样，文学所表达的内容既为大众所不关心，文学的传播机制也使文学无法到达大众，文学也就逐渐丧失了"公共性"。总而言之，文学更少地承担社会公共议题的设置，难以形成舆论交锋从而达成社会共识。文学的负载轻了，文学自身也因此变轻了。

今天的文学如果要得到发展，需要重新建立文学的"公共性"。文学的公共性肇始于五四新文化运动的中国"新文学"。而"新文学"是在对传统中国文学及通俗文学的批判中发展起来的，在这一过程中，不仅文学语言从文言文转换为白话文，同时，"文学"被赋予了公共性，它不仅仅是私人之间的酬唱，或仅仅是一种消遣或娱乐，而被视为一种精神或艺术上的事业。与此同时，随着社会主义文学的形成，逐渐发展出了一种新的文学体制，如以作协、文学期刊和出版社为中心的文学生产—流通—接受机制，以大学中文系与研究所为核心的文学教育、研究、传播机构，以文学批评、文学史、文学理论为基础的文学知识再生产模式等。这些新的文学体制既是"新文学"发展的制度或机制保证，也与"新文学"一起，构成了现代民族国家及其公共空间的一部分，并在其构建与发展的过程中起到了不可替代的作用。20世纪中国的"新文学"在整体上既区别于传统的中国文学，也不同于西方的现代文学，而是现代中国在创建民族国家的过程中所发展出来的"现代"的"中国文学"，是现代中国人探索、奋斗、挣扎的"心灵史"。在不到100年的时间里，"新文学"已经为我们奉献出了以鲁迅为代表的一大批经典作家，在他们的作品中，我们可以看到一个世纪中国人的"心路历程"。他们创造的文学形象，也是中国社会的集体"共名"。

因公共性而获得尊重
文学必须走进公共生活

可以说，公共性要求文学要成为社会思想先锋。这里的"先锋"不是指20世纪80年代"先锋文学"对形式、语言与技巧的重视，或者对"现代""后现代"思潮的模仿或追逐，而是指文学在整体社会生活及思想文化界所处的位置，即在社会与思想的转折与变化之中，文学是否能够"得风气之先"，是否能够对当代生活做出独特而深刻的观察与描述，是否能够提出值得重视的思想或精神命题，是否具有想象未来的能力与前瞻性。我认为这是判断文学是否"先锋"的重要尺度，在这个意义上说，从"五四"一直到20世纪80年代，文学在整个社会与思想文化界一直处于"先锋"的位置，而从90年代之后，我们的文学逐渐丧失了这样的地位，在今天，文学界所讨论的基本问题，不仅落后于思想文化界，甚至落后于社会大众，很多人只满足于文学内部或小圈子的自我欣赏与满足，对中国乃至文学体制发生的巨大变化视而不见，其"边缘化"的命运也就不可避免了。

公共性还要求文学对读者审美趣味有所引领。具有公共性的文学不应像通俗文学一样，迎合读者的阅读趣味，而意在通过艺术所具有的魅力与感染力，改变或提升读者对人生与世界的认识，在意识领域中引发读者对自我、世界或艺术的思考，从而扩展或丰富个人的审美体验，同时对自身的现实与精神处境有一种新的体认。正是在这个意义上，文学才是一种精神或艺术上的事业，而不仅仅是一个故事或讲述故事的方法，文学才是一种"高级文化"，而不只是一种消遣或游戏。

"公共性"更要求文学所产生影响的范围不限于狭小的天地，更不是私人领域。"文学"的生产过程，不仅在于作家的私人"创作"，而且有赖于出版、印刷、发行、流通、阅读等不同环节，才能最终"完成"；"文学"作为精神领域的一个特殊部分，是不同身份、阶层、性别、种族、个体的声音相互交流、争夺与斗争的一个公共空间，这一空间的有效性不仅在于文学从业者是否具有自觉意识，也在于这种"公共性"范围的大小。

在今天，我们只有重建文学的公共性，才能使文学真正成为一项精神与心灵的事业，文学只有关心最大多数民众关注的话题，并以独特的方式表达出自己的意见，才能够真正走入民众的生活与内心之中，才能在思想文化界与整个社会领域扩大自身的影响。我们并不反对通俗文学与娱乐节目，对于丰富民众的文化生活，这些作品也有其长处及存在的合理性；我们也不反对文学的娱乐性，娱乐性可以说是文学内在的要素，也是其能够吸引人的魅力之一。但是在根本上，文学作为一种最贴近人类思维与经验的艺术形式，作为一个民族"国民精神前进的灯火"，必然是一种灵魂的事业，刻画出我们这个时代的"心灵史"。

文学因公共性而获得尊重。重建文学的"公共性",需要在文学与世界之间建立起有机的联系,让文学走入民众的生活,成为他们精神世界的一部分,汲取其他思想文化领域的最新成果,并以自己的方式参与到思想文化的建设之中。只有这样,我们的文学才能获得生机与活力,我们才能继承鲁迅等人开创的"新文学"传统,创造出我们这个时代的文学经典,丰富并提升我们这个民族的精神生活与精神形象。

(2011年4月8日)

戏剧院团改制的困惑与前景

傅 谨

戏剧是民族文化的重要组成部分，戏剧创作、演出和欣赏，在国家和人民的精神文化生活中具有不可或缺的地位。2004年以来陆续推出的各试点地区与单位的改制实践中，政府率先承担其理应肩负的文化责任，一直是改制的前提。据了解，各地政府对戏剧、对改制剧团的投入有增无减，增长幅度之大，超过历史上任何时期。

2011年将是中国文艺院团改制的关键一年，基层院团的改制将全面提速。这一轮文艺院团改制推进实施以来，戏剧界对改制始终存在诸多疑惑和忧虑，多数戏剧院团尤其是基层院团至今仍处于被动观望状态，鲜有主动积极地应对这一重大转折的计划与举措。

戏剧界对改制普遍存在诸多疑虑，其根本原因，是对这一轮剧团改制的认知和理解出现了偏差，对现在正在推行的改制的具体政策存有许多误解。

解惑——
改制不是让戏剧"自生自灭"

业内人士的疑虑是有原因、有依据的。20世纪80年代以来，政府几度推行剧团体制改革都先后遭遇挫折，不仅未能实现创新制度、繁荣戏剧的目标，反而给整个行业造成不同程度的后患。半途而废的改革不仅给戏剧界留下了深重创伤，还进一步破坏了戏剧的生态，加剧了戏剧危机。但是我们要看到，这一轮改制的政策设计与具体实施，具有完全不同的性质。

客观地看，各地政府，包括主管部门在内，尤其是那些年复一年地为无法正常演出的剧团支付高额维持费用的地区，政府部门希望通过改制一劳永逸地剪除财政负担的想法，不能说完全没有。但是从整体上看，政府的公共财政在戏剧领域的投入，未来不仅不可能减少，反而会大幅度提升。就以戏剧为例，新世纪十年里，国家对2600个国办剧团的直接财政支持，从2000年的17.3亿元迅速增加到2009年的63亿元；如果加上近些年国家和各级政府在非物质文化遗产保护方面的投入，国家和各级政府对各地文化基础设施的投入增速之快，超出历史上多数时期。

值得注意的是，改制后政府在戏剧领域将显著改变资金投入方式，资金投入力度虽然仍将逐年增长，财政资金的投入方向，却将由养人、养单位逐步向养事业、促发展转变，促使国有文艺演出院团逐步成为市场的主体。

这一轮文艺演出院团的改制，是在国家公共财政支出明显向公益事业转向、对文化艺术事业的投入呈几何级数增长的背景下展开的。但仍需看到，现有的事业体制严重钝化了公共财政投入的效益，国家以及各级地方政府的高额投入，未能充分实现丰富城乡民众文化生活、繁荣文化艺术事业、保护民族文化遗产的目标；在某些场合，甚至反过来助长了院团对政府的依赖，对文化艺术事业的健康发展造成了进一步的阻碍，改制才有其必要性和正当性。

文化投入不是国家的负担，而是责任。改制不是为了扔掉包袱，而是要从根本上改变投入方式，通过市场机制，建构更有效率的政府文化管理与资助模式。改制后的院团需要通过创作与演出的实绩或通过对戏剧遗产的有效传承获得财政支持，在文艺演出市场和文化传承方面贡献越大，就越有资格和机会在争取政府文化投入方面抢占先机。

前景——
用改制开发戏剧演出的金矿

戏剧界对改制普遍存在的忧虑情绪，究其根源，是出于对演出市场极度悲观地判断。多数人并不认为戏剧演出是一个可以在市场上盈利的行业，尤其是并不认为戏剧演出在今天的中国可以获得市场盈利。

我认为戏剧演出市场目前的惨象只是特殊时代的特殊体制的产物，并不具有普遍性，更不是中国戏剧的宿命。对戏剧演出市场空间与前景的判断，不能只局限于中国的当下，需要有更开阔的视野，应该基于古今中外的一般状况，寻找准确的答案。

通常人们认为，中国戏剧在20世纪80年代中期开始陷入危机，主要是受制于外在环境的恶化,是由于多种娱乐方式的崛起抢夺了戏剧的受众;还有人发明了"斗室文娱"这个新词,声称现在的时代已经不是戏剧的时代。确实,在世界范围内,20世纪戏剧丧失了以前在娱乐业的霸主地位,从电影工业兴起、电视普及到互联网迅猛发展,戏剧不断遭遇强有力的挑战。但我们还要看到,影视和网络发展的结果,不是把戏剧挤出了娱乐业,而是让世界进入了娱乐业大繁荣大发展的新时代,今天的文化娱乐业在世界经济中的地位与作用,是几十年前所无法匹敌无法想象的。在美国、日本等发达国家,文化娱乐业甚至成为国民经济中的支柱产业,取代了或正在取代原来制造业的地位。在急速发展的影视和网络面前,戏剧的市场份额和重要性在下降,但由于文化娱乐业的总体规模成倍增长,戏剧反而有了更多发展的新契机。

所以,影视和网络不是抢了戏剧的饭碗,而是通过外延扩张,做大了娱乐业,事实上戏剧也同时因之得益。正因为这一原因,世界上除中国以外,几乎所有戏剧大国,都没有因为电影、电视或互联网而导致如当代中国戏剧这样全面且严重的衰退;即便在中国本土,也仍有许多地区存在大量民营戏剧演出团体,他们在缺乏政府财政支持的极不公平的市场环境下,却没有遭遇国营剧团那样的生存危机,足以说明一些问题。

中国当下的戏剧危机要从中国特有的语境寻找原因,原因就是60年来逐渐形成的一个僵化而低效率的国有剧团的事业体制,这种特殊的体制导致了中国戏剧特殊的困境。我们之所以可以且应该对改制后中国戏剧的发展深具信心,是因为只要剧团体制通过改制渐渐回归常态,中国戏剧就有可能回归正常,这一点从很多国家现成的剧团体制运营经验中都可以得到启发——我们无须指望戏剧繁荣,更不要奢谈大繁荣,仅求能回归正常。

假如回归常态,那么,戏剧演出市场的空间,将大得让人瞠目结舌。我曾经在一篇文章里对这个市场做过基本的匡算——只要文化环境恢复常态,剧场演出就会渐渐恢复,民众会被重新唤回对剧场艺术的兴趣。假如中国能恢复到每人每年平均看三场戏这一在世界各地趋于中等的水平,你能想象,这个超过13亿人口的大国,演艺行业的总产值会达到多少吗?全国每年戏剧观众会达到40亿人次,以最粗疏的方式,按20元人民币的平均票价计算,它的直接票房收入就是800亿元。每年800亿元就是目前中国2600个正在改制中的国家剧团可以瓜分的蛋糕,是中国戏剧演出市场可以预期的空间前景。

对，就是这个数字。现在所有2600个国有院团每年演出收入不足15亿元。这意味着我们至少有50倍的增长空间。如何去占领如此广阔的市场，开掘这座市场的金矿，值得面临改制的剧团认真思考。当800亿元摆在我们面前时，戏剧界在改制过程中就有了新的选择。确实，转企改制会让部分演艺人员福利待遇受到某种程度的损失，但如果戏剧家们经过自己的努力，在未来可能的800亿元的演艺市场里获取了应属自己的那一份，那么今天所付出的代价，或许可以得到数倍的补偿。

与之相应的环境是，中国人均文化消费的支出经历了迅速降落的阶段后，开始从低谷回升，它也证明了一个事实，就是影视、网络的发展，刺激了民众的文化娱乐需求，而不是简单地在民众现有的、静态的娱乐需求中，抢走了原本属于戏剧的一块。设若中国戏剧通过改制追随影视和网络动漫增长，800亿元的市场决不是神话，它只是一个保守的估计——因为它的前提是，戏剧演出平均票价只需20元。率先改制的江苏省昆剧团的演出收入，从2005年的9万元增长到2010年的600多万元，虽是个例，却足以证明增长的可能。

历史告诉我们，不改制我们无法获得这样的动能。改制不会立马让中国所有剧团走出危机，错误的、轻率的改制，还有可能带来更多更大的问题。然而不改制我们在整体上必定痛失历史给予的机遇。我们相信，各地剧团的改制过程，会遇到挫折，会有动荡，会有风险，会有失败，但总有一些剧团会找到正确的发展道路。

（2011年10月18日）

中国电视，多点正能量

向 兵

在收视率的单一导向下，电影频道创作播出的电视电影是一方难得的净土。从1996年以来，电影频道每年都要拍摄播出100多部电视电影，16年来，不管电视界时兴什么，电影频道不为世风所惑，矢志不渝，拍摄播出的作品始终坚守着主流媒体的责任和担当精神，用光影书写时代，引领人心，讴歌情怀，在这样的文化自觉下，不断追求着思想深度与艺术品位的统一、主流价值与大众情趣的融合、文化传统与现代精神的交汇。

近些年荧屏上最热的当数综艺节目，先是超女、快男，后又是各种各样的秀。这些节目虽然喧嚣热闹风靡一时，令不少人趋之若鹜，但要依靠这些去传承民族文化，推动社会进步，肯定是没戏，就是匡持人心也是指望不上的。因为这些节目的背后多半是人心中对趋炎附势、尽快成名的企盼。这虽然没大的害处，但是对于文化建设，也没多少益处。而一些所谓法制节目，猎奇猎艳、鸡鸣狗盗，讲的大多是生活的阴暗面，只能让人感觉到社会上到处都是负能量，做人难，做好人更难！还有某些所谓家庭调解节目，挑拨离间，激化矛盾，揭开疮疤，撕裂亲情，捅的就是人心中不愿公开触动的软肋。这样的节目对滋养人心有什么好处？

如今电视剧已成为电视台拼抢收视率的硬通货。为了迎合低趣味人群构成的收视率样本户，这些年来一些电视台争先恐后抢着播出的穿越剧、宫斗剧，不是指鹿为马，糟蹋历史，就是钩心斗角，尔虞我诈，彰显人性之恶。还有无吵不成戏的所谓"家斗剧"，满嘴鸡毛，放大亲人间的矛盾，愣把杯水风波折腾成汪洋大海。有的剧就为了女主人公怀孕后穿不穿高跟鞋这点儿小事吵了五六集；有的剧为了生不生小孩，一吵就是30多集；更有甚者，杜撰出一个在现实中本就子虚乌有的"AA制"家庭关系，剧中人整天没事找事为着这"AA制"吵来吵去，最后气死人了才收场。这就是追求和谐生活的当下中国的世态风貌？是走向民族复兴的中国人应该有的精神境界？这样的创作诉求、审美趣味，着实让人担忧。艺术作品应该有益于道德建设和人心引领。这些年一些所谓热播的电视剧，视野越来越窄，情怀越来越小。低俗、庸俗、媚俗的节目，在荧屏上时有出现。

对比之下，电影频道的实践显得尤为可贵。这些年，电影频道系统拍摄了大型纪录片《世界通史》《中国通史》，拍摄了《大汉风》《杨门女将》，和由《曾克林出关》《旋风将军韩先楚》等构成的《共和国名将》系列电视电影，以及《王勃之死》《为奴隶的母亲》《双人床条约》等一批题材广阔、风格多样，让中外观众眼睛为之一亮的电视电影佳作。至今电影频道生产播出的1400部电视电影中，有80部获得了华表奖、金鸡奖、美国国际电视艾美奖等140多个奖项。更难能可贵的是在这1400多部电视电影中，关注时代、现实，关心民生、民情的现实主义作品占到了70%以上。

这些年，电影频道接连拍摄出了《核电铁军》《中国桥》《金牌工人》《青春制造》《法官老张轶事》《小敏的村官生活》《大地就是海》等影片，从不同侧面勾勒出了当代中国工业建设的面貌和当代工人的丰姿，展示了丰富多彩的当代中国农村景观和当前农民内心的期盼、他们的困惑以及追求新生活的愿望。而《昆仑日记》《迅雷之旅》《北京，你好》《黑白》《烩面馆》《精彩人生》《开头那些日子》《暗香》等一大批作品，将镜头对准时代风云、百姓生活、都市情感，讲述社会的变革、道德的抉择和信仰的坚守，以富于情趣的细节、灵动细腻的笔触，刻画出当代中国社会的精神风貌。它们在为观众带来春风化雨般的艺术体验的同时，也发挥了沟通情感、抚慰人心的艺术功能。比如2011年拍摄的《信义兄弟》，以"感动中国十大人物"中的农民工孙氏兄弟为创作原型，围绕着弟弟兑现哥哥生前承诺、接力为农民工送薪的事迹，挖掘出新闻事件内在的道德精神，在道德沦丧、公信度下滑的今天，《信义兄弟》用富有艺术感染力的文化关怀呼唤良知，呼唤诚信，发人深省。

这些作品揭示了中国社会在转型中发生的种种变化和人们心灵的震颤，它们和现实生活接在一起，和老百姓心心相通。因此，70%的电视电影在首播时，平均收视率达到1.8%，即每部作品有2000万人收看。16年来，电影频道为中国艺术人物画廊增添了法官老张、刑警张玉贵、新农村女人巧巧、老顽童马大海、修脚工"刘一刀"等一个个鲜活而独特的艺术形象。作为生产者，电影频道每年制作的电视电影也已成为一道隽永、别致的风景。作为中国电视的一个卫星频道，电影频道对文化建设的贡献，远非那些不时制造出收视热点、收视奇迹的电视台可比拟的。

　　文化建设其实就是人心建设。电视台作为密切联系大众的文化建设的重要力量，是否应该扪心自问，在物欲横流、人心浮躁的当下，我们为人心建设做了些什么？我们的节目传达的是正能量，还是负能量？我们为民族的文化积淀留下些什么？难道就是鼓励一夜成名、娱乐至上？难道就是鼓励格调低下、花样翻新、胡编滥造的电视剧？在薪火相传的文化长河中，这些都是过眼烟云，这样创造出的所谓收视奇迹，就算独占鳌头又值得炫耀、值得回味吗？

　　见贤思齐，但愿有更多的电视制作和播出机构想着走正道，出精品，在文化繁荣、民族复兴的历史进程中，凝聚人心，焕发精神，为社会提供更多的正能量。

（2012 年 8 月 31 日）

传统村落的困境与出路
——兼谈传统村落类文化遗产

冯骥才

2012年，我国政府正式启动了传统村落的全面调查，同时进行了专家审定与《中国传统村落名录》的甄选工作。这应是文化史上一个意义重大而影响深远的事件。之前，大量出现在媒体上的信息与文章，表达着学界与公众对这一关乎国人本源性家园命运的关切；在这之后，人们的关注焦点则转向这些处于濒危的千姿万态的古老村落将何去何从。这里，想对有关传统村落现状与保护的几个关键问题表述一些个人的意见，以期研讨。

每天消失100个传统村落
凸显保护的必要性与紧迫性

五千年的中华民族基本处在农耕文明时期。村落是我们农耕生活遥远的源头与根据地，至今至少一半中国人还在这种"农村社区"里种地生活，生儿育女，享用着世代相传的文明。在历史上，当城市出现之后，精英文化随之诞生，可是最能体现民众精神本质与气质的民间文化一直活生生存在于村落里。

我国幅员辽阔，民族众多，地域多样；在漫长的岁月里，交通不便，信息隔绝，各自发展，自成形态，造就了中华文化的多样并存与整体灿烂。如果没有了这花团锦簇般各族各地根性的传统村落，中华文化的灿烂从何而言？可是，最近一些村落调查和统计数字令我们心头骤紧。比如：在21世纪初的2000年，我国自然村总数为363万个，到了2010年锐减为271万个，仅仅10年内减少90万个，对于我们这个传统的农耕国家可是个"惊天"数字。它显示村落消亡的势头迅猛和不可阻挡。

如此巨量的村落消失原因是多方面的。

一是城市扩张和工业发展突飞猛进，大批农民入城务工，人员与劳动力向城镇大量转移，致使村落的生产生活瓦解，空巢化严重，已经出现了人去村空——从"空巢"到"弃巢"。近10年我们在各地考察民间文化时，亲眼目睹这一剧变对村落生态影响之强烈。

二是城市较为优越的新的生活方式，成为愈来愈多年青一代农民倾心的选择。许多在城市长期务工的年青一代农民，已在城市安居和定居，村落的消解势所必然。

三是城镇化。城镇化是政府行为，撤村并点力度强大，所向披靡；它直接导致村落消失，是近10年村落急速消亡最主要缘由。

在由农耕社会向工业社会的转型中，村落的减少与消亡是正常的，世界各国都是如此。但我们不能因此对村落的文明财富就可以不知底数，不留家底，粗暴地大破大立，致使文明传统及其传承受到粗暴的伤害。

进一步说，传统村落的消失还不仅是灿烂多样的历史创造、文化景观、乡土建筑、农耕时代的物质见证遭遇到泯灭，大量从属于村落的民间文化——非遗也随之灰飞烟灭。联合国教科文组织对非遗评定的标准是，它必须"扎根于有关社区的传统和文化史中"。如果村落没了，非遗——这笔刚刚整理出来的国家文化财富中许多项目便要立即重返绝境，而且这次是灭绝性的、"连根拔"的。

传统村落还有另一层意义——它是许多少数民族的所在地。不少少数民族没有文字，没有精英文化，只有民间文化。他们现在的所在地往往就是他们原始的聚居地。他们全部的历史、文化与记忆都在世代居住的村寨里。村寨就是他们的根。如果传统的村寨瓦解了，这个民族也可能就名存实亡，不复存在。

面对着每天至少消失100个村落的现实，保护传统村落难道不是一件攸关中华民族文化命运的大事逼到眼前？

区别于物质文化遗产和非遗
传统村落是另一类文化遗产

当今国际上把历史文化遗产分为两部分，一是物质文化遗产，一是非物质文化遗产。在人类历史的转型期间，能将前一阶段的文明创造视作必须传承的遗产，是进入现代文明的标志之一。这时间并不久，不过几十年，而且是一步步的。从国际性的《雅典宪章》(1933)、《佛罗伦萨宪章》(1981)到联合国教科文组织的《保护历史城镇与城区宪章》(1987)和《保护非物质文化遗产公约》(2003)可以看出，最先关注的是有形的物质性的历史遗存——小型的地下文物到大型的地上的古建遗址，后来才渐渐认识到城镇和乡村蕴含的人文价值。然而在联合国各类相关文化遗产的文件中，我们只能见到一些零散的关于传统村镇保护的原则与理念，没有整体的保护法则，更没有另列一类。至今还未见任何一个国家专门制定过关于传统村落保护的法规。可是，传统村落却是与现有的两大类——物质与非物质文化遗产大不相同的另一类遗产。

首先，它兼有物质与非物质文化遗产特性，而且在村落里这两类遗产互相融合，互相依存，同属一个文化与审美的基因，是一个独特的整体。过去，我们曾经片面地把一些传统村落归入物质文化遗产范畴，这样造成的后果是只注重保护乡土建筑和历史景观，忽略了村落灵魂性的精神文化内涵，徒具躯壳，形存实亡。传统村落的遗产保护必须是整体保护。

第二，传统村落的建筑无论历史多久，都不同于古建；古建属于过去时，乡土建筑是现在时的。所有建筑内全都有人居住和生活，必须不断地修缮乃至更新。所以村落不会是某个时代风格一致的古建筑群，而是斑驳而丰富地呈现着它动态的嬗变的历史进程。它的历史不是滞固和平面的，而是活态和立体的。

第三，传统村落不是"文保单位"，而是生产和生活的基地，是社会构成最基层的单位，是农村社区。它面临着改善与发展，直接关系着村落居民生活质量的提高。保护必须与发展相结合。在另两类文化遗产——物质和非物质文化遗产中，显然都没有这样的问题。

第四，传统村落的精神遗产中，不仅包括各类"非遗"，还有大量独特的历史记忆、宗族传衍、俚语方言、乡约乡规、生产方式等，它们作为一种独特的精神文化内涵，因村落的存在而存在，并使村落传统厚重鲜活，还是村落中各种"非遗"不能脱离的"生命土壤"。

综上所述，从遗产学角度看，传统村落是另一类遗产。它是一种生活生产中的遗产，同时又饱含着传统的生产和生活。因此，对它的保护是个巨大的难题。一方面是它规模大，内涵丰富，又是活态，现状复杂，村落保护往往与村落的发展构成矛盾；另一方面是它属于地方政府的行政管辖，若要保护，必然牵涉政府各分管部门的配合，以及管理者的文化觉悟；再一方面是无论中外可资借鉴的村落保护的经验都极其有限,而现有的物质与非物质文化遗产保护的法规、理念与方法又无法适用。这是传统村落保护长期陷在困境中的根由。

调查启动和名录收集
中国保护的出路与转机

近年来,随着传统村落的消亡日益加剧,不少大学、研究单位和社会团体频频召集研讨,谋求让这些古老家园安身于当代的良策;不少志愿者深入濒危的古村进行抢救性的考察和记录;一些地方政府在古村落保护上做出可贵的尝试,比如山西晋中、江南六镇、江西婺源、皖南、冀北、桂北、闽西、黔东南以及云南和广东等地区。尽管有些尝试颇具创意,应被看好,但还只是地方个案性和个人自发性的努力,尚不能从根本上破解传统村落整体困局。

2012年有了重大转机。4月由国家四部局——住房和城乡建设部、文化部、国家文物局、财政部联合启动了中国传统村落的调查。半年后,通过各省政府相关部门组织专家的调研与审评工作初步完成,全国汇总的数字表明我国现存的具有传统性质的村落近12000个。随即四部局成立了由建筑学、民俗学、规划学、艺术学、遗产学、人类学等专家组成的专家委员会,评审《中国传统村落名录》,进入名录的传统村落将成为国家保护的重点。评定的着眼点为历史建筑、选址与格局、非遗三个方面,除去各个方面的专业性,还要兼顾整体性和全面性。比如,在乡土建筑与村落景观方面,不但要看其自身价值,还要注重地域个性与代表性,不能漏掉任何一种有鲜明地域个性的村落,以确保中华文化多样性并存。再如,如果某个传统村落以"非遗"为主,其非遗首先必须列入了国家非物质文化遗产名录,以使国家非遗不受损失,不致"皮之不存,毛将焉附"的悲剧发生。

四部局联合推行,可以统筹全局,推动有力,使工作的落实从根本上得到保证。这是一个符合国情、符合实际的创造性的办法,体现了国家保护传统村落的决心。它的一个重要标志是将原先习惯称呼的"古村落",改名为"传统村落"。"古村落"一称是模糊和不确切的,只表达一种"历史久远"的时间性;"传统村落"则明确指出这类村落富有珍贵的历史文化的遗产与传统,有着重要的价值,必须保护。

用现代文明善待历史文明
传统村落保护任重道远

国家传统村落名录确定下来，其保护的工作不是已经完成，而是刚刚开始。要防止把申遗成功当作"胜利完成"。其实，正是历史文化遗产被确定之日，才是严格的科学的保护工作开始之时。尤其传统村落的保护是全新的工作，充满挑战，任重道远。

一是建立法规和监督机制。传统村落保护必须有法可依，以法为据。立法是首要的，还要明文确定保护范围与标准，以及监督条例。管辖村落的地方政府必须签署保护承诺书，地方官员是指定责任人。同时，必不可少的是建立监督与执法的机制。由于传统村落依然是生活社区，处于动态的变化中，保护难度大，只有长期不懈的负责任的监督才能真正保护好。

二是专家支持。我国村落形态多，个性不同，在选址、建材、构造、形制、审美、风习上各有特点。因此，在保护什么和怎么保护方面必须听专家意见。传统村落保护与发展应制订严格规划，由专家和政府共同研讨和制订，并得到上一级相关部门的认定与批准。传统村落能否保护好的关键之一，要看能否尊重专家和支持专家，利用好专家的专业意见和科学保障。

三是传统村落的现代化。保护传统村落决不是原封不动。村落进入当代，生产和生活都要现代化，村落里的人有享受现代文明和科技成果的权利。村落的保护与发展完全可以做到两全其美。那种认为这两者的矛盾难以解决，非此即彼，正是一脑门子赚钱发财所致。在这方面，希腊、法国、意大利等西方国家在城市历史街区保护中采取的一些方法能给我们积极的启示。比如他们在不改变街区历史格局、尺度和建筑外墙的历史真实的前提下，改造内部的使用功能，甚至重新调整内部结构，使历史街区内的生活质量大大提高。民居不是文物性古建，保护方式应该不同，需要研究与尝试。传统村落的保护与发展不但不矛盾，反而可以和谐统一，互为动力。其原则是，尊重历史和创造性地发展，缺一不可。

只有传统村落生活质量得到提高，宜于人居，人们生活其中感到舒适方便，其保护才会更加牢靠。

四是少数民族地区的村落保护。在少数民族地区，村落就是民族及其文化的所在地，其保护的意义与尺度应与汉族地区村落保护不同。对于少数民族一些根基性的原始聚居地与核心区域，应考虑成片保护，以及历史环境与自然生态环境的保护。

五是可以利用，但不是开发。一些经典、有特色、适合旅游的传统村落可以成为旅游去处，但不能把旅游业作为传统村落的唯一出路，甚至"能旅游者昌，不能旅游者亡"。传统村落是脆弱的，要考虑游客量过多的压力，不能一味追求收益的最大化，更不能为招徕游人任意编造和添加与村落历史文化无关的"景点"。联合国对文化遗产采取的态度是"利用"，而不是"开发"。利用是指在确保历史真实性和发挥其文化的精神功能与文化魅力的前提下获得经济收益；开发则是一心为赚钱而对遗产妄加改造，造成破坏。坦率地说，这种对遗产的"开发"等同"图财害命"，必须避免。

六是细致搜寻，避免疏漏。尽管全国性的村落普查已经初步完成，但我国地广村多，山重水复之间肯定还会有一些富于传统价值的村落，没有被发现与认知，更细致的搜寻有待进行。十多年来的非遗普查使我们明白，中国文化之丰富表现在它总有许多珍存不为人知，我们不能叫于今尚存的任何一个有重要价值的传统村落漏失。

七是尝试露天博物馆。在确定保护的较为完整的传统村落之外，还有些残破不全的古村虽无保护价值，却有一件两件单体的遗存，或院落、或庙宇、或戏台、或祠堂、或桥梁，完好精美，但孤单难保，日久必毁。世界上有一种愈来愈流行的做法叫作"露天博物馆"，就是把这些零散而无法单独保护的遗存移到异地，集中一起保护，同时还将一些掌握着传统手工的艺人请进来，组成一个活态的"历史空间"。这种博物馆不仅遍布欧洲各国，亚洲国家如韩国、日本和泰国也广泛采用，已经成为许多国家和城市重要的旅游景点。这种方式使那些分散而珍贵的历史细节得到了妥善地保护与安置。

八是提高村民的文化自爱与自信。传统村落的保护不能只停留在政府与专家的层面上，更应该是村民自觉的行动。如果人们不知自己拥有的文化的价值，不认同，不热爱，我们为谁保护呢？而且这种保护也没有保证，损坏会随时发生。所以接下来一项根本的工作是提高人们的文化自觉和自信。文化只有首先被它的拥有者热爱才会传承。提高村民文化自觉是长期的事，但如果只让人们拿着自己的"特色文化"去赚钱是不会产生文化自觉的。鼓励和支持志愿者和社会各界投入、参与和帮助传统村落保护，也是推动全民文化自觉的好办法。

现在可以说，中国传统村落从困境中走出来了。它独有的价值终于被我们认识，并在物质文化遗产保护和非物质文化遗产保护之外另列一类，即

"中国传统村落遗产保护",纳入国家的历史文化遗产"谱系"中。10年前我国只有文物保护,经过近10年的努力,拥有了物质遗产、非物质遗产、村落遗产三大保护体系,使中华民族的历史财富得到全面和完整的保护。这是我们在文化建设上迈出的重大一步。

如今世界上还没有哪个国家对传统村落进行过全面盘点,进行整体保护。我们这样做,与我们数千年农耕历史是相衬的,也是必须的。它体现我国作为一个东方文化大国深远的文化眼光和高度的文化自觉与自信,以及致力坚守与传承中华文明传统的意志。中华文明是人类伟大的文化财富之一。我们保护中华文明,也是保护人类的历史创造与文明成果。

当然,传统村落保护刚刚开始,它有待于系统化、法治化和科学化。它需要相关的理论支持和理论建设,需要全民共识和各界支持,需要知识界的创造性的奉献,以使传统村落既不在急剧的时代转型期被甩落,也不被唯利是图的市场开发得面目全非。我们要用现代文明善待历史文明,把本色的中华文明留给子孙,让千年古树在未来开花。

(2012年12月7日)

文艺作品切忌过度解读

李 舫

李安新片《少年派的奇幻漂流》,再度引发观影热潮。短短十几天之内,几乎每一位评论家都在谈论导演想象的奇谲,每一位观众都在解读影片背后的玄妙深意。的确,这是一个奇特的故事。少年派与一只孟加拉虎在海上227天的漂流历程,不禁让我们想到海明威笔下的老人与海。他的遭际在正常的生活轨迹中难以想象,而这奇幻漂流不时刺激观众去想象,简单的故事、丰富的细节、奇幻的场景、充沛的暗喻、丰盈的指向、影片结尾两个故事的心理抉择,《少年派》提供了强大的解读空间。

应该说,优秀的作品为受众提供了开放的读解空间,而受众的解读也为文艺作品的阐释提供了丰富的认知可能,一千个读者就有一千个哈姆雷特,一千个哈姆雷特也会有一千个读者,正是这"一千个哈姆雷特"和"一千个读者"丰富着我们文艺创作和文艺接受的无限可能,也正是这些看似不经意的可能,让文艺创作始终保持张力和动力,并不断地产生着奇迹。

然而,值得警惕的是,在对文艺作品潮水般的解读中,一股过度解读的暗流也在随之升温。

近年来,我们不难发现这样的现象,一些新推出的文艺作品,往往在还未与读者谋面之时,已经有声音开始发难;往往还未待观众发表观感,已经被某些声音的喧嚣戳得千疮百孔。这些手中拿着显微镜和放大镜的解读者,在任何一部现实题材作品中,总能看到其对时代的嘲讽,在任何一部历史题材作品中,总能看到其对当下的影射。甚至任何一部女性题材或者儿童题材作品,也能让他们尽情发挥想象,大肆揣度,穿凿附会。他们丰富的想象不仅扼杀了文艺创作的活力、文艺作品的生命,更让写作者、创作者茫然不知所措,甚至如惊弓之鸟。11月29日,电影《一九四二》全国公映。在全国各地的影迷见面会上,冯小刚一再恳求,请大家不要过度解读:"希望大家对中国电影表达最大的善意。不该《一九四二》承担的脏水，就别往这电影上泼。"让他心有余悸的是，对《让子弹飞》的过度解读，已经让姜文面临巨大的创作压力。

尽管如此，过度解读的声音还是不断响起——有人在《少年派的奇幻漂流》中看出李安压抑的情欲，有人在《王的盛宴》中看到陆川蛰伏的野心，有人在《一九四二》中看到冯小刚卑微的人性。这不能不让我们想起鲁迅关于《红楼梦》的那句名言："经学家看见《易》，道学家看见淫，才子看见缠绵，革命家看见排满，流言家看见宫闱秘事……"过度解读，暴露的只能是解读者自身的猥琐和无知。

在古今中外的文艺史中，随意附会、捕风捉影导致文艺作品扭曲变形、饱受非议的事例并不罕见。显然，对文艺作品轻率简单的过度解读，是不积极的社会心理的投射。这些投射反过来再次延伸为对社会问题的集体宣泄：管制刀具正当正常的管理措施，被演绎成了"菜刀实名制"；交警部门治理酒驾追责同饮者，被联想到"连坐"制度；某位领导的职务调整，双规的猜测立即充斥互联网……毋庸讳言，越来越多的过度解读，使得事情偏离了真相的轨道，甚至走向相反的方向，鼓噪消极的社会情绪。

对文艺作品轻率简单的过度解读，是不完善的文艺批评的外化。过度解读的风潮体现在文艺作品中，是越来越热闹、越来越喧嚣的猜测、揣想、攻讦和谩骂——要么是玩弄文字，在字缝里找观点；要么是玩弄思想，在文本外做文章；要么是穿凿附会，用谎言来哗众取宠；要么是心怀叵测，用扭曲真相来发泄自己的不满。

对文艺作品轻率简单的过度解读，是不健康的舆论信息的传递。在信息高速推进的时代，消极的社会情绪选择一切载体繁衍，过度解读的危害性不但难以被识别，反而凭借网络传播迅速扩大，让创作者和接受者深受其害。在一浪又一浪的解读中，文艺作品正在偏离事实真相和理性探讨，偏离艺术价值和美学趣味，走入社会心态、公民心理的误区。

今天，世界正处在大发展大变革大调整时期，各种思潮风云激荡，各种观念交织互动，文艺对未来社会的影响比以往任何时候都更加广泛更加深刻，对文化建设的结构功能的影响比以往任何时候都更加广泛更加深刻，对中华民族情感记忆、思维习惯、精神感悟、历史认知、观念认同、理想追求的影响比以往任何时候都更加广泛更加深刻，这尤其需要我们在文艺创作、文艺理论、文艺批评各个方面为优秀的文艺作品保留适度的舆论空间和接受空间，任何解读都不应该曲解文艺创作的初衷，任何评论都不应该背离文艺创作的功能。

不可否认，任何文艺作品都会有瑕疵、有遗憾，如何以健康的批评积极引导创作、保护创作生态、推动文艺民主、造福文化民生、建设生机盎然的文艺园地，是每一位文艺工作者的责任，也是每一位接受者、评论者的责任。不管是谁、针对谁，在发表意见时，都应该多一些责任心和包容心，少一些个人情绪和宣泄；多一些理性冷静的客观公正，少一些自以为是的推测定性，这才是负责任的态度，也是对待文艺创作的正确态度。

回到李安的《少年派》，开放的文本正是影片的魅力所在，而在哪里找到批评的边界则由接受者的素养所决定。也许，我们每个人心中都有一个"少年派"和一只"孟加拉虎"，关于善恶的取舍，决定于我们愿意看到什么。

（2012年12月11日）

大片十年:中国电影美学得失

王一川

整整10年前,2002年12月14日,导演张艺谋与北京新画面影业有限公司合作的中国首部"商业大片"《英雄》全面上映。中国电影业空前的单片资金投入,梁朝伟、张曼玉、李连杰、甄子丹、章子怡组成的华人影星最强阵容,九寨沟等奇山异水构成的多彩世界,有关家国天下的宏大主题,使《英雄》成为中国电影走出严重危机、步入新时代的耀眼开端。自此,大投资、大明星、大营销、大市场、带有中国美学风格的中国造"大片"开始风行,给中国观众带来新的期待,也让世界主流市场看到了中国电影新的可能。

艰难处境,绝地反击
中国大片开出新天地

其实,中国"商业大片"的出现并非一蹴而就,而是在巨大的挑战和严峻的压力下历经艰难应战才逐步取得的。1998年,全国电影票房收入只有14亿元,其中美国分账影片票房竟高达7.85亿元,超过全国总票房的一半,而其中仅《泰坦尼克号》一片就高达3.6亿元,占去全国总票房1/4。其时观众对国产电影的信心严重受挫,致使不少影院难以为继。许多人怀疑:中国电影的未来在哪里?

正是在巨大压力逼迫下,中国电影人奋起寻求变革和转型。于是,才有了张艺谋携《英雄》迈出中国武侠大制作的第一步华丽舞姿,一举取得2.5亿元票房,把失望的观众拉回影院。接下来,张艺谋的第二步大片《十面埋伏》以及在这位高产急先锋的成功示范下,陈凯歌的《无极》、冯小刚的《夜宴》、张艺谋自己的《满城尽带黄金甲》等接二连三问世,搅起中国大片的群体创作热潮。令人惋惜的是,这几部大片虽声势显赫,其美学效果却不尽如人意，在国外也未取得预期佳绩。随后，当痛定思痛的冯小刚在2007年奋力吹响《集结号》时，此前深陷分离困境的主旋律片元素、艺术片元素和商业片元素实现新的交融，让公众感受到中国大片的融合魅力。2009年，韩三平和黄建新合作执导《建国大业》，融合主旋律片与商业大片获得了票房成功。2010年，冯小刚的《唐山大地震》和姜文的《让子弹飞》先后接力式地创造票房新奇迹，把中国大片的美学感染力和社会影响力推向新高。2011年，张艺谋以新片《金陵十三钗》引发广泛关注，助推该年度中国电影票房破百亿元大关。而新人乌尔善执导的《画皮Ⅱ》则在今年以7.5亿元攀登中国大片票房新高峰。新近上映的冯小刚新作《一九四二》又书写一曲中华民族与灾难抗争的韧性的悲歌，有望把中国大片的美学再现力推向中国现代历史记忆的深处。

还应看到，中国大片的这一连串并非流畅的舞步中有个鲜明印迹，这就是内地同香港、台湾的电影合作程度伴随中国大片的联合制作而愈益增强。合拍大片如《赤壁》《投名状》《十月围城》《功夫》《画皮》《狄仁杰之通天帝国》和《龙门飞甲》等，标志着中国大片在华语片领域获得新拓展，同时也为内地与台湾、香港的艺术合作交流开辟新生面。

可以说，中国大片这10年，是在危机中奋力转型，逐步地从无到有、从小到大并敢与好莱坞争奇斗妍的10年。

美学创新，制作提升
视听奇观带动观影热潮

翻检中国大片这10年风景，可以感觉到，当中国电影人奋起选择中国大片去应对严峻的民族电影生存危机时，一种鲜明的中国式美学风格或特质渐露端倪。面对《泰坦尼克号》《拯救大兵瑞恩》等袒露出的美国式视听奇观，中国电影能奉献出自己的奇异风景吗？带着这种压力，依托中国水墨画、年画、书法、建筑、园林等视觉艺术传统，面向中国大陆丰厚的奇山异水资源，借鉴当代世界电影视听技术新成就，中国电影人拓展了具有鲜明中国特色的形式美学。近期出现的《龙门飞甲》和《画皮Ⅱ》则强化了三维动画特技特效的运用，依靠它们去实现古典武侠精神的现代再造。人们尽可以对这种中式视听奇观持各种看法，但应当承认，它的出现及时地回答了中国观众的疑问和期盼，证明中国电影有能力在影像形式感领域实施独创，标志着中国电影与世界电影前沿在视听形式创造上的美学距离已然缩短。

侠义精神的影像阐发是中国大片的另一显著特征。《英雄》同样是一个样板，它为全球化时代的世界和平诉求提供了一种中式武侠精神维度（尽管引发争议），随后的《十面埋伏》《十月围城》《龙门飞甲》等以不同方式延续了这种侠义传统。在《集结号》的当代英雄谷子地身上，这种古典侠义精神演变为无论是战争年代还是和平年代都需要的社会正义与公平呼声，引发观众的高度共鸣。

值得关注的美学风格还有"虚拟情感"的打造，就是在故事编排上尽力按当代文化消费需要去调制带有虚拟或想象特点的影像。如果说，以往的中国电影致力于揭示社会生活的真实与本质的故事，那么，部分大片则转而依据文化消费需要，生产被精心包装的虚拟情感故事。它并非简单地不要任何情感，而是指转而生产一种被虚拟和包装以便唤起日常愉悦的情感。与20世纪80年代的《芙蓉镇》《人生》《老井》等影片表达真实情感、强调动情与沉思、让影片成为实际生活的明镜等不同，很多大片引领的是新的"包装的"情感以及虚幻景象，并以此增强对观众的吸引力和抚慰感。

此外，北南化合也是大片之路的又一鲜明美学风格，这也是好莱坞大片压力下促成的海峡两岸中国电影界走向团结和交融的结果。它告诉人们，在中国电影版图上，以北京为中心的北部电影模块已同港台等所代表的南部电影模块实现了越来越密切、越来越富于深度的相互交融，形成雅文化诉求与俗文化趣味、沉思之美与动作美感等之间的汇通，从而在中国大陆文化与台港澳等地文化的深度融合上迈出了重要步伐。

上述中式美学风格的形成，为中国电影文化软实力的提升奠定了美学基础：一是大片的超强美学效应不仅标志着中国电影制作水平上升到新高度，而且也给中小成本影片制作提供美学示范，带动中国电影制作水平的整体提升；二是把大量观众重新吸引回影院，表明中国电影开始具备与好莱坞大片争长较短的实力；三是大片在创造中式视听奇观、中式侠义风范及虚拟情感等方面的新建树，表明中国电影的文化品位及吸引力逐步提升。

故事薄弱，价值打折
需要深化内涵慰藉心灵

不过，应当看到，中国大片时代只有10年，与美国等电影强国相比，毕竟差距明显。因此，在确认中国大片美学风格的形成及其文化软实力提升的同时，更要冷静地看待它遗留的老问题和面临的新挑战。首先，老问题和新挑战就集中来自最基本的编剧环节。当观众被其超级影像奇观吸引时，往往会情不自禁地对它的故事逻辑性、完整性及流畅性等提出更高的美学要求。但恰恰是在这个基本环节上，《英雄》《夜宴》《满城尽带黄金甲》《无极》等暴露出明显的破绽。中国电影史上其实不乏优秀剧本，而剧本之所以在大片时代变成了突出问题，可能由于编剧和导演等把主攻方向投放到视听盛宴的营造上而忽略了起码的叙事技能。而恢复和提升编剧的叙事素养，正是中国大片进一步发展所必须解决的一个基本环节。

其次，不少中国大片仍缺少先进的文化价值理念和较高的价值品质。中国电影在视听奇观打造方面已取得长足进步，但总体上看，还缺少可与之相匹配的情感、意义、思想、气质等价值理念及品质。这具体表现在，缺少富于文化深度、美学蕴藉、普遍性及吸引力的价值理念。《英雄》所蕴含的不加分析地为秦王暴政之"天下"而宁可牺牲个体利益的价值理念，难免受到质疑和批评。《无极》《夜宴》和《满城尽带黄金甲》，在大胆尝试跨越古与今或东方与西方的题材移植时，因文化价值理念上的迷离而使故事陷于非古非今、非东非西的混乱境地。这些来自文化价值理念及品质方面的问题，正是中国大片需要尽力化解的。

此外，还有"走出去"的课题。中国大片的现状是，除了《英雄》《赤壁》等少数能在海外取得较大影响力外，多数影响力都仅仅局限在中国内地。这固然与电影营销策略滞后有关，更与影片的编剧水平、故事内涵及其价值蕴藉等有关，还要加上人们越来越多地论及的"文化折扣"因素。大片要想真正成为中国走向电影强国的先锋及醒目路标，还需要在如何"走出去"方面狠下功夫。10多年前霍建起执导的中小成本影片《那山那人那狗》之所以在日本取得意料之外的空前成功，恰是由于故事适时地满足了日本社会在家庭伦理、特别是父子关系问题上化解紧迫的现实危机的需要。中式大片应以此为鉴，深入分析国际社会特别是特定国家的社会问题及文化传统，富有针对性地打造既具备中国文化感召力又满足对象国特定需要的影片。

回望中国大片10年美学探究之路，可谓得失兼有，成绩可喜而问题突出。电影人需要冷峻地总结美学得失，在继续开拓中不断改进和完善自己的独特舞姿，以便稳步提升自身的社会影响力和文化软实力。与此同时，社会各界也应以宽容姿态，鼓励电影人专心从事美学探索，敢于包容其在所难免的一时的美学与文化挫折。

（2012年12月14日）

小时代和大时代

刘 琼

《小时代》是正在上映的由郭敬明导演、编剧的电影。关于这部电影的风评，分歧很大。一花一世界，文学艺术是一定历史条件下，人类对于客观世界、心灵世界、理想世界的一种表达维度。十八九岁大学生的生活世界是电影《小时代》的取景场域，"80后"作家郭敬明虽年岁增长，从小说、杂志到电影，唱的依然是"青春调儿"，并且再一次聪明地抓住了自己的目标受众——数量庞大的青少年群体。幼稚和单纯、热情和盲目、生动和做作，是青春文艺的双面胶。同理，非理性、类型化、跟风，是郭敬明作品、琼瑶小说、汪国真与席慕蓉的诗歌、小虎队音乐等不同时代青春文艺流传的本质。青春有自己的属性，无罪可原。但是《小时代》却让很多人看到了青春之外的东西，产生了无法摆脱的不安。

就文艺作品是"对人类精神世界的一种记录"而言，电影《小时代》以及主创者接受采访时的胸臆直白，无比真切地表达了思想解放、物质财富迅速积累之后，个人主义和消费主义的虎视眈眈和一往无前的力量。物质是生命和生存的基点，美和价值也极大地依赖物质甚至存在于物质之中，今天，从理性和哲学的层面，我们都不会也不必讳言物质创造的重要性和必要性。取之有道的财富，帮助我们获得尊严和体面，但是一旦对于财富的炫耀和追求，成为一个社会较大人群尤其是已经摆脱贫困的知识分子的终极目标，一个社会先知先觉阶层的知识分子的精神追求向世俗和世故下倾，整个社会的思想面目势必"喜言通俗，恶称大雅"。

在中国社会物质文明日益发达的今天，文艺作品对于物质和人的关系的探索是必要的和有价值的，但探索如果仅仅停留在物质创造和物质拥有的层面，把物质本身作为人生追逐的目标，奉消费主义为圭臬，是"小"了时代、窄了格局、矮了思想。史学家钱穆说中国知识分子远从春秋时起，便以"在世界性社会性历史性里，探求一种人文精神，为其向往目标的中心"，知识的功能虽表现在知识分子身上，而知识的对象与其终极目标，则早已大众化。将理想生活和知识对象致力于人文之共同目标，一切的追求和发展，都是工具和阶梯。今天，中国许多知识分子"言必称西"，认为中国文化传统以大化小，是对个性和个体人发展的剥夺和压迫。但他们忽视了一个重要的常识：强调发展个性、发挥个体人的天赋特长的西方社会，对于个体的尊重和对于他者即社会大群体的尊重和奉献，通过宗教的层面上升到价值领域并获得共识、付诸实践。个体的"小"存在于社会历史的"大"之中，工具性的物质服务于本原性的思想和精神，因此，才有范蠡襄助越王勾践玉成其事引艳羡，无人属意陶朱公；才有书生李白"千金散尽还复来"，豪气干云，引无数名士竞折腰；才有恺撒"赤条条走进坟墓"，英雄的故事已经雕刻成不朽的史诗。立功、立言、立人，哪一桩是把个体的价值捆绑在物质的战车上？

青春可掠单纯之美，但幼稚是她隐形的伤疤。幼稚之人或有美感，文艺的幼稚和浅薄阶段则是必须超越的。今天，充斥耳目的如果都是《小时代》们，或者因为票房有利可图，就无条件地纵容《小时代2》《小时代3》的出现，物质主义和消费主义引导社会思潮，小时代、小世界、小格局遮蔽甚至替代大时代、大世界、大格局，个人或者小团体的资本运作或许成功了，但是一个时代的人文建设和传播却失控了。作家和艺术家作为中国知识分子的重要类别，是中国社会人文精神的建设者，也是人文精神的传播者。作家、艺术家身处丰富、深刻、复杂、变革的大时代，人类的命运、国家的命运、民族的命运、个体人的命运，哪一样不是现实社会和现实人生？政治、经济、文化，哪一样不值得去为历史立题？文艺创作实践是个体性行为，文艺创作的功能却具有公共性，文艺创作无视大的人群，无视创作底色的世界性、历史性和社会性，是对作家、艺术家自身职责的放弃，也是对时代、历史的伤害和不公道。

作家和艺术家是"歌者"和"言者"，所以在古希腊人的眼里他们是特殊的人群，是上帝与人类沟通的使者，他们是人类世界里具有特殊观察力、思考力和表达力的人，他们的存在，使人类具有消解迷惑、拥有希望的通道。因此，真正聪明的作家和艺术家，不仅能够在五光十色的生活和丰富的大时代里敏锐地捕捉到具有特殊意义的形象，而且能够通过细腻的甚至微小的形象，表现、折射、反省、记录生活的深处和人性的深处，建构创作的景深。创作的景深取决于创作主体的修养。题材本无贵贱轻重，在一个修养深厚情怀壮阔的创作主体视野里,个体是群体的缩影,侧面是正面的延伸,角落是中心的背景,文艺创作每一个细节的选择和确定,都应该是形象的社会本质意义的扩大和加深。

矫枉过正是我们常常会犯的毛病,走过贫穷和物质短缺年代,进入物质相对丰富的时代,对于贫穷的恐慌更加强烈,物质占有的欲望更加迫切。"凌空高蹈"之不言已久矣。普通人或可目光和目标向下倾,作家和艺术家不能不为时代唱大风。作为先知先觉的人群,作家和艺术家要有勇气、有才华,更要有情怀、有格调。沽名钓誉、追名逐利者请出列,浑浑噩噩、碌碌无为者也请走开。

(2013年7月15日)

报纸副刊：价值引领与文化担当

刘玉琴

副刊是报纸的重要组成部分。报纸要增强传播力和影响力，副刊必须自觉担当起宣传先进文化、传播知识、启迪思想的重任。近年来，由于诸多原因，副刊的读者、作者流失较多：文化选择的多样，报纸独尊及副刊引人瞩目的风光不再；文学失去社会轰动效应，人们对文学的热情、对副刊的关注度降低；核心读者日益老年化，副刊对年轻读者还缺乏吸引力；作者队伍萎缩，由于媒体竞争激烈，发表和出版门槛降低，作者资源被不断瓜分。

网络等新媒体迅速崛起，其独特的即时性、海量性、互动性强的传播特点，也给传统平面媒体带来压力，作为历史比较悠久的版面之一的副刊，也不可避免受到冲击。面对舆论生产和传播方式的变革，读者阅读习惯的变化，承载着滋润心灵、凝聚力量重任的副刊，如何更好发挥传播中华文化精神价值和精神追求的作用，需要进一步明确思路，认清优势，自觉自信，深入思考。

关注新闻，跳出新闻，突出文化特性

副刊从创刊迄今，已有一百多年历史。副刊虽然是新闻正刊的补充和延伸，但新中国成立以来，副刊始终与社会、时代同步发展，与新生活紧密相连，具有浓厚的时代感和鲜活的生活气息，深受广大读者喜爱。

传统意义上的副刊，多为纯文学副刊。近年来，为了满足读者日益增加的多元文化需求，扩大传播力和影响力，在经历比较大的改革与调整之后——副刊从文学到艺术，再到文化领域，内容涵盖面越来越宽，形式品种更灵活多样。仅以《人民日报》而言，除了文学副刊以外，还有美术、收藏、读书以及深度调研等副刊，新闻性、丰富性、可读性得到进一步增强。这是报纸副刊面对飞速发展的形势做出的调整和应对,体现了报纸从偏重硬新闻优势向同时注重软新闻优势发展的趋向。

当然,这种调整也意味着报纸从偏重副刊"文"质特点到注重"文新"结合特点的转变。所谓文新结合,就是既要体现新闻纸的特性,又体现"文化"的特性。一方面贴近实际、贴近生活、贴近群众,关注重大新闻事件、重大主题宣传和社会热点,突出时代主题;另一方面又把读者关心的主题用文艺的形式、符合副刊特点的形式表达出来,使读者从相应的文艺作品中获得深刻感悟,亦即跟进新闻又跳出新闻。

跳出新闻还有一个关键性的标志,即充分体现副刊内蕴深刻、形式精致的人文精神和文化品格,保持独立的阅读和审美价值。副刊的重要特色是文化性、滋润性、丰富性。在思想的深刻性上显示出报纸风范,在澎湃的生活中凝聚起诗情画意,在历史理性与人文价值的张扬中传递文化的力量,让副刊作品经得起咀嚼,这是副刊"润物无声"必需的坚守。著名报人赵超构说过:"新闻是报纸的灵魂,副刊是报纸的面孔,报纸耐看不耐看主要看副刊。"这里的"耐看",指的正是副刊自身的文化特性。

紧密服从国家建设大局,配合重大主题宣传,关注社会热点与焦点,通过富有个性的文艺作品,与报纸新闻形成内容与形式的互补,在现实关注与文艺特性之间做到融合兼顾,成为报纸副刊的显著特点,也是近年来报纸的新的阅读增长点。

坚持品格,引领价值,体现精神高度

坚持品格就是弘扬主流价值观,传承文化精髓,体现时代的高度、厚度和温度。副刊的职责,是宣传阐释党的文艺方针政策,凝聚社会共同理想和树立良好道德风范,传播先进文化,引导文化健康发展。在当今形势下,就是要努力弘扬中华民族最深厚的文化软实力,传播中华文化中所积淀着的最深沉的精神追求。报纸副刊坚持价值引领和文化品格的有机统一,坚持以优秀的作品鼓舞人,以高尚的精神塑造人,才能对读者起到深刻的启迪。

如今,我国进入社会转型期、改革攻坚期,世情国情党情民情舆情发生深刻变化,我们身处的文化环境更加复杂,文化"软环境"建设尤为迫切。副刊是社会文化的一面镜子,观照着各个阶段、各个层次的社会生活面貌,是社会文化发展进程中的标杆。副刊此时应更加自觉地坚持正确的舆论导向，广泛关注社会转型期的复杂现实，努力把握当代人的文化生活和内心世界，多出优秀作品，丰富人们的精神文化生活，以其深刻的思想性、独特的艺术性和特有的审美功能为社会提炼文化的深度和精神的高度。

当前也是一个飞速发展的时代，物质诱惑增多，人心容易漂浮，加上快餐文化的流行，信息碎片化传播和网络舆论空间的众声喧哗，建设好精神家园，副刊的坚守意义重大。一位作家说过，当社会迷惘的时候，副刊应该保持清醒；当社会过于功利的时候，副刊应给生活多一些梦想。这梦想就是理想信仰。副刊不能迎合，不能媚俗，尤其在建设社会主义文化强国、实现中华民族伟大中国梦的历史进程中，副刊必须守土有责、守土负责、守土尽责，以思想性和文艺性相融合的作品，彰显社会正气，传递正能量。副刊真诚而艺术的表达和高远的精神引领意义深远。

发挥优势，自觉自信，不断勇敢超越

报纸副刊的优势说到底是导向的优势、品牌的优势、人文内蕴的优势，以及常年培养的固定读者群的优势，同时还有自身的独特优势：可快可慢、可动可静、可专可杂……它虽然附属于新闻纸，但与新闻事件不是一一对应的，可以不拘泥于客观、直接的生硬表述，因而更显文字的深度与温度，更具作品的传承性、经典性和趣味性。所以，副刊的作品不一定最新，但可以做到最雅；不一定最快，但可以追求最深；不一定最抢眼，但可以做到雅俗共赏，让人记忆深刻。它对新闻事件的另一种解读、对焦点问题的专业性文化立场、对世道人心的丰沛滋养，散发着恒久的沁人心脾的文化馨香。

认清优势，才会有充分的自觉与自信。费孝通先生指出，文化自觉是指生活在一定文化历史圈子的人对其文化有自知之明，并对其发展历程和未来有充分的认识。从这个意义上来说，文化自觉其实就是对文化的觉醒、使命与担当，文化自信就是对文化的传承、开拓与超越。就报纸副刊而言，文化自觉就在于为人民提供发表优秀作品的宽广舞台，为读者奉献高雅优美的精神食粮；文化自信便在于传承优秀品质，焕发创造活力。副刊是中国文化建设的重要组成部分，理应成为先进文化的捍卫者、创造者和传播者。文化自觉自信将为具有独特优势的副刊带来更多的发展机遇。在不少报纸副刊不断萎缩之际，仍有许多报纸副刊历半个多世纪岿然不动，并且不断壮大，从题材到体裁、从策划到专栏、从作品到作者，不断发展与开掘，这份生长性的自信正来自文化自觉之上的对优秀文化内涵的认同与传承，是依托于文化自觉之上对固有方式的勇敢超越。

创新思路，拓宽视野，借力新媒体

副刊要跟上时代的发展，就要坚持理念创新，手段创新，拓宽视野，靠近文化发展的前沿。副刊应在保持传统特色的基础上，进一步扩大内容范围，增加服务性、实用性、趣味性，将视角延伸至更宽广的领域；加强策划，改进文风，打造精品，做强品牌；同时创新版面形式，融入美学与时尚元素，凸显时代气息，让静态文字充满动感和趣味。如果说内容是留住读者的必然要求，版面创新则是争取读者的重要手段。

创新还要学会向新媒体借力。目前，新媒介在不断加盟新闻传播阵营，从门户网站到搜索引擎，纷纷借力于传统媒体的新闻生产力，副刊创新也要学会借助网络提升竞争力：可与网络联手，多推副刊优秀作品在网上二次、多次传播，有效扩大读者和作者群；网络对文化热点、文艺思潮的关注，可引入副刊创新过程，通过与读者互动，了解读者需求；关注网上的优秀作品与作者，认真筛选，加工核实，将网络资源转化为副刊资源，为报纸培养一批年轻的受众，等等。目前我们对网络传播特征、话语体系和语言风格还不是十分熟悉，网络传播规律也有待进一步了解，但必须尽快学会向网络借力。

认清优势，明确职责，正视不足，有助于副刊在多元文化中进一步找准位置，做出应对。在报纸新闻同质化的今天，副刊是异质的重要体现。当新闻优势被弱化，新闻由新鲜品变成了易碎品，副刊却因其文字的思想深度和文化高度，可能成为耐用品和收藏品。在当下气象万千、繁花迷眼、新媒体似乎占尽许多优势之际，副刊的坚定沉实、丰富鲜活、精美雅致，会给人们提供更多滋养身心、从容思考的机会，提供一方安放心灵的净土。副刊在文化繁荣发展的新世纪将大有可为。

（2013年11月29日）

地方戏曲当自强自立

刘厚生

中国当代艺术舞台上,地方戏曲作为优秀民族文化的组成部分,当然占有特殊重要的位置。但是近一二十年来,数以百计的地方戏曲剧种呈现出令人焦虑的复杂情势。

一部分剧种的优秀剧团的情况还比较稳定,舞台上常能看到一些好戏乃至精品,但有更多的剧种市场萎缩,生存困难,剧团解散甚至剧种消亡。许多观众不喜欢看地方戏曲,说明地方戏曲未能适应新的生态环境,问题是严峻的。这种形势不仅使广大地方戏工作者忧心忡忡,也引起党和政府的高度重视。不久前,文化部发布了《地方戏曲剧种保护与扶持计划实施方案》,就是文化主管部门对地方戏曲当前严重情势的真切关注和积极行动。

这个《方案》应该是1951年政务院《关于戏曲改革工作的指示》发布以来,60多年中关于戏曲工作最重要的政策文件之一。虽然针对的是地方戏曲,不是戏曲全部,但是以其演出场次、剧目和观众之多,艺术样式风格之丰富,即使在不景气的状态下,地方戏曲仍然是最大的舞台艺术力量、最耀眼的民族精华。因而政府在调查研究的基础上,对其衰颓情势给予政策指导,是完全必要,更是及时的。

一般说来,地方戏曲剧种舞台艺术和经营运作的繁荣发展,需要三方面的努力:一是党和政府的正确领导,二是各种社会力量的支持,三是各个地方剧种工作者的自身奋斗。

文件高度肯定地方戏曲剧种的文化价值、历史地位和群众影响,明确提出保护与扶持地方戏曲剧种的指导思想和基本目标,更具体规定多项主要措施。这些措施对地方各级文化领导部门和地方剧种剧团都是切实可行而且必须执行的。这就保证了这个《方案》的正确和有效性。

社会力量对地方戏曲剧种的支持是多方面且各有特点的。比如工商界在经济或经营上的支持、传媒界在宣传和转播上的支持、文艺界在专业上的支持，等等。种种支持无论大小多少，都体现了各界人士对民族文化的关怀，往深处说也是对为人民服务、为社会主义服务的地方戏曲的回报。在当前地方戏曲衰弱之时，尤其需要热爱优秀传统文艺的社会各界都能更主动地给予支援。据我所知，安徽的古老徽剧已衰落多年，仅存的一个徽剧团，最近就得到实力雄厚的徽商集团大力援助，演出了由莎士比亚名剧《麦克白》改编的《惊魂记》，取得很大成功。但愿这是一个新的信号，引导出更多的同行者。

党和政府的正确领导和社会力量的支持都是地方戏曲繁荣发展所必需，但是，问题的核心还是地方戏曲工作者自身的艰苦奋斗。领导无论怎样正确，社会各界无论怎样出力支持，都不能代替戏曲工作者本身的艺术劳作、上台演出。提高发展地方戏曲，出人出戏，扬眉吐气，只能是各剧种工作者当仁不让、义不容辞的责任。因此，要走出当前的困境，每个剧种的从业人员都应树立起责无旁贷、"命运在我手中"的自强自立精神。

树立自强自立精神，首先就要认识到，这种精神原本就是中国戏曲的传统精神。各个地方戏曲剧种，无论其历史长短、规模大小，其艺术特点和代表剧目的形成和提高，无一不是历代前辈在艰难环境中一个戏一个戏反复磨炼出来的。我们既要继承他们创造的优秀艺术成果，更要继承他们甘守清贫、艰苦创业的精神。说得再大一些，这也是我们的民族传统精神。

树立自强自立精神，还要对我们现今所生存的时代环境和各剧种自身的境况有一个清醒理性的认识。过去，地方戏曲剧种都是在不同程度的封闭环境中生存发展的，而现在则是全球化浪潮汹涌而来，国内也是区域性渐淡、"全国化"渐强的趋势。地方戏曲当然要坚持地方特色，发扬地域风采，但也必须与时俱进，适应新的生存环境。我们要的不是顽固保守的心态，而是活泼开放的自强自立精神。

自强自立精神要体现在艺术实践上，就必须有较高的文化基础。有这个基础，才能批判地继承传统，正确认清时代环境，也才能创造演出有高度艺术竞争力的好戏。而我们多数地方戏曲工作者由于历史和社会原因，文化水平和文艺修养是比较低浅的，难以适应时代的需要。这当然是个"艺无止境""学无止境"的长期要求，但对每个人来说，就要说学就学，抓紧每一天。特别是各剧种的艺术主创人员（其中更突出的是文学和音乐的高级人才），如果没有深度修养，自强自立精神就是无法兑现的空话。

党和政府的关怀，我们自己的自强奋斗，都是为了使地方戏曲在新的生态环境中提高发展。要把自强自立精神落到实处，需要做一系列具体工作。各剧种都应总结本剧种的历史经验、艺术上的长短，更要抓紧每一个剧目的锤炼打造，还要培育年青一代。要完成如此繁重的历史任务，就一定要走群众路线，发动并依靠所有地方戏曲工作者以及有关社会力量，发扬每一个人的聪明才智，共同努力。不走群众路线就不能团结，不团结就将一事无成。

任务虽然繁重，但这是令人兴奋愉快、充满明丽阳光的任务。政策已经制定，方向也很明确，自强自立，地方戏曲必将创出新的更大辉煌！

（2013年11月29日）

文学不能"虚无"历史

张 江 陈众议 朝戈金 党圣元 陆建德

张江：近年的文学创作和文学研究，总体上呈现出活跃、繁荣的局面，涌现出了很多优秀作品和研究成果。但同时也存在一些问题，标新立异，哗众取宠，毫无顾忌地挑战社会的价值底线和伦理底线，被各方面批评为"文学乱象"，其中之一就是文学的历史虚无主义。

文学与历史是分不开的。文学以自己的方式参与历史建构和传承。这不仅适用于历史题材创作，而且也适用于一切文学作品和文学研究。文学应该如何介入历史？在这个问题上，出现了一些令人忧虑的趋向。不尊重历史的本来面貌，不能理性地、公正地分析和认识历史，不能客观地描述和表现历史，任意践踏历史，随意评说历史，肆意消费历史，这在近年来的文学创作、文学批评以及文学史书写中，均有表现。凡此种种，不但对文学的健康发展产生了影响，而且给巩固主流社会意识形态带来诸多负面效应，不能不引起高度重视。

历史虚无主义的"艺术"表征

陈众议：历史虚无主义的"艺术"表征，简而言之，一谓"戏说"，二谓"割裂"，三谓"颠覆"。

先说"戏说"。20世纪80年代开始，"戏说"历史在文艺界悄然生发，并逐渐蔓延流行，及至90年代以后甚至发展为"胡说"与"恶搞"，譬如将历史事件剥离特殊的历史语境肆意发挥，或无视历史人物在特定历史进程中的社会功过与是非，无根据地冠以纯粹的想象，甚至玄想，又譬如拿"元历史"加"元文学"等概念虚化历史，将历史叙事推向"关于叙述的叙述"等虚无主义极限。于是，孔夫子成了修侠情圣，杜甫被"再创作"为杂耍混混，唐三藏成了花花公子……诸如此类，不一而足。相关文艺作品在嘻哈和狂欢中沦落为纯消遣和纯消费的对象；作家、艺术家的社会责任和崇高使命被束之高阁，乃至荡然无存。

再说"割裂"。中国的历史是中华民族的选择，历史过程中充满了代表人民意志和历史发展要求的英雄人物及可歌可泣的动人事迹。然而，文艺界不乏有意阉割历史者，这些人或通过历史的碎片化否定历史发展规律和中华民族的基本诉求；或以偏概全，即抓住片面和细节否定全面和整体，丑化、抹黑历史人物；甚至有意张冠李戴、以讹传讹，以达到歪曲历史之目的。于是，辛亥革命被认为纯属错误，理由是它阻断了封建王朝创造"明主""盛世"的可能性；新民主主义革命被斥为农民起义的赓续，破坏文明进程的倒行逆施和反人性、反人道暴行；社会主义建设被描画成穷极无聊的尔虞我诈、你死我活；"改革开放"被概括为"辛辛苦苦几十年，一朝回到解放前"。更有甚者，有所谓的作家、艺术家甘愿沦为亡国奴，认为倘使中国被八国联军或日本帝国主义占领至今，那么摆在我们面前的将是一个和列强一样"富裕""文明"的国家。

至于"颠覆"，则主要针对一系列革命领袖、民族脊梁。正所谓灭人之国，必先毁其历史、坏其崇尚。历史虚无主义在某些文艺作品中径直表现为对中华民族历史人物的嬉笑怒骂、颠倒黑白。譬如它们无视中国共产党人在民族危亡之际力挽狂澜的丰功伟绩，蓄意解构革命领袖的人格、放大伟人的小节，甚至捏造事实、混淆视听，竭尽诋毁诽谤之能事。再譬如它们将孙中山描写成窃国大盗，反之则片面夸大蒋介石的孝道，乃至将其描绘成真君子。在一些作品中，精忠报国的岳飞成了千古罪人，而遭人唾弃的秦桧倒成了"旷世良臣"。

历史人物及其评价

张江：为什么会出现这种现象？除了立场和价值取向不同以外，很重要的一点，是有些创作者不理解什么是"历史人物"，以及应该如何评价历史人物。

朝戈金：所谓"历史人物"，通常是指在历史上产生过重要影响、对人类社会发展起到推动或阻碍作用的人。评价历史人物，必须秉持全面、客观、公正的原则，以他们的历史行为和社会行为为根本，在具体的历史坐标中定位，衡量其所作所为是否顺应了时代大势，是否符合人民群众的长远利益和愿望。

过去，有些文学作品概念化、脸谱化，好人全好，坏人全坏。对此，我们当然反对。英雄也有常人的一面，反面人物也有普通人的爱恨情仇。但是，这绝不意味着从此描写英雄人物，便要尽情挖掘、渲染其所谓阴暗的一面；描写反面人物，便要肆意搜集、放大其所谓被遮蔽的一面。当下有些作品，在涉及历史人物时，仅仅凭借作者一己之好恶，以当下某些风潮甚至西方的所谓"人性"标准，来苛求或袒护历史人物，无论丑化还是美化，都是对历史的践踏。

文学在处理历史人物时，必须区分主流和支流、公德与私德。历史上有一些人物，公德很好，私德也许并不完美；另有一些人，私德有可取之处，但公德却有很大问题。一个残暴凶狠、逆历史潮流而动，对国家和民族犯下严重罪行的人，对待父母、妻子、子女却又温情无限，这样的情况并非不可能存在。然而，作为"历史人物"，我们不能根据家庭私德，来遮掩、开脱他的历史行为上的罪过，进而博取读者对其公德方面重大缺失的同情。比如某著名汉奸，如果仅从家庭私德的角度去衡量，或也有常人所具有的家庭亲情，甚至不失为一个好儿子、好父亲、好伴侣。但是，必须明确一点，汉奸之为汉奸，不是因为家庭私德，而恰恰是因为这些人在中华民族历史进程中的反动作用。在文学作品中，历史人物的小的人性不能被无限放大，并最终替代了人物大的反历史、反人性的一面。前段时间某部电影的叙事，就令我们痛切地感到这一点。

对文学创作而言，历史人物的公德与私德都可以描写，通过这种描写在作品中展现一个立体的、丰满的人物形象，这是符合美学规律的。但是更应该知道，历史人物以其自身的行为，早就写下了自己的历史。文学创作克服人物扁平化，并非混淆甚至取消伟人与罪人、圣贤与恶徒、高尚与猥琐等评判标准之间的界限。是与非、好与坏、正与邪、公义与私欲等这些人类善恶评价标准，是永远无法废除的。

历史真实与艺术真实

张江：在历史题材创作中，什么是历史真实，它与艺术真实是什么关系，也有一个正本清源的问题。有人简单地认为，只要是历史上确实发生过的事情，就是历史真实；还有人认为，文学需要虚构，于是就可以无所顾忌，率性而为，用细节代替历史。这都是错误的。

党圣元：首先必须明确，历史上真实发生的事并不等同于历史真实。我们所说的"历史真实"是指合规律性的本质真实，而不单单指事件真实或者细节真实。这是因为，在历史发展过程中，有些事件虽然确有发生，但是，它代表不了历史的本质，有时候甚至与历史主流相悖逆。将事件真实或者细节真实等同于历史真实，在这上面尽情刻画、渲染，大做文章，混淆了非主流事件、偶发性事件与体现本质特性、本质力量的历史真实之间的界限。我认为，在历史题材创作中，还是要把主要精力用在那些对历史人物个性表现、对历史事件本质起规定性作用的历史细节的挖掘和描绘上。

当然，为了达到艺术的真实，文学创作不排斥虚构，也应该允许虚构。但是，在历史题材创作中，文学想象与虚构不可以漫无边际、无所规约。创作中追求艺术真实的过程，应该是在历史真实这一磁场引力强烈作用下发生的一系列包括文学刻画、渲染、想象、虚构的美学过程。如果丧失了历史真实这一基点，任由想象和虚构脱缰狂奔，想象和虚构即便再奇谲华丽，也是没有意义的，只能是更具诱惑力地将读者带入历史认知的误区。我们要强调的是，作家虽然不同于史家，拥有想象和虚构的权利，但是，这种想象和虚构不是无限的，更不是随意的。

历史题材文艺创作，最终要追求的是历史真实与艺术真实的有机统一。这就要求创作者首先要对所表现的历史有准确地把握，在充分掌握历史事实的基础上，以马克思主义的历史观细致地辨析史实，对历史人物、历史事件之本质达到深刻的认识，然后根据文学表现的需要进行必要地艺术虚构，这样方可实现艺术真实与历史真实的有机统一，亦即作品所反映的历史，既与客观存在的历史不相乖违，又体现出深远的意义探寻的创作旨趣。在优秀的文学作品中，历史真实与艺术真实之间存在着一定的张力，但是它们之间又不是一场你死我活的博弈，也不是一场结果为零的游戏。曾经有人将文学创作中历史真实与艺术真实的关系概括为"大事不虚，小事不拘"，或者"本质不虚，细节不拘"，倒也贴切。

文学守"史"有责

张江：文学戏说历史、消费历史，其背后有鲜明的价值观。历史是民族的精神支撑，用正确的文学观认识历史、书写历史，是文学应当担负的责任。

陆建德：有些人宣称，历史在他们的作品中，只不过是一抹稀薄的叙事背景，历史人物也只是一个假借的形象符号。有人就说："我写的不是历史，是文学。""把文学作品与严肃的历史相对照，是荒唐可笑的。"这其实是以所谓文学的名义逃避应有的历史担当。一方面为作品披挂上历史的外衣、营造具有历史感的浓重氛围；另一方面又逃避历史题材创作本应担负的表现历史进程、探讨历史规律的责任，这本身才是矛盾、荒唐、可笑的。

文学介入历史，不可能是原封不动的客观再现，也不可能完全剔除创作者的主观色彩。任何历史题材创作都经过文学家的中介，都渗透了某一特定时期的价值观念（也可能是偏见和迷信）。文学家从历史事实的大海里，发现一些有趣的现象，甚至是重要的规律，整理出头绪，写出他的作品，这本身就渗透了文学家的史学观和价值观，也就是意识形态。从这个意义上说，作家在创作过程中融入个体的理解和判断，赋予其情感温度和价值深度，都是应该肯定的。但是，发现前人的盲点，对历史有了新的理解和阐释，所有这些行为都必须建立在一个基本的前提和立场之上，那就是对历史进程和历史规律的尊重和敬畏，以及对待历史严肃认真的态度。

文学以形象化的审美方式介入历史，更为人们所喜闻乐见，它比抽象的历史叙述和理论化的历史规律阐释更具有吸引力、亲和力和感染力。可以毫不夸张地说，在普通大众层面，学校教育完成以后，更多的历史知识学习和历史观建构，相当程度上是通过各种历史题材的文艺作品来完成的。因此，文学的功能从来不是单一的，它既有审美、娱乐功能，也有教育、认识功能。尤其是一旦涉及历史题材，其教育教化功能更为直接和显著。无疑，在大众传播发达进步的今天，文学家们用什么样的姿态面对历史，也就意味着把什么样的历史交付给受众、交付给未来。文学在具体的历史关系中展开，文学通过生动的叙述形象地建构历史，文史同一，文史互证。

张江：文学作为一种精神生产，在历史的建构和传承中，不能是消解和破坏力量，而必须成为一种积极和建设力量。尊重历史，理性地认识历史，客观公正地评说历史，用文学的方式描绘历史风云，并且尽可能地在这种描绘和展现中实现对历史规律的认识和把握，这是我们思考和处理文学与历史关系问题时应该持有的基本态度。

文学不能"虚无"历史。无论文学家们如何书写历史，历史都以自己的方式存在，不可改变。历史不是任人打扮的小姑娘，尊重历史，严肃地对待历史，这是文学面对历史的唯一选择，也是文学家的责任。

（2014年1月17日）

要善于引导，也要宽容一点
——网络文学一议

马识途

中国作协和《人民日报》联合开辟《网络文学再认识》专栏，希望大家一起来探讨当前网络文学的发展，我认为这个做法很好。十年前，我就提出要特别注意网络文学、儿童文学、通俗文学。当时，文学界"三俗"现象相当严重，大家都很关心如何提高作家作品的品位、格调。现在看来，这些问题似乎依然存在，而且比较突出地体现在网络文学作品中，应该引起我们的注意。

改革开放以来，我国文学发展得很快，也很好，但也还存在一些问题。十年前，我曾经写过一篇文章叫《文学三问》，提出"谁来为我们守望人文终极关怀的文学家园？谁来保卫我们的文学美学边疆？谁来为我们坚持在马克思主义光照下的社会主义主流意识"这些问题。文章直接针对我当时看到的两个值得注意的现象。这两个现象，在我看来，今天依然存在，更应引起各方关注。我把这两个现象总结成对中国文学的"内忧外患"："内忧"，就是文学界的"三俗"倾向；"外患"，就是文化霸权主义的潜在入侵。

事实上，国际上的文化霸权主义是一直存在的，并在许多国家已经取得很大效果。我国因为文化根基比较深厚，文化堤坝比较坚固，不易侵入，但是，过度重视外来文化，甚至将之置于本土文化之上的现象也时常出现，值得警醒。

比较起"外患"，"内忧"更加明显。十年前，网络文学还不太盛行，但通俗文学已经很有市场了，一些带有"三俗"内容的东西充斥其中。这些年，网络文学由于强大的商业资本介入，发展十分迅猛，相当一部分写通俗文学的作家转成网络文学作者，一些"三俗"作品也转移到网络文学领域，并且因为有强大的经济支撑，显得颇为得势。

与此同时，纯文学作品的出版发行却很难，许多作家感觉到纯文学边缘化了。一个纯文学作家写一本书需要好几年，需要调查研究、深入生活、精心写作，最后印一两万册就不得了了。而网络作家一天就可以写一万字，网络文学作品一出书就是几十万几百万册。作家收入排行榜上，排在前面的基本是网络作家。用金钱来计算创作，用稿费多少来衡量文学的优劣，令人难以接受。

网络文学的内容和纯文学相比较，其题材体裁、创作方法、描写对象、主题思想是大异其趣的。文字粗疏、写作随意、与现实生活脱节、缺乏文学性，则是较普遍的现象。有的网络文学作品也的确存在"三俗"问题，娱乐至死，金钱至上。这些显然不是好的教育读物，不适合对价值观正在形成期的青少年进行传播，当然，距离整个社会的核心价值体系就更远了。

我这样说，并不意味着雅文学比网络文学和通俗文学好。文学本来无分雅俗，各有长短。雅文学也有雅文学的缺失，有短板，甚至很严重。为什么一些青少年不愿意阅读雅文学？这是值得思考的问题。网络文学有其长处，它对青少年有极大的吸引力，它所产生的不仅是巨大的经济效益，更是我们日夜企求的对青少年进行思想教育的巨大能量，这是雅文学一直追求而一直不能实现的效果。通俗文学的流行、网络文学的盛行，能够产生较大的市场价值，都是有其必然性的。事实上，网络文学发展至今，已经出现了比较好和很好的年轻网络作家，他们的作品就思想性和美学观而言都可称上乘作品，可以说是中国当代产生的群众喜闻乐见的文学作品。这些作家和作品，与我们过去称道的通俗文学作家及作品相比并不逊色。

我们需要重视的是，如何扶植和发展网络文学，如何正确评价网络文学，如何克服网络文学的短板和缺点。发展网络文学，不是一个单纯的文学创作问题，而是一个群众路线问题，是如何引导我们的下一代走上健康道路的问题。了解网络文学的现状和生产规律，正视某些不良创作倾向，正是为了更好地发展网络文学。

当前，对于网络文学，要研究如何增强其力量、壮大其队伍、提高其艺术水平。具体而言，我认为以下几个问题比较重要。

第一，我们应该认真调查网络文学发生和发展的过程，研究网络文学和通俗文学的历史传承脉络。网络文学为什么能如此迅猛发展？青少年中怎么会有那么多"粉丝"喜爱？这需要我们思考。了解读者需要，本来就是作家的本职工作。

第二，调查研究网络文学的生产和销售环节是怎么运作的，特别是现有的网络作家的生存状况及他们的思想环境、创作特点，等等。网络文学的生产力是最中心的问题。当然，主要目的不是去调研他们的短处和缺点，而是去了解他们的技能、长处和经验。

第三，我们有作家组织和众多的有创作经验及较高文化水平的作家，应该有意识地鼓励一批有志之士下决心转入网络文学创作队伍，写出好的网络文学作品，提高网络文学的文化素养和艺术水平。从事纯文学创作的作家千千万，虽然都具有作家的基本水平，都想上升到作家金字塔的顶端，但是古今中外能够到达光辉顶点的作家终归是很少的。这些作家一年写出几千部长篇，但能得到出版和读者普遍喜爱的只是少数。或许我们一百个纯文学作家的作品发行总量还不如一个网络作家作品的阅读数量，从人力上和经济上，两者是有差异的。我设想的引导纯文学作家转入网络文学创作，不是一件容易且短期能奏效的事，实施起来要有耐心、有韧性。当然，我的这种想法不一定能为一些作家所接受。

此外，我还想提出一个相似的问题。今天，我们的影视作品对群众的影响，恐怕比网络文学还要大。一部好电影的受众可达几十万人，其影响之广泛，可以想见。但是，不讳言，有的影视作品创作水平不高，思想性和艺术性不够，影视剧本创作队伍并不强壮。可不可以有意识地鼓励一些作家进入影视创作队伍？我们要看到这是很重要也是很光荣的转型，它能够更好地服务大众。

这些年来，中国作协很重视网络文学，不但建立了网络文学重点园地联席会议制度，举办网络文学作家培训班，今年还对网络文学生存状况进行了专题调研。对这些举措，我都很欣赏，也很赞同。不过，我想要提醒的是，对网络文学以及影视文学中存在的"三俗"问题，我们要引导，但是不能操之过急。文艺界的事，要善于引导，也要宽容一点，这是我从过去的教训里得到的经验。

（2014年6月10日）

网络文学：文学自觉和文化自觉

李敬泽

从历史脉络理解网络文学本质

当我们谈论网络文学，我们在谈论什么？你常常会发现大家谈论的对象各不相同，有的从媒介革命的角度，把网络文学视为纸质文学的未来；有的认为，网上出现的一切文学作品都是网络文学——照此说来，《红楼梦》上了网也是网络文学；有的从生产机制着眼，认为在网上创作和发表的作品是网络文学，包括帖子、微博、微信等；有的把实验性的、探索网络可能性的文本视为网络文学，如赛博文本、超文本。大家说的常常不是一件事。

为了有效地讨论问题，我们得先界定什么是网络文学。在这个问题上，我们也不必做唯名论者，你叫张宇航但你不一定是个宇航员。在语言学上，能指与所指的关系是任意的，又是约定俗成的，就网络文学来说，什么是约定俗成呢？其实很明确，主要就是指在网上生成和阅读的那些长篇小说。让我们为之困惑、构成了重要的文化和文学现象的就是这件事。

对象明确了，我们才能认识和探讨这个对象。网络是前所未有的全新的事物，那么网络文学呢？网络文学刚出现时，很多人宣称这是全新的文学，是横空出世的"将来的文学"。现在，有了足够的作品放在那里，网络文学作家和相关从业人员也有了冷静的自觉，于是，对网络文学的前世今生大致有了共识——它就是通俗文学，其基本形态就是类型小说。既然不是横空出世，而是前度刘郎，我们就可以在一个历史脉络中考察网络文学的性质、特点以及它在中国文学史上的地位和意义。

中国一直就有通俗文学的传统，我们常说的唐诗、宋词、元曲、明清小说，后两者当初都是通俗文学，不登大雅之堂，明清小说被纳入正典是新文化运动早期的事。随着中国社会现代化进程的推进，通俗文学有过很大的繁荣，到晚清小说类型已经很丰富，后来出现的鸳鸯蝴蝶派、张恨水、还珠楼主等在当时有很大影响。由于时代主题的变化，这一路偏重消费性、娱乐性的写作消歇下去了，但是，从20世纪30年代的大众化运动到《在延安文艺座谈会上的讲话》、解放区文学，大众化、通俗化成为重要的、基本的文学诉求，虽然1949年以后传统的类型化小说基本没有了，但也形成了新的革命的通俗文学传统。到了20世纪80年代，情况又是一变，出来个"纯文学"，通俗文学在理论和创作上都变成了很边缘的东西。即使是80年代，我们也开始读琼瑶、金庸、梁羽生、古龙，随着改革开放和市场经济的发展、大规模的城市化进程和人民精神文化需求的日益丰富多样，这样的文学需求越来越大。但是，在"纯文学"占据主流的情况下，它很难在原有的文学生产机制中得到释放。结果到90年代末期，互联网来了，出现了一片新天地，这种需求和能量一下子在网上迸发出来，投互联网之胎，转通俗文学之世，纯文学一下子变成了"传统文学"——这个叫法其实也不准确，但现在约定俗成这么叫了，那就这样吧。一开始的网络文学，现在看，其实还是传统文学，但是很快，它就向着通俗化、类型化发展了。

在这样一个脉络中，我们就能够理解何以中国会有网络文学。它是一个历史的产物。欧美没有网络文学，他们在网上主要是超文本、电子文学。为什么没有？因为网下已有充分发育的通俗文学生态，不需要在网上释放。

有一度大家一谈到网络文学就含糊其辞，因为没有一个历史的参照系，被"网络"二字吓住了，不知道该把这个文学往哪摆。其实位置很清楚，就是通俗文学。由此，我们也可以把一些伪问题放下，比如网络文学是否会取代传统文学？古今中外的文学发展表明，它们之间不存在谁取代谁的问题。在市场上，通俗文学可能会占相当大的份额，不仅中国，外国也是这样，但传统文学的价值是不可替代的。

我们要放下两种傲慢与偏见，传统文学依靠思想和艺术品质对网络文学抱有傲慢与偏见，网络文学背靠市场对传统文学抱有傲慢与偏见。实际上，它们应该是并行不悖的，它们都能从对方那里得到重要的支持和营养，共同构成一个完整、健全的文学生态。

从四个方向构建评价体系

因为搞不清网络文学是什么,所以就有了评价标准和评价体系的困惑。如果我们确认,网络文学不是天上掉下来的,它就是通俗文学,那么,它的标准和评价体系就不必从零建起。我们起码可以从这几个方向去做探索:

一是从传统中去找。在这方面,大家已有比较清晰的认识,网络文学继承了中外通俗文学传统,也受到了世界青年亚文化的深刻影响。看一部作品,要考察它的传统来源,它受了什么影响,在传统的脉络中去评估它的创造性,这是基本的批评方法。比如写武侠小说,现代以来,从还珠楼主到金庸、梁羽生、古龙,就构成了参照系。

二是从网络性中去找。网络文学的重要创造,也是现在谈得比较多的,是它的交互性和读者参与,有效运用了网络技术的可能性。当然,也有人谈到,这是古老的说书人传统的复归。过去的纯文学作家是自我诉说,当然他可能有一个想象中的读者,但写作的基本语态是独语。说书人不是这样,他要回应听众的反应,语态是对话的、交流的。网络文学在这方面有很大的发展,它使创作和阅读几乎同步发生,长时间如此,形成一个日常化的交流场域。很多人诟病,网络文学为什么那么长?其实,长是通俗文学常态,当年扬州评话的大师王少堂说《武松》,好几个晚上过去了,武松进了店门还没喝上酒呢。国外的通俗小说也是成系列,或者没完没了往下续。网络文学把这个特性发挥到极致,它提高读者黏性,深度地介入读者的生活——天天都要读一段,等于是生活的一部分。这也和媒介有关系。从历史上看,通俗文学对媒介是最敏感的,每一次大众媒介的革命,都会带来通俗文学的大繁荣。明代商业印刷形成规模,诗歌没什么反应,但通俗的长篇小说一下子兴起了;后来报纸出现了,于是有了大量的连载小说;现在有了网络,又是一个发展,而且趋势是越来越长。网络的发展、现在手机客户端的发展,会深刻地影响通俗文学的生态,影响它的艺术形式,现在我们看到的可能仅仅是一个开头,我甚至认为,现在的网络文学在运用网络技术方面还偏于保守,还有很多可能性远没有穷尽。

三是从读者反应去找。既然网络文学是面向大众的俗文学,那么读者喜不喜欢,当然是一个重要的评价标准,实际上这也是市场标准。当然,这里面的情况很复杂,读者是在海量的文本中做出选择,这个选择实际上不可能完全是自主自发的,要靠市场机制、广告和营销的帮助。也就是说,读者的需要有时是真实的,有时是扭曲的,有时是被忽悠出来的。在文化产品中,这个问题尤其重要,对读者反应也要有分析,要看到这种反应背后的商业机制,看到商业机制是如何引导、调动读者反应的。否则,还评价什么?看谁的点击数最多不就行了?

第四,也是最重要的,要看价值观。网络文学作为通俗文学,价值观的问题不是没有,而是更加突出。它是消费的、娱乐的、日常的,你跟读一部网络小说,把自己代入进去,一跟就是一年,这就叫潜移默化,是真正的以文化人,一个人对世界、对自我的内在看法由此受到深刻影响。

总之,要把以上几个因素综合起来考量。要充分考虑到网络文学的通俗文学属性,不能简单粗暴地把传统文学的标准拿来用。同时,网络文学也要强化文学自觉,把古今中外的通俗文学优秀作品作为参照系,认真研究创作规律,提高思想和艺术水平。

从新经验出发建立文学整体观

大家都感到有必要加强网络文学评论,但做起来又觉得很困难。评论家面对海量文本,真是老虎吃天,无从下嘴。更重要的是,网络文学形成了与传统文学很不一样的生产和消费机制,评论家在这个机制中还找不到有效的位置,评论家对具体作品的评论能够起的作用是很有限的。所以,我们还需要认清网络文学的特殊性,有的放矢地探索有效的机制和办法。

同时,网络文学评价标准和体系的建设之所以困难,也是因为,我们虽然知道大致的方向,但是缺乏知识准备和理论准备。很长一段时间以来,我们的文学理论是建立在纯文学传统之上的,对通俗文学和大众文化的研究没有充分展开。我们的文学观念里就没有配置这个,好比是在苹果系统里运行安卓,当然就不匹配不适应。所以,我认为当务之急是加强相关的理论研究。当然这样的研究不是从理论到理论,而是面对新鲜的文学经验,努力回应网络文学提出的问题。

例如,文学的大众化、通俗化问题,普及和提高的关系问题,阳春白雪和下里巴人的关系问题。对于这些问题,《在延安文艺座谈会上的讲话》和《新民主主义论》都做过有力的论述,解放区文学和新中国文学也都积累了丰富的创作经验,但是,在新的历史条件下,面对时代的发展变化,需要我们做出新的理论探索。

例如，通俗文学与现实的关系问题。我们说文学要认识、表现、反映现实，但是，在网络文学中，我们怎么看待玄幻小说、穿越小说、武侠小说等？它们是否具有现实性？依我看，表面上是飞到了十万八千里以外，但根子还是在现实的土壤里，这些小说是在通过幻想的镜子来照见现实。幻想、梦想机制在通俗文学中是很基本的配置，即使是职场小说、都市言情小说，反映的是当代生活，内在的机制也是诉诸读者的代入感。这与传统文学是不同的。读《阿Q正传》你不会想象自己是阿Q，读《红高粱》你也不会觉得自己是"我爷爷""我奶奶"，但读通俗文学，你通常会有代入感，认同乃至扮演某个角色。这实际上也是一种白日梦的机制，它表达了人的希望和向往，以缓解现实生活中的种种压力和焦虑，由此形成了通俗文学的特定形态和艺术方式。对此我们的文学理论无法应对，我们对大众层面的幻想诗学、梦想心理学研究得很不够。

例如，通俗文学的经典性与当下性。经典性是文学的重要诉求，也是大家现在对网络文学的一项主要质疑。经典的产生当然是重要的，但一个时代的文学作品，成为经典的总是极少数，这并不意味着没有成为经典就没有意义。这就好比，我们这些人谁都不是伟人，也成不了伟人，但能不能说成不了伟人就都白活了？恐怕不能这么说。藏之名山、传诸后世不是通俗文学的首要目的，通俗文学的目的首先是抚慰当下的具体的人。一个青年工人，工间休息时拿出手机看一段小说，为的是放松一下。当然，网络文学肯定会出精品，但这一定是大量创作经验和阅读经验积累的结果，不可能一蹴而就。即使一时出不了经典，也不能否定其当下存在的价值。

例如，通俗文学的类型化问题。通俗文学的客观规律就是类型化，分门别类应对读者特定的心理需求。网络文学之初，也没有谁倡导类型化，结果做着做着就类型化了。很多类型是在通俗文学的传统中经过长期积淀、慢慢发展起来的，其中包含着一些复杂的原型、成规和技巧，你不遵守它，读者不买账。当然随着人类经验的扩展，也不断有新的类型出现，比如推理小说是随着现代大都市的出现而出现的，随着城市化和白领阶层的出现有了职场小说，等等。不能说类型化就没有文学价值、就是陈陈相因，每一种类型都包含着对特定领域的人类经验的精深研究和丰富想象。网络文学的类型化，总体上说还处于初级的、粗糙的水平，除了作家的探索，也需要理论上的总结。

例如，网络文学的读者心理、接受美学研究以及由此延伸的社会学研究和文化研究。通俗文学的读者在接受上是有它的规律的，比如快感补偿机制，生活中总有不如意，就希望在小说里把自己代入进去，人见人爱，花见花开。同时，它的读者高度分众化，一个读者不会什么都喜欢，他只喜欢某个类型，爱情小说还要分男屏女屏，专门针对男士和女士，针对女士的还要分少女还是熟女、已婚还是未婚、工人还是白领，等等。我们对网络文学的读者了解甚少，对他们的年龄分布、职业分布、阅读心理、人生观、价值观也了解很少。这方面的研究也会为社会学批评、文化批评提供新的材料，有助于我们认识千千万万人内心在想什么，他们的焦虑与困惑、希望和梦想。

总之，课题很多，加强这方面的理论研究，实际上是补课。生活已经走在理论前面，我们现在应该把传统文学和通俗文学的并存作为一种常态，从中汲取新的力量。要建立一种全面的文学整体观，传统文学和通俗文学都是文学，不存在谁抢谁的饭碗、谁占谁的地盘的问题，双方要保持充分地交流和对话。在这样一个整体中，传统文学仍然是主流，体现着一个时代文学和精神的最高水平。现在，人们常说通俗文学要向传统文学学习，这当然是绝对必要的，但事情还有另一面，就是传统文学也要主动、积极地向通俗文学学习。通俗文学听起来不那么"高大上"，但"高大上"也是相对的、变动的，长期"高大上"，不接地气不接人气，就会枯萎，就会进博物馆。通俗文学是传统文学保持活力的重要资源，中外文学史上，一些作品本来是通俗文学，但随着时代变化逐渐获得正典地位，这也是文学的常态。在这个意义上，网络文学的评论和理论工作不仅对网络文学是重要的，而且有利于中国文学的整体发展。从历史上看，没有正统、主流文学与通俗文学的密切交流，就没有伟大的中国文学，现在和未来也同样如此。

从心理影响机制重视价值引导

网络文学必须加强引导。通俗文学本来就有市场驱动的属性，网络文学现在的主要媒介平台就是商业性网站，资本的力量起很大作用，如果没有自律、没有必要的管理，那么，低级庸俗就会大行其道，这也是不以人的意志为转移的。国外有个报业大亨说过一句名言：从来没有一家报纸因为低估人性而赔钱。也就是说，资本的逐利性不加管束的话它就一定要不断地跌破底线，贬损人、践踏人的尊严。什么是色情暴力？色情暴力就是对人的贬损，拉着人向下，把人变成物。

对千千万万的普通读者来说，这些通俗作品构成了他们精神生活的重要内容。网络文学的一个新特点是，对一部作品的阅读是一个日常化的、持续时间很长的过程，也就是说，一个人的阅读和他在真实世界的行为、想法有一个相互投射影响的关系，在代入性的角色扮演中，他在作品中的第二自我一定会影响到他生活中的第一自我。网络文学的读者主要是青年，很多年轻人由此形成了对世界、对自我的基本看法、基本感受方式和想象方式。如何滋养读者的心灵和精神、增强读者的社会责任感、培育和践行社会主义核心价值观，是网络文学健康发展面临的紧迫课题。

现在，也有很多观点认为，网络文学和传统文学的区别就是没有编辑，大家想怎么发就怎么发，所以没办法引导。哪有这种事？你投下资本办一家网站就是为了让大家随便发？事实上，没有一家网站不是深入研究读者心理和市场定位的，他们都在琢磨什么样的小说能够满足读者，而且都有一套办法，反过来，他们也会用这套办法去要求作者，然后再去向读者营销推广。网络文学的生产机制不是那么简单，没有那么浪漫，网络同样有强势的编辑，问题只在于他用什么样的价值观去选择和引导。

一位网站的高管曾介绍说网络文学的生产原则就是多巴胺原则、快乐原则，就是读者哪方面欲求不满足，就提供对应的白日梦。他讲得很具体，连基本情节都设定了。我听了很受启发，但他讲了这么多，恰恰说明他就是那个制片人，他起码手里是有脚本的，能够引导他的编辑，也能够有效地引导他的作者和读者。关键是，我们现在那些脚本还是过于简单、直接，没有充分考虑人的复杂性、丰富性和人的精神向度。通过幻想和梦想机制使欲求得到补偿，这确实是通俗文学的基本规律之一，但是，古今中外优秀的通俗文学都证明了，它们不满足于简单、直接地回应，它们对人的心理机制有更复杂的认识和了解，它们也对人的向善向好抱有充分的信心。比如希望成功、希望出人头地，这都没错，但问题是什么样的成功？是豪车美女把别人踩在脚底下扬扬自得，还是一种社会价值的实现？有人指出，中外通俗文学的优秀作品也写个人成功，但这种成功最终都是利他的成功，而我们现在网络小说里的成功往往是纯粹利己的。这难道不值得深思吗？任何一个社会都不能说我们的文化只培养利己主义者，中国更不能这样。

通俗文学对应着人的某些基本欲求，但同时，它也追求、想象、探索和表现这些欲求的转化和升华，从而体现某种社会广泛认同的主流价值，给读者以意义感。大家常常提到"垃圾"这个词，什么是垃圾？就是直接地、单面地、粗俗地满足某种欲望。而是否转化、能否升华，则是合格的通俗文学和不合格的通俗文学的基本分界。

所以，网络文学的健康发展需要文学的自觉，更需要文化的自觉。大家要意识到，我们不仅是陪着人取乐的，我们在影响人甚至塑造人，一定要把社会效益放在首位。通俗文学有消费性、娱乐性，但任何时代包括通俗文学在内的大众文化，整体上都是有文化志向的。网络文学应该确立自己的文化志向，把弘扬社会主义核心价值观放在首要位置，认真学习和继承文学的优秀传统，以优秀的作品激励人、鼓舞人，引领人的精神向善向上。

我非常赞同马识途老先生的观点，对网络文学一要引导，二要多一点宽容。近期各地陆续成立网络作协，这是政府有关部门和作协组织对网络文学的有力引导。"净网行动"也有力促进了网络文学的健康发展，在整个行业重申了基本规则，努力建立合法秩序。网络文学在发展中出现了一些问题，但绝不是说一团漆黑，相反，我认为网络文学总体上是好的，20年来，出现了一批优秀的作品和作家，满足了广大读者的精神文化需求，提供了精神上的正能量。应该从中国文化、中国文学整体发展的战略高度看待网络文学的意义和作用，通俗文学与传统文学的并存和相互促进，才是一个健全的文学生态，才能全面地满足人民群众的精神文化需求。必须看到，通俗文学的内在品质就包含着对生活基本秩序、基本价值的深刻认同，网络文学绝不是什么另类，网络文学与我们的社会和时代从根本上说是同构的，它常常反映、表达着人们心中真实的向往、梦想。善加引导，网络文学能够为实现民族复兴中国梦提供充沛的正能量。

在国际文化竞争中，一个国家的大众文化、通俗文学构成了国家文化软实力的重要组成。通俗文学是大众文化原创力的基本源泉，由此可以带动动漫、游戏、影视的发展。有学者提出，我们可以借助大众文化传播实现在世界格局中的文化逆袭，这是一个良好的愿景，但还需要艰苦的努力。弘扬和践行社会主义核心价值观，创造民族的、现代的，又是面向未来、面向世界的新型大众文学，不仅满足中国人民的精神需求，而且走向世界，这是网络文学作家和从业人员，也是整个文学界的重大使命。

（2014年7月25日）

学习习近平同志在文艺工作座谈会上的重要讲话专版

铁 凝 徐沛东 陈 彦 姜 昆

铁凝：作品是立身之本

一个作家，什么是他的立身之本？毫无疑问，是作品。正是在有价值的文学作品中，写作者独一无二的声音被听到，他的独特发现和创造令人赞叹、折服，我们由此看到世界本来是什么样子、可能是什么样子、应该是什么样子。优秀的作品通向深微的人心，传达着人们美好的希望和梦想，潜移默化地改变着人的精神，引领一个时代的风气。习近平总书记在文艺工作座谈会上的讲话，把创作生产优秀作品作为文艺工作的中心环节，他强调："推动文艺繁荣发展，最根本的是要创作生产出无愧于我们这个伟大民族、伟大时代的优秀作品。"他要求广大作家深刻认识到"创作是自己的中心任务，作品是自己的立身之本，要静下心来、精益求精搞创作，把最好的精神食粮奉献给人民"。

中国的改革开放已经30多年，在历史巨变与社会发展的进程中，人的精神面貌发生了很大的变化，中国人的生存状态与过去迥然不同。今天的社会为什么仍然需要文学？这是因为好的文学有能力表现一个民族最富活力的呼吸，有能力传达一个时代最生动、最本质的情绪，有能力呈现不同魅力的文化创造在自己的时代所能达到的最高想象力。在经济社会快速发展、各种矛盾纷繁复杂的条件下，作家应该认真思考如何以文学方式回应我们所处的时代，真正把握时代的潮流，直面人生的诸多难题。信息社会正自信而响亮地踏上经济高速公路，作家在尽情拥抱取之不尽的写作资源时，更应该放慢脚步，留神文学的险情。文学反对轻率，它不应是粗糙的社会情报，不应是某些迅速变换的社会话题的集合，不应仅仅表达一般的时髦意见。作家更不应成为流水线上的素材加工者,他应该感知一个变化着的活力迸发的中国,体会和理解今天的中国人生动而深刻的多样情感。

习近平总书记在讲话中指出文艺创作中的问题——"存在着有数量缺质量、有'高原'缺'高峰'的现象,存在着抄袭模仿、千篇一律的问题,存在着机械化生产、快餐式消费的问题"。这些现象和问题,归根结底,都是浮躁造成的。每个写作者都应该停下来想一想浮躁背后的深层原因是什么。当我们回望过去,就会发现,是对文学发自内心的爱与敬畏,指引着我们走上了这条道路。这就是我们的初心。文学尽可以去表现生活中的各种表演,但是写作的人应该避免表演生活。只有真诚地面对时代、面对生活、面对人生,才能写出生命的明亮的光芒,也写出困苦和焦虑,更写出人们发自内心对未来美好的希望。当作家能不为如何获得关注而焦虑时,他笔下的作品才能"筋道",才有"韧性",才能更好地抚慰心灵、引领精神。

一部好的文学作品,除了蕴含精深的思想,还应具有艺术感染力。我曾读到一位法国作家的散文《年轻人与死神》,其中有一小段叙述令我感触深刻,他在形容汉字时写道:"在这个故事中,我们再次领略到东方人描写命运的方式:没有长篇累牍的叙述,只有一个悄悄的手势或几颗书法字。命运的警示似闪电一划而过,根本没有反应的机会。"我注意到的是作家用几"颗"书法字来形容东方的文字,而不是几行、几段、几串、几磅。在这里,"颗"得到了强调,我突然意识到这强调的宝贵——我的母语,汉字的宝贵。一颗珍珠、一颗钻石、一颗种子、一颗星星……一颗汉字。进而我想到,我们必须知道文字和语言对于一个作家的宝贵。就作家所应秉持的信念而言,文字有时的确比生命更重要。面对有难度的文学,有时我们同样需要节制和吝啬,需要尊重文学的本意。

一个正在走向伟大复兴、日益被世界瞩目的民族,她的风骨、精神与文化,特别需要文学的充沛滋养。这是文学和文学工作者不可推卸的历史使命和责任。"实现'两个一百年'奋斗目标、实现中华民族伟大复兴的中国梦,文艺的作用不可替代,文艺工作者大有可为。"今天,集结号已然吹响,让我们在文学实践中拒绝平庸,潜心创造,"努力创作生产更多传播当代中国价值观念、体现中华文化精神、反映中国人审美追求,思想性、艺术性、观赏性有机统一的优秀作品"。

徐沛东：先觉者　先行者　先倡者

习近平总书记的讲话，全面阐述了党对文艺工作的指导方针，既是对文艺工作者的巨大鞭策，也是对文艺创作者的一次总动员。

第一，坚持以人民为中心的创作导向，就必须处理好文艺与人民的关系。人民需要文艺，文艺需要人民，文艺要热爱人民。坚持以人民为中心的创作导向，努力改善文化民生和提高人民精神生活质量，这是我们的重要职责和使命。落到音乐工作上，就是要让来源于人民、属于人民的音乐文化艺术，最终回馈人民、惠及人民。

首先，音乐是情感的艺术，以人民为中心的创作导向意味着准确表达人民群众的基本情感。这要求我们真正深入生活实际，切切实实与基层群众打成一片，真诚感受人民大众的生活现状。这些年，中国音协定期组织了不少艺术家进行全国各地的采风活动，期望形成从人民群众的火热生活中挖掘素材、从人民群众的实践创造中提炼主题、从人民群众的审美需要中汲取灵感的实事求是的创作作风，使我们的创作、表演与人民群众保持最直接的联系。这样才能让更多的音乐作品真正转化为人民大众心里、口头的歌，使广大群众尤其是基层人民得到音乐文化成果的实惠。其次，要以优质音乐作品为人民服务。激励广大音乐工作者树立精品意识，努力丰富音乐作品的表现力，不断提升艺术境界，以更多高品质的艺术作品服务于人民。再次，我们还要努力培养一支高素质的音乐人才队伍，培养更多德艺双馨、为人民群众所认可、为广大音乐工作者所敬重的音乐家，在文艺界乃至全社会形成模范带头作用。

第二，高扬中国精神和时代旗帜、积极弘扬社会主义核心价值观、努力创作文艺精品。民无魂不立，国无魂不强。当前，以爱国主义为核心的民族精神和以改革创新为核心的时代精神是中华民族的振兴之魂和强国之魄，是实现中国梦的精神动力。音乐文化要充分发挥它在传播爱国主义、凝聚民族力量、高扬时代旗帜方面不可替代的作用。

通过音乐艺术表达深厚的民族情感，实现中华民族传统人文精神的时代升华。通过音乐作品展现和平时代人们的幸福生活喜悦之情、对祖国大好河山由衷的赞美热爱和国家走向富强的民族自豪感。通过音乐文化传递改革创新的时代精神。音乐文化要从内容到形式、从创作理念到技术手段推陈出新，才能紧跟时代步伐，唱出时代心声，从而达到聚拢民心的效果。

第三，打造优秀的音乐文化产业品牌，推动中国音乐走向世界。中国音乐既是中华民族传统文化的体现，又是我们当今时代精神和民族精神的体现，音乐作为超越语言的"世界语"，架起了世界各国之间沟通交流的天然桥梁。音乐工作者应自觉推动中国与世界文化平等交流对话，使中国文化成为世界多元文化的重要组成部分。这些年来，中国音乐走出国门取得了一定成效。政府在海外建设中国文化中心这一战略性举措的实施，也极大地提升了中国音乐的海外传播能力。随着这些对外文化交流的渠道不断扩展，音乐对外演出市场日渐繁荣。

但要进一步增强中国音乐文化的后劲，打造真正具有中国风格、中国气派的高品质音乐文化产业品牌，还需要我们从质量上狠下功夫。既要加强中国音乐文化民族特色的表现力，比如中国民族声乐、民族器乐的演奏演唱技法，是典型的中国风格和中国气派，应该通过一些高品质、高水准的海外演出，将中国风格的音乐作品推介出去，起到音乐文化交流作用。还要在音乐文化对外交流中传递中国立场、传递中国梦想。艺以载道，中国音乐是社会主义核心价值观和中国梦的传播载体。音乐文化工作者应当自觉锤炼技艺，创新方法，凝聚智慧，创建更多代表国家形象、质量效益竞争力俱佳的音乐文化品牌并走出国门，真正使中国音乐文化成为增强国家综合实力的重要力量。

陈彦：民族复兴需要中国精神

如何打起精神，心往一处想，劲往一处使，当是实现中华民族伟大复兴这一宏伟目标的关键。

习近平总书记就是在这个关键时刻，对文学艺术界发出了总动员令，他指出，中国精神是社会主义文艺的灵魂。没有精神，将情无定所，魂无依归。没有精神，一个民族只能是浑浑噩噩、萎靡不振的一盘散沙。更有甚者，穷奢极欲，是非颠倒，给这个民族带来难以想象的破坏。总书记这次讲话，不仅是对现实诸多精神迷雾的廓清，更是对民族精神灯塔的一次久远拨亮。

作为一名文艺创作者，能够亲耳聆听这次重要讲话，我最深切的感受是，很多重大问题讲清晰了，讲透彻了。这个清晰，不是一种阶段性的甚至功利性的"服务式"清晰，而是面对人类文明演进史的规律性判断和总结的清晰。这个透彻，也不是对一时一事、一城一池的透彻解析，而是对中华文化整体走向洞明后的透彻把握,是对一个民族精神的恒常养护、擢拔、提升。持之久远,是讲话精神最本质的内核与特征。

首先,总书记的讲话,吸纳与总结了人类的优秀成果。一开篇,他就以欣赏的目光,如数家珍地拥揽了诸多文学艺术大师的妙篇佳构,仅提到的世界文化巨匠就数十人,这是一种发展壮大中华文化的开放气度。任何文化,关起门来孤芳自赏,都会气象渐弱、格局渐小。中华文化正是在历史上,屡次吸纳包括宗教在内的多种外来文明,才保持了不竭的生命力。但总书记又始终强调中华文化是我们实现民族伟大复兴的魂灵与根脉,他指出,要把爱国主义作为文艺创作的主旋律,引导人民树立和坚持正确的历史观、民族观、国家观、文化观,增强做中国人的骨气和底气。这是一个泱泱大国的声音,立足自身的战略构想和恒常坚守。一个国家的文化,如果不能为自己凝神聚气,不能在广收博采的基础上最终塑造起自己丰满的血肉、挺拔的脊梁与骨气,那么这个国家和民族还有什么向心力、感召力、凝聚力,还有什么希望呢?

而这一切,就在于文化的创造形态与文化的发展形态上。文学艺术创作,是一个民族的文化主体,养育着一个民族的审美眼光与审美精神,如果从创作源头上就出现了总书记指出的"迷失""偏差"问题,那么中国精神的强基固本,就成为一句空话。总书记指出,作家艺术家应该成为时代风气的先觉者、先行者、先倡者,通过更多有筋骨、有道德、有温度的文艺作品,书写和记录人民的伟大实践、时代的进步要求,彰显信仰之美、崇高之美。

他还要求,文艺工作者要自觉坚守艺术理想,不断提高学养、涵养、修养,加强思想积累、知识储备、文化修养、艺术训练,认真严肃地考虑作品的社会效果,讲品位,重艺德,为历史存正气,为世人弘美德。这是从中国精神培育的源头上,对文艺工作者提出目标、责任与要求,也是文艺工作者必须具备的行进装备与职业操守。如果不能形成一批有能力、堪担当的文艺大军,那么我们构筑中国精神、中国梦,实现民族伟大复兴,就只能是一句空话。

中国精神,是靠全体中国人民的伟大实践来共同创造的,因此,文艺坚持以人民为中心的创作导向,就是坚持弘扬中国精神的根本。总书记强调,中国精神是社会主义文艺创作的灵魂。作为创作实践者,我深切地感受到,一切灵感、一切生动故事、一切打开时代与人物心灵大门的钥匙,都在与人民精神情感的同频共振之中。我们时常感叹世风日下,但在我们的日常生活中，却处处体现一种善良、正直、宽厚、持守正道的朴素美德，这些美德一经文艺的拨亮放大，便产生一种以石击水的正能量。

我在创作《西京故事》时，曾经深入西安的两个城中村。数万农民工聚集在这里讨生活，早晚上下班时，拥挤得甚至需要侧身收腹，但他们却日复一日、年复一年地相安无事。那种怀揣富裕梦想，却始终以诚实劳动安身立命的勤劳本分，以及在摩肩接踵的生存空间中，不践踏他人利益的相携相守，不正是中国精神的生动体现吗？我们只是需要一种发现的眼光，打捞的热情和咀嚼、消化、提升的思想情感能力而已。中国精神不是凌空蹈虚的口号，它是一针一线、一沙一粒的和合与聚会，只有这种普遍开花生根的精神，才立得住、靠得稳、扎得牢。总书记讲，对人民要爱得真挚、爱得彻底、爱得持久，就要深深懂得人民是历史创造者的道理，深入群众，深入生活，诚心诚意向人民学习。艺术可以放开想象的翅膀，但一定要脚踩坚实的大地。这是文艺创作的真谛。

习总书记在讲话中十分担忧地讲到了创作心态浮躁的问题。整个社会急于求成的心灵疾患，自然影响了文艺界的创作生态，从表面看，是文艺问题，是低俗媚俗、快餐消费的问题，长此以往，这种粗制滥造与责任缺失，就会形成普遍的社会风气，成为一个时代无法规避的精神质地。因此，文艺创造应始终坚持思想精深、艺术精湛、制作精良的原则，让真正优秀的作品传播开来。总书记讲，文艺不能当市场的奴隶，不能沾满了铜臭气，这是对于时代文艺发出的最振聋发聩的声音。社会风气与国家精神，都是要靠正能量、有规律的渐进之风徐徐开启的，一蹴而就不行，杀鸡取卵更糟，只有方向正，路子对，一步一个脚印稳扎稳打，久久为功，最终才会春风化雨，润物无声。

总之，学习总书记的讲话，就是要让文艺作品，全面打起中国精神，从而让这个拥有五千年文明史的国家，在新的征程上，尊严、优雅、善良、和平、正气地持续演进下去。

姜昆：把社会效益放在首位

习近平总书记在文艺工作座谈会上发表的重要讲话，为新时期中国文艺发展指明了路径，是对我们艺术家今后工作的具体部署。

"文艺工作者应该牢记，创作是自己的中心任务，作品是自己的立身之本。"习总书记的这两句话，重重地敲打着我的心。没有作品，其他事情搞得再花哨、再热闹也是不行的。这两句话让我感到肩上的担子沉甸甸的!

我是近 100 段相声的作者。从 1976 年转入专业创作开始,是时代巨变给我勇气,火热的生活给我营养,人民的期盼与需求给我动力,改革开放的春风把我推到了相声舞台的最前沿。随着时间的推移,随着社会文化大环境的不断变化,这些年,总听到有人批评"文艺来源于生活""生活是文艺创作的唯一源泉""陈腐""过时""不时尚"。加上我对于低俗、庸俗、媚俗的批判招惹了一部分人的攻讦,一时间,我有些灰心,认为真善美、假恶丑似乎没有了明确的界限,是非混淆似乎要争占主流,中华民族的精神、优秀文化传统、中国人的核心价值观似乎要被摒弃。许多人也对此忧心忡忡!

习总书记告诉我们:"应该用现实主义精神和浪漫主义情怀观照现实生活,用光明驱散黑暗,用美善战胜丑恶,让人们看到美好、看到希望、看到梦想就在前方。"

习总书记强调,一部好的作品,应该是把社会效益放在首位,同时也应该是社会效益和经济效益相统一的作品。文艺不能当市场的奴隶,不要沾满了铜臭气。优秀的文艺作品,最好是既能在思想上、艺术上取得成功,又能在市场上受到欢迎。他指出,低俗不是通俗,欲望不代表希望,单纯感官娱乐不等于精神快乐。这些话,发人深省,引人深思。

我最近正在创作《姜昆"说"相声》,试图通过五段相声新作,完成"我与时代对话""我与作品对话""我与今天对话"的任务,希望能通过作品,让大家在欢乐中感受相声艺术关注时代、创造欢笑、播撒欢乐的功能。

习总书记的讲话让我从新的高度认识文艺的地位和作用,认识自己所担负的历史使命和责任。我会不懈努力,与时代同行,在习总书记讲话的鼓舞和引导下,拿出好作品,请人民检验!

(2014 年 10 月 21 日)

如何讲述当代中国大故事

陈晓明

20世纪中国历史风云变幻，从传统走向现代、从半封建半殖民地走向社会主义，中国社会发生了巨大而深刻的变化。中国今天的成就是中国人民经过艰苦卓绝的奋斗而取得的。讲述今天中国的大故事，无疑也是文学艺术应担负的一项历史职责。然而，讲述这样的中国大故事并非易事。这不仅需要强大的艺术能力，更为重要的是，要在延续至今的文学传承变革中找到新的表现方式。

期盼讲述当代大故事

众所周知，中国进入现代以来，文学以其启蒙与救亡的担当，一直在讲述中国大故事，为中华民族的自觉、奋战与解放建构起一套艺术形象。我们坚持历史唯物主义的态度，信奉文学与时代的紧密关系；我们肯定"文革"后中国文学生动反映改革开放时代的成绩，也会客观地看到新时期文学在认知世界的丰富性和深刻把握人性方面的变化。当代人的生活向着更追求个体性满足的方面推进，这使文学也在表现个体生命存在的独特性和复杂性方面有更深刻的发掘。与之相适应，文学即使在反映历史和现实时，也必然会体现作家个人达到的认识水准。我们也不得不承认，在经历了新时期文学对世界文学的优秀经验兼收并蓄之后，中国当代文学一度（包括今天）更倾向于讲述具有个人视角的故事：不管称之为历史故事还是中国故事，都要有作家个人印记，若无作家个人讲述方式、个人语言风格、个人独特思考，作品在文学上产生影响力几无可能。

中国文学擅长讲述大故事。欧美现代主义以来的文学已经不再讲述大故事，但中国文学在讲述大故事，尤其在讲述历史的、家族的以及现实的大故事方面，依然保持强烈的愿望。这些讲述大故事的作品总是有着大的历史时间跨度、有着宽阔的社会和地域背景、有着剧烈的矛盾冲突、有着精神和肉体的搏斗、有着强大的悲剧感……所有这些，可以说是半个多世纪以来中国文学追求的文学观念和方法。在这方面，中国文学取得的令人瞩目的成就，无疑也是对现代以来世界文学的重大贡献。在这一意义上，《财主底儿女们》《创业史》《平凡的世界》《古船》《白鹿原》《尘埃落定》《受活》《笨花》《古炉》等当作如是观。

今天我们呼唤中国文学讲述中国大故事，在很大程度上是期盼能讲述中国当代（当下）的大故事。在什么意义上能称之为"当代中国大故事"呢？我以为大体有以下几个方面可以作为参照：其一，能充分反映中国当代改革开放的历史进程，表现中国当代社会进程的深刻变化及其艰巨性和复杂性；其二，能塑造出有时代担当的走在时代前列的人物形象；其三，能表现出当今中国人丰富复杂的精神世界，写出真实饱满的人性人心；其四，能够在现实的境遇中看到未来的希望和光芒。

讲好当代大故事的五个方向

确实，我们从理论上和文学的理想性上设计这样的"当代中国大故事"并不困难，困难的是我们如何在现有文学经验的基础上写出具有艺术感染力的作品。很显然，经历过与世界现代文学的碰撞，也广泛吸取了世界文学的优秀经验之后，中国当代文学倾向于讲述"小故事"，意即讲述关怀小人物命运、揭示人性弱点的作品。即使是讲述"大故事"，也是倾向于历史叙事和反思性叙事。这也是中国现代启蒙以来的文学形成的传统，革命文学倾向于表现弱小者的生存现实，体现民众的觉醒意识，表达人道的悲悯情怀。二十世纪五六十年代中国的红色经典，开始塑造英雄人物形象，典型的如《创业史》中的梁生宝、《艳阳天》中的萧长春。这一时期的文学是在激进的政治理念推动下去展开文学想象的，文学的观念性和理想性色彩十分浓厚，中国文学在这方面取得了成绩、积累了经验，也付出了代价。

这就是我们今天寻求讲述当代中国大故事要面对的历史前提和理论前提。抛开这些前提，表达理论主张和展开具体实践并不困难，但要在文学的标准下给予评判就要看到实际成效究竟如何。所有的理论主张都要实事求是，在历史给定的条件下去积极寻求新的可能性。讲述当代中国大故事，在

今天不是一蹴而就的事情。我以为有几个方面是可以做出努力的:

其一,探求当代性。中国当代文学自20世纪90年代以来转向历史叙事,文学在很大程度上回避了现实。某种意义上,文学艺术遗忘了"当代性",有些虽然一直在表现当代,是否真正具有"当代性"则是值得怀疑的。尽管其中有"晚生代"对市场化现实做过直接表现,也有"分享艰难"的现实主义冲击波,有"反腐文学"的现实批判,还有"底层写作"的悲悯情怀,以及"美女写作"的前卫叙事,但整体上看,反映现实的作品未能达到历史叙事作品的自如、厚实和艺术性。中国当代社会正在发生深刻变化,不管是被表述为深化改革,或是三千年未有之大变局、中华民族复兴之路,无疑都蕴藏着巨大的历史创造能量。对当代性的认知恐怕需要有责任、有远见卓识、有艺术能力的作家艺术家去探寻,达成艺术形象丰富、复杂而饱满的表现。

其二,展现多样性。尽管我们理解中国大故事会倾向于"大"的形态,也可以做出诸项规范化的理论表述,但"中国大故事"具体到文学艺术则应该是丰富的,甚至是无限多样的。理论上来说,中国当代讲述的故事都属于"中国大故事"的一部分,即使是无限多样的小故事也必然可以组合成无限大的"中国大故事"。当然,既然作为一种理论愿望提出,强调"中国大故事"当然是要推崇某种"大故事",或者更为客观地说,是因为缺乏一种"大故事",故而需要关注和强调。但"大故事"本身的丰富与多样也不应该忽略。

其三,寻求引领性。中国现代以来的文学,自批判现实主义之后,就是反映弱小群体(阶级)被压迫被蹂躏的生存状况的。冯雪峰早年在分析丁玲的创作时就提出,要有更有觉悟的能带领人民斗争的先进人物,胡风的文艺理论实际上也包含了这种思想。胡风和冯雪峰过早结束了自己的理论生命,但中国的现实主义文学理论一直试图在塑造"社会主义新人"方面有建树。也是因为极"左"文艺路线的影响,这种"新人"无限度往"高大全"方面发展,脱离了真实的生活根基。当代中国小说在反映小人物的命运方面有不俗的成绩,它无疑表现了文学应有的人道人文情怀。但今天中国文学与世界现代以来的文学一样,无法写出特别有力量的正面人物形象是否也是一个问题呢?好莱坞的电影在这方面倒是积累起丰富的经验,但其经验几成模式化,无法为当代中国所直接汲取。很显然,对于中国文学来说,需要更为艰苦的探索和辛勤的努力才可寻求一条独特有效的路径。

其四,善于以小见大。在20世纪80年代"后现代"观念兴起之后,当代外国文学中的"宏大叙事"已然鲜见,只有在中国文学中几乎是"独大"。

90年代以后，中国文学还是宏大的历史叙事占据主流，倒不是说它的绝对数量和影响力，而是这种叙述方式和小说制式占据了主流地位。今天的小说制式已经转向"以小取胜"。但"以小见小"，还是"以小见大"？爱丽丝·门罗的作品写得确实"小"，但她能窥见最微妙复杂的女性心性，能回答当代尖锐的妇女问题；帕特里克·莫迪亚诺确实有意碎片化，但他能表现二战中人类特殊的命运。文学作品只能开掘出生活的某一侧面，文学作品说到底要能触及人的心灵——写出人性人心的丰富性和复杂性，才能写出这个时代的"大"、才能见出中国人精神世界的"大"。在触及心灵细小处来显现大千世界的投影、写出人性人心的变化层次、写出当代中国激荡的时代风云，其实是对小说艺术的极高要求。

其五，讲述追求创新性。文学艺术说到底是一项创新性的精神活动，文学艺术作品总是要提供陌生化感受。尊重艺术规律、尊重艺术的独创性始终是出好作品、出精品的先决条件。作家艺术家本人也必然是在对创新性的追求中才可能有艺术上的作为。否则，假大空的复制之作劳民伤财，贴上任何标签都没有实际意义。文学艺术发展到今天，有那么多的经典作品在先，作家要创新、要出好作品变得越来越难，这更需要艺术勇气、魄力和理想，需要锤炼的功夫，需要融合世界优秀艺术经验的胸怀和能力，这才可能以创新性的方式讲述故事，这样讲述出来的故事才是真正具有艺术感染力、真正具有世界面向的"当代中国大故事"。

这里之所以强调讲述当代中国大故事，是有感于文学如何更有力地表现中国正在深刻变化的现实，是期盼中国文学更有勇气和能力面向现实，为这个充满创造活力的当代中国留下一份伟大的形象记录。

（2016年1月12日）

如何完成中国故事的精神

谢有顺

一切的记忆和想象都是通过叙事来完成的

在这个信息时代,尽管民众听故事的冲动依然强烈,但讲故事的艺术却面临着窘迫的境遇。尤其是虚构性的叙事作品,在一个信息传播日益密集、文化工业迅猛发展的时代,似乎难逃没落的命运。相比于叙事通过虚构与想象所创造的真实,现代人似乎更愿意相信新闻故事的真实,甚至更愿意相信广告里所讲述的商业故事。那种带着个人叹息、与个体命运相关的文学叙事,正在成为一种不合时宜的文化古董。尽管二十世纪三四十年代,巴赫金把小说这种新兴的文体看作近现代资本主义文明在文化上所创造的唯一的文学文体,但与巴赫金同时代的本雅明,却在1936年发表的《讲故事的人》一文中宣告叙事艺术在走向衰竭和死亡,"讲故事这门艺术已是日薄西山","讲故事缓缓地隐退,变成某种古代遗风"。

我想,小说叙事的前景远不像巴赫金说的那样乐观,但也未必会像本雅明说的那么悲观。叙事是一门古老的艺术。从穴居人讲故事开始,广义的叙事就出现了。讲述自己过去的生活、见闻,这是叙事;讲述想象中的还未到来或永远不会到来的生活,这也是叙事。叙事早已广泛覆盖了人类的生活,并借助记忆塑造历史,也借助历史使一种生活流传。长夜漫漫,是叙事伴随着人类走过来的,那些关于自己命运和他人命运的讲述,在时间中渐渐成了人类生活不可缺少的段落,成了个体存在的一个参照。叙事是人类生活中的重要内容,"没有叙事,就没有历史"(克罗齐语);没有叙事,也就没有现在和未来。一切的记忆和想象,几乎都是通过叙事来完成的。从这个意义来讲,人确实如保罗·利科在其巨著《时间与叙事》中所说的,是一种"叙事动物"。

小说家是一个广义上的"讲故事的人"。他像一个古老的说书人，围炉夜话，"武松杀嫂"或"七擒孟获"，《一千零一夜》，一个一个故事从他的口中流出，陪伴人们度过那漫漫长夜。然而，进入现代社会之后，写作不再是说书、夜话、"且听下回分解"，也可能是作家个人的沉吟、叹息，甚至是悲伤的私语。作家写他者的故事，也写自己的故事，但他叙述这些故事时，或者痴情，或者恐惧，或者有一种受难之后的安详，这些感受、情绪、内心冲突，总会贯穿在他的叙述之中，而读者在读这些故事时，也会不时地有感于作者的生命感悟，有时还会沉迷于作者所创造的心灵世界不能自拔。当我们阅读不同的故事，我们往往能得到不断变化的体验，如一个作家所说，那些与自己毫无关系的故事会不断地唤醒自己的记忆，让那些早已遗忘的往事与体验重新回到自己的身边，并且焕然一新。

作家的灵魂视野还存在着很大的缺失

但是，这些年所讲述的中国故事中，普遍存在着两个误区。

一是在讲故事的艺术上，20世纪80年代以来，我们一味求新，普遍学西方，以致这二三十年把西方这100多年艺术探索的经验都借鉴了一遍，但如何对待中国自身的叙事资源，如何在故事中建构起中国风格、中国语体的文化自觉还不明显。现在看来，唯新是从、唯西方是从的艺术态度未必可行。这一点，从作家为人物取名字上就可以看出。20世纪80年代的小说探索，经常有作家会把人物的名字取成1、2、3、4或者A、B、C、D，把人物符号化，以表征个性已被削平，现代人内心的深度也消失了，这是一种先锋意识；但在今天的语境里，中国作家若再把人物的名字取成1、2、3、4或A、B、C、D，我想，哪怕是最具先锋意识的读者恐怕都不愿去读了。为什么呢？就是因为阅读语境发生了变化。中国人的名字是隐藏着文化信息的，取名也是一种中国文化——所以文化自觉并不是抽象的，它可以从很具体的写作细节（如给人物取名字）中看出来。

二是中国小说迷恋凡俗人生、小事已经多年了。这种写作潮流，最初起源于对一种宏大叙事的反抗，然而，反抗的同时，伴随而生的也是一种精神的溃败——小说被日益简化为欲望的旗帜，缩小为一己之私，它的直接代价是把人格的光辉抹平，人生开始匍匐在地面上，并逐渐失去了站立起来的精神脊梁。所以，这些年来，尖刻的、黑暗的、心狠手辣的写作很多，我们很难看到一种宽大、温暖并带着希望的写作，可见，作家的灵魂视野还存在着很大的缺失。

在这两个误区里讲述中国故事，都只是完成了对一种新的写作技艺的学习，以及对一种日常生活的表层抚摩，而无法真正完成一种故事的精神。只有在故事中让人看到中国的文化、遇见中国人的灵魂，进而实现对中国全新的想象，才可称为对一个故事的最终完成。

最重要的是公正地对待历史和生活

如何才能更好地完成中国故事的精神呢？我以为，最重要的是要公正地对待历史和生活。只看到生活的阴暗面，只挖掘人的欲望和隐私，而不能以公正的眼光对待人、对待历史，并试图在理解中出示自己的同情心，这样的写作很难在精神上说服读者。因为没有整体的历史感，不能以宽广的眼界看世界，作家的精神就很容易陷于偏狭、执拗，难有温润之意。这令我想起钱穆在《国史大纲》一书的开头所说的，他劝告我们要对本国的历史略有所知："所谓对其本国已往历史略有所知者，尤必附随一种对本国已往历史之温情与敬意"，"所谓对其本国已往历史有一种温情与敬意者，至少不会对其本国历史抱一种偏激的虚无主义……将我们自身种种罪恶与弱点，一切诿卸于古人"。钱穆所提倡的对历史要持一种"温情与敬意"的态度，既是他的自况之语，也是他研究历史的一片苦心。文学写作何尝不是如此？作家对生活既要描绘、批判，也要怀有温情和敬意，这样才能获得公正的理解人和世界的立场。可是，"偏激的虚无主义"在作家那里一直大有市场，所以，很多作家把现代生活普遍简化为欲望的场景，或者在写作中单一地描写精神的屈服感，无法写出一种让人性得以站立起来的姿势，写作的路子越走越窄，灵魂的面貌也越来越阴沉，慢慢地，文学就失去了影响人心的正面力量。

精神视野的残缺，很容易使作家沉陷于自己的一己之私，而无法在作品中展示更广阔的人生、更高远的想象。而好的小说，不仅要写人世，还要写人世里有天道、有高远的心灵、有渴望实现的希望和梦想。有了这些，人世才堪称可珍重的人世。中国不少当代小说惯于写黑暗的心、写欲望的景观、写速朽的物质快乐，唯独写不出那种值得珍重的人世——为何写不出"可珍重的人世"？因为在作家们的视野里，早已没有多少值得珍重的事物了。他们可以把恶写得尖锐，把黑暗写得惊心动魄，把欲望写得炽热而狂放，但我们何曾见到几个作家能写出一颗善的、温暖的、充满力量的心灵？那些读起来令人心惊肉跳的欲望故事中，有几个写到了灵魂深处不可和解的冲突？为现代人的灵魂破败所震动、为寻找灵魂的出路问题所折磨的作家，那就更少了。

故事精神的完成即作家精神的成熟

很多小说都成了无关痛痒的窃窃私语，或者成了一种供人娱乐的肤浅读物，它不仅不探究存在的可能性，甚至拒绝说出任何一种有痛感的经验。作家们只要一开始讲故事，马上就被欲望叙事挟制，根本无法挣脱出来去关心欲望背后的心灵跋涉，或者探索人类灵魂中那些困境。

欲望叙事的特征是，一切的问题最后都可以获得解决的方案，也就是获得俗世意义上的和解；唯独灵魂叙事，它是没有答案的，或者说它在俗世层面是没有答案的——文学就是探究那些过去未能解答、今日不能解答、以后或许也永远不能解答的疑难，因为这些是灵魂的荒原，是每一个人的生存都无法回避的根本提问。只有勇敢面对这样的根本提问，人才有可能成为内在的人，文学才能称之为寻找灵魂的文学。木心说："五四以来，许多文学作品之所以不成熟，原因是作者的'人'没有成熟。"确实，作家如果没有完成精神成人，文学所刻画出来的灵魂就肯定是单薄的。

当下时代，写作门槛已越来越低，各种方式流行的中国故事实在太多了，有些是满足于读者一种阅读的趣味，有些是消费性写作潮流的产物，但最值得倡扬的，还是完成了一种精神的那些中国故事。毕竟，一味地展示欲望细节、书写身体经验、玩味一种窃窃私语的人生，早已不再是写作勇气的象征；相反，那些能在废墟中将溃败的人性重新建立起来的写作，才是有灵魂的、值得敬重的写作。我相信后者才是中国文学精神流转的大势。要讲好中国故事，必须看到这一精神大势的变化，也唯有如此，在中国故事中所创造的中国形象，才是健全的、成熟的、真正有中国气派的。

（2016年2月19日）

现实主义精神助推文艺高峰

丁振海

习近平同志《在文艺工作座谈会上的重要讲话》发表以后，文艺界讨论最热烈、最集中的话题就是如何使当代文艺创作由"高原"走向"高峰"。当然，这是一项系统工程，需要做出多方面的努力，但对作家、艺术家来说，弘扬现实主义精神，促进文艺创作沿着"广阔的道路"（秦兆阳语）前进，显然是一个极其重要的方面。

准确理解现实主义本质

现实主义，通常有以下几种理解。从创作精神上加以理解，指的是文艺与现实生活的审美关系，即如毛泽东同志所说："作为观念形态的文艺作品，都是一定的社会生活在人类头脑中的反映的产物。"从这层意义上理解文艺与现实生活的关系，即现实主义精神，一切文艺作品都概莫能外。习近平同志在《讲话》中倡导"现实主义精神"，并深刻指出："文艺创作方法有一百条、一千条，但最根本、最关键、最牢靠的办法是扎根人民、扎根生活"，也是从文艺与生活的关系来论述现实主义的精神实质的。

习近平同志在《讲话》中还指出"文艺创作是观念和手段的结合"。对现实主义创作来说，其"观念"所指正是文艺创作与现实生活的关系，其"手段"则是现实主义特有的创作方法与手法。众所周知，现实主义创作方法的一般特征可以表述为"对现实关系的真实描写""除细节的真实外，还要真实地再现典型环境中的典型人物"，要按照生活本身的逻辑、采用生活本身的样式反映生活，等等。

对于社会主义文艺所采用的社会主义现实主义来说，则还有更高的要求："从现实的革命发展中真实地、历史地和具体地去描写现实。同时艺术描写的真实性和历史具体性必须与用社会主义精神从思想上改造和教育劳动人民的任务结合起来。"这里最本质的要求和最大的亮点就是"从现实的革命发展中"描写现实,并体现出社会主义精神。这是社会主义文艺之前的现实主义作家所不可能达到的。《在延安文艺座谈会上的讲话》中,毛泽东同志明确提出"我们是主张社会主义的现实主义的"。这和他16年后提倡的"革命的现实主义和革命的浪漫主义相结合",其精神实质是一致的。

对于现实主义还可以从创作潮流上加以理解。几千年来的中外文学史证明,现实主义始终是文学创作的主潮。中国明清之际以《水浒传》《三国演义》《红楼梦》为代表的古代现实主义,与欧洲19世纪的一大批批判现实主义巨著,双峰并峙,是社会主义文艺之前的文学最高成就,至今依然闪烁着耀眼的光辉,具有不朽的艺术生命力。习近平同志在《讲话》中提及的古今中外名著中,现实主义作品占了大部分。

现实主义创作生命力强大

现实主义的创作潮流一直奔腾向前,但它的发展之路并不平坦。二十世纪五六十年代,社会主义现实主义在苏联受到摧毁性打击。当新中国的历史进入80年代前半期,人们对新中国"十七年文学"和"文革"期间的文艺创作进行了总结和反思,这无疑是非常重要的。但是,有些论者却把对现实主义"定于一尊"的教条式、简单化的理解,归咎于现实主义理论和创作本身,再加上"八五"新潮中西方现代主义、后现代主义的创作观念和方法的纷至沓来和猛烈冲击,现实主义"过时论"的悲观论调一时甚嚣尘上。

然而,经过若干年的沉淀之后,创作于80年代上半期文学新潮汹涌中路遥的《平凡的世界》却逆袭成功。这部堪称范例的现实主义作品在备受冷落之后,被公认为新时期文学艺术最耀眼、最成功的成就,由同名小说改编的电视剧至今仍广受欢迎。近年来,有些论者也对自己当年对这部小说的"看走眼"进行了回顾与反思。不少当年热衷于"新潮"的作家也重新回归到了现实主义创作的门下。这的确是当代文学史上一个值得认真总结和郑重思考的文学课题。它充分说明了真正的现实主义作品的强大生命力。

王蒙八九十年代对"意识流""荒诞派""黑色幽默"等现代派理念与技巧进行了许多"先锋试验",但最有影响、最为广大读者认同的仍然是他创作于五六十年代的《组织部新来的年轻人》《青春万岁》,以及反映新疆伊犁地区少数民族生活的长篇小说《这边风景》。后者创作于"文革"期间，去年刚刚获得茅盾文学奖，被戏称为"出土文物"。这几部小说都是典型的现实主义作品。雷达在评论《这边风景》时说："若从创作方法的角度看，又可发现，坚持现实主义精神是它葆有新鲜感的一个原因，现实主义的要义是忠于生活，是追求生活的真实性与深刻性。"这是颇有见地的。

当然，我们在强调现实主义创作的生命力及其取得的成就的同时，也必须指出，从文艺创作的具体方法、手段来说，各种创作方法、手法应该是百花齐放、异彩纷呈的，确实不能"定于一尊"。对于现实主义创作来说，它完全可以对各种创作方法加以批判地吸收，以丰富和充实现实主义的艺术宝库。

当前创作存在三个瓶颈

基于我们对于现实主义创作理论与实践的了解，以此观察当下的文艺现象，我认为至少存在三个方面的不足，或者说存在三个束缚文艺攀登高峰的瓶颈。

一是生活不足。习近平同志在与艺术家的交谈中，问到当前文艺最突出的问题是什么，大家不约而同地说了两个字：浮躁。这真是一语中的。所谓"浮躁"，说穿了就是没有"扎根人民、扎根生活"，缺少现实主义的创作精神。这样一来，文艺创作也就成了无源之水、无本之木，哪有出精品、攀高峰可言？

习近平同志在《讲话》中特别号召，要以现实主义大作家柳青为榜样。当年柳青定居在陕西黄甫村，蹲点14年，集中精力创作《创业史》。正因为他对陕西关中农民生活有深入的了解，所以笔下人物才那样栩栩如生。柳青熟知乡亲们的喜怒哀乐，中央刚出台一项涉及农村农民的政策，他就能立即判断出农民群众是高兴还是不高兴。试问，我们的当代作家有多少能够像柳青这样，长期在农村"蹲点""定居"，与农民群众同甘苦共命运？而在当年，像柳青这样的作家却比比皆是——赵树理、马烽、周立波、杜鹏程、王汶石等诸多文学前辈何尝不是如此？

由于缺少生活，有些作家就只好胡编乱造，做无米之炊，也有的人到故纸堆中讨生活，美其名曰创作历史题材，但恰恰又缺乏足够的历史准备，终究使作品左支右绌。还有的不顾自身的"资质"，打起改编名著的主意，但结果却是志大才疏，把经典名著搞得面目全非。也有的作家似乎关注现实生活，却不去人民生活的深厚源泉中发现美、创造美，而是急功近利，一味地追求票房和销量，投一部分人所好地进行"配方"式生产，也就是习近平同志指出的"机械化生产"和"快餐式消费"。

二是"精神"不足。习近平同志指出："应该用现实主义精神和浪漫主义情怀观照现实生活，用光明驱散黑暗，用美善战胜丑恶，让人们看到美好、看到希望、看到梦想就在前方。"文学史证明，不仅浪漫主义强调理想，真正的现实主义文学也必然渗透和闪烁着理想之光。现实主义之所以高于自然主义，《红楼梦》之所以高于《金瓶梅》，就在于曹雪芹善于"从生活的散文中提炼出诗来"，有着进步的启蒙思想和高洁的审美追求。

当下有些作品缺乏的正是信仰之美、崇高之美，缺乏"从现实的革命发展中"洞察历史大趋势，表达人民的美好愿望与热烈追求的能力。习近平同志在《讲话》中尖锐指出："调侃崇高""是非不分，善恶不辨，以丑为美""把作品当作追逐利益的'摇钱树'，当作感官刺激的'摇头丸'"，如此触目惊心的不良现象，就是有些文艺工作者缺乏高尚的道德情操和审美理想所致。

缺乏"精神"和"情怀"，还表现为不具备理论高度和辩证思维，缺少思想的穿透力和艺术的概括力。有些作家也写现实生活，但不辨现象和本质、不分主流和支流，只见树木不见森林，过度渲染阴暗面。他们有时也写底层民众，但往往是抱着搜奇猎艳或悲天悯人的贵族心态去俯视"芸芸众生"，而不是把人民群众当成社会前进的动力和历史的创造者，去努力塑造社会主义新人的形象。这样的作品，必然与现实主义的要求渐行渐远，南其辕而北其辙。

三是功力不足。习近平同志指出，"文艺工作者要自觉坚守艺术理想，不断提高学养、涵养、修养，加强思想积累、知识储备、文化修养、艺术训练"。综观古今中外历史上的伟大作家，哪个不是德、才、识兼备？曹雪芹和鲁迅，是人们最熟悉、最具说服力的例子。我们的不少作家作品不仅缺乏思想高度、生活积淀和必需的学养，甚至知识性、常识性的错误俯拾皆是。为文不讲语法，又输文采，这又何以攀登文艺高峰？

习近平同志在《讲话》中特意引用了恩格斯在论述欧洲文艺复兴运动时的一段话：这"是一个需要巨人而且产生了巨人——在思维能力、热情和性格方面，在多才多艺和学识渊博方面的巨人的时代"。这是希望在实现中华民族伟大复兴的过程中我们也能产生这样的文化巨人。

  毫无疑问，伟大的时代理应有这样的文化巨人与之相匹配。但是，仅就我们的现当代文化艺术来说，继鲁迅之后，历史新时期的文化巨人又何时才能出现？

（2016年3月22日）

明星婚礼,别办成消费"封神榜"

任艺萍

一段时间以来,明星婚礼接连点燃舆论爆点。娱乐新闻、微博、朋友圈,有故事、有特写、有分析评论,全方位立体式的报道席卷着社会舆论,把明星婚礼频频推上头条。

明星婚礼到底有怎样神奇的力量,吸引了如此众多的目光?这不免让人思索。浏览微博发言或网友评论会发现,除了祝福和评论这段姻缘以外,最多的一类是"八卦"婚礼细节,包括对奢华排场的咋舌、对奢侈用品的啧摸、对人际关系的揣测。总结起来就是:对明星生活方式、明星"朋友圈"的好奇和窥探。

借着舆论的"好奇",自媒体平台上出现了一众"时尚博主",他们会在第一时间拿到第一手材料,分析男女主人公服装、配饰的品牌和款型,植入自己要推荐的时尚产品;另一些更加外围的"博主"则会用图片链接把读者引向一个"明星同款"的网购产品。借助一场明星婚礼,奢侈品牌、明星代言产品、微商爆款构成了一个层级分明的消费金字塔,而明星也就被塑造成了站在塔尖的"消费英雄",放射出偶像的光晕,继续指引着消费的"方向"。在这场共赢的游戏中,资本无孔不入,明星也乐得大操大办并向媒体大敞大开。

在宣传的强光下,一场亲人朋友见证爱情和祝福姻缘的仪式,无形中被资本紧紧捆绑、全力包装、推上前台,它超出了结婚仪式的初衷,变成一个炫耀性消费的秀场。恰如一位网友不留情面的批评:"这场婚礼就是一场商演、一次广告出卖,是商业行为。"

还有一种针锋相对的反批评:"有什么好吐槽的,换位思考,人家花自己挣的干净钱,为自己心爱的人办一场童话般的婚礼,有什么不可以?别吃不到葡萄说葡萄酸。"这样的观点不无道理,如果从常人的角度去看,只要是合法收入,当事人怎样消费,当然是个人的私事,但问题恰恰在于,我们能否把明星仅仅视为"常人"？

随着中国社会消费能力的快速提升、影视产业的迅速扩容，在文艺相关的时尚产业中，本土明星的话语权逐渐跃升。近些年来，那些代言"国际顶级品牌"的洋脸蛋逐渐被中国面孔取代，与国际时尚界的深度结合使中国内地明星成了国内国际资本的宠儿，也使得他们最终超越"知名艺人"而成为社会学意义上的真正"明星"：他们不仅是大银幕上的熟悉面孔，更是时尚消费的当代图腾；他们既是有血有肉的普通人，又是资本循环的关键一环。

然而，对于这种潜在的变化、对于"明星"的巨大影响力，我们的社会，甚至包括某些明星本人，并未有足够的认知。在电影明星的发源地美国，电影理论家路易斯·贾内梯对明星有这样的描述："明星直接或间接反映了观众的需求、欲望和焦虑。他们是梦的食粮，让我们可以有最深的幻想和迷恋。""明星是观众的至爱产物，也是时尚、价值和公众行为的带领人。"明星研究专家雷蒙·德格纳则说："从明星可以看到一个国家的社会史。"明星在社会心理层面有着潜在的巨大影响力，他们提供了一个窥视的对象，并以此参与人们的自我认知和人生定位，悄无声息地引导着一个社会的风气和价值观。

在逐渐富裕起来的中国社会，在大众创业、万众创新的当下，对明星婚礼的关注，显示了人们对财富、成功和幸福生活的渴望甚至是不切实际的幻想，明星们也沉浸在自己一时无法理解的财富和成功神话中，他们的炫耀性消费既是一种富起来以后的扬眉吐气，也是对资本体系自觉不自觉的配合，而对于价值引导的责任，许多明星尚无自觉。近些年来，明星公益渐渐兴起，尽管未必都是发自内心的主动行为，也许掺杂了自我宣传包装的功利心，但未尝不显示着一种价值引领的朦胧意识。

作为社会价值和风尚的引领者，明星的言行无形中塑造着人们对于"什么是幸福生活"的理解。那些缺乏自我约束和自我要求的明星，他们言行中透露出来的消费唯奢乃至堕落有理等负面观念正在不断地侵蚀着社会的大脑，让有识之士忧心。不过，令人乐观的是，我们也能从"奢侈品热"退潮等现象看出，中国社会的生活观念正酝酿着从炫耀性消费向品质至上的转型。回归生活的质朴、重寻情感的本真，逐渐成为整个社会的潜在思潮。而在此刻的中国，作为社会的强势群体，明星的反省、沉淀、自觉和主动引领，都显得尤为重要。

但愿，明星婚礼不再办成消费的"封神榜"。

（2016年8月30日）

提倡"文学生活"研究

温儒敏

"文学生活"为文学研究打开新空间

"文学生活"主要是指社会生活中的文学阅读、文学接受、文学消费等活动,也牵涉到文学生产、传播、读者群、阅读风尚等,甚至还包括文学在社会生活各个方面的影响、渗透情况,范围是很广的。专门提出"文学生活"这个概念,提倡"文学生活"研究,也是提倡文学研究关注"民生"——普通民众生活中的文学消费情况。

现下的文学研究有点陈陈相因,缺少活力。很多文学评论或者文学史研究,当然也还有理论研究,大都是"兜圈子",在作家作品、批评家、文学史家这个圈子里打转,很少关注圈子之外普通读者的反应,可称之为"内循环"式研究。不是说那种重在作家作品评价的研究不重要,这也许始终是研究的"主体",而是说几乎所有研究全都落脚于此,未免单调。而忽略了普通读者的接受情况,对一个作家的评价来说,肯定是不全面的。其实,所谓"理想读者",并非专业评论家,而是普通的读者。在许多情况下,最能反映某个作家作品的实际效应的,还是普通读者。正是众多普通读者的反应,构成了真实的社会"文学生活",这理所当然要进入文学研究的视野。我们设想从"文学生活"的调查研究入手,把作品的生产、传播,特别是把普通读者的反应纳入研究范围,让文学研究更完整、全面,也更有活力。

这种新的文学史研究,将不再局限于作家与评论家、文学史家的"对话",还会关注大量"匿名读者"的阅读行为,以及这些行为所流露出来的普遍的趣味、审美与判断,不但要写评论家的阐释史,也要写出隐藏的群体性的文学活动史。

关注"文学生活"也是关注"民生"

关注"文学生活",其实也是关注"民生"——普通民众生活中的文学消费情况。事实上,每一个当代普通人每天接触报纸、电视、互联网或者其他媒体,自觉不自觉都在以某种方式参与文学生活。引入"文学生活"的视野,文学研究的天地就会陡然开阔。比如对当下文学的跟进考察,也可以从"文学生活"切入,关注社会反应,而不只是盯着作家作品转圈。现在我国每年出版三四千部长篇小说,世界上很少国家有这种小说"生产力",可是我们弄不清楚这些小说的生产、销售、传播、阅读情况。那些畅销小说是怎样出炉并引发效应的?如何看待"策划"在文学生产中所起的作用?这些小说(包括那些发行量极大的小说)主要在哪些方面引起当代读者的兴趣或关注?普通读者的"反应"和批评家的评说之间可能存在哪些差异?小说在普通读者的精神生活中有什么影响?畅销书、通俗文学产出与"出版工作室"及"图书销售二渠道"有怎样的关系?等等。这些都值得去研究。

再举些例子。诸如社会各阶层文学阅读状况,"韩寒现象""杨红樱现象",网络文学的生产传播,《故事会》《知音》《收获》的读者群,中小学语文中的文学教育,电视、广告中的文学渗透,甚至四大名著、古代诗词对当代精神的影响等,都可以做专题调查研究,也很有学术价值。还有当前社会各阶层群体的文学阅读情况,包括农民、城市"白领"、普通市民、大中小学生等群体的文学阅读调查;一些重要文学类型的接受,如诗歌、武侠小说、打工文学等的接受情况;文学经典在当前社会的传播、阐释、变异的状况等,都可以作为"文学生活"研究的课题。

不只是现当代文学,古代文学也可以引入"文学生活"的视野。比如现下为何家长会让三五岁的孩子读李白、王维、白居易,而一般不会让读郭沫若、艾青或穆旦?到底其中有什么心理积淀?四大名著精华糟粕并存,可是在现实中传播、阅读极广,到底对当代道德观念有何影响?这些都是"文学生活"研究的题中应有之义。

现在处于信息量极大的时期,文学作为人们社会生活的一部分发生了很多变化,也给研究者提出了许多新的课题。网上创作与网上阅读越来越成为日常生活,网络文学已经成为当代"文学生活"的重要部分。以网络为载体的新的"文学生活"方式,明显区别于传统的以印刷为载体的"文学生活"方式,现在的读者不再是被动的受众,他们有更多机会也更主动地参与到创作活动当中，直接影响文学的生产传播。在网络文学的"生活"中，以往传统文学那种强调创作主体个性化的特征在消退，创作主体与受众客体越来越融合。网络文学的生产很大程度上受制于市场，良莠不齐，"垃圾"多，但确实也有好作品。这都是新的课题，可以纳入"文学生活"研究的范围。

"文学生活"研究的本义还在文学

现在的文学研究仿佛"人多地少"，很"拥挤"，每年那么多文学的硕士生、博士生毕业要找论文题目，按照旧有思路会感到题目几乎做尽了，很难找。如果目光挪移一下，看看普通国民的"文学生活"，那就会有许多新的题目。这的确是个拓展，研究的角度方法也肯定会随之改变。自然不能要求所有学者评论家都改弦更张来研究"文学生活"，但鼓励一部分人进入这块领域，起用不同于传统的研究方法，起码会活化被"学院派"禁锢了的研究思路，让我们的学术研究和文学评论更"接地气"。

这种研究既是文学的，又是社会学的，二合一，就是"文学社会学"。这种研究所关心的并非个别人的阅读个性，而是众多读者的"自然反应"。既然是社会对文学的"自然反应"，当然也就要关注文学的生产、传播与消费，关注那些"匿名集体"（既包括普通读者，也包括某些文学的生产者、传播者）从事文学活动的"社会化过程"，分析某些作品或文学现象在社会精神生活中起到的结构性作用。"文学生活"研究有赖于运用访谈、问卷、个案调查等方式，通过大量数据收集统计分析，来论证文学的社会"事实"。这和传统的文本分析或者"现象"的归纳是有不同的，要求的是更实事求是的扎实学风。

"文学生活"研究必然涉及文化研究，这个新的研究方向应当也可能从文化研究的理论中获取某些启示，或采用文化研究的某些方法，但也应当防止陷于"泛文化"研究的困境。"文学生活"研究的本义还在文学，也不会脱离文学。文学研究其实包括很多方面，除了艺术分析、文本解读等"内部研究"，还有很多属于"外部研究"，比如思潮研究、传播研究、读者接受研究等，适当引入社会学、传播学、文化研究的眼光与方法，有可能取得突破。比如，在一些通俗文学的生产传播方式，特别是关于"文学与读书市场关系"的研究中，引入文化研究的模式，也能别开生面。当然，"文学生活"研究本身也有局限，它在有些重要的方面可能派不上用场。比如作家作品的审美个性、形式创新、情感、想象等，都不是"文学生活"研究所能解决的。提倡"文学生活"研究，要有一份清醒。

  传统的文学创作和读者接受正在发生大的变化。现在的读者分类比以前更多样复杂，"文学生活"也呈现前所未有的多元分野现象。文学生产越来越受制于市场，出版社的"策划"很大程度上控制了作者，甚至可以"制造"和左右社会审美趋向。这些都是新的"文学生活"。现今每年长篇小说的出版就有三四千部，各式各样的散文作品散布在各种媒体上，创作的门槛低了，队伍也大大扩张了；电视、电影很多都在依靠文学，"法制"节目、婚恋节目等，都可以搞得很"文学"，文学对各种媒体的渗透比任何时期都要广大与深入。如果看到这一切，恐怕就不会认为文学在"没落"或者"消亡"。这些现象，也都可以纳入"文学生活"的研究范围。

  "文学生活"概念的提出，的确带来许多新的思考，可以肯定，这将成为文学研究的"生长点"。

（2016年8月30日）

一个中国作家的开放与自信
——就从翻译谈起

阿 来

就我个人而言,对翻译的感情可能更复杂。

在每一部关于中国抗战的电影电视剧中,几乎都会出现一个翻译。他们穿着中国的便服,戴着日本的军帽,传达的也总是来自侵略者不祥的消息。我从刚刚看得懂故事的时候开始,耳濡目染的就是这样关于翻译的漫画式形象。这自然是创造性疲软、思维习惯性懒惰造成的后果,众所周知,翻译不都是这样的。早在我少年时代的生活中,就已经熟悉另外一种翻译。那时,我生活在一个以嘉绒语为日常语言的村庄。人们用这种语言谈论气候、地理、生产、生活,以及各式各样简单或复杂的情感。当然我们还用这种语言谈论远方——那些我的大部分族人从未涉足过的,却又时时刻刻影响着我们生活的远方。我所讲的这种嘉绒语,今天被视为一种藏语方言,而很多远方的人群却讲着另外的语言。近一些是藏语里各种方言,远一些是不同的汉语。在我的家乡,人们的确把汉语分为不同种类。前些年,一个老人对我谈起我的爷爷时说,那是个有本事的人,他会讲两种汉语,甘肃的汉语和四川的汉语。除此之外,还有电影和收音机里时时响起的普通话。那时,我们一个小小的村庄里就有着不同程度地"操持"别种语言的人,有他们在,两个或更多只会一种语言的人就可以互相交换货物、交流想法。这些会别种语言的人,往往还能带来远方世界更确实的消息。在我少年时代的乡村生活中,这些会翻译的人形象高大,他们聪明、能干、见多识广。那时,我还没有上学,但我已经有了最初的理想,就是成为一个乡村的口语翻译家。

后来,村子里有了小学校。我开始学习今天用于写作的这种语言。我小小的脑袋里一下塞进来那么多陌生的字、词,还有这些字词陌生的声音。我呆滞的小脑袋整天嗡嗡作响,因为在那里面,吃力的翻译工作时刻在进行。有些字词是可以直译的,比如"鸟",比如"树"。但更多的字与词代表着陌生的事物，比如"飞机"。还有那么多抽象的概念，比如"社会主义"和"共产主义"。在我那建立在上千年狭隘乡村经验的嘉绒语中，根本不可能找到相同或相似的表达，这是我最初操持的母语延续至今的困境。即便这样，我也骄傲地认为自己正在成长为一个可能比以前那些乡村翻译更出色的翻译家。

是的，当我在年轻时代刚刚开始写作的时候，我觉得自己不是在创作，而是在翻译。这使得我的汉语写作，自然有一种翻译腔。我常常会把嘉绒语经验世界中的一些特别感受与表达带到我的汉语写作中。当小说中人物出场、开口说话时，我脑子里首先响起的不是汉语，而是我的母语嘉绒语，我那个叫作嘉绒的部族的语言，然后，我再把这些话译写成汉语。当我倾听故土人物的内心，甚至故乡大地上的一棵树、一丝风，它们还是用古老的嘉绒语发出声音。自然，我又在做着一边翻译一边记录的工作。刚刚从事这种工作的那些年，有时，我会忍不住站到镜子前，看看自己是不是变成了电视剧里那些猥琐的日军翻译官。还好，这种情形并没有出现。我在镜子中表情严肃，目光坚定，有点像一个政治家即将上台发表演讲前的那种模样。

20世纪80年代，我和这一代作家一样，开始了贪婪地阅读，其中绝大多数是翻译文学。从乔叟到爱伦·坡，从托尔斯泰到马尔克斯，从惠特曼到聂鲁达，从庞德到里尔克。一度，他们的经验显得比杜甫和苏东坡还要重要。我们记得那些作家诗人名字的同时，也记下了一些翻译家的名字。他们把整个世界带到了一代不懂外语的中国作家面前，使我们得以从一开始，就以歌德所预言的那种世界文学的标准书写自己的故事与经验。虽然，这些年有一个来自歌德故乡的汉学家总在说，不懂外语的中国作家不可能成为世界文学的一部分并引起了作家的愤怒。但这对我没有影响。因为从我写作的那一天起，我就只想尽力成为一个好作家，而不是某一民族的、某一国度的作家。自然，也没有想过怎样使自己成为一个世界的作家。

中国的新文化运动最具价值的工作之一，就是大规模的翻译。通过翻译新的思想、新的知识、新的表达而全面刷新了中国人的精神世界。甚至汉语这种语言从文言文到白话文的嬗变，新的词汇、新的语法、新的修辞，也是借翻译之功才得以完全。

更早一些，从东汉到唐几百年间持续不断的佛经翻译也极大地改变了汉语的面貌，丰富了汉语的内涵与表达。从新文化运动以来的表达中，中国文化总被描绘成一个封闭的系统。而正是大规模的翻译突破了这个一度高度闭合的系统。今天，随便走进中国任何一家书店、一座图书馆，翻译外来图书之多，也许任何一个国家都难以比肩。翻译图书的数量与在图书总量中的比例，也不妨看成一个国家、一种文化开放程度的可靠指标。

仅就文学来讲，没有翻译，世界文学的版图就难以完善。而中国现当代文学的成就，如果没有翻译的推动，也是根本不能想象的。所以，我对翻译这个事业，以及翻译家这个职业，是信任与尊敬的。

但我又不得不说，这种对翻译的依赖与期许是在阅读各种汉译作品的过程中建立起来的。而今天，我们要做的工作，就是推进汉语文学作品的对外翻译，一种我们已经习惯了的那些翻译的反向翻译，一种文化输出。在中国人看来，这是一件自然而然的事情，是一件向世界敞开、与世界对话的努力，是到一定阶段就必然会发生的。之前，通过持续不断的翻译，我们知道了整个世界；现在，这个翻译要扭转一下方向，把汉语译成各国语言，也要让世界知道中国，了解一点中国的文化、中国的人民、中国的事情、中国人的情感与心思。这是近几年来中国文化走出去的一种努力。这十几年间，我也有少数作品被翻译为十多种语言，在国外发行。我随着这些书出国，而不仅仅是作为一个好奇的游客，这当然是一个令人欣喜的过程。但当最初的兴奋过去，我也感受到中国文学的翻译可能并不像自己最初所期待的那样，一路都是友善的鲜花与掌声。因为有各式各样的汉学，也有各式各样的翻译，这是一个复杂的存在。我的情形更特殊，我还会遇到藏学。我常常遇到这样的情景，说藏学不是汉学，所以用汉语写出的藏族社会，也不是真正的这一民族的文学。记得我第一本书在美国出版时，翻译和出版方都抱着很美好的希望，但书刚上市，就遇到了认为旧时的藏人社会是人间天堂的藏学家。他反对写出这个社会的残酷与蒙昧、人们痛苦的挣扎。这样的人在西方社会很有能量，令翻译和出版方感到担心与忧虑。也是在一个西方国家，我被一个翻译带去参观一座藏传佛教寺院。其实，这位翻译是要带我去看一个关于中国藏区的展览，展览的是青藏高原上比较简陋的乡村学校的照片。那位翻译这么做当然有他的用意。他还特意问我有什么感觉。我问他：这些学校的面貌确实让人感到汗颜，但青藏高原上还有很多像样的学校为何没有展出？另外，这些把寺庙盖到外国来的人，他们统治青藏高原的时候，竟连这样简陋的学校也没办过，那么他们基于什么样的道德感来办这个揭露性的展览？最后，我告诉这位翻译，我今天之所以能从事写作，并因为写下这些文字而来到他的国家，正是我的小村庄开天辟地出现的那所简陋的小学校所赐，让我可以在两种不同语言间不断往返穿梭，重新建设我们精神的世界。那样的小学校培养了我对语言魔力的最初体验，如此这般把它作为一种政治工具，在我看来，不仅不是起码的尊重与理解，更是一种挑衅。

翻译不只是一件匠人般的技术工作，虽然这个工作天然地包含了巨大的技术含量。翻译也跟意识形态、跟文化观念密切相关。而被翻译，其实也是一个被衡量、被挑选的过程。尤其是发生有关中国文学的权衡与挑选时，尤其是有关藏人这个族群的文学表达时，可能也并不完全是基于文学本身的考量。虽然我依然愿意自己的文字可以传播到更远的地方，但同时我也知道，这条道路上我们遭遇的并不都是同情之理解，还会充满艰辛。

我所以这样说，是因为这些年也看到被翻译的诉求在某种程度上可能会影响到中国文学的面貌，可能在某种程度上影响到文学创作的初衷，而去扮演某种角色。翻译成外语的中国文学图景与中国文学本身并不真正吻合。我当然对那些翻译过我作品的朋友充满感激，但我也不打算试图因为应对翻译的挑选而改变自己写作的初心与路径。其实，无论是文学创作还是翻译，都是有关不同文化不同族群不同语言间的相互的理解与沟通，按佛教观点讲，这就是一种巨大的善业。但中国文学在被翻译过程中还得准备好接受种种非文学的挑战与考验。在我的嘉绒母语中，把翻译叫作有两条或两条以上舌头的人，在更遥远的古代，一个把大量佛经翻译为汉语的外国翻译家鸠摩罗什，也说翻译就是用舌头积累功德。今天在中国西北的一个地方，还筑有一个高塔，人们相信，塔下就藏着鸠摩罗什的舌头舍利。

今天，在这个确实存在着不同的意识形态的世界上，一方面我们热切地期待着走向世界，但也要警惕来自外部的意识形态对我们的文学可能造成的伤害。而翻译家们如果能够坚持基于人、基于文学的那些最基本的原则，向世界介绍中国的作家与中国的文学，也会在人类交流史上造成一个巨大的善业。

而在我看来，一个中国作家，也只有书写了真正基于中国人感受的文学，基于汉语这种语言，并对这种语言有所创新、有所丰富、有所发展的文学，才有可能成为真正的世界文学。

（2016年9月9日）

让文化自信之光照亮复兴之路

杜飞进

我们脚下站立的土地，是诞生了古老璀璨而又绵延不绝的华夏文明的中华大地；我们耳畔熟悉的涛声，来自哺育了中华精神的长江黄河。青山行不尽，绿水去何长，神州大地的每一种风物，都雕刻着深深的中国印记，展示着丰富的意蕴。习近平总书记"七一"重要讲话关于"文化自信"的科学论断，犹如一座灯塔，将我们正在致力实现的中华民族伟大复兴事业带入了辽阔的历史视野和深邃的文化情境。

文化自信是中国精神的文化源泉，是社会活动的内在基因

什么是自信？自信，就是一种积极健康的心理状态，一种促成目标达成、理想实现、梦想成真的精神力量，也就是相信自己的力量一往无前、不惧任何困难、不为任何干扰所惑的意志和信念。那么，什么是文化自信呢？在庆祝中国共产党成立95周年大会上的重要讲话中，习近平总书记将坚定文化自信与坚定道路自信、理论自信、制度自信一起作为"不忘初心、继续前进"的重要内容，强调："文化自信，是更基础、更广泛、更深厚的自信。"从习近平总书记所揭示的文化自信与道路自信、理论自信、制度自信之间的内在关系上可以看出，所谓文化自信，就是指人民对民族文化演进的内在指向、文明发展的历史逻辑的深刻认识和坚定信念，它表现为一个国家的人民对自身文化所拥有的自主性和自豪感，是一个民族成熟进步的标志。

文化自信，之所以是更基础、更广泛、更深厚的自信，一是因为文化自信是中国道路必然性与应然性的展现，是道路、理论、制度的文化底蕴之所在，是中国精神、中国价值的文化源泉；二是因为文化自信不仅渗透于道路

自信、理论自信、制度自信之中，而且深入人的一切活动、一切方面，无处不在、无时不存；三是因为文化自信一旦树立起来就具有稳定性和长期性，就成为左右一个人、一个群体甚至一个社会所有活动的内在基因，其影响不仅深刻而且长远。随着中国特色社会主义事业的蓬勃发展，随着中国向世界舞台中心的坚定迈进，文化自信的价值愈益彰显，我们对这种价值的认识也愈益深入。

毛泽东同志说过，清理古代文化的发展过程，剔除其封建性的糟粕，吸收其民主性的精华，是发展民族新文化、提高民族自信心的必要条件。邓小平同志强调，凡是中华儿女，不管穿什么衣服，不管是什么立场，起码都有中华民族的自豪感。党的十八大以来，以习近平同志为核心的党中央围绕文化自信形成了日益成熟的理论表达，把对文化自信的认识提升到了前所未有的高度。习近平总书记指出："一个民族、一个国家，必须知道自己是谁，是从哪里来的，要到哪里去，想明白了、想对了，就要坚定不移朝着目标前进。""在5000多年文明发展中孕育的中华优秀传统文化，在党和人民伟大斗争中孕育的革命文化和社会主义先进文化，积淀着中华民族最深层的精神追求，代表着中华民族独特的精神标识。"这些重要思想，既一脉相承又与时俱进，不断丰富和发展着我们党对文化自信问题的理论认识。

文化自信是民族的独特标识，重视文化自信有历史意义与现实针对性

人们对文化自信的认识与阐释，不仅与中国文化软实力的提升，与中国精神、中国价值的提炼相伴随，而且还具体通过社会主义核心价值观的培育、弘扬和践行来展现。富强、民主、文明、和谐，自由、平等、公正、法治，爱国、敬业、诚信、友善，这12个词24个字作为社会主义核心价值观的基本内涵，不仅传承着中国优秀传统文化的基因，寄托着近代以来中国人民上下求索、历经千辛万苦确立的理想和信念，而且承载着中华民族的复兴梦想和每个中华儿女的美好愿景，正在社会生活的各个方面各个层面落细、落小、落实，激发起全社会的自信、自觉、自立，鲜活而具体地诠释着"文化自信"的巨大力量。

需要指出的是，以习近平同志为核心的党中央之所以如此强调和重视"文化自信"，是有其鲜明的现实针对性和深远的历史意义的。一段时期以来，

"以洋为尊""以洋为美""唯洋是从"的思想在一些人中颇有市场：影视作品从制作之初就瞄准国外某奖项，学术论文甫一落笔就冲着国际某杂志而去，评价人才动辄以国外学历或国外经历为标准，甚至连中小学生的夏令营都以能去国外为荣，而对于我们民族的传统文化、革命文化、社会主义先进文化，则热衷于"去思想化""去价值化""去历史化""去中国化""去主流化"那一套。这虽非主流，却很值得我们深刻反思和高度警惕。

为什么要坚定文化自信？从历史上看，文化是一个民族区别于其他民族的独特标识，是民族生存和发展的重要力量，没有文化自信，也就丢失了民族的根和魂。在绵延不断的5000多年历史中，中华文化历经百家争鸣、两汉经学、魏晋玄学、宋明理学以及清末民初的东西方文化碰撞，形成了独特的义理与结构，创造了无数哲学、伦理学的伟大成果，也经历过无数困境和冲击。中华民族在历史上一次次陷入危机而又能一次次"贞下起元"，最终渡过难关，靠的就是中华文化所塑造的民族性格与民族精神，就是民族文化的强大凝聚力和中华儿女坚定的文化自信。这一点，我们在任何时候任何情况下都不能丢，也丢不起。

从现实来看，我们党已经走过了95年的光辉历程，我国已经从一个积贫积弱的半殖民地半封建国家，发展成为世界第二大经济体的社会主义国家，中国共产党领导下的中国在世界经济和全球治理中的分量迅速上升，正在成为影响世界经济政治版图变化的一个极其重要的因素。如果没有中国共产党人和中国人民的文化自信，这一切都将不可想象。同样，当代中国正经历着历史上最广泛最深刻的社会变革，在统筹推进"五位一体"总体布局和协调推进"四个全面"战略布局之下，在"两个一百年"的宏伟目标面前，我们只有坚定对于在5000多年文明发展中孕育的中华优秀传统文化的自信，坚定对于在党和人民伟大斗争中孕育的革命文化和社会主义先进文化的自信，才能以自己的罗盘定自己的航向、以自己的节奏走自己的道路，迈向民族复兴的美好未来。

培育文化自信，需从宏观、中观和微观三个层面考量

今天，我们正站在新的历史起点上，回首华夏文明的历史，前瞻未来是中华民族伟大复兴的目标；背靠着深厚的历史底蕴，面对着宽阔的世界舞台，我们每一个中华儿女都应该具有清醒的判断和坚定的信心。正如习近平总书记所说:"我们说要坚定中国特色社会主义道路自信、理论自信、制度自信,说到底是要坚定文化自信。文化自信是更基本、更深沉、更持久的力量。"培育和坚定文化自信,要在继承中创造创新、在发展中兼容并蓄,并以这种文化精神来指导新的文化实践。

从宏观层面看,培育和坚定文化自信,需要在中国发展进程和世界发展进程的格局中,把握民族文化独立性和包容性之间的张力——既树立世界性视野,积极借鉴世界各国优秀文明成果,又坚定文化自信、培育文化自觉,呵护中华文明的优秀传统。既要以宽阔的胸怀面对世界文明的多样性、在多元文化的互鉴中博采众长,更要深深植根于本民族文化,认识传统,了解传统,光大传统,维护好我们在世界民族之林中独一无二的文化身份。"我们要保持对自身文化的自信、耐力、定力"与"中国要永远做一个学习大国"是辩证统一的,需要我们在认知和践行文化自信的过程中加以深刻认识、全面把握。

从中观层面看,培育和坚定文化自信,需要正确处理继承和创新的关系,重点做好创造性转化和创新性发展。这要求我们不断增强理论自信和战略定力,构建具有中国风格与时代精神的哲学社会科学学科体系、学术体系、话语体系,加强对中华优秀传统文化的挖掘和阐发,使中华民族最基本的文化基因与当代文化相适应、与现代社会相协调,推动优秀文化的创造性转化、创新性发展,把不仅跨越时空、超越国界,而且富有永恒魅力、具有当代价值的文化精神弘扬开来。

从微观层面看,培育和坚定文化自信,需要以文化自信指导具体的文化实践,彰显出人民群众的主体性。一方面,要把培育社会主义核心价值观作为凝魂聚气、强基固本的基础工程,通过健全行业规章、完善乡规民约、学习道德楷模、传播主流价值等方式,夯实中国特色社会主义的思想道德基础;另一方面,要积极通过文化产品创新、大众文化传播、跨文化交流,把继承优秀传统文化又弘扬时代精神、立足本国又面向世界的当代文化创新成果传播出去,提升中华文化软实力。

20世纪初,正值西学东渐、中西文化激烈碰撞的时代,梁启超先生就主张我们应在中国文化上"站稳脚跟";梁漱溟先生更是直言,"世界未来文化就是中国文化的复兴"。这些充满智慧、富于预见的话语穿越百年时空,至今余音犹响。今天,我们正前所未有地靠近世界舞台中心,前所未有地接近实现中华民族伟大复兴的目标,更应该对我们独特的历史传统、独特的历史命运和这背后博大精深的民族优秀文化满怀信心,对适合我们自身特点的发展道路满怀信心,让文化自信的光芒照亮复兴之路,为实现中华民族伟大复兴中国梦而坚定中国道路、弘扬中国精神、凝聚中国力量。

(2016年9月27日)

在美的意蕴中感知中国
——写意精神作为中国油画内核

徐 里 詹建俊 邵大箴 靳尚谊 薛永年

我们经常讲,艺术只有坚持民族属性,形成了自己的独特语言,才会是世界的。油画作为原生于西方的绘画品种,传播到中国也才刚刚超过一百年,但在这一百年的时间里,中国却培养了一大批优秀的油画家,其创作的油画作品也得到了欧洲艺术同行的赞誉。他们看到了扎根于中国的油画艺术,看到了油画继续发展的可能性和巨大潜力,并为中国油画里的中华传统精神深深折服。在这一百年的时间里,经过徐悲鸿、罗工柳、董希文、林风眠、靳尚谊、詹建俊等几代画家的探索与努力,油画不断与中国水墨画的写意精神发生碰撞和交融,形成了具有中国特色的写意性油画风格,几代画家的精品力作,传达出中国精神和中国气派,体现了我们在世界艺术之林的文化自信。

中国油画的写意化探索

徐里: 油画虽自晚明传入中国,但大规模引进是在20世纪,随着留学海归和西方画家来华,中国油画不仅已经长成大树,并且结出硕果。这数百年的油画史,既是中国人学习西方艺术之长的历史,也是西方油画中国化的历史。油画的中国化,或称民族化,不仅体现了视觉艺术超越时空的特性,更反映出外来艺术在表现中国生活中立足,在接续中国的历史文脉中落地生根。

薛永年: 在清朝,宫廷外籍画家是在皇帝的要求下被动地中国化油画,正面平光而描绘结构质感更为细腻的油画《慧贤皇贵妃像》可以为证。民国时期,秉承五四精神的海归画家,他们在油画创作中注意到油画的民族内容、审美习惯和国情需要,实际上都在不同程度地贯通中西。

重视主观表现的刘海粟,引进西方后期印象派。他在中西的互鉴中,努力建构清代个性派写意画家石涛艺术和后期印象派艺术之间的内在联系。以艺术为情感产物的林风眠,认为西方艺术以模仿自然为中心,倾向于写实,东方艺术以描写想象为主,倾向于写意,西方艺术中常常缺少情绪的表现,东方艺术却往往不能适应表现情绪的需求。所以,他的油画是以西方现代派的形式,表现中国的感情和情绪,在"调和东西"中,体现了中国艺术的写意意识。徐悲鸿则主张引进西方的写实主义,来表现中国的精神,他用西方古典的写实,沟通中国宋画的精于体物,《田横五百士》《徯我后》的取材立意,流露出骨子里的写意精神。

以上几位极具代表性的画家,在油画的创作中,都不同程度地表现了中国的写意精神。所谓写意精神,即"立象以尽意","象"是凭借,"意"为主导,不满足于再现客观,不受具象原形的束缚,而是在想象中发挥创造,不仅意在象中,而且意在象外。这种写意精神,无论是史前商周的彩陶、青铜艺术,汉唐的绘画、雕塑,元明清的文人书画,还是作为非物质文化遗产世代传承的民间美术,自古以来就贯穿在中国传统的艺术门类中。

新中国成立之后,中国油画强化艺术服务时代、服务人民大众的职能,写实主义成为绘画的主流,但同时也从艺术战略上正式提出了油画的民族化问题。创作《开国大典》的董希文,曾明确表示"油画民族化"是他主持的工作室的方向和培养目标,并著文《从中国绘画的表现方法谈到油画中国风》。

徐里: 新时期以来,在对油画历史的反思中,油画民族化的口号一度受到质疑。质疑者说,不应强调民族的个性而忽视对油画语言共性的原原本本地学习与把握。但随着新文人画的出现,随着文艺界对传统的寻根,民族化的写意性问题引起了油画家广泛的重视,意象、意境、写意性、写意精神和写意语言开始被油画家更多地探索和使用。

薛永年: 在中国艺术传统中,写意是一种文化精神,又是一种思维方式,是一种审美诉求,也是一种艺术语言。写实是基础,写意是主导。人物画的写意,往往离不开传神,山水花鸟画的写意,分别表现为造境与写趣。新时期山水花鸟画的发展,对人物画审美功能的重视,也推动了油画写意性的发展。

吴冠中的油画风景,就具有中国式的抒情性,情景交融,意境动人,可以说是具有写意性的,但油画的空间观念、造型语言、色彩语言,都与西方绘画基本无异。这是因为他认为油画的语言已经是世界语,他的追求就是中国的意境同西方视觉语言的结合，用世界语传递中国画家的情怀。

此外也有画家尝试油画语言的写意化，他们在具象作品中，造型力求妙在似与不似之间，造境亦求在虚实有无之间，空间不受焦点透视的束缚，色彩关系的运用也趋于主观化，笔触更有意识地强化书写性，等等。在抽象的、表现的、象征的油画作品中，也在探索写意精神的表现或者写意语言的尝试。

当前的世界艺坛，观念艺术、装置艺术、多媒体艺术的兴起，"艺术终结论"的出现，都把包括油画在内的架上艺术逼到了艺术潮流的边缘。至于国内艺坛，在开放的多元化状态下，为实现民族复兴的伟大中国梦，前所未有地对文化自觉与文化自信的呼唤，对优秀传统文化传承发展的重视，正推动着油画的积极探索，推动各类油画更自觉地传承弘扬民族的写意精神，研究传统的写意语言并促进其在油画创作中实现现代转化。

写实与写意的碰撞和统一

徐里：20世纪50年代，以董希文、罗工柳为代表的画家就提出了油画民族化的课题，在他们的作品里，画家不断地改造着油画的透视关系和空间感，力求加入中国画的传统绘画元素和精神，使画面更具有平面性和装饰性。这一代画家是探索油画写意化最重要的一个群体，从他们的作品里，我们可以进一步去探讨中国油画写实与写意的关系。

邵大箴：董希文、罗工柳等老一辈油画家，将写实与写意两者结合，创造出了具有时代特点和个人色彩的油画艺术语言。在《开国大典》《毛主席在井冈山》《前仆后继》等作品中，宏阔的视野、写意的笔调赋予革命历史主题以崭新的艺术意境，为现实主义美术创作提供了有益的启发。

写实和写意，在当代中国美术史论的表述中往往是两个对立的概念、两种不同的表现方法。一般解释是前者用较为细致的笔法描写客观物象的真实，后者不求工细形似，只求以精妙之笔勾勒景物的神态，抒发作者的感情和表现某种意趣。不过，这种解释偏重于绘画的手法，而写意不仅有手法的层面，更有深刻的精神内容。我国传统绘画从宋代起，大力提倡写意，至元明清时期，写意风气盛行，也是文人画的高峰期。但是写意情怀、写意精神的历史更为悠久，在春秋战国时期的艺术中就有清晰的表现。

写意文人画，实际上是绘画语言的高度自觉，从艺术史衍变这个角度看，中国文人画的出现犹如欧洲印象派摒弃古典油画法则的束缚，走向用绘画语言而不是靠题材来传达思想感情。只是文人画的出现早于印象派几百年，理论根源可以追溯到先秦诸子学说特别是道家的艺术观念，而印象派绘画理论就没有这样深远的哲学美学根基了。

中国绘画的写意观念和表现方法，魏晋时期已见于理论著述，以形写神、形神兼备、气韵生动是写意理论的基础，宋代大力倡导文人写意，旨在强调笔墨所传达的文人修养和作品的精神内涵，反对末流院体画的浅显媚俗。

还有更重要的一点，中国写意艺术更多是写意，意就是意念，就是思想、感情，中国的绘画是和书法结合在一起的，书写性是最能表达感情的。另外，中国的建筑、中国的雕塑、中国的绘画，对中国油画家都有影响，写意就自然而然地成为中国油画的特点。

薛永年：当下在写意油画的探索中，需要注意避免把写意精神与西方的表现主义等同起来。写意精神是一种格调与境界，在写意精神孕育的艺术世界里，物我合一、情景交融、技进乎道，感情经过升华，绝非表现主义的情绪宣发。同时也要避免把写意与写实对立起来，彻底离开了写实因素的支撑，写意也就成了虚幻的空中楼阁。

从语言层面而言，油画语言写意化，虽然已经取得收效，但还有一些难度。怎样摆脱盲目仿效材质工具不同的中国画笔墨样式，怎样不丢掉油画色彩语言的长处，怎样优势互补，打通中国画与油画的语言技巧，而不走徐悲鸿批评的"中西合瓦"之路？关键是要弄懂与写意精神相关的造型观念、空间观念、笔墨设色观念，在工具材料的特性发挥上用心，方可事半而功倍。

美术实践中的中国精神和中国味道

徐里：靳尚谊先生是中国油画的重要实践者和探索者，创作出了一大批能够在历史上留得住的作品，包括《青年歌手》《塔吉克新娘》《晚年黄宾虹》《画僧髡残》，当然还有一大批重要的历史题材作品。从这些画上，可以明显地感受到您关于油画与中国水墨画相融合的探索，特别是20世纪80年代以来，画作无论是表现语言和所传递的精神气质，在写实的基础上，越来越让人读出鲜明的中国精神和中国味道。

靳尚谊：我是年轻时候来不及实践，因为学技巧很困难，到了80年代以后才开始探索，尝试《画家黄永玉》和《青年歌手》的创作。这些作品在油画写实的基础上，吸收了一些壁画的形式。到后来，我开始喜欢水墨画，看到《黄宾虹抉微画册》，一下子发现了黄宾虹的山水画里头有很黑很密的点和线，很丰富，有一种抽象的美在里头。所以我就想把油画和水墨画结合起来，探索一下。我创作了两幅黄宾虹的肖像，第一张就叫《黄宾虹肖像》，第二张是《晚年黄宾虹》。第一张描述的是黄宾虹在野外写生的一个场景，背景是山水。在技法上，人还是有点写意的，背景有点中国山水画的味道，而且把黄宾虹山水的一些用笔给放进去了。

徐里：我看您的这幅作品学习了罗工柳在20世纪60年代创作的《毛主席在井冈山》的画面处理办法。就是把整个色调降下来，再揉进去一些灰色的调子。

靳尚谊：对，罗工柳上井冈山写生，我跟他一块去的。他开始画赣江还挺好，灰调子。一到井冈山就不好办了，因为江西的山是翠绿的，地是土红的，再加上晴天时的蓝天白云，不成调子，画起来很难表现。但是，后来这张画，背景处理得很好，阴天灰调子，山的绿变成灰绿，地变成一种紫灰色，这样整个画面既有阴天的调子，又很接近水墨，颜色没那么刺激了，对比很强。《黄宾虹肖像》这幅画在造型上、用笔上都有黄宾虹作品的味道，再加上这种紫灰的调子，也有一种水墨画的感觉。但是这张画在展出的时候，画面不够强烈，比较弱。所以后来我又画了《晚年黄宾虹》。黄宾虹坐在一把藤椅上，背景就是把他画的山水局部放大。我把黄宾虹山水画里的点和线做了转换，变成一种暖紫灰的颜色，有点抽象。

把水墨画跟油画结合，必须兼顾两者的优点，油画的优点必须保持，中国画的元素和特点也得融进去。后来我想再画一张，这次我选择了画僧髡残。晚年髡残，在山野里坐在一块大石头上，这是全身像，有场景，不过整个画面所呈现出的效果并不是完全的写实。我参考了中国画的结构，还是画阴天，一袭白色的长袍，画僧的感觉就出来了。这几幅作品，从结构用笔、色彩上，都有一些水墨的特点。但毕竟是油画，虽然平面了，层次和厚度都有，尽管有点中国画的结构，但跟中国画的结构不完全一样，它还是合理的，有一定的真实感。

自觉结合与相辅相成

徐里：詹建俊先生在20世纪50年代参加了苏联画家马克西莫夫在中央美术学院举办的培训班，那时的中央美术学院，以董希文为代表的一批人提出了油画民族化的创作方向,您是怎么看待油画的早期传入与中国油画家的探索?

詹建俊: 董希文先生早年跟随常书鸿先生在敦煌长期工作过,那个时期他临摹和学习了大量的敦煌壁画,到中央美术学院之后,我们可以从他的油画作品中看到壁画的影响,包括构图、用色等,很多的创作观念和手法,大量地吸收了中国传统的东西,尤其是代表作《开国大典》,那种平面性的构图以及浓重的色彩,都是受壁画的影响。

油画与中国传统精神的结合,最早应该是一种自觉的行为。20世纪20年代和50年代,中国对西方艺术的接受,是本着洋为中用、丰富民族艺术品类的角度出发的,因此,这两次并没有对中国传统文化的主体形成冲击,相反,是一种相辅相成、互相借鉴的关系。然而,这毕竟是一个新的艺术品种,那个时候的古典写实风格和苏联的写实体系,有的人是接受的,但更多人还是感觉很陌生,出于艺术要为人民服务的宗旨,艺术家开始自觉地把中国传统文化中的许多东西和油画结合起来。另外,就是邵大箴先生所提到的,中国的油画家,尤其是我们这一代和上一代的实践者,所生长的环境、所受到的教育,耳濡目染都是中国的传统文化,传统文化已经渗透到画家的血液里了,所以油画的中国精神特征就不可避免。

可以说,中国油画经历了这一百年,从过去的小树苗成长到了参天大树,已经成为和水墨画相提并论的画种,近些年在承担国家重大历史题材美术工程创作中,也担负了重要使命并取得了好成绩。那么,这一百年来,我们中国油画家所做出的努力和探索,到底有没有得到世界艺术领域的认可呢?我近些年多次访问欧美国家,和当地的艺术家做过很多交流,也参加过在欧洲的一些展览,效果是令人欣慰和振奋的。可以说,中国油画在探索写实与写意的一百年的时间里,成果是得到欧美艺术家的称赞的,中国油画的写意风格让欧美的艺术家看到了写实油画的出路和希望。在某种程度上说,中国油画是中华民族文化自信的最好体现。

(2017年4月14日)

元气淋漓障犹湿

——中国绘画中的美学情怀与现实观照

梁永琳　吴悦石　王明明　张晓凌

中华民族有着独特的文化传统，中国人民有着独特的民族命运，家国一体的情怀，使得中国文化具有特殊的内质，这在中国艺术特别是中国绘画中有着鲜明的表现。人们常讲，学习中国画一定要以传统文化为本，画家的传统文化修养与画面的气质有着密不可分的关系。

中国画植根于中华优秀传统文化

梁永琳：习近平总书记指出："'江山留胜迹，我辈复登临。'伟大的时代呼唤伟大的文学家、艺术家。广大文艺工作者要牢记使命、牢记职责，不忘初心、继续前进，同党和人民一道，努力筑就中华民族伟大复兴时代的文艺高峰！"高峰是目标，而路径何在？今天为了更好地前行，我们需要认清来路。美术天地欧风东渐之后，一代代中国画家都在艰难中寻觅路径，提出各种主张：变法、革命、改良、守旧、调和。在多种声音中，画家黄宾虹强调，中国画家必须深入传统，不可"求脱过早"。最终，他以浑厚华滋的作品向历史交出一份漂亮答卷，引发同道深思。在经历了时代风潮的涤荡之后，当代中国画家也更加关注、思考和反思中国画的传统与继承问题。您如何理解中国画与中华优秀传统文化的关系？

吴悦石：中国画深深植根于传统文化之中，历史悠久，流派众多，技法丰富。它深厚的文化属性主要体现在，见画如见人，观画如观心。它强调人天同参，物我两忘。融结于心，形之于笔，气象超迈，格高品逸为上。作画时能够紧跟时代，成教化，助人伦，至于气使笔运，取象不惑，气韵生动，生机勃发，才能成为鸣于时传于世之名作。

吴昌硕（别号有苦铁、老缶等）题画云："苦铁画气不画形。"何为气，如何画气？其实缶翁非不画形，观其所作俱为形神兼妙，水墨酣畅。然动人之处，却是真气弥漫，天机灿烂，呼之欲出，令人叫绝。缶翁之气即缶翁之人、缶翁之学养。此则缶翁敢直言画气，是胆气豪迈之处，也是百年后尤为后人尊崇之处。吴昌硕青年时入晚清大儒俞樾门下，精研经学、训诂、古文辞，达七年之久。想吴昌硕之学方成就其人，尔后之游学与历练乃成其气，用之于书画遂成一代大家。后之学子不究其由，徒事模拟，舍本逐末，故而难以望其项背。成就大家，谈何容易？

梁永琳：在五千多年的文明历史长河中，中华民族创造了源远流长、博大精深的传统文化，在世界文明史上独树一帜，也形成了自己独特的艺术观。历史上虽有过视绘画为小道、"艺不须过精"之论，但最终绘画传神论确立，绘画"以形媚道""画者，文之极也"观点也获得认同。今天，中国画更成为寻找中华文明路径的一把钥匙，如何保存好这把钥匙，兹事体大，事关家国、事关时代、事关未来。

吴悦石：诚然，前人云："画者诗之余，诗者文之余，文者道之余。"学习中国画应以传统文化为本，躬身耕心，努力不辍。体用之间，反复证道。比如作画时磨墨，非磨墨也，乃磨人也，磨性也，磨心也。懂得千磨万转之境界，才可以渐入佳境，体用之道方能有得。所以中国画之难在务本，学之难亦在务本。"君子务本，本立而道生。"当下常有本末倒置之人，此虽可以速成，但亦可以速灭。此处之成，非成功之成，乃急于求成之成。由此则百病丛生，道路多歧，不一而足。诸多有道之人莫不痛心疾首，世风如此，皆因传统文化缺失之过。

传统文化修养是中国画之根。孔子曰："志于道，据于德，依于仁，游于艺。"倘若我们能据此修为，志存高远，务本厚德，在学习传统文化中深有体悟，如此生生不已，气象自会不同。据此，画可佳，神可聚，气可舒，道可通，何患大家不出？

中国画为表，在形；传统文化为里，在气。修养有了，气质变化，形亦在变，故而说传统文化与中国画乃一体两面。长期修养，由内而外，笃行敏求，融会贯通，通达之际归于一画，此乃一化为万，万归于一，法备气至，敦品润德，即成体用之成。

艺无古今——中国画的传承与发展

梁永琳：谈到中国画发展这一论题时，我们往往会遇到传承与创新的问题，事实上，创新与传承之间是相辅相成、辩证统一的关系。您对于中国画的"创新发展"与"艺无古今"两个论题是怎样理解的？

张晓凌：20世纪初期以来，中国画传承与发展的问题一直是画界聚讼纷纭的焦点。而在实践层面，中国画的发展大致形成了中西融合与借古开今两条路径。尽管中国画家在两者的实践上皆取得了引人瞩目的成绩，但似乎并没有因此而消解问题的症结。相反，随着西方现代性理论的传入，中国画传统与创新的关系问题，愈益加剧了画界的精神纷乱。问题的症结究竟何在？依我看，对于传统中国画艺术精神的误读与曲解，庶几近之。而这种误读与曲解，又与画界疏于对中国画文化哲理渊源的追溯密切相关。

早在南朝时，谢赫即已提出"迹有巧拙，艺无古今"的著名论断。但直至今天，愿意提及这一画学观念的人似乎并不多。人们更多是在西方进化论、现代性话语的影响下，将"革命""创新"奉为中国画的不二追求，画界充满过量的激情，以致中国画的发展日益偏离画学真义。"艺无古今"的内涵大致可以表述为：中国画既是一种讲究传承的艺术，又是一种追求时代精神而不断自我优化的艺术。换言之，中国画不啻为一种打通古今、自洽自足的独特画种。这种特性落实于笔墨语言，就是强调继承与创新的辩证统一。

中国古人在文明萌生之初，即已确立"效天法地"的文化创生传统，先民们一方面在对四时轮转、五行相生相克等现象的观察与诠解中，形成了最初的宇宙观与循环性思维模式；另一方面在"近取诸身，远取诸物"的文化创造中确立了重"法"的精神原型。这两者共同塑造了中国文化既重"法"之传承，又重"法"之创变的精神传统，这也正是"艺无古今"观念的文化思想根源。重"法"的观念强调传统的传承性，这种传承性不但不会随时代的嬗变消磨、淡化，相反，它愈益强化并逐渐形成了传承有序的文化谱系，以至在中国传统文化中形成了画有画谱、拳有拳谱、棋有棋谱这一独特现象。形之于画谱的中国画画法体系，因此成为后世习画者之津逮与法门。

但是，传承性只是中国画艺术精神的一方面，中国画还强调破除"法"障和谱系结构。明末清初画家石涛一方面以"一画"论建构起"法"的本体图式，一方面又强调"无法而法，乃为至法"。他"佛心道骨画黄山""搜尽奇峰打草稿"，笔墨奇肆，意境雄浑，似古人又胜似古人。石涛所谓"笔墨当随时代"的创变性，实乃寓含了变与不变合一的深刻易理观。"笔墨当随时代"论正是对"艺无古今"观的隔世回应。

然而，20世纪初期以来，中国画因受西方文化艺术的冲击和影响，过多地强调"变"与"创新"的一面,疏离乃至摒弃了"不变"与"传承"的一面,并方枘圆凿地将中国画以"艺无古今"为内核的"创新性"比附于西方所谓的"现代性"。人们在热衷于这种比附的时候,恰恰忽略了现代美术史上一个巨大的文化悖论:当西方现代美术从中国古典文人写意画中努力寻绎并发掘"现代性"的时候,现代中国画却以背道而驰的方式接引西方的古典写实主义。在文化、学理的层面上,其偏向性是不言而喻的。比照中西现代美术的发生与发展,所谓古与今、旧与新、传统与现代,从来不是泾渭分明的。

梁永琳: 唐代李邕说:"似我者俗,学我者死。"明末清初的石涛则有"我之为我,自有我在"之语,郑板桥更明确提出"十分学七要抛三,各有灵苗各自探",齐白石也有"学我者生,似我者死"之诫。结合您的艺术创作和美学实践,您怎样理解这些书画家对艺术家主体意识的强调?如何理解、认识中国绘画的发展之路?

王明明: 无论什么时代,中国画的发展必须要在传统脉络之下延续与传承,传统是通往中国画的必经之途。有传统才有根基,在此基础上的传承才有普遍意义,才知道该向哪个方向突破,才能明辨这种突破是否有意义。

李可染所说的"用最大的功力打进(传统)去,用最大的勇气打出来",就是要学习前人的经验,走出自己的路子。艺术创作的最大特点就是一定要有唯一性、原创性,任何一种经验一旦在画史确立,此路便将自动"关门",不再接受同样的"经验",这其实是逼着画家在此脉络下"创新"。换个角度看,这个"机制"是颇有道理的,因为中国画其实就是画家心性的载体,时代不同、学养不同、经历不同、兴趣不同,当然就产生不同的"经验",若按照前人的"经验"去简单描摹,自然就没有存在的价值。借鉴传统最后还是要落实到时代精神及自我境界上。

画家在传统的脉络之下,在中国文化的大背景之下,画出当下真实的心境(我们是"现代人"),便是创新,新的东西经历时间的淘洗若留了下来,便是传统,如此往复。中国画发展两千余年而经久不衰,有如此强大的生命力,是因为其依托中国文化,有强健的"心脏""肌体"及"造血机制"作为保证。中国画有自己独特的表现方式和审美追求,以此制约"气血"在一个无形的"管道"里运行,涵养出一幅幅经典佳构。在传承的基础上创新,是中国画发展的最大特色。

我本人在吸纳传统的同时,也注重吸收现代审美元素,以探索从传统到现代的转型。山水、花鸟、人物,不同的题材、不同的语境,不能用一种技法来表现，笔墨可以千变万化，但要表现的核心是中国的意境。

自信自觉走向世界

梁永琳：无论是用笔的勾皴点染擦，还是笔墨结构、笔墨关系，甚至空间结构上的"以大观小"带来的神思驰骋，章法上的乾旋坤转、收放开合呼应，中国绘画艺术已然形成体系并不断完善，成为中国美学精神的独特表达，可视为中国文化深厚积淀的外化，是画家胸襟怀抱和笔墨精神的对接。怎样理解中国绘画的本土意义与世界价值？

王明明：古人把欣赏绘画放到"悟道"和"天地精神"的层面上去考量。圣人含道映物，"道"是万物之始，是万物的规律。中国绘画不仅是美学的范畴，实质上一直立于哲学和民族文化精神的高度，从谢赫的"明劝戒，著升沉"，到张彦远的"成教化，助人伦"，中国画有着与生俱来的社会担当。中国画承载着中华文化的博大精深，更承载着中华文化的民族自信，作为中华文化的重要载体，是民族文化和民族精神的杰出代言。

未来学家约翰·奈斯比特在《大趋势》中的话或许可以作为提示："大约125年以前，当蒸汽引擎和铁路出现的时刻，有些作家说，我们将变成使用单一语言——英语——的世界。这件事当时没有实现，现在也不会发生……在日常生活中，随着愈来愈互相依赖的全球经济的发展，我认为语言和文化特点的复兴来临。简而言之，瑞典人会更瑞典化，中国人会更中国化，而法国人也会更法国化。"在今天都在热议全球经济一体化和世界文化相互交融的语境中，互相学习和借鉴是必要的，但是我们发现，"中国形象""中国气派"已经逐渐成为现今中国最为重要的词汇，鲜明的民族特色和坚定的文化自信显得更加宝贵。

自信是一个民族的宝贵财富。在人类的文化系统中有众多的分支系统，中国画作为其中极为特殊的体系，值得全世界的学习和尊重。好的艺术是没有国界的，齐白石绘画作品在国外多个博物馆的展出就是一个很好的证明，外国观众为他的艺术而感动，因为齐白石用简明的艺术语言表现了世界人民的所见所感，朴实而亲切地表现了中国画的独特魅力。把中国经典绘画自信自觉地推向世界是我们的重要任务，中国画有着更加广阔的未来。

（2017年5月9日）

旧邦维新的文化自信

王 蒙

文化自信：有底气的文化纲略

党的十八大以来，习近平同志提出了一系列关于文化建设的纲领性、战略性命题，尤其是文化自信的提出，具有极大的重要性与启示性，体现了理论坚定与文化勇气，需要我们更多地学习与探讨、发掘与切磋，需要我们沿着这个思路有所回顾，有所总结，有所分析，有所展开。

毛泽东同志早就提出："随着经济建设的高潮的到来，不可避免地将要出现一个文化建设的高潮。中国人被人认为不文明的时代已经过去了，我们将以一个具有高度文化的民族出现于世界。"邓小平同志也强调：物质文明建设与精神文明建设"两手抓，两手都要硬"。现在，随着中国的经济发展与面貌一新，随着实现中华民族伟大复兴的中国梦日益成为现实，也随着人们的文化饥渴与精神急需，迫切需要中华文化焕发出新的生命力，实现更大的繁荣昌盛、转化发展，实现国家民族人民精神资源的最大化，使我们的文化事业取得与中国的国力、历史与国际地位更相称的创造与成绩。

随着以文化复兴助推民族复兴的方针的确立，以文化支撑国家民族强盛的思想的引领，制度为本、传统为根、价值为魂的逻辑阐述，一系列文化建设的理论与实践课题摆在我们面前。我们越来越体会到经济富裕的可望可攀、国防强大的可喜可期，而文化的昌明进步、成果丰硕、可亲可敬、可感可泣、直达人心，更是令有识之士壮心不已。

中华民族玉汝于成，检验了中华文化的有效性

何谓文化？广义地说，文化就是人化，是人类的创造、经验、成果积累的总和，而非自然原生态。文化说大也大，说小也小，小到看不见摸不着，大到无时无刻、无处不有。人类带来的一切物质与精神成果，都是文化。我们关切的一切，包括科学技术的发展、全面小康的实现、世道人心的优化、产品质量的完美、国际形象的塑造，无不期待着文化的培育与充实。马克思认为文化是"自然的人化"和"人的本质力量对象化"。中国传统的说法是"以文化人"，强调圣人以其先知先觉所言所行教化百姓，为民立极。毛泽东强调的是卑贱者最聪明，高贵者最愚蠢，"人民，只有人民，才是创造世界历史的动力"。

文化的价值在于它的有效性，即一种文化能够吸引凝聚人民，被长期广泛接受，并为接受此种文化的群体与个体提供更好的生活质量、提供更好的人与社会关系、提供人类和平与进步的前景、提供发展的成果与动力；同时又能提供逢凶化吉、遇难成祥的应变、纠错与自我更新能力。中华文化历久弥新，百折不挠，艰难困苦，玉汝于成。珍惜与自信这样一个文化传统，对中国、对世界，对今天与未来都有巨大的意义。

我们说"文化是民族的血脉，是人民的精神家园"，是因为中华文化从思想方法到日常生活，无所不包。同时它的基本精神、基本价值认同与思想方法、生活方式、风度韵味又是相当恒久的，自成体系的，经得起考验的。有过这样的事情，一位中国学者在境外大讲中华文化博大精深，外国听众请他讲讲如何博大精深法，我们的教授则以"因为博大精深所以不可说"而最终没说出所以然。这样的做法恐怕是不行的。因为博大，它有恒久的精神、思路、风度与发展空间。中华文化忠奸分野的观念，德才兼备以德为先的观念，沧桑盛衰聚散有常的观念，得民心得天下的观念，以及善有善报、和为贵、多行不义必自毙的信念等至今活在中国人民的心里。近百年来中国经受了前所未有的历史风雨，终能做出正确抉择，取得一个又一个令世界瞩目的可贵进展，往往是由于中华传统文化在其中起着深层作用。当然，传统文化曾经由于它落后于时代的种种"罪状"拖过前进的后腿，严重地苦恼过我们，最终却证明了它完全可以与时俱进，发展转化，帮助也护佑中华民族知难而进，迎头赶上。

应该看到，古老中华是以文化立国的。可能我们是太认定自己文化的优

胜性了,我们并不过分着眼于族裔之分与强力之用。同时,我们的文化富有此岸性、积极性、精英性、美善性与亲民性,我们追求的是自强不息、厚德载物、经世致用。因此之故,在最危难的际遇下,我们没有失陷于虚无主义、神秘主义、消极颓废、悲观厌世。

中华文化为政以德、修齐治平思想,性善论、天良论、良知良能论思想,形成了一种循环认同,具有从一而定、定之于一、一以贯之的特色。"道之以政,齐之以刑"不若"道之以德,齐之以礼"的思想与"圣人无常心,以百姓之心为心"的思想,使天命、人性、民心、道德、礼义、王道、仁政、世道串联合一,乃是文化立国同时并不否定权与法、兵与政作用的纲领宣示。"修身齐家治国平天下"互为因果的说法,说明中华文化把政治、哲学、道德伦理、终极信仰、唯物与唯心全部打通。个人与群体、家与国、天与人、慎终追远与薪尽火传、自强不息与无可无不可、一的一切与一切的一、变与不变、混沌与清明……所有这些"浑一",精神自足,颠扑不破。

中华文化更是早就认识到了过犹不及,不为已甚,物极必反,否极泰来,飘风不终朝、骤雨不终日的法则,这也正是自信法则,它同时进一步定下了反对极端、分裂、恐怖的中庸理性基调。中华文化一方面强调"杀身成仁""舍生取义""知其不可而为之",同时又强调"以柔克刚""穷则变,变则通,通则久",民间的说法则是"识时务者为俊杰",即是审时度势、灵活应变、善用谋略,给人以足够的适应能力与选择空间。

中华文化的这些基本观念,恰恰就体现了"自信"二字,是对道德与礼法的自信;是对人性、人心、人文、人道的自信;是对天道、天命、天地、民心即天心的自信;也正是古代中华传承至今,饱经风雨雷电,虽乃旧邦、其命维新的自信。自古而今,我们与野蛮自信、愚昧自信、暴力自信、迷信自信、金钱自信、神权自信、种姓自信等进行过斗争,最终,我们选择了文化自信!

中华风度令人迷醉,是我们眷恋的精神家园

中华艺文提倡"道法自然""造化为师""天地有大美而不言",讲究风骨、气韵、境界、器识,并将这些美学原则寄托于生活领域的各个方面。中华文化还得益于汉语汉字的形象性、综合性与浑一性,有它特殊的感染力、表情性与微妙性。中原文化的优胜与各兄弟民族文化的多元,推动中华文化不断

扩容、融合出新、绵延不绝。

中华文化形成了中华风度。"富贵不能淫,贫贱不能移,威武不能屈"的大丈夫气概,"己所不欲,勿施于人"的相处之道,"为天地立心,为生民立命,为往圣继绝学,为万世开太平"的使命担当,高瞻远瞩,凛然大义,塑造了一代代中华民族脊梁。与此同时,中华精英也有自己独特的生活方式,"穷则独善其身,达则兼济天下""邦有道则知,邦无道则愚",动静咸宜,刚柔相济,儒道互补,乐山乐水,阴阳五行,琴棋书画,诗书礼乐,入山出山,方圆内外,大智大勇,素心内敛,进退有道,道通为一。

还有中华诗词、中华书画、中华戏曲、中华故事、中华园林、中华功夫、中华烹调、中华工艺、中华文物……这些祖宗留下的文化瑰宝,乐生惜生,代代相传,共同延续着中华价值观和中华智美,也为当代生活带来快乐、带来趣味。它们是中国人赖以安身立命的氛围与自珍自赏的美好心愿的对象化、具体化,也是中华文化与世界对话的特有媒介。中华文化为世界文化的丰富贡献了重要一极,它的魅力令人迷醉。

有一年笔者在河南开封清明上河园的晚会上,听到合唱曲以辛弃疾的《青玉案·元夕》为歌词:"东风夜放花千树。更吹落,星如雨。宝马雕车香满路。凤箫声动,玉壶光转,一夜鱼龙舞。"在那样的场合,想起历史上有过的繁荣与美好,感动得热泪盈眶。笔者著文称:"哪怕仅仅为了欣赏辛弃疾的诗词,下一辈子,下下辈子,仍然要做中国人。"此话引来不少读者共鸣,说读得涕泪交加,此之谓"精神家园"是也。

反省、革新与开放,正是传统文化生命力所在

"周虽旧邦,其命维新。"这样的诗句端庄诚挚、循旧图新。中华文化是历史悠久的文化,也是饱经忧患的文化。我们经历了辉煌与艰难、停滞与突破、困惑与焦虑、危机与转机、纷纭与沉淀。尤其是中晚清以降,古老的中华遭遇了日新月异的西方工业文明,受到了严重的挑战与欺辱,付出了沉重的代价,也获得了醍醐灌顶的洗礼,终于由中国共产党带领人民找到了快速发展、通向现代化,同时符合国情、维护传统的中国特色社会主义的道路。

是的,中华传统文化也有明显的不足、短板。不管多么好的文化传统,都怕陈陈相因。文化的多重性与复杂性使当下某些文化人对"文化自信"的提法感到困惑。他们非常了解历史上中国文人老生常谈的可悲。"鲁叟谈五

经,白发死章句。问以经济策,茫如坠烟雾。"李白讽刺的读死书无用文人不在少数。"寻章摘句老雕虫……文章何处哭秋风?"李贺也为呆板的学风感到悲哀。原地踏步就必然会出现老化、僵化、酱缸化腐变,早在唐代,天才诗人们已经痛感到这个问题。元明以后,中国势头明显不济。到清代《红楼梦》中记载的荣宁二府的状况,暴露了其时中华主流文化已经捉襟见肘,难以应对多方危难。可以说《红楼梦》正是中华封建社会走向没落、孔孟主流文化出现危机的一个缩影。而到了1840年的鸦片战争,面对列强,中华文化现出了全面深重的焦虑感与危机感。清末民初的文化大家王国维自沉,启蒙思想家严复也终入保皇一党,吸食鸦片而死,显现了文化危机的严重性。除了更新、革命、天翻地覆慨而慷,中华文化几乎已经无路可走,这才有了新文化运动对中华传统文化的反思与批判,与各种境外思潮特别是马克思主义的引进。只有不可救药的糊涂人才会在强调继承弘扬传统的时候反过来否定革命与新文化运动的狂飙突进。

  新中国成立以后,新潮涌动,百废待兴,我们的文化生活仍然经历了曲折与艰难。终于在今天,我们获得了重提文化自信、继承弘扬优秀传统文化、实现转化与发展的空前历史机遇。

  我们背靠的传统,曾经被激烈地批判和反思。那么,我们为什么还要强调以它为基础的文化自信?

  这是因为,我们今天所说的中华传统文化,是一个庞大的体系,既有孔孟提出后被官方提倡的修齐治平、忠勇仁义,也有替天行道、造反有理,"舍得一身剐,敢把皇帝拉下马"的激越拼搏,还有"天之道,损有余而补不足;人之道,损不足以奉有余"的对阶级剥削压迫的指责。而这后者,正是马克思主义能够在中国的山沟里成长壮大起来的理据。

  我们更有新文化运动时以鲁迅为代表的反思批判文化,那是知耻近乎勇的传统,是海纳百川的传统,是苟日新、日日新、又日新的传统。

  也正是五四运动与20世纪中国志士与人民的呼风唤雨、倒海移山,表现了中华文化"喑呜则山岳崩颓,叱咤则风云变色"雷霆万钧的革命性一面,使中华传统文化经受了置之死地而后生的激扬历练,使中华传统文化得以挽救、得以激活。

  还有以井冈山、长征、延安为代表的革命文化传统,也是浸润着中国传统文化发展起来的。毛泽东思想是马克思主义普遍真理与中国革命具体实际结合的产物,这个中国革命的具体实际,就包含着中华传统文化的许多方面。

比如毛泽东提出的为人民服务、实事求是、愚公移山、以少胜多、出奇制胜、统一战线、批评与自我批评、支部建在连上，一直到"深挖洞、广积粮、不称霸"，无不闪耀着传统文化的光辉。

我们还有以邓小平为代表的改革开放、通向社会主义现代化的正在完善成熟起来的传统：面向世界、面向未来、面向现代化，全面准确理解毛泽东思想，实践是检验真理的唯一标准，发展才是硬道理，摸着石头过河，"一国两制"……这些思想都带有中华文化特色的智慧与品质，是将中国带进全新的历史时期的精神指南。

百多年来，尤其是改革开放30多年来，中国各界优秀人士、文化精英与广大民众，前仆后继，以极大的紧迫感奋斗图强，力求补上科学技术、大工业制造、国防自卫、市场经济、民主法制、改革开放的课，追上全面现代化、全面小康、全面富国富民的世界步伐。这种不甘落后的奋斗热潮也使中华传统文化有了勃勃进取的空前扩容和发展创新。

中华文化的生命力不仅在于它的古色古香、奇葩异彩、自成经纬，更在于它生生不息的活力、它的反思能力、它在多灾多难中锻炼出来的应变调适能力、它的见贤思齐见不贤而内自省精神、它的水滴石穿的坚韧性、它的接纳与深思的求变精神，还有它屡败屡战、永不言败、"士不可以不弘毅，任重而道远"精神。

敢于从善如流，敢于走自己的路

有人问，百年来，衣食住行、生产生活、科学技术、名词观念，我们吸取了那么多外来文化，中国人是不是已经"他信"胜过"自信"了呢？

文化不是物资也不是货币，它是智慧更是品质，是精神能力也是精神定力，它不是花一个少一个，而是越用越发达，越用越有生命力，越用越本土化、时代化、大众化。它有坚守的一面，更有学习发展进步的一面，学习是选择、汲取与消化，不是照搬和全盘接受，"学而不思则罔，思而不学则殆"，谁学到手就为谁所用，也就归谁所有，旧有体系就必然随之调整变化，日益得心应手。

文化也不是垄断性山寨性的土特产，它既有地域性，更有超越性与普适性。任何一种文化都无须追求来源的单一、唯一、纯粹。如果用产地定义文化传统与文化内涵，国人吃的小麦、玉米、菠菜、土豆……最初都是舶来品，连中餐都不是绝对的"中"了。再看日本，先学中国，后学欧美，已经大大发展了日本文化。美国更是移民国家，文化土产有限，但绝不能说美国没有自己的文化。他山之石，可以攻玉，古为今用、洋为中用，这样的态度正是中华文化历久不衰的原因所在。

二十世纪七八十年代，当时各社会主义国家都掀起改革浪潮，但是那些了解中国的西方政要和学者，如撒切尔夫人、布热津斯基等，唯独看好中国的改革；未来学家阿尔文·托夫勒更是直言：中国可以实现跨越，"我相信中国正在向着成为21世纪第一流的国家稳步前进"。他们赞赏中国文化独特的包容与应变康复能力。他们从以邓小平为代表的中国领导人身上，看到了坚韧灵活，看到了既独立又开放，善于以退为进、转败为胜。果然，中国的改革开放没有走苏联和东欧国家的亡党亡国之路，没有辜负革命的先辈与国人的希望，也没有辜负国际人士的高看，取得了举世瞩目的成就。我们自己就更没有理由反过来嘲笑我们百余年来东奔西闯、披肝沥胆、改革开放、旧邦维新、发展变化的大手笔了！

文化一经吸收采用，必然与本土文化结合。马克思主义到了中国，发展成为毛泽东思想，邓小平理论，"三个代表"重要思想，科学发展观，习近平治国理政新理念、新思想、新战略，它们当然是中华文化而不可能是什么其他文化。孔子早就明白："三人行，必有我师""十室之邑，必有忠信"，甚至孔子宣告，他与伯夷、叔齐、柳下惠、少连等不同，叫作"我则异于是，无可无不可"，而孟子干脆明确孔子是"集大成"者，是"圣之时者"，说明圣者也要追求现代化、当代化。

我们主张文化自信，不是说只有中华文化是优秀的。《礼记》早就告诉我们："学然后知不足。"《尚书》的说法是："满招损，谦受益，时乃天道。"我们从不认为自身足够完满。我们对全球各国各地的文化必须是"各美其美，美人之美，美美与共，天下大同"。但我们必须重视、珍惜中华文化长久而又丰富的历史存在，重视它为我们当代快速发展所奠定的基础。越是经济全球化，越是西欧、北美取得了人类文化某些优势甚至主流地位，我们越要加倍珍惜自己的文化成果，越要思考为何或异其趣的中华文化对人类发展的参照作用越来越大。我常说，拒绝现代化，就是自绝于地球，而拒绝传统，就是自绝于中华本土、自绝于中国国情、自绝于中国人民、自绝于更有作为的可能。

是传统的复兴，又是全新的开辟

强调文化自信，我们不应忘记，中国目前兴起的"传统文化热"，不是汉唐明清人在讲文化自信，而是21世纪中华人民共和国人民讲文化自信；不是孔孟，也不是秦皇、汉武、康熙、光绪讲文化自信，而是中国共产党人讲文化自信；不是在甲午海战、北洋水师全军覆没或者庚子事变、慈禧太后西逃时的胡言乱语，而是在历尽艰难、中国终于成为世界第二大经济体、成为世界经济发展引擎、致力于全面建成小康社会、提出"一带一路"倡议的新形势下的坚定认知。我们的文化自信，包括了对自己文化更新转化、对外来文化吸收消化的能力，包括了适应全球化大势、进行最佳选择与为我所用、不忘初心又谋求发展的能力。我们的文化传统是活的传统，是与现代世界接轨的传统，是以天下为己任的传统，是历久弥新、不信邪、敢走自己的路的传统。我们绝不妄自尊大，更无须自我较劲、妄自菲薄。

还有一种说法，认为文化是有机整体，所以取其精华去其糟粕是难以做到的。这种说法不无道理，但却过于悲观。毛泽东同志强调对传统文化要剔除其封建性的糟粕，吸收其民主性的精华，习近平同志多次强调传统文化的创造性转化与创新性发展。那么，如何判断传统文化中的精华和糟粕？要点有三：一看是否有利于人的发展、社会的发展；二看是否有利于社会和谐稳定；三看是否符合人类文明共识。例如"二十四孝"，在今天绝对不可以不加区别地宣扬，"埋儿奉母"，发生在今天不是"孝"，而是刑事犯罪。除了这些明显的封建糟粕，还有一些借传统文化热而借尸还魂的落后的习惯和意识，这些都应被我们视为糟粕而加以摒弃。

近百余年来，中国志士仁人无日不在为使传统走出窠臼而苦斗，中国共产党人也一直在探索一条以传统为基石、以中华复兴为目标的道路。"一带一路"倡议的提出，既是传统的复兴，又是全新的开辟。这就叫继承弘扬，同时这就叫创新发展。

文化建设有它的复杂性、细致性与长期性，不能简单化、片面化，更不能急躁突进。现在我们还存在着将传统文化的弘扬形式化、皮毛化、消费化、口号化、表演化、煽情化、卖点化、圈地化、抢滩化的苗头。在文化自信问题上，传统与现代、普及与提高、学习与消化、叹赏与扬弃、继承与发展，须相得益彰、互补互证，不可偏废。我们期待的是更多的针对文化课题的认真分析、讨论、推敲，期待从家庭教育、学校教育、社会教育等各个方面入手，把文化自信与提高我们的文化学养结合起来。

　　我希望当今有识之士共议文化，弄清中华传统文化世界观、人生观、价值观的基本思路与基本取向，弄通中华智慧与中华谋略的特色，打通传统文化与五四新文化，与马克思主义、毛泽东思想、邓小平理论、"三个代表"重要思想、科学发展观、习近平治国理政思想的关系，还要结合实际工作，结合教育事业，更上一层楼，提升我们的文化事业与文化生活水准，提升我们的理论思考分析辨别能力，使我们的文化生产、文化消费、文化积淀、文化品格、文化精神不但得到推动与鼓舞，更得到丰富与提升，从而让我们文质彬彬，从容自信！

（2017年8月15日）

求真　求是　求正
——寄语中华文化之学

饶宗颐

最近有年轻朋友，不嫌我老朽，一定要我讲几段我自己的学术思想。我一向觉得自己渺小，学问亦不专精，可谓"无家可归"，现在的这些礼遇，实在愧不敢当。终因未能推辞，只好拉扯略谈两三点，命门人郑君炜明代为整理成文，以表达一下愚见，岂敢以为必是？

有客问有关近年国学的热潮好不好这一问题。我说当然好，提倡国学或多或少会带起学习中华传统文化的风气，那么大家就必须读几本书，这当然好，起码比不读书好。我一向提倡的理想是全民多读书，多学文化特别是中华传统文化。我相信一个国家、一个民族全民读书越多，越对世界各种文明有兴趣，越对自己的历史和文化有准确的认识，有理性的自信心，这个国家就会越加富强，这个民族就会更加优秀，这样才是真正的中华文化复兴。

现在国学潮流的问题是人为的问题，我简单提两点意见。一、部分传播国学的人本身的问题，以偏概全，明明只懂一点易学，却把易学无限扩大成国学的代名词；又或只懂一点宋明理学，就把理学放大至俨然已成国学的全部，这样下去很不妥。推广国学，不能偏颇，不应哗众取宠。二、讲国学，不能只讲思想，经史子集四部未可偏废。我从学生提供给我看的资料中，发现现在不少讲国学的朋友，实际只偏重古代某一小部分的思想而已，而且还不是按严谨的思想史来讲，颇有些随心所欲，游谈无根，按一己主观意思无限发挥，殊不笃实。

我个人对国学作为一门学科，有一点提议，咱们不能垄断这个词，每个国家都有自己的国学，我们在中国可以自称为国学，但长远考虑也许叫华学更佳。华学者，中华文化之学也。中华文化早已全球化了，宋以后开始中华民族移居海外的人极多，现在世界各地都有华侨。请问要研究华侨史、华侨文化的话，算是外国史还是中国史？可以纳入国学范畴吗？华学的话就没有疑义了。这个观点，我20世纪90年代初已见诸文字，也不是我首创的。

关于新经学，我在北京大学百年纪念论坛上演讲时已提出，当时老朋友季老（季羡林）还在，一起交流得很好。该文也早在20世纪初就发表过了，大家可去找来一读，便知我本就并无任何迎合潮流的动机。当时文章中已说到我国需要新经学，这与期待中的文艺复兴息息相关。我的新经学其实内涵更近于中国的古典学这一概念，指的是对中华文化中的经典著作的研究和提倡。我更建议我们应该议定一批涵盖儒释道三家的经典著作，所以道家的《老子》是经典，释家的《坛经》当然也是我国优秀传统文化中的经典；同时新经学中的经典范围，更应该是涵盖四部，文史哲艺不分家；现在想来，甚至还可以扩大至中华民族大家庭中的各民族，如可考虑把一些兄弟民族的经典列为中华民族的经典之一，也可酌量兼顾新文化运动以来的一些经典。这个工作是我国迎接真正的文艺复兴所必须认真做而且必须做好的。对此，我有非常固执的愿望和期待。每个国家都应该有自己的经典，由学术界议定，然后重点研究和提倡推广这些经典，从而重塑中华民族的优秀文化传统，我以为这是中华民族团结进步的当代经世大业。

最后略谈研究方法。王国维先生有二重证据法，大意指以传世材料结合地下出土材料，以考证上古史实。我从1982年起，即已提出三重证据法，特将王先生二重中的地下出土材料分成甲骨和不带刻文的文物两种。后更吸收了杨向奎先生和门人郑君炜明的意见，发展成五重证据法。简单说是分为甲：直接证据1.实物（考古学资料）；2.出土文献中带刻文的如甲骨、金文、简帛文献、碑记文献材料等；3.传世文献，如历代经典材料等。乙：间接证据4.民族学、人类学资料；5.异邦同期应予以比较的古史资料。最初我只以此方法研究夏代或我国上古史地，现在想来，或可扩充至研究文史各领域。至于上面提及的传统国学研究方法，其实是大多数当代国学者现都忽略了的乾嘉朴学方法。我国在学术史上早已形成了一套行之有效、持之以恒的国学研究方法：辨伪、辑佚、目录、版本、校勘、训诂（文字、音韵）、考据、笺释等学。这些传统小学的研究方法，我看非常科学合乎学术原理，绝不可丢弃，只有老老实实经过这些貌似枯燥的程序性工作，得出来的理和论，才会让人感到踏实，才会有真正价值，才会有说服力。现在太多说法，其实形同虚设；把经典古籍束之高阁，不用踏实的研究方法，只顾一知半解地奢谈义理，无限自由发挥，岂是治国学之道？

好了，讲了很多了。这是个提倡务实的好时代，国学也好，华学也好，生逢其时,真正是有机遇也有挑战,成败都在我们如何处理。我老了,已无能为力了,但还是顽固地坚持不能放弃传统而较踏实的研究方法。看似很不时髦,但做学问就是求真、求是和求正,做人也是这样。时髦,会过时的。

(2017 年 8 月 16 日)

高举旗帜　砥砺前行
创造中国特色社会主义文艺新篇章

铁　凝

党的十八大以来的五年，是中国文艺高举旗帜、砥砺前行的五年，在习近平文艺思想指引下，中国特色社会主义文艺迎来了天高地阔的新的发展阶段。五年来，党和国家高度重视文学艺术事业的发展。2014年10月，习近平总书记主持召开文艺工作座谈会并发表重要讲话，提出了一系列新思想、新观点、新论断、新要求，在新的历史起点上指明了中国文艺的前进方向。2015年9月，中共中央政治局审议通过《关于繁荣发展社会主义文艺的意见》。2016年11月，习近平总书记在中国文联十大、中国作协九大开幕式上发表重要讲话。习近平总书记关于文艺的两篇重要讲话，是新形势下指导文艺工作和文化建设的纲领性文献，科学总结了我们党领导文艺的历史经验和实践探索，雄辩有力地提出和解答了中国文艺面临的一系列具有新的历史特点的根本命题，是马克思主义文艺观中国化的重大创新发展。

五年中，中国文联、中国作协把学习贯彻习近平总书记系列重要讲话精神作为推动中国文艺发展的根本动力，积极组织广大文艺工作者深入学习习近平文艺思想，认真贯彻落实中央《关于繁荣发展社会主义文艺的意见》以及一系列重要部署，文艺界的精神面貌焕然一新，文艺在"五位一体"战略布局中发挥了重要的作用——广大作家艺术家以崇高的使命感深入生活、扎根人民、潜心创造、精益求精，文艺作品主旋律高昂、正能量充沛，精品佳作不断地涌现；文艺评论激浊扬清，更加有效地引导创作、引领风尚。勃郁着中国精神、独具中国风格的中国文艺正在中华民族伟大复兴的征程上焕发着更加明亮的光芒，也为人类的文明进步贡献着想象力和创造力。

总结五年来文学艺术的发展成就，我们可以从纷繁灿烂的文艺景观中，得出新的历史阶段关于中国特色社会主义文艺繁荣发展的几点根本认识。

繁荣发展中国特色社会主义文艺必须牢记文艺的神圣使命和光荣责任

习近平总书记在文艺工作座谈会上的讲话和在中国文联十大、中国作协九大开幕式上的讲话都开宗明义地指出："文艺事业是党和人民的重要事业，文艺战线是党和人民的重要战线。"这是我们党对中国特色社会主义文艺地位和作用的根本判断，在全面建成小康社会决胜阶段，这一判断具有很强的现实和历史针对性。中国广大文艺工作者都从这一判断中体会到庄严的使命和责任：文艺绝不能沦为单纯的娱乐和消费，更不能自甘为封闭的私人经验和"为艺术而艺术"的游戏，文艺不仅在时代和历史中获得内容和形式，更是创造历史的伟大斗争中的一种能动性力量。习近平总书记有力地指明了中国文艺当下所处的历史方位："今天，我们比历史上任何时期都更接近中华民族伟大复兴的目标。"中国正在满怀自信、更加有力地承担起世界性责任，具有悠久文明和深厚传统的中华民族正在为人类命运共同体贡献更大的智慧、开辟新的可能性。与此同时，在全球化背景下，世界范围内文化碰撞交融的加剧，构成了对每个民族、每个国家的艰巨考验，这种考验有时甚至关系存亡绝续。一个文化上孱弱的民族不可能屹立于世界民族之林，一个缺乏文化认同的国家在全球化的世界中必然陷入混乱和衰败。越是全球化，越要坚守民族文化的根性和本位，越要坚持民族文化的自觉和自信，越要捍卫民族精神的团结和强健——这是时代和历史赋予中国文艺的重大使命和责任。

在新的历史起点上，严肃地确认文艺与中华民族伟大复兴事业的根本联系，这也是重申中国现代文艺的"初心"。以文学为例，100年前，在风雨如磐、艰难困苦中诞生了新文学，这是一次巨大的文化变革，推动这一变革的根本力量正是国家民族的命运。新文学运动的先驱者们感时忧国，他们形成了坚强的共识——要救中国、要为中国寻求复兴的道路，必须从国民的灵魂开始，五四新文学和新文化由此成为民族精神的引擎。100年过去，换了人间，毋庸讳言，在和平繁盛的日常生活中，在市场经济环境下，文艺与国家民族历史的深刻联系有时会被有意无意地忘却。正是在这种情况下，习近平总书记旗帜鲜明地提出，实现中华民族伟大复兴的事业，"文艺的作用不可替代，文艺工作者大有可为"。这有力地激励着广大文艺工作者重新体认自己工作的意义，重新确认自己承担的神圣使命和光荣责任，不忘初心，继续前进。

繁荣发展中国特色社会主义文艺必须坚持以人民为中心的创作导向

对人民的信念是历史唯物主义的根本道理,为人民服务、以人民为中心,是中国革命文艺和社会主义文艺的根本性质所在。五年来,中国广大文艺工作者对这个根本道理和根本性质的认识更加准确、更加深入,对人民在理性上和情感上有了更加深切的认同。曾经有人问,我自己不就是人民吗?这样问的人应该重温人民英雄纪念碑的碑文,什么是人民。人民是1840年以来中华民族伟大复兴事业中形成的历史主体,更是在中国共产党领导下的革命、建设和改革中的历史主体,其中包含着亿万中国人在前赴后继的伟大历史斗争中选择的方向、凝成的共同意志和情感,汇聚着一代又一代中国人共同的理想、生活、创造和奋斗。"人民"不是抽象的符号,其生生不息的力量,就在于它既有宏大的整体性,又有着最充实的具体性,我们从一个一个活生生的、有血有肉的人的喜怒哀乐中感受着人民的整体性脉动,又从人民创造历史的伟大实践的整体性出发去认识每一个活生生的、有血有肉的人。文学艺术正是由此获得不竭的源泉,由此形成世界观和方法论。只有像习近平总书记反复强调的作家要深入生活、扎根人民那样,我们才能深刻地体会我是谁、为了谁,才能真正解决为谁创作和怎样创作的问题。

五年中,中国文联、中国作协带领广大作家艺术家持续开展深入生活、扎根人民主题实践活动。中国文联成立了中国文艺志愿者协会等专门机构,2600多人次参加了"送欢乐下基层"等文艺志愿服务。中国作协组织和鼓励作家进行一系列主题采访,走向广阔的天地,感受时代脉搏,先后在西吉、庆阳、西沙群岛等地举办"文学照亮生活"全民公益大讲堂。在这些活动中,我们经受着精神的洗礼,就像习近平总书记所说的,不仅是"身入",更是"心入""情入"。我曾听到一位歌唱家动情地谈到,她住到了当地老乡家里,深切感受到自己与乡亲之间的真挚情谊;我曾读到一位作家的文字,他说,"是的,人民,我一边写作,一边在寻找和赞美这个久违的词。就是这个词,让我重新做人,长出了新的筋骨和关节"。深入生活、扎根人民已经成为广大作家艺术家的自觉追求,对文学艺术来说,这不是外在要求,而是内在动力,是我们认识时代、认识自我的根本途径。五年来,中国文艺表现现实生活的能力不断提高,涌现了一大批具有强劲现实主义力量的优秀作品,在时代的波澜壮阔、人民的喜怒哀乐中呈现中国故事的斑斓画卷。中国的作家艺术家正在人民创造未来的奋斗中实现艺术的创造和发展。

繁荣发展中国特色社会主义文艺必须坚定文化自信、弘扬中国精神

文化自信是信念、情感，是磅礴的力量，是对过去的认同更是对未来的承担。习近平总书记指出，"党的十八大以来，在新中国成立特别是改革开放以来我国发展取得的重大成就基础上，党和国家事业发生历史性变革，我国发展站到了新的历史起点上，中国特色社会主义进入了新的发展阶段。中国特色社会主义不断取得的重大成就，意味着近代以来久经磨难的中华民族实现了从站起来、富起来到强起来的历史性飞跃，意味着社会主义在中国焕发出强大生机活力并不断开辟发展新境界，意味着中国特色社会主义拓展了发展中国家走向现代化的途径，为解决人类问题贡献了中国智慧、提供了中国方案。"五年来，中国广大作家艺术家深切感受着正在发生的历史性飞跃，生活和时代是最好的老师，它最深刻地引领着我们，使我们对中国伟大文化传统满怀自信，对祖国所走过的道路满怀自信，对未来满怀自信，中国文艺正在进入一个新境界：背靠着强大的祖国，我们正在这个世界上讲述中国故事，弘扬中国精神，越来越深入地参与着世界文学的建构。

仅仅30年前，中国作家还曾经为"走向世界"而焦虑。那时候，"世界"仿佛在我们之外，在遥不可及的远方，必须奋力跋涉才能走过去。但今天，一切都不同了，作家艺术家们从中国特色社会主义的伟大实践中，从祖国和人民的迅猛前进中获得力量、获得新的视野，更加自信从容。曹文轩在获得国际安徒生奖后说："我讲了一个个地地道道的中国故事，但同时也是属于全人类的故事。中国作家必须坚定地立足于自己的这块土地。这个国家、这个民族向你提供了这个世界上唯一的丰富的写作资源，这个资源大概是任何国家和任何民族不具备的。在你讲中国故事的时候，你必须站在全人类的高度去思考人类存在的基本状态。"对当今中国的作家艺术家来说，世界在远方，世界更在脚下。

越是中国的，也就越是世界的。在新的历史起点上，坚定文化自信、坚守中国文化本根、弘扬中国精神、培育社会主义核心价值观，是中国文艺的灵魂所在。在世界的风云激荡中，文学艺术承担着培育和维护中华民族的精神纽带、强化中华民族最根本的精神认同的神圣责任。千百年来，在那些壮丽的诗篇、优美的绘画、深沉的音乐中，我们深切地意识到这就是"吾土吾民"，我们每个人都属于一个血脉相连的伟大共同体。这种"共同"是理性的，更是情感的——我们共同的价值观，我们共同的伦理世界、生活理想和美学

风范,我们的前人创造的历史和我们共同开辟的未来。正是在这个意义上,"宅兹中国"说的不仅是我们的生息所在,更是我们的精神所归;也正是在这个意义上,文学艺术是国家民族凝聚力的基本要素之一,它把我们从根本上连接起来、团结起来。五年来,许多表现爱国主义、英雄主义的文艺作品收获了热烈反响,这传达的是时代的召唤、人民的期盼。高举民族精神和时代精神的火炬,闪亮共同理想和信念的坐标,中国的文学艺术必将在中华民族的精神生活中发挥更大的作用。

繁荣发展中国特色社会主义文艺必须落实为持续不断、苦心孤诣的创造

创造是作家艺术家的神圣天职,是时代和人民对我们的热切期待和郑重嘱托,是我们所从事的事业中最为明亮、也最具魅力的核心。创造,首先是价值观的选择和坚守,像雕塑家一样,以高于生活的标准提炼生活,让广大而纷杂的生活在社会主义核心价值观的烛照下塑形,呈现出它的真、它的善、它的美。由此,我们把深藏在心中的梦想变成所有人的梦想,把我们的文化和生活中最珍贵、最根本的价值跨越时空、超越国界带到广大的人群中去。创造,也是对技艺的不断锤炼,是不懈的创新。毫无疑问,创造是艰苦的,日复一日的劳作、永不停歇的难度训练,忍耐着乏味的、疲倦的、自我怀疑的时光。但这一切都是值得的,是为了迎来被创造之光照亮的那一刻,是为了在创造中获得艺术和精神上的新生。

五年来,许许多多的作家艺术家坚守着艺术理想,抵抗着市场的诱惑,把社会价值和社会效益放在首位,把对民族精神和中国文化的责任放在首位,创造出一大批人民群众喜闻乐见的精品力作。只要我们力戒浮躁,一直坚持着,持续不断地、不知疲倦地创造,永远坚信最好的作品即将被创造出来,永远坚信创造对于此时和未来、对于民族和历史、对于世界和人类的意义,中国文艺必将迎来气象万千、群峰耸峙的壮丽境界。

繁荣发展中国特色社会主义文艺必须加强党对文艺工作的领导

党的领导是中国文艺繁荣发展的根本保障,五年来,中国文艺取得的辉煌成就离不开以习近平同志为核心的党中央的亲切关怀、坚强领导,离不开各级党委政府的大力支持。习近平总书记强调,加强和改进党对文艺工作的领导，要把握住两条：一是要紧紧依靠广大文艺工作者；二是要尊重和遵循文艺规律。这是党领导文艺工作丰富经验的科学总结，是对文艺组织工作的严肃要求。中国文联和中国作协是全国文艺工作者的温馨家园，是党和政府联系文艺工作者的桥梁纽带，是繁荣发展社会主义文艺事业的重要力量。

如今，站在新的历史起点上，文联、作协责任重大，我们要紧紧围绕党和国家工作大局，围绕中央全面深化改革总体部署，认真落实《中共中央关于繁荣发展社会主义文艺的意见》《中共中央关于加强和改进党的群团工作的意见》的要求，不断深化文联、作协的改革，加强政治引领，发挥在行业建设中的主导作用，转变职能，优化结构，创新组织机制，延伸联系手臂，工作向基层倾斜，服务向最广大的文艺工作者拓展，强化对新文艺组织、新文艺群体的团结引导，把千千万万的文艺从业者、爱好者凝聚起来，真正达到中央对群团工作"政治性、先进性、群众性"的要求，真正做到"哪里有文艺工作者，文联、作协的工作就要做到哪里"，最广泛地激发人民群众中蕴藏的创作能量。文艺理论评论工作是文联作协引导创作、引领风尚的重要途径，要采取多种措施，进一步强化批评功能，营造和维护说真话、讲道理的批评氛围，推动中国特色社会主义文艺事业持续繁荣发展。

风云际会，繁花似锦。五年来的实践有力地证明，高举中国特色社会主义伟大旗帜，坚持中国特色社会主义文艺道路和方向，是中国文艺繁荣发展的根本保证。砥砺奋进，前路可期，让我们紧密团结在以习近平同志为核心的党中央周围，在习近平文艺思想的指引下，共同创造中国特色社会主义文艺新的辉煌篇章，共同迎接中华民族伟大复兴征程上恢宏壮丽的新时代。

（2017年9月8日）

开辟新时代文艺之路

张 江

在党的第十九次全国代表大会上，习近平同志庄严宣告："中国特色社会主义进入了新时代。"在这个新时代里，党领导亿万人民创造了惊天动地的伟业，涌现了万万千千令人敬仰的英雄，诞生了无数可歌可泣的故事，一首首前无古人的史诗让历史从这里重新开始，让文艺由此而兴盛。960多万平方公里广袤土地上的崭新风景，5000多年中华民族漫长奋斗积累的文化养分，13亿多中国人聚合的磅礴之力，为当今文艺发展提供了无比广阔的舞台。面对伟大的新时代，文艺何为，路在何方，如何为时代前进吹响更加嘹亮的号角，如何为人民书写更加壮美的篇章，这是当代中国文艺必须回答的重大课题。

伟大时代成就伟大文艺

文艺是时代的产物。时代赋予文艺以生命，文艺因应时代而繁荣。中国历史上，汉有文景之治，国力强盛，散体大赋，义丰文繁；唐有贞观之治，国运昌盛，律诗歌行，气象万千；清有康乾盛世，市井繁华，戏曲小说，沾溉绵延。当然，文艺自有其衍生发展规律，但是，作为社会生活的反映，其规律生成和作用发挥，皆为时代所然。无论何种文艺门类，无论何等文艺天才，其消长沉浮，非取决于人的主观意愿，而取决于时代客观选择，取决于时代政治、经济、文化发展的需求。顺时代者，从无到有，由弱至强；逆时代者，从强至弱，由生而亡。正所谓"文变染乎世情，兴废系乎时序"，时代决定文艺之命运。

当今时代，因为中国共产党领导和全体人民艰苦奋斗，中华民族面貌发生了前所未有的变化，中华民族正以崭新的姿态屹立于世界的东方，久经磨难的中华民族实现了从站起来、富起来到强起来的伟大飞跃。当今中国，全体中华儿女勠力同心，团结一致，不断创造美好生活，逐步实现共同富裕，成为时代主旋律；全面建设社会主义现代化强国，夺取中国特色社会主义的伟大胜利，实现中华民族伟大复兴的中国梦，成为时代最强音；社会主义中国日益走近世界舞台中央，为人类做出更大贡献，成为时代的壮丽风景。正如习近平同志所指出的那样："今天，我们比历史上任何时期都更接近中华民族伟大复兴的目标，比历史上任何时期都更有信心、有能力实现这个目标。"如此伟大的时代，精彩绝伦的故事、气贯长虹的豪情，为文艺的创造发展提供了取之不尽、用之不竭的源泉，为文艺由高原向高峰迈进提供了绝无仅有的机遇。国运兴，文艺兴；民族强，文艺强。投身于时代，为时代放歌，把创作使命落实在改革开放的恢宏大业，倾情中国史诗，书写复兴华章，铸造黄钟大吕，是新时代文艺发展的必由之路。游离于时代，把写作归置于自我宣泄，沉浸于孤芳自赏，顾影自怜；鼓吹私人话语，欲望当道，自恋自虐；崇尚零度写作，实录放浪形骸，追逐一地鸡毛，凡此种种，乃文艺之歧途，必将为时代所抛弃。

文艺家本是时代骄子，是时代风气的先觉者、先行者、先倡者。发时代之先声、开社会之先风、启智慧之先河，推动时代变迁和社会变革，是文艺的使命和荣耀，是文艺家的担当和价值。有了这样的责任担当，带着使命前行，文艺家才能跳出方寸天地，告别狭仄浅薄，远离轻佻浮华，进而创作出格局开阔、气象宏伟、深刻隽永的优秀作品。为文从艺作为思想性活动，固然要镌刻鲜明的个人风格，但是，放在历史变迁的长河中考量，所谓风格、所谓个性，本质乃为时代之光的投射，而非纯粹的私人创造。在时代进步的宏伟蓝图中，文艺家应当找准坐标，明晰使命，以马克思主义为指导，坚守中华文化立场，立足当代中国现实，结合时代条件变化，发展面向现代化、面向世界、面向未来的，民族的科学的大众的社会主义文艺，在实践创造中进行文艺创造，在社会变革中推动文艺变革，在历史进步中实现文艺进步，在民族复兴中铸就文艺复兴，书写无愧于伟大时代的华美篇章。

以习近平文艺思想为引领

大道行，文艺兴。习近平文艺思想就是新时代文艺发展之大道。以这个思想为引领，我们的文艺就有了方向，有了主题，有了动力。

"以人民为中心",是新时代文艺发展的方向。文艺从来就是人民意愿和梦想的表达。文艺的根基在人民,文艺的源泉在人民,文艺的前途在人民。文艺为人民服务,说到底就是要以人民为中心,为人民书写,为人民感怀,为人民呐喊。阅尽中国文学史,凡能写出传世之作的优秀文士,从屈原到杜甫,从司马迁到关汉卿,从曹雪芹到鲁迅,他们的传世佳作无一不是人民生活的真实表达、人民情感的真情吟唱、人民意愿的真切诉求。只有顺应人民意愿、体察人民关切,与人民同呼吸、共命运、心连心,以优秀的作品给人以温暖和力量、慰藉和鼓舞,文艺之树才会蓬勃葳蕤。反之,就一定凋零枯萎。新时代的文艺家应该自觉地把人民当作衣食父母,真挚、彻底、持久地热爱人民、感恩人民、敬畏人民,让自己的心永远随着人民的心而跳动,欢乐着人民的欢乐,忧患着人民的忧患,把人民的冷暖和幸福倾注于笔端,以强烈的现实主义精神和浪漫主义情怀,忠实地为人民代言,自觉地为人民书写。

　　"弘扬中国精神",是新时代文艺的主题。中国精神深深熔铸于我们的民族意识、民族品格、民族气质之中,熔铸于我们的民族生命力、凝聚力、创造力之中,是锻造中国力量的思想之基、情感之源、信念之本,是中国文艺的灵魂。当代中国文艺家应该讲品位、讲格调、讲责任,而非热衷于"去思想化""去价值化""去历史化""去中国化""去主流化",更非热衷于"聚焦"社会之阴暗,"曝光"人性之险恶,"展示"文化之糟粕,"以洋为尊""以洋为美""唯洋是从"。要把弘扬中国精神作为毕生创作之主题,适应人民群众精神文化生活的需要,坚定不移地用中国人的思想、情感、审美,创作具有鲜明中国特色、中国风格、中国气派的优秀作品,不断充实、丰富、发展中国精神,高扬信仰之美、崇高之美、道德之美,引导人们树立正确的世界观、历史观、民族观、国家观、文化观,激励全国各族人民朝气蓬勃地迈向光明的未来。

　　"创造性转化,创新性发展",是新时代文艺发展的动力。世界每时每刻都在发生变化,中国也每时每刻都在发生变化。文艺发展必须跟上时代步伐,不断推进理论创新、内容创新、形式创新,从根本上提升文艺的原创力。创造和创新从来就是中国文学的优秀传统。一部中国文学史就是一部文学形式的创新史。由唐诗而宋词,由宋词而元曲,由元曲而小说,皆为时代变化所生。"五四"以后的新文艺,更因时代之剧烈变迁而勃兴,由此才有白话文学以至革命文学之浩浩荡荡。所谓创造性转化,就是立足于中国优秀文化传统,古为今用,推陈出新;所谓创新性发展,就是以我们的时代、我们的生活、我们的故事为基准,写出日新月异的中国变化。创造和创新不能为艺术而艺术,为形式而形式,执着于异奇怪诞,热衷于移花接木,甚至强用别国话语曲解中国图景。

道者文之根本,文者道之枝叶。自觉以习近平文艺思想为指导,持大道,守正道,以如椽之笔描绘当代中国的奋进风姿,激荡中国人民的美好心灵,构筑中华民族伟大复兴的精神家园,新时代的中国文艺之树必将枝繁叶茂,花团锦簇。

谱写新时代复兴史诗

史诗者,时代之巨著也。古往今来,一切有志气的文艺家都以书写传世之作为毕生追求。新时代呼唤史诗,人民期待史诗。而史诗之所成,绝非文艺家一己之功,也非文艺家闭门索居、冥思苦想之能成。史诗由时代造就,史诗来源于生活。谱写新时代的复兴史诗,就是要以党领导人民取得的改革开放和社会主义现代化建设辉煌成就为蓝本,写出成就之壮美,唱出人民之伟大。党的十八大以来,以习近平同志为核心的党中央,以巨大的政治勇气和强烈的责任担当,解决了许多长期想解决而没有解决的难题,办成了许多过去想办而没有办成的大事。今日之神州,高速铁路通达四方,宏伟桥梁飞架南北,高速公路密如蛛网;"天宫""蛟龙"奔月探海,"天眼""悟空"傲视宇宙,"墨子""北斗"横空而行。这些彰显中国由富到强的人间奇迹,理应成为中国文艺创作的中心题材,成为中国文艺家无比丰富的灵感源泉。

但是,面对彪炳史册的伟大成就,中国文艺尚未产生与此相称的伟大作品。有数量缺质量,有高原缺高峰,是当前文艺发展格局中很难令人满意的现象。产生这个问题的根本原因是许多文艺家脱离时代、脱离生活,对改革开放和现代化建设的伟大成就,缺乏全面深刻的认知与体悟。有的对人民的创造无兴趣、无感情、无观照,逡巡于时代主流之外,蜷缩于历史角落之中,兜售宫闱权术,托举才子佳人,以帝王将相遮蔽人民大众;有的躲在象牙塔内,囿于方寸天地,雕琢一己小我,咀嚼个体悲欢。更有甚者,以庸俗、低俗、媚俗戏说生动实践,以"明星""达人"取代民族英雄。疏隔实践,碎片生活,几成风气。

人民创造的物质成就是直观的、具体的。然而,在这些具体而直观的成就背后,蕴藏着丰富而深刻的宏大主题和时代气象。以此为素材,书写宏大叙事,必须由具体入手、细节入手、直观入手,以小见大、由简至繁,言本质、言规律,细微之处见精神,点滴之中见崇高,写出党的领导之英明,写出人民奋斗之艰辛,写出民族复兴之大势。凡此,"其作始也简,其将毕也必巨"。此为时代书写之道。能否体验于此,书写于此,是对文艺家思想洞察力、认知穿透力、艺术感悟力的衡量和检视。一切有出息的文艺家,都应脚踏大地、深入生活,做实践的参与者、记录者、引领者,在实践中书写作品,在作品中彰显价值。

同时,我们也要看到,新时代我国社会主要矛盾已经转化为人民日益增长的美好生活需要和不平衡不充分的发展之间的矛盾。广大人民群众的需要也呈现多样化多层次的特点,对美好生活的向往更加强烈。人民群众既期盼有更好的教育、更稳定的工作、更满意的收入、更可靠的社会保障、更高水平的医疗卫生服务、更舒适的居住条件、更优美的环境,也期盼更丰富的精神文化生活。向往和期盼就是动力,将推进中华民族伟大复兴迈出更大的步伐,也对新时代文艺发展提出了更高的要求。当代中国文艺理当达济天下、追求崇高、礼赞美好,不断创作出讴歌党、讴歌祖国、讴歌人民的伟大作品,谱写新时代民族复兴的壮美华章。

在习近平文艺思想指引下,新时代的文艺之路将越走越宽广。

(2017年10月20日)

充分认识习近平文艺思想的重大意义

董学文

习近平同志在党的第十九次全国代表大会上庄严宣告:"经过长期努力,中国特色社会主义进入了新时代,这是我国发展新的历史方位。"指引这个新时代的理论,就是习近平新时代中国特色社会主义思想。根据这个概括,我们有理由说,中国特色社会主义文艺也进入了新时代,其指导理论是新时代中国特色社会主义文艺思想,亦即习近平文艺思想。习近平文艺思想继承和发展了马列主义文艺观、毛泽东文艺思想和中国特色社会主义文艺学说,是马克思主义文艺理论中国化的最新成果;作为习近平新时代中国特色社会主义思想体系的组成部分,它描绘了新时代文艺梦想的蓝图,擘画了新时代文艺事业的未来,成为繁荣和发展新时代中国特色社会主义文艺的行动纲领和思想指南。

标志着新时代中国特色社会主义文艺思想形成

我们之所以把习近平关于文艺问题的论述、讲话,概括为习近平文艺思想,是因为它像毛泽东文艺思想和中国特色社会主义文艺理论一样,表明中国化马克思主义文艺理论进入了新阶段,表明它继承和弘扬马克思主义文艺观,对中国的马克思主义文艺理论有了原创性推进。可以说,习近平文艺思想是中华民族走向全面复兴时代的马克思主义文艺理论,是构建和发展21世纪中国马克思主义的有机组成部分,是马克思主义普遍真理与当代中国文艺实际结合的最新产物。习近平文艺思想观点系统、判断科学、学理深厚、视野开阔、切合国情,业已成为完备透彻、深入人心的文艺学说体系。

习近平文艺思想的产生是有时代条件的。它的许多命题只能在当下这个时候提出，在此之前是不可能的；它经历了文艺多方面的检验，积累了充分的经验，摸清了文艺活动的规律；它坚持用唯物论和辩证法观察和解决文艺问题，因之成为新时代中国化马克思主义文艺理论的宁馨儿。

毋庸讳言，中国的文艺实践已经发生翻天覆地的变化，许多观念和认知已大大有别于前人。在这个时候，马克思主义文艺理论是亟待总结和创新的。那么，什么是"总结和创新"呢？所谓"总结和创新"，就是从问题出发，从正在做的事情出发，把我们几十年的丰富文艺实践经验科学化。习近平文艺思想做的正是这个事情，这也是它能成为新时代中国特色社会主义文艺思想的原因所在。

换言之，习近平文艺思想是在中国特色社会主义文艺改革的情境中形成的，是在反思和直面问题中铺展开自己的理论画卷的。只要我们稍加思索就不难发现，它的各个论点都是从现实需求和广大文艺工作者的关切与期盼中孕育和提炼出来的；它的大量论述，都充满了探讨和破解文艺难题的"问题意识"。譬如，文艺与生活、文艺与时代、文艺与市场、文艺与理想信念、文艺与历史经验、文艺与文化传统、文艺的内容和形式、文艺的风格和创新、文艺的价值观、作家的创作状态、文艺家的道德情操、作家的素养和感情、批评的标准与态度、文体与网络传播方式、现实主义和浪漫主义、党的领导与文艺工作，等等，哪个不是在现实中饱含着亟待解答的矛盾与问题呢？"矛盾与问题"成了习近平文艺思想紧紧抓住的"牛鼻子"。有了这些入口，才有接下来有的放矢的层层展开，才有既目光如炬又切中肯綮、既回望历史又紧贴现实、既高屋建瓴又娓娓道来的生动论述，不仅创造出许多新的理论话语，而且为当代中国马克思主义文艺学说勾勒出一个新的发展纲要，搭建出一个逻辑严密、特色鲜明的框架结构。这是习近平文艺思想体系性地创新发展中国化马克思主义文艺理论的关键。

马克思主义文艺理论是一条汹涌奔腾的长河，每个时期都有杰出的马克思主义文论家思想汇入其中。回顾历史，展望未来，习近平文艺思想所具有的理论穿透性和指导性、战略性和前瞻性、学理性和通俗性，在近百年中国化马克思主义文艺理论发展进程中是不多见的。它所产生和正在产生的理论能量，极大地改变着中国社会主义文艺的格局和面貌；它所呈现和正在呈现的精神魅力，正在把当代中国马克思主义文艺理论推向一个生机勃勃的新阶段。

构建了当代中国马克思主义文艺理论新形态

习近平文艺思想的形成同自觉建构马克思主义文艺理论中国化新形态是分不开的。这一系统几乎涉及了中国化马克思主义文艺理论研究和创作问题的所有要素与层面。尤其是它把这一切都放到中国和世界发展大势中审视，放到实现中华民族伟大复兴中国梦的语境中阐发，从理论和实践的结合上系统回答系列问题，这就使有关社会主义文艺的地位和作用、职责和使命、目标和任务、原则和要求以及文艺创作该"做什么"与"如何做"的论述，有了新的意涵，大面积地实现了经验性"名称"向规定性"概念"的升华与转化。如果我们将习近平文艺思想中各个概念和观点的"网结"组织起来，通过具体论述，就能看到一个相对完整的中国化马克思主义文艺理论当代形态的雏形与轮廓。

文艺理论创新是相比较而存在的。在比较中，我们会发现哪些文艺理论更加符合实际，更加"接地气"，更加具有新时代的特点。倘若我们把习近平《在文艺工作座谈会上的讲话》和《在中国文联十大、中国作协九大开幕式上的讲话》作为习近平文艺思想诞生的界碑，那么，毫无疑问，它一经产生就迅速给我国文艺界带来风清气爽、拨正航向的可喜局面。那种"只见树木不见森林"的孤岛式文艺学说相形见绌，那种不把"中国精神"当作社会主义文艺灵魂的观点开始失去人们的信任，那种迷信和一味追随西方学说的做法变得十分尴尬。而此时，实现了对历史逻辑深刻把握和对当前文艺问题敏锐洞察的新时代中国特色社会主义文艺思想——习近平文艺思想，则表现出无限的生机与活力。

习近平文艺思想作为中国化马克思主义文艺理论的新形态，它的主要特征至少有这样几点：一是把"坚持以人民为中心的创作导向"创造性地落实到文艺各个层面，将文艺与人民的关系扩大到文艺工作和文艺创作各个环节，从而使许多文艺课题有了新时代的新鲜感；二是实现了文艺理论从概念演绎到现实逻辑的研究范式转型，实现了文艺理论从引进依赖到主体自信的认知模式转变，将文艺理论研究从长期陷于西方学说的泥淖和迷信中摆脱出来；三是厘清了马克思主义指导下中国传统、中国智慧、中国贡献对文艺理论的价值，从理念到规则、从路径到方案、从顶层设计到实施办法，全方位地提供新时代中国特色社会主义文艺思想的新范本。

马克思曾经说过："我不主张我们竖起任何教条主义的旗帜。"由于习近平文艺思想是在"中国问题"场域中展现自主的思维能力，以切中文艺现实为根本目标，其回答充满唯物辩证法精神，因此它同教条主义是对立的。可以说，习近平文艺思想超越教科书和学术专著之处，正在于它独特的现实性品格，不仅"抓住事物的根本"，而且具有"掌握群众"的能力。这是马克思主义学风的生动体现，是它成为当今中国社会主义文艺运动纲领和指针的有力保证。

时代是思想之母，实践是理论之源。新时代的文艺理论，应该反映时代的精神特质，反映文艺实践的发展要求，反映当代中国文艺运动的现实逻辑，面向中国问题，确立研究的主体性，立时代之潮头，发思想之先声，把文艺理论的命运同民族复兴的伟业紧密相连，构建出当代中国马克思主义文艺理论新形态。在这方面，习近平文艺思想的榜样力量是巨大的。

解决了"坚持和发展什么样的中国特色社会主义文艺"的问题

坚持和发展什么样的中国特色社会主义文艺，怎样坚持和发展中国特色社会主义文艺，是马克思主义文艺理论面临的重大课题。作为中国化马克思主义文艺理论新形态的习近平文艺思想，其内核集中到一点，就是要对这些问题给予创造性的回答与解决。习近平文艺思想总结了中外社会主义文艺运动的经验教训，特别是改革开放以来我国文艺工作的经验教训，精辟地规划和指明了实现中国社会主义文艺的路径，这在马克思主义文论史上具有突出的意义。

"社会主义文艺，从本质上讲，就是人民的文艺。"面对各种文艺思潮、文艺现象、文艺批评中存在的问题，习近平同志把阐明新形势下繁荣发展社会主义文艺的方向与任务作为重点。随后，他又通过提"几点希望"的方式，揭示出如何实现"人民的文艺"的办法和途径，即"坚定文化自信，用文艺振奋民族精神"；"坚持服务人民，用积极的文艺歌颂人民"；"勇于创新创造，用精湛的艺术推动文化创新发展"；"坚守艺术理想，用高尚的文艺引领社会风尚"。前者是"该不该"走"人民的文艺"之路的问题，后者是"怎样"走"人民的文艺"之路的问题。习近平同志主张艺术理想要融入党和人民的事业之中，要胸中有大义、心里有人民、肩头有责任、笔下有乾坤，要推出更多反映时代呼声、展现人民奋斗、振奋民族精神、陶冶高尚情操的优秀作品，为人民昭示更美好的未来，为民族描绘更辉煌的明天。习近平同志对社会主义文艺性质的判断，对实现发展"人民的文艺"举措的拟定，恰是他给马克思主义文艺理论宝库增添的新内容。

从马克思、恩格斯呼吁工人阶级的斗争生活"应当有权在现实主义领域内要求占有一席之地"，到列宁希望文艺"为千千万万劳动人民服务"；从毛泽东申论"为什么人的问题，是一个根本的问题，原则的问题"，到中国特色社会主义文艺理论强调"我们的文艺属于人民"，再到习近平提出"人民的文艺"思想，认为"真正做到了以人民为中心，文艺才能发挥最大正能量"。我们清晰地看到，这样一条马克思主义文艺观的红线，越来越焕发出耀眼的真理光芒。

马克思主义文艺观在当今的发展，说一千道一万，就是要高举起人民文艺的旗帜。这是社会主义文艺制胜的法宝，是社会主义文艺获得长久生命力的秘密。只要我们坚持以人民为中心的创作导向，一切想着人民，一切为了人民，文艺事业、文艺工作、文艺批评就有了切实的抓手和规范，就有了成熟的思路和见解，就能破解各式各样的难题，就增强了攀登文艺高峰的勇气和信心。这是习近平文艺思想强调"文艺的一切创新，归根到底都直接或间接来源于人民"的根本原因，也是中国社会主义文艺经历几十年风雨磨洗总结和提炼出来的最为宝贵的经验。

习近平同志曾指出："实际上，怎样治理社会主义社会这样全新的社会，在以往的世界社会主义中没有解决得很好。"这个判断，同样适用于对社会主义文艺的认识。"当代中国的伟大社会变革，不是简单延续我国历史文化的母版，不是简单套用马克思主义经典作家设想的模板，不是其他国家社会主义实践的再版，也不是国外现代化发展的翻版。"作为中国伟大社会变革一部分的文艺变革，同样需要结合实际，在特定国情和特定历史条件下进行新的探索与创造。从这个视角观察，我们就更可以看清习近平文艺思想对推动新时代中国特色社会主义文艺繁荣发展已经和必将产生的深远影响。

在认真学习贯彻十九大精神和习近平新时代中国特色社会主义思想的今天，广大文艺家和理论工作者有责任和义务把学习、研究、宣传习近平文艺思想的工作努力地开展起来。

（2017年10月27日）

从经济学视角看文化自信

林毅夫

第二次世界大战以后,那些刚取得政治独立的发展中国家,普遍存在"西天取经"的心态,认为学会西方先进国家的理论,拿来推行,就能够取得发展和转型成功,实现对发达国家的追赶。几十年的实践证明,发展中国家尚无依靠"西天取经"实现现代化成功的先例,用西方国家的理论也不能解释中国改革开放以来所创造的经济奇迹。

以我的专业领域发展经济学为例,发展经济学是第二次世界大战以后,应取得政治独立的发展中国家自主追求现代化之需,从现代经济学当中独立出来的子学科。第一波思潮是盛行于二十世纪五六十年代的结构主义,强调市场失灵,主张以政府主导推行进口替代战略。第二波思潮是二十世纪七八十年代兴起的新自由主义,强调政府失灵,主张以休克疗法推行私有化、市场化、自由化的华盛顿共识。二战结束至今已70余年,全球200多个发展中经济体,绝大多数至今依然陷在中等收入或者低收入水平。少数几个赶上发达国家的东亚经济体所推行的出口导向发展战略,从结构主义角度来看恰恰是永远赶不上发达国家的。我国改革开放以后以渐进双轨方式转型,实现了稳定和快速发展,如果从新自由主义视角来看却是最糟糕的转型方式。

西方主流理论总结于发达国家经验,而且经常还是以在发达国家也尚未完全达到的理想条件为前提,拿到发展中国家来运用,必然有"淮南为橘,淮北为枳"的局限性。在现代化、全球化大潮中,闭关锁国不行,照搬发达国家的道路、理论、文化亦不可行,学习参考他人要建立在对自己道路、理论、制度、文化具有高度自信的基础上。

文化复兴是一种文化自信,它意味着文化的绵延不断。中国文化何以几千年绵延不绝?首先,需清楚何为文化。我倾向于使用马林诺夫斯基的定义,他将文化分为三个层次：器物层次，即生产、生活工具；组织层次，包括社会、经济、政治组织；精神层次，即伦理、价值取向，等等。五千年来，器物层次和组织层次的中国文化都在发生变化，但以"仁"为核心的传统伦理价值体系始终绵延不断。从孔子的"仁者爱人"到"以人民为中心的工作导向"，都是中华文化核心价值延续的体现。

面向未来，伴随中国经济持续发展的潜力不断释放，以儒家文化为重要传统之一的中华文化，能否与经济基础发展相适应并不断演进，进而形成一个完整的器物、组织、精神三个层次自洽的文化体系？答案是肯定的。当西方还是封建社会的时候，中国就已是一个市场经济体系的社会。在欧洲中世纪，农民是半农奴，依附于土地，而中国从春秋战国时期开始，就已经有相当活跃的劳动力市场，商品市场也颇为活跃。可以说，中华文化以及以"仁"为核心的传统伦理价值跟市场经济体系是共容的。

从文化自我更新的角度来看，中华文化既能适应经济基础不断提升、政治组织与经济组织不断变化，又能保持其精神实质，并以相应形式与变化相呼应。以儒家为例，孔子所以被称为"圣之时者"，是因为他总是能够因地制宜、因时制宜；他的述而不作是有选择的，他把过去的经典按照时代需要给予了创新性整理和诠释，正所谓"苟日新、日日新、又日新"。其后儒家文化吸纳了佛家文化的内涵，发展为宋明"理学"和"心学"，以儒家文化为重要传承内容的中华文化有能力随着时代而调整、创新。这一点也可以从日本和"亚洲四小龙"有能力在儒家文化基础上实现现代化得到证明。

文化包含多个层面，当一个文化体跟另外一个文化体碰撞时，就会有强势弱势的差别，其决定因素在于经济基础。理论和实践都证明中国的经济基础，也就是中国文化的经济基础完全有可能不断提高。而且，只要有意识地实践、倡导，中国文化也有能力保持其核心伦理价值取向，根据时代的需要不断地进行上层建筑的创新。

今天，我们迎来了最接近中华民族伟大复兴的时刻，我们这一代知识分子可以更为冷静平和客观地重新审视中国文化和中华民族命运之间的关系。中国特色社会主义进入新时代，我们不仅会继续保持经济的稳步发展，而且会将中华文化发展为当今世界的先进文化之一。除中国以外，世界上还有65%的人口生活在发展中国家，他们和我们一样都有实现国家现代化的梦想和追求，中华民族伟大复兴带来的不仅是中国梦实现，还因为发展中国家之间的条件相似,来自中国复兴经验总结出来的理论,很有可能帮助其他发展中国家实现现代化,为人类不断贡献其理论创新与文化自信的力量。

(2017年10月27日)

明清戏曲高峰的启示

——从汤显祖的"意趣神色"论谈起

黄天骥

我国戏曲源远流长,饮誉中外,被认为是具有中华传统文化特色的艺术瑰宝。

宋元时期,戏曲艺术趋于成熟,剧坛出现过关汉卿、白朴、王实甫等众多重要剧作家,戏曲也成了人民大众喜闻乐见的艺术形式。从明代中后期乃至清初,戏曲更是进入繁荣时期。那时候,许多有成就的骚人墨客参与戏曲创作,涌现了以汤显祖、洪昇、孔尚任为代表的一批卓越剧作家,产生了《牡丹亭》《长生殿》《桃花扇》等一系列经典戏曲作品,形成中国戏曲发展史上的创作高峰。直到今天,这批经典剧目依然脍炙人口。

这一时期戏曲创作高峰是怎样形成的?这些经典剧目创作经验和规律,有哪些可资借鉴的地方?颇值得我们探索。

天崩地解的时代变革,呕心沥血的倾情创作

文艺繁荣和社会发展有着密切的依存关系。在明代中后期,社会生产力和生产关系出现了值得注意的变化。当时,手工业和商业有了较大发展。随着市场发育,从农村流入城镇的人口日益增多。城镇生活不同于农村,农民习惯于日出而作,日入而息,男耕女织,各管各的。而城镇居民或营商逐利,或麇聚求职,人际交往机会大大增加。反映到精神生活层面,也出现很大变化。

存在决定意识。当城镇居民相对地减少对土地的依附,人际关系相应地紧密,人的自主意识也相应地得到加强。这时候人们对人自身价值的认识以及对正当权益的追求,也相应地日益迫切。文化领域出现了以王学左派为代表的"异端"思想。许多剧作家受到这具有一定进步意义的思想影响,跳出

以戏曲创作自娱自乐的小圈子，更多地思考戏曲应如何针砭现实、促进社会进步的问题。

由明入清，政治和经济状况出现了"天崩地解"的大变动，以王夫之、黄宗羲为代表的知识分子，经历国破家亡，痛定思痛。他们既吸取了王学左派某些方面的进步主张，又反对空谈心性，更重视笃行和务实。他们从晚明文风的过分张扬主体性，转而更多地思考社会现实问题，力图借鉴兴亡教训。显然，在明清之际这个社会经济和政治出现大变动的时代，讲求情与理合一的思潮让进步剧作家们更多地面对社会现实，同情人民大众，反思历史得失。时代的呼唤、社会的变革，正是推动明清戏曲创作走向繁荣的前提，并为一座座戏曲高峰的出现奠定基础。

随着市场发展，城镇居民在生活余暇，需要有更丰富多彩的休闲娱乐方式。从明代中后期开始，城市剧场和家庭戏班大量涌现。清初虽经丧乱，但稍一安定，戏剧演出也恢复了繁荣。在明清，作为以叙事为主体的戏曲，甚至让从来充当文坛主流的诗词创作屈居于次要地位。时代发展的需求、人民群众对戏曲的热情，使许多具有高度文化修养的诗人积极参与戏曲创作，甚至自操檀板，粉墨登场。这些诗人既熟悉舞台，又深谙辞章，因此其剧本的叙事性与抒情性、语言的典雅化与通俗化得到很好结合。这一切为明清戏曲经典作品的涌现创造了良好条件。

明清一些作品之所以能成为经典，还在于其作者不片面追求"票房价值"。他们长期观察社会，深入体验人生，认真检索文献，总之，他们严肃认真，苦心孤诣，才搦笔和墨，进行写作。汤显祖从被贬往岭南之初，便在大庾岭一带考察有关女鬼迷人的传说。后又经历几年岭南生活，了解到岭南有异于中原风土人情，回到遂昌才开始创作《牡丹亭》，写活了柳梦梅这个具有岭南特色的形象。至于《长生殿》，"盖经十余年，三易稿而成"。孔尚任也说《桃花扇》写"朝政得失，文人聚散，皆确考时地，全无假借"。又说，从拟作剧本，经过十余年的酝酿，"凡三易稿而书成"。可见，优秀作家对待创作总是呕心沥血，从不粗制滥造，迎合低俗，这也是其作品一直传演不衰的原因。

超越前人的创新意识，妙趣生动的艺术构思

明清戏曲一些优秀作品，之所以能成为经典，在于作者掌握了正确的戏

曲创作规律。这篇短文势不可能对此做全面论析，只想就汤显祖提出的创作问题做一粗浅阐述。

400年前，与莎士比亚同时出现并且同为剧坛巨匠的汤显祖曾指出："凡文以意、趣、神、色为主。"这句话既是他的文学主张，也是他对戏曲创作规律的概括。

在汤显祖看来，"意"是置于首位的。后来王夫之说"意犹帅也"，正与此一脉相承。"意"指的是作品旨趣和思想内容。汤显祖说过："词以立意为宗，其所立者常若非经生之常。"他认为作品所立之"意"不是一般经生的常意。换言之，他提倡作品要有超越常人和前人的新意。其后，李渔也认为，戏曲创作"意新为主，语新次之，字句之新又次之"。所谓"意新"是指前人看到了却又没有发掘其中的深意。李渔还指出："新意"者，"即前人已见之事，尽有摹写未尽之情，描画不全之态"，剧作家"若能设身处地，伐隐攻微，彼泉下之人，自能效灵于我"。显然，以汤显祖为代表的明清戏曲作者已经认识到：要有超越前人的自信，在思想艺术上实现突破和创新。

什么是创新？这一点我们可以在《牡丹亭》的具体创作中得到启发。

爱情是文学艺术的永恒主题。从元代戏曲成熟以来，凡描绘青年男女争取婚姻自由的作品，无不以年青一代追求爱情、封建家长竭力反对为主题，正反双方激烈冲突贯串始终是这类爱情题材剧作的主要模式。汤显祖《牡丹亭》虽然也继承了前人作品反抗封建婚姻制度的精神，甚至借鉴了前人运用过的细节，却又不同于一般戏曲极写封建家长对青年的压迫。当然，杜丽娘的父母对女儿也有所管束，但内心又充满了对女儿的爱。可以说，全剧主要角色，没有一个称得上是反面人物。但《牡丹亭》的戏剧冲突又是激烈的。这冲突主要表现为杜丽娘的内心冲突。她苦闷到极点，幽愤到极点，乃至付出生命的代价。在戏里，汤显祖把大自然的美好和现实社会的黑暗做了强烈对比。他让观众感到没有谁在迫害杜丽娘，却又分明感觉有一只无形黑手在扼杀她青春的生命。是现实的封建体制、道德伦理，是"拣名门一例里神仙眷"的婚姻陋俗，是"昔氏贤文，把人禁杀"的封建教育，乃至科举制度、用人体制等种种弊端，构成了极端黑暗的典型环境。是封建礼教和政治体制约束下的时代氛围交织成扼杀青年追求生命自由的绞索。显然，汤显祖写杜丽娘的挣扎、反抗，不针对任何人，而是通过这一典型人物与典型环境之间的冲突，对明代社会现实做总体性控诉。

在戏曲史上，从来没有人思想如此深刻，目光如此锐利。更从来没有人敢于不通过正面和反面人物的直接冲突，表现人物形象和社会现实的矛盾，展示剧作的题旨。这一点，正是《牡丹亭》具有的深刻教育意义和超越前人的新意所在。所以它一经问世，便"家传户诵，几令《西厢》减价"。

清初洪昇的《长生殿》，写安史之乱中唐明皇与杨玉环的婚姻纠葛。但它不同于一般人视杨贵妃为"祸水"，也不局限于表达改朝换代的"黍离之悲"，而是在揭示杨、李"占了情场，弛了朝纲"的同时，对杨玉环追求爱情的专一给予深切同情。本来，从人类社会婚姻发展轨迹看，爱情专一、男女平等是历史发展的必然要求，杨玉环"情深妒亦真"是可以同情和理解的。但洪昇把杨玉环置于不可能实现这一合理要求的环境和年代，"历史必然的要求与这个要求不可能实现之间""出现了悲剧的冲突"（恩格斯《给斐·拉萨尔的信》），因此，她成为时代的牺牲品，最后也只能与唐明皇"成为天上夫妻"，所谓"重圆"充满悲剧意味。显然，洪昇对杨玉环的同情具有超越前人的创新意识，这也使得《长生殿》能够进入戏曲高峰行列。

如果说"意"是衡量作品的思想内容是否具有进步性以及作者是否具有创新意识的话，那么所谓"趣"就是指戏曲作品故事情节是否生动，结构是否完美，能否准确表现内容。因此，"意"与"趣"是紧密地联系着的。李渔在《闲情偶寄》中也指出："趣者，传奇之风致。"戏曲作品如果缺乏曲折生动、意趣盎然的情节，"则如泥人土马，有生形而无生气"。

明清戏曲经典之作，其故事情节的迂回开阖、变幻多姿，与作家创新意识紧密相关。如《牡丹亭》写杜丽娘因情成梦，因梦而死，死而复生，便曲折微妙地凸显封建时代青年对理想的追求。《长生殿》写杨、李风流旖旎的生活与"渔阳鼙鼓动地来"的场面，交相穿插，把主人公悲剧命运展现得淋漓尽致。《桃花扇》则把家国兴亡与侯方域、李香君的悲欢离合联系起来，而"排场有起伏转折，俱独辟境界；突如而来，倏然而去，令观者不能预拟其局面"。最终让故臣遗老"灯炧酒阑，唏嘘而散"。同时，孔尚任又以一柄桃花宫扇的命运和剧情进展互相联系，"桃花扇譬则珠也，作《桃花扇》之笔譬则龙也，穿云入雾，或正或侧，而龙睛龙爪，总不离乎珠"。总之，在情节安排上，既出乎意料之外，又入乎情理之中，把思想内容的真实性、创新性和戏剧情节的生动性、趣味性结合起来，这是明清戏曲经典共同的创作经验。

勃勃欲生的典型形象，精益求精的伎艺本领

戏曲创作离不开人物形象塑造。元杂剧以唱为主，一人主唱，一本四折，篇幅较短，人物形象难免会出现脸谱化和扁平化的缺失。传奇的篇幅长短，则可由作者自行支配。到明代中后期，随着社会对人的价值认知有所发展，剧作家们对人的性格描写也有了更高要求。汤显祖提出"神"，更多是指要写出人物性格特点和神韵。他说"意象生于神，固有迫之而不能亲，远之而不能去者"。意思是说，"神"是意象和人物形象的基础，具有神采、神韵的人物形象，是观众熟识的陌生人，这与"典型人物""艺术真实"的提法相当接近。孔尚任也指出，人物"面目精神"要"跳跃纸上，勃勃欲生"。

正由于明清优秀作家在理论上有自觉追求，他们塑造的人物形象各具个性、各有特点。且不说杜丽娘、杨玉环、侯方域等主要人物，其形象鲜明性和内心复杂性表现得细腻生动，即使是一些次要人物，其性格也是多面的、微妙的。像《牡丹亭》里的陈最良，固然是个迂腐塾师，却又有圆滑一面；《桃花扇》里的杨文骢，则是不好不坏亦好亦坏的帮闲文人；外表幽默滑稽的柳敬亭却有着正直善良的忠心赤胆。有了这些活灵活现、具有典型性的人物形象支撑，《牡丹亭》《长生殿》等剧作，便得以流传至今，成为耸立在我国戏曲史上的高峰。

至于什么是"色"，汤显祖倒没明确界定。从他评论黄君辅"汝文成矣，锋刃具矣，烟云生矣，波涛动矣，香泽渥矣"来看，他所谓"色"，是要求剧作要多彩多姿。情节结构既要自然流畅，又有波涛曲折；语言曲文要有清词丽句，让人读来余香满口。纵观明清经典戏曲作品，大都在艺术技巧上下足功夫，以增加观赏性。

值得注意的是，不同的民族文化孕育不同的审美观念。在我国，戏剧艺术从来注重伎艺表演。早在汉代，"百戏"、杂耍和歌舞，演出纷繁。中历唐宋，参军戏、踏摇娘、五花爨弄等院本，在歌台舞榭的演出十分活跃。可见，观赏伎艺性表演一直是我国观众的审美传统。

到元代杂剧，在折与折之间总要加插与故事无关的杂七杂八的伎艺，用以加强观众的兴趣，这就是元剧被称为"杂剧"的原因。至于明清传奇，则重视故事叙述的完整性，在出与出之间，不再需要有伎艺的横加穿插。但在适当场合，也注意加入伎艺歌舞或民间风俗表演，用以增强戏剧娱乐性，满足观众传统审美追求。像《牡丹亭》中，在杜丽娘"游园"之前先写其父离

开衙门，前往乡村"劝农"。那《劝农》一出，牧童村姑一队队出现在舞台上，又歌又舞，让这些民风民俗的表演增强戏剧的娱乐气氛。《长生殿》则结合剧情进展，在《舞盘》《闻乐》等出中加入歌舞表演，甚至加入几场表现道教的仪轨。这些地方似属闲笔，却让观众感受到整部戏色彩缤纷，得到美的享受。

运用伎艺性表演以加强戏剧观赏性，可说是我国戏曲的审美特色。戏曲作为综合性艺术，其唱、做、念、打本身就有着浓重的伎艺色彩。明清经典作品成功之处，在于有机地结合剧情，丰富"色"的成分，把故事完整性和色彩多样性结合起来，充分展现传统审美趣味。

事实上，明清时代具有经典意义的戏曲作品，均能做到"意、趣、神、色"的完美统一。因此，这四字箴言既是明清经典戏曲创作经验的概括，也是它们能够成为剧坛高峰的条件。今天，我们的戏剧创作也已很繁盛，要产生跟伟大时代相称的文艺高峰，回顾明清戏曲经典的创作经验，或有一定启示。

（2017年11月24日）

中国电影如何"由大到强"

尹 鸿

中国无疑已经是世界电影大国。近800部电影年产量已经高居世界各国前列;突破500亿人民币全年票房,影院市场稳居全球第二;中国银幕总量和电影观众人次已经超过北美市场,发展潜力不可限量……尽管有这么一组漂亮数据,我们似乎还不太有底气宣称中国已经是世界电影强国,尤其是在国际市场,中国电影空间似乎更加有限,中国电影海外的传播和影响并没有与国内市场高速发展同步,国际市场收入仅仅停留在几亿美元层次上,不仅低于许多欧美国家,也低于亚洲的印度、韩国、日本;同时,中国观众年平均观影次数也明显少于许多欧美和亚洲国家;从舆论上看,观众对国产电影整体质量要求仍然没有得到充分满足。整体而言,中国电影从大国到强国的确还有一段距离。

何谓"电影强国"

如果做比较,从某些方面我们可以更清楚地看到中国作为电影大国与强国之间存在的差距。众所周知,美国是世界头号电影强国,好莱坞则是美国电影中流砥柱,全世界都把好莱坞看作电影工业的代表甚至代名词,以至于印度将自己的电影生产中心叫作"宝莱坞",香港也曾经被称为"东方好莱坞"。显然,对于全世界来说,美国电影都是一座横亘在面前的高峰,需要正视和翻越。我们借助于这样一个电影强国作为参照,可以发现中国距离电影强国目标,至少存在如下三个方面明显差距:

第一,中国电影对国家文化软实力的贡献不足。美国电影是美国国家文化软实力最重要的组成部分。从20世纪初开始,电影就被列入美国国家发展战略。到20世纪20年代,美国政府已经把支持和推动电影产业发展和国际市场扩展看成义不容辞的使命。美国联邦政府在商务部设立了专门的电影机构,调查世界电影市场状况,推动电影双边和多边贸易谈判,甚至将电影自由贸易纳入 WTO 整体谈判之中。正是在美国政府支持和推动下,美国电影进入全球绝大多数国家和地区市场,大多获得自由贸易的权利,对全世界观众特别是青少年产生重要影响。以至于有人将"薯片""芯片"和"胶片"比喻为美国文化软实力三大法宝。美国国务院宣称,影视业是美国"为数不多的对全球几乎所有国家都保持了贸易顺差的行业"。美国多届总统也都高度肯定好莱坞使美国变得"与众不同"。美国电影成为传播美国梦、美国精神、美国文化影响最为深远的文化形态。反观中国电影,目前对全球的文化影响,可以说基本局限在中国本土和全球华人范围,对大多数国家的主流观众很少能产生广泛而重大影响,除了一度的"功夫热"之外,中国电影还没有在全球范围内造成"泰坦尼克号""阿凡达""变形金刚""星球大战"般的现象级文化热点。在这一方面,中国电影与美国电影相比有着巨大差距。

第二,中国电影对经济社会发展影响力和带动性不足。电影是美国重要产业,对经济社会发展贡献巨大。美国国务院在统计国民经济数据时认为,"影视制作发行是美国最有价值的文化和经济资源"。美国影视行业基本为私有企业,创造了 210 万个工作岗位,有 9.5 万家企业,全行业平均工资高于全国平均工资的 32%,而创作领域的收入则高于全国平均工资的 74%。据不完全统计,每年美国电影的多窗口收入和版权销售、知识产权转让所创造的经济价值高达 500 亿美元以上,而由全球知名影视明星所创造的广告价值以及广告在全球所创造的商业价值更是难以计算。美国作为建国历史不到 300 年的国家,目前已然成为世界上最大的旅游目的国之一,电影的贡献功不可没,无论是环球影城、迪士尼还是拉斯维加斯、帝国大厦,几乎所有美国著名旅游景点都是电影"塑造"出来的。正如有研究者所说,电影把美国包装成了"全球畅销品"。影视行业对美国经济社会的贡献可以说得到全世界的认可。相比之下,目前中国电影的经济价值主要依赖影院票房,全年综合收入则只能刚刚以百亿美元计算,像成龙这样具有一定全球性影响和商业价值的明星寥寥无几,电影作为文化创意产业的影响力价值远远没有达到电影强国的要求。

第三,中国电影全球竞争力不足。中美两国在电影产量上虽然已经基本持平,但是电影所创造的直接市场价值却差异巨大。近年来,美国电影国内票房没有明显变化,但美国电影在海外市场上的影响却逐渐增大,出口额超过 130 亿美元,对全球票房总量的贡献更是超过 60%。奥斯卡奖这样一个美国国内的电影评选，远远超过世界其他各国电影奖项影响力，受到全世界舆论和电影爱好者关注。这些说明目前美国电影在全球具有难以比肩的竞争力。而中国国产电影的国内票房仅有不到40亿美元，海外和其他版权销售收入不到10亿美元，总量最多只有50亿美元，仅仅是美国电影的10%。更重要的是，中国影片的市场主要局限在国内，更准确地说是在内地，甚至在香港和台湾地区，内地电影的市场空间都很小。难以进入全球主流电影发行放映渠道，在全球市场上没有形成真正可持续的影响力，这与电影成为全球性文化产品的目标还有较大距离。

如何走向强大

中国电影与美国电影三方面的差异，一定程度上也是电影大国与电影强国之间的距离。这种差异的形成，与电影工业发展历程、产业成熟程度有重大关系。美国电影的全球优势地位是在第一次世界大战期间逐渐形成的，第二次世界大战之后得到巩固，"冷战"结束之后进一步强化，前后经历了100多年历史，抓住了世界格局变化所创造的机遇。中国电影虽然也有100多年的发展，但与中国历史发展进程相似，屡经变迁，劫后余生，缺乏有效积累和升级。在长期自给自足发展模式之后，从2002年开始全面产业化改革，参与全球文化竞争，至今不过15年。中国以奇迹般的发展速度成为全球增长最快的电影市场，正在进入从高速发展向优质发展的新常态。我们有理由期待，中国电影能够在"两个一百年"的宏大社会发展背景下，再用10年左右时间，创造从电影大国走向电影强国的新奇迹。而要做到这一点，我们可能需要在以下三个方面实现新的目标。

第一，建构既能满足中国观众精神需求又能为全球观众带来价值共享的电影文化"通用体系"。我们知道，好莱坞一直"避讳"自己的"美国电影"身份，总是愿意宣称为全球而不是美国生产所谓的"世界电影"。即便某些带有明显国家意识的电影作品，都必然会用自由、平等、正义为核心的人道主义价值观进行包装来"遮蔽"其作品的"国家符号"，实际上就是用这种普适性文化来达到最大限度的全球共享性。同时，好莱坞还大量与欧洲、南美以及亚洲的印度、日本、中国合作拍片，《勇敢的心》《泰坦尼克号》《指环王》《哈利·波特》等，题材来自全球而不仅仅是美国本土，这些影片还使用其他国家编导、明星来吸引不同市场的观众，通过这些策略，穿透文化壁垒，使跨国传播的"文化折扣"最小化，令不同国家、不同市场的观众意识不到这是一部"美国电影"，而是将其作为"通用"文化产品来接受，甚至还会带来某种文化"亲近"的想象。比如中国观众也许很难自觉意识到好莱坞主导的《功夫熊猫》《长城》《尖峰时刻》等许多电影的"文化"差异，这些电影的中国文化元素甚至让观众产生更加强烈的自豪感和认同感。而像《阿凡达》《2012》《银翼杀手》这样的影片，更加模糊其"国家性"，成为名副其实的"全球电影"，影片所包含的复杂而隐蔽的意识形态系统往往并不能被普通观众觉察，其政治和文化影响以一种潜移默化的方式实现。相反，中国电影在这方面，可以说还完全处在"本土性"阶段，我们缺乏将中国故事"全球化"的能力和信心。中国发展阶段的特殊性、国情的复杂性，必然会催生一大批以满足国内市场为主的电影，但是中国还需要生产出更多具有全球共享价值的电影产品，才能真正成为世界性电影强国。在这方面，无论是文化观念还是制度设计，无论是文化自信还是文化融合力，中国电影乃至整个中国文化都还有艰辛的道路要走。长期以来，我们只习惯于用中国眼光看世界，甚至过度强调"中国中心"，这种"自我优越感"在传播过程中往往很难被其他国家观众接受。我们还需要用世界眼光看中国，用世界眼光看世界，将中国利益纳入全球共同体之中来思考，只有这样，中国电影才能真正做到既是中国的也是世界的，甚至中国就融汇于世界之中，在保持世界文化多元中维护人道主义核心价值，在人道主义的核心价值中体现文化多样性。

第二，建构完善的互联网化电影工业体系。应该说，中国电影目前还处在快速而粗放的发展阶段，产业边界模糊，行业规范缺失，版权意识不足，领导性企业缺乏，行业结构也缺少集中度，市场的不确定性导致急功近利的行业行为比较普遍，各产业环节发展很不均衡，因而导致电影整体艺术质量和工艺标准不稳定，市场风险难以规避和控制，企业缺乏培养人才和其他产业要素的耐心和恒心。如果企业规模难以做大做强，就不可能出现好莱坞六大公司那样的企业，更难以出现包含了好莱坞公司在内的如同时代华纳、迪士尼、维亚康姆、新闻集团、索尼这样的跨国、跨媒介的综合性文化集团。中国电影行业需要充分利用互联网在中国快速发展的优势，深度与互联网大数据、云计算、人工智能、CG技术、生态系统相互融合，形成与好莱坞相比更加互联网化、更加智能化、更加全媒体化的工业体系和市场体系，完成原始积累，在公平竞争前提下，形成互联网与影视相互结合的产业链完整的领导性企业，制定并遵守行业和市场规则，参与全球竞争，培养人才、培养品牌，为中国电影建构既能减少无序竞争又能带来创新活力的工业体系和市场体系,生产出达到国际标准的电影产品,并且使中国电影形成"国内影院—国际影院—网络—电视—音像—授权"的完整市场窗口体系。只有这样,中国电影才能真正完成从数量增加到质量提升的转变,才能使得电影版权价值最大化同时,实现对经济社会文化带动作用的最大化。互联网作为新媒体对电影的介入,很可能成为中国电影弯道超车的重要动因,互联网所提供的分享、共享、集约、整合、精准等优势有可能帮助中国电影走在建基于传统工业的好莱坞前面。

第三,建构适应全球市场的国际传播体系。电影强国重要标志之一,是全球传播能力和效果。虽然好莱坞电影目前还具有比较明显优势,只有中国有可能形成一种新的全球制衡力量,一方面中国有即将超越北美广阔本土市场作为坚强的发展"根据地",另一方面中国又有世界上最大发展中国家"崛起"背景支撑,完全有可能成为世界电影格局中举足轻重的力量。因此,通过更加积极的开放合作机制,通过培养跨国性文化和电影企业,通过吸引大批海外境外优秀电影人才,通过大胆采用不同国家和传统的故事题材,通过重要产业环节的全球介入和深入,我们完全有可能在满足本土观众、华人观众需求的同时,生产出更多能够满足世界不同市场观众需求的产品。当然,中国电影在全球传播的过程中,也可以借鉴当年美国电影"全球化"过程中的一些经验,采取不同区域的差异性策略,分别在"一带一路"沿线国家和地区,在东亚、亚太、非洲、中东、东欧、北欧、西欧、南美、北美以不同的模式逐渐产生更大的影响,用 10 年左右的时间,形成全球性电影传播体系。这样,中国电影才能真正成为中国文化软实力的体现,不仅向世界讲述中国故事,而且用中国文化、中国精神去丰富、完善世界文化,让中国与世界人心相通,形成你中有我、我中有你的共享性电影文化,中国电影不再以"走向世界"作为目标,而是成为能够被世界接受和尊重的全球电影一部分。

从"中国电影"到"世界电影"

建构既能满足国内观众需求、又能适应全球观众共享的"通用文化体系",建构适应中国电影发展和创新的"互联网化的工业体系",建构与世界文化融合的中国电影"国际传播体系",是中国电影从大国走向强国的重要路径,也是中国电影体现国家文化软实力的迫切需要。实际上,我们可以看到，北美目前是全球第一大电影市场，但这一市场10多年来都徘徊在110亿美元上下，电影发行数量也基本维持在700部左右，美国电影的国内增量已经处在低增长甚至不增长状态，而全球电影市场近10年来的平均增长也只有5%左右，只有中国电影市场在过去10多年中都保持了全球绝无仅有的平均30%左右的高增长，即便近两年进入新常态之后也可能维持10%以上的平均增长速度，这种发展态势为中国成为电影强国奠定了坚实基础。在全球市场上，中国、印度、韩国、日本等都保持了本土电影超过好莱坞电影的市场份额优势，这也表明好莱坞电影并非一枝独秀，难以一统天下。中国电影从大国走向强国，面临重要历史性机遇。

我们有理由相信，经过10年左右时间，互联网化的中国电影工业体系能够基本形成，中国电影在巩固本土根据地之后有可能通过不同区域发展策略获得更重要的全球地位。当然，这个过程必然是复杂而艰难的，我们要与中华民族伟大复兴的整体历史进程相匹配，既要突破许多习惯性的文化、艺术和美学观念，也要变革和创新限制中国电影视野、活力和动力的体制机制，从而在人类命运共同体的认识基础上，形成中国电影的全球文化观，建立起具有中国特色的全球共享的文化价值体系，完成从电影大国向电影强国的转变，创作出更多既具有文化感召力也具有市场占有力的优秀电影。只有这样，中国电影才不仅仅是"中国电影"，同时也是真正意义上能够影响全球更多观众的"世界电影"。

（2017年12月8日）

"淘"传统，让你光芒四射

裴艳玲

戏曲演员，别贪图剧作家给你写了好剧本或者灯光打得漂亮，你把责任都给了人家，自己在干吗呢？一个好演员，能够填补剧本空白。好演员所以演得好，一定是对表演技能熟而又熟、精而又精——小数点后面很多位，都计量得很清楚，不能过不能欠，不能多不能少。即便是即兴，也都经过设计，不是随意流淌出来的，自然当中又特别规范。这一点如果想从理论上完全解剖得特别清楚，是很难的；如果完全说透，也就没那么奥妙了。

我14岁那年，李少春先生给我讲他和余叔岩学《战太平》。出场、回去，又出场、又回去，往返七八番。他问余先生："对了吗？"余先生答："你觉得你对了吗？""我觉得还是有点别扭。""那就是没对呢！"一个上场就这么反反复复地练。他在告诉后辈一个道理：宝贝不是那么轻而易举就跑你兜里了，必须持之以恒地付出。

现在排新戏风气比较盛。排新戏是好事，可是如果唱、念、做、打没有提升，等于白排，瞎耽误工夫。演员最怕回功，排一部戏回去一点儿，腿也抬不起来了，身也翻不了了，得不偿失。"男怕西皮，女怕二黄。"西皮指什么？它指的是正宫调门上的西皮，跟平时说话似的西皮，没人怕。老谭家（谭鑫培）那时候没有麦克风，全凭嗓子，这一嗓子，二里地出去了。现在调门越唱越低，嗓子就没了。

演员的输和赢，是"每戏一得"还是"每戏一失"，要自己去算。我给自己定的目标是每出戏都有一点进步。排《哪吒》，我学会耍彩带、大藤圈、锤、九节鞭。九节鞭我是跟河北一位体育冠军李春来学的。排《钟馗》之前，我不会写毛笔字。那段时间，只要见了书法家就让人家写"一树梅花一树诗"，这是戏里要用到的，我就看人家怎么写、怎么布局。为写好这二十几个字，我随身带着一张板子，下了戏就在屋里练。

排《赵佗》，我学打鼓。小时候，我学《击鼓骂曹》，唱念都没有问题，但因为我"阴阳锤儿"，手不好使，这个戏始终就没唱。我不服气，没完没了地练，包里经常带着鼓楗子，时间长了，把包顶了个窟窿。我是个笨人，他们说我聪明，聪明和笨，差不了一根头发丝儿，我就是锲而不舍，老琢磨它。到了要排《赵佗》，我下决心，拜"小字辈"为师，跟河北省京剧院鼓师马建立学。一天学一个鼓点儿，一个星期我努力学才能记住三个点儿，一段"夜深沉"学了两个多月，一直练到2013年，房间椅子上的小坑就是那段时间练出来的。现在这把年纪，我还是求个上进，好的能够保持一点，不好的能够好一点，不会的能够会一点。

回到新编戏，即便做也不能只讲究故事多么完整，重点还是展示演员身上那点玩意儿，这一点不能变。我排新编戏《赵佗》，靠把武生戏向传统靠拢，虽故事简单，却可以展现演员传统戏的功力，这是我要的。

我深深感到戏曲传统真是太好了，老本子、老程式、老曲牌，特别好用。很多时候，你觉得自己差不多了，一旦开始创作，就觉得什么都没有似的。没辙的时候也别急，从传统里去"淘"，一翻里边就有好宝贝，肯定能救你一把，但凡淘到一点儿，就能让你光芒四射。凡是看到我冒火花那点儿，准有根基，绝对是老祖宗留给我的东西；即便有所发挥、有所发展，也不是凭空而来。

有人说我是"保守派"，要我说，我守得还不够。昆曲原来有3000多个曲牌，连"备轿"都有专门曲牌，比电影、电视剧精练多了，非常艺术化。我们后人没出息，丢了很多。传统里有很多登峰造极的东西，它的一点一滴、喜怒悲欢都有一个"美"字。传统的根系远比我们今天看到的枝叶还要繁茂发达。我们手上拿着的是一只金碗，不能拿着金碗还讨饭。

我5岁登台，是吃戏饭长大的，我尊重我的饭碗。我太热爱这门艺术，知道它好在什么地方，知道多少老前辈、名家为它下了多少功夫，所以我不敢妄为。我们不能拿它开玩笑，要好好爱护它、尊重它，要好好看看自己母亲长什么样，不能因为还没有好好认识就排斥她、嫌弃她。对观众尤其年轻观众也是这样，他们就跟孩子一样，第一口奶要货真价实，不能掺水作假，否则孩子口味和脾胃就败坏了。

追求自己的风格特点，每一个演员都向往。但达到这一目标必须是水到渠成，必须先有根须后有枝叶，没有捷径可以走，别人的肉不会长到你身上。尊重传统、热爱传统、吃透传统，这之后长出的东西才是最强壮的，才是真正有价值的新东西。

（2018年2月6日）

科学梦召唤　想象力归来

——迈入新时代的中国科幻

韩　松

2018年是世界第一部科幻小说《弗兰肯斯坦》诞生200周年。历经两个世纪，科幻魅力依旧，并随着新一轮科学技术革命兴起，继续拓展其影响。尤其在中国，科幻越来越受到人们关注，不断获得新资源和新能量。近年来，西方一些学者也把目光投向中国，想要了解科幻在这片土地上的态势，甚至试图通过科幻来一窥中国崛起的原因和趋势，以洞悉中国未来走向。

传统奠定基石

事实上，中国科幻已走过很长路程。如果从1904年第一部本土科幻小说荒江钓叟《月球殖民地小说》算起，截至2018年，中国科幻已有114岁。在我看来，它大致经历了4个高潮期。清末民初是第一次，其时鲁迅、梁启超等人把科幻小说译介入中国，呼吁"导中国人群以前行，必自科学小说始"，但这个过程旋即被战争动荡打断；1949年后，新中国要建立自己的现代工业体系，国家赶英超美，科幻随之再度兴盛，但十年浩劫又将其打断；1978年，中国改革开放向现代化进军，科幻重新蔚然成风，但在80年代初期出现波折，跌入低谷，《人民日报》亦曾发文《"灰姑娘"为何隐退》，呼唤科幻归来；20世纪90年代初，中国社会主义市场经济蓬勃发展，现代化展现新的活力，科幻亦出现第四次高潮。

进入21世纪后，尤其是最近10年以来，中国科幻愈发呈现繁荣图景。首先，《三体》等一批优秀作品问世。刘慈欣的《三体》于2006年在《科幻世界》上连载，2010年成书出版，2015年获雨果奖，是亚洲人第一部获该奖作品，目前已被译成十几种语言。据科幻研究者三丰统计，2017年中国出版230多种科幻图书，其中本土原创图书110余种，引进120多种，数据再创新高。可以说，中国已堪称世界科幻大国。其次，作者队伍形成梯队。"60后""70后"为主的"新生代"，加之"80后""90后"为主的"更新代"，是一支比较稳定的创作队伍，尤其是改革开放后出生的年轻作者表现不俗，逐渐成为创作主力。第三，科幻开始成为一种全社会广泛关注的现象，受到重视和支持。2014年3月27日，习近平主席在中法建交50周年纪念大会上讲到，"读凡尔纳的科幻小说，让我的头脑充满了无尽的想象"。国家副主席李源潮出席2016年中国科幻大会并致辞，称"科普科幻工作者肩负着提升全民科学素质、建设世界科技强国的时代使命"。2017年10月，九三学社中央组织科幻专场论坛，全国政协副主席、九三学社中央主席韩启德出席并讲话，与会者讨论了科幻激发民族想象力、促进社会创新的作用。中国一些科技部门和大型企业亦邀请科幻作家做智囊，为科技和经济发展出谋献策。一批互联网企业也通过各种方式对科幻活动进行赞助。科幻已经成为中国年轻人的一种主要阅读方式，影响着他们的思想行为，很多大学都建立了科幻社团。中国科幻研究如火如荼，以南方科技大学吴岩教授为首，全国形成多个研究基地。科幻国际交流热烈，版权交易活跃，美英法意日等国竞相翻译中国科幻小说，并在大学开设中国科幻研究课程。

时势造就繁荣

中国现代化进入新阶段为中国科幻奠定环境基础。一般认为，科幻是世界现代化浪潮副产品，也是经济全球化伴生现象。它与实验科学、工业制造、电子信息等密切相关，不仅反映科学技术变革带来的机遇和挑战，也预示人类发展未来可能性。从科幻的全球发展来看，它与大国崛起进程是一致的。英法美日俄等国进入现代化过程中，都伴随科幻热潮，中国如今也在经历这个过程。中国在2010年后成为世界第二大经济体，制造业增加值超过美国，中国城镇人口超过农村人口，中国出国旅行人数超过一亿等，这一系列"现代化指标"与中国科幻的热潮是呈正相关的。

新人群出现为中国科幻找到新受众。1978年改革开放后出生的一代人，成为科幻爱好者主力军，很大程度上，是"80后"支撑起了当今中国科幻的繁荣。他们可能是中国历史上第一代真正融入经济全球化、分享到现代化成果、亲身体验以互联网等为代表的科技革命为生活带来重大影响的人群，自身知识结构、视野、兴趣也与前人有很大不同。科幻这种反映科技、变革和未来的文学,很对他们的口味。

中国优秀传统文化的复兴为中国科幻提供丰厚土壤。中国历史上不乏幻想精神,《天问》《庄子》《山海经》《封神演义》《西游记》《聊斋志异》等古典文学作品展现了中华民族对于宇宙和世界的丰富想象力。随着中国进入一个开放、稳定、创新和繁荣的新时代,想象力归来也是必然。

因此,中国科幻是历史发展产物,也是现实变迁的一面镜子,可以说,它就是中国梦的一个映射。如同中国现代化是全球现代化一个组成,中国科幻也是世界科幻一个部分,同时它又具有鲜明中国现代化时代特征,并从中国源远流长的优秀历史文化中吸取营养,使它在世界科幻版图上异军突起、独树一帜,并进一步与中国建设创新型国家进程紧密相连。

新时代大有可为

根据吴岩教授 2016 年抽样调查研究,进入新时代之后,中国科幻的创意创新热点,主要集中在五个方面:一是"繁荣的中国、崛起的中国、追梦的中国"。该类作品创意主要集中在展现中国整体实力提高后,科技发展多方面巨大进步。这些进步会为民族和国家未来、世界美好明天创造基础。二是"互联网、机器人和人工智能发展的未来"。此类创意特别关注在互联网和虚拟现实丰富的环境状态下,人类对现实的依存和关注度。虽然虚拟世界存在,但科幻作家更多关心被虚拟对抗的真实世界发展。三是"生物、医学与后人类的未来"。该主题特别肯定基础医学和临床医学在未来生活中的作用,对相关领域做出许多有价值的预想。特别是生物医学在产业方面的升级换代。作家们认为,后人类状况的出现,可能是下一个必须面对的个体和社会发展的重要难题。四是"航天和航宇技术的未来"。科幻作家特别呼吁要重视非传统航天器的发展,关注航天医学的创新思路,要从长远方面启动"天体工程",要在近期特别关注新太空政策规范下的自主航天活动。五是"未来的战争和武器"。集中于该热点的作品尤其关注信息时代的所谓海陆空天之外的"第五战场",关注颠覆性武器的可能出现。此外,要对未来战争的形态和战略思想做更多创新性反思。

在这些主题之下,当代中国科幻作家对科技与社会、科技与人性的关系,进行更多探索性思考,展望科技革命对中华民族伟大复兴、对构建人类命运共同体带来的深远影响。这使得当代中国科幻进一步超越早期单纯"科普型"

及"少儿型"模式。

新时代中国科幻发展仍面临一些突出问题。科幻创作自身还缺精品。从2017年本土原创作品来看,力作不多。10年过去了,没有出现像《三体》那样有广泛社会影响力的作品。科幻作者以业余创作为主,缺乏更多时间和精力去打磨精品。他们的科学素质和文化修养也需要提高,尤其是如何做到让科幻作品更能反映国家社会发展的火热现实方面,需要下更大功夫。社会对它的了解还不够。对于一个发展中大国而言,科幻反映的主题和内容仍是超前的,公众还没有充分意识到这种文学品种蕴含的巨大潜力,对科技革命带来的多方面影响也认知不足。这是造成科幻仍在边缘和小众徘徊的一个主要原因。科幻产业尚未形成规模,与国外相比差距甚大。目前中国还没有一部真正达标的科幻电影,游戏产业还在起步。一些地方政府和企业雄心勃勃欲进军科幻领域,但往往雷声大雨点小,缺乏科学和专业论证规划,一些挂名"科幻产业园"的项目有名无实。

总的来看,中国新时代"两步走"强国战略,尤其是创新型国家建设和科技事业跨越式发展,以及文化自信的确立,为科幻创作提供了新的巨大空间,科幻作者队伍在壮大,有实力有水准的作品不断涌现,如能得到社会更多的关注和支持,科幻将会在提升民族创造力和想象力、促进国家创新发展中发挥更大作用,它自身也将实现独有的审美价值和文化价值。

(2018年2月9日)

山水画：中国人自然情愫的图像表达

牛克诚

人与自然之间的天然纽带随着文明的进步已日趋松弛，但人类的自然情愫历经千载万年却从未释怀。中国人借助山水画的艺术形式表达这一自然情愫，一部中国山水画史也便是一部中国人关于自然的情感历史与精神传记。

自然情愫的图像嬗变

中国人以"山水"作为自然的指代，不只是一种思维的抽象，更是对于自然的诗性感知与发现。

从上古至秦汉，山水或是作为神仙居所，或是作为祭拜对象，或是作为"比德"象征，或是作为通向"道"的媒介而存在，那一时期的山水图像只是一些零散的山石、树木。而进入魏晋南北朝之后，文人官宦所集聚的社会名流、上层集团在道、释、玄的思想驱动下，萌发了一股强烈的重返自然的激情与热望，原本作为"自在之物"的山水因此成为一个新被发现的审美对象，成为一种凝结着生理舒适感与视觉悦目感的现实而具精神性的空间。中国人的情感世界中从此生长出山水之乐。山水也逐渐从宗教画和故事画的背景中独立出来，成为绘画主体；作为自然情愫图像表达的山水画，以山川景色为载体实现着人们皈依自然的情感诉求。东晋顾恺之《洛神赋图》在洛神与曹植的身影背后描绘着树石流水、河岸远山，它们为这一感天动地的爱情故事铺设了"容与乎阳林，流眄乎洛川"的自然空间。隋代展子虔的《游春图》是现存最早的卷轴山水画，表现了悦目怡情的自然风光。远山高耸、白云缭绕，山石积翠，树影婆娑；山间瀑布垂下，激起珠光一片；朱桥衔接台岸、近坡，坡陀上桃树掩映，绿草如茵；游人或策马而行，或寻径闲步；春水初涨，微波粼粼，二三佳人沐浴熏风，荡舟远眺……一派春和景明的旖旎风光，一派纵享山水的陶然心境。这是美的目光与大自然欣然相遇的情与景偕。

美的目光同样诱导着唐代的自然情愫。唐人富于诗人气质，他们用浓酒般的热情拥抱山水，也用唐诗般的浓情把丘壑林泉之美渲染得淋漓尽致；他们敏感而多情，纵情于现实山水，却将其表现得如同"湍濑潺湲，云霞缥缈"的神仙之境。青绿山水技法语言的成熟也为将这般美景描绘得绚丽多彩提供可能。李思训（传）《江帆楼阁图》即是用江天一色、波光万重、轻舟荡漾、巉岩幽岭、松竹掩映、桃红椿绿、水榭朱栏等，烘托出日丽风清的江岸美景；而李昭道（传）《明皇幸蜀图》所表现的本是"安史之乱"后唐玄宗仓皇出逃、避难入蜀的窘迫经历，但却也一定要把那蜀地山水画得群峰竞秀、山花争妍。

晋唐以来观看山水的美的目光，在五代时期被注入探究自然的理性意识，及至北宋形成尚理的自然情愫。五代北宋的山水画家纷纷涉足于真山真水，用现实而具体的地理样貌来表现"图真"的山水。荆浩、关仝及李成、范宽、郭熙所代表的北派山水以石质坚凝、重岩叠嶂的北方山水为原型，描绘崇山峻岭、千岩万壑的壮美气象。董源、巨然为代表的南派山水，以峰峦平缓、草木繁茂的江南景色为原型，表现轻岚淡烟、平淡天真的山水意境。无论北派、南派山水画家，都借对于自然的逼真描绘，来表现他们所领略的山水的内在秩序感，以及对于自然带有敬意的理性思考，他们把山水看作可游、可居，身临其境的现实空间。而同样是表现江南山水，南宋的刘（松年）、李（唐）、马（远）、夏（圭）却画出了苍劲雄强之势，因为，他们将笔墨方硬刚劲的斧劈皴法笼罩在江南景色之上。

皴法到了元代画家笔下就从对自然山石的如真描绘中日益独立出来，元代画家观看山水的目光中就带有鲜明的皴法内容，与其说他们是在观看山水，不如说是在自然中印证其笔墨图式，他们将自然的一石一景收纳于纸上的一笔一墨；他们在对自然的凝思中获得内在心性的独特体验，自然情愫的表达也便成为文人逸气的抒发。于是，就在黄公望、倪云林、吴镇、王蒙的山水中呈现出寂静的山野、清旷的湖水、孤影随波的扁舟、空无一人的草亭。他们以书写"胸中逸气"的"逸笔草草"演绎出符号性的山水笔墨，笔墨意趣也便表征着平淡、高逸的精神品质。这种笔墨的独立性在明清山水画家手下被进一步强化，自然山水的许多生动细节就被忽略，笔墨自身就仿佛一个完整的自然，在山水图式中游戏笔墨就仿佛一种对于自然的情感诉说。明代董其昌说"宇宙在乎手者,眼前无非生机",一笔下去就是一个自然的写照;清代王翚自述其山水是"以元人笔墨,运宋人丘壑,而泽以唐人气韵",对于自然的情感可以不诉诸现实山水,而是倾注在对于前人笔墨图式的摩挲玩味之中。中国山水的图像表达也就从晋唐时期的自然写实嬗变为一种自然象征,山水画所表现的自然情愫也就从晋唐时期的美的发现嬗变为一种自娱与遣怀。

然而,虽历经嬗变,"天人合一"的文化感知方式却一直贯穿在中国山水画家的自然观照之中,他们视自然为知己,不仅身即山川,而且精神与之往还,他们永远"在"自然。

山水画与风景画:内在自然与外在自然

事实上,世界各文明早期都怀有对于自然的强烈依赖与迷狂崇拜。但随着文明的多元展开,自然在不同的文化中就遭遇到不同的目光。与古希腊对于人体美的崇尚不同,自先秦以来的古代中国始终将目光投向自然;对于山水一往情深,这是中国人倾注于自然的一种独特的情感方式。

源于古希腊的西方古典艺术,一直将"人"作为观察与表现对象,甚至直至文艺复兴,其雕塑、绘画也依然主要表现美的典范与象征的人体,在完美的人体中寄寓鲜明的理性情智。西方文明的认知与思想的底层逻辑是关注自我、认识自我,从而形成"人是宇宙的中心""人是万物的尺度"等人类自恋式的精神传统。这一精神传统将自然看作外在于人的对象性存在,自然与人的关系是彼此割裂、对峙的,其所维系的情感,就或是深重的恐怖感或是强烈的征服欲。

因此,西方风景画的历史要远远晚于中国山水画。如果说在中国的魏晋时期,就将美的目光投向自然并已产生了山水画,那么,欧洲的风景画则初现于17世纪的荷兰,至19世纪浪漫主义运动在欧洲兴起,画家的视野开始拓展到天空、大地、森林、河流及草地等,真正意义上的风景画才最后形成。代表着那一历史时期欧洲风景画艺术高度的透纳笔下的风景,或是翻滚的海浪,或是峻耸的高山;或是雷电交加,或是暴雨倾盆,或是火山爆发,或是洪水肆虐;或是烈日,或是狂风……而这些让透纳一生为之动容的"如画"风景,在中国人看来不过是奇观异景,它带给人们的心理感受除了惊叹也还是惊叹。北宋郭熙《林泉高致》中所说的"可望""可行""可游""可居",不只是景致的自然分类,更是人对自然情感体验的价值区分,"可望"的奇观是人类永远走不进去的风景,而可游、可居的山水才是人类的理想栖居地。栖居的意义不只是身体在自然中的舒适和宜,更是心灵在自然中的自由舒展。

中国山水画就这样表征着人与自然的关系,人与山水草木一样,其自身已经融入自然的生息之中,自然也便是人的生命的一种外延。因此,中国山水画构筑出人与自然浑然融合的和谐画面,人在山水中,情在自然间,人的自然情愫向着山水倾诉,山水便映射出"望秋云,神飞扬,临春风,思浩荡"的人在自然状态。

中国山水画与西方风景画对于自然的观看方式便因此而迥然不同。西方风景画家始终在独立于自然之外的立场来观看自然、认识世界,他们是在一个固定视点下对于自然景物进行片段截取,看到的是体积、明暗、光影、透视、色彩等的视觉真实。而中国山水画则绝非对某一固定视点下视觉映像的直接描摹,而是自然本身形质样貌的自在呈现,无论是画家还是观赏者的目光,都是与这一呈现过程中一个个生动的自然细节的不期然相遇。中国山水画家将自己置身于自然生命之中,心随山水而宛转,在一种"游"的状态中俯仰宇宙、吐纳自然。无论是郭熙《林泉高致》的"三远",还是沈括《梦溪笔谈》的"以大观小",无不是这种观照方式下的空间呈现。它们都既不是现实的物理空间,也不是视网膜映像中的视觉空间,而是经过饱游饫看而形成的山水意象,是从自然本身生发出的令人神畅的诗性空间,是中国人关于人在自然中的自我位置与存在方式的图式证明。

然而,人类进入现代化进程以来,文明的发展方式基本上是以西方科技优先为主导。无论西方还是东方,人们已经骄横自大地将自己凌驾于自然之上而征服自然、豪夺自然、侵凌自然,而自然也同样以灾难的方式严酷地回报人类。人与自然的关系不再友好,人与自然之间仿佛处于敌对状态。远离自然,已不只是人与自然的现实空间距离,更是心理情感、认知方式及体验方式的疏离。

好在,山水画为我们定格了中国人观照方式下的一个永恒自然,山水画以图像的方式记录下中国人丰沛而深沉的自然情愫。中国人与山水的对晤、对于自然的感知、对山川草木的亲密感、对于宇宙空间的体认、对于人在自然中自我位置的内省,等等,都已经历代画家的倾情创作而熔铸到山水画的内在肌理中,我们在那里便可以怡然感受和谐、宁静、朴素、平和……

山水画使我们可以身居都市而目游山川，心与自然共悦，情与山水相欢，而这一切又都根源于山水画这一中国文化经验所呈现的人与自然交往的独特姿态——智慧并优雅、悠然而深情。

（2018年2月25日）

深化美育的时代意义

吴 昊

近年来,国家和教育部推出一系列全面加强和改进学校美育工作的举措,如举办学校体育艺术教育工作专题研讨班;与各省(区、市)以及新疆生产建设兵团签署学校美育改革发展备忘录等,从学校美育的实践趋势探讨,到中央部委和地方政府构建协同推进学校美育改革发展有效机制,推动美育工作在新时代的创新发展。这是党的十八届三中全会以来,全国推进学校美育改革所取得的突破性进展。今年,适逢蔡元培150周年诞辰,美育的时代意义再次引发思考。

"美育"一词在中国的首次提出,源于1906年王国维《论教育之宗旨》一文。在王国维看来,精神之能力,包含"真、善、美"三个层次,总称为心育,即德育、智育、美育三者协调发展,而美育不但可以促进德育、智育发展,且能促使人的情感"达完美之域"。蔡元培继王国维之后,把美育提出来,与德、智、体并为四育,不仅从理论上进一步提升了美育地位,而且付诸实践,让美育发挥不可替代的作用。

蔡元培一生都在倡导美育。回望其美育思想,根源在于他认识到中华民族的复兴不只是在物质层面开拓强国之路,更应在精神层面培育符合时代精神的价值观。这一美育理念,对于今天坚定文化自信、推动文化繁荣发展仍有强烈的现实意义。在致力于推进全民素质教育的今天,如何确立美育在教育中的地位、在什么层面推进美育等问题的探讨,应成为社会普遍关注的问题。

自20世纪后半叶始,"美学热"在中国兴起,美育逐渐被列入国家教育方针并不断被拓展,其时代意义不断深化——20世纪80年代,北京大学首次设立"文艺美学"硕士研究生招生专业方向;1999年,《中共中央国务院关于深化教育改革全面推进素质教育的决定》发布,把美育列入全国教育的必要组成部分,与德、智、体并驾齐驱,并且阐明了美育所具有的不可替代的作用;2001年,人民教育出版社全面推进教材建设并在语文课本中增加了美学内容,美育进入中小学课堂;2015年,国务院办公厅下发《关于全面加强和改进学校美育工作的意见》,要求全面贯彻党的教育方针,以立德树人为根本任务,把培育和践行社会主义核心价值观融入学校美育全过程,引领学生树立正确的审美观念、陶冶高尚的道德情操、培育深厚的民族情感、激发想象力和创新意识、拥有开阔的眼光和宽广的胸怀;2018年,教育部又开展一系列与美育相关的工作……在近40年的实践中,学校美育改革不断深化,成绩显著。但同时,不论是从美育课程建设与教学改革,还是从美育师资建设以及美育评价制度等层面上看,美育依然是教育工作的薄弱环节,仍然是素质教育中亟待补齐的短板。

作为一种不可替代的人文教化力量,美育依赖的是实际生活中的心灵体验和感受,指向的是精神、人格,其独特作用如蔡元培"完全人格"的教育思想,是在培养人审美能力和创造能力的基础上,塑造完善的人格,滋养人文情怀。尤其是在文化多元化的当下,社会上充斥的一些低俗文艺作品,很容易腐蚀人特别是青少年的心灵,使其价值观错位,这就更需要通过美育来培养、塑造、激发其人格美。美育就是要提高人的生命素质,让精神得到满足,这既是每个人追求的生命境界,也是培养造就全面发展的社会主义建设者和接班人的学校教育所致力的方向。

随着中国特色社会主义文化建设的逐步推进,美育的实施,不仅要增量更要提质。在提质过程中,既要培养人的审美情趣,更要培养人的创造能力,由此使富有个性的精神活动上升为实践自由。值得强调的是,如蔡元培所提倡,美育的旨归是要培育符合时代精神的价值观,这就需要以国家大的文化发展方向为核心,将中华优秀传统文化和社会主义核心价值观深入贯彻到美育工作中;同时也要重视教育创新,不能只限于刻板的理论灌输和形式教育,更应注重对人的审美能动性培养,使学生有一双"发现美的眼睛",从自然环境和人文环境中生发对美的感悟,建立起自我身心与天地自然和社会人文的连接,由此才可能完善其人格,提升其创造、创新能力。

实践证明,美育对青少年整体素质的提升起到了基础性作用。近几年,小升初考试制度改革,为小学生接受全面素质教育释放出更大的空间,加上家长、学校观念的变化,尤其是党和政府对美育工作的重视,美育教育发生了量变与质变。根据对200多所高校的调研,在中小学接受过美育课堂教育的大学生达85%，参加过艺术社团、掌握至少一项艺术特长的大学生达62%。同时，如何让优质的美育资源惠及每一个受教育者，也是当前美育的重点工作。不可否认，在推进城镇化、人口流动加速的背景下，美育在城市外来务工人员子女和农村留守儿童的教育中仍是短板。为解决这一问题，从教育部到各地教育机构，正在努力推进实现普及教育和专业教育相互促进、互为支撑，构建大中小幼相衔接、一体化的美育体系，比如推出了有计划、分步骤配齐专职美育教师、建立农村中小学美育教师补充机制、因地制宜创编美育教材等举措。

"纯粹之美育，所以陶养吾人之感情，使有高尚纯洁之习惯，而使人我之见、利己损人之思念，以渐消沮者也。盖以美为普遍性，绝无人我差别之见能参入其中"，是蔡元培"完全人格"教育思想的终极目标。在当时积贫积弱的中国，这近乎为乌托邦理想。近一个世纪之后的今天，全社会普遍受益的社会美育正在逐渐实现。文化的核心是价值观。只有人人都向真向善向美，在追求理想信念过程中以一种积极向上的精神面貌践行社会主义核心价值观，社会主义文化才能健康繁荣发展。由此可见，美育的全面实施和创新发展，可谓正逢其时。

（2018年5月20日）

艺术当追求提高境界

张世英

中国古典文艺作品，凡脍炙人口、传诸后世者，多有潇洒澹逸、高雅脱俗的优点，但脱离现实生活，只为少数人所享受，则是其一大缺点。当今之世，科技发达，经济繁荣，文艺创作的大门也随之面向大众敞开，一机在手，可以随时发表己见，这的确是时代进步的一大标志。但与此相随而来的却是有些文艺作品泥沙俱下，缺乏精神境界，文艺生活化变成文艺庸俗化，甚至有一种观点否认文艺与人生精神境界的联系，认为文艺作品的境界只有不同，没有高低。这显然是当今文化发展过程中出现的一大流弊。

从万物一体进入审美之境

人之不同于动物，在于人的精神方面。人生在世，处处受外在世界的必然性、规律性限制。卢梭说："人性本自由，却无往不在束缚中。"人生精神发展的过程，就是凭精神能动性不断克服各种限制束缚，以达到高远自由境界的过程。发展过程有高低层次之分，这同时也就是人生境界的高低之分。最低的是欲求，只满足"食色"等自然之性。在此最低欲求境界之上，依次尚有求真的科学认知境界、求善的道德意识境界、求美的审美意识境界。审美意识之所以为最高境界，在于它完全突破人生各种限制的束缚，从"天人合一""万物一体"之高远的无限性整体观点看待具体事物，而科学认知和道德意识还不能突破或不能完全突破有限性的束缚，以达到此境。文艺作品乃审美意识的产物，它是人生精神境界发展到极致的结晶。文艺作品都是以有限的形象表现无限，从而超越有限而进入无限自由之境。不达此境，不可能创作出杰出的文艺作品。

审美又有高低层次之分：声色之美是低层次之美，心灵之美才是高层次之美。单纯的声色之美,只求悦人耳目,缺乏深层内涵,不能触动心灵。声色之美与心灵之美,从审美的本质意义来看,是相互隶属、不可分离的。心灵美不能离开形象(声色言词),这一点毋庸多说;就声色之美而论,如果没有心灵境界的支撑,则必然陷入庸俗。认为艺术只讲声色而与精神境界无关,乃是一种精神境界不高的表现。

西方古典艺术后来遭到诟病的原因之一,就是只讲声色之美,太表面化,我们要深入到感性美背后,追求精神境界。被称为"后现代艺术之父"的法国画家杜尚提出,艺术不仅要为生活服务,同时也要为思想服务,光感性美,没有思想,不算真艺术,艺术里面要有思想性。一般来说,西方传统思想是一种非此即彼的思想,这点跟中国不一样,我们是你中有我、我中有你,对立的东西融合为一。比如西方人认为:开就是开,关就是关,"开"和"关"彼此排斥。但杜尚创作了一扇门,开就是关,关就是开,他用这扇门表现正反两面是合一的。这个门本身没什么好看,但有思想性,你看到他的门,就会想到正反合一、阴阳合一。杜尚艺术有过分抹杀感性美的片面性,但其深刻合理之处在于要提高人的精神境界。这值得当今社会中一部分讲艺术生活化、生活艺术化的人借鉴。"艺术要生活化"并不是要人只讲单纯的声色之美,更不是要人沉溺于最低的欲求之境,而是要把我们的精神境界提高到真正的艺术水平,使我们既面对现实,又超越现实,最终以"万物一体"的整体观为人生境界。

以显隐之美追求无限精神

要怎样才能使文艺作品突破各种限制束缚,以达到无限性的高远境界呢?

途径之一是"典型美"。即通过艺术作品中感性的有限形象以表现无限的普遍性概念或理念,这一主张为我们提供了广阔的想象空间。许多哲学家和美学家往往称典型美为诗的特性,即从一特定的普遍性概念所属的无限多样的感性形象中选择一种形象,以表现普遍性概念,并通过这一形象想象这一普遍概念范围内其他相关的无限多样形象。黑格尔关于"美是理念的感性显现"的论断,为这种审美观提供认识论根据,也为文学艺术中"典型说"提供哲学根据。黑格尔关于美的定义和文学艺术上的"典型说",大体上代表了欧洲思想文化史上审美意识发展中的一个阶段,即由感性美提升到理性美。理性美也就是典型美,就是在感性形式中体现理性概念——理想、典型。典型美把人的心灵提升到一个比感性美更为高远的精神境界。黑格尔说："艺术作品的任务就是抓住对象的普遍性。"我国文艺理论界过去也大多采取这种典型说，认为诗意或艺术性就在于以有限事物表现无限性的普遍概念或典型，给鉴赏者留下最广阔的想象空间。这种观点似乎认为诗意的或艺术的境界到此就至矣尽矣，无以复加矣。但是，艺术或诗是否只要表现普遍性概念就能达到艺术或诗意的最高境界呢？这是否就算是实现了艺术的最高价值呢？说得更具体一点，以感性有限事物表现普遍概念，是否就充分超越了有限呢？

典型美把人的自由精神境界放在超时空、超感性的概念王国，造成了美和自由的抽象性。而且概念、理念都是一种界定，界定总是有一定范围的，是有限的。人们常说康德的"审美意象"有高度概括性，能以有尽之言（感性形象）表现无穷之意（理念），能引人从有限到无限，使人获致自由之感。尽管康德强调诗的想象力所提供的"形式"（感性形象）能表现普遍性概念、能暗示无限多样可能的其他"形式"，然而他也很有分寸地注意到这普遍性概念是既定的、有范围的，远未能充分超越有限。

途径之二是"显隐美"或称"隐秀美"。西方现当代美学反对传统典型美的抽象性和有限性。德国现代哲学家海德格尔的"显隐说"，就是这种反传统观点的代表。海德格尔强调，在天地万物相互隶属的大统一体中，任何一物都是其显现的、出场的方面与其隐藏在背后、不出场方面的统一体。审美意识（诗、艺术品）通过当前在场的东西显现出背后不在场的东西，由"显"见"隐"，进入无穷无尽的隐蔽领域。这就是审美、艺术创造出的令人玩味无穷、不同于日常生活的全新世界。在这一全新世界里，日常生活中被分割、被限隔的东西进入天、地、人聚合为一、敞开的"澄明之境"，从而显现其"本真"；某物不再是被人使用的对象，而是在与万物一体关系中被看待，人生由此摆脱功用束缚，享有"本真"的自由。海德格尔认为这是一种最高的"心灵之美"，称其为"美的神圣性"。"显隐美"显然比"典型美"更高级，这是更高意义的诗意境界，具有更高艺术价值。

西方现当代美学中的"显隐说"，与我国南北朝时期文学理论家刘勰的"隐秀说"（"情在词外曰隐，状溢目前曰秀"）所讲的情在词外、言有尽而意无穷的美学思想颇相类似。包括"隐秀说"在内的中国传统美学的"意象说"，更明确指出"美在象外"，亦即通过在场之"象"，显现出"象外"未出场的境域，从而体味到一种不分人我、天人合一的境界之美，这类似海德格尔所说的"澄明之境"的美。当今之世，我们既需要"澄明之境"的美，也需要"天人合一"的美。中国传统美学的"天人合一"包含"民胞物与"的思想："民胞"，即人与他人平等互爱；"物与"，即物不仅仅是人所使用的对象。这正是针砭时弊之所需、提高审美精神境界之所需。中国传统诗论所强调的言有尽而意无穷，就是这种境界最简明生动的描绘。这里的无穷之意不是抽象的、超感性的东西，不是西方传统哲学和美学所要求显现的普遍性概念，这言外的无穷之意（隐蔽的东西）和"状溢目前"的"有尽之言"（显现的东西）是同样具体的。

这种以"有尽"表现"无穷"的诗意境界，是中国传统美学思想的基本主张（"意象说"）。叶燮说："诗之至处，妙在含蓄无垠，思致微妙，其寄托在可言不可言之间，其指归在可解不可解之会；言在此而意在彼，泯端倪而离形象，绝议论而穷思维，引人于冥漠恍惚之境，所以为至也。"这段话很清楚地告诉我们，诗意的最高处在于引人从有形有象有言的东西（有限）中进入无穷无尽、永无止境的（"无垠"）"冥漠恍惚之境"，言在显现的有限，而意在隐蔽的无限，这无限的隐蔽物就"含蓄"于显现出来的有限物之中。王国维也认为，第一流的艺术在于有意境，而意境就是要人感到"言外之味，弦外之响"。

由艺术境界打开人生境界

中国美学所讲的"意象"，都与"意境""境界"有密不可分的联系，叶燮的"冥漠恍惚之境"就是一种高远境界，是"诗之至处"，它的哲学本体论基础是"万物一体"即显隐之综合为一。能引人进入此种境界的艺术，我以为应居艺术之最高峰。把这种境界与平常所谓漂亮、美丽、娱乐意义之下的美相提并论，显然降低了境界的意义。中国传统美学虽然也讲漂亮、美丽、娱乐意义之下的美，如"美言不信"之美等，但居于中国美学思想之中心地位的是"意象""意境"乃至于"境界"。

我们今日美学应继承中国这一思想传统，以提高境界为旨归，使人高尚起来。我们应利用当今社会大讲艺术生活化的良机，提倡人们要像中国传统意象美学所讲的那样，以审美的高远境界看待日常生活中的事事物物：不死盯住眼前的这点事物，束缚在眼前的这点有限之"象"中，而放眼于隐蔽在其背后的母源——无限之"意"，让胸襟开阔起来，向着做一个"审美的人""完全的人"方向前进。当然,我们不可能要求每个人都成为诗人,但我们要求做一个多多少少有点儿"意象"之美的诗意之人,或者说得再简单、再通俗一点儿,要求做一个从高远处看待日常事务的人,则应该是可行的。

(2018年5月22日)

后　记

接下《人民日报70年作品精选·文艺评论卷》编辑任务那一刻，我们即开始了面向时间来处的回溯，心怀对历史的敬意以及对这一机遇的感谢与珍重。

在编委会领导、文艺部领导指导下，几位青年编辑首先明确编选标准：能体现党的文艺指导思想、鲜明反映不同历史年代文艺风貌、问题意识突出；优选大家名家文章，话题具有时代性、长效性，论述具有专业性。有了具体筛选标准，面对70年累积的诸多文章时心里就有了一杆秤。如何"化整为零"？我们先分工，后合作：每人负责某一具体历史时段的编选工作，而后共同梳理70年来所有的入选篇目，多次修订，最终入选文章为初选篇目的1/10。

也是在爬梳历史过程中，我们集中学习了在《人民日报》首发的诸多大家、名家文艺理论评论文章。文艺理论家茅盾、周扬，美学家朱光潜、王朝闻，诗人臧克家，新中国电影事业领导者夏衍，画家李可染、潘天寿，表演艺术家盖叫天、梅兰芳，学者冯其庸、黄天骥……这些大家文章超越了"新闻纸"的时空局限，洋溢着思想和智慧光芒。

资历与学养尚浅的我们得以在"母亲"70寿诞之时回溯家族的荣光与征程，重读70年来党中央文艺舆论重要阵地的评论佳作，这是时代赋予的历史机遇，是一次职业洗礼。才疏学浅，挂一漏万，如今将这本《文选》呈现给读者，诚惶诚恐。如读者能够从中管窥70年文坛风雨，多少感受到文艺评论的魅力，将是对我们的肯定与鼓励。有不妥之处也敬请指正，以便日后修订。

本书编辑组
2018年5月